PRÍNCIPE LESTAT

E OS REINOS DE ATLÂNTIDA

PRÍNCIPE LESTAT

E OS REINOS DE ATLÂNTIDA

ANNE RICE

TRADUÇÃO
WALDÉA BARCELLOS

Título original
PRINCE LESTAT AND THE REALMS OF ATLANTIS
The Vampire Chronicles

Copyright © 2016 *by* Anne Rice

Todos os direitos reservados, incluindo o de reprodução
no todo ou em parte sob qualquer forma.

Foto da capa e design da capa © [tk]

Direitos para a língua portuguesa reservados
com exclusividade para o Brasil à
EDITORA ROCCO LTDA.
Av. Presidente Wilson, 231 – 8º andar
20030-021 – Rio de Janeiro, RJ
Tel.: (21) 3525-2000 – Fax: (21) 3525-2001
rocco@rocco.com.br
www.rocco.com.br

Printed in Brazil/Impresso no Brasil

preparação de originais
FÁTIMA FADEL

CIP-Brasil. Catalogação na fonte.
Sindicato Nacional dos Editores de Livros, RJ.

R381p	Rice, Anne Príncipe Lestat e os reinos de Atlântida: as crônicas vampirescas/Anne Rice; tradução de Waldéa Barcellos. – 1ª ed. – Rio de Janeiro: Rocco, 2018.
	Tradução de: Prince Lestat and the realms of Atlantis ISBN 978-85-325-3095-0 (brochura) ISBN 978-85-8122-723-8 (e-book)
	1. Romance americano. I. Barcellos, Waldéa. II. Título.
17-45270	CDD–813 CDU–821.111(73)-3

O texto deste livro obedece às normas do
Acordo Ortográfico da Língua Portuguesa.

ESTE LIVRO É DEDICADO

*ao campeão mundial peso-bebê,
invicto e aposentado,*

a

*Mitey Joe
sem cuja existência o livro talvez não tivesse nascido,*

a

*meus velhos amigos,
Shirley Stuart e Bill Seely,*

a

*amigos e colegas escritores
de meus tempos no norte da Califórnia:
Cleo, Maria, Carole, Dorothy, Jim, Carolyn, Candy, Lee e outros,*

e,

*mais uma vez,
a
meus seguidores nas redes sociais, o Povo da Página,
que me dão tanto mais do que eu jamais poderei lhes dar.*

*Lembre-se dele – antes que se rompa o cordão de prata
e se quebre a taça de ouro;
antes que o cântaro se despedace junto à fonte,
a roda se quebre junto ao poço,
o pó volte a terra, de onde veio,
e o espírito volte a Deus, que o deu.*

– ECLESIASTES
Nova Versão Internacional

Sumário

Breve história dos vampiros: Gênese do Sangue 13

Jargão do Sangue 17

Proêmio 23

Parte I
ESPIÕES NO JARDIM SELVAGEM

1
Derek 29

2
Lestat 54

3
Garekyn 94

4
Lestat 111

5
Fareed 122

6
Lestat 138

7
Garekyn 142

8
Lestat
Château de Lioncourt   151

9
Derek   159

10
Lestat   174

11
Fareed   181

12
Derek   188

13
Lestat   207

14
Rhoshamandes   220

15
Lestat   225

16
Derek
Aix-en-Provence   228

17
Rhoshamandes   237

18
Lestat   244

Parte II
NASCIDOS PARA A ATLÂNTIDA

19
A história de Kapetria   265

20
Lestat   354

21
Lestat   361

22
Rhoshamandes   374

23
Derek   381

24
Fareed   391

Parte III
O CORDÃO DE PRATA

25
Lestat   399

26
Lestat   406

27
Lestat   423

28
Lestat   427

29
Fareed   434

30
Lestat   443

31
Lestat   450

32
Lestat   455

33
Lestat   458

Apêndice 1
Personagens e lugares nas Crônicas Vampirescas 471

Apêndice 2
Guia informal das Crônicas Vampirescas 476

Breve história dos vampiros:
Gênese do Sangue

No princípio, eram os espíritos. Seres invisíveis, ouvidos e vistos somente pelos feiticeiros ou bruxas de maior poder. Alguns eram considerados malévolos, outros eram louvados pela bondade. Eles podiam encontrar objetos perdidos, espiar inimigos e, de vez em quando, afetar as condições do tempo.

Duas grandes bruxas gêmeas, Mekare e Maharet, moravam num belo vale na encosta do monte Carmelo e se comunicavam com os espíritos. Um desses espíritos, o terrível e poderoso Amel, em suas maldades, conseguia extrair sangue de seres humanos. Minúsculas partículas de sangue penetraram no mistério alquímico do espírito, muito embora ninguém soubesse como isto se deu. Amel, porém, amava a bruxa Mekare e estava sempre disposto a servi-la. Ela o via como nenhuma outra bruxa jamais o havia visto e ele a amava por isso.

Um dia, as tropas de um inimigo chegaram – soldados da poderosa Rainha Akasha, do Egito. Ela queria as bruxas, queria seus conhecimentos, seus segredos.

Essa soberana perversa destruiu o vale e os povoados de Mekare e Maharet, e levou as irmãs à força para o próprio reino.

Amel, o furioso espírito familiar da bruxa Mekare, quis castigar a rainha.

Quando ela jazia à morte, apunhalada repetidamente por conspiradores da própria corte, esse espírito, Amel, entrou nela, se fundindo com seu corpo e seu sangue, conferindo à rainha uma vitalidade nova e aterradora.

Essa fusão fez com que viesse ao mundo uma nova entidade: o vampiro, o bebedor de sangue.

A partir do sangue dessa grande rainha dos vampiros, Akasha, foram criados pelos milênios afora todos os outros vampiros do mundo inteiro. Uma troca de sangue era o modo de procriação.

Para punir as irmãs, que firmaram posição contra ela e seu novo poder, Akasha cegou Maharet e arrancou a língua de Mekare. Contudo, antes que elas fossem executadas, o intendente da rainha, Khayman, ele próprio um bebedor de sangue recém-criado, transmitiu para as gêmeas o poderoso Sangue.

Khayman e as gêmeas chefiaram uma rebelião contra Akasha, mas não conseguiram parar sua seita de deuses bebedores de sangue. Com o tempo, as gêmeas foram capturadas e separadas – exiladas como párias –; Maharet, para a região do mar Vermelho; Mekare para o enorme oceano a oeste.

Maharet logo encontrou plagas conhecidas e prosperou, mas Mekare, carregada até o outro lado do oceano para terras ainda não descobertas e sem nome, desapareceu da história.

Isso foi há seis mil anos.

A grande Rainha Akasha e seu marido, o Rei Enkil, emudeceram depois de dois mil anos, sendo mantidos como estátuas num santuário por anciãos e sacerdotes, que acreditavam que Akasha continha o Cerne Sagrado – e que, caso ela fosse destruída, todos os bebedores de sangue do mundo morreriam com ela.

No entanto, já no início da Era Comum, a história do Gênese do Sangue estava totalmente esquecida. Somente alguns imortais mais velhos a passavam adiante, embora eles próprios não acreditassem nela enquanto a contavam. No entanto, deuses do sangue, vampiros consagrados à antiga religião, ainda reinavam em santuários pelo mundo afora.

Aprisionados em troncos ocos de árvores ou em celas construídas com tijolos, esses deuses do sangue passavam fome de sangue até os festivais sacros, nos quais lhes eram trazidas oferendas: malfeitores a serem julgados e condenados, com quem podiam se banquetear.

Na aurora da Era Comum, um ancião, encarregado de cuidar dos Pais Divinos, abandonou Akasha e Enkil no deserto, para que o sol os destruísse. Pelo mundo inteiro, jovens bebedores de sangue pereceram, queimados até a morte em seus caixões, seus santuários, ou fulminados ali mesmo onde estivessem, enquanto o sol brilhava sobre a Mãe e o Pai. Mas a Mãe e o Pai em si eram fortes demais para morrer. E muitos dos mais antigos também sobreviveram, embora gravemente queimados e atormentados por dores.

Um bebedor de sangue recém-criado, um sábio estudioso romano chamado Marius, foi ao Egito descobrir onde estavam o rei e a rainha e protegê-los, para que nenhum holocausto jamais voltasse a devastar o mundo dos mortos-vivos. E a partir de então Marius fez deles sua responsabilidade sagrada. A lenda de Marius e Daqueles que Devem Ser Preservados perdurou por quase dois milênios.

No ano de 1985, a história desse Gênese do Sangue foi contada a todos os mortos-vivos do mundo. O fato de que a rainha vivia, de que ela continha o Cerne Sagrado, fazia parte da história. Ela apareceu num livro escrito pelo vampiro Lestat, que também relatou a história em música e dança, em filme e no palco, onde ele se apresentava como cantor de rock – conclamando o mundo para conhecer e destruir a própria espécie.

A voz de Lestat despertou a rainha de milênios de sono e silêncio. Ela acordou com um sonho: o de que dominaria o mundo dos seres humanos através da crueldade e da carnificina, e se tornaria para eles a Rainha dos Céus.

Mas as gêmeas ancestrais se apresentaram para deter Akasha. Elas também tinham ouvido as músicas de Lestat. Maharet suplicou à rainha que parasse com sua supersticiosa tirania do sangue. E Mekare, perdida havia tanto tempo, se erguendo da terra depois de eras sem conta, decapitou a grande rainha e acolheu dentro de si o Cerne Sagrado ao devorar o cérebro da moribunda. Mekare, sob a proteção de sua irmã, se tornou a nova Rainha dos Condenados.

Mais uma vez foi Lestat quem escreveu a história. Ele estava presente. Tinha visto com os próprios olhos a transmissão do poder. Deu seu testemunho a todos. O mundo mortal não prestou a menor atenção às "invencionices" dele, mas seus relatos chocaram os mortos-vivos.

E assim a história das origens e das batalhas antigas, dos poderes e das fraquezas dos vampiros e de guerras pelo controle do Sangue das Trevas passou a ser um conhecimento compartilhado pela tribo dos mortos-vivos no mundo inteiro. Ela se tornou propriedade de antigos que jaziam em coma havia séculos em cavernas ou sepulturas, de jovens criados de modo inconsequente em selvas, pântanos ou em favelas urbanas, que nunca tinham imaginado quem seriam seus antepassados. Ela se tornou a propriedade de sobreviventes sábios e reclusos, que viviam em isolamento pelos séculos afora.

Tornou-se o legado de todos os bebedores de sangue no mundo inteiro saber que eles tinham um vínculo em comum, uma história em comum, uma origem em comum.

Príncipe Lestat é a história de como esse conhecimento mudou a tribo e alterou seu destino para sempre. Reunida por uma crise, a tribo em conjunto implora a Lestat que se torne seu líder.

Príncipe Lestat e os reinos de Atlântida explora em grau cada vez mais profundo a história dos vampiros, à medida que a tribo, governada por Lestat, enfrenta os piores desafios que jamais encontrou.

Jargão do Sangue

Quando escreveu seus livros, o vampiro Lestat usou uma quantidade de termos que lhe foram ensinados pelos vampiros que tinha encontrado na vida. E esses vampiros que ofereceram acréscimos à sua obra, apresentando suas memórias e suas experiências em forma escrita, adicionaram termos próprios, alguns muito mais antigos do que aqueles um dia revelados a Lestat.

Segue-se uma lista desses termos, que agora são comuns entre os mortos-vivos do mundo inteiro:

O Sangue – Quando a palavra está com a letra inicial maiúscula, ela se refere ao sangue vampiresco, transmitido do mestre para a cria por meio de uma troca profunda e com frequência perigosa. "No Sangue" indica que se fala de um vampiro. O vampiro Lestat estava "no Sangue" havia mais de duzentos anos, quando escreveu seus livros. O famoso vampiro Marius está no Sangue há mais de dois milênios. E assim por diante.

Bebedor de Sangue – O termo mais antigo para "vampiro". Esta era a designação simples usada por Akasha, que ela mais tarde procurou suplantar com as palavras "deus de sangue" para os seguidores de seu caminho espiritual e sua religião.

Esposa de Sangue ou Esposo de Sangue – O companheiro vampiresco de um vampiro.

Filhos de Satã – Designação para vampiros da Antiguidade tardia e de períodos posteriores, que acreditavam ser literalmente filhos do diabo e estar servindo a Deus, através de Satã, quando se alimentavam de seres humanos. Sua atitude diante da vida era puritana, voltada para a penitência. Eles se negavam todos os prazeres, a não ser o de beber sangue e eventuais sabás (grandes reuniões), nos quais dançavam. Viviam dentro da terra, quase sempre em catacumbas e masmorras lúgubres e imundas. Desde o século XVIII não se veem os Filhos de Satã nem se tem notícia deles. É muito provável que a seita tenha se extinguido.

Filhos dos Milênios – Designação para imortais que viveram mais de mil anos, e especificamente para aqueles que sobrevivem há mais de dois milênios.

Filhos da Noite – Designação para todos os vampiros, ou para todos os que estão no Sangue.

O Dom da Nuvem – Esta é a capacidade que vampiros mais velhos têm de desafiar a gravidade, se elevar e se movimentar na atmosfera superior, cobrindo grandes distâncias com facilidade, se deslocando com os ventos, sem serem vistos por quem está embaixo. Ninguém sabe dizer quando um vampiro pode adquirir esse poder. A vontade de tê-lo pode fazer milagres. Todos os vampiros realmente antigos possuem este dom, quer saibam, quer não. Alguns vampiros desprezam esse poder e nunca o usam, a menos que sejam forçados.

A Assembleia dos Articulados – Expressão de gíria moderna, popular entre os mortos-vivos, para designar os vampiros cujas histórias aparecem nas Crônicas Vampirescas – em especial Louis, Lestat, Pandora, Marius e Armand.

O Dom das Trevas – Designação do poder vampiresco. Quando um mestre concede o Sangue a uma cria, esse mestre está lhe oferecendo o Dom das Trevas.

O Artifício das Trevas – Refere-se ao ato da transformação real do novo vampiro. Esgotar o sangue da cria e substituí-lo com o Sangue poderoso do próprio mestre é operar o Artifício das Trevas.

A Estrada do Diabo – Expressão medieval usada entre os vampiros para designar o caminho que cada vampiro segue pelo mundo afora; popular entre os Filhos de Satã, que consideravam que estavam servindo a Deus através do serviço ao diabo. Percorrer a Estrada do Diabo era levar a vida de imortal.

O Dom do Fogo – Esta é a capacidade de vampiros mais antigos de utilizar seu poder telecinético para queimar a matéria. Através do poder da mente, eles podem queimar madeira, papel ou qualquer substância inflamável. E também podem queimar outros vampiros, esquentando o Sangue no corpo do outro para reduzi-lo a cinzas. Somente vampiros mais velhos possuem esse poder, mas ninguém pode dizer quando e como um vampiro o adquire. Um vampiro muito jovem criado por um dos antigos pode possuí-lo de imediato. O vampiro precisa ver o que pretende queimar. Em suma, nenhum vampiro tem como queimar outro se não conseguir vê-lo, se não estiver perto o suficiente para direcionar o poder.

A Primeira Geração – Constitui os vampiros descendentes de Khayman, que se rebelaram contra a Rainha Akasha.

Cria – Um vampiro novo, muito jovem no Sangue. A descendência de um vampiro no Sangue. Por exemplo, Louis é cria de Lestat. Armand é cria de Marius. A antiga Maharet é cria de sua irmã gêmea, Mekare, que é cria do antigo Khayman é cria de Akasha.

O Pequeno Gole – Roubar sangue de uma vítima mortal sem que ela perceba ou sinta, sem que a vítima tenha que morrer.

Criador – Termo simples para o vampiro que trouxe alguém para o Sangue. Está sendo aos poucos substituído pelo termo "mentor". Às vezes também se faz referência ao criador como "mestre". Contudo, este termo deixou de ser usado. Em muitas partes do mundo, é considerado um grave pecado se insurgir contra o próprio criador ou tentar destruí-lo. Um criador jamais consegue acesso aos pensamentos de sua cria e vice-versa.

O Dom da Mente – Esta é uma expressão vaga e imprecisa que se refere aos poderes sobrenaturais da mente vampiresca sob muitos aspectos. Por meio do Dom da Mente um vampiro pode tomar conhecimento de fatos do mundo, mesmo quando está dormindo dentro da terra. E, ao usar de modo intencional o Dom da Mente, pode escutar por telepatia os pensamentos de mortais e imortais. Pode usar o Dom da Mente para captar imagens de outros, assim como palavras. E para projetar imagens na mente de outros. E, por fim, pode usar o Dom da Mente para, por meio da telecinesia, destrancar uma fechadura, empurrar uma porta para abri-la ou deter o movimento de um motor. Também nesse caso os vampiros desenvolvem o Dom da Mente aos poucos, com o tempo, e somente os mais antigos conseguem saquear a mente de outros em busca de informações que estes não queiram lhes passar; ou podem desferir um golpe telecinético que destrua o cérebro e as células sanguíneas de um ser humano ou de outro vampiro. Um vampiro consegue prestar atenção a muitos no mundo inteiro, ouvindo e vendo o que outros ouvem. No entanto, para uma destruição telecinética, ele ou ela precisa ver a vítima que pretende atingir.

A Rainha dos Condenados – Título dado à vampira Mekare por sua irmã, Maharet, quando Mekare tomou o Cerne Sagrado e o engoliu. Foi irônico. Akasha, a rainha derrubada, que tinha procurado dominar o mundo, chamara a si mesma de Rainha dos Céus.

O Sangue da Rainha – Constitui os vampiros criados pela Rainha Akasha para seguir seu caminho no Sangue e combater os rebeldes da Primeira Geração.

O Cerne Sagrado – Designa o cérebro residente ou a força vital governante do espírito Amel, que está dentro do corpo do vampiro Lestat. Antes de Lestat, ele estava em Mekare. Antes de Mekare, estava na vampira Akasha. Acredita-se que cada vampiro no planeta esteja ligado ao Cerne Sagrado por meio de uma espécie de teia ou rede de tentáculos invisíveis. Se o vampiro que contém o Cerne Sagrado fosse destruído, todos os vampiros do planeta morreriam.

O Jardim Selvagem – Expressão usada por Lestat para o mundo, condizente com sua crença de que as únicas leis verdadeiras do universo são leis estéticas, as leis que governam a beleza natural que vemos à nossa volta no planeta.

O Dom do Encantamento – Refere-se ao poder que os vampiros têm de confundir, enganar e enfeitiçar mortais e às vezes outros vampiros. Todos os vampiros, até mesmo os novatos, possuem este poder até certo ponto, embora muitos não saibam usá-lo. Ele envolve um esforço consciente de "convencer" a vítima da realidade que o vampiro deseja que ela aceite. Ele não escraviza a vítima. Mas decerto a confunde e desorienta. Este dom depende do contato visual. É impossível enfeitiçar alguém a distância. Na verdade, com maior frequência ele envolve palavras, além de olhares. E decerto também o Dom da Mente em algum grau.

Os Mortos-Vivos – Designação comum para vampiros de todas as idades.

PRÍNCIPE LESTAT
E OS REINOS DE ATLÂNTIDA

Proêmio

EM MEUS SONHOS, vi uma cidade tombar, afundando no mar. Ouvi os gritos de milhares. Era um coro tão forte quanto o vento e as ondas, todas as vozes dos moribundos. Vi labaredas que refulgiam mais que os luzeiros no céu. E um abalo atingiu o mundo inteiro.

Acordei no escuro, sem conseguir sair do caixão na câmara em que dormia para evitar que o sol poente queimasse os jovens.

Eu agora retinha a raiz da imensa planta vampiresca na qual eu um dia tinha sido apenas mais uma flor exótica. E se eu fosse cortado, golpeado ou queimado, todos os outros vampiros da planta conheceriam a dor.

Será que a própria raiz sofreria? A raiz pensa, sente e fala quando quer. E a raiz sempre sofreu. Só aos poucos eu tinha chegado a perceber isso – como era profundo o sofrimento da raiz.

Sem mover os lábios, perguntei-lhe:

– Amel, que cidade era aquela? De onde veio esse sonho?

Ele não me deu resposta. Mas eu sabia que ele estava ali. Podia sentir em minha nuca a pressão morna que sempre indicava que ele estava ali. Não tinha se mandado por algum dos muitos ramos da teia enorme, para sonhar com algum outro.

Vi a cidade moribunda mais uma vez. Eu poderia ter jurado que ouvi a voz *dele* aos gritos quando a cidade se partiu.

– Amel, o que isso significa? Que cidade é essa?

Ficávamos deitados juntos no escuro desse jeito por uma hora. Só então não haveria perigo em eu abrir a tampa do caixão e sair andando da cripta para ver, para lá das janelas, um céu cheio de estrelas minúsculas e seguras. Nunca extraí muito consolo das estrelas, embora eu tenha nos chamado de filhos da lua e das estrelas.

Nós somos os vampiros do mundo, e já nos chamei por muitos nomes desse tipo.

– Amel, responda.

Cheiro de cetim, de madeira antiga. Gosto de coisas sazonadas, veneráveis; caixões acolchoados para o sono dos mortos. E do ar morno, abafado, em volta de mim. Por que um vampiro não gostaria desse tipo de coisa? Esta é minha câmara de mármore, meu lugar, minhas velas. Esta é a cripta no subsolo do meu castelo, meu lar.

Achei que o ouvi suspirar.

– Quer dizer que você a viu. Você sonhou com ela também.

– Eu não sonho quando você sonha! – respondeu ele, com irritação. – Não fico confinado aqui enquanto você dorme. Vou aonde eu quiser ir. – Será que era verdade?

Mas ele a tinha visto, e agora eu via a cidade mais uma vez em lampejos luminosos em meio à sua destruição. De repente, aquilo era mais terrível do que eu podia suportar. Era como se estivesse vendo a miríade de almas libertadas dos corpos dos mortos se erguendo num vapor.

Ele estava vendo. Eu sabia que sim. E ele tinha visto tudo quando eu estava sonhando.

Daí a um tempo, ele me disse a verdade. Eu tinha aprendido a reconhecer o tom de sua voz secreta quando ele admitia a verdade.

– Não sei o que é – disse ele. – Não sei o que significa. – Mais um suspiro. – Não quero ver.

Na noite seguinte e na posterior, ele diria a mesma coisa.

E, quando relembro aqueles sonhos, eu me pergunto quanto tempo ainda poderíamos ter passado sem jamais saber nada daquilo.

Será que estaríamos em melhor situação se nunca tivéssemos descoberto o significado do que víamos?

Teria feito diferença?

Tudo mudou para nós, e, no entanto, nada mudou de modo algum. E as estrelas para lá das janelas de meu castelo no monte não me confidenciam nada. Mas isso elas nunca fazem, não é mesmo? É a sina das criaturas ver desenhos nas estrelas, dar-lhes nomes, valorizar seus agrupamentos e posições que se alteram lentamente. Mas as estrelas nunca dizem palavra alguma.

Ele estava sendo franco quando disse que não sabia. Mas o sonho tinha feito ressoar o medo em seu coração. E quanto mais eu sonhava com aquela cidade que ia afundando no mar, mais certeza tinha de que ouvia o choro dele.

Em sonhos e nas horas de vigília, ele e eu éramos unidos como ninguém mais. Eu o amava, e ele me amava. E eu soube então, como sei agora, que o amor é a única defesa que chegamos a ter contra a gélida falta de sentido em torno de nós – o Jardim Selvagem, com seus gritos e trinados, e o mar, o mar eterno, pronto como sempre a engolir todas as torres um dia criadas pelos seres humanos para chegar ao céu. O amor tudo sustenta, em tudo crê, tudo espera, tudo suporta, diz o apóstolo. "E a maior de todas as virtudes é o amor..."

Eu acreditava nisso, e creio no antigo mandamento do santo-poeta que escreveu centenas de anos depois do apóstolo: "Ama e faz o que quiseres."

Parte I

ESPIÕES
NO
JARDIM SELVAGEM

I

Derek

Fazia horas que eles estavam conversando lá em cima. Se ficasse deitado, sem se mexer, Derek conseguia ouvi-los perfeitamente. A essa hora, a Andrássy Út estava ruidosa acima dele, com seus cafés e livrarias, mas essa úmida mansão oculta de câmaras subterrâneas estava em silêncio. E que outra coisa Derek poderia fazer além de escutar?

Derek era alto, com a pele moreno-escura e grandes olhos escuros que o faziam parecer jovem e vulnerável. Seu cabelo preto e ondulado estava repartido no meio e tinha crescido até pouco abaixo dos ombros. Uma mecha loura, larga e inconfundível, começava no repartido central, seguindo para a esquerda, mais dourada do que amarela. Ele vestia uma camisa velha, rala, imunda de poeira, e a calça social preta que estava usando dez anos antes, quando tinha sido capturado. Estava sentado no catre, no canto de sua cela no calabouço, encostado na parede, com a cabeça baixa e os braços cruzados, enquanto ouvia.

Roland, o terrível senhor da casa e do calabouço, falava sem parar.

O convidado de Roland era um dos antigos, chamado Rhoshamandes. E esse Rhoshamandes falava com veemência de alguém que ele chamava de "o Príncipe", que queria destruir. Quantos desses bebedores de sangue existiam? Outros passavam por essa casa de vez em quando, mas nunca permaneciam. Outros tinham falado desse Príncipe também. Derek prestava atenção, mas sem esperança.

Rhoshamandes era poderoso: isso Derek podia ouvir na voz e nas batidas do coração do bebedor de sangue. Era muito provável que fosse mais velho do que Roland, muito mais velho, mas ele e Roland eram amigos.

Esse Rhoshamandes empolgava Roland. Era para Roland algum tipo de privilégio que o lendário Rhoshamandes agora o procurasse em busca de conselhos.

Roland era o bebedor de sangue que tinha aprisionado Derek, atraindo-o do teatro da ópera havia anos, para encarcerá-lo nessa cela nos subterrâneos da cidade de Budapeste. Era Roland que descia a escada pelo menos uma vez por semana para beber o sangue de Derek, para provocá-lo e rir dele.

Roland era alto, ossudo, macilento de dar pena, com o cabelo branco, liso e comprido, preso por uma presilha de bronze na nuca, que deixava uma faixa branca descer por suas costas. Ele tinha os olhos mais cruéis que Derek já havia visto; e sorria quando falava, o que tornava totalmente sinistros seus comentários desagradáveis mais banais.

Derek tinha tido anos para estudar Roland, que parecia viver em elegantes trajes a rigor, com smokings de corte perfeito, de veludo em tons escuros, com lapelas de cetim, coletes vistosos de seda estampada e camisas engomadas com os punhos e o colarinho duros como papelão. Suas botas, de verniz preto, pareciam ser simples sapatos sociais por baixo da bainha da calça de pregas na cintura, e uma enorme echarpe fina com franjas estava sempre em volta do seu pescoço. Ele esgotava o sangue de Derek sem jamais desperdiçar uma gota. Usava luvas de pelica tão finas que mostravam os nós ossudos dos dedos; e seu rosto cadavérico com os grandes olhos cinzentos era a encarnação do desdém sarcástico.

E ainda havia Arion, de pele negra e lustrosa, o ferido, queimado e infeliz, que tinha visto sua casa na costa da Itália ser destruída. Ele era muito mais recente "no Sangue" do que Roland, e durante meses havia bebido de Derek todas as noites. Agora, vinha algumas vezes por semana. Esfarrapado, Arion viera procurar Roland, e este o tinha reconfortado e recuperado, fazendo com que sua alma voltasse à saúde enquanto eles falavam na antiga língua grega dos tempos de outrora, quando Roma governava o mundo e tudo, aparentemente, era melhor. É claro. Melhor. Dava para perdoar os seres humanos por esse tipo de tolice, mas como perdoar os imortais que tinham vivido naquela época?

Em Arion havia uma espécie de delicadeza, bem como em seu coração uma pena de Derek, que sentia isso quando Arion estava bebendo dele. Arion também lhe trazia de vez em quando presentes de frutas e vinho dos bons. Derek via a história e a dor de Arion em flashes – um grande solar à beira-mar incendiado; jovens bebedores de sangue imolados; uma bebedora de sangue morrendo queimada, com o cabelo vermelho pegando fogo e desaparecendo nas chamas. Só Arion tinha sobrevivido a esse ataque a sua casa e ao massacre de seus mais velhos companheiros. Arion procurou abrigo com Roland, e este tentou dar a Arion coragem para "seguir em frente".

A pele de Arion era realmente negra como carvão, e seus olhos eram graves e pensativos, olhos de um verde muito claro, que pareciam quase amarelos. Seu cabelo era cortado curto, como um capacete de cachos negros sedosos; e seu rosto lembrava a Derek o de um querubim. Quando ele chegara ali, sua pele estava manchada, com cicatrizes brancas e rosadas; e seu pescoço e tórax haviam sido tão queimados que ele mal conseguia falar, mas estava se recuperando rápido. E Derek tinha a impressão de que a pele de Arion estava se tornando mais escura, apesar de não saber por quê.

Mais cedo naquela noite, esse poderoso Rhoshamandes tinha dado a Arion o próprio sangue antiquíssimo e capaz de curar. Era esse o costume dessas criaturas, oferecer o próprio sangue ao anfitrião ou ao hóspede ferido, fazer uma troca de sangue quando permaneciam algum tempo sob o teto uns dos outros, ofertar sangue como, nos tempos de outrora, os humanos ofereciam alimentos, bebidas e abrigo como sinal de hospitalidade.

Quando bebiam, eles abriam a mente, quer quisessem, quer não.

Mas a verdade é que o mesmo acontecia com Derek quando bebiam dele. E assim eles tomavam conhecimento do que sabiam a respeito dele, muito embora ele fizesse um esforço desesperado para esconder seus pensamentos.

Que valor teria para eles conhecer seus segredos mais íntimos? Derek não sabia, mas ocultava tudo e sempre haveria de fazê-lo.

"Você não vai ficar aqui para sempre", pensava ele sozinho, em silêncio. "Um dia desses, quando esses monstros da noite estiverem dormindo, indefesos, você vai sair daqui e encontrar os outros. Se você está vivo, eles devem estar vivos." Ele fechou os olhos e contemplou o rosto dos outros, como se lembrava deles. Durante a maior parte do século XX, Derek tinha andado à procura deles. Essa era sua terceira "vida" perambulando pela Terra, buscando pelo menor vestígio deles. Mas essa era uma época diferente de qualquer outra, e Derek tinha entrado no século XXI com uma esperança ainda maior de encontrar os outros, só para acabar caindo na armadilha desse monstro bebedor de sangue.

Agora ele estava chorando. Nada bom. Ele não conseguia ouvir o que diziam lá em cima.

Respirou fundo, tranquilamente. E voltou a escutar.

"O Príncipe", que Rhoshamandes odiava, era um jovem bebedor de sangue, rebelde, sem mérito algum, chamado Lestat, que tinha feito algo "execrável" a Rhoshamandes, decepando-lhe a mão esquerda e depois o braço. Eles tinham sido postos no lugar de volta, esses membros, já que isso era possível em bebedores de sangue, mas Rhoshamandes jamais poderia perdoar a lesão, nem aceitar "o perdão". Pois, apesar do perdão, aonde quer que ele fosse agora, ele tinha o sinal de Caim.

Derek sabia o que isso era, o sinal de Caim. Quando tinha despertado nesse tempo, foi um padre pobre no Peru quem o educou e lhe ensinou os costumes do mundo – numa aldeia rural não muito diferente daquela que Derek havia abandonado milhares de anos antes, transferindo-se para as cavernas congeladas dos picos das montanhas. Derek tinha aprendido a religião do homem de trás para a frente e lera muitas vezes as escrituras bíblicas em espanhol. Só bem no meio do século Derek descera até as cidades da América do Sul; e levou décadas para aprender a grande literatura do período atual em espanhol, português e em inglês. O inglês tinha se revelado a língua mais útil quando Derek viajou pela América do Norte e pela Europa.

Roland havia trazido livros para esse calabouço – livros que Derek lera repetidas vezes. *Die Bibel nach Martin Luther*; a *Encyclopaedia Britannica*; um exemplar em alemão e inglês do *Fausto* de Goethe; as obras de Shakespeare em muitos volumes pequenos e em mau estado, alguns em alemão, alguns em inglês, alguns em outras línguas; romances de Tolstói em russo; um romance francês intitulado *Madame Bovary*; e livros de "espionagem" em inglês, dos tempos atuais.

Livros sobre ópera. Roland adorava ópera. Foi esse o motivo para ele ter construído esse refúgio para si mesmo a alguns quarteirões do teatro da ópera. Livros com textos de óperas, sim, ele os empilhava no chão para Derek. Mas a melodia dessas óperas praticamente tinha escapado da memória de Derek, que havia visto e ouvido apenas um punhado de apresentações belas e impressionantes, quando Roland o atraíra para aquela armadilha. Para Derek, a ópera fora uma descoberta recente e uma das mais empolgantes que tinha chegado a fazer.

Derek conseguia aprender qualquer língua em questão de minutos, de modo que, com os livros, seu alemão e seu francês estavam melhores do que nunca; mas ele ficava perturbado por não saber como era o som do russo. Na maior parte do tempo, Roland falava inglês, mesmo quando não estava se dirigindo a Derek, que falava inglês quando foi capturado. A língua preferida de Arion era o inglês também. E o mesmo ocorria com esse tal de Rhoshamandes, que morava na Inglaterra, numa casa majestosa, aparentemente muito parecida com essa mesma, só que em algum local solitário à beira-mar. O inglês, a língua flexível do mundo.

Estava claro que Rhoshamandes era desprezado entre os bebedores de sangue. Ele tinha assassinado um dos antigos. E atribuía a culpa disso a Amel.

Amel.

Lá estava de novo esse nome, Amel!

Na primeira vez que o nome tinha vindo à tona na mente de Roland, Derek mal havia acreditado. *Amel*. Era esse um motivo para seu cativeiro? Ou a menção do nome teria sido mera coincidência?

A mente de Derek deu uma guinada para o passado, para bem longe, para o início de tudo – quando os Pais lhe davam instruções antes que ele pusesse os pés neste planeta.

– Agora você tem a mente de um mamífero e vai se descobrir procurando significado onde não existe significado, procurando padrões onde não há padrões. É o que os mamíferos fazem. Essa é apenas uma das muitas razões pelas quais nós o estamos enviando...

Ele fechou os olhos. Pare com isso. Concentre-se no que *eles* estão dizendo! Esqueça-se dos Pais. Pode ser que nunca mais volte a ver os Pais... ou qualquer um dos outros, seus entes queridos.

Rhoshamandes estava ficando uma fera:

– Nova York, Paris, Londres, aonde quer que eu vá, eles estão lá me julgando, me amaldiçoando. Cospem em mim, jovens e velhos. Não se atrevem a tentar me ferir, mas me provocam, sabendo que não ousarei feri-los!

– Por que você não revida? – perguntou Roland. – Por que não dá uma lição a alguns deles? A notícia vai se espalhar e...

– E eu receberei uma visita dos poderosos, não é mesmo? O grande Gregory Duff Collingsworth e a Grande Sevraine! Eu poderia derrotar com facilidade qualquer um deles, mas não dois ou três deles. E, então, seria levado de novo à força diante do Príncipe? Enquanto estiver com Amel dentro de si, ele é intocável. E já não quero entrar em guerra com eles. Quero ser como eu era antes. Quero que me deixem em paz, sozinho!

A voz da criatura ficou embargada quando ele disse "sozinho". E agora com aquela voz suave, ligeiramente indistinta, confessou a Roland que seu companheiro de longa data, Benedict, o tinha deixado, culpado por tudo e desaparecido.

– Acho que ele está com eles. Acho que está com eles na tal corte que têm na França, ou que está morando em Paris... – Ele se interrompeu. – Sei que está na corte – confessou, então. – É uma agonia dizer isso. Ele está morando com eles.

– Bem, não sou seu inimigo, já lhe disse isso – disse Roland. – Você é bem-vindo nos meus domínios a qualquer hora. É bem-vindo aqui por todo o tempo que quiser ficar. – Roland fez uma pausa por um instante e, então, prosseguiu: – Não quero problemas com esse novo regime, esse Príncipe e seus ministros. Quero que as coisas continuem como eram.

– É isso o que quero também – disse Rhoshamandes. – Mas não consigo seguir em frente do jeito que tudo está! Preciso esclarecer a questão com eles! Eles devem me isentar totalmente de qualquer culpa, para que eu não seja acossado e atormentado aonde quer que vá.

– É isso mesmo o que você quer?

– Não sou um guerreiro, Roland. Nunca fui. Se Amel não tivesse me seduzido, eu nunca teria acabado com a grande Maharet. Não tinha nenhuma desavença com ela! Não briguei com ela milênios atrás, quando fui sagrado guerreiro da rainha. Eu não me importava com o motivo pelo qual lutávamos. Tratei de me libertar assim que pude. Amel me seduziu, Roland. Ele me convenceu de que todos nós estávamos correndo perigo; e então tudo deu errado, o que tentei fazer. Agora o Príncipe me submete a julgamento, e Benedict me abandonou. E aonde quer que eu vá, sou destratado. Não tenho onde descansar, Roland.

– Vá procurá-los e converse com eles – disse Roland. – Se quisessem destruí-lo, já o teriam feito.

– Recebi ordens de me manter afastado – disse Rhoshamandes. – Minhas crias, em sua maioria, são leais a mim. Allesandra está agora debaixo de meu teto. Você não conheceu Allesandra. Ela me trouxe avisos explícitos deles. Mantenha distância! Os outros vão e voltam, com os mesmos avisos.

– Eles devem estar inquietos por sua causa, Rhosh – disse Roland.

– Por quê? Que mal posso lhes fazer?

– Eles têm medo de você.

– Mas não têm motivo.

Mais um silêncio caiu entre os dois.

– Odeio o Príncipe – disse Rhoshamandes, numa voz sombria. – Eu o odeio! Eu o destruiria se conseguisse arrancar Amel dele! E o queimaria até...

– É por isso que eles o temem – disse Roland. – Você é um inimigo que não consegue lhes perdoar a vitória. E sabem disso. Então, o que você quer mesmo?

– Já lhe disse. Uma audiência. Absolvição total. Quero que a ralé e a gentalha recebam ordens de não seguir meus passos e me amaldiçoar! Quero um fim para o temor de que algum antigo desgarrado me destrua com o fogo pelo que fiz!

Silêncio.

Vozes vagas, distantes, do bulevar lá em cima. Derek podia visualizar o local, como tinha feito mil vezes, os grandes cafés bem iluminados, cheios de mesas ocupadas, os carros passando sem parar.

– Nesta noite, quando entrei no teatro da ópera, eu sabia que você estaria lá – disse Rhoshamandes. – Não houve uma única vez que eu fosse à ópera em Budapeste que você não estivesse em algum lugar por perto. E Roland, senti medo de você!

– Não precisava – disse Roland. – Não me submeto a esse Príncipe. Por que haveria de me submeter? Você acha que sou o único que nunca admitiu nenhum desses acontecimentos? Pelo mundo afora, existem outros como eu. Nós não o desprezamos. Não o amamos. Queremos ser deixados em paz.

– Bem, agora eu sei, mas percebe como é viver com medo de que a qualquer instante você se depare com algum bebedor de sangue que não cumpra a ordem de proteção do Príncipe e provoque um combate? Detesto combates, Roland! Detesto. Ouça o que lhe digo, a grande Maharet estava pronta para morrer. Se não estivesse, eu nunca teria conseguido acabar com ela. Não tenho o que é necessário para matar outros bebedores de sangue. Nunca tive! E sem Benedict... sem Benedict...

– E você acha que, se lhe concedessem uma audiência, se ouvissem suas explicações, o convidassem para a corte, o aceitassem no círculo mais fechado, você acha que Benedict voltaria.

Ficou claro que isso significava tanto para aquele que se chamava Rhosh que ele nem mesmo respondeu.

– Escute, então, Rhosh – disse Roland. – Pode ser que eu tenha uma coisa que o ajude. Mas é um segredo, um segredo poderoso, e só o compartilharei com você se você fizer um voto solene. Dê-me esse voto de que nunca revelará o que pretendo compartilhar, e farei a revelação. Talvez seja algo que você e eu podemos oferecer ao Príncipe em troca de qualquer coisa que você queira. Tenho certeza de que esse Príncipe detém poder suficiente para resolver toda essa situação para você. Parece que eles o adoram, os recém-criados. Ouvi dizer que afluem à sua corte, vindo da Europa inteira. Parece que todo o mundo dos mortos-vivos clama por seu amor.

– Ah, é claro, é verdade, mas quem manda são Gregory, Sevraine e Seth, além daquele desprezível Marius, aquele mentiroso, impostor, aquele romano hipócrita, cheio de segredos, que...

– Eu sei. Mas todos eles vão querer esse segredo. Em especial Seth e o médico que é sua cria, Fareed. E Seth é mais velho que você, Rhosh, e mais velho que a Grande Sevraine.

— Seth não é mais velho que Gregory – disse Rhosh.
— Como ele é? – perguntou Roland.
— Ninguém sabe ao certo, nem mesmo Fareed. Ele é filho da grande Akasha, disso não há dúvida. Dizem que ele não confia a ninguém seus pensamentos íntimos, alegando ser somente um curador, alegando só trazer para o Sangue outros curadores, para podermos ser estudados, compreendidos.
— Não gosto disso – disse Roland. – Nada de bom pode resultar desse estudo do Sangue. Mas é um motivo ainda maior para esse tal de Seth querer esse segredo.
— Do que você está falando? Que segredo é esse?
— Você jura solenemente que avaliaremos juntos esse segredo e que, se ele não for do seu interesse, você não trairá minha confiança?
— É claro que juro, Roland – disse o outro, deixando transparecer seus sentimentos. – Roland, no mundo inteiro... com exceção de minha Allesandra e minha Eleni... você é o único de nós que demonstrou me amar.
— Eu sempre o amei, Rhosh. Sempre – disse Roland. – Foi você que me afastou muito tempo atrás. Eu entendi. Nunca o culpei por isso. Mas outros também o amaram.
De Rhosh veio um som amargo de zombaria.
— Sério. Você sabe que foi amado – disse Roland. – Mas você jura?
— Juro.
— Então venha. Vou lhe mostrar a moeda de troca, como dizem.
Cadeiras arranharam o assoalho de madeira. Passos lá em cima; e, sim, sim, é claro, *sou eu a moeda de troca, como dizem!*
Derek ouviu as trancas serem abertas, o rangido das dobradiças e os passos menos ruidosos pela escada de pedra em caracol.
Cada vez mais perto.
— Que idade tem esse calabouço? – disse Rhosh, baixinho. – Ele é mais antigo até mesmo que minha casa à beira-mar.
— Ah, ele tem uma história. Assim como os séculos que vivi aqui antes que se construísse a cidade por cima. Uma noite dessas eu lhe conto tudo.
Eles tinham chegado à porta de Derek.
Derek voltou o rosto para a parede. Puxou o cobertor por cima do ombro e começou a chorar de novo, sem conseguir parar.
Uma tranca retirada, e depois mais uma. E o rangido de dobradiças que nunca eram lubrificadas.
Roland acendeu de repente a luz do teto – uma única lâmpada pequena e imunda, protegida por uma gaiola no teto de pedra.

— Ora, não é que essa cela até que é aconchegante? – disse Rhoshamandes.

— Seria muito mais aconchegante se ele se dispusesse a cooperar. Eu lhe forneceria luz, livros, comida, à vontade, o que pedisse. Ele poderia ter neste quarto os confortos da música, da televisão, do que lhe aprouvesse. Mas ele se recusa a cooperar. Recusa-se a contar o que sabe.

Como Derek odiava esse tom, sempre tão suave, tão cortês, como se sua intenção fosse dizer coisas gentis, mas coisas gentis nunca eram ditas. E ele odiava ainda mais o sorriso zombeteiro que o acompanhava. Não queria ver o sorriso. Manteve a mão direita grudada na cabeça.

Silêncio.

Derek sabia que estavam a poucos passos da sua cama.

— Ele não é humano! – disse Rhoshamandes, num sussurro.

— Certo. Não é mesmo.

Mais um silêncio em que o único som era o de Derek chorando.

— E não se deixe enganar pela aparência de jovem – disse Roland, agora endurecendo a voz, tornando-a cheia de raiva e frustração. – Ele parece tão inocente, eu sei, e quase enternecedor. Só um garoto. Mas não é nenhum garoto. E é tão teimoso quanto eu. Tenho a nítida impressão de que ele está na Terra há muito mais tempo do que você ou eu.

— E você acha que Seth e Fareed vão querer essa criatura.

— Se não quiserem, são uns tontos.

— Nunca vi nada parecido nem de longe com isso.

— É essa a questão. Eu também nunca vi. E eles também não. E se houver mais deles, se houver toda uma tribo deles em algum lugar, vivendo no nosso mundo...

— Estou entendendo.

Derek respirou fundo, mas não disse nada; e não fez nada para demonstrar que reconhecia a presença deles. Ele se encolheu mais no canto.

Tinha empurrado a cama para um canto. Impulso de mamíferos, teriam dito os Pais. Mas ele se sentia mais seguro, irracionalmente mais seguro, no seu canto, meio escondido debaixo do cobertor.

Mas o silêncio dos dois estava amedrontando Derek.

Ele limpou o nariz e olhou para cima, para Rhoshamandes, e o que viu o surpreendeu.

Outros bebedores de sangue tinham ido e vindo, lá em cima, mas os dois únicos que Derek havia conhecido eram Roland e Arion. E esse novo era extremamente diferente, mais duro, mais suave como um todo, com um rosto que parecia mármore vivo e olhos que penetravam em Derek como se pudessem queimá-lo. Sua pele era morena, como a pele de Roland era, mas isto era superficial, obtido por meio de uma exposição calculada ao sol para poderem passar por humanos com mais facilidade. A pele daquele ser tinha o mesmo cheiro que a pele de Roland: de sol e de tecido queimado, bem como de um leve perfume acrescentado.

O cabelo do bebedor de sangue era de um castanho-dourado, curto e ondulado. E seus trajes eram como os de Roland – trajes a rigor, com a camisa de um branco espantoso e lapelas pretas bruxuleantes no paletó, além de uma longa capa forrada de pele que caía até o chão. Um anel que era uma safira, outro que era um diamante, e mais um que era de ouro velho. Todos eles se consideram príncipes, príncipes da noite, e se vestem como tal. E bebem o sangue dos humanos como se estes fossem animais, como se eles próprios nunca tivessem sido humanos, e sem dúvida foram um dia. Alguma coisa os havia transformado no que eram agora. Ninguém faria criaturas como eles. Isso era impensável.

– Você não tem o direito de me manter aqui – disse Derek. Ele lambeu os lábios. Pegando o lenço debaixo do travesseiro, limpou o rosto. – Não importa o que eu seja, não importa o que você seja, você não tem esse direito!

Roland sorriu para Rhoshamandes, aquele sorriso frio e cruel que Derek tinha aprendido a detestar. Seus olhos cinzentos eram insensíveis e sagazes.

– Tem que haver outros como ele – disse Roland. – Mas ele se recusa a admitir isso. Ele se recusa a dar nomes. Não me diz quem ele é, o que é ou de onde vem. E, quando bebo dele, vejo o rosto de outros... uma mulher e três homens. Mas nomes, não ouço nomes, por mais que me aprofunde, e não obtenho respostas. Não consigo palavras. Quando eu o trouxe para cá, ele tinha um endereço em Madri. Por meio dos meus advogados mantive o local sob vigilância por um ano inteiro. Não deu em nada. Por que não bebe dele?

– Beber dele! – sussurrou Rhoshamandes, continuando a olhar para Derek, como se houvesse alguma coisa horrível nele.

Bem, o que seria essa coisa? Derek tinha a forma exata de um ser humano, masculino, de dezoito a vinte anos de idade. Sua aparência fora feita de tal modo que ele fosse atraente para seres humanos. Ele teria penteado o cabelo se lhe houvessem dado um pente. Teria cortado o cabelo, se lhe tivessem dado uma tesoura. No fundo, não fazia a menor ideia da sua aparência agora, porque não tinha nenhum espelho.

Na verdade, não havia nada nessa cela de prisão além da cama, uma mesa ao lado, a estante de livros e uma pequena geladeira com comida pronta, insossa e desinteressante, que o saciava só um pouco quando ele se dispunha a consumi-la.

– Por que não experimenta? – perguntou Roland. – E beba quanto quiser. Como se estivesse bebendo de qualquer mortal. Beba tudo o que quiser.

– O que você está dizendo?

– Foi assim que eu o descobri – disse Roland. – Bebendo dele. Eu o tinha escolhido para minha vítima e só percebi o que ele era quando estava em meus braços. Arion também bebe dele. Arion bebeu muito dele. Quero que você beba dele, Rhosh. Acho que ficará muito surpreso quando beber.

– Por quê? Como? – O novo vampiro parecia exigente e quase luxento. Que dupla! E eu não sirvo para ser vítima desse monstro? Derek sorriu. Quase deu uma risada.

Por um instante, os olhos de Derek encontraram os de Rhoshamandes ou Rhosh. E a compaixão nos olhos azuis desse Rhosh deixou Derek perplexo. Mas então Rhosh desviou os olhos, baixando-os para a cama, depois para as paredes, para a mobília escassa – para qualquer lugar, mas não de volta para Derek, que continuava a olhar fixo para ele, em silêncio.

– Não se consegue matá-lo, Rhosh – disse Roland –, por mais que se beba. Pode beber o quanto quiser, estou falando sério. Beba como nunca bebeu de qualquer outra vítima. Você nunca sentirá a morte passar para você porque ele simplesmente não morre. Ele ficará imóvel, sem pulsação, sem respiração. Mas então o sangue começa a se regenerar e, dentro de uma hora ou duas, ele estará como está agora. Saudável, inteiro.

– Mas você não entende – disse Rhoshamandes, com um olhar penetrante.

– O que eu não entendo? – O outro deu de ombros.

– Ando pela Terra desde os primeiros tempos do antigo Egito – disse Rhoshamandes. – Nasci em Creta, antes do Dilúvio. Viajei pelo mundo. Nunca vi nada como ele! Nunca vi nada que parecesse tão humano e não fosse humano.

– Tem certeza? – perguntou Roland. – Pode ser que você os tenha visto e não tenha se dado conta do que eram. Pense no passado. Pense bem. Eu vi outro muito parecido com ele. E você também viu. Tente se lembrar.

– Quando? – perguntou Rhoshamandes. Ele parecia ligeiramente irritado. – Onde?

– No balé, Rhoshamandes, no teatro. O lugar onde sempre nos encontramos, o lugar que sempre frequentamos. Você e eu. Não se lembra? São Petersburgo, a estreia do balé *A Bela Adormecida*, de Tchaikovski. Tente se lembrar.

Derek prendeu a respiração, ficando ali sentado, muito quieto, disfarçando a emoção. Tratou de esvaziar a mente, como se essas palavras não tivessem a menor importância para ele, quando na realidade significavam tudo. *Vamos, fale, explique*. Sua alma doía. Ele olhou para o outro lado, como se estivesse entediado.

Essas criaturas conseguiam ler o pensamento de seres humanos, isso ele sabia, mas não eram capazes de ler o seu, embora fingissem constantemente que podiam. Alguma coisa nos circuitos de seu cérebro bloqueava o acesso deles.

Só quando bebiam de seu sangue eles às vezes tinham acesso a seus pensamentos, captavam dele imagens que ele procurava em vão ocultar.

– Nós estávamos juntos lá, você e eu – disse Roland. – Você não se lembra? Foi uma noite fantástica. E vimos a criatura juntos, você e eu, bem diante de nós, do outro lado do balcão nobre. Pense! Não consigo me lembrar do nome do homem que estava com esse ser, mas nós dois soubemos que a criatura não era humana.

– Ah, aquela criatura – disse Rhoshamandes. – Eu me lembro sim. A que estava no camarote com o Príncipe Brovotkin. E depois tentamos encontrá-los, o príncipe e o outro. E não conseguimos. Você disse que o príncipe nos tinha visto com o olhar fixo neles, que ele tinha percebido alguma coisa.

– Nós saímos de São Petersburgo de imediato, mas deveríamos ter ficado lá, investigado...

– Sim, é claro, está me voltando à lembrança. Mas tudo o que vimos foi de relance, e não tínhamos certeza.

– Rhosh, lembre-se da pele da criatura, a pele lisa, de um moreno-escuro, como a pele desse aqui, e do cabelo da criatura. O cabelo era o mesmo, denso como esse, com cachos soltos e exatamente a mesma mecha dourada, só que mais larga e no lado direito da cabeça.

Seria possível?

– Não me lembro.

Vamos, continuem falando, continuem, pensou Derek em desespero, olhando para longe... Seus olhos se encheram de lágrimas. Ótimo, chore, e pense que está com fome e quer beber vinho tinto. Vinho tinto, vinho tinto, vinho tinto... *Quem eles teriam visto – com exatamente a mesma mecha dourada no cabelo!? No lado direito da cabeça?* Enterre os nomes o mais fundo que puder. Esconda-os, junto com os rostos, com a história, com a traição...

– O ser era idêntico a esse sob uma quantidade de aspectos – insistiu Roland. – Mais alto, sim; com olhos maiores, sim; mas o cabelo era exatamente igual. De um comprimento excepcional, fora de moda, ele conferia à criatura um ar feroz, descuidado, quase selvagem, mas seu rosto estava liso, sem barba. Esse aqui não precisa se barbear. E posso apostar que aquele lá também não precisava. Bem, quer você se lembre, quer não, eu me lembro. E é provável que essa criatura conheça aquela e saiba quantos outros existem como eles. E, o que é mais importante, *o que* eles são. E como vieram parar aqui.

Rhoshamandes estava refletindo e então falou bem devagar:

– Percebo o que você quer dizer. – Mas ele realmente não estava assim tão interessado. Deu de ombros, com indiferença. Deixando Roland frustrado, e este revelava o que sentia.

Derek olhou para os dois com o canto dos olhos. Não conseguia esconder sua empolgação.

– Ah, e todo esse tempo você me escondeu isso! – disse Derek, olhando furioso para Roland.

Roland olhou de relance para Derek e lhe deu o sorriso costumeiro, enlouquecedoramente suave.

– Quando você me contar o que sabe, Derek – disse ele –, eu lhe contarei o que sei. Você não é amigo. Você não coopera.

– E você é um monstro – disse Derek, cerrando os dentes. – Você me mantém preso aqui há dez anos, e isso é errado! Por qualquer lei debaixo do sol e da lua, é errado. Não sou propriedade sua. Não sou seu escravo.

Mas no fundo ele não se importava! Acabava de obter a informação mais valiosa que tinha recebido desde que despertara neste tempo, depois que acordara na choupana humilde do padre lá no alto nos Andes. Outro! Outro está vivo. Outro, talvez encontrado nas vastidões congeladas da Sibéria, outro achado no gelo onde Derek dormira por milênios, o gelo para o qual ele tinha se retirado duas vezes em desespero, para se congelar como fora enregelado no passado.

E Amel. Esse tal de Rhoshamandes havia falado mais sobre Amel do que Derek jamais tinha conseguido captar quando Roland bebia dele.

Esse Rhoshamandes lançou mais uma vez um olhar penetrante para Derek, como se estivesse um pouco curioso, mas com alguma repulsa.

– Não consigo ler nada dele.

– Só vai conseguir quando sorver seu sangue – disse Roland.

Rhoshamandes recuou um passo, como se não pudesse se conter.

– Rhoshamandes, ouça o que lhe digo – disse Derek. – Você é antigo. Vem de priscas eras, antes que esse aí chegasse ao mundo. Eu o ouvi falando lá em cima! Sem dúvida, você tem alguma moralidade. Você se lembra de algum vestígio da reverência humana pela diferença entre o certo e o errado. Você falou de um príncipe que o feriu, que lhe fez uma afronta. Mas sua briga era sobre o certo e o errado, não era? Preste atenção. O fato de eu ser mantido aqui, como uma fonte inextinguível de sangue para esse monstro, é errado!

Tinha começado a chorar de novo. Ai, por que o tinham feito o "mais" humano?! Por que ele precisava ser o que sentia mais fundo? Voltou-se para o outro lado. Num relance, imaginou os outros com ele, consolando-o como sempre faziam. E disse a si mesmo, como tinha dito inúmeras vezes: se você está vivo, eles estão também. Se você está andando na Terra mais uma vez, eles poderiam estar andando nela também.

Mas alguma coisa estava mudando no recinto.

Rhoshamandes sentou a seu lado na cama.

Lentamente, Derek se voltou e olhou para ele. Uma pele tão pura, pura como algum líquido, como se tivesse sido derramada sobre o ser, como se ele nunca houvesse sido humano! É, eu pareço humano, pensou Derek, e essas criaturas parecem que vão deixando de ser humanas a cada ano que passa.

– Entendo que você está aqui a contragosto – disse o bebedor de sangue, inclinando-se para perto dele. – Quero beber. Quero que você se renda, que você permita.

Derek deu uma risada amarga.

– O quê? Você insiste em ter minha permissão?

Roland riu em silêncio. Seu rosto era a encarnação do desdém.

Mas, antes que pudesse dizer mais alguma coisa, Derek sentiu a mão da criatura odiosa em seu ombro esquerdo e o rosto do ser se aproximando do lado direito de seu pescoço.

– Lembre-se, não se consegue matá-lo – disse Roland. – Olhe fundo, Rhosh. Extraia a verdade dele com o sangue.

Por que o antigo hesitava?

Derek olhou para Roland, de cabelos brancos, com as rugas marcadas da velhice mortal entalhadas talvez para sempre em seu rosto comprido, oval. Roland, dos olhos frios e indiferentes. Antes da chegada de Arion, esse rosto foi o único que Derek viu por nove anos.

– Não tenha pena dele, Rhosh – disse Roland, olhando direto para Derek. – Tentei de tudo com ele. Nada funciona. Ele simplesmente não me conta nada.

Rhosh recuou um pouco, como se tivesse se inclinado para beijar e achado melhor não fazê-lo. E aquela mão direita que o examinava agarrou a cabeça de Derek e alisou seu cabelo.

A contragosto, Derek sentiu um arrepio, a sensação aguda e agradável de ser tocado com aparente afeição por outro ser, mesmo um ser tão frio e desumano como aquele.

Ele fechou os olhos e engoliu em seco. Lágrimas se derramavam por seu rosto.

– Uma criatura tão bela – sussurrou Rhosh. – Uma voz tão juvenil. Tão agradável.

– Esse Príncipe acredita no certo e no errado? – perguntou Derek. – Leve-me a ele, use-me como moeda de troca, como vocês dizem. Talvez ele seja melhor do que você e do que esse aí que me mantém aqui como se eu fosse um passarinho numa gaiola ou um peixinho num aquário! Eu tenho coração, será que vocês não entendem! Eu tenho...

– Alma? – perguntou Rhoshamandes.

– Tudo o que tem consciência de si mesmo tem alma – disse Derek.

– Tudo? – perguntou Roland. – Como você sabe?

– Eu sei – disse Derek. Mas não sabia. Na realidade, não fazia a menor ideia. Sabia exatamente como havia sido feito e por quem; e não tinha como saber se uma alma estava ou não incluída no pacote. Não podia suportar imaginar que não tivesse uma alma. Recusava-se até mesmo a cogitar isso. Mas não se pode realmente ter esse tipo de comportamento para com ideias, certo? Com todo o seu ser, ele *sabia* que tinha alma. Ele era uma alma! E sua alma era Derek, e este sofria e desejava viver! E tambem queria ser libertado dessa prisão.

Rhoshamandes o abraçou com delicadeza e puxou Derek mais para perto. Mais uma vez curvou-se para beber.

Derek fechou os olhos e sentiu as presas tocando em seu pescoço. Tentou esvaziar a mente, expulsar todas as palavras, todas as imagens, e sentir apenas a picada ferina dos dentes, o carinho suave da respiração da criatura.

– Hummm, quentinho, salgado, com a temperatura de um ser humano – murmurou Rhoshamandes, com a voz agora embriagada, muito embora não tivesse bebido. Era assim com eles. Mesmo antes de se banquetearem com ele, a fome os embriagava. Seus olhos ficavam vidrados. O coração saltava. Eles se tornavam a própria sede. Era desse modo e por esse motivo que podiam sugar a vida dos humanos e de Derek. Eles se transformavam em feras. Pareciam ser anjos, mas na realidade eram feras.

– Beba e encontre minha alma – disse Derek –, e saiba que o que está fazendo é errado. Mas a verdade é que sempre é errado quando vocês bebem, não é mesmo? Todos os que vocês matam têm alma.

— Abra-se para mim, meu jovem — disse o desconhecido. — Não pretendo lhe fazer mal.

Derek fechou os olhos e se voltou para o outro lado. Veio então a picada fina, forte, dolorida. E logo atrás dela o jorro de prazer, de mais daqueles arrepios ondulantes no pescoço, nas costas, descendo pelos braços e pernas. O mundo se dissolveu, e com ele sumiram a fuligem e a poeira fétida da cela do calabouço. E ele flutuava enquanto aquela criatura sugava seu sangue em goles lentos e profundos.

Num flash tremendo e inesperado, Derek viu uma mesa comprida, com bebedores de sangue de cada lado dela, e uma pessoa de cabelo louro com um machado na mão. O Príncipe! Que bela aparência ele tinha, e como seu sorriso era sedutor! O machado caiu com violência, e o Príncipe exibiu a mão esquerda decepada. Os dois se entreolharam com ódio, Rhoshamandes e o Príncipe, e o Príncipe louro decepou o braço de Rhoshamandes! Derek viu a mão e o braço em cima da mesa. Sentiu a dor que Rhosh tinha sentido, lancinante, queimando pelo seu ombro adentro, para depois sumir.

Diga-me onde está meu filho. Ou você morre.

Quer dizer que foi isso, não foi? Derek estava ficando mais fraco.

— Você manteve o filho dele cativo, foi isso o que fez, e ainda se espanta de ele tê-lo ferido? Eu o teria ferido, se conseguisse. Eu lhe arrancaria um membro de cada vez, e nunca feri ninguém. Fiz um voto de nunca ferir seres humanos neste planeta, mas sua humanidade já se extinguiu há muito tempo aí dentro, e eu o torturaria com prazer...

Tudo terminado. Ele estava acabado. Já não existia Derek, o lutador, que conseguia procurar qualquer coisa na mente do bebedor de sangue. Ele estava à deriva, sem corpo, sem lugar.

Sonho.

Atalantaya, a esplêndida cidade de Atalantaya... nada de palavras. Não lhes dê palavras. Olhe. Mas não use nomes. E então ele simplesmente estava lá.

Eles tinham desaparecido, aqueles monstros do momento atual em Budapeste.

Derek se encontrava na grande Atalantaya com os outros, seu povo, sua gente — Kapetria, Garekyn e Welf, todos juntos, de mãos dadas, sua irmã e seus irmãos —, e eles estavam olhando quando surgiu o Ser Maior. *Amel.* O Ser Maior era inconfundível, um belo exemplar de humano do sexo masculino, com a pele de uma palidez sobrenatural, olhos verdes e uma densa cabeleira de um dourado-avermelhado. Eles tinham feito Amel para que parecesse ser um deus. Mas haviam feito Derek, Kapetria e seus irmãos para parecerem simplesmente humanos. Bem, ele de fato parecia um deus, se os deuses forem pálidos e brilhantes.

– Amel – disse Kapetria.

Derek não queria palavras, mas não conseguia impedi-las, não era capaz de silenciar as palavras que pronunciavam. Ele estava no sonho, mas não no controle dele.

E por um instante o mundo ficou paralisado. Nada se mexia, nada vivia. O mundo estava desprovido de vida e de significado, e a voz de Rhoshamandes perguntou:

– *Amel?*

Fim. Nada de Rhosh. Nada de voz. Nada de defesas. Só o agora... o sol agradável se derramando através do grande domo cristalino, luracástrico, de Atalantaya, a bela Atalantaya...

Voz dos Pais. Vocês precisam entrar no domo. Lembrem-se, devem investir contra ele debaixo do domo.

Em toda a sua volta estava a população de Atalantaya, de olhos e cabelo escuro como eles, Derek, Welf, Garekyn e Kapetria. Mas veio chegando o Ser Maior, com os atributos extraordinários de um deus.

– *Erro nosso, está vendo?* – disseram os Pais. – *Porque ele agora acredita que é um deus.*

Nas mãos, o Ser Maior trazia um objeto oval que tremeluzia ao sol, e em toda a sua volta as pessoas exclamavam, apontavam, davam vivas, faziam reverências para ele e o louvavam. Por toda parte, nas janelas dos altos prédios e torres, havia rostos voltados para ver o Ser Maior. Pessoas lá no alto, em cima dos telhados, contemplavam o campo recém-lavrado que estava ali pronto para o objeto que o Ser Maior agora plantava no solo úmido, perfumado.

De repente, todos estavam cantando, cantando numa melodia gorjeada, sem palavras. As pessoas se enlaçaram e começaram a balançar para lá e para cá enquanto cantavam. Kapetria pôs o braço em torno de Derek, abrindo seu sorriso conhecido para ele. E Derek não se soltava de Garekyn. E os chafarizes jorravam sua água, chovendo sobre o objeto oval, à medida que ele ia crescendo cada vez mais e então se partia, com sua casca fina se abrindo como numa coleção de pétalas, das quais os grandes brotos reluzentes começavam a crescer.

– Mas é o canto que faz com que aconteça? – perguntou Derek a Kapetria.

– Não, amado – disse ela. – Tudo é pura química. Tudo isso é química. Tudo o que vê aqui é química. Mas você não percebe a genialidade? Ele está fazendo com que as pessoas comuns sintam que estão participando. Ele lhes deu um ritual para que elas estejam unidas. Ah, como ele é inteligente, tão inteligente.

O Ser Maior estava em pé, um pouco afastado, com os polegares enganchados no cinto de couro, observando todos eles enquanto cantavam e dançavam, seus olhos subindo pelas torres do outro lado, até os milhares de seres reunidos em todos aqueles terraços e em todas aquelas janelas. Como ele estava orgulhoso, como estava feliz. Lágrimas adejavam em seus olhos. E se encontrava ali parado, com o peso apoiado no pé esquerdo, a outra perna relaxada, a longa túnica azul solta em torno do corpo, uma lã de cor tão viva, com um esplêndido bordado de bolotas de carvalho douradas ao longo da bainha. E como era brilhante a fivela que cintilava no seu cinto, assim como as fivelas nos seus ombros. Como ele se envaidecia daquilo tudo, e então seus olhos se fixaram em Derek, e até mesmo para Derek ele sorriu.

Amel.

Os enormes brotos cristalinos de luracástria estavam agora se espalhando, se alargando, ficando mais espessos e então se transformando em lâminas imensas de um material transparente e bruxuleante, que se erguia cada vez mais alto e se alargava cada vez mais, enquanto a enorme multidão ao redor começava a aplaudir além de cantar.

Derek estava ali parado, pasmo, vendo o prédio subir e se expandir, vendo paredes e janelas surgirem e se formarem diante dele, vendo todo o interior e o exterior da torre se desdobrando a partir do objeto oval, como se fosse impossível fazer parar seu crescimento. Era como ver uma árvore enorme crescer a partir de uma semente numa questão de minutos, lançando de si seus ramos poderosos, suas folhas mais ínfimas, suas flores, suas sementes.

Por toda parte, as pessoas riam, gritavam e apontavam, pontilhando as ondas do canto que nunca parava. A torre foi subindo sem parar, até atingir a mesma altura das outras, um edifício magnífico, com portais, sacadas e janelas, desenvolvido a partir do objeto oval que agora estava perdido ali embaixo, enquanto seus tentáculos se ancoravam fundo na terra. Derek podia ouvi-los. Puxa, aquela coisa tinha crescido para baixo tanto quanto para o alto.

– Vejam a luracástria – disse uma das pessoas ao lado deles. – Percebo que não sabem o que ela é. Tudo no centro de Atalantaya é feito de luracástria. Vejam a luracástria. De uma forma ou de outra, até mesmo o grande domo é de luracástria.

Derek estava tão feliz. Felicíssimo. Como alguém poderia querer destruir tudo isso, aniquilar o Ser Maior, acabar com toda essa gente, essas multidões felizes, essas almas cujas canções se elevavam na direção do céu, por baixo do domo? Era impensável para ele, tão impensável quanto a ideia da própria morte. Um medo o dominou, um medo tão terrível que ele começou a tremer.

Estava desaparecendo. Não, não quero ir embora. Quero ficar com você, Kapetria. Abrace-me forte! Kapetria, estou vivo, ainda existo. Onde está você?! Venha me procurar. Welf, Garekyn, venham me procurar.

Escuridão.

Negrume.

Nenhum som do próprio coração. É, um humano já teria morrido a essa altura. Ele sabia disso, mas parecia que levava uma eternidade para saber de novo, saber que estava terminado e que ele teria de volta seu corpo e sua mente.

Sem dúvida, Rhoshamandes já o tinha largado. Mas Derek não conseguia sentir nada, nem em cima, nem embaixo, nem à direita, nem à esquerda. Mas seu coração estava funcionando. As células em sua medula óssea, trabalhando.

– Mas eu o matei!

– Não, creia em mim, você não o matou. Ele parece que morreu, aos olhos, aos ouvidos, ao tato. Mas não está morto. Tenha paciência. A criatura não morreu. É isso o que acontece com ele quando é atacado. Ele perde a consciência, para de respirar, mas não está morto.

Silêncio. E então o odor da cela de novo, pedra úmida, a fuligem da pequena lareira para a qual não havia lenha nem carvão. O cheiro dos bebedores de sangue, de pele que tinha estado ao sol para ser queimada de dia, enquanto eles dormiam, para que pudessem passar por humanos, e as fragrâncias de suas roupas e de seu perfume. O cheiro de livros, de papel velho. *Sabes que é comum; tudo o que vive há de morrer, passando pela natureza para a eternidade.* Pois é, eu não.

– O gosto era de sangue humano, dos melhores, só que era mais espesso e um pouquinho mais doce. Só um pouquinho...

– É mesmo.

– Ele tem nutrientes que o sangue humano não tem.

– Pode ser. Mas não faço a menor ideia de quais sejam esses nutrientes. Seu efeito é mais prolongado.

– O que *é*, afinal, essa criatura?

– Seria legal ter um estábulo cheio dessas criaturas, não é mesmo? – Roland riu. E riu mais. Como Derek detestava aquele riso. – E, veja só, o sangue já está se regenerando. Olhe para as mãos dele, os dedos, as unhas.

Alguma coisa tocou em Derek, mas ele não pôde localizar a sensação. Seu corpo inteiro formigava, e o formigamento era Derek.

Mas eles continuaram a falar. E sua alma registrou cada palavra impiedosa que pronunciaram.

— Ele não morre, não há nada que o mate – disse Roland, o cruel, o desprovido de sentimentos. – Nem a fome, nem a sede. Já o deixei um mês sem comida nem bebida. Não tentei outros meios. Mas o que você viu? O que viu que ele não conseguiu esconder? Ele lhe deu alguma coisa?

E então veio a voz mais agradável de Rhoshamandes...

— Vi um lugar, uma cidade espetacular, e um fenômeno espantoso. Era como se um arranha-céu feito de vidro, uma torre altíssima e muito trabalhada, estivesse crescendo a partir de um ovo!

Não. Como ele viu essas coisas? Socorro! Derek sentiu as lágrimas escorrendo pelas bochechas. Tentou levar a mão ao rosto, mas não conseguia encontrar a mão. Ia demorar um pouco até ele ser capaz de sentir o corpo de novo. Mas estava sentindo as lágrimas. *Me ajude. Me encontre. Me tire daqui* – Garekyn. *Garekyn, foi você que eles viram em São Petersburgo? Garekyn, seu irmão está vivo.*

— Mas era uma cidade imponente, vibrante, como que cheia de vida, com eletricidade, água encanada, poder, um poder incomensurável... e as torres. Nunca vi nada parecido, aquelas torres espetaculares, gigantescas... tudo parecia transparente, como se feito de vidro... e mais adiante havia paredes enormes de vidro... um imenso telhado de vidro...

— Você teria como identificar a cidade?!

— Não, nunca vi nada como ela! E vi com ele seus companheiros, criaturas parecidas com ele, como você disse.

— Eu sabia. Sabia que você poderia ir mais fundo do que eu jamais consegui – disse Roland. – E o que mais, me conta!

— Eles eram como ele, mas uma era mulher; e todos tinham a mecha dourada no cabelo preto. Tinham essas mechas para identificarem uns aos outros. Ou para identificá-los para alguma outra pessoa. E havia nomes, mas não consegui captá-los. Não consegui captar o nome da cidade, e a cidade tinha um nome, eu sabia. Mas consegui captar um nome, um único, e esse nome foi Amel.

— Bem, ele nos ouve falar de Amel há anos. E agora, com o Príncipe e a corte, o tempo todo ele nos ouve, a mim e a Arion, falando de Amel. Também me ouviu falar de Amel de vez em quando com outros que passam aqui de visita. Ele tem uma audição aguçada. Consegue ouvir nossas conversas nos aposentos lá em cima.

– Não, o nome vinha daquela época e daquele lugar, tenho certeza. E ele não queria que eu o ouvisse, mas não tinha nenhum controle sobre isso. Roland, esse tal de Ser Maior, o que plantou a semente que cresceu e se transformou num arranha-céu, era Amel!

Eles estavam se afastando. Estavam indo embora. A porta se fechou, a chave virou na fechadura. A tranca voltou para seu lugar. Passos leves na escadaria.

– Descreva-o.

– Cabelo avermelhado, dourado. Alto. Bem-vestido, trajado como se fosse no meu tempo. Roland, as roupas eram simples, de lã, mas principalmente de seda, como as roupas do meu tempo, mas não era no meu tempo. Não era em nenhum tempo ou lugar que eu tenha visto na vida. Roland, poderia ter sido muito antes de eu nascer!

Eles se afastavam cada vez mais.

Derek se esforçava para ouvi-los. *O que eu fiz?!*

Rhoshamandes falava com empolgação:

– Esse lugar, eu não sei onde fica, mas você não percebe, Roland? Não entende o que isso significa?

De modo abrupto, eles passaram para outra língua. Por um instante, as palavras confundiram Derek, mas ele só precisou esperar e se concentrar para elas se tornarem compreensíveis. Ele percebia, porém, que essa era uma língua mais antiga e mais simples, uma língua que os dois tinham compartilhado eras atrás. Logo o sentido ficou claro.

– Não, o que significa? – perguntou Roland. Parecia que estava emburrado, irritado. Roland não tinha a inteligência ou a paixão do amigo, Rhoshamandes.

– Meu Deus, Roland, se Amel estava lá naquele lugar com essa criatura e seus amigos, você não vê que ele não é pura e simplesmente espírito? Não é um espírito de modo algum, é um fantasma!

– Que diferença faz? Esses espíritos vêm de algum lugar, não vêm? Vai ver todos são desencarnados. Qual é a diferença entre um espírito e um fantasma? Nunca ouvi falar de nenhuma diferença. Que importância isso tem para nós?

– Mas, Roland, se ele for um fantasma, se teve vida antes, se teve personalidade e poder, ora, isso poderia mudar tudo!

– Para mim não muda nada – disse Roland. – Mas se Fareed e Seth ficarem tão interessados quanto você, sem a menor dúvida vão querer essa criatura! Eles estarão dispostos a pagar por ele, Rhosh, a pagar uma nota. Esse pagamento seria bem-vindo para mim. Eu poderia contar com ele por séculos. Preciso de um pagamento desses.

– Posso lhe dar todo o ouro que você quiser, Roland. Não pense mais em nenhum problema com ouro. Eu lhe pagarei muito bem pela criatura agora. Mas você está captando a importância...

Muito longe. Sons de trânsito. Vibrações que se propagavam através da terra, por baixo do tráfego.

Rhoshamandes ainda estava falando, numa corrente de palavras entusiásticas. Derek já não conseguia entender o que dizia.

– Eu ainda digo...

– Não, você está enganado. – E depois aquele turbilhão de novo, como água no encanamento dessa casa ou carros no bulevar lá em cima. E os monstros tinham saído para a rua.

Derek se sentou ali mesmo na cama. Sentia náuseas, estava fraco, com sede. Pegou uma jarra na mesa ao lado. Vazio. Os monstros o tinham deixado sem água. Ele voltou a se deitar, sentindo sede em cada poro do corpo. Com toda a sua vontade, tentou sentir vigor, mas seu corpo era um peso morto.

Tudo o que conseguia ouvir agora era a vibração da voz de Rhoshamandes; e então ele ergueu a voz, exasperado:

– Não, não, eles não podem tomar conhecimento de nada disso por ora, Roland. Nada. Ninguém pode saber disso enquanto eu não pensar muito bem.

Derek caiu de volta no travesseiro, com fome e frio. Ficou olhando para a lâmpada distante, aquela luz feia, suja, acesa na gaiola enferrujada, e chorou do fundo do coração.

– Vou esquartejá-lo, arrancar um membro depois do outro – sussurrou ele. – Se ao menos... – Quando foi que ele, Derek, tinha tido esse tipo de pensamento vingativo? E imaginar que ele nunca havia entendido essa dimensão dos seres humanos. E agora estava tão envenenado pelos sonhos de vingança quanto qualquer ser humano.

Ele rolou para ficar deitado sobre o lado esquerdo e puxou o cobertor por cima do ombro. Será que agora era seguro se lembrar daquele momento, quando a torre tinha brotado e crescido do ovo? Tudo bem se ele se lembrasse de estarem juntos, perambulando por Atalantaya naqueles dias e noites ininterruptos, de calor agradável? Ele estava caminhando de novo, com o braço em torno de Garekyn, à sombra do arco formado pelas enormes folhas verdes de bananeiras; e, onde quer que olhasse, havia flores, cor-de-rosa, vermelhas, amarelas e roxas, flores desse tipo de cor – pétalas apanhadas a girar na brisa.

Trepadeiras subiam pelas paredes de luracástria, e cachos de pétalas estremeciam acima dele, cachos semelhantes aos de uvas.

Arion o acordou. E tinha entrado e se sentado na cama, a seu lado.

– Tenho uma coisa para você – disse ele.

– Água, por favor. Eu lhe imploro!

– Ah, isso eu trouxe também – disse Arion.

Quando se sentou, Derek abriu a reluzente garrafa plástica de água gelada e bebeu pra valer.

– Adoro você por isso – murmurou ele. – Não bebo água há dias e noites a fio.

– Eu sei. Pus água para você na geladeira. Escondi algumas garrafas debaixo da cama. E trouxe isto aqui também.

Era uma maçã, uma maçã bem vermelha. Derek a pegou sem dizer nada e a devorou por inteiro, engolindo até as sementes e a haste. Como ela estava fresca e doce! Ele voltou a se deitar, olhando para o teto. Tão doce. Viu as inúmeras árvores frutíferas de Atalantaya, de frutos amarelos e laranja. Podia-se colher frutos a qualquer hora, em qualquer lugar. Mas não pense nisso para que essa criatura, por mais bondosa que seja, não leia seus pensamentos.

Arion estava ali sentado, com o olhar perdido. Estava trajado com simplicidade, com jeans, moletom e uma velha jaqueta de couro com os cotovelos brilhantes, desgastados. Ele não tinha nada da elegância de Roland, nada da vaidade, nada da preocupação com ornamentos sutis. Parecia triste, de uma tristeza terrível.

– Tome de mim o que quiser – disse Derek. – Eu lhe imploraria que me soltasse daqui, mas sei que você não pode.

Arion sorriu, mas não para Derek. Ele então tirou um objeto pequeno do bolso. Um iPod. Tinha que ser, embora fizesse anos que Derek não via um. Preso a ele estava um fio branco e fino, com um fone de ouvido.

– Espere até de manhã – disse ele –, quando tiver certeza de que todos estão dormindo, e então ouça isso aqui. Tem um monte de música e programas de rádio gravados.

Ah, aquilo era um tesouro!

Cheio de gratidão, Derek aceitou o equipamento e tentou descobrir como funcionava; mas, diferentemente de seu último iPod, de dez longos anos atrás, aquele ali era um pedaço de vidro plano.

Com algumas batidinhas rápidas, Arion fez com que ganhasse vida. Derek acompanhou o movimento dos dedos dele e ouviu uma onda de música, uma onda de vozes misturadas. Ele pôs na orelha o fone de ouvido branco e ouviu a voz gutural da mulher cantando uma música que ele conhecia e amava, "Undercover Agent for the Blues".

– Tina! – sussurrou ele. Ah, aquilo era demais. Era fantástico. Era como um portal mágico para sair daquela sua prisão abjeta.

Ele se inclinou para a frente, abraçou Arion e beijou seu rosto gelado. Parecia de pedra, tão liso, como se fosse de pedra polida. Todos eles davam essa impressão, esses bebedores de sangue.

– Agora, veja bem, preste atenção – disse Arion. – Vou lhe mostrar como se encontra um arquivo de rádio específico. Mas você só pode usar esse equipamento depois que todos nós formos descansar.

– Como esse arquivo de rádio vai me ajudar? – perguntou Derek.

Arion ficou ali sentado em silêncio por um instante, pensativo, com a testa franzida e o telefone à toa na mão.

– Não sei – disse Arion. – Mas é nossa rádio, são nossos programas...

– Já ouvi falar nisso. Vindo da corte, da corte do Príncipe.

– Sim e não. Eu não sei. Acho que vem dos Estados Unidos. Mas é alguma coisa diferente. São duas faixas de som, uma para humanos e uma mais baixa, só para nós. Mas você vai conseguir ouvir. Escute. Preste atenção, e pode ser que consiga nos entender. – Ele mostrou o carregador a Derek. Pegou-o e o ligou na tomada por trás da pequena geladeira. – Se ou quando ele descobrir que você está com o aparelho, é claro que vai tirá-lo de você.

– E você estará numa bela encrenca por tê-lo passado para mim.

– Não me importo – disse Arion. – A essa altura, pode ser que eu já tenha ido embora. Não sei. Dói em mim que você esteja preso aqui. Mas não posso ofender quem me abrigou. – Ele estava em pé junto da geladeira, com as mãos nos bolsos. Estava de novo com o olhar perdido. Não gostava de contato visual. – Sinto tanta pena de você – acrescenta ele. – Tem muita música aí. Ouça só a música, se quiser. Eu não conseguia suportar a ideia de você aqui embaixo, sozinho, desse jeito.

Houve ruídos lá em cima.

– Desligue o aparelho e o esconda – sussurrou Arion. – E só o ligue depois que estivermos dormindo. Preciso ir.

Em menos de uma hora a casa espaçosa tinha se tornado um túmulo. Os criados mortais só viriam no fim da tarde, e nunca se aventuravam a descer a escada. A cidade de Budapeste rugia com o movimento do dia.

Derek mexia no iPod. Não era assim tão complicado. E em pouco tempo tinha encontrado o arquivo de programas e descoberto como estava fascinado ao ouvir a voz antinatural de um bebedor de sangue que se dirigia ao mundo inteiro, por trás do disfarce de uma música, em um nível de decibéis que os seres humanos não tinham condições de ouvir. Ora, isso era de uma inteligência assombrosa. Ele se recostou na cama, ouvindo.

– Aqui Benji Mahmoud, de Nova York, nesta véspera de Ano-Novo, amados irmãos e irmãs no Sangue, para informar que tudo está bem na grande corte na França, à qual todos são bem-vindos. E para lhes dizer que nosso amado Príncipe agora passou oficialmente o governo rotineiro da tribo para o Conselho de Anciãos, que em breve irá elaborar para nós nossa própria Constituição e nossas leis. Enquanto isso, aqueles de nós que quiserem gozar das boas graças da corte sabem como se comportar. Chega de discussões, brigas, batalhas campais. Nada de nos alimentarmos dos inocentes. Irmãos e irmãs, lembrem-se, como digo tantas vezes, já não estamos órfãos!

Derek chorou de novo. Não conseguiu se conter. Levantou-se, com o aparelhinho na mão enquanto ouvia, dando voltas e mais voltas na pequena cela. Sem parar de ouvir, ele bebeu mais da água que Arion lhe tinha trazido. Não se importava por não haver nenhum objetivo ao qual pudesse aplicar esse novo conhecimento sobre quem o mantinha em cativeiro. Essa era uma voz que falava com ele, e ele não estava só.

2

Lestat

Não foi difícil encontrá-los. O velho mosteiro de Santo Alcarius ficava a nordeste de Paris, numa densa floresta perto da fronteira com a Bélgica. Era a sede secreta de Gremt para a antiquíssima Ordem da Talamasca.

Amel e eu estávamos determinados a fazer uma visita a Gremt. Deveríamos tê-la feito muito tempo atrás, e eu estava envergonhado por essa falha.

Eu realmente queria estar ali naquele instante? Bem, não. Desejava estar do outro lado do oceano, em Nova Orleans, porque tinha convencido minha amada cria, Louis, a se encontrar comigo lá. Mas essa visita era importante. E minha mente fervilhava com perguntas para Gremt e seus companheiros espectrais, bem como sobre eles.

Por ordem de prioridade, porém, eu precisava me desculpar por não tê-los convidado para a corte e por não ter vindo antes.

No povoado, um pequeno lugarejo limpo e pitoresco, por baixo do qual o passado dormia em silêncio, as pessoas me disseram que os proprietários de Santo Alcarius eram como que ermitões, e que todos os seus assuntos ficavam nas mãos de uma firma em Paris. Eles não me deixariam entrar "lá em cima". Não se dê ao trabalho de bater. Contudo, nos meses de verão, os turistas e trilheiros eram sempre bem-vindos nos jardins. Havia bancos para eles à sombra das velhas árvores.

A estrada particular não era pavimentada e era quase intransitável. Mesmo com essa neve fraca, ela nos daria trabalho.

Mas tínhamos vindo do château de Lioncourt num robusto veículo com tração nas quatro rodas e conseguimos passar com facilidade pelos buracos e pelo entulho que não era retirado fazia meses. Há décadas que me deixei fascinar por automóveis possantes. Eu adorava dirigi-los e sentir a onda de poder quando acelerava.

A lua estava cheia, e a noite de inverno, clara e gelada. Vi as luzes através dos teixos velhíssimos, e, à medida que nos aproximávamos, vi mais luzes que se acendiam na velha torre quadrada e nas janelas altas com vidraças em formato de losango, na fachada de pedra. Uma rápida examinada me disse que havia muitos seres lá dentro, embora eu não pudesse dizer que seres eles eram. Fantasmas, espíritos, bebedores de sangue.

Saltei do carro e disse a Thorne e Cyril que esperassem por mim. Eu agora não podia ir a parte alguma sem eles. Essas eram as ordens de Marius, Gregory, Seth, Fareed, Notker e qualquer "ancião" que por acaso estivesse por ali na "corte". E os anciãos governavam a corte, sem a menor dúvida. Eu era o Príncipe, sim, mas costumava ser tratado como um menino de doze anos, sujeito à autoridade de um comitê de regentes. Eram eles que administravam tudo, e o anfitrião não podia se arriscar jamais a sair a qualquer lugar sem seus guarda-costas.

Thorne, o viking ruivo e grandalhão, teria dado sua vida imortal por mim. E, por motivos que nunca consegui imaginar, o mesmo ocorria com o egípcio cínico e renitente, Cyril, que jurou sua lealdade no instante em que entrou pela porta do château.

– Sempre quis ter alguém a quem pudesse dedicar tudo de mim – disse ele, dando de ombros. – Agora, você é essa pessoa. Não adianta discutir.

– Você agora está com o Cerne Sagrado – dizia Gregory, sempre que eu protestava. – Se deixar de procurar abrigo bem antes do amanhecer, os novatos morrerão queimados! – Como se eu não soubesse disso! Bem, na realidade, eu não havia pensado nisso nem uma vez antes de devorar o Cerne, tinha? Mas eu sabia. Sabia muito bem. Não precisava de Thorne e Cyril seguindo cada passo meu como cães.

A vida na corte, intermináveis pedidos de audiência, e guarda-costas que não saíam de meu lado. A cada noite eu me dava mais conta do que significava ser o Príncipe e ter Amel dentro de mim, de mais formas do que eles sabiam. E criei essa fantasia secreta de que a única pessoa no mundo inteiro que permitiria que eu me queixasse disso tudo era Louis. Ah, Louis...

Quanto a Amel, sua consciência infinitamente móvel ia e vinha, embora naturalmente o centro de comando etéreo permanecesse enraizado no meu cérebro. Ele podia falar sem parar por noites a fio ou desaparecer por até uma semana.

Amel estava comigo agora, é claro, já que vinha me importunando, de modo incessante, havia semanas, para abordar "os espíritos".

Eu sempre podia sentir a presença, ou a ausência, de Amel, e às vezes podia sentir suas partidas abruptas, como se meu corpo inteiro tivesse sido sacudido. Quando ele estava ali, havia a sensação de uma mão quente em minha nuca, só que dentro de mim, e eu me perguntava se ele tinha pleno controle de como eu vivenciava esse sinal revelador. Minha percepção era de que ele não tinha.

Como ele se deslocava? Será que era como uma aranha gigantesca, seguindo à velocidade da luz pelos fios da teia invisível que unia a todos nós? Ou será que voava às cegas rumo à pulsação aquecida ou latejante de outra consciência? Ele se recusava a me responder. E todas as vezes que perguntei, tive a noção incômoda de que ele não entendia a pergunta. Era isso o que me perturbava mais do que qualquer outra coisa – tudo o que parecia que ele não conseguia entender.

A maioria de seus longos silêncios resultava de sua incapacidade de entender minhas perguntas e de sua necessidade de pensar sobre todos os aspectos do que eu estava lhe perguntando.

Eu gostaria de saber tantas coisas a respeito de Amel que não conseguia organizar meus pensamentos. Mas de uma coisa eu tinha certeza. Ele queria ver aqueles espíritos de perto, e era por isso que havia me forçado a vir aqui. E desejava que eu fosse a Nova Orleans mais tarde.

– Sei que você tem alguma motivação maligna só sua – disse eu, em voz alta, enquanto estava ali em pé na neve. – Mas fique calado pelo menos desta vez e me deixe fazer o que quero fazer.

Fui andando pelo caminho de entrada, que estava coberto de neve. Luzes no estilo de lanternas se encontravam acesas ao lado das portas duplas reforçadas com ferro.

– Motivação maligna, motivação maligna, motivação maligna... – repetia ele. – Que bobagem, motivação maligna! Você é um tolo, mas, como se diz, você é meu tolo. Se não der atenção a esses espíritos monstruosos, eles poderiam se voltar contra você.

– E daí? – perguntei.

Gremt, Teskhamen e Hesketh alegavam ter fundado a Talamasca havia mais de mil anos. Ninguém duvidava do que afirmavam, nem de que ainda atuavam como guardiães da Talamasca hoje. Mas a Talamasca humana nada sabia de sua fundação monstruosa, e a Ordem humana continuava a funcionar como sempre fizera, estudando os fenômenos paranormais do mundo com o respeito de especialistas.

Ouvi Amel dar um riso amargo dentro de mim, a voz que mais ninguém podia ouvir.

– Só não se esqueça. Os espíritos mentem, eles mentem e mentem. E nem precisa bater. Eles o "ouviram" a cinquenta quilômetros de distância. Teskhamen está lá dentro. Teskhamen é um bebedor de sangue, e, se você acha que não estive dentro de Teskhamen recentemente, examinando esse lugar de cabo a rabo, você é um idiota.

– Ótimo, quer dizer que agora, na mesma fala controversa, sou um tolo e um idiota – disse eu.

As portas se abriram. Eu me encontrava em pé, inundado por uma luz calorosa. O ar estava com um calor agradável também, perfumado com o cheiro de velas de cera, de madeira antiga, de livros antigos.

Gremt estava parado ali, com a aparência sólida, como a de um ser humano. O cabelo preto, cortado curto e bem penteado; o rosto liso, simétrico, maravilhosamente eloquente com cortesia e apreensão humanas. Mas na expressão não havia nada da generosidade afável que eu tinha visto no passado. Seu longo *thawb*, ou sotaina, como a de um sacerdote, era de um pesado veludo azul-escuro, e ele usava um cachecol de cashmere cinza-escuro enfiado na gola simples, como se pudesse sentir frio.

– Lestat – disse ele, fazendo uma reverência antiquada para mim. – É um prazer que você tenha vindo. – Mas alguma coisa estava errada, e achei que sabia o que era.

Ele se afastou para um lado para eu entrar. Os guarda-costas se aproximaram, e estendi a mão num gesto de proibição. E só para deixar bem claro, enviei um rápido empurrão telepático para forçar o Range Rover a recuar uns três metros, com um rangido ruidoso, pelo cascalho cheio de mato. Eles odiaram, mas ficaram imóveis.

– Não se preocupe com eles – disse eu a Gremt. – Vão esperar aqui fora.

– Eles podem entrar, se você quiser – disse ele, mas estava perturbado, em conflito, pouco à vontade. Ele se esforçou para parecer amável, novamente fazendo um gesto para eu entrar.

– Não quero – respondi. – Mas obrigado de qualquer modo. Não consigo ir a parte alguma sem eles, o que aceito, mas não quero que fiquem grudados, na minha cola.

Ele fechou a porta depois que passei e me conduziu através de uma câmara oca e sombria de pedra para entrarmos no que em tempos remotos poderia ter sido um grande salão. Agora, era uma grande biblioteca, com uma velha lareira tosca na longa parede da frente, um troço escancarado e gigantesco, com entalhes de cabeças de leões e um fogo vigoroso. Uma delícia o cheiro do carvalho queimando. Mas eu também podia detectar o nítido odor de gás natural misturado ali.

O ar era de um calor espantoso para um lugar habitado por espíritos e por um vampiro antigo. Talvez os corpos chegassem a sentir o calor. Eu gostei. Não preciso de calor, mas ele me agrada. E eu estava apreciando muito aquele lugar.

As estantes tinham sido construídas recentemente e cheiravam a madeira nova, terebintina e cera. Os livros estavam bem organizados; e em extremidades opostas do salão havia grandes escrivaninhas em estilo revivalista do Renascimento, lotadas de papéis e velhos telefones pretos. Havia um elegante cravo bem distante, à esquerda da lareira. Era óbvio que se tratava de um instrumento novo, mas que tinha sido feito com primor, de modo que reproduzisse toda a excelente engenharia dos instrumentos originais e pintado com esmero para dar a impressão de ser da minha época. Vi castiçais elétricos nas paredes e um lustre de ferro, suspenso a baixa altura, com um caminho de fios elétricos seguindo discretos pela corrente a partir do teto em abóbada, mas nada iluminava o ambiente, a não ser o fogo.

Eu não resisto a esse tipo de coisa.

Havia tapetes espessos de lã por toda parte sobre o piso de pedra, em sua maioria de desenho persa, gastos, desbotados, mas confortáveis.

Um grupo de grandes cadeiras torneadas de carvalho em estilo renascentista disposto diante da lareira, e ali estavam sentados Teskhamen e Magnus. Mais ninguém por perto. Mas eu ouvia seres em movimento nos aposentos acima. Alguém lá no alto da antiga torre quadrada. Cheiros modernos de gesso e tinta, de encanamentos de cobre e equipamentos elétricos em cômodos distantes emitindo o inevitável zumbido baixo. Um lugar com uma atmosfera divina e todos os confortos de nossos dias.

Teskhamen e Magnus se levantaram das cadeiras para me cumprimentar, e eu me preparei para o encontro com Magnus, para olhar nos olhos daquele que tinha me criado e morrido numa pira menos de uma hora depois de fazê-lo, deixando para mim seu sangue poderoso, sua fortuna, sua casa e mais nada. Talvez nossos brilhantes médicos vampiros, Seth e Fareed, pudessem dizer se meu sangue tinha alguma composição discernível que me ligasse em termos inegáveis a Magnus. Fareed estava trabalhando nisso e também em tudo.

Percebi um forte constrangimento por parte de todas essas três criaturas.

— Não se deixe manipular por eles — disse Amel, dentro de mim. — Magnus não tem nada da solidez que aparenta ter. É uma assombração patética. Perceba que suas vestes de monge fazem parte da ilusão. Ele não tem solidez suficiente para se arriscar com roupas ou sapatos de verdade, como Gremt.

Percebi isso. E tinha certeza de que a última vez que vira Magnus ele tinha a imagem de uma criatura viva com roupas de verdade. Eu me perguntei qual seria o motivo da mudança.

— Eles ouvem o que você diz? — perguntei a Amel, sem movimentar os lábios.

— Como eu vou saber? — disse ele. — Teskhamen pode vasculhar sua mente tanto quanto qualquer um dos antigos bebedores de sangue, se você deixar. Como todos os outros, ele não consegue impedir meu acesso. Mas fantasmas? Espíritos? Quem vai saber o que sentem ou ouvem? Vá em frente. Não estou gostando disso. — Amel não estava sendo sincero, e sim empolgado. Eu sabia.

— Tenha paciência — respondi por telepatia. — Demorei demais para vir.

Ele bufou baixo, aborrecido, mas se calou.

Magnus fez um gesto para eu ocupar a cadeira mais à esquerda, mais perto do fogo. Não vi em seus olhos nada do afeto carinhoso que tinha visto na última vez em que nos encontramos, em Nova York.

Ninguém estendeu a mão. Nem eu a minha.

Sentei-me e apoiei as mãos nos braços de madeira da cadeira, sentindo o trabalho dos entalhes. Era uma peça nova de mobília, mas uma imitação magnífica de alguma cadeira feita no tempo de Shakespeare. E, acima da lareira, avistei uma enorme tapeçaria rebuscada, que também era nova, cheia de fios químicos e corantes novos e vibrantes, mas executada com esmero — com santos medievais reunidos em torno da Virgem Maria e do Menino Jesus num trono dourado. Adorei os bosques que os cercavam, os pássaros nos galhos das árvores e os seres rastejantes e minúsculos em meio às folhas e flores. Eu me perguntava se mãos mortais tinham feito aquilo, ou se a tapeçaria era obra de tecelões bebedores de sangue, loucamente concentrados, dotados de paciência e de capacidade sobrenatural para distinguir detalhes.

— Aprecio todos esses refinamentos — disse eu, passando os olhos pelo teto em abóbada. — Isto aqui foi no passado um salão sem janelas, não foi? E vocês cortaram na pedra esses janelões e os embelezaram com treliças de ferro e vidro grosso. Preservaram este lugar tão bem que as almas de velhos monges podem se sentir felizes aqui, não é mesmo?

— É, creio que sim — disse Gremt, mas com um sorriso forçado.

— Bem, esse velho fantasma está feliz aqui — disse Magnus, numa voz grave e profunda. — Isso posso lhe garantir. — Na voz, ouvi o passado. Escutei palavras pronunciadas das quais não me lembrava havia décadas. *Isso, meu filho, é a passagem que leva ao meu tesouro...*

Procurei não me encolher, mas retribuir seu sorriso com o meu.

Amel tinha razão. Seu hábito marrom e suas macias sandálias de couro da mesma cor faziam parte da ilusão. Se ele desaparecesse, não deixaria nada para trás. E havia mais uma coisa que observei nele de imediato. Suas feições, a proporção entre elas e os detalhes de seu cabelo fino de um louro-acinzentado não eram fixos. Não tremeluziam como uma imagem numa tela de cinema ruim, mas a ilusão inteira era frágil, como que vulnerável ao mais leve movimento do ar. Acho que um mortal não teria conseguido detectar isso. E percebi que era necessária uma quantidade enorme de energia para ele se manter estável, com a aparência sólida. Seu olhar penetrante, com os olhos brilhantes fixos nos meus, era o que havia de mais cheio de vida nele.

Gremt, o antiquíssimo, o pilar da Talamasca, não tinha esse tipo de dificuldade. Parecia sólido o suficiente para ser esquartejado. Não parecia menos real que em nossos encontros anteriores; com seu óbvio constrangimento não exercendo o menor efeito sobre sua anatomia visual. Espírito, espírito poderoso.

Teskhamen era naturalmente um bebedor de sangue sobrevivente dos milênios, velho antes mesmo de dar o Sangue a Marius. Ele estava com sua previsível elegância própria, o cabelo branco denso e ondulado cortado curto, a pele mais morena do que tinha me parecido quando o vira pela primeira vez, uns seis meses antes.

Eles retomaram seus lugares. Gremt mais perto de mim, Teskhamen ao lado dele, Magnus na outra extremidade, bem diante de mim. Olhei para a pele de Teskhamen. Pude sentir o cheiro do sol ao olhar para ela.

Uma súbita fisgada de dor me atravessou. Eu nunca poderia voltar a me expor ao sol de modo algum, não para bronzear a pele, nem para testar minha capacidade de resistência, nem para... Porque, se eu o fizesse, os jovens morreriam queimados em questão de segundos. Tinha que haver um jeito de contornar isso e também de testar a lenda antiga.

— Fui uma vítima da lenda antiga — disse Teskhamen. Seu rosto permanecia animado, simpático. Não importava o que fosse que estava perturbando os outros dois, ele não estava sendo afetado. Era tão magro e de contornos tão marcados que seus ossos faziam parte de sua beleza.

Ele estava perfeitamente à vontade comigo – tranquilo e quase cativante. Usava um terno de lã cinza-escuro de corte inglês e belos sapatos sociais estreitos, feitos à mão, com cadarços e recortes. Na moda.

– Eu me queimei em minha cela dentro de um carvalho aqui mesmo neste país – disse ele –, quando a rainha foi exposta ao sol no Egito. – Falava com calma, em tom neutro. Somente seus muitos anéis de ouro e pedras preciosas pareciam antigos. – Senti a fúria do fogo. Quase não sobrevivi. Você sabe tudo isso, mas permita que lhe dê essa confirmação. Pode acreditar em mim: a lenda antiga é totalmente verdadeira. Tudo o que Marius lhe contou a meu respeito é verdade. Você tem nas mãos a minha vida, como tem nas mãos a vida da tribo inteira. Exponha-se ao sol, e todos nós sentiremos: alguns para sobreviver, alguns para sofrer agonia e desejar que não tivessem sobrevivido, e outros para serem totalmente imolados.

– Ele está dando uma de superior – disse Amel, chiando. – Como consegue suportá-lo? Vá embora daqui, ou eu mesmo me mando! – Mas ele não desejava ir embora. Eu sabia que não queria.

– Acalme-se – disse eu, em silêncio. – Quero estar aqui e vou permanecer aqui, e não há nada que você possa fazer a respeito. – Ele ficou satisfeito, mas não quis admitir.

Teskhamen riu baixinho.

– Diga a nosso abençoado amigo que posso ouvi-lo muito bem – disse Teskhamen. – Mas pode ter certeza, Príncipe, de que estamos felizes por vê-lo. Não sei se estamos felizes por recebê-lo. Mas por ver você, sim. Não o esperávamos. Mais ou menos tínhamos desistido de receber notícias suas. É muito bom você ter vindo.

Os outros nada disseram. Gremt olhava fixo para o fogo. Não aparentava grosseria nem hostilidade, mas estava absorto em pensamentos, absorto o suficiente para me ignorar, preocupado e angustiado. Seus olhos passavam inquietos pelas achas em chamas, e seus lábios apresentavam uma espécie de contração sutil, como se ele realmente fosse de carne e osso e não conseguisse ocultar sua aflição.

Magnus, que estava sentado bem diante de mim, parecia extraordinariamente imóvel. E então aconteceu alguma coisa com ele. Eu a senti tanto quanto a vi; e num piscar de olhos ele estava alterado, de modo indescritível e total. A aparição criada sumiu. Lá estava o monstro que eu conhecia da noite de minha morte como mortal, o mesmo rosto macilento, branco e murcho, os enormes olhos negros, e o cabelo preto raiado de prata brilhante, comprido e desgrenhado. Um calafrio sinistro passou por mim.

— Lembre-se, qualquer fantasma está trabalhando com seu cérebro, meu amado — disse Amel —, para fazê-lo ver o que você está vendo.

De que me adiantava essa brilhante informação secreta?

Gremt ficou assustado. Fixou o olhar penetrante em Magnus, e aos poucos a velha imagem ressurgiu — o Magnus de agora, a bela aparição, o espectro criado em sonho pelo mortal antiquíssimo, que tinha suportado membros malformados, uma corcunda e um nariz estreito e aquilino, e agora não queria nada daquilo. Aqui estavam as feições regulares, helênicas, a testa admirável e o cabelo louro, a imagem de um homem no apogeu, dotado da segurança dos belos.

No entanto, ele desviou o olhar, humilhado, arrasado. Ficou olhando para o fogo, enquanto Gremt o contemplava com uma preocupação evidente. Eu ainda estava abalado. Na verdade, começava a sentir uma espécie de pânico.

E então uma exaustão dominou Gremt. Ele se recostou na cadeira e olhou para o alto, talvez para as figuras na tapeçaria, fechando então os olhos.

Amel estava rindo baixinho e com um prazer malévolo.

— Que turma, hein? — disse ele, em confidência, com seu riso grave, impiedoso. — Está apreciando a companhia? Por que você não incendeia de uma vez esta casa e acaba com essa história?!

— Você está desperdiçando sua raiva — disse-lhe eu. Mas pude ver que Teskhamen tinha naturalmente ouvido a ameaça e não a considerou uma brincadeira. Ele esperava de mim alguma confirmação de que eu não tinha a menor intenção de fazer aquilo.

"Vim aqui como seu convidado", disse eu. "Não faço o que ele quer."

— E quanto tempo vai passar até ele conseguir forçá-lo a fazer o que ele quer? — perguntou Teskhamen. Não parecia nem um pouco zangado, nem impaciente. Só tranquilo.

— Ele nunca vai conseguir me forçar a fazer nada — disse eu, dando de ombros. — O que o faz pensar de outro modo? — Não houve resposta. — Olhe, se ele forçou Akasha a fazer qualquer coisa por sua ordem foi porque a iludiu, levou-a a acreditar que ela era a autora dos pensamentos que surgiam em sua mente. Ele nunca conseguiu forçar Mekare a fazer nada.

— E o que lhe dá essa certeza? — perguntou Teskhamen. Ele me examinava com um olhar penetrante. — Pode ser que ele tenha coagido Mekare a procurar por você, a se oferecer a você, convidando-o a tirá-lo de dentro dela.

Fiz que não.

— Ela veio por sua própria vontade — disse eu. — Eu estava lá. Ela queria seguir em frente, estar com sua irmã. — Um flash trêmulo daquelas imagens, da falecida Maharet, a ruiva benevolente, num lugar de sol, à espera da irmã sobrevivente.

Teskhamen assentiu, mas o gesto não pareceu mais do que uma cortesia.

– Mesmo assim, se mantenha vigilante – disse ele, com delicadeza. – Tenha cuidado. Você traz dentro de si um espírito poderoso e maligno.

– Maligno? – perguntei. – Agora vamos começar a discutir a natureza do bem e do mal?

– Não é preciso – disse Gremt, baixinho. – Nós sabemos o que é o mal. E você sabe o que ele é. – Levantou os olhos para mim. Os dois, Teskhamen e Gremt, eram muito parecidos em suas atitudes, mas na realidade isto fazia perfeito sentido. Todos aqueles anos Gremt estivera moldando seu estilo no de Teskhamen.

Magnus estava mudando mais uma vez, com a carne parecendo ficar desbotada, como uma imagem numa fotografia antiga, e, num bruxuleio mudo, vi o velho ser, o nariz com um bico afilado, os ombros encurvados e os pulsos de ossos nodosos, até ele se recompor e voltar à bela aparência de novo.

– Apareça como quiser, monsieur! – disse eu a Magnus, inclinando-me na direção dele. – Por favor, não se prenda a nenhuma imagem fixa por mim. – Minha intenção era ser solícito, gentil. Queria quebrar o gelo.

Mas ele se voltou e me olhou com raiva, como se eu tivesse cometido uma transgressão imperdoável. Seus olhos estavam semicerrados e, se ele ainda fosse um bebedor de sangue, poderia ter me incendiado com sua cólera mesmo sem direcioná-la. O que realmente aconteceu foi que a cólera o deixou ainda mais brilhante. Eu podia ver o leve rendilhado do sangue aparecendo no branco de seus olhos. Podia ver o tremor em seus lábios. Será que uma aparição sente tudo isso?

Teskhamen se pôs de pé.

– Príncipe, vou deixá-lo agora com eles dois. Mais uma vez, estamos felizes por ter vindo.

– Não vá – disse eu. – Quero conversar com vocês todos. Vejam, sei que os ofendi e os decepcionei. – Não esperei que respondessem. – Passaram-se seis meses desde que vocês foram me visitar no Portão da Trindade, em Nova York. Eu lhes prometi que me encontraria com vocês, que os convidaria para a corte. Prometi, sim, mas depois tanta coisa aconteceu. Fui negligente e peço desculpas. Vim aqui em pessoa lhes dizer isso. E Amel quis que eu viesse, insistiu para eu não adiar mais esta visita. Não pude suportar a ideia de enviar algum mensageiro ou um convite formal. Vim eu mesmo porque me arrependo de não ter vindo antes.

Isso nitidamente os apanhou desprevenidos. Estava claro que eu tinha despertado o interesse de Gremt, muito embora ele não parecesse de modo algum satisfeito. E uma tristeza dominou as feições ilusórias de Magnus, sobre as quais ele parecia não ter controle.

O que havia de errado ali? Alguma coisa estava errada. Uma nuvem envolvia esse grupo, uma nuvem que tinha se adensado antes de eu chegar à porta.

Somente Teskhamen permanecia tranquilo. Ele estava sentado de novo.

– Obrigado – disse ele. – Isso me alegra, me alegra muito. Quero conhecer você. Quero conhecê-lo tão bem que eu possa entrar e sair da sua corte, sem que isto seja fora do comum. Ouvi falar dos bailes de sexta à noite, do teatro, de sua pequena apresentação de *Macbeth* e da cerimônia íntima de casamento de Rose e Viktor. – Ele sorriu. – Tudo isso demonstra vitalidade, uma vida vibrante em comunidade, algo que nunca antes uniu os mortos-vivos. Pelos deuses, será que estamos para sempre livres de seitas e devoções antiquíssimas? Sei que você está exausto. Outros me disseram. A preocupação deles é você ficar esgotado com tudo isso; e não o culpo por deixar os regulamentos a cargo do conselho. Você não tem como elaborar regras e ao mesmo tempo ser esse monarca poderoso, criativo.

– Está decidido, então – disse eu. – Vocês visitarão a corte e com frequência. Irão hoje à noite e amanhã, quer eu esteja lá ou não, e irão quando assim desejarem. Entrarão pela porta da frente, da mesma forma que entram bebedores de sangue provenientes de todos os cantos do mundo. Por sinal, *Macbeth* é apenas a primeira das peças que pretendo encenar. A próxima vai ser *Otelo*. A música composta para os bailes está sendo gravada e armazenada, e Marius está pintando de novo, apesar de eu não saber como ele encontra tempo para isso. Está cobrindo novos quartos de dormir e salões com seus murais em estilo italiano.

Percebi que estava falando rápido demais. Eu estava empolgado. Ele tinha mencionado exatamente os aspectos da corte que me entusiasmavam, representar o próprio Macbeth em nosso pequeno palco para uma plateia de duzentos bebedores de sangue, jovens e velhos, com a Grande Sevraine nos apresentando sua encantadora Lady Macbeth, com uma profundidade de sentimento que surpreendeu seus companheiros. É claro que tivemos nossos críticos – os cínicos, os sombrios, profundamente conservadores, que pareciam querer saber por que bebedores de sangue se importariam com qualquer coisa que não fosse o ataque a seres humanos para obter seu sangue.

Não se pode criar uma cultura com demônios vindos do inferno!

"Vamos ver se não posso" tinha sido minha resposta. Continuei por mais um instante, falando dos músicos de Notker e de como novos músicos tinham aparecido para formar nossas orquestras. Falei de Antoine, minha cria perdida tanto tempo atrás, novamente compondo concertos para o violino. E então uma escuridão repentina me dominou, porque Antoine queria trazer para o Sangue um secretário conhecedor de música que pudesse transcrever para ele tudo o que tocava e gravava; e isto tinha levantado a questão crucial que eu ainda não conseguia encarar:

Se tudo isso é bom, por que não trazer pessoas para o Sangue para nossos próprios fins? Fareed não tinha feito isso, criando vampiros de médicos e cientistas brilhantes? Nós éramos algo que era bom, ou não éramos? E se eu acreditava que éramos bons e que o Dom das Trevas era não mais que isso, algo que se doava, precisava autorizar Antoine a conseguir os escribas de partituras que ele queria. E então?

Teskhamen podia estar lendo meus pensamentos, mas eu não tinha certeza. Há regras sutis sobre esse tipo de coisa, questões de cortesia, questões de não invadir a mente alheia sem sua permissão para recorrer à telepatia.

– Veja bem, há outro problema – disse eu. – Alguns dos outros têm medo de vocês. Essa é a pura verdade. Eles têm medo de vocês. Você, um bebedor de sangue, que afirma uma lealdade maior à Talamasca do que a nós. E o Gremt aqui, um espírito encarnado. Já vi fantasmas, mas muitos vampiros nunca viram, pelo menos não que ele ou ela tenha percebido.

Eu tinha a atenção total deles, quando prossegui:

– Isso não deveria ter acontecido, esse silêncio e descaso de minha parte para com vocês. E, por favor, não me chamem de Príncipe. Sou Lestat, só isto. Lestat de Lioncourt em documentos com valor legal. E para todo o mundo simplesmente Lestat.

– Ora, vamos, você adora ser chamado de Príncipe – disse Amel. – Seu monstro vaidoso, seu pavão enfeitado. Você adora. Seu pretensioso. Fale para eles sobre as joias da Coroa com que os vampiros da Rússia o presentearam, toda aquela pilhagem sangrenta da família Romanov.

– Cala a boca – disse eu, em voz alta.

– E a coroa feita exclusivamente para você por aquele velho vampiro de Oxford!

– Se você não se calar...

– O quê? – perguntou ele. – O que vai fazer se eu não me calar? O que pode fazer? Você está olhando para eles, como eles estão olhando para você, como o estão estudando e tentando escutar minha voz dentro de você? Você tem noção dessas mentes malignas, calculistas?!

— Por que você quis vir? — perguntei-lhe sem mover os lábios.

Silêncio. Era como lidar com uma criança.

E então Teskhamen falou:

— Ele não facilita a vida para você, não é mesmo? — perguntou.

— Não — respondi. — Mas ele a torna bem empolgante. Não é tão ruim assim a maior parte do tempo. Não mesmo. — Que jeito magnífico de minimizar a expressão de meu sentimento. Eu amava Amel. — E por longos períodos ele se vai. Sai em disparada para espionar outros. Mas ele pode tornar a vida um perfeito inferno, se quiser, com todos os ruídos, perguntas, exigências e recusas. Mas é *só* isso o que pode fazer.

Não é verdade. Se eu quiser, posso fazer sua mão direita saltar neste instante.

Fechei minha mão direita como um punho.

— É uma personalidade distinta? — perguntou Magnus. — Ou uma legião de diabretes reunidos para formar uma? — Pareceu uma pergunta sincera.

— Uma personalidade distinta, sem dúvida. Masculina. Curiosa. Amorosa.

Você está me dando náuseas. Vou fazê-lo vomitar.

— Por enquanto — disse Teskhamen, se empertigando. — Mas não tenho escolha, a não ser a de advertir você para certas coisas na presença dele, porque nunca se sabe onde ele está, nem em quem pode estar se escondendo, em mim inclusive. E preciso avisá-lo. Ele quer mais do que ficar preso dentro de você. Ele possuía vida como espírito, possuía uma personalidade. Dispomos de provas incompletas disso, o que Maharet disse a você e aos outros quando lhes contou as velhas histórias. Mas naquelas histórias ele surgia como um espírito maligno, um espírito que exigia sangue e violência...

— Não dê atenção a esse lixo! — disse Amel em voz alta. Eu me sobressaltei com o mero volume de sua voz, e Teskhamen viu. Talvez tenha ouvido.

— Lembre-se, Lestat — disse Teskhamen, voltando a assumir o tom suave —, nós somos a Talamasca. Conhecemos espíritos e sabemos o que não sabemos sobre eles. Nunca confie nele. Nunca lhe ceda um centímetro para dominar. Seu corpo é poderoso, Lestat. Ele escolheu você por causa de seu corpo.

— Tolo — disse Amel. — Tolo — repetiu. — Ele não sabe de nada sobre o amor. Não sabe de nada sobre o sofrimento daqueles a quem chama de espíritos. E o que é seu corpo em comparação com o de Marius, o de Seth ou de Gregory; ou até mesmo o dele, por sinal?

Olhei para Gremt.

– Você também consegue ouvi-lo? Você o ouve falando dentro da minha cabeça neste instante?

Gremt fez que não.

– No início eu conseguia, séculos atrás, quando eu não passava de uma ilusão. Naquela época, podia vê-lo como que sobreposto sobre a pessoa da rainha em coma. Quando eu me aproximava de seu santuário, e ia vê-la com frequência, ouvia um tipo de cantoria implacável emanada dele que sugeria loucura. Mas não, agora não consigo ouvi-lo. Estou por demais sólido, independente e individualizado. – Havia amargura em sua voz. Eu me perguntei se ele a tinha moldado especificamente, com seu timbre grave, como fizera com a sua aparência. Talvez a voz tivesse se distinguido com o tempo.

Amel começou a rir de novo. Um riso cruel, de deboche.

Fez-se mais um silêncio, e Gremt parecia estar imerso em pensamentos, com os olhos fixos no fogo.

– Vim parar aqui atrás dele – disse ele, como se estivesse falando com as chamas. – Desci para entrar na carne, imitando Amel, encantado com o exemplo dele. E eu queria ser um de vocês, um humano. Parecia esplêndido.

– Arrase e incendeie esta casa, e veja o que eles fazem – disse Amel. – Você nunca faz nada para me agradar.

– E foi esplêndido? – perguntei a Gremt.

Ele olhou para mim como se a pergunta o surpreendesse. Para mim, ela parecia lógica.

– Foi. É esplêndido, mas não sou humano, certo? Parece que não envelheço, e não posso morrer. A velha história.

– Teria sido mais esplêndido se você tivesse conseguido se tornar totalmente humano, tivesse envelhecido e morrido? – insisti.

Nenhuma resposta. Ligeira irritação.

– E assim, para nós, você é ótima companhia, Gremt – disse eu. – Você nos entende.

Mais silêncio, e eu estava detestando aquilo. Alguma coisa não dita no ar. E pensei de repente em ir embora, subir direto para o céu e cruzar os mares para encontrar Louis. Mas era cedo demais para eu ir embora só porque não estava me sentindo à vontade.

– Você agora tem uma boa noção de circunspecção quanto ao fato de ser o Príncipe, não tem? – perguntou Magnus. Seu sorriso era quase inocente, quase agradável.

— E não deveria? – perguntei. – Você não está feliz por sua cria e herdeiro ter crescido e se tornado o Príncipe dos Mortos-Vivos? Não sente orgulho de mim?

— Sinto sim – disse ele, com sinceridade. – Sempre tive orgulho de você, menos quando você se retira e se entrega ao sofrimento. Não sinto tanto orgulho quando você age assim. Mas você sempre volta. Por mais terrível que tenha sido a derrota, você volta.

— E isso quer dizer que você esteve por perto, me observando, todos esses anos?

— Não, porque, durante todos esses anos, não fui o fantasma que você está vendo agora. Eu era outro tipo de espectro, até Gremt me salvar, me trazer para cá e me mostrar o que eu podia ser. Depois disso, sim, realmente o espionei. Mas isso não foi há tanto tempo assim.

— Você quer me contar mais sobre isso tudo?

— Uma noite dessas, sim, sem dúvida. Tudo. Às vezes eu escrevo. Escrevo páginas e mais páginas com meus pensamentos. Escrevo poemas. Escrevo até mesmo canções. Reflexões. A autobiografia de um vampiro e do fantasma de um vampiro que um dia tinha sido um alquimista que procurava a cura para todas as doenças do mundo e queria fazer ossos fraturados se fundirem com perfeição, um alquimista que queria reconfortar criancinhas com dor... – Ele se interrompeu. Seus olhos se desviaram de mim para as chamas. – Eu tinha escrito livros para você, meu herdeiro. E então, na véspera de trazê-lo para a minha torre, queimei todos eles.

— Bom Deus, por quê? – perguntei. – Eu teria adorado cada palavra!

— Eu sei – disse ele. – Agora sei. Mas naquela ocasião não sabia. Temos muito a dizer um ao outro, e você pode me puxar a orelha, sabe? – Ele mais uma vez relanceou o olhar na minha direção e voltou para a lenha chamejante. – Você pode me passar um sermão por tê-lo arrancado da vida mortal, por tê-lo abandonado com a dureza e a frieza do dinheiro e das joias, quando você poderia ter obtido tudo isso por si mesmo... – Mais uma vez, ele parou, se distraiu, e a imagem inteira bruxuleou; mas agora o bruxuleio não teve como diminuir seu poder aparente.

— Não deveria haver segredos entre todos nós – disse eu. – Quer dizer, a Talamasca já não existe, certo? Vocês deixaram a Ordem humana se instalar no mundo sem sua direção. E agora estão livres para vir morar conosco pelo tempo que quiserem! Para estar conosco, fazer parte da corte, fazer parte do grupo que formamos.

Ele me deu um sorriso longo e amoroso. Eu me senti ligeiramente humilhado.

Amel estava em silêncio, mas com toda a certeza presente.

– Vocês nunca mais precisarão se preocupar com a Talamasca – disse Teskhamen. – É claro que você sabe disso. E eles nunca procurarão fazer mal a vocês, da mesma forma que não fizeram no passado. Eles estão por aí estudando fenômenos sobrenaturais com a mesma dedicação enfadonha pela qual sempre foram famosos.

– Não toquem na Talamasca – disse eu, dando de ombros. – Concordamos com isso na primeira vez que nos reunimos para chegar a algum tipo de acordo.

Isso não os surpreendeu. Era provável que soubessem. E também que tivessem algum fantasma exatamente naquela sala a nos espiar. Onde estavam os outros fantasmas? Hesketh? E aquele espectro masculino, aquele que se chamava Riccardo, que tinha chegado ao Portão da Trindade, fazendo brotar lágrimas em Armand?

– Mas vocês – disse eu –, vocês, o próprio coração da Talamasca, devem vir nos visitar e compartilhar conosco tudo o que chegaram a descobrir, tudo o que aprenderam...

– E o que você acha que aprendemos – perguntou Teskhamen –, que Maharet não tenha lhe contado há muito tempo? Existem fantasmas. Existem espíritos. Será que todos os espíritos são fantasmas? Ninguém sabe. Tudo sempre termina com "ninguém sabe". E nada muda a escalada dos humanos biológicos, seres humanos de corpo e alma, para dominar o planeta e tentar alcançar os astros além.

De repente, num flash silencioso, vi aquela cidade tombando no mar, aquela grande cidade de torres com flechas cintilantes... Mas a imagem sumiu como se tivesse sido arrancada de mim. Uma aflição me dominou, decerto tendo origem em Amel. Eu soube porque não era como nada que já tivesse sentido no curso natural dos acontecimentos. O fogo. O mar. Uma cidade derretendo? E depois isso também sumiu, e o fogo aqui na lareira crepitava, enquanto o ar voltava a se impregnar com a agradável fumaça da lenha queimando, e eu sentia uma corrente gelada passando ao longo do piso, o que indicava que estava mais frio do lado de fora, e talvez estivesse nevando. De onde se encontrava sentado, não conseguia olhar pelas janelas, mas dava para eu sentir que nevava. Eu ansiava pelo ar agradável, ameno, de Nova Orleans, do outro lado do oceano, e também por Louis.

Teskhamen começou a falar de novo:

— A Ordem está estável agora, totalmente inofensiva para vocês. Mas nunca paramos de vigiá-los. As antigas tradições ainda são veneradas, e os estudiosos obedecem mais do que nunca às velhas regras. Nós sabemos de tudo. E os observamos enquanto eles observam os fenômenos sobrenaturais do mundo. E se por acaso ocorresse alguma perturbação na Ordem, se qualquer um de vocês fosse ameaçado, interviríamos. Quando chegar a hora da extinção da Talamasca, nós a liquidaremos.

— No passado — respondi — criei muitos problemas para a Talamasca de tempos em tempos. Mas vocês sabem muito bem que eu achava que a Ordem era totalmente composta de mortais. Reconheço isso e os problemas que causei. Propositadamente seduzi e dominei David Talbot. Fiz outras coisas. Ofendi a Ordem e agora fico sabendo que vocês eram a Ordem. E, apesar de não poder dizer que me arrependo de nada, nunca senti inimizade por vocês.

— O que aconteceu a David Talbot e a Jesse Reeves foi excluído dos registros da Ordem — disse Teskhamen. — De todos os registros em todo e qualquer meio. Não há nada nos arquivos agora que comprove o que de fato aconteceu. Além disso, todos os quadros de Marius que foram recuperados dos anos que passou em Veneza foram devolvidos a ele. Sem dúvida ele lhe contou. Não resta nenhuma relíquia de bebedores de sangue nas câmaras subterrâneas.

— Entendo — disse eu. — Bem, é provável que seja melhor assim.

— É para que se mantenham protegidos enquanto prosseguem, enquanto continuam a estudar os fenômenos paranormais do mundo. É claro.

Fiquei ali sentado, refletindo sobre tudo isso, com o cotovelo no braço da cadeira.

— Quer dizer que vocês os treinaram para nos observar por mais de um milênio — concluí. — E agora não há necessidade de a nova Ordem nos observar, fazer relatórios sobre nós ou nos rastrear de modo algum.

— É exatamente isso — disse Teskhamen. — A Ordem está se dedicando à reencarnação, a experiências de quase morte, como são chamadas. E a fantasmas, é claro, sempre a fantasmas; e às vezes a feiticeiros e bruxas. Mas os vampiros foram, por assim dizer, retirados do estatuto. E você não tem absolutamente motivo algum para temer a Ordem. Faça uma proclamação. Aprecio seu tom despretensioso, mas você é o Príncipe e tem esse poder. E realmente espero que o faça. Eles são mortais honestos, mortais simples, de inspirar pena; são estudiosos e nada mais.

Fiz que sim, acrescentando um gesto de mãos abertas de total aceitação. Eu me perguntava se de fato seria tão fácil assim exigir a uma Ordem de estudiosos mortais que parasse de analisar os vampiros, quando na realidade estávamos mais visíveis no mundo do que nunca. Será que nenhum desses comportados estudiosos britânicos tinha ouvido os programas de rádio de Benji? Será que nenhum deles tinha lido nos jornais notícias dos incêndios misteriosos no mundo inteiro que documentavam a descrição de Benji da Grande Queima de Vampiros em capitais distantes umas das outras?

Lembrete para mim mesmo: pedir a Marius, o primeiro-ministro, que redija uma proclamação formal. E eu queria dizer "primeiro-ministro" no sentido em que Mazarino e Richelieu tinham sido primeiros-ministros para o rei de França, não no sentido dos primeiros-ministros destes nossos dias. Marius era meu primeiro-ministro.

– É mais fácil do que você pensa – explicou Teskhamen – convencer um grupo de estudiosos de que algum outro departamento secreto debaixo do mesmo teto está trabalhando com a questão dos bebedores de sangue, quando na realidade não existe nenhum departamento semelhante. Nós os estamos orientando. Eu lhe disse.

Fiz que sim.

– Nunca tive medo de verdade da Talamasca – disse eu. – Também não tenho medo de vocês. Não estou dizendo isso para criar dificuldades ou para ser inamistoso. Mas não tenho. De modo que estamos de acordo quanto a tudo isso.

Gremt estava me estudando. Ele tinha emergido dos seus pensamentos profundos, e eu podia ver que suas pupilas se movimentavam daquele jeito sutil que indica maquinação mental.

Por que Amel estava em silêncio? Senti aquele formigamento em meu couro cabeludo, aquela pressão interna agarrando minha nuca.

– Se você está assim com tanta raiva – disse eu, sem falar –, por que não parte em disparada por alguma ramificação dessa sua imensa rede para atormentar algum outro bebedor de sangue e me deixa em paz?

Nenhuma resposta.

Enquanto eu fazia um registro mental disso, um calor agradável percorreu a minha espinha. Obra dele, obra física dele. E então ouvi sua voz sussurrante:

– Espectros, espíritos, vultos sombrios e barulhos assustadores no escuro. Você está nos rebaixando aqui. Isso é um túmulo.

Percebi que Magnus, ou a coisa que o representava, não estava voltada para mim, mas para a lareira; e que os membros por baixo do hábito marrom tinham murchado, que o único pé calçado com uma sandália que aparecia por baixo da bainha estava esquelético e branco. O hábito parecia puído e rasgado aqui e ali, e eu quase sentia o cheiro de poeira vindo dele.

Meu Deus, o que passava pela mente dessa criatura enquanto sofria essas transformações?

Centenas de anos desapareceram. Vi aquele monstro branco e magricela, de quatro, pulando sem parar na pira fúnebre. Vi o sorriso de bufão e o cabelo preto voando nas brasas em espiral... Ouvi meus próprios gritos quando ele explodiu em chamas! Não sei se me lembro de nada em toda a minha vida com mais nitidez do que me recordo disso. Senti que tremia.

– Podemos esperá-los na corte? – perguntei. Olhei de Teskhamen para Gremt. Depois para Magnus.

– Você é cheio de surpresas – disse Teskhamen, em tom simpático. – É claro que iremos. E em breve. Mas agora temos coisas de que precisamos tratar. Tenho mais um aviso a lhe dar.

– Aviso?

– Rhoshamandes – disse Gremt. – Você o está subestimando.

– Ele é fraco – disse eu. – Seu amante, Benedict, o deixou e veio nos procurar. Rhoshamandes está arrasado.

Gremt abanou a cabeça exatamente como um ser mortal.

– Ele odeia você, Lestat. Ele o odeia e quer destruí-lo.

– Muita gente quer o mesmo! – disse eu, rindo. – Mas ele é o que menos me preocupa. Ele não tem como me destruir.

– E há outros resmungos no mundo lá fora – disse Teskhamen. – Pequenos grupos de criaturas da noite que se ressentem de qualquer um ter reivindicado uma coroa entre os mortos-vivos.

– É claro – disse eu. – Como poderia não haver? E depois há também os bebedores de sangue que chegam aos montes todas as noites. E eles querem um príncipe e ter regras. E nunca imaginei o quanto queriam. – Recostei-me na cadeira e pus meu tornozelo esquerdo sobre o joelho direito. O fogo estava gostoso porque a corrente gelada tinha feito com que queimasse mais forte. Prossegui: – Por duas horas todas as noites, ouvimos queixas e disputas acerca de território, um exigindo que castiguemos algum outro, esse grupo insistindo que "estava lá primeiro", querendo que o outro seja expulso. Alguém pedindo permissão para exterminar um inimigo. É como na época de Constantino, com os cristãos belicosos vindo à corte para exigir que ele condenasse esse ou aquele herege, e que fixasse de uma vez as doutrinas centrais de um credo. – Nada disso os surpreendeu.

Teskhamen sorriu e riu baixinho.

– Você bem pode ser o Príncipe perfeito, Lestat – disse ele. – Você realmente detesta ter autoridade, não é mesmo?

— Pode apostar que sim – respondi, com um tremor irresistível. – Rhoshamandes me disse antes de ser banido que só existe uma única razão para se querer o poder, e ela é a de impedir que outros tenham poder sobre você. Pelo menos isso ele e eu temos em comum.

Gremt ainda estava com a atenção concentrada em mim, e até mesmo Magnus parecia mais composto e à vontade. Mas ainda havia alguma coisa errada por ali.

— Vocês querem falar direto com o espírito? – perguntei. – É isso? Querem falar com Amel? – Fiz um gesto de abertura com as mãos.

Um chiado baixo veio de Amel. Ele poderia ter sido uma cobra enrolada em meu pescoço, que de repente exercia uma pressão sutil em minhas cordas vocais e em minha respiração.

Não fiz pouco caso dele.

De repente, ele se esforçou ao máximo para fazer com que eu me levantasse da cadeira. Já tinha feito isso muitas vezes, e eu me mantive firme, sem dar o menor sinal do que estava acontecendo. Era como ficar imóvel quando seus membros estão com cãibra e gritam de dor, mas consegui aguentar mais tempo que ele. E eu o odiei por fazer isso ali, diante desse pequeno grupo de espectadores impiedosos.

— Não posso fazer o espírito falar com vocês, mas posso lhe pedir que fale. Posso me entregar totalmente a ele e repetir só o que ele disser. Fiz isso muitas vezes para Fareed e Seth. Deixo que Amel diga a eles qualquer coisa que queira dizer.

— Traidor – disse Amel. – Piranha.

Tentei esconder meu sorriso. Simplesmente adoro que me chamem de piranha. Não sei por quê. Simplesmente adoro.

— Vai fundo, meu amado idiota – murmurei, sem mexer os lábios.

— Podemos ver como é – disse Gremt. Sua voz era suave e tranquila, mas havia desconfiança em seus olhos claros. – Ele não está em paz dentro de você. Não o subestime. Na verdade, creio que seu defeito é subestimar outros em geral.

Refleti por um instante. Eu não ia falar sobre o amor com esse grupo, mas não estava acima de mim deixar que soubessem aquilo agora por telepatia. *Amo esse ser. Não tentem entender. E não tentem sabotar.*

— Não me subestimem – sussurrei.

Eles não responderam.

— Com Amel tudo gira em torno de aprender – disse eu, com calma. – Ele me contou que, por eras a fio, não pôde ver nem ouvir nada com nitidez ou em separado, de dentro do corpo de Akasha. Ele era inundado por sensações, ecos, vibrações, lampejos de luz e cor. Precisou aprender a ver, de modo bem parecido com o de um mortal cego de nascença que precisa aprender a ver quando passa a enxergar.

Eles ouviam atentamente, e Amel também estava escutando.

— Bem, agora ele consegue ver, sentir e provar sabores — disse eu. — Ele pode fazer essas distinções; e assim o que está vivenciando é totalmente novo. Ele fala, mas na maior parte das vezes não sabe o que está dizendo.

Como assim? Nenhuma resposta do meu amigo espertinho?

Também não houve nenhuma resposta por parte deles três. Na realidade, seus rostos escondiam qualquer expressão e estavam quase impenetráveis.

— Prossiga, por favor — disse Teskhamen. — Quero ouvir mais. — E olhou de relance para os outros, mas eles continuaram com os olhos fixos em mim.

— O que mais posso lhes dizer? — perguntei. — Ele nem sempre está dentro de mim. Mas oitenta por cento do tempo sim. Ele quer que eu o leve a lugares, que revele experiências para ele, escolha vítimas para ele, inunde meus sentidos para ele com música ou com estímulos visuais... como filmes, por exemplo, ou comparecimento a óperas, ou apresentações de orquestras sinfônicas. As peças. Ele adorou as peças. Adorou que eu representasse *Macbeth*. Ele ama a mera ideia de que eu, com ele dentro de mim, me torne outra pessoa no palco. Ele fala sobre coisas desse tipo por semanas. Tem fascinação por orquestras sinfônicas. Costuma fazer perguntas de uma simplicidade absurda, para então oferecer as observações mais sofisticadas. Diz coisas do tipo de "a orquestra está gerando uma alma, uma alma coletiva, uma entidade". Eu lhe pergunto o que quer dizer com isso. Ele responde que a consciência gera a alma. Mas na maior parte das vezes não consegue explicar essas afirmações. — Dei de ombros. Meu famoso gesto, desgastado pelo uso. Estou dando de ombros para o mundo por um motivo ou outro desde que nasci. — É assim que é com ele. Ele não está ansiando por ir a parte alguma.

— E ele já lhe contou em confidência de onde veio? — perguntou Gremt.

— Você deveria saber muito bem que ele não faz a menor ideia do lugar de onde veio — respondi. — Você faz alguma ideia de onde veio?

— O que o faz supor que eu não faça?

— Sei que você não faz nenhuma ideia. Se soubesse de onde veio e por que é um espírito, você jamais teria fundado a Talamasca. Talvez nunca tivesse encarnado. Acho que você e todos os seus irmãos e irmãs... supondo-se que tenham gênero... enquanto entidades espirituais estão tão confusos quanto nós. Da mesma forma que os fantasmas. Todos estão confusos. E, sim, ele já fez alguns pronunciamentos filosóficos, se querem saber.

– Quais foram eles? – perguntou Magnus, atento.

– Que no reino do invisível não há certo e errado – respondi. – Isso ele me disse. E me disse que as ideias de certo e errado têm origem nos seres biológicos, que seduzem o mundo espiritual, e que o mundo espiritual quer saber mais a respeito. Todas as demandas, diz ele, provêm de nós.

Isso foi uma surpresa total para eles, mas era a verdade absoluta.

Amel não dizia nada, nada mesmo.

– Não me diga que você não se lembra de tudo isso – sussurrei para ele.

Longo silêncio, e então uma resposta em voz baixa:

– Eu me lembro.

Teskhamen olhou com calma de Gremt para mim e de novo para ele, de um jeito que considerei levemente perturbador. Mas pareceu que ele percebeu isso e baixou o olhar de novo para o fogo, como se tivesse sido grosseiro comigo.

– Preste atenção, Lestat – disse Gremt. Era um tom que eu nunca tinha ouvido vindo dele. Sua voz estava baixa, acentuadamente suave, mas bastante dura. – Você não conhece esse espírito. Acha que conhece. Mas não conhece.

Silêncio dentro de mim.

– Por que diz isso? – perguntei.

Uma expressão sinistra sombreou o rosto de Gremt.

– Porque eu me lembro de um tempo nos céus etéreos em que ele não estava lá – disse Gremt.

– Não estou entendendo.

– Ele não é nenhum espírito simples, Lestat – disse Gremt. – Eu sou um espírito simples, e de fato há infinidades de espíritos simples... há espíritos simples que "possuem" mortais e há até mesmo espíritos simples que procuram criar para si mesmos a segurança de uma cidadela de carne, como eu fiz... e há inúmeros espíritos... reunidos na atmosfera mais rarefeita da Terra, que os humanos em geral não podem ver nem ouvir. Mas ele, Amel, não é nenhum espírito simples. E eu, que não me lembro de quase nada daquelas eras etéreas, bem me lembro de quando ele chegou. Houve um tumulto no céu quando ele veio. Ele era novo. Já tinha o nome de Amel quando chegou. Você está me acompanhando?

Ele se calou, como que insatisfeito, e olhou para o fogo. Não é de admirar que nos reunamos em torno da lareira, porque elas são alguma coisa para olhar quando não podemos olhar uns para os outros.

Silêncio. Frieza. A serpente que se enroscava dentro de mim tinha se calado.

— O que ele disse sobre si mesmo? — insisti. — Falou do lugar de onde tinha vindo?

— Não — respondeu Gremt. — Estava ferido, em sofrimento, muito semelhante a uma alma presa à Terra, percorrendo às tontas o invisível, em agonia. Mas não era nenhum mero fantasma. Ele tem o poder imenso de um espírito.

— Como assim?

— Nós somos tão diferentes dos fantasmas quanto os anjos são dos humanos — disse Gremt. — Não pense nem por um instante que você sabe o que ele é. Ele tem uma esperteza e uma ambição que outros espíritos não possuem e nunca possuíram. Pelo menos não como sempre os conheci. Aprendi minha esperteza e minha ambição observando Amel. E, quando ele entrou na carne por meio de Akasha, fui atrás dele, mas levei milênios para conseguir a concentração e a força suficientes para entrar no mundo físico. Nunca, nem por um instante, pense que ele é da mesma natureza que eu. Alguma coisa diferente o impulsiona, e essa coisa está enraizada em experiências e conhecimentos que nunca possuí.

— Ou seja, você está dizendo que ele é um fantasma!

— Não. — Ele balançou a cabeça. Estava derrotado.

Um cintilar. Um lampejo. A cidade desabando no mar. O enorme grito de milhares. Fim.

Eu tinha perdido o fio da meada. Levei a mão à testa, massageando as têmporas.

— Você está dizendo que ele foi de carne e osso antes, que é um fantasma.

— Ele não é nenhum fantasma — disse Gremt. — Conheço fantasmas. — Ele fez um gesto na direção de Magnus. — Esse é um fantasma, movido pela importância e preocupações morais que aprendeu antes de morrer. Não. Ele não é um fantasma.

— Acho que o que meu amigo quer dizer — disse Teskhamen — é que você não deve confiar nele, Lestat. Ame-o, sim, é claro, e trate-o com a imensa consideração que sempre demonstrou por ele, mas jamais confie nele.

Assenti, para mostrar que estava escutando, lógico, mas não respondi realmente.

— Você o ama desde o início de tudo isso — disse Teskhamen. — Você, e somente você, se manifestou a favor dele diante dos outros que estavam procurando uma forma de deslocá-lo para algum tipo de armadilha segura, onde ele pudesse continuar a animar o mundo vampírico, para o bem deles.

Mas você o amava. Você o salvou daquilo. E o convidou a entrar no seu próprio corpo.

Será que eles sabiam que eu quase nunca parava para refletir por um átimo de segundo sobre qualquer coisa que já tivesse feito na vida? Era provável que soubessem. E também de como eu levava minha vida, galgando ondas e mais ondas de instintos e emoções, impulsionado por uma ganância imensa, tanto quanto por uma generosidade igual.

Mas essa não era a questão no caso. Eles estavam querendo chegar a alguma coisa crucial sobre o próprio Amel.

– Então o que vocês estão dizendo – perguntei por fim – é que o reino dos espíritos é composto de seres sem ambição, bondosos em sua maioria, que vagueiam, volúveis, sei lá... como Maharet uma vez os descreveu para nós... seres infantis... mas que esse espírito, Amel, é diferente?

– Bondosos? – perguntou Gremt. – Infantis? Lestat, você se esqueceu de Memnoch?

Memnoch!

– O que você sabe a respeito de Memnoch? – perguntei. Eu mal conseguia conter minha empolgação. – Se sabe de qualquer coisa sobre Memnoch, absolutamente qualquer coisa, precisa me dizer! Diga-me agora. O que sabe dele?

Memnoch era um espírito que no passado tinha me perseguido, me seduzido com visões e histórias do Paraíso e do Inferno, e me implorado que me tornasse seu aprendiz no reino espiritual. Memnoch havia alegado ser um dos "filhos de Deus", que tinha engendrado os nefilins. Memnoch declarara ser o Demônio judaico-cristão. Eu escapara e repudiado Memnoch em total horror. Mas nunca soube de onde ele vinha, nem o que era – na realidade.

– O que Maharet lhe disse a respeito de Memnoch? – perguntou Gremt.

– Nada – disse eu. – Nada além do que contei ao mundo inteiro. Ela disse que o conhecia. Só isso. Isso foi tudo o que chegou a dizer. Maharet não contava histórias. Essa é a característica principal de Maharet. Uma vez, muito tempo atrás, ela se sentou conosco e nos contou sua história pessoal e como os bebedores de sangue tinham surgido. Depois disso, ela se retirou do mundo, se recusando a ser qualquer tipo de mentora ou líder. Quando levava novatos para seus esconderijos, ela os punha a estudar antigos documentos, tabuletas, pergaminhos dos humanos; ou a refletir sobre mistérios encontrados em escavações. Ela não os recebia como alguma instrutora, mas como algum tipo de...

– Algum tipo de mãe – disse Gremt.

– Bem, sim, acho que sim – disse eu. – Ela me entregou uma carta enviada por Memnoch, ou foi o que afirmou. E na carta estava acondicionado meu olho, este olho, que os demônios de Memnoch tinham arrancado da órbita. A carta era cruel e debochada. Devolvi o olho a seu lugar, e ele sarou. Mas o coração nunca há de sarar de uma investida como a de Memnoch contra mim. Mas Maharet nunca me contou nada. Acho que ela era, por constituição, desconfiada de todas as formas de ambição.

Magnus sorriu ao ouvir isso, como se as palavras o encantassem.

– Ele fez o papel do Demônio para você – disse Magnus –, para o menininho que tinha medo de histórias sobre demônios e o fogo do inferno. Ele recorreu à sua imaginação, à sua mente, a seu coração, por assim dizer, para construir aqueles reinos etéreos em torno de você.

– É, agora eu sei disso. Na época, eu suspeitava. E fui embora. Fugi. Fugi, muito embora me arrancassem um olho.

– Você foi mais valente e mais forte do que eu – disse Magnus, baixinho. – E tem razão quanto a Maharet. Ela era contra todas as formas de ambição.

– Ela acreditava na passividade – disse Gremt – e, é triste dizer, acreditava na ignorância.

– Concordo – disse eu.

– Isso resulta de séculos e mais séculos de esperar em vão – disse Teskhamen. – Você consegue contemplar com um distanciamento entristecido os seres que se debatem a seu redor. E pode agradecer aos céus pela ignorância, por seres simples que não anseiam saber nada.

– Olhem, não estou com vontade de falar sobre Maharet – disse eu. – Vai haver tempo suficiente para isso. Quero saber de Memnoch. Se vocês não me revelarem o que sabem sobre Memnoch...

Empertiguei-me na cadeira. Firmei os dois pés no chão, como se estivesse preparado para me levantar e atacar alguém, mas isto não significava nada.

– Quem era Memnoch?

– Por que usar o verbo no passado? – perguntou Gremt. – Você acha que ele não está pairando perto de você, perfeitamente pronto para arrebatá-lo para seus mundos imaginários?

– Isso ele não consegue – disse eu. – Ele tentou. Vem tentando há anos. Eles demonstraram ceticismo.

– Todos os que procuram fascinar têm uma marca registrada – disse eu. – Uma vez que eu aprenda a reconhecer essa marca, me torno imune. Depois disso, não conseguem exercer o fascínio. – Eu os examinei individualmente. – Séculos atrás, Armand tentava me arrebatar com seus encantamentos.

Aprendi a reconhecê-los de cara. – Esperei, mas não disseram nada. – Quero saber o que sabem sobre Memnoch. Você tocou no nome dele! – acrescentei a Gremt. – Eu não teria perguntado, não agora, só depois de muito tempo, quando tivéssemos chegado a nos conhecer uns aos outros, todos nós, a nos amar uns aos outros. Eu não teria tomado essa liberdade. Mas vocês mencionaram o nome dele, e sabem o que isso significa para mim. O que sabem sobre ele?

Magnus se levantou, ganhando cor e olhando de relance para os companheiros.

– Ele é um espírito do mal – disse Magnus. – Acredita em todas as coisas que lhe disse. Ele se nutriu a partir do medo que você demonstrou de Deus e do Demônio. É ganancioso. Longas eras atrás, ele se apaixonou pelas religiões dos seres humanos. Agora reside em vastos purgatórios, reinos de sua própria criação, seduzindo as almas apegadas a terra, de crentes falecidos, sustentado pela fé dessas almas naqueles sistemas...

– Vocês devem se lembrar – disse eu – de que ele alegava ensinar o amor e o perdão em seu inferno expiatório.

– Claro que sim – disse Magnus –, e ele oferece imagens em abundância daquelas almas que aprenderam bem suas lições fazendo sua ascensão ao Paraíso. Mas ninguém ascende a partir dos domínios dele. Ele não é de Deus. Não é do inferno. É um espírito. E sua bocarra engole os desprevenidos, aqueles que anseiam por serem julgados e punidos.

Suspirei. Recostei-me na poltrona. Nada disso era surpreendente, mas ouvir por fim a confirmação, isto era importante.

– Pense nos grandes teólogos católicos do século XX – disse Magnus. – São poetas de seus próprios sistemas de crenças inebriantes. Flutuam numa atmosfera de teologias *vintage* e tecem para si mesmos novos sistemas etéreos, totalmente distanciados do mundo real, do mundo de carne e osso...

– Eu sei – sussurrei.

– Pois bem, pense em Memnoch como um ser desse tipo. Pense em Memnoch como alguém que encontrou na religião um grande meio criativo no qual ele pudesse se definir!

– Ele se aproveitou das devoções perdidas de sua infância – disse Gremt. – É assim que age. E de vez em quando outras almas vão ao reino dele, almas mais sábias, e procuram as que estão presas e as tiram de lá, trazendo-as para a liberdade.

– Como? – perguntei.

– Alertando aquelas almas presas, dizendo-lhes que estão prisioneiras da própria culpa e de uma desilusão desgraçada. – Gremt olhou para Magnus. –

Há almas muito hábeis nesse tipo de coisa, que percorrem o astral, como às vezes o chamam, e procuram libertar almas humanas incautas que estão se arrastando em labirintos dos quais não há saída.

– É horrível demais pensar nisso – disse eu. – Que almas fiquem presas em regiões de faz de conta, quando talvez haja algum destino melhor à espera delas.

– E às vezes – disse Magnus –, quando essas almas atormentadas são liberadas desse tipo de prisão, ascendem e desaparecem. E às vezes não ascendem. Voltam a descer, descer para esta Terra, com quem as salvou, e permanecem apegadas a terra, incompletas, inquietas. É isso o que você vê em mim: vê um fantasma que escapou do inferno de Memnoch e sabe muito bem que ele é um impostor. Vê alguém que destruiria todos os vestígios astrais do reino dele, se isto estivesse ao meu alcance.

– Tudo isso você sabe, Lestat – disse Gremt. – Seus instintos lhe disseram. Você fugiu do purgatório dele, condenando-o, rejeitando-o.

– Sim, exato – disse eu. – Como eu poderia ter destroçado aquele lugar? Como poderia ter libertado todos eles?

– Puxa vida – sussurrou Magnus. – "E Ele desceu ao Inferno."

Eu sabia muito bem o que ele estava querendo dizer. Falando da velha ideia de que Jesus, depois de morrer na cruz, tinha descido ao Sheol, ou Inferno, para libertar todas as almas que esperavam por Sua redenção, para que pudessem subir ao Céu. Não sei se até mesmo os cristãos mais devotos ainda acreditam nessas coisas, em qualquer sentido literal, mas eu as tinha aprendido, séculos atrás, numa escola monástica, e me lembrava dos inestimáveis manuscritos iluminados, com suas imagens minúsculas de Jesus despertando os mortos.

– Memnoch é um mentiroso – disse Magnus. – Eu sofri no inferno dele.

– E agora você está livre – disse eu.

– Livre para estar morto para sempre? – perguntou ele.

Percebi o que ele dizia, é claro. Ele estava apegado a terra. Não era um dos que tinham penetrado na Luz, como se diz. Era uma assombração do mundo material. Aparecia belo e brilhante diante de meus olhos. Uma expressão serena abrandou seu rosto.

– Se eu sempre estivesse em sua presença, Príncipe – disse ele –, creio que seria o mais forte dos fantasmas! De dia, ficaria deitado em cima de seu sarcófago e sonharia, esperando que você acordasse. E seu despertar ao anoitecer seria um amanhecer para mim em termos de poder.

— Perdoe-me, Mestre — disse eu —, mas você parece estar se saindo muito bem por si só; e tem seus tomos a escrever, seus poemas, suas canções. Para que precisa de mim?

— Para você me contemplar — disse ele, baixinho, com as sobrancelhas se erguendo. — Para me contemplar e perdoar.

Mais silêncio. Ele se voltou para o fogo. Todos se voltaram. Encostei minha cabeça na madeira de lei entalhada e fiquei com o olhar perdido, pensando em tudo isso e me lembrando de outros fantasmas que tinha conhecido. E um medo sinistro me dominou, um medo de estar morto e preso a terra. E então me pareceu que não era improvável que todos os seres inteligentes do mundo inteiro estivessem presos em algum tipo de dança com o mundo físico. Talvez aqueles que subiam para a Luz simplesmente morressem, e o universo para além deste mundo fosse mudo. Eu poderia enlouquecer cogitando um imenso nada repleto de um bilhão de pontinhos de luz e milhões de planetas à deriva, gerando sua infinidade de reinos biológicos de testemunho de insetos, animais, seres sencientes.

— É essa a questão — disse Gremt. — Memnoch espera e observa, e poderia voltar a fazer um movimento só daqui a cem anos. Mas jamais se esqueça de que ele está por aí. E não se esqueça de Rhoshamandes. Melhor se desfazer de Rhoshamandes.

— Não — disse Teskhamen, como se não conseguisse se conter.

— E por que não? — perguntou Gremt. E olhou para mim novamente. — E não subestime os rebeldes lá fora que querem derrubá-lo pelo mero prazer de fazê-lo. E nunca, nunca subestime Amel!

Veio de Magnus um gemido grave:

— Em momentos como este, como eu gostaria de ser músico, porque a música é o único veículo adequado para as emoções que sinto. Morri na noite em que o criei, e como fui tolo de querer morrer naquele fogo que eu mesmo acendi, sem ter tido a coragem de abraçar você, de amar você, de percorrer a Estrada do Diabo com você, meu corpo antiquíssimo, aprendiz ansioso diante da sua força arrogante de recém-criado! Ah, as coisas que fazemos. O que somos nós para cometer erros tão graves sem a mais leve noção do que estamos fazendo? O que é o homem que é tão consciente de si mesmo e sabe tão pouco das consequências do que faz?!

Ele se levantou e se aproximou de mim; e num relance senti novamente, com toda a certeza que minha visão me dava, que ele deixava de ser o homem louro de perfeitas proporções e se transformava na imagem do monstro que eu tinha conhecido.

Recorri a toda a minha determinação para não me levantar e me afastar dele. Ele chegou mais perto, a nítida encarnação do ser macilento, espectral, que ele era na noite em que me criou, com exceção das roupas, que eram escuras, esfarrapadas e disformes, com calças que pareciam feitas de ataduras, e dos olhos ferozes, negros, negros como seu cabelo.

Espalhe as cinzas. Ou então poderei retornar, e não me atrevo a cogitar em que forma seria. Mas tome nota de minhas palavras, se você permitir que eu volte, mais hediondo do que sou agora...

Descobri-me em pé a poucos passos dele. Nem um som vinha de Amel. Só essa criatura de costas para o fogo, seu vulto oscilante cercado por um halo de luz trêmula.

Gremt surgiu a meu lado, em silêncio.

– Tudo isso é culpa minha – disse ele. Senti seu braço no meu.

– Eu espalhei mesmo as cinzas – sussurrei. Parecia tão bobo, tão infantil. – Eu as espalhei exatamente como você mandou que fizesse – disse eu a Magnus. – Eu as espalhei.

O rosto da figura estava na sombra contra a luz das chamas, mas pude ver que sua expressão se abrandava.

– Ah, eu sei que você as espalhou, meu jovem – disse ele, numa voz frágil e embargada. – Eu me lembro; e me lembro de suas lágrimas e de seu pavor. – Pareceu que ele suspirou com seu corpo espectral inteiro; e então cobriu o rosto com os dedos longos e finos, com o cabelo desgrenhado, começando a ficar grisalho, caindo em torno dele como um véu. – Como fui idiota. Achei que, se você nascesse imerso no terror, seria ainda mais forte por isso. Por ser filho de uma era de crueldade, eu respeitava a crueldade. E agora ela me desagrada mais que qualquer outra coisa debaixo do céu. A crueldade. Se eu pudesse extirpar uma única coisa da Terra, seria a crueldade. Daria minha alma para livrar a Terra da crueldade. Olho para você e vejo o filho de minha crueldade.

– O que posso fazer para confortá-lo, Magnus? – perguntei.

Ele olhou para o alto e ergueu as mãos. Seus dedos adejavam, brancos e suplicantes, e ele rezou em francês antigo para Deus, os santos e a Virgem. Então seus olhos escuros voltaram a se fixar em mim.

– Filho, eu queria lhe pedir perdão por tudo isso: por tê-lo lançado como um errante pela Estrada do Diabo, sem uma palavra de orientação, por ter feito de você o herdeiro jovem e vulnerável daquilo que eu mesmo não conseguia suportar.

Ele suspirou, se voltou para o outro lado e se encaminhou para sua cadeira. Estendeu a mão para se segurar no espaldar. Pude sentir aquela mão branca que se fechava sobre a madeira e também como tinha tocado em mim tantos anos antes.

Mas você não pode me deixar! ... O fogo não. Você não pode entrar no fogo!

Essa era minha voz, a voz do garoto que eu era aos vinte anos, imortal havia menos de uma hora.

Oh, sim, posso sim. Sim, eu posso!... meu bravo Matador de Lobos.

Não conseguia suportar vê-lo, encurvado, trêmulo, parecendo recorrer à cadeira por algum apoio mortal. Não era capaz de aturar o gemido que escapou dele, ou seu jeito de estar empertigado, oscilando para lá e para cá, como que interrogando o céu com as mãos novamente erguidas.

Gremt enlaçou minha cintura com o braço, carinhosamente, e pousou a mão em meu braço. Mas era o fantasma que precisava ser consolado. Eu estava com o coração partido.

Teskhamen tinha ido embora. Eu mal havia percebido, mas ele se esgueirara da sala, deixando-nos sozinhos ali. E alguma parte de minha mente registrou que ele, como ser vivo, como eu, era um ser vivo, que nunca tinha conhecido a consciência incorpórea, não conseguia compartilhar a dor que esses dois espectros dividiam nesses momentos.

– Vai passar – disse Gremt, baixinho. – É obra minha, tudo isso. Somos errantes. Não existe nenhum Fareed, nenhum Seth, para espíritos e fantasmas. O destino é impiedoso com os vivos desprovidos de carne e osso.

– Não mesmo – disse Magnus. Ele se voltou, e, quando o fez, sua imagem pareceu se solidificar, perder algum grau de seu bruxuleio brilhante. – A culpa não é sua. – Ele olhou para mim, com o mesmo rosto branco e macilento que tinha quando me criou.

Mais uma vez, a aparição oscilou, ficando de costas para nós e se tornando transparente; o som de sua voz, vaporoso enquanto chorava.

Eu não podia ficar olhando sem fazer nada. Fui na direção de Magnus, estendendo as mãos para ele, tentando abraçá-lo e me colocar em torno do que parecia ser uma vibrante força invisível que agora não era nada além de luz e voz.

– Agora não tenho nada do que me queixar, nada – disse eu. – Você não pode estar chorando por mim. Chore por si mesmo, sim, é seu direito, mas não por mim.

Mais alguém entrou na sala, em silêncio, como Teskhamen tinha saído dali. Ele teria ido convocar esse outro, para mandá-lo entrar? Ouvi os seus passos e captei o cheiro de um bebedor de sangue. Mas não me separei do espírito que chorava, e não queria fazê-lo.

Parecia que o espírito estava se enrolando em mim. Eu podia sentir a sutil presença latejante envolvendo meus braços, meu rosto, meu coração. Um desfalecimento nos unia. Imagens de tempos remotos inundavam meus sentidos, o claustro vazio e mal iluminado no qual, sob o céu violáceo do crepúsculo, o alquimista mortal Magnus tinha mantido prisioneiro o jovem vampiro, que eu agora sabia que era Benedict, o Benedict de Rhoshamandes, de quem ele tratou de roubar o precioso Sangue. O qual lhe tinha sido negado, negado com crueldade. Por mais brilhante que fosse, por mais sábio, por maior que fosse seu valor, Magnus não era jovem, não era belo, não era agradável aos olhos dos que resguardavam o Sangue de todos que não fossem seus favoritos. Magnus enfim, de modo criminoso e voraz, bebeu o Sangue, enquanto o próprio sangue jorrava dos pulsos rasgados, bebendo sem parar o néctar puro, não misturado com o próprio sangue, mas sem diluição e extremamente poderoso. Chorando, chorando.

Uma voz dominou a ilusão, uma voz sinistra, massacrante, irada, a voz de Rhoshamandes:

– Maldito seja entre todos os bebedores de sangue pelo que você fez! Uma abominação sobre a superfície da Terra! Abençoado seja o bebedor de sangue que o exterminar.

Vi meu velho mestre subir pelo ar, como que para ir ao encontro das estrelas que dançavam na névoa arroxeada, com os olhos cheios de assombro. *Ele é meu. Está nas minhas veias. Estou entre os imortais.*

E agora ele chorava. Tão aflito como eu tinha chorado quando, como menino bebedor de sangue, o vi queimado na pira. Ele engolia e procurava abafar os gritos, mas o som ficava ainda pior com isto.

Não dá para aguentar uma dor como essa.

Seria por esse motivo que Amel não dizia nada? Seria por isso que parecia que ele nem mesmo respirava dentro de mim? Será que ele a sentia porque nós a sentíamos?

Em algum lugar próximo, o som suave de um canto penetrou o enlevo.

O bebedor de sangue que tinha entrado naquele salão cavernoso estava agora cantando um hino que eu conhecia, com a letra em alemão, a obra-prima de Bach: "Despertai... a voz chama... dos vigias nas ameias, despertai... cidade de Jerusalém! Essa é a hora da meia-noite..." E por trás da voz, o andamento do cravo. Essa voz terna, porém aguda, de um menino soprano, um dos cantores do coro de Notker.

O fantasma que me abraçava suspirou, e aos poucos seus membros ganharam forma, seu corpo voltou a ser sólido, com a cabeça pousada no meu ombro, o cabelo tão fino, e as mãos segurando meus braços.

Amo você, sim, sempre e sempre...

Se não tivesse sido por você, eu estaria morto para sempre, agora, dentro da terra, ou seria um fantasma errante, sem jamais ter vislumbrado o que você me deu...

A música prosseguia, com o bebedor de sangue menino soprano cantando só um pouco mais alto que o volume do teclado, entrando em variações próprias sobre o tema de Bach, como o próprio Bach poderia ter feito só para se divertir, levando a letra a locais não registrados: "Despertai, despertai, o sangue nos chama do sono eterno..."

Ficamos em pé ali juntos, e agora era a música que nos envolvia.

Finalmente, a música foi baixando o volume e chegou ao seu fim sutil.

Um silêncio radiante dominou a sala onde parecia que as paredes repercutiam o eco espectral da cantata. Então o fantasma se voltou e me beijou na boca. Magnus de novo, pleno. Não o Magnus ideal, inventado, mas um Magnus forte, poderoso, que tinha me trazido para o Sangue; não mais o ser espectral, mas um ser robusto, trajado numa simples túnica preta, com o cabelo escuro, com mechas prateadas, comprido e lustroso, bem penteado, e o rosto magro, tranquilo, delineado com as rugas finas que tinham se tornado como marcas de caneta quando ele foi criado.

– Você é minha melhor obra, meu melhor milagre – disse-me ele. Mais uma vez, me beijou, e eu abri a boca para receber o beijo e retribuir. Mordi meu lábio inferior e ofereci o sangue na minha língua. Ele o aceitou, embora eu não pudesse saber o que tinha sentido, nem como. Ele afagava meu cabelo, meu rosto.

– E agora você é o Príncipe da tribo; e o velho Rhoshamandes vaga por aí com a marca de Caim, aquele bebedor de sangue cativante, volúvel, desalmado, portando a marca de Caim, para que ninguém o libere da sua aflição pelo que fez à bruxa bondosa; e você governa.

Ele se afastou, exatamente como um ser vivo poderia ter feito nesse momento, e enxugou as lágrimas dos olhos, olhando por um instante para as próprias mãos. Essa era uma criatura que eu realmente nunca tinha visto – o verdadeiro Magnus restaurado: o nariz longo e fino, a boca larga, a testa alta, mãos brancas, nodosas; e ombros retos, mas deformados –, a aparência que ele devia ter naquelas primeiras noites em que o Sangue havia feito tudo o que podia para torná-lo quase perfeito. E quem haveria de dizer que isso não era beleza?

— É, mas eu nunca tive beleza — disse ele, com um suspiro. — O que faz com que você veja a beleza aqui, quando outros só viram a feiura e a imperfeição, além da devastação da doença?

— Meu criador — disse eu. — Aquele que me deu o poder de ver beleza em todas as coisas.

Nem um único som veio de Amel, dentro de mim. Nem uma palpitação. Mas ele estava lá.

Magnus se voltou como se estivesse procurando pela cadeira, se estendendo para ela, sem na realidade conseguir encontrá-la. Acompanhei-o à cadeira e segurei sua mão enquanto ele se sentava devagar, como se seus ossos espectrais estivessem de fato doendo.

Será que um fantasma se torna a plena expressão do mortal e do imortal? Será que um fantasma encerra todo o passado do ser?

— Perdoe-me — disse ele, olhando para mim. Recostou-se, relaxando com as mãos nos braços da cadeira, como costumamos fazer com essas velhas cadeiras de madeira com seus entalhes protuberantes, e continuou a olhar para mim calmamente. — Você veio aqui à procura de Gremt, e eu o distraí, enredando-o com meus pesares e minha loucura. Sempre fui louco, ou era isto o que me diziam, quando eu dizia coisas sobre o mundo que homens e mulheres comuns dizem hoje. Fui considerado louco quando falava do amor e de como era preciso aprender a amar. Louco, Magnus, o ladrão do Sangue. Eu agora deveria deixá-lo para sua conversa com Gremt. Mas estou firme e inteiro de novo, e não quero renunciar a isso.

— Entendo.

Olhei para Gremt. Ele estava apenas nos observando. O esbelto vampiro menino soprano tinha se aproximado para ficar em pé a seu lado, eterno coroinha, com uma sobrepeliz de renda branca. Gremt enlaçou o menino pela cintura como tinha feito comigo momentos atrás.

Senti vontade de ir embora. Estava na hora. Eu sabia que Magnus ficava para lá de exausto. Para ele já bastava. Para mim também. E o silêncio de Amel era ameaçador e desconcertante. Descobri que eu estava esgotado e triste, sem mais nada a dizer a qualquer pessoa naquele instante.

Voltei-me, peguei a mão direita de Magnus e a beijei. De carne. Qualquer um teria achado que era. Não sei se algum dia beijei a mão de outro ser, mas beijei a dele.

— Em breve irei vê-lo — disse ele, baixinho. — Herdeiro abençoado.

— Sim, Mestre, sempre que quiser — disse eu. Voltei-me para Gremt e peguei sua mão. — Despeço-me agora e o convido a vir à corte sempre que desejar, você e todos os que aqui residem.

– Obrigado – disse Gremt. – Iremos em breve, mas lembre-se de minhas palavras. Lembre-se: ele não é o que você acha que é. É mais e é menos. Não se deixe iludir por ele.

Fiz que sim. Olhei para o menino cantor e tentei lembrar se o tinha visto antes com os músicos ou o coro de Notker. Sem dúvida ele era proveniente da casa comunal de Notker nos Alpes.

Tinha treze ou catorze anos quando foi criado, antes que as mudanças masculinas o atingissem: um garoto de cabelo escuro, encaracolado, olhos escuros e brilhantes e a pele quase da cor do mel à luz dos lampiões. Seu rosto se iluminou.

– Sim, Príncipe, já cantei para você e hei de cantar novamente. Foi Benedict quem me levou a Notker, mas foi seu mestre quem me criou, e por isso canto para ele para reconfortá-lo.

– Ah, entendi – disse eu. Reprimi o simples impulso de tocar no seu cabelo com carinho. Ao contrário do que dizia sua aparência, ele tinha centenas de anos de idade, um homem num corpo de menino; e já não era um garoto, da mesma forma que Armand não era um garoto; nem eu, um rapaz de vinte anos.

Gremt me acompanhou quando me encaminhei para a porta da frente, se apressando para abri-la para mim.

O ar frio da noite estava uma delícia, e vi que uma neve fina estava caindo. O chão acabara de ser coberto por um manto branco. E, além, as árvores cintilavam ao se movimentarem com o vento suave e gelado. Dois vultos escuros esperavam por mim.

– Adeus, meu amigo – disse eu. – Repito, vim para romper o silêncio entre nós. Venha me procurar a qualquer hora, e voltarei quando puder, se você quiser.

– Sempre – disse ele. Vi novamente a angústia em seu rosto, a estranha infelicidade sombria. – Ah, tenho tanta coisa que quero lhe contar, mas não posso lhe fazer confidências sem fazê-las àquele que temo.

Eu não sabia o que dizer.

Ficamos ali em pé, com o olhar fixo um no outro, a neve em torvelinhos leves e silenciosos ao nosso redor. E então ele pegou minha mão. Seus dedos pareciam humanos, tinham o calor dos seres humanos, e senti neles a delicada pulsação de seu coração. Que coração? O coração que ele tinha feito para si mesmo para se tornar um de nós?

– Venha visitar Fareed e Seth – disse eu. – Eles são médicos para todos nós. Venha me ver. É, Amel ouve tudo; mas, ouvindo tudo, nem sempre consegue ouvir cada um. Venha.

– Eles são médicos para todos nós? – perguntou ele.

– Precisam ser. Se não somos todos um só... fantasmas, espíritos, bebedores de sangue... então o que somos? Estamos perdidos e não podemos estar perdidos. Não vamos tolerar que isso se perca outra vez.

Ele sorriu.

– Ah, sim – disse ele. Parecia tão imune ao ar revigorante quanto eu. No entanto, seu rosto estava levemente avermelhado e seus olhos brilhavam. – Já ouvi essas palavras na boca de fantasmas dentro desta casa.

– Bem, então vá procurá-los e venha me ver – disse eu. Estava sentindo que meus olhos se enchiam de lágrimas. Na realidade, sentia emoções tão fortes que não sabia ao certo o que fazer ou dizer. Sentia um desespero. – Ouça o que digo, você deve vir. A corte está muito ocupada com a missão de ser uma corte. Mas qual é o sentido de haver uma corte se não for para unir a todos nós? Fareed e Seth estão trabalhando nos novos laboratórios em Paris. E a casa de Armand em Saint-Germain-des-Prés é a sede da corte em Paris. Você sabe tudo isso.

– Ah, sei sim – disse ele, mas não estava reconfortado nem animado. O que o fazia hesitar? O que ele não estava dizendo?

Eu não tolerava aquilo. Não suportava a ideia de que Thorne e Cyril a poucos metros dali, à minha espera, ouviam tudo e pensavam no que eu nunca saberia, e estavam ali presentes, sempre presentes. Eu não sabia o que queria, nem o que fazer com a aflição que sentia, só que algum sentimento bruto, que estivera enterrado todo esse tempo em meio a preocupações superficiais e prazeres aleatórios, tinha sido descoberto em mim.

Dentro da casa, o menino estava cantando de novo, e as notas do cravo pareciam estar perseguindo a uma velocidade intensa suas doces sílabas apressadas. Como a ampla residência pareceu segura e forte por um instante, em comparação com o caos imprevisível da neve soprada pelo vento!

– Cuidado, Lestat – disse Gremt, apertando minha mão com firmeza. – Cuidado com Amel. Cuidado com Memnoch. Cuidado com Rhoshamandes.

– Entendi, Gremt – disse eu, tranquilizando-o.

Fiz que sim. Flagrei-me sorrindo. Era um sorriso triste, mas um sorriso. Desejei de algum modo conseguir transmitir para ele, sem arrogância, que ao longo da vida inteira eu tinha sido ameaçado por esse ou aquele adversário, que quase fui assassinado por aqueles a quem amava e até mesmo quase fui destruído pelo meu próprio desespero. E sempre sobrevivi. Eu realmente não sabia o que era o medo, não como algum elemento permanente em meu coração. Simplesmente não "sacava" o medo. Não "sacava" a cautela.

— Certo, agora eu vou – disse eu, segurando-o pelos ombros e o beijando rapidamente nas bochechas.

— Fiquei feliz por você ter vindo, mais do que consigo dizer – respondeu ele. Voltou-se então e entrou pela porta aberta, para a luz amarela. E a porta se fechou e deu a impressão de desaparecer na escuridão da parede.

Fui me afastando pela neve silenciosa, para longe de Thorne e Cyril, para longe das luzes amarelas e calorosas das janelas do mosteiro. O menino estava improvisando as palavras que cantava, aplicando-as a um concerto que nunca teve letra. E, num instante de dor aguda, percebi ser provável que ele tivesse passado sua eternidade fazendo esse tipo de coisa, tecendo essa beleza, criando canções tão magníficas. E me maravilhei por Notker ter lhe dado isso, ou por ele poder dar essas obras a Notker. O mundo inteiro estava cheio de imortais que não tinham nenhum objetivo semelhante, nenhum fio similar a acompanhar ao percorrer o labirinto da sorte e do infortúnio.

— Você realmente não sabe o que estava incomodando aquele espírito? – perguntou Amel, com a voz baixa, desdenhosa. – Ou está simplesmente fingindo que é burro para me deixar louco?

— Bem, é óbvio que ele tem medo de mim – disse eu. – Ele tem medo de você, tem medo de Rhoshamandes...

— Não, não, não – disse Amel. – Você não sabe qual é o problema dele, dentro dele, o que ele está sofrendo?

— Então o que é?

— Ele já não consegue dispersar o corpo, seu pateta. Está preso nele. Não consegue sumir quando quer. Não consegue desaparecer e aparecer de novo, nem disparar de um lugar para outro num piscar de olhos! Está cativo do corpo sólido que ele próprio engendrou e refinou. Ele agora é de carne e osso, e não consegue escapar disto!

Fiquei parado ali, imóvel, olhando para a neve. Ao longe, muito ao longe, pessoas riam na taberna de um povoado. A neve ficou mais pesada. O frio não era nada para mim.

— Está falando sério?

— Estou. Ele fez essa confidência a Magnus – disse Amel –, o que abalou a confiança do fantasma em seu próprio corpo material. Ele abalou a todos eles. Hesketh agora está com medo. Riccardo agora está com medo. Todos eles estão com medo do corpo de partículas que criaram para si mesmos. Receiam ficar presos, como ele agora está. Ele queria lhe pedir que bebesse do sangue dele. – Amel começou a rir, aquela sua risada louca, descontrolada. – Não está percebendo? O desgraçado do espírito de Gremt conseguiu o que queria: ser de carne e osso. E agora não há como reverter isso. – Ele continuou com sua risada ululante.

Eu quis protestar, perguntar como é que ele sabia, mas tinha a forte impressão de que sabia e de que estava certo. Então, o que era esse corpo por meio do qual Gremt falava, andava e dormia? Ele podia ingerir alimentos? Dormia? Sonhava? Possuía algum poder telepático?

– Teskhamen sabe – disse Amel. – Teskhamen sabe e não pretendia que eu ou que você soubesse. E, ao tentar ocultar a informação, ele a revelou para mim. – Ele riu de novo. – São uns gênios!

Eu não disse nada por um instante. E então olhei para trás, para a janela mais próxima, a luz bruxuleante na vidraça com armação de chumbo em forma de losangos, por trás da neve.

– Isso deve ser um perfeito horror – sussurrei.

Amel respondeu com mais risadas.

– Vamos embora, procurar Louis – disse ele.

Não me importei com Amel. Estava pensando no que aquilo devia significar para Gremt. Pensei sobre o que tinha que significar. Ponderei todos os aspectos do caso à luz do que eu sabia sobre Gremt, fantasmas e espíritos. E eu sabia o quanto esse espírito tinha querido se tornar de carne e osso.

– Bem, então ele pode morrer e voltar a ser um espírito, certo? – disse eu.

– Não sei – disse Amel. – Você acha que ele está disposto a descobrir? Nenhum ser na Terra quer morrer, caso você ainda não tenha percebido.

É provável que não. Com toda a certeza, não.

– Ora, vamos. Chega dessas "coisas" – disse ele, num tom de cansaço extraordinário. – Nova Orleans aguarda. Louis aguarda. E se ele não tiver ido a Nova Orleans, como você pediu, por mim vamos a Nova York atrás dele.

Ele tinha mencionado Louis inúmeras vezes nos últimos seis meses, mas o estranho era que eu não confiava nele com todas essas menções a como eu precisava de Louis, como deveria escrever a ele e como deveria pegar um dos muitos telefones à minha volta e ligar. Eu tinha um medo profundo de que ele na realidade tivesse ciúme de Louis, mas sentisse vergonha desse sentimento. Agora ele estava dizendo: vamos, vamos procurar Louis.

– Lestat, eu sempre não sei o que é melhor para você? – perguntou ele. – Quem foi que lhe disse décadas atrás para restaurar o château? Quem foi que lhe apareceu no espelho lá no Portão da Trindade, com a visão do que eu era, para você não ter medo de mim?

— E quem foi que levou Rhoshamandes a sequestrar meu filho – perguntei, com raiva –, quem fez com que Rhoshamandes matasse a grande Maharet e o teria levado a matar Mekare?

Ele suspirou.

— Você é impiedoso – resmungou.

Thorne veio se aproximando de mim, com Cyril não muito atrás. Cyril era um bebedor de sangue tão grandalhão que fazia Thorne parecer um pouco pequeno. Seres machos desse tipo têm um destemor insolente que homens menores nunca chegam a conhecer. Mas quando não me mexi, quando fiquei simplesmente ali parado na neve, com a neve cobrindo minha cabeça e meus ombros, como se eu fosse uma estátua num parque, nenhum dos dois disse nada.

— Você precisa de Louis – disse Amel. – Eu sempre sei do que você precisa. Além disso...

— Além disso o quê?

— Gosto de olhar para ele através de seus olhos.

— Não quero pensar em você dentro de Louis – disse eu.

— Ah, não se preocupe. Não entro em Louis. Os fracos como Louis nunca me interessaram. Pense nos que ouviram "a Voz". Algum deles era tão humano quanto Louis? Não, não eram. Se você quer saber, não consigo encontrar Louis. Não consigo entrar nele. Pode ser que daqui a um século ou dois, sim, talvez ele consiga me ouvir, mas por ora não. Mesmo assim, gosto de olhar para ele através de seus olhos.

— Por quê?

Ele suspirou.

— Acontece alguma coisa com seus sentidos quando você contempla Louis. Quando olha para ele. Não sei. Eu o vejo mais nítido do que às vezes vejo os outros. Vejo um bebedor de sangue. Acho que enxergo toda uma vida em Louis, quando o vejo pelos seus olhos. Quero conhecer vidas inteiras. Quero conhecer o que for importante, completo, duradouro.

Sorri. Será que ele sabia quando eu estava sorrindo? Fiquei impressionado com a continuidade do que ele estava dizendo. O que for duradouro, sim. Ele falava em explosões brilhantes, mas era raro que seus pensamentos se ativessem a uma continuidade. Era raro que sua linha de pensamento se estendesse.

E ele estava certo ao dizer que, em sua maioria, os que ouviram a Voz no ano anterior tinham sido os mais velhos...

— Você gosta dos que têm poder – disse eu. – Gosta de entrar nos que conseguem atear fogo.

Um longo gemido rouco, de infelicidade.

— E seu amado Louis, se tivesse o poder de atear fogo, não o descobriria e não o usaria, a menos, é claro, que alguém ameaçasse quem ele ama.

Era provável que essa fosse a pura verdade.

— Ouça, sou mais íntimo de você do que qualquer outro ser na criação – disse ele. — Mas não posso vê-lo quando estou dentro de você, posso? Só vejo o que você vê. E acontece alguma coisa quando você está com Louis, acontece alguma coisa quando você estende a mão para tocar nele. Eu queria poder ver você como ele o vê. Ele tem olhos verdes. Gosto de olhos verdes. Minha Mekare tinha olhos verdes.

Isso me perturbou e eu não sabia ao certo por quê. E se ele de repente quisesse ferir Louis? E se ficasse com ciúme de Louis, de meu afeto por ele?

— Tolice, vá procurá-lo – disse Amel. Com a voz calma. Masculina. — Eu tenho ciúme de seu filho, Viktor? Tenho ciúme de sua filha amada, Rose? Você precisa de Louis e sabe disto. E agora ele está pronto para ceder. Ele se manteve afastado por tempo suficiente. Sinto... — Ele se calou. Ouvi um som, como um chiado.

— Você sente o quê?

— Não sei. Quero que vá procurá-lo. Você está desperdiçando seu tempo e o meu! Quero subir! Quero estar entre as nuvens!

Não me mexi.

— Amel – disse eu. — As coisas que Gremt disse sobre você são verdadeiras?

Silêncio. Confusão nele. Agitação.

Mais uma vez aquele flash: uma cidade de prédios cintilantes desmoronando mar adentro. Seria uma cidade real? Ou seria um sonho de alguma cidade?

Um espasmo em minha garganta e em minhas têmporas. Olhei para o alto, para o turbilhão de neve que me deixava cego. Fechei então os olhos. E vi a cidade em chamas, recortada contra a escuridão.

Uma batida. Um momento. O silêncio da neve é de uma beleza extraordinária. Eu estava com a mão cheia de neve. E de repente meus dedos se fecharam em torno da neve, embora eu não tivesse dado esse comando.

— Pare com isso – disse eu.

Nenhuma resposta dele. Senti uma dor leve nos dedos quando os relaxei contra a vontade dele. Isso realmente me alarmou. E se ele conseguisse dominar meu corpo inteiro desse jeito, me fazer ficar em pé, me fazer sentar, me fazer subir...?

— Senhores – disse eu, acenando para Cyril e Thorne. — Vou subir para atravessar o oceano. O sol está se pondo neste instante na cidade de Nova Orleans.

Thorne fez que sim. Cyril nada disse.

– Quero estar na única cidade que amo mais do que Paris – disse eu, como se estivesse falando com quem se importasse.

– Aonde você for, nós vamos – disse Cyril, dando de ombros. – Desde que eu me alimente numa hora ou outra na próxima quinzena, que diferença faz para mim se você quiser ir à China?

– Não diga isso – resmungou Thorne, revirando os olhos. – Estamos prontos, à sua disposição, Príncipe.

Dei uma risada. Acho que gostava de Cyril um pouco mais do que de Thorne, mas a verdade era que Thorne também tinha das dele. E Thorne havia sofrido terrivelmente quando Maharet foi morta. Maharet tinha sido a criadora e a deusa de Thorne, que tinha implorado pela permissão de chefiar um bando de vampiros vingativos para queimar Rhoshamandes em punição pelo assassinato de Maharet. Ou seja, o verdadeiro Thorne só estava começando a vir à tona depois daquele sofrimento.

– Certo, senhores, e agora alcemos voo.

Disparei para o alto com toda a minha força, viajando acima das nuvens em questão de segundos. Eu sabia que estavam logo atrás de mim. Eles viam as constelações como eu as via? Viam a grande lua branca como eu a via? Ou estariam simplesmente concentrados em mim enquanto lutavam para acompanhar minha velocidade?

Com toda a minha força, enviei meu chamado:

Armand, Benji, digam a meu amado Louis que estou a caminho.

Repetidamente, enviei o chamado, como se minha voz telepática pudesse atingir a lua e ser desviada com sua luz, brilhando sobre o mundo movimentado de Nova York, sobre os muitos aposentos e criptas do Portão da Trindade, à medida que eu subia ainda mais, percorrendo nas alturas o enorme vazio escuro do Atlântico.

3

Garekyn

Quando o sol se punha em Nova York nesse entardecer ameno de inverno, Garekyn Zweck Brovotkin seguia a passos largos pela Quinta Avenida, se encaminhando para um conjunto de três elegantes casas geminadas do Upper East Side, chamado Portão da Trindade. O ar estava revigorante e limpo, ou tão limpo quanto poderia chegar a estar em Nova York. E Garekyn trazia esperança no coração.

Tinha consciência de que isso poderia se revelar uma tremenda perda de tempo, mas a verdade era que tempo era o que não lhe faltava neste mundo. Então, por que não dar uma olhada no misterioso residente do Portão da Trindade – um jovem astro do rádio, que Garekyn vinha ouvindo nos últimos tempos, uma figura audaciosa que se dizia chamar Benji Mahmoud, alegava ser um "bebedor de sangue" – uma espécie de imortal mutacional – e falava num sussurro eloquente pela internet, todas as noites, para outros seres resultantes de mutação, e fazia referências o tempo todo ao nome de uma força controladora da vida deles chamada "Amel"?

Amel.

Era um nome que Garekyn não ouvia ser pronunciado havia doze milênios, e ele de fato não tinha condições de não lhe dar atenção.

As transmissões do bebedor de sangue estavam acontecendo havia anos. Elas duravam de uma hora a duas por noite. E daí em diante o *stream* da internet consistia em gravações de transmissões antigas. Garekyn tinha feito uma triagem meticulosa de todo aquele material, durante os seis meses passados, até ter esgotado todas as transmissões disponíveis em qualquer tipo de mídia. Aprendeu assim tudo o que foi possível a respeito de Benji Mahmoud e dos seres que compunham o universo de Benji: bebedores de sangue de todos os cantos do mundo, considerados personagens de ficção pelos jornalistas de Nova York, que de vez em quando escreviam sobre o "fenômeno" do "programa" de Benji, embora ouvidos humanos não tivessem como conhecer toda a sua abrangência.

Ah, sim, pensou Garekyn à medida que se apressava mais, tudo poderia ser uma perda de tempo. Mas ele adorava Nova York ao anoitecer, com o trânsito que ficava mais pesado, luzes que se acendiam brilhantes em toda a sua volta, em torres e residências elegantes, com as pessoas que vinham para a rua ao deixar o local de trabalho para participar da vigorosa vida noturna que prosseguiria infatigável até as primeiras horas do dia seguinte.

E daí se eu não encontrar imortais de verdade nesta noite?, pensou Garekyn. O que terei perdido?

Garekyn era alto, com pouco mais de 1,85 metro de altura, de constituição esguia e possante, com o cabelo preto e cacheado, comprido até os ombros. Nesse cabelo havia uma larga mecha dourada, do lado direito do repartido central. E ele tinha olhos de um preto-acastanhado, ardentes e cativantes. Seu nariz era longo e fino, e sua pele era morena, muito escura. Ele estava andando depressa, querendo chegar ao destino antes da escuridão. A augusta tribo de Benji Mahmoud despertava somente quando escurecia, segundo sua "mitologia", e Garekyn estava decidido a descobrir se a mitologia tinha algum fragmento de verdade.

Em 1889, Garekyn havia despertado para uma cultura planetária terrivelmente contaminada por uma profunda ignorância e julgamento de pessoas com base na raça e na cor. Mas fortes atitudes depreciativas para com pessoas de cor nunca tinham invadido a alma de Garekyn, porque o mundo antiquíssimo no qual ele nascera era totalmente diferente.

Naquela época, quando Garekyn fora criado e enviado para a Terra, a maioria das pessoas no planeta tinha a cor igual à dele. Quase todo mundo tinha o cabelo preto e os olhos escuros de Garekyn. E recém-despertado na Sibéria, em 1889, por um dedicado antropólogo russo, Garekyn não havia sido tratado como um negro inferior, mas como um milagre que a ciência não conseguia explicar – um ser adormecido inconsciente no gelo, dessecado e aparentemente sem sensibilidade, que, por meio do simples calor e reidratação, tinha sido restaurado à vitalidade.

O Príncipe Alexi Brovotkin, o homem que salvou e instruiu Garekyn, era um antropólogo amador e colecionador de fósseis, filho de pai russo e mãe inglesa – um estudioso dedicado que acabou escrevendo um longo artigo sobre sua descoberta de Garekyn, só para tê-lo rejeitado por todas as publicações às quais o submeteu. Nem um único cientista na Rússia ou na Europa jamais aceitou o convite para conhecer o homem de doze mil anos que ele tinha resgatado das vastidões geladas da Sibéria. É claro que doze mil anos era somente uma estimativa do período em que Garekyn havia permanecido congelado. Ninguém poderia saber ao certo.

Não importava. O Príncipe Alexi Brovotkin amou Garekyn desde o instante em que este abriu os olhos e olhou para ele. Brovotkin levou Garekyn da Sibéria para seu palácio em São Petersburgo. E, em menos de uma semana, Garekyn, chocado e deslumbrado, passava pelo batismo de entrada no mundo moderno, através de uma experiência que suplantava qualquer coisa que tivesse chegado a imaginar.

Era o dia 15 de janeiro do ano de 1890, e o Príncipe Brovotkin havia levado Garekyn à *première* do balé *A Bela Adormecida*, de Peter Ilyich Tchaikovski, no resplendor dourado do Teatro Mariinsky.

Garekyn nunca tinha pensado em música daquela natureza, nem em um espetáculo tão belo e elaborado quanto o que viu no palco naquela noite. Pouco importavam os esplendores de São Petersburgo, as bibliotecas e o luxo da enorme residência de Brovotkin. E também a decoração cintilante do Teatro Mariinsky. Foram a música e a dança que encantaram Garekyn – o poder de coordenação dos instrumentos da orquestra de gerar uma corrente inebriante de música, ao som da qual seres humanos altamente disciplinados executavam movimentos rítmicos de sutileza e graça quase impossíveis.

Garekyn levou anos para explicar o que tinha sentido quando assistiu ao balé *A Bela Adormecida* e por que essa imensa afirmação de bondade inata era tão importante para ele. Mas o prazer vivenciado naquela noite o convencera de que ele não tinha nenhuma culpa terrível e irrevogável, decorrente de alguma ação praticada ou alguma omissão anterior, já meio esquecida.

– Nossa escolha foi a certa – disse ele, hesitante, repetidas vezes, ao Príncipe Brovotkin naquela noite e em muitas noites seguintes. – Meus irmãos, minha irmã e eu. Nós estávamos certos. Este mundo, este mundo encantador, nos exime de culpa!

Para sempre, Garekyn teve a convicção de que, se seus companheiros originais estivessem vivos e em boas condições naquele século, ele os encontraria em palácios dedicados a apresentações de ópera ou de balé, pois eles considerariam essa nova música e essas novas apresentações tão fascinantes quanto ele. Também veriam essa arte como um símbolo do esplendor da humanidade, de uma bondade inata que vinha à tona sob formas incontáveis e imprevistas.

Alguém, muito tempo atrás, muitíssimo tempo atrás, tinha usado estas palavras, "o esplendor da humanidade". Foi numa língua diferente, uma língua que Garekyn podia ouvir na cabeça, mas que não escrevia. No entanto, Garekyn tinha traduzido o sentimento com facilidade para o russo ou para o inglês que vinha aprendendo com o Príncipe Brovotkin. A mente de Garekyn havia sido equipada para o rápido entendimento da linguagem e para a rápida análise de padrões e sistemas. Ele adorava aprender. E o Príncipe Brovotkin o amava por isso. Mas as lembranças mais remotas de Garekyn eram interrompidas e fragmentadas. Elas chegavam a ele em lampejos inesperados e às vezes inexplicáveis. Sua mente tinha sido ferida na catástrofe que o prendera no gelo. E quem sabia como a passagem do tempo teria afetado Garekyn? Ele procurava com todas as suas forças recuperar cada pequeno fragmento de memória errante que conseguisse captar.

Três anos depois da *première* do balé *A Bela Adormecida*, quando o grande Tchaikovski morreu, Garekyn chorou amargamente. O Príncipe Alexi Brovotkin chorou da mesma forma. Àquela altura Garekyn já tinha recebido uma educação primorosa na biblioteca do Príncipe, e o Príncipe Alexi tinha levado Garekyn a Paris duas vezes e a Londres uma vez, a Roma, a Florença e a Palermo, e estava planejando levá-lo aos Estados Unidos. Garekyn sabia mais sobre o fim do século XIX do que jamais tinha sabido ou entendido a respeito de sua breve existência doze milênios antes.

Ao Príncipe Brovotkin Garekyn confidenciou tudo o que sabia sobre si mesmo, como fora enviado com mais três seres humanoides para a Terra, especificamente para corrigir um erro deplorável. Falar tinha sido útil. Fragmentos voltavam a Garekyn quando ele falava, quando viajavam, quando Garekyn lia livros novos ou via novas cidades – quando Garekyn encontrava novas maravilhas, como as pirâmides de Gizé, o imponente Palácio de Cristal, em Londres ou a majestosa Catedral de Santa Maria da Natividade, em Milão.

Pessoas do Propósito era como eles próprios se chamavam, Garekyn e sua gente, mas não porque pretendessem cumprir o que os Pais os tinham enviado para fazer, e sim porque haviam concebido outro propósito muito mais importante: *o esplendor da humanidade*. O ser que dissera essas palavras... mas nesse ponto as faculdades de Garekyn o traíam. Ele podia ouvir a voz e ver os olhos, olhos claros, não de um preto-acastanhado como os seus, mas extraordinariamente claros, de um azul-esverdeado, tão raros naquela época na Terra; e o cabelo de um ruivo-dourado – um ruivo-dourado tão brilhante.

Imagens efêmeras e perguntas desconexas eram a obsessão de Garekyn. Nos sonhos, ele via a selva, uma selva pela qual tinham caminhado juntos, ele e os companheiros, lutando contra insetos e répteis; e os selvagens curiosos que os haviam convidado para suas aldeias e lhes oferecido alimentos e bebidas em abundância. Ele via uma enorme cidade cintilante, sob um domo imenso e transparente. *Tudo depende de vocês entrarem na cidade em si. Nada pode ser realizado se não entrarem lá.* Ele se lembrava do rosto e das formas dos outros: o querido Derek, parecido com um garoto; Welf, delicado, paciente e sempre com um sorriso; e a brilhante e autoritária Kapetria, que nunca levantava a voz, fosse com raiva, fosse com entusiasmo. Welf e Kapetria formaram um casal, como os Pais haviam planejado. E o jovem Derek sem qualquer esforço atraía os seres humanos com sua gentileza e sua beleza inatas. E qual tinha sido o papel específico de Garekyn? Ele não conseguia se lembrar! Recordava-se da maciez dos membros de Kapetria, da pele suave e acetinada de Derek, mas só em rápidos relances. Será que ele e Derek foram amantes? Será que Welf uma vez havia brigado com Garekyn por causa de Kapetria? Mas essas tinham sido coisas sem importância.

Os Pais haviam falado com todos eles: vocês foram criados com esse único objetivo e perecerão ao cumprir essa missão; e, sem que vocês pereçam, o objetivo não será atingido. Derek tinha chorado quando os Pais disseram estas palavras.

– Mas por que temos que morrer? – perguntara Derek. Os Pais ficaram surpresos com a pergunta. Kapetria envolvera Derek nos braços.

– É necessário que esse menino sofra tanto assim?

Um dia, Garekyn acordou no meio da noite num hotel em Chicago. Alguma coisa que ele tinha visto naquela noite na televisão ativara mais um fragmento. O enorme reino dos Pais, tomado pela vegetação, samambaias e trepadeiras que atingiam a altura de dezenas de metros.

– Vocês foram criados como o grupo perfeito para se passar por humanos e ganhar acesso à cidade. – O nome da cidade? Os Pais lhes deram o nome. *E por que não consigo me lembrar do nome?!*

Nos primeiros anos, o Príncipe Brovotkin interrogava Garekyn constantemente a respeito desses assuntos. Os Pais não eram como nós. Ele simplesmente não conseguia descrevê-los, mas podia vê-los – altos, de olhos grandes, asas enormes. Quando abriam as asas e levantavam voo, era deslumbrante!

– Como corujas – dissera Garekyn, pegando um livro na estante e abrindo-o na ilustração colorida. – Assim! Mas muito, muito maiores.

– Você está dizendo que essas criaturas eram aves?

– Nós fomos feitos para parecermos humanos no planeta. Fomos feitos para sermos como todos os outros. Eles tinham cometido um erro no passado ao criar um ser que fora recebido como um deus. Eles o tinham equipado em excesso com conhecimentos fundamentais para sua missão.

O Príncipe Brovotkin morreu em 1913, na viagem para o Brasil, deixando todo o seu patrimônio para seu filho adotivo, Garekyn. Por um tempo, Garekyn ficou perdido. Foi uma agonia ver o corpo do Príncipe ser lançado nas profundezas do oceano; e ele chorou todas as noites, meses a fio, enquanto percorria os quatro cantos do continente americano. Nem mesmo a música o consolava. Garekyn nunca tinha vivenciado a morte de um ente querido, nem a dor da perda. E precisou aprender a prosseguir, apesar disso. A busca por sua irmã e seus irmãos perdidos acabou por se tornar uma obsessão para ele.

Mesmo agora, enquanto seguia pela Quinta Avenida no ar frio e revigorante do inverno ameno, Garekyn usava um velho casaco militar de boa lã preta, com botões de latão, que o Príncipe Alexi lhe dera. E no colete levava o grande relógio de algibeira do Príncipe, com a citação de Shakespeare gravada na parte interna da tampa: AME A TODOS, CONFIE EM POUCOS, NÃO FAÇA MAL A NINGUÉM.

Garekyn nunca tinha encontrado em parte alguma o menor sinal dos outros, sua gente, como ele os chamava. Mas nunca havia desistido da busca. Se estava vivo, era possível que eles ainda estivessem também. Se ele ficara preso no gelo por milênios, sem dúvida eles também poderiam ter ficado. E, na verdade, era possível que ainda estivessem presos no gelo, ou talvez tivessem acabado de ser libertados graças ao estranho fenômeno que o mundo chamava de "aquecimento global".

E, aos poucos, as recordações de Garekyn estavam aumentando e ficando cada vez mais detalhadas e perturbadoras.

O período final do século XX tinha dado a Garekyn novos instrumentos poderosos a temer, mas que poderiam também ajudá-lo em sua busca pelos outros. Para onde quer que viajasse, ele precisava de documentos complexos e cuidadosamente redigidos; e vivia receando um acidente ou uma enfermidade que o pusesse nas mãos de médicos que pudessem descobrir, num atendimento de emergência, que ele não era humano.

Mas a invenção da internet e a expansão das mídias sociais tinham representado um grande estímulo para Garekyn em sua busca, fornecendo-lhe oportunidades que não existiam antes. E foi por meio da internet que Garekyn descobriu o encantador e animado Benji Mahmoud, bem como o complexo reino de bebedores de sangue dele, bebedores de sangue de todas as idades que ligavam de todas as partes do mundo para o telefone de Benji procurando ajuda, muitas vezes recorrendo ao programa em si como uma forma de encontrar os que estavam perdidos.

Que ideia impressionante, pensou Garekyn. Será que ele de algum modo não poderia, através desse programa, encontrar os seres que ele tinha perdido? Mas como deveria tratar disso? E como poderia impedir uma avalanche de respostas de bebedores de sangue brincalhões, ansiosos por fingir que eram os companheiros de Garekyn e também por participar do universo de Garekyn, como os humanos às vezes faziam com o universo de Benji Mahmoud?

Benji Mahmoud achava que tinha um jeito infalível de isolar seus bebedores de sangue de todos os outros. Ele e sua família vampiresca falavam no rádio numa voz que somente outros vampiros, com sua poderosa audição sobrenatural, poderiam ouvir. Mas Garekyn Brovotkin também podia escutar essas vozes sem esforço e detectar uma sutil diferença de timbre nelas em comparação com as dos humanos que tanto queriam participar do jogo imaginário dos Filhos da Noite e do reino do grande Príncipe Lestat.

Quase imediatamente depois de sua descoberta desses programas fascinantes, Garekyn ouvira a menção a "Amel" e à curiosa mitologia dele. E a mente de Garekyn foi atingida como que pelo turbilhão de uma tempestade de areia. Amel. Exatamente este nome, Amel.

Esse "Amel", segundo a mitologia desse Benji Mahmoud, era um espírito que tinha entrado no mundo dos seres humanos por meio da sedução de duas poderosas bruxas ruivas em tempos antiquíssimos, bruxas que haviam aprendido a se comunicar com o espírito e a manipulá-lo. O fato de essas bruxas serem ruivas também tinha espantado Garekyn, que vira pela primeira vez, num flash, o ser que ele próprio conhecera por Amel – com sua pele branca, pálida, e o cabelo ruivo! E foi esse ser que tinha dito as palavras: o esplendor da humanidade.

Coincidências, provavelmente. Coincidências e poesia. Mundos fictícios. Era provável que Benji Mahmoud fosse um artista criador de mundos fictícios de algum tipo e ganhasse milhões com seu programa, embora Garekyn não conseguisse descobrir o menor indício desses ganhos nem qualquer motivação pelo lucro. Os websites do programa não ofereciam nada para venda. Apresentavam, sim, montes de fotos primorosas de seres que pareciam ser humanos, de tez extraordinariamente clara e brilhante, todas elas podendo ter sido forjadas.

Quanto mais ouvia, mais Garekyn ficava intrigado com as consequências desastrosas dessa sedução do espírito Amel, com o fato de que ele, querendo agradar às bruxas ruivas, tinha mergulhado no corpo físico de uma rainha ancestral da terra de Kemet e, ao fazer isto, havia criado o primeiríssimo "vampiro". Desse vampiro vieram todos os outros, com Amel animando cada um deles numa corrente ininterrupta até os tempos atuais.

Cabelos ruivos. Amel. Tempos antigos. Imortais. Não era muita coisa em que se basear. Mas o que dizer do timbre distinto das vozes? Será que o espírito de Amel era responsável por isso também? Amel conferiu poderes enormes a seus filhos vampíricos: eles podiam encantar "mortais", ler o pensamento e, com o tempo, desenvolver o poder telecinético para queimar seus adversários ou demolir portais. Eles podiam até mesmo aprender a desafiar a gravidade e voar.

Agora reflita sobre isso.

Como Amel vivia e respirava nessas criaturas? Quem era Amel?

Todos os vampiros do mundo, de acordo com Benji Mahmoud, eram animados por esse Amel, que, desde aqueles tempos remotos, tinha sido transferido de um hospedeiro primevo para outro, até finalmente entrar num jovem bebedor de sangue, agora conhecido como Príncipe Lestat, a partir de quem o espírito mantinha toda a tribo de vampiros animada e vicejante. A "Consciência Amel", como Benji às vezes a chamava, podia viajar de um vampiro para outro através de conexões invisíveis, semelhantes a uma teia – e o próprio Amel havia de fato ligado para o programa mais de uma vez no último ano, através da voz de bebedores de sangue aleatórios, a quem tinha seduzido.

Mas é claro que qualquer bebedor de sangue poderia se vangloriar de que Amel falava através dele, e Benji tinha descartado como não confiável uma quantidade dos que faziam essas alegações.

E então o Príncipe tinha chegado, o Príncipe Lestat, e Amel estava em segurança dentro dele, lembrou Benji à tribo. Amel nunca havia telefonado para o programa através do Príncipe, não que Garekyn conseguisse se lembrar. Mas Garekyn tinha esperanças.

Escuridão total. Essa escuridão estava simplesmente se acomodando em toda a sua volta, engolida e aquecida pelo movimento dos pedestres nas calçadas e pelo interminável desfile dos automóveis, com a iluminação pública acendendo em silêncio ao redor.

Garekyn tinha chegado à rua certa. Um artigo de jornal dera a descrição das três casas geminadas que Garekyn estava procurando. Ao virar à direita e se encaminhar na direção da Madison Avenue, ele viu as casas e seu portão central de ferro. Pelo menos isso é real, pensou ele. As luzes estavam acesas no complexo inteiro, desde as janelas do porão, perto da calçada, até os andares altos.

Garekyn parou na calçada estreita para arrumar sua gravata de seda, como se esta fosse sua única preocupação. Examinando as pessoas que passavam tranquilas por ali, viu de imediato que se tratava de meros seres humanos. Jovens, alguns com livros ou revistas debaixo do braço, obviamente observando o Portão da Trindade com reverência e expectativa. Não era uma grande multidão e parecia ligeiramente irrequieta. Mas a presença dela ali tornava mais fácil para Garekyn ficar à toa nas imediações.

Mais humanos passando, simples humanos indo e vindo. Garekyn queria ganhar tempo sem chamar a atenção. Ele pegou seu relógio, olhou a hora e de pronto se esqueceu dela. Caminhava devagar de uma extremidade do quarteirão para outra.

Passou-se uma hora, durante a qual a maioria das pessoas tinha seguido em frente.

Garekyn estava disposto a esperar. Poderia ter aguardado até a meia-noite ou ainda mais. De vez em quando tinha a sensação de que alguém o estava vigiando de dentro da casa, embora não visse nada que confirmasse isto. Repetidas vezes, percorreu o quarteirão. Por fim, uma enorme tristeza acabrunhante o dominou. Talvez nunca encontrasse os outros. Poderia ficar perdido eternamente neste planeta, se escondendo para sempre de seus habitantes mortais.

Como poderia amar de novo e perder, com a morte, um companheiro querido? Como poderia um dia aliviar a solidão e o isolamento que sentia, se não definisse para si mesmo um novo propósito?

Propósito.

Chegou à esquina da Lexington Avenue mais uma vez em seu pequeno passeio e estava simplesmente começando a voltar pelo quarteirão quando viu a brilhante porta envernizada da frente da casa central se abrir. Dela saiu para o pequeno pórtico de granito uma figura masculina minúscula, num terno preto de três peças de lã penteada, com um elegante chapéu fedora italiano na cabeça. Homenzinho! Benji Mahmoud em pessoa! Garekyn o reconheceu de imediato, por mil descrições transmitidas pelas ondas de rádio no ano passado, bem como pelas fotos on-line, e também soube num relance que Benji Mahmoud não era humano. Não havia dúvida quanto a isso. Benji Mahmoud podia não ser o espectro heroico que alegava ser, mas humano ele não era.

Como os sentidos aguçados de Garekyn lhe disseram isso, Garekyn não tinha como saber. Mas a pele possuía um brilho, e o jeito de andar da criatura, embora elegante, não era natural.

"Homenzinho", como eles o chamavam, parou ao pé da escada para dar autógrafos para dois jovens humanos. Para outro, inclinou o chapéu com uma tranquilidade encantadora, e então, com um pequeno gesto da mão, pedindo privacidade, com muito tato, seguiu a passos rápidos rumo à Lexington, na direção de Garekyn.

Garekyn estancou de repente quando eles passaram um pelo outro; e então, dando meia-volta, descobriu que Benji Mahmoud estava olhando para ele.

Não humano.

Benji Mahmoud também tinha visto o que Garekyn era, ou o que ele não era. Mas Benji Mahmoud girou e continuou a andar destemido e indiferente.

Garekyn mal conseguia se conter. Queria abordar a figura, confessar tudo o que sabia sobre si mesmo e implorar a Benji Mahmoud que o ajudasse. Mas alguma coisa mais forte que o instinto o mantinha muitos passos atrás, enquanto ele agora seguia o Homenzinho, que virou à esquerda e começou a andar na direção do centro.

Garekyn não sabia o que fazer! Percebia como estava surpreso, como estava realmente pasmo. E embora soubesse que nada parecido com isso tinha lhe acontecido num século, que na realidade nunca havia visto uma criatura como esse Homenzinho em parte alguma no mundo, nem uma criatura como ele próprio em parte alguma, isso estava de fato acontecendo, e esse Benji Mahmoud o estava ignorando! Na verdade, era pior do que isso. O Homenzinho apressou o passo. Entre as pessoas que passeavam pela Lexington, parecia que o Homenzinho estava tentando desaparecer.

De fato, era espantoso como o pequeno bebedor de sangue conseguia andar sem atrair a atenção. Como qualquer outro nova-iorquino, ele se desviava com agilidade para a direita e para a esquerda, com a cabeça ligeiramente baixa, e ia desaparecendo a cada momento, enquanto Garekyn, a meio quarteirão de distância, se apressava, tentando avistá-lo de novo.

A mente de Garekyn estava a mil. Não era prudente que seus pensamentos disparassem desse jeito, nem deixar que as inevitáveis emoções de mamífero entrassem em conflito feito loucas no corpo e no cérebro. E de repente ele começou a repetir o nome "Amel" baixinho, repeti-lo como uma prece.

– Amel, Amel, Amel... – sussurrava ele, enquanto continuava a andar sem parar. – Preciso descobrir o que aconteceu com Amel! Preciso saber de Amel! – Será que o vampiro estava ouvindo o que Garekyn dizia? – Amel, fale comigo. Preciso saber de Amel.

A figura que ele estava seguindo enrijeceu e então parou.

Por um instante, Garekyn não pôde distinguir Benji dos transeuntes, mas então ele o viu. Benji tinha dado meia-volta e estava olhando para ele.

E Garekyn teve a sensação mais semelhante ao pânico que sentira em anos. *Perigo. Ameaça. Recue.*

Ora, Garekyn não tinha nenhum medo instintivo de humanos. Por seus cálculos, com a ajuda do Príncipe Alexi, ele era cinco vezes mais forte do que um homem. Mas cada molécula do seu corpo o alertava para um risco avassalador.

Ele não podia recuar. Não podia. Precisava entrar em contato com Benji, que tinha que falar com ele! Além do mais, o que poderia esse "bebedor de sangue" fazer-lhe? Ele continuou andando na direção de Benji sem parar de repetir aquela palavra.

– Amel, Amel.

Um carro apareceu junto ao meio-fio, ao lado de Benji.

Garekyn e Benji não estavam a trinta passos um do outro.

Benji fixou os olhos negros e penetrantes em Garekyn antes de embarcar no carro, que partiu acelerado, correndo para o sul, passando por Garekyn para entrar no fluxo permanente de veículos que enchia a avenida.

Garekyn o chamou, implorando que ele esperasse.

Mas o carro sumiu, se afastando quase de modo imprudente em meio aos outros veículos, e saindo da avenida dois quarteirões adiante.

Garekyn sentiu um desânimo total. Passou os dedos pelo cabelo e, encontrando um lenço num de seus muitos bolsos, enxugou o rosto com raiva.

Continuou a andar, tentando pensar.

Talvez tivesse sido melhor assim. Talvez essa coisa, essa espécie de mutante que era Benji, pudesse ter-lhe feito mal. Se ele voltasse agora ao Portão da Trindade, talvez um bando daqueles seres, alertados pelo temível Benji, pudesse feri-lo.

Só aos poucos chegou à conclusão de que essa fora uma experiência importante para ele, uma experiência singular. E agora tinha muito a refletir, enquanto antes praticamente não havia nada tangível em que pensar.

Mas ele estava atingido, atingido até a alma. Tinha encontrado alguém, alguém vital para sua busca pelo passado, e esse alguém havia fugido dele; de modo que agora precisaria abordar toda essa questão de alguma forma diferente e mais cautelosa.

Encontrou um café onde se sentia à vontade.

Na realidade, era um restaurante, que ainda não estava aberto para o "jantar", como diziam, mas eles não se incomodavam se ele ocupasse uma das mesas menores perto da janela da frente e tomasse um copo do vinho da casa.

O vinho subiu à sua cabeça, como sempre acontecia desde o primeiro gole, e ele sentiu que o relaxamento o percorria como se tivesse entrado numa banheira de água morna.

Nunca tinha se esquecido da advertência dos Pais para que, durante sua missão na Terra, ele se abstivesse de todas as bebidas destiladas ou fermentadas, e de todos os outros produtos inebriantes, pois teria pouca ou nenhuma defesa contra eles; que na realidade os seres humanos tinham pouca ou nenhuma defesa também, mas que esses produtos poderiam afetar seus circuitos cerebrais ainda mais rápido do que ocorria nos seres humanos.

Mas ele gostava de vinho. Adorava se sentir embriagado. Gostava de perceber que a embriaguez abrandava sua dor e a solidão. De fato, adorava beber e chorou quando pediu mais um copo e o esvaziou como se fosse uma dose de bourbon. Por que não uma garrafa? A garçonete fez que sim, sem dizer nada, e encheu o copo para ele novamente quando voltou, deixando a garrafa ao lado, fechada com a rolha.

Em silêncio, Garekyn chorava. Pessoas passavam por ele, do outro lado da vidraça. Irritado, ele enxugava os olhos com o lenço, mas isto não fazia com que se sentisse melhor. Recostou-se na cadeira pequena e confortável e começou a fazer um rápido levantamento de tudo o que Benjamin Mahmoud já havia dito sobre o "espírito Amel".

Amel tinha ficado preso na carne vampírica. E havia levado milênios para ganhar consciência. Fora tirado à força de sua hospedeira, a Rainha Akasha, para a bruxa ruiva Mekare; e depois a bruxa Mekare tinha transferido o misterioso Amel para o grande Príncipe Lestat, reverenciado por todos os bebedores de sangue como algum tipo de herói presunçoso. Rebelde audacioso, que fazia pouco caso das regras, que se metia em desastres grandes e pequenos, o poderoso Lestat alegava amar Amel, que vivia e respirava dentro dele e falava com ele em segredo, noite após noite, em conversas que nenhum outro ser podia ouvir, nem mesmo os poderosos telepatas mais velhos da tribo, se Lestat e Amel preferissem não compartilhar essas conversas com eles.

Alguma coisa totalmente imprevista aconteceu.

Os olhos de Garekyn estavam fechados. Ele tinha pressionado dois dedos da mão direita no alto do nariz, como um mortal que estivesse com dor de cabeça poderia ter feito.

Mas ele viu... Não, ele *estava* em outro lugar. Uma sala enorme com paredes de vidro, mas não era vidro, não, nada parecido com o vidro, uma sala enorme, e lá fora estavam as torres de... Ele quase tinha conseguido captar o nome da cidade quando a voz de Amel o interrompeu, Amel se levantando da mesa de trabalho, com a pele clara, o cabelo ruivo, sim! Amel! Amel falando naquela voz clássica, emotiva e rápida de mamífero, com a qual todos eles tinham sido providos.

– Não me digam que vocês são as Pessoas do Propósito, se seu propósito for fazer simplesmente o que eles os enviaram para fazer! Pelo amor que têm por sua alma, procurem para si mesmos um propósito melhor! Foi o que fiz.

Em choque, Garekyn abriu os olhos. Tinha sumido, esse fragmento incendiário do passado. E ele sentia ao mesmo tempo um desejo avassalador de recordá-lo e um medo de fazer isso. Fechou os olhos novamente e enfrentou, sem uma palavra, a possibilidade horrenda de que seus companheiros daquela reunião tanto tempo atrás tivessem desaparecido, morrido, que Amel também houvesse perecido, e que esse espírito vampiresco não pudesse lhe oferecer nada. Afinal, de que modo o Amel daquela época poderia ter se tornado um espírito? O Príncipe Brovotkin havia ensinado Garekyn a desconfiar de todas as histórias referentes a espíritos, a fantasmas, à vida após a morte e aos sistemas religiosos construídos com base em ideias fantasiosas, como a da sobrevivência da alma. O Príncipe Brovotkin era grande seguidor dos escritos de um americano chamado Robert G. Ingersoll, que tinha repudiado toda e qualquer religião em nome do Livre-pensamento.

De repente, o peso daquela decepção esmagou Garekyn, e a rejeição silenciosa por parte de Benji Mahmoud partiu seu coração. Ele poderia ter falado comigo! O que tinha a temer de mim, esse ser desconhecido, que teve coragem suficiente para se esconder da vista de todos, entre os humanos, na metrópole mais movimentada do mundo?

Enraivecido, Garekyn se levantou da cadeira e procurou o sanitário. Precisava jogar água no rosto, despertar, recuperar a razão. A garçonete mostrou-lhe atrás do salão um pequeno corredor que cheirava a poeira e desinfetante. Ele se encaminhou para a "última porta à esquerda".

E então parou de supetão. *Perigo.*

Não havia ninguém no pequeno corredor, a não ser ele. Do outro lado da parede que o separava da cozinha, havia a barulheira de panelas e utensílios, além da cacofonia aguda de vozes. Ele avançou, abriu a porta e entrou num cômodo pequeno que continha um vaso sanitário, um espelho elegante e uma pia. Quando se virou para fechar o trinco, a porta voltou com violência, batendo em sua testa, e ele se descobriu lançado contra a parede de mármore frio, atordoado, enquanto um bebedor de sangue entrava ali e trancava a porta atrás de si.

Perigo. Alerta máximo. Grave perigo.

A pele cerosa, luminescente, uma juba de cabelo castanho empoeirados e olhos cruéis. Um sorriso que era uma exibição de presas, não um gesto de conciliação.

– Você vem comigo, camarada – disse o macho, numa voz desagradável. – O que você pretendia seguindo o pequeno Benji? Tenho amigos que querem falar com você.

– E você é...? – perguntou Garekyn, com frieza, sem se mexer. Examinou a criatura como se tivesse todo o tempo do mundo para isso. Mais baixo que ele; braços mais curtos; cabeça imponente; antigas cicatrizes entalhadas na carne estranha, antinatural, como que pintadas no rosto de uma boneca; e dentes quebrados entre as presas faiscantes; roupas com cheiro de poeira e mofo.

Veio um riso do outro.

– Eu me chamo Matador. E não é sem motivo. Agora, você vai sair daqui comigo e voltar para o Portão da Trindade, sem atrair a menor atenção. Meus amigos foram avisados. Não sei quem nem o que você é, mas logo vamos chegar a essa parte.

Enquanto ele falava, os olhos claros da criatura pareceram se contrair e se toldar. Alguma coisa se alterou em seu rosto castigado, que ficou tão desprovido de expressão quanto a cara de um felino gigante.

– De carne e osso – sussurrou ele, respirando fundo. Ele investiu contra Garekyn e fincou seus dentes afiados de vampiro no pescoço dele, antes que Garekyn conseguisse impedi-lo.

Uma tontura se abateu sobre Garekyn. Uma enorme escuridão se escancarou. Ele viu o imenso circuito do próprio sangue iluminado num flash. *Não, não desse jeito, não.* Sentiu o puxão nas veias e em centros de energia dentro de si mesmo, sobre os quais ele nada sabia. Uma visão explodiu na escuridão. Amel? O rosto de Benji Mahmoud, o nome Armand sendo sussurrado. E depois de novo Amel. Amel.

Era como se alguma coisa invisível estivesse se estendendo do interior de Garekyn para dentro do outro, que estava sugando o sangue com tanta força que Garekyn estremeceu, sentiu náuseas e de repente ficou apavorado.

Garekyn lutou com todas as forças, empurrando a criatura de encontro à outra parede com tanta violência que a cabeça da criatura bateu no mármore com um som oco. Aquilo agora era um combate. A criatura investiu mais uma vez contra Garekyn. E desta vez, dando tudo de si, Garekyn a empurrou de volta e a derrubou, batendo o rosto da criatura com violência na pia de louça. Alguma coisa se partiu, mas com um som tão baixo que Garekyn mal pôde ouvir.

O sangue jorrou na louça branca e suja. O sangue cintilava! A escuridão cresceu para dominar Garekyn novamente. As mãos da criatura se fecharam em torno do pescoço dele, mas, com a mão esquerda, Garekyn agarrou um gordo punhado do cabelo da criatura e bateu sua cabeça repetidamente sobre a borda da pia.

O crânio afundou; o sangue jorrou pela boca da criatura como o jato de um chafariz – cintilante. Amel. Armand. Nomes chamados num vazio que poderia substituir o pequeno banheiro, se Garekyn não continuasse ali com toda a teimosia que pôde reunir.

De novo e sem parar, ele batia com a cabeça da criatura, agora na torneira cromada, e sentiu a cabeça se fechar em volta dela quando a torneira perfurou o crânio.

– Armand! – rugiu a criatura quando o sangue saiu borbulhando de sua boca.

Sem hesitar, desconhecendo a própria força e decidido a assumir o controle do que aconteceria dali em diante, Garekyn rasgou a cabeça para a frente, virando-a com toda a força para quebrar o pescoço da criatura.

Pronto!

A criatura caiu ao chão, com o rosto parecendo escorregar do crânio como uma máscara; o sangue jorrando dos olhos e da boca. E também nesse momento o sangue cintilava, brilhava, como se tivesse uma infinidade de pequenos fragmentos pulsantes de luz viva, saltitando, turbilhonando no sangue.

A criatura estava ali jogada, uma trouxa no chão.

Garekyn pôs os dedos no sangue e levou-o à boca. Uma sensação vibrante percorreu seu corpo inteiro. Ele lambeu o sangue sem parar. *Amel.* Movimento, vozes, outro reino invadindo.

Ele se abaixou e rasgou a carne branca com os dedos, arrancando-a dos ossos brancos e reluzentes do crânio. E ali, numa grande fissura, viu o que devia ter sido o cérebro, chiando e fervilhando com minúsculos pontinhos de luz.

Imagens flutuavam em sua consciência. As gêmeas, a Mãe, o cérebro sendo devorado, Benji falando sem parar das fábulas antigas, das fábulas novas... Amel no cérebro.

Ele se agachou ao lado daquela pilha destroçada que era a criatura, colheu o cérebro e o empurrou para dentro da própria boca, com a garganta se travando em náuseas no instante em que fazia isso. Mas a náusea desapareceu. O mundo também.

Uma teia imensa, tão intrincada, bela e vasta que parecia abranger os céus, e as estrelas pulsando nela como seres diminutos, vivos, chamando, implorando. Um eco surdo subindo como se fosse de manchas de sangue numa parede: *Armand, socorro, atacado, assassinado, não humano, não humano!*

Com ânsias de vômito, dobrado ao meio, Garekyn mantinha o cérebro na boca, pressionando-o com a língua, a grande teia ficando cada vez mais brilhante.

Ele abriu os olhos. Estava jogado contra o vaso sanitário gelado. Suas roupas e suas mãos, cobertas de sangue.

Sem pensar, pôs-se de pé de um salto, destrancou a porta e fugiu, não de volta para o restaurante, mas saindo pelos fundos para um beco escuro. Batendo em grandes sacos pretos de plástico brilhante e pilhas de caixas de papelão, ele avançava trôpego, quase caindo, escorregando em poças de água e gordura, correndo à velocidade possível, sem nenhuma ideia do que estava à sua frente.

Estava ouvindo os passos que o perseguiam. Sabia que era para ele ouvir isso, escutar as botas batendo nas pedras. Continuou correndo, só para ver um muro se erguer à sua frente.

Girou nos calcanhares a tempo de reconhecer a criatura de rosto alvo que se aproximava dele. Rosto beatífico, cabelo de um castanho-avermelhado! Armand. O mestre do Portão da Trindade. Subiram os dois, cada vez mais alto, até o vento rugir nos ouvidos de Garekyn. E novamente presas se fincaram em seu pescoço. E desta vez foi um coro de vozes aos gritos na imensa escuridão vazia.

Todos tomem cuidado. Algo que não é humano!

– Não me mate! – implorou ele, sem voz. Ajude-me. Eu não queria matá-lo. Ele me feriu. Eu não queria matá-lo. Queria saber... Ele não tinha voz, nem corpo. Era só essa doçura e essa dor, esse desfalecimento, e as vozes se elevando ao seu redor, com palavras de condenação e ameaça, mas em tons tão ternos e melodiosos que era como música. Viu de novo o circuito de seu sangue e sentiu dor no corpo inteiro à medida que seu sangue era sugado, com o coração batendo cada vez mais forte, como se fosse explodir.

Amel, é você? Você está aqui? É você depois de todos esses séculos? Você está aqui? Sou Garekyn.

Ele estava lá no alto, acima da cidade, e morrendo. Desta vez não havia como fugir, não importava o que os Pais tivessem dito. *E se a dor for forte demais para suportar, você perderá a consciência, mas não morrerá. E aos poucos irá se reanimar e se recuperar, não importa o que lhe tenham feito.* Neve sem fim, neve e gelo. Entre no gelo e se congele. Montanhas de gelo. Neve sem fim.

– Eles os mandaram para cá para me destruir, não foi? – disse Amel, o Amel de outrora em seu grande escritório em Atalantaya. O ar quente. Janelas tomadas pelo espetáculo das torres da cidade, como uma floresta feita de vidro. – Bem, mandaram ou não?

Apenas Kapetria poderia responder por eles. Derek estava com medo. Welf aguardava, e ele, Garekyn, deixou escapar tudo, porque não conseguiu se conter, não depois de tudo o que tinha visto, tudo o que eles chegaram a saber.

– Sim, destruí-lo e a tudo isso, esta cidade, tudo o que você construiu e... Escuridão. *Vocês não morrerão...*

E como era terrível que tudo terminasse assim, nas mãos de monstros, esse mundo magnífico, não vê-lo mais, perdê-lo, perder tudo isso, sem ter compreendido nada!...

Diante dele, de súbito, um céu de um azul sem fim e a majestosa cidade translúcida de Atalantaya explodiram com fumaça e fogo! Amel gritava em protesto. Ou teria sido ele, Garekyn, aos berros em desafio, à medida que as torres se derretiam, se estilhaçavam, o grande domo rachava, a cidade inteira se inclinava e deslizava para dentro do mar agitado? Minha morte, simplesmente minha morte. Porque isso foi muito tempo atrás, e eles todos morreram.

4
Lestat

Em algum ponto acima do Atlântico Norte, quando eu estava voando com os ventos, Amel me deixou.

Quando passei pela entrada de veículos de minha antiga casa na Rue Royale, em Nova Orleans, parecia que eu estava sozinho. Será que Louis tinha vindo, como eu lhe pedira? Era muito provável que não. Mas como eu haveria de saber? Mestres não conseguem ouvir os pensamentos de suas crias. Mestres perdem para sempre o acesso à mente de seus filhos. E ao que me fosse dado saber, eu tinha perdido o acesso ao coração de Louis.

O pátio dos fundos estava coberto por uma vegetação luxuriante, como eu adorava, a vistosa buganvília fúcsia acumulada sobre os muros altos de tijolos. As pequenas flores comuns da Louisiana, os camarás amarelos e roxos, estavam enormes, perfumadas e de uma beleza delicada, com suas folhinhas escuras empoeiradas, e a espirradeira, esplêndida com suas flores cor-de-rosa. As bananeiras gigantes dançavam e farfalhavam com a brisa fresca do rio ali perto, e o novo e fantástico chafariz, com seus querubins cobertos de musgo, estava cheio de água que cantarolava à luz das lanternas do alpendre dos fundos.

Será que senti um bem-estar imediato? Pois é, não. Aquilo ali era tão doloroso quanto agradável. Era mel com um travo amargo. Aqui, mais de uma vez, meu coração fora partido. Quase morrera lá em cima no apartamento, não tinha? E, não havia tanto tempo assim, tinha despertado de um sono profundo para encontrar Louis neste mesmo pátio, num caixão aberto, quase morto, queimado pelo sol. Eu o trouxera de volta com meu sangue naquela ocasião. E meu amado David Talbot, minha cria, tinha me ajudado. Desde então, Louis estava mais poderoso, graças à nova infusão de meu sangue. E embora de início tivesse se sentido feliz, feliz por um tempo, com o amor de David e de uma bebedora de sangue estranha e extraordinária chamada

Merrick, ele acabara por me odiar pelo aumento do poder que o distanciava cada vez mais do ser humano que jamais poderia voltar a ser.

Eu sabia o que teria que enfrentar com Louis. Precisava convencê-lo de que essa vez era diferente das anteriores, quando tentamos ficar juntos – diferente da breve comunidade da velha Ilha da Noite, e também da breve ligação depois que ele tentara se destruir, diferente até mesmo do tempo dele no Portão da Trindade, que estava agora transformado para sempre por acontecimentos recentes. Diferente, porque todos nós estávamos agora diferentes, e porque eu, no coração e na alma, também estava. E eu precisava dele para me ajudar a escrever uma nova página na história de nossa tribo inteira.

Mas que sentido fazia ficar refletindo sobre tudo isso? Palavras não resolveriam o caso. De um modo ou de outro, ele tomaria uma decisão com o coração.

Subi apressado a escada de ferro até a porta do apartamento, pronto para derrubar uma parede com um chute se o lugar estivesse realmente vazio, e quase transformei a maçaneta da porta em pó enferrujado quando a girei e entrei.

A velha sala de estar dos fundos estava primorosa com seu novo revestimento de veludo vinho e um sofá vitoriano novo, feito de cerejeira envernizada com almofadas criativas e fofas com a moderna espuma química. Ah, eu não me importava. O que faz diferença para mim é a aparência que as coisas têm, e tudo estava bonito. O tapete Aubusson azul e bege, industrializado, era tão encantador quanto qualquer outro feito por mãos humanas. A mesma escrivaninha dourada antiga, em estilo Luís XV, com suas cadeiras, mas tudo estava brilhando, restaurado, bonito. Um vaso chinês cheio de folhas perfumadas de eucalipto, e na parede um quadro pequeno, autêntico, sem a menor dúvida, de algum pintor impressionista francês, de uma mulher de perfil, uma mulher de cabelo comprido, castanho-avermelhado.

Inspirei o cheiro de cera para móveis, do eucalipto, de flores mais fortes, talvez rosas em outro aposento. O lugar me parecia apertado, menor do que eu me lembrava, mas era sempre isso o que acontecia assim que eu chegava.

Havia alguém ali. E não era Cyril nem Thorne, que agora estavam no pátio lá embaixo, examinando o antigo alojamento dos escravos e as criptas de concreto recém-criadas por baixo deles, que poderiam abrigar no mínimo seis mortos-vivos, protegendo-os do sol ou de alguma catástrofe, durante as horas do dia.

Fiquei ali parado um instante no corredor, olhando na direção da sala da frente, onde a iluminação da Rue Royale aparecia amarelada nas cortinas de renda, e fechei os olhos.

Durante cinquenta anos, tínhamos morado aqui, Louis, Claudia e eu. E Claudia acabara com tudo por todas as razões inevitáveis que fazem Adão e Eva darem as costas ao paraíso toda noite ou todo dia. Esse assoalho, esse mesmo assoalho, um dia acarpetado e agora duro e reluzente com verniz! Como ela adorava correr por esse corredor, com as fitas ao vento, e saltar para meus braços! Um calafrio me percorreu, como se eu estivesse sentindo seu rosto branco e gelado grudado no meu, com sua voz rouca, misteriosa, em meu ouvido.

Bem, o lugar na realidade não estava vazio. Ele era assombrado, e sempre seria assombrado, algo que a estampa de nenhum papel de parede chinês conseguiria mudar, nem nenhum lustre elétrico repleto de cristais cintilantes que iluminasse os aposentos à direita e à esquerda.

Entrei no quarto dele – o aposento que sempre foi para Louis, ele sentado com as costas apoiadas na cabeceira de sua enorme cama de quatro colunas, lendo Dickens, Louis à escrivaninha escrevendo as próprias reflexões num diário que nunca li, Louis descansando ali, com a cabeça no travesseiro, olhando fixo para as flores lá no alto no dossel, como se elas tivessem vida.

Vazio. É claro. Um aposento de museu, até os velhos suportes de latão das lâmpadas a gás, com seus globos de vidro fosco, e o armário alto e volumoso, onde no passado ele guardava todas as suas roupas simples e pretas. Bem, o que eu estava esperando? Nada de pessoal perturbava o efeito até eu perceber que estava com os olhos fixos num par de sapatos pretos, desgastados, jogados ali, sapatos tão cobertos de poeira que pareciam feitos dela. E lá na cadeira ao lado da cômoda, uma camisa velha e puída.

Seria possível que isso quisesse dizer...?

Girei nos calcanhares.

Louis estava em pé no portal do quarto em frente, do outro lado do corredor.

Prendi a respiração. Não disse nada. *Gosto de olhar para ele através de seus olhos.*

Ele estava totalmente arrumado com os trajes novos que eu tinha encomendado para ele: uma longa sobrecasaca preta, justa na cintura e que se alargava a partir dali, e uma camisa de um rosa pálido, feita à mão, de linho europeu. Estava usando uma gravata de seda verde, quase da cor exata de seus olhos, e trazia no dedo um anel de esmeralda daquele mesmo tom de verde. Um pedacinho de lenço no bolso da casaca, combinando com a gravata, calça de lã preta de corte perfeito e botas elegantes, ajustadas às panturrilhas como luvas.

Não consegui falar. Ele tinha vestido essas roupas para mim, e eu sabia disto. Nenhuma outra coisa neste mundo o teria levado a se vestir dessa forma, ou a ter escovado toda a poeira do cabelo preto até ele ficar lustroso. E, ao acordar, ele havia deixado o cabelo comprido, de modo que estava cheio, como tinha sido nos tempos de outrora, ondulado, um pouco rebelde, se encaracolando logo abaixo das orelhas. Até mesmo sua pele branca parecia ter sido polida. E dele emanava uma fragrância de uma colônia masculina rara e caríssima. Isso também eu havia encomendado. Isso também criados tinham trazido para ali com meus outros presentes.

Silêncio. Foi como quando Gabrielle, minha mãe, desfez sua longa trança e penteou o cabelo solto e exuberante. Eu mal conseguia respirar.

Senti que ele compreendeu. Atravessou o corredor, me abraçou e me beijou nos lábios.

– É isso o que você queria, não é? – perguntou ele. Sem nenhuma zombaria ou crueldade na voz.

Eu estava em choque. Incapaz de responder.

– Pois é, calculei que roupas novas bem poderiam lhe ser úteis, sempre podem. – Eu gaguejava, tentando me agarrar a um fiapo de dignidade, banalizando o momento com palavras ridículas.

– Um quarto inteiro lotado de roupas? – perguntou ele. – Lestat, o século terá terminado antes que eu consiga usar aquilo tudo.

– Venha, vamos caçar – disse eu. O que realmente significava: vamos sair daqui, sair andando juntos, ficar em silêncio juntos, e por favor deixe que eu o veja beber. Deixe-me vê-lo sugar o sangue e a vida de um ser humano. Deixe-me ver que você precisa dele, que o procura, que o toma e se deixa transbordar com ele.

Coloquei meus grandes óculos escuros, de lentes violeta, tão essenciais para me ajudar a passar por humano nas ruas lotadas de gente, e conduzi Louis à porta.

Saímos rapidamente como dois seres humanos normais, e estávamos já na metade do quarteirão, rumando para a Chartres Street, quando ele percebeu Cyril e Thorne atrás de nós, muito perto e óbvios demais, e perguntou se eles iam nos seguir aonde quer que fôssemos.

– Não consigo me livrar deles – disse eu. – É o preço de ter o Cerne dentro de mim. O preço de ser o Príncipe.

– E você realmente é o Príncipe agora, não é? – perguntou ele. – Você está realmente tentando fazer com que dê certo. Não quer que tudo desmorone.

— *Não* vai desmoronar – disse eu. – Não desta vez, não enquanto eu puder respirar. É mais do que uma comunidade, mais do que uma reunião de três ou quatro em uma nova cidade. É mais do que qualquer coisa que jamais tenha acontecido a qualquer um de nós em qualquer momento no passado. – Dei um suspiro. Desisti de explicar. – Quando você vir a corte, vai entender.

— Eu tinha certeza de que você já estaria farto disso tudo – disse ele. – O Príncipe Moleque se tornando o Príncipe? Eu nunca teria previsto.

— Eu também não – disse eu. – Mas você conhece meu lema, o que sempre foi meu lema. Eu me recuso a ser ruim no que faço, e isto inclui ser mau. Não quero ser ruim nessa história de ser mau. Também não quero ser ruim *nisso*. Espere para ver.

— Já estou vendo – disse ele.

— Posso fazer com que os guarda-costas andem pelos telhados, se você quiser.

— Eles não fazem diferença. Você é que faz diferença.

Seguimos pela Chartres na direção da Jackson Square. Havia um café-restaurante elegante numa esquina próxima, e pareceu que Louis estava atraído pelo lugar, embora eu não soubesse ao certo por quê. Era emoção demais só estar perto dele, andar com ele, como se tivéssemos passado um século andando assim. A noite estava agradável e quase fazia calor, daquele jeito que as noites podem ser em Nova Orleans, entre períodos de tempo mais frio, e a multidão era composta principalmente de turistas bem-vestidos, na paquera, inocentes, exuberantes, como as pessoas ficam quando estão em Nova Orleans, querendo se divertir.

Assim que se sentou à mesa do café, ele pôs os olhos num casal perto dos fundos. Pelo jeito com que seus olhos se fixaram na mulher, pude ver que ele estava escutando seus pensamentos, bem como sua mente. Ele obtivera o poder telepático com seu novo sangue e com o tempo. Ela talvez estivesse com cinquenta anos, num vestido preto sem mangas, arrumada com esmero, com o cabelo como que de náilon branco e braços firmes bem torneados. E usava óculos muito escuros, que pareciam um pouco ridículos; também de óculos escuros estava o homem diante dela, no entanto, disfarçado. Ela não sabia que ele estava disfarçado. Sua boca tinha sido deformada de modo proposital por alguma coisa artificial que estava usando nas gengivas; e seu cabelo castanho, curto e desinteressante, havia sido tingido. Ela estava pagando ao homem para matar seu marido, e queria que ele entendesse a razão. O homem não ligava a mínima para os motivos dela para desejar aquilo. Só queria o dinheiro e se mandar dali. Ele considerava a mulher uma perfeita pateta.

Avaliei a situação com bastante facilidade, e era óbvio que Louis fez o mesmo.

Quando a mulher começou a chorar, o homem se despediu apressado, mas não sem receber dela um envelope, que guardou no bolso interno do paletó, sem nem mesmo olhar de relance. O homem foi-se veloz, na direção da Jackson Square, e então ela ficou ali sentada, refletindo, chorando, recusando outro drinque que o garçom lhe ofereceu, insistindo consigo mesma que precisava tirar o marido da sua vida e que essa era a maneira certa de fazer isso, que ninguém jamais entenderia a infelicidade da vida que ela levava. E então, deixando uma cédula em cima da mesa, ela saiu. Estava feito e não podia ser desfeito. Ela estava com fome; ia comer um bom jantar e se embebedar no hotel.

Louis foi atrás dela.

Segui em frente e fui me aproximando de mansinho da entrada de Pirates Alley, que dava para a Rue Royale, enquanto ela vinha na minha direção, chorando de novo, cabisbaixa, segurando firme a bolsa a tiracolo, com o lenço retorcido na outra mão.

A enorme catedral silenciosa se erguia à minha direita como uma sombra imensa. Poucos turistas iam passando, dando empurrões uns nos outros. E ela surgiu, com Louis atrás, quieto, seu rosto como uma chama branca na penumbra, quando ele se aproximou e pôs a mão, com o anel de esmeralda, no ombro direito dela. Louis a fez girar com delicadeza, como um amante, e suavemente encostou a cabeça da mulher na parede de pedra. Observei quando ele se curvou para lhe beijar o pescoço.

Fiquei ali olhando enquanto ele bebia dela, entrando na mente da mulher agora para encontrá-lo e descobrir o que estava sentindo, quando todo aquele sangue doce e salgado inundava sua boca e seus sentidos, à medida que o coração da mulher ia enfraquecendo e desacelerando. Ele se controlava, permitindo que ela se recuperasse só um pouquinho – as inevitáveis imagens da infância, buscadas em desespero, quando o corpo percebe que está perdendo sua vitalidade, com a cabeça pendente para a direita, e os dedos dele segurando seu queixo com firmeza –, e os transeuntes achando que eram namorados, e as vozes da cidade zumbindo e farfalhando, e o cheiro de chuva chegando com a brisa.

De repente, ele a apanhou nos braços e subiu, desaparecendo tão rápido que os turistas que andavam para lá e para cá não chegaram a ver o que aconteceu, só sentiram uma levíssima perturbação no ar. Não havia alguém ali um instante atrás? Sumiu. Desapareceu o cheiro de sangue e morte.

Quer dizer que ele agora estava usando todas as suas faculdades, seus novos dons, os dons do poderoso Sangue, dons que ele só teria conseguido obter, no esquema normal das coisas, talvez daí a um século ou talvez nunca, voando até as nuvens ou simplesmente subindo pela escuridão até encontrar um lugar para depositar os restos da mulher em algum telhado remoto, presa entre uma chaminé e uma mureta, talvez, quem sabe?

Bem, se alguém não liquidasse o assassino com seu disfarce sutil, o assassinato do marido aconteceria normalmente, embora todos os motivos tivessem desaparecido.

Mas um sopro distante me transmitiu a informação secreta de que Cyril já tinha se encarregado do patife, se banqueteando rapidamente com ele e então depositando-o no rio, enquanto Thorne ficara para trás me acompanhando. Guarda-costas precisam se alimentar.

Amel ainda estava desaparecido, depois de todo aquele papo de querer ver Louis através de meus olhos, e eu tinha fechado minha mente a vozes telepáticas. Louis havia sumido, e eu estava faminto, cansado por conta do voo e angustiado. Sangue inocente. Eu queria sangue inocente, não corações e mentes semelhantes a esgotos, mas sangue inocente. Bem, eu não ia beber sangue inocente. Não enquanto pregasse para tantos outros que eles não poderiam beber o sangue de inocentes. Não. Eu não podia fazer isso.

Segui por Pirates Alley na direção do rio e depois passei pelas galerias do outro lado da Jackson Square. As lojas estavam fechadas. E parecia uma pena. Havia muita gente perto do rio, e eu ouvia o órgão de tubos do barco a vapor de turistas. Por um instante, tive a impressão de que nada no mundo inteiro havia mudado em comparação com o tempo em que eu tinha vivido e amado ali.

As ruas bem podiam ter sido de barro, os lampiões de gás, foscos e encardidos, e os bares, lotados de marinheiros deliciosamente imundos, assim como do som de dados e bolas de bilhar, e carruagens na Rue Saint Peter bem poderiam estar lotadas de gente, vindo do velho teatro da ópera na esquina de Bourbon e Toulouse. E bem poderia ter sido na noite, muito tempo depois de Louis e Claudia terem me deixado após sua tentativa de me matar, em que Antoine, o músico, minha cria, e eu tínhamos ido assistir à estreia de uma ópera francesa chamada *Mignon*. Eu estava cheio de cicatrizes, derrubado e com a alma acabrunhada, conduzido como um cego por Antoine, enquanto as pessoas saíam apressadas do caminho para se afastarem do cara queimado. Mesmo assim, eu tinha permitido que me constrangesse a ficar ali sentado no escuro com ele e a ouvir aquele resplandecente clarinete ou oboé começar a abertura. Música daquele tipo podia fazer com que você sentisse que estava vivo. Ela podia mesmo lhe dar a impressão de que toda a dor do mundo estava se encaminhando para algum destino glorioso, que poderia ser compartilhado pelas criaturas mais simples à sua volta.

Bem, que diferença fazia agora?

Chuva, uma chuvinha.

Desanimando as pessoas do lado de fora do Café du Monde. Mas eu a estava adorando, e também o cheiro de poeira que subia da rua molhada.

Passei para o primeiro lugar na fila e deslumbrei o garçom encarregado, fazendo com que ele acreditasse que eu tinha algum direito especial a uma mesa agora, um truquezinho simples de palavras e encantamento. E logo eu estava sentado no meio da multidão, com a mão em volta de uma caneca quente de *café au lait* que deveria ter realmente causado uma boa sensação em alguém que de fato estivesse vivo. O lugar estava lotado e barulhento com a tagarelice das pessoas, e os garçons iam e vinham com bandejas de canecas e travessas de sonhos cobertos com açúcar. E o ar se movimentava preguiçoso com a brisa úmida. Olhei para os lentos ventiladores de teto, presos a varetas compridas que desciam do forro de madeira escura, e me fixei nas pás do ventilador mais próximo. Senti que seguia à deriva, me afastando da memória e da razão, só pensando; estou só, estou só, estou só. Amel está comigo noite e dia, e, no entanto, estou só. Sou um príncipe que mora num château com centenas debaixo do meu teto todas as noites, mas estou só. Estou num café lotado, repleto de corações pulsantes, de riso e da alegria mais doce e inocente, e estou só. Fiquei olhando para o tampo de mármore da mesa, para o açúcar branco salpicado por cima dos sonhos quentes e percebi que a caneca de café estava mais fria a cada instante. Lembrei-me de muito tempo atrás, do meu pai, meu pai velho e cego, sentado naquela sua cama desgraçada, protegido por todo aquele mosquiteiro remendado, sendo alimentado por uma criada carinhosa e simpática, e se queixando: "Nada está quente o suficiente, não se consegue mais nada quente o suficiente."

Na Bíblia, o Rei Davi, morrendo, implorando por calor... *e por mais que o cobrissem de roupas, ele não se aquecia...*

Coisa terrível estar frio e só. A xícara estava fria. O tampo de mármore da mesa também, e o vento agora estava frio, por conta da chuva, e os ventiladores faziam girar o ar frio tão devagar. Pensei no Rei Davi deitado, quando lhe trouxeram a donzela para aquecê-lo. *E a donzela era muito formosa. Ela cuidava do rei e o servia, mas o rei não a conheceu.*

Por que não cacei a única coisa que poderia me aquecer, o sangue de uma vítima correndo por minhas veias, uma alma dando seu último suspiro em meus braços? Porque isso não teria me aquecido da mesma forma que a donzela não aqueceu o Rei Davi. E eu não poderia alegar ter matado um único Golias em minha vida, ou...

Uma sombra caiu por cima da mesa, por cima do açúcar branquíssimo nos sonhos e do mármore branco. Louis estava sentado ali. Calmo e senhor de si, como se diz, com os braços cruzados sobre o peito, bem afastado do mármore grudento da mesa, com os olhos de um verde suave fixos em mim.

– Agora, me diga aí, por que você quer que eu, logo eu, vá com você para a França?

Tive a vaga noção de que Thorne queria falar comigo, que, numa movimentação agitada entre as pessoas do lado de fora do café, ele fazia sinais para mim, alguma coisa importante, alguma coisa, por favor atenda agora. Fechei minha mente para ele.

Olhei direto para Louis, que parecia mais esplendidamente humano do que nunca, apesar do sangue estranho, o sangue que tinha se misturado ao meu e ao dele para torná-lo o forte bebedor de sangue que ele era agora. Explodiu em mim um ciúme violento daquele sangue nas veias dele que não era o meu.

– Você sabe por quê – disse eu, virando a cabeça e olhando para a multidão lá fora. Havia lá artistas de rua, que dançavam, cantavam, provocando delicadas explosões de aprovação por parte das pessoas. – Você sabe muito bem por quê. Porque você estava presente quando eu tinha acabado de Nascer para as Trevas. Estava presente quando vim parar aqui, tentei encontrar companhia e encontrei você. E estava presente quando vivemos todas aquelas décadas juntos, você, eu e Claudia, e você é a única criatura viva que se lembra do som da voz feliz dela, de sua voz jovem ou de seu riso cristalino. E você estava presente quando eu quase morri pelo que ela fez, e quando vocês dois lutaram comigo de novo e me deixaram em chamas. E estava presente quando fui humilhado e arrasado no Théâtre des Vampires, e quando eles a assassinaram por causa de meus crimes, minha fraqueza, meus erros, minha ignorância, minha incapacidade de dar um frágil rosnado que fosse na direção certa, e você estava presente quando me levantei dos mortos e tive meu mesquinho momento de triunfo com o rock no palco, minha pequena hora insignificante no papel de Freddie Mercury diante dos refletores, você estava presente. Você foi. E estava lá. E estava presente quando aceitei dentro de mim o espírito de Amel, e quando todos ao meu redor me diziam que eu tinha que ser o príncipe, quer quisesse, quer não, você estava presente. E estava presente quando todas essas ruas eram uma correnteza de lama e água do rio, quando você e eu fomos assistir a *Macbeth* no teatro, e depois eu não conseguia parar de dançar debaixo da luz dos postes, recitando as palavras: "Amanhã e amanhã e amanhã", e Claudia achava que eu era tão bonito, tão espirituoso e tão esperto, e que todos nós estaríamos em segurança para sempre, você estava presente.

Silêncio, ou o silêncio inevitável que se curte num café lotado e barulhento, onde alguém está dando gargalhadas a uma mesa próxima, e outra pessoa está discutindo com o cara ao lado para determinar quem vai pagar a conta.

Não me atrevi a olhar para Louis. Fechei os olhos e tentei escutar o rio em si, o grande e vasto rio Mississippi a uma questão de metros de nós, passando pela cidade de Nova Orleans e tão fundo que ninguém jamais encontraria todos os corpos confiados a suas profundezas, o grande e vasto rio que uma noite poderia engolir a cidade por motivos que ninguém jamais conseguiria explicar, carregando cada partícula da cidade para o sul, para o golfo do México e o enorme oceano além... todo aquele papel de parede, todos aqueles lampiões a gás, todo o riso, as pedras roxas do calçamento e as folhas verdes de bananeira cintilantes como as lâminas de uma faca.

Eu podia ouvir a água, escutar a terra se acomodando e se amaciando, as próprias plantas crescendo, e Thorne, insistindo para eu sair, para eu falar com ele, que precisavam de mim, sempre precisavam de mim, e Cyril dizendo: "Ah, deixa o sacana em paz."

Ora, esse é o meu tipo de guarda-costas! Deixe o sacana em paz, sim.

Voltei e dei com Louis olhando para mim. Os velhos e conhecidos olhos verdes e o sorriso discreto. *Amel está dentro de você? É você, Amel, olhando através dos olhos de Louis?*

– Muito bem – disse Louis.

– O que você está querendo dizer?

Ele deu de ombros e sorriu.

– Vou com você, se você quiser. Vou, fico lá e serei seu companheiro, se você quiser. Não sei por que quer isso, nem por quanto tempo vai querer, nem como vai ser essa história de estar com você e observar de perto todas as suas palhaçadas, tentando ser útil e sem saber como ser útil, mas vou. Estou cansado de lutar contra isso. Desisto. Eu vou.

Eu não conseguia acreditar que tinha ouvido direito. Fiquei olhando para ele tão perdido quanto fiquei no corredor da casa quando o tinha visto pela primeira vez, tentando captar o que ele tinha dito.

Ele se inclinou mais para perto de mim e pôs a mão em meu braço.

– "Aonde fores, eu irei, e onde habitares, habitarei; teu povo será meu povo." E, como não tenho nenhum outro deus e nunca terei, você será meu deus.

Seria Amel que pronunciava essas palavras através dele? Seria Amel que tocava em meu braço com a mão dele? Teria Amel mentido para mim sobre não ser capaz de encontrar Louis? Quando olhei no fundo daqueles olhos verdes, vi apenas Louis, e as palavras que ecoavam na minha mente eram as de Louis.

– Sei do que você precisa – disse ele. – Precisa de uma pessoa que esteja sempre a seu lado. Bem, estou disposto a ser essa pessoa agora. Não sei por que o atormentei, por que o fiz pagar pelo pedido, por que o forcei a vir aqui tão longe. Eu sempre soube que iria com você. Talvez eu tenha achado que você se desinteressaria, porque nunca entendi de verdade por que você me queria, para começo de conversa. Mas você não perdeu o interesse, nem mesmo com a corte inteira, e por isso eu vou. E, quando se cansar de mim e quiser que eu vá embora, é claro que vou odiá-lo.

– Confie em mim – sussurrei. Ele estava cortando meu coração e me deixando feliz, e isto doía.

– Eu confio – disse ele.

– É você, é você quem está dizendo isso, não é?

– E quem mais haveria de ser? – perguntou ele.

– Não sei – disse eu. Recostei-me e passei os olhos pelo café. Ali, a iluminação era forte demais, e as pessoas estavam olhando espantadas para os homens estranhos de pele luminosa. Os óculos de sol de lentes violeta sempre distraíam as pessoas e ajudavam a encobrir um rosto muito branco e olhos brilhantes demais. Mas eles nunca bastavam. E Louis não tinha nada que se assemelhasse a meus óculos. Hora de seguir em frente.

"Você vai gostar da corte", disse eu. "Há coisas belas para ouvir e ver."

5

Fareed

ELES ESTAVAM SENTADOS juntos no salão "azul" da casa de Armand em Saint-Germain-des-Prés, na suíte que ele tinha dado a Fareed para seu uso pessoal. Fareed estava à mesa de trabalho, e Gregory, do outro lado, sentado a uma mesa redonda, na qual estava disposto um jogo de paciência com um baralho de cartas com bordas douradas.

Fareed olhava fixamente para o material na tela de seu computador.

– Entendo o que você está dizendo – disse ele a Gregory. – Você não administra em pessoa a Collingsworth Pharmaceuticals. Mas tenho um motivo para perguntar sobre esse projeto específico.

– Será um prazer eu lhe contar tudo o que sei – disse Gregory. – Só que é muito provável que eu não saiba de nada. – Ele se recostou na poltrona dourada e olhou para as cartas renitentes. – Tem que haver um jogo mais divertido do que esse – acrescentou, baixinho.

– É a médica envolvida... uma mulher.

– Eu não saberia de nada sobre ela – disse Gregory, distraído. – Outros a examinaram, a contrataram, aprovaram seus projetos, não eu. – Ele virou mais uma carta e olhou para ela, desapontado. – Talvez eu devesse começar a inventar nossos próprios jogos de cartas, jogos de baralho para nós.

– Parece uma ideia genial – disse Fareed, com os olhos ainda na tela. – Paciência para bebedores de sangue. Você podia até mesmo criar um baralho novo.

– Puxa, essa é uma ideia, ou quem sabe um baralho primoroso com figuras que tenham um significado especial para nós. Será que nosso amado Príncipe se disporia a ser o Valete de Ouros? Em caso positivo, quem seria o Rei?

– É cedo demais para falar em traição – sussurrou Fareed, com os olhos fixos no monitor diante de si. Havia três monitores, todos do mesmo tamanho, e um par de monitores menores, dedicados a finalidades específicas, um de cada lado.

Eram quase quatro e meia da madrugada, e era pouco o ruído que vinha das ruas estreitas que cercavam a imensa residência do século XIX. Os cafés e restaurantes do bairro famoso ficavam longe dali.

– Tenha paciência comigo – disse Fareed. – Os relatórios dessa médica a seus superiores sempre foram brilhantes, mas ela não é quem ou o que alega ser. E todos os seus projetos estão relacionados à clonagem. Isso você sabe, é claro.

– Clonagem? – perguntou Gregory, enquanto fazia uma nova distribuição do baralho. – Não sei de nada sobre isso, mas não me surpreende que pessoas em minha empresa estejam trabalhando com clonagem humana. É ilegal, não é? Mas nunca pude acreditar que os médicos mortais deste mundo pudessem resistir a algo tão empolgante quanto a clonagem humana. Houve ocasiões em que me deparei com mortais em Genebra que me despertaram suspeitas de terem sido produtos de engenharia genética. Mas a verdade é que sei muito pouco sobre isso.

Fareed permaneceu sentado em silêncio, absorvendo tudo.

– A Collingsworth Pharmaceuticals não tem nenhuma relação oficial com a clonagem – disse Gregory. – Temos uma diretriz contrária à clonagem. Nossa orientação não admite pesquisas com tecidos fetais.

– Engraçado – disse Fareed. – Porque seus laboratórios estão empenhados em muita pesquisa que envolve esses tecidos.

– Hummm... – Gregory estava estudando as cartas detidamente. – Eu adoraria criar cartas específicas para a corte. Acho que Lestat teria que ser o rei, embora ele evite esse título. E, por mim, Gabrielle poderia ser uma rainha magnífica. O valete poderia ser Benjamin Mahmoud.

Fareed deu um sorriso.

– Mas talvez cada naipe pudesse ser diferente. Marius poderia ser o Rei de Paus, eu, o de Ouros, e Seth, o de Espadas.

Fareed riu.

– A Collingsworth Pharmaceuticals vem trabalhando em segredo na clonagem de seres humanos há vinte anos.

Gregory voltou a se recostar e olhou para Fareed.

– Muito bem. Será que isso o atinge de alguma forma? Você acha que é perigoso? Acha que eu deveria fazer com que parassem?

– Você poderia proibir a atividade dentro de sua própria empresa, mas nunca poderia impedi-la no mundo inteiro.

– Então o que você está querendo de mim nesse caso?

— Só que preste atenção por um tempinho ao que eu disser — respondeu Fareed.

Gregory sorriu.

— Mas é claro — disse ele, voltando a dispor as cartas segundo os naipes.

Como Gregory era encantador e cordial, pensou Fareed. E era extremamente difícil aceitar a noção de ser provável que ele fosse o mais velho bebedor de sangue agora em existência. Com o fim de Khayman e das gêmeas, era quase certo que fosse o mais velho. Ele tinha sido criado antes do filho de Akasha, Seth, mestre, mentor e amante de Fareed, mas não muito antes.

Tudo acerca da pessoa alta, magra e habitualmente silenciosa de Seth sugeria uma enorme antiguidade — aí incluídos seus trajes excêntricos —, uma predileção por sandálias e túnicas de linho, feitas sob medida, longas até o chão —, bem como sua fala vagarosa e muitas vezes fora do comum. Estava bastante claro que ele agora entendia quase todas as línguas indo-europeias atuais, mas escolhia as palavras com extremo cuidado e adotava um vocabulário simplificado que sugeria uma preferência por conceitos formados em sua mente muito antes que tivesse se desenvolvido em qualquer língua uma superabundância de adjetivos e advérbios para lhes conferir gradações ou para intensificar seu sentido. E até mesmo a expressão nos olhos fundos de Seth era enregelante e remota. Com frequência, essa sua expressão parecia dizer: "Não procure me entender, nem ao tempo de onde venho. Você não vai conseguir."

Seth tinha saído à caça nos cantos escuros da noite de Paris, um espectro esguio, trajado de branco, adornado com braceletes e anéis do Egito antigo, capaz de atrair predadores mortais por sua mera peculiaridade e aparente timidez indefesa.

Gregory Duff Collingsworth, por outro lado, era perfeitamente fortalecido por uma conduta moderna sob todos os aspectos. Ele se movimentava com a elegância tranquila dos humanos poderosos do século XXI, à vontade em elevadores e escadas rolantes, em arranha-céus altíssimos ou em shopping centers cavernosos, e diante de câmeras de noticiário televisivo e entrevistadores humanos — um "homem de negócios" impecavelmente bem-cuidado e trajado em estilo conservador, que falava com todos com uma cortesia natural que era ao mesmo tempo formal e afável.

Mesmo nessa ampla sala de estar em estilo rococó, Gregory tinha o brilho bem-cuidado de um ser masculino destes tempos. Usava um paletó esporte de camurça cinza, com cinto, com uma camisa azul-clara quadriculada e calça de brim. Estava usando seu habitual relógio de pulso de ouro e um par de botas macias de vaqueta marrom, com lingueta. Todos os imortais que levantavam voo usavam botas.

Naturalmente, Gregory se esforçava ao máximo para ser aceito como humano. Em estado comatoso, ele passava as horas do dia numa câmara envidraçada no alto de um telhado. Todos sabiam disso. No château, dormia exposto no alto da torre sul. Aqui em Paris, dormia num pátio cercado de muros altos. Isso mantinha sua pele sempre muito bronzeada. E todas as noites, ao acordar, cortava e aparava o cabelo escuro com perfeição, de modo que poucos dos seus novos companheiros imortais nem sequer imaginavam que o comprimento do seu cabelo vinha até o ombro quando ele fora criado.

Essa questão do cabelo lhe proporcionava enorme flexibilidade. Com ele comprido, crescido e amarrado para trás, podia perambular, e de vez em quando fazia isso mesmo, pelos corredores da própria empresa em Genebra como um office boy. E na caçada, o cabelo comprido vinha a calhar, quando ele usava macacões rasgados e camisas de cores luminosas para percorrer becos e locais frequentados por drogados, sem ser percebido até se decidir a atacar.

Quando se encontrava com repórteres e funcionários humanos, Gregory sempre estava com uma maquiagem perfeita, com cosméticos modernos que disfarçavam sua pele sobrenatural ainda mais, e nunca ficava muito tempo na presença de qualquer humano. Quase todos os seus negócios eram realizados por telefone ou por e-mail, alguns pelo Skype quando absolutamente necessário, e uma boa parte através de "Cartas da Mesa de Gregory", longas e com frequência espirituosas, que ele circulava entre seus funcionários, desde o topo até a base da empresa gigantesca da qual ele era o verdadeiro proprietário e presidente do conselho. As belas fotos para publicidade que a empresa distribuía a agências de notícias eram todas tiradas por sua amada Esposa no Sangue, Chrysanthe.

Fareed entendia que essa empresa era repositória e geradora de uma riqueza imensa, e também sabia que Gregory em breve se afastaria totalmente dela. Gregory já tinha lhe explicado isso: lançar toda a sua fortuna em alguma outra atividade que lhe garantisse segurança e oportunidade semelhantes. Qual ela era, Fareed não conseguia adivinhar. "Os tempos me mostrarão", dissera Gregory, que tinha pelo menos mais dez anos para representar esse papel mortal, e pretendia aproveitá-los ao máximo. Para ele, tudo era tão fácil que não conseguia realmente entender por que despertava surpresa ou interesse em qualquer outra pessoa.

O que interessava Fareed na Collingsworth Pharmaceuticals era o fato de ser uma empresa do ramo médico, um conglomerado de laboratórios de pesquisa, pioneira no aperfeiçoamento de medicamentos antivirais. E, graças a Gregory, Fareed tinha acesso através do computador a praticamente tudo que dissesse respeito à empresa; e agora Fareed tinha acesso também, através de Gregory, a cada equipamento ou medicamento que ele mesmo poderia querer para seu próprio trabalho secreto e especial. Gregory tinha dado a Fareed cooperação total para instalar seu laboratório em Paris, e Gregory entendia que Fareed era um médico vampiresco de dedicação total, que vivia e respirava agora para cuidar dos bebedores de sangue deste mundo, e para eles e somente para eles Fareed tinha transferido a devoção que no passado nutria por seus pacientes mortais.

Fareed queria aprender com a Collingsworth Pharmaceuticals. Queria tirar proveito desse acesso irrestrito aos projetos de pesquisa e às drogas experimentais da empresa. Esperava expandir sua própria pesquisa sob a cobertura da Collingsworth Pharmaceuticals. Queria explorar ao máximo todo o espaço que Gregory lhe dera para esses planos. Gregory tinha ampliado o complexo da Collingsworth em Paris, especificamente para Fareed, e bastaria uma palavra de Fareed para Gregory transferir qualquer projeto de sua localização original para Paris.

Mas Gregory não parava de alegar saber pouco ou nada sobre muitos projetos que agora fascinavam Fareed.

Fareed entendia. O próprio Gregory jamais tinha sido um cientista. Gregory era um imortal com um vago fascínio por "dinheiro, investimentos, o território complexo da riqueza e do poder econômico no mundo moderno". Entretanto, não havia dúvida de que sua genialidade tinha determinado o sucesso dessa empresa. Especialistas de uma infinidade de campos de pesquisa recorriam a ele em busca de decisões de alto nível que eram infalíveis em sua eficiência, criatividade e sagacidade.

Também nesse caso, não era isso o que interessava a Fareed, exceto em termos superficiais. Fareed queria sobreviver entre os Mortos-Vivos. E assim, naturalmente observava que os grandes e sábios sobreviventes dos milênios – Sevraine, Gregory, Marius, Teskhamen – nunca se debatiam com questões de riqueza. Para eles os vampiros desgarrados, que vagavam pelo mundo batendo carteiras, eram uma ralé burra demais para despertar compaixão. E, apesar de agora eles, os anciãos, se esforçarem para ensinar os novatos que chegavam à Corte a lidar com o mundo humano com alguma eficiência, sua paciência era curta.

O mundo atual oferecia uma abundância de presas providas de sangue e fortuna nos traficantes internacionais de drogas e de escravos sexuais que se reuniam em praticamente todas as cidades importantes do Oriente ou do Ocidente. E até mesmo o novato mais jovem podia se alimentar com essa subclasse de mortais com algum sucesso. Mesmo o novato mais jovem podia confundir, enganar e liquidar com facilidade os mais organizados entre os criminosos mortais e embolsar os montes de dinheiro vivo à disposição em esconderijos de gângsteres e em depósitos de drogas, e, se ele ou ela não conseguisse fazer isso, bem, era melhor ocultar esse segredo dos anciãos da tribo, bem como dos próprios companheiros, no que dizia respeito a imortais como Gregory.

– Não é a clonagem que me interessa aqui – disse Fareed –, embora esse assunto seja de enorme interesse.

– Seja irresistível para muitos – respondeu Gregory. – Tenho certeza.

– É essa médica. Aqui tem alguma coisa errada, ou talvez eu devesse dizer alguma coisa estranha.

– Estou prestando atenção. – Gregory se recostou, olhando para as quatro longas sequências de cartas. – Por que elas são só vermelhas ou pretas? – perguntou baixinho, só para si.

– Para começar, ela não é de modo algum quem afirma ser.

– Como isso é possível? – perguntou Gregory. Ele recolheu as cartas e as embaralhou, com a agilidade de um carteador num cassino.

Fareed explicou:

– Ela criou uma identidade e um histórico para si mesma usando, até onde pude ver, os dados de quatro pesquisadores de genética, já falecidos. Praticamente já rastreei tudo isso até a origem. Ela veio trabalhar para você há dez anos. E entendo que nunca tenha sido apresentada a você, e você nunca tenha posto os olhos nela. Desde então, ela vem publicando artigos e relatórios brilhantes. Tudo relacionado à genética e à engenharia genética, medicamentos aperfeiçoados em termos genéticos para cada indivíduo, esse tipo de coisa. Mas a clonagem foi sendo realizada por baixo do pano. Consegui entrar em seus dados sigilosos. Mas ela é esperta demais para deixar as questões transparentes. Ela escreve em alemão e em inglês principalmente, e estou percebendo o uso de um código pessoal de extrema sofisticação.

– E tudo isso lhe parece perigoso, como uma justificativa para uma intervenção de nossa parte? Ou você quer trazê-la para nosso lado? Torná-la parte de nossa equipe?

– Bem, foi assim que começou – disse Fareed. – Achei que talvez ela fosse uma colaboradora brilhante. Mas agora outra coisa está se tornando uma obsessão para mim.

– E essa coisa é o quê?

– Por que ela criou essa identidade falsa? É óbvio que ela é brilhante. Então por que faria uma coisa dessa? Não consigo encontrar um único vestígio de quem ela era ou poderia ter sido antes de criar essa *persona* para a Collingsworth Pharmaceuticals. É como se ela tivesse surgido do nada há apenas dez anos.

Agora Gregory estava prestando muita atenção.

– Bem, como você poderia encontrar algum indício, se ela não quiser que encontre?

– Executei programas de reconhecimento facial; examinei registros de pessoas desaparecidas, de médicas no mundo inteiro com a mesma descrição física, vivas ou mortas. Não encontro nada. No entanto, ela é uma pesquisadora e autora de artigos de pesquisa de um talento extraordinário. Quero conhecê-la.

Fareed ampliou a mais recente fotografia disponível da mulher, até ela ocupar a tela inteira.

– Bem, nada o impede – disse Gregory. – Acho que poderia organizar esse encontro, se você quiser. Você é abençoado, meu amigo. Você parece humano. É um médico anglo-indiano, com total credibilidade. Você é impressionante, mas não é ameaçador. Tenho certeza de que poderia tomar um café e conversar com ela em Genebra. Que risco haveria nisso?

Fareed não respondeu. Um estranho arrepio o dominou. Ele estava olhando fixo para o rosto dela, para os olhos dela.

Gregory se levantou da mesa e se aproximou da escrivaninha. Ficou parado atrás de Fareed, olhando para o monitor.

– Linda mulher – disse ele. – Quem sabe ela não gostaria de passar a eternidade conosco?

– É só isso o que você vê? – perguntou Fareed, olhando de relance para Gregory. – Não vê mais nada?

– Há alguma coisa para ver?

Fareed mantinha o olhar fixo na imagem. A pele morena e lisa, o rosto oval, olhos de um castanho profundo e cabelo castanho-escuro, repartido no meio, puxado para trás num penteado severo, mas que lhe caía bem. Sobressaía uma mecha dourada, que saía do bico de viúva para trás. Sua expressão indicava uma inteligência quase intimidante.

— Dra. Karen Rhinehart — leu Gregory na legenda da fotografia.

— O nome é falso — disse Fareed. O que era que estava sentindo? Uma sensação de alarme indefinido, porém profundo. — É o nome de outra pessoa, uma médica que morreu num acidente automobilístico na Alemanha. O nome não quer dizer nada.

— Sinceramente não sei como ela teria conseguido ludibriar a minha empresa. Você tem certeza?

— Tenho. Total.

— Vá se encontrar com ela, se quiser. Eu deveria lhe mandar um e-mail? Não custa nada. Ela poderia estar em Paris amanhã para conhecê-lo.

— Não. Não acho que seja uma boa ideia — respondeu Fareed.

— Por quê?

Como Fareed poderia explicar? Resolveu abrir a mente para Gregory, convidando-o em silêncio a ler os sentimentos sutis que ele próprio não conseguia identificar.

Alguma coisa não está certa nela. Alguma coisa assustadora. Alguma coisa que sugere que ela poderia ser, de algum modo, igual a nós...

Gregory assentiu. E pousou a mão no ombro de Fareed com uma familiaridade que não era habitual.

— Faça o que quiser — disse ele. — Ela não poderia ter passado a perna em meu departamento de pessoal. Você não entende o grau da verificação a que eles submetem nossos cientistas.

— Bem, ela passou a perna neles — disse Fareed. — E não quero chegar muito perto dela por ora, não enquanto não tiver mais algumas respostas.

Gregory deu de ombros.

— Preciso voltar a Genebra. Quem sabe eu mesmo não me encontre com ela?

— Não! — disse Fareed. — Gregory, não faça isso. — Ele se voltou e olhou para Gregory, que não entendia essa cautela. Ele era destemido e era assim havia tanto tempo que não possuía nenhum entendimento básico da apreensão de Fareed. — Não a deixe se aproximar de você — prosseguiu Fareed. — Não enquanto eu não descobrir mais coisas sobre ela. Concorda com isso?

Gregory olhava fixo para ele, calado.

— Gregory, não quero que ela chegue a ver nenhum de nós de perto.

Mais uma vez, Gregory deu de ombros.

— Muito bem — disse ele.

— E há mais um aspecto nessa história — disse Fareed.

— Estou ouvindo.

— São constantes os pedidos dela para vê-lo. Já teve pedidos recusados quatro ou cinco vezes todos os anos, desde que veio trabalhar para você. Mesmo assim, não para de insistir, sob a alegação de que tem um projeto para pesquisa para ser examinado somente por você.

— Bem, isso não surpreende. Todos eles querem conhecer o comandante do navio. Todos querem ser convidados para jantar no camarote do comandante.

— Não, é mais que isso.

Com alguns cliques no teclado, Fareed fez surgir uma série de fotografias em grupo.

— A mulher o vem perseguindo de longe há anos. Se você olhar, verá que ela está em cada uma dessas fotografias.

— Mas essas eram entrevistas coletivas — disse Gregory. — Muitos integrantes diferentes da equipe compareciam, teciam comentários, davam informações sobre desdobramentos recentes.

— Não, você não está entendendo. Ela está em *todas* as fotografias, e não está com o pessoal da empresa, mas com a imprensa. Está tentando se aproximar de você, ver você. Penso que ela bem pode estar tentando pegar alguma amostra de seu DNA.

— Fareed, acho que suas suspeitas fugiram do seu controle. Seria totalmente impossível ela fazer isso.

— Não tenho tanta certeza.

Fareed ampliou a foto mais recente de repórteres reunidos para alguns minutos preciosos com o presidente da Collingsworth Pharmaceuticals. E lá estava ela, na primeira fila dos que seguravam microfones, gravadores, blocos de anotações, uma mulher alta, de paletó escuro e saia longa, o cabelo castanho e ondulado, solto, mas muito bem penteado, caindo para trás dos ombros, a longa mecha dourada muito proeminente, os olhos insondáveis e penetrantes fixos em Gregory, nada visível na mão, a não ser um iPhone.

— Ela está tirando fotos suas, é claro.

— Todos eles estão — disse Gregory. — Fareed, minha empresa investiga cada pessoa que trabalha para nós em qualquer lugar, Paris, Zurique, Genebra, Nova York.

— Mas olhe para os olhos dela.

— Não sinto o que você está sentindo — confessou Gregory. — Ela é bonita, interessante, e como é bom para ela, para quem a conhece e para mim que esteja fazendo um bom trabalho.

Fareed se calou. Mas, enquanto examinava a expressão sombria, concentrada, no rosto da mulher, ele estremeceu.

– Não creio...

– Não crê o quê?

– Não creio que ela seja humana.

– O que você quer dizer? Que ela é uma de nós?

– Não, decididamente não. Ela vive e trabalha de dia e de noite, é óbvio. Tenho registros filmados de suas idas e vindas durante o dia. É certo que ela não é uma de nós. Não.

– Um espectro, então, é isso o que quer dizer? Mais um desses espíritos, como Gremt ou Magnus, ou os outros que residem com eles?

– Não. Ela é de carne e osso, mesmo. Mas acho que não é de carne e osso humanos.

– Ora, é bem fácil verificar isso. O DNA dela deve estar nos arquivos. Não há ninguém trabalhando em pesquisa para mim que não tenha o DNA registrado. A mulher passou por um exame médico ao ser contratada, doou sangue, fizeram radiografias...

– Sei. Eu verifiquei. Mas não acredito nos resultados. Acho que foi tudo falsificado. Estou passando o DNA por todos os bancos de dados do mundo.

Gregory se virou e voltou devagar para a mesa. Sentou-se pesadamente na poltrona adamascada e, mais uma vez, pôs a mão direita no baralho.

– Fareed – disse ele, num tom mais sério. – Não importa que uma violação da segurança de tal ordem seja quase impossível. Isso me preocupa, e vou verificar. Mas o que você está dizendo é ridículo.

– Por quê?

Gregory suspirou. Recostou-se na poltrona, passando os olhos cansados pela sala.

– Porque ando pela Terra há tanto tempo que perdi a conta dos anos e não consigo pensar na sequência deles – disse Gregory – nem entender como eles me moldaram... Não tenho nenhuma noção de continuidade em minha vida, a não ser a partir dos tempos do Imperador Juliano. Mas foram milênios, milênios de caça, de perambulação, de amor, de aprendizado. E posso lhe dizer que em todo esse tempo eu *nunca* me deparei com uma criatura inteligente, de carne e osso, neste planeta, que parecesse humana, mas não fosse humana.

Fareed não se deixou convencer.

– Você está me ouvindo? – perguntou Gregory. – Vai tentar captar o que estou dizendo?

Fareed pensou que ele próprio tinha vivido menos de cinquenta anos, mas havia visto tanta coisa nesse período, tantos vampiros, espíritos, espectros e outros mistérios que não se surpreenderia de modo algum de se deparar com uma criatura de aparência humana que não fosse humana, mas não disse isto em voz alta.

Ele ampliou a foto da mulher de paletó escuro e saia comprida, em pé entre os repórteres. Olhos perfeitamente amendoados. E a pele, a linda pele bronzeada. *Não humana.*

– Fareed, você está prestando atenção? Espíritos e espectros, eu os conheci. Nós todos conhecemos, nós, os antigos. Mas não humanoides biológicos que não são realmente humanos.

– Bem, vou saber mais se puder me aproximar dela, não é mesmo? – disse Fareed, com o olhar fixo no rosto da mulher. Não era um rosto cruel. Não era um rosto maldoso. Mas não era generoso, não demonstrava curiosidade e parecia lhe faltar alguma centelha, alguma centelha definível...

– O quê? Você acredita na alma humana? – perguntou Gregory.

– Não – respondeu Fareed –, mas acredito, sim, no espírito humano. De que outro modo haveria fantasmas batendo na nossa porta agora? Não estou dizendo que se trata de uma centelha divina. Só estou achando que algum tipo de centelha humana não está ali.

– E alguma centelha de outra coisa está ali?

– Boa pergunta. Não sei.

– Você tem tempo para isso? – perguntou Gregory. – Você não completou sua pesquisa sobre os restos de Mekare, nem sobre os de Maharet. Achei que isso tivesse enorme importância para você e que os restos estivessem se deteriorando. Achei que convidou Gremt para vir aqui para poder examinar o corpo que ele criou para si mesmo. Achei que queria ampliar o laboratório de Paris...

– Não, os restos já não estão de fato se deteriorando – sussurrou Fareed, sem conseguir desviar os olhos da mulher. – E estou ocupado, é verdade, incrivelmente ocupado, e preciso de mais ajuda, mas isso aqui não pode esperar. – Ele fez surgir mais uma fotografia. Entrevista coletiva para anunciar uma nova bomba de insulina para o tratamento do diabetes, 2013. A costumeira iluminação discreta. Gregory na sombra profunda, e o grupo de repórteres com uma iluminação um pouco melhor. E lá estava ela de novo, desta vez num traje mais delicado, mais feminino. Uma blusa de seda, um colar de pérolas lustrosas, um cardigã largo e o iPhone com seu olho fotográfico visível mantido junto do peito. Dedos longos, afilados, unhas ovais.

– Fareed, você não está sugerindo a sério que ela mesma seja algum tipo de clone, plantado na minha empresa para clonar outros...

– Não, não usei a palavra "clone" – disse Fareed.

– Acho que você está enganado, mesmo que seja só por ela ser diferente.

– Não entendi.

– Você já viu alguém como ela?

– Não – admitiu Fareed –, mas isso não vem ao caso. Poderíamos estar observando a primeira dessas criaturas a chamar a nossa atenção. Isso não quer dizer que ela seja a única. Na realidade, eu me disporia a apostar que ela não é a única.

Ele puxou uma terceira fotografia de outra pasta. Nessa, Karen Rhinehart aparecia no laboratório com seus colaboradores. Estava usando um jaleco branco, engomado, como o que Fareed estava usando agora. O cabelo estava tão puxado para trás que poderia tê-la deixado com uma feiura brutal, mas isso não ocorreu. Seu queixo era pronunciado, e sua expressão, calma e determinada. Por alguma razão, alguma razão indefinível, ela se destacava dos outros de modo gritante aos olhos de Fareed, como se tivesse sido recortada de outra fotografia e colada ali. Bem, ela não tinha sido. Mas não era humana. E era isso o que ele via e o que sentia.

– Estou realmente com um excesso de coisas por fazer – disse Fareed, desanimado, com os olhos ainda examinando a mulher. – É verdade. Mas quero ir a Genebra e dar uma olhada nela sem que ela me veja. Quero entrar onde ela mora...

– Fareed, meus funcionários têm confiança de que não violarei sua privacidade, nem sua dignidade.

– Gregory, fala sério! Se eu quisesse trazê-la para nosso lado, você não faria a menor objeção.

– Olhe, Fareed, ela deve trabalhar até tarde. Todos eles trabalham. Todos estão lá depois que anoitece. Você pode observá-la por monitoramento de vídeo. Todos os laboratórios e escritórios são monitorados por câmeras.

– Ah, não pensei nisso.

– Eu lhe dou acesso.

– Não precisa – admitiu Fareed. – Por que não pensei nisso? É a solução.

Seus dedos já estavam voando sobre o teclado, que fora projetado especialmente para aceitar sua velocidade sobrenatural.

– Entrei – sussurrou ele, digitando rapidamente os dados para chegar ao laboratório certo e a todos os arquivos registrados nele e em nenhum outro.

– Bem, divirta-se – disse Gregory, com um risinho zombeteiro. – Tenha uma madrugada fantástica, assistindo a todos os movimentos dela nos dez últimos anos. Quanto a mim, vou sair. Essas longas noites de inverno me deixam esgotado, mas vale a pena. Quero dar uma caminhada, sozinho.

Gregory foi até a alta *secrétaire à abattant*, de cerejeira, encostada na parede, e guardou o baralho na gaveta do meio. Virou-se para a porta, mas refez o trajeto, se inclinou acima de Fareed e lhe deu um beijo no alto da cabeça.

– Amo você, sabe? Amo sua inteligência brilhante e sua obstinação. Adoro que você seja tão paciente com todos nós.

Fareed sorriu e fez que sim, de leve. Levantou a mão, encontrou a de Gregory que esperava que estivesse ali e a apertou. Mas seus olhos estavam na tarefa que tinha diante de si. Ele mal ouviu os passos de Gregory saindo da sala.

A enorme casa de três andares estava em silêncio e aparentemente vazia em torno de Fareed. Os criados mortais dormiam em sua ala. As calçadas, adormeciam desertas. Mortais nos apartamentos vizinhos dormiam. Havia leves fiapos de música no ar.

Fareed ouviu Gregory Duff Collingsworth subindo a escada até o telhado. Num instante, o tamborilar da pulsação baixa e fraca do coração de Gregory já não era audível.

Na nuca de Fareed, o cabelo se arrepiou. Em algum lugar ali perto, um roedor estava trabalhando nas paredes, por trás dos lambris envernizados. Um carro pequeno passou na rua.

De repente, ele percebeu como estava empolgado, empolgadíssimo com o mistério dessa mulher, e como curtia aquilo tudo, por mais perturbador que fosse.

Atacou de novo o teclado, com os dedos se movimentando rápido demais até mesmo para seus olhos, confiando em seu toque nas teclas e em seu conhecimento infalível delas, com os códigos correndo pelo monitor abaixo, enquanto ele varria o sistema de vigilância da Collingsworth Pharmaceuticals e digeria todos os seus esquemas e limites.

Agora ele identificava o canal ao vivo dos laboratórios da dra. Karen Rhinehart, descobrindo que estavam vazios. Nenhuma surpresa. Eram as primeiras horas da manhã em Genebra também, é claro, a apenas três horas de Paris, de trem. Agora ele estava puxando o arquivo de fitas de datas anteriores e logo encontrou imagens claras e fortes de duas noites antes, que revelavam o alvo, a dra. Rhinehart, sentada num banco diante de um balcão de laboratório, fazendo anotações com o que parecia ser uma antiquada caneta-tinteiro preta, num bloco branco. Uma caneca de café ou chá fumegante estava a seu lado. Ela escrevia em curtas rajadas, parava como que para pensar e continuava a escrever. De vez em quando ela passava a mão esquerda pelo cabelo comprido e solto.

Uma quietude sobrenatural a dominava. Seus poucos gestos eram espantosamente deliberados; e seus longos períodos de imobilidade, estranhos. Quando movimentava a mão para escrever, mais nada nela se movimentava, nem o ângulo da cabeça, nem os dedos da mão ociosa. Era poderoso o fascínio que ele sentia. Clone, droide, cyborg, replicante – passaram por sua cabeça os termos comuns do vernáculo para cópias de seres humanos, desvinculados das várias ficções que os tinham criado.

Passou-se uma meia hora dessa filmagem, e então ele reconheceu uma repetição exata de um gesto anterior, um levantamento anterior da caneca de café, uma passada anterior da mão esquerda pelo cabelo. A mulher tinha bloqueado a câmera com um *loop* digital. Estava claro. Ele acionou o *fast--forward* para confirmar: o *loop* cobria o resto da noite inteira, do entardecer ao amanhecer.

Bem, eles podiam ser gênios, esses funcionários mortais que examinavam ou armazenavam esse material, mas era provável que o valor desse sistema dependesse exclusivamente de alguém procurar recuperar um momento específico para um uso específico. E era provável que ninguém tivesse feito isso.

Um pouco irritado, Fareed avançou veloz por horas de vídeo, em sua maioria sessões em grupo, debates em grupo e trabalho por jovens médicos que não eram a dra. Rhinehart. E só de vez em quando ela surgia de relance diante da câmera ao atravessar a tela de um lado a outro.

– Quer dizer que ela evita as câmeras – sussurrou ele –, e é perita nisso. E, quando de fato trabalha sozinha no laboratório, recorre a esses *loops*. É boa nisso, e ninguém desconfia.

Ele continuou a examinar o material e estava quase a ponto de desistir quando deu com uma gravação da mulher misteriosa sentada àquele mesmo balcão de laboratório, novamente com uma caneta na mão. Nesse vídeo ela estava falando através do iPhone, e é claro que não havia fonte de áudio, ou havia? Ele desacelerou, procurou, selecionou a fonte de áudio, amplificou-a e agora conseguia ouvir a voz dela com nitidez, falando baixo e devagar em francês suíço.

Não era nada de importante, um plano de se encontrar com alguém para uma refeição mais tarde, comentários sobre o tempo – uma voz bonita, agradável, caracteristicamente feminina, com um risinho tranquilo, sutil, de vez em quando.

E ele ficou de repente uma fera, porque teria que deixar tudo aquilo de lado por ora e ir para as criptas no subsolo da casa. Mas estava sentindo frio, como sempre sentia antes do amanhecer, como todos eles sentiam, e era enlouquecedor deixar essa...

Porque não era – disto ele tinha certeza –, não era uma voz humana.

O que isso poderia significar? Não importava o que Gregory dissesse, Fareed tinha de ir a Genebra na noite seguinte e ver essa coisa, essa criatura, esse humano artificial, de perto.

Levantou-se da cadeira e estava se virando para ir quando um aviso o impediu. Era da dra. Flannery Gilman, sua assistente e confidente, bebedora de sangue, mãe de Viktor, filho de Lestat. Tinha a ver com o DNA da mulher.

"Encontrei um igual", escreveu Flannery. "É de uma mulher de setenta e quatro anos, que mora em Bolinas, na Califórnia, gerente de uma pousada que oferece pernoite e café da manhã, famosa no litoral. Todo o material é dos arquivos médicos dessa mulher que se encontram no banco de dados da Kaiser Permanente. E o sangue é positivamente o dessa mulher de Bolinas. Estou desligando para ir dormir, é óbvio, e procurarei sua resposta de imediato quando acordar. Mas você quer que eu avise a Collingsworth Pharmaceuticals? É uma fraude gravíssima."

"Consiga tudo o que puder acerca dessa mulher de Bolinas", escreveu Fareed. "E deixe a empresa pra lá. A violação da segurança é a menor de nossas preocupações. Vou a Genebra ao anoitecer, dar uma olhada nessa mulher pessoalmente."

As criptas simples de ferro e concreto por baixo da casa de Armand em Paris eram como todas as em que Fareed e seus irmãos e irmãs dormiam. Não tinham importância para Fareed, que havia Nascido para as Trevas na segunda metade do século XX, quando os bebedores de sangue do mundo já não valorizavam caixões e sarcófagos com entalhes pesados e as lendas já não tinham significado algum. Ele só se importava com o fato de estar em segurança, em seu local particular, bem fundo na terra.

Ele tinha acabado de se deitar na cama estreita e acolchoada, na cela limpa, seca e sem janelas, e estava prestes a fechar os olhos quando uma mensagem o perturbou, uma mensagem telepática, fraca e truncada, que o trespassava, como se alguém estivesse batendo na sua têmpora com a ponta de um furador de gelo, mas não conseguisse perfurar seu crânio. *Perigo. Nova York.*

Bem, quem estivesse do outro lado do oceano teria que lidar com o assunto, concluiu ele, com a mente aos poucos se toldando e perdendo toda a noção de urgência sobre qualquer coisa no mundo inteiro. Uma noite dessas,

Fareed inventaria alguma forma de liberar toda a tribo dos vampiros dessa inconsciência diurna, dessa morte em vida que se abatia sobre eles quando o sol nascia.

Por ora, no entanto, Lestat teria que lidar com esse alarme. Ou Armand. Lestat estava nos Estados Unidos. Tinha ido lá naquela noite para se encontrar com seu amado Louis em Nova Orleans, ou era o que se dizia. Lestat precisava de seu antigo companheiro, Louis, era a opinião de todos. "Ele é nosso Rei James, precisando de um George, Duque de Buckingham", dissera Marius. E Armand estava em Nova York já havia um mês, se certificando de que tudo estivesse correndo bem no Portão da Trindade. Bem, eles cuidariam de tudo isso, Lestat ou Armand. Ou talvez Gregory, com alguns momentos restantes de consciência. Ou quem sabe Seth. Teria que ser eles. A mente de Fareed se fechou na mesma medida que seus olhos. E ele se foi. Um sonho o dominou, intenso, belo, repleto de um sol irresistível, sol do jeito que ele se lembrava de sua terra natal, na Índia, e à luz desse sol irresistível, Fareed viu uma cidade, uma enorme cidade cintilante, constituída de torres de vidro – *Ah, esse sonho de novo* –, irrompendo em chamas e tombando para afundar no mar...

6

Lestat

– Uma criatura não humana? – perguntei. – Uma criatura não humana que matou um vampiro e comeu seu cérebro? Você me incomoda por uma coisa dessa?

– Bem, sim – respondeu Thorne –, se a mensagem vem de Armand em Nova York. É tarde demais para conseguir falar com qualquer um em Paris. Armand quer levar essa criatura não humana a Paris, para Fareed e Seth.

– Bem, essa me parece uma ideia excelente – disse eu.

Louis e eu estávamos nos afastando do centro, seguindo rumo ao velho Cemitério Lafayette, perto de uma casa na Sixth Street onde eu tinha morado muitos anos. Estávamos conversando havia horas, falando sobre Amel e da sensação que eu tinha por estar com ele dentro de mim. E eu era quem falava mais, enquanto Louis era quem ouvia mais. Eu não queria ser perturbado. Desejava ficar conversando com Louis para sempre, queria compartilhar com Louis o que vinha me acontecendo, e Louis estava atento, valorizando a conversa. Isso significava tudo para mim. Mas eu sabia que Thorne e Cyril nunca teriam se aproximado sem um bom motivo.

Peguei o celular de vidro da mão de Thorne e o levei à orelha, o que para mim sempre parecia absurdo e nunca seria natural, mas não havia como escapar.

– Que tipo de criatura não humana? – perguntei.

A voz de Armand chegou baixa, porém nítida:

– Igual a um ser humano na aparência, no cheiro e ao toque – disse ele. – Mas não é um ser humano. Tem uma força tremenda, eu diria talvez de oito a dez vezes a força de um ser humano. E já deveria estar morto agora, calculando pelo sangue que suguei dele, mas não morreu. Na realidade, o sangue está se regenerando rapidamente. O ser está em algum tipo de sono profundo, o que Fareed poderia chamar de coma. Ele tem nome, documentos e um endereço na Inglaterra. – Armand repassou tudo comigo. Garekyn Zweck Brovotkin. Endereço elegante, na Redington Road, Hampstead. Chaves de um Rolls-Royce. Passaporte, carteira de motorista britânica, dinheiro vivo britânico e americano, e algum tipo de passagem para um voo com destino a Londres ao meio-dia.

– E você está mantendo essa criatura presa?

– Estou! Você não a manteria presa?

– Eu não o estava questionando, só fiz uma pergunta.

– Vou levá-la para Paris amanhã, para Fareed. Que outra coisa posso fazer com ela? Já divulguei mensagens de aviso. Se existirem outras como essa, nós todos deveríamos estar vigilantes.

– Eu mesmo estarei em Paris amanhã – disse eu. – Eu o verei e verei a criatura.

– Louis vai com você?

Havia muito mais nessa pergunta do que qualquer ouvinte fortuito poderia ter suposto. Louis e Armand eram os pilares da residência do Portão da Trindade em Nova York. Louis e Armand já estavam juntos havia quase um século antes disso.

– Vai – respondi. – Vou levá-lo comigo assim que acordarmos. – Eu esperei.

Fiquei parado na calçada de lajes de pedra, contemplando, ao longe, o muro branco do velho cemitério. Estava tranquila e bonita essa rua do Garden District, com seus carvalhos gigantescos, de casca preta, e as casas escuras, silenciosas, de alguns andares, de cada lado.

– Preciso de Louis – disse eu.

Ah, as velhas complicações, os velhos ciúmes e derrotas. Mas que criatura neste mundo não quer ser amada pelo que é? Mesmo um ser não humano que parecia humano poderia querer ser amado.

– Fico feliz por vocês – disse Armand. E prosseguiu: – Isso é sério. Esse ser, não importa o que seja, esmagou o crânio de um bebedor de sangue e devorou o cérebro.

– Mas você de fato viu isso acontecer?

– Sim, vi tudo a partir do ponto de vista da vítima. Não consegui chegar lá a tempo. Os restos foram verificados. O cérebro sumiu.

– E quem é o bebedor de sangue morto?

– Matador, o velho amigo de Davis e Antoine. Matador, o que viajava com a Gangue das Garras.

— Eu me lembro — disse eu. Dei um suspiro. Eu não tinha desprezado o Matador. Na verdade, até gostava dele. Mas havia nele alguma coisa atabalhoada, mesquinha e "pé de chinelo". Eu não tinha gostado da ideia de o Matador frequentar o Portão da Trindade. — Do que é feito esse ser não humano?

— De carne e osso, Lestat, igual a qualquer ser humano — respondeu Armand. Ele estava começando a se irritar. — Você corta a carne, ele sangra. Mas não é humano. — Ele continuou a explicação. O sangue era denso, gostoso, mas tinha um sabor que não existia no sangue humano. Um sabor. Ele não conseguiu ser mais preciso que isto. Benji tinha avistado a criatura rondando o Portão da Trindade. Ela havia seguido Benji. A criatura resmungava alguma coisa sobre Amel, como um dos humanos seguidores enlouquecidos da estação de rádio, só que não era um ser humano. Benji pediu de imediato que um carro o apanhasse e voltou para casa, mandando o Matador abordar a criatura e tentar descobrir o que ela queria.

— Bem, parece que essa decisão não foi muito inteligente — disse eu.

— Benji tratou de se proteger — disse Armand, irritado. — E o Matador era o bebedor de sangue mais velho na casa. Não havia mais ninguém aqui, a não ser o Matador e uns dois novatos que tinham chegado recentemente. Antoine tinha ido para casa, na França, quando o sol se pôs. Eleni estava comigo no centro de Manhattan. Cheguei o mais rápido que pude. Mas não foi o suficiente. E o Matador estava querendo ir, tinha certeza de que conseguiria lidar com a criatura.

— Eleni — disse eu. — Minha velha amiga, Eleni? A Eleni de Everard?

— Ela mesma. Existe outra Eleni? Ela está farta de Rhoshamandes e suas crias reunidos e rangendo os dentes. Ou é o que diz. Olha, podemos falar sobre tudo isso depois. Manter essa criatura presa o dia inteiro será um problema, mas estamos dando o melhor de nós.

Eu não estava gostando da ideia de Eleni por lá. Não confiava nela. É verdade que eu a amava, do antigo Théâtre des Vampires. Ela era veterana na seita satânica de Armand, por baixo do Cemitério Les Innocents, que tinha vindo se unir a mim no teatro, para ser livre. Havia se tornado minha correspondente durante os anos em que vaguei à procura de Marius. Mas fora criada por Everard de Landen, sob a autoridade de Rhoshamandes, e tinha passado a maior parte de seu tempo com esse rancoroso inimigo meu e suas outras crias. Mas a quem ela seria de fato leal? A Armand, que um dia a tornara uma escrava de Satã, esfarrapada e atormentada, ou ao poderoso vampiro que governava a morada onde ela fora criada? Eu conhecia o coração de Everard. Ele nunca tentou disfarçar. Odiava e detestava o grande Rhoshamandes. Mas e Eleni? Rhoshamandes tinha sido o senhor da casa comunal em que ela Nascera para as Trevas e aprendera as primeiras lições indeléveis sobre a noite. Eu não gostava daquilo. Não estava gostando nem um pouco.

Louis estava a poucos passos dali, me observando. Sem dúvida, ouvia cada palavra, mas seu rosto não revelava nada. Ele estava com uma expressão distante, sonhadora, como era tão frequente nele, mas percebi que estivera absorvendo tudo.

O que eu tenho a ver com isso, pensei, com irritação, mas eu sabia muito bem o que tinha a ver com aquilo tudo. Essa era minha vida agora, por escolha, estar envolvido com tudo, ser a pessoa a quem Armand ligava para informar da presença de um não humano, em estado de coma, preso no Portão da Trindade.

– Você está precisando de alguma ajuda minha agora? – perguntei a Armand. – É claro que isso tudo é fascinante, mas não há tempo para eu ir até você.

– Eu sei. Estou lhe passando a informação por motivos óbvios. Por que você age como se eu o estivesse importunando deliberadamente? Você é o Príncipe, Lestat, ou não é?

– É claro que você agiu certo, sim. Desculpe.

Vi o leve sorriso de Louis.

– Nó nos vemos amanhã na Cidade Luz – disse Armand. Uma pausa. – E estou feliz por você, por você estar com Louis.

Dei um suspiro. Quis dizer que todos nos amamos, uns aos outros. Todos temos que nos amar uns aos outros. Se você, eu e Louis não nos amarmos depois de tudo o que atravessamos juntos, todos os nossos poderes não significam nada, nossos sonhos também não. Por isso, precisamos nos amar uns aos outros. E pode ser que eu tenha realmente dito isso em silêncio e que ele haja ouvido, mas duvidei.

– Eu sei – disse eu. – Quero ver você também.

Devolvi o telefone a Thorne. Onde estava Amel? Será que ele estava em Nova York? Será que Amel sabia o que essa criatura era?

Thorne me arrancou dos meus pensamentos.

– Se os senhores estão decididos a prosseguir a pé – disse ele –, está na hora de voltar para o centro da cidade.

7

Garekyn

Havia mais ou menos uma hora que ele estava prestando atenção ao que eles diziam. Tinham-no amarrado a uma mesa, com algum tipo de cabo de aço. E estavam preocupados com a forma pela qual o manteriam preso durante as horas do dia, quando era óbvio que precisavam dormir.

Ele já não ficava espantado por estar vivo. Fora muito parecido com sua saída do gelo na Sibéria, tanto tempo atrás, a sensação de despertar de um longo sono. Os Pais tinham prometido que não havia quase nada neste mundo que poderia matá-lo. E ele de certo modo se sentiu desleal para com os Pais, por ter temido que aquele fosse o fim. Os Pais... ah, se ao menos ele conseguisse se lembrar.

O bebedor de sangue mais forte, o que o tinha alcançado e esgotado seu sangue, estava falando. Esse era Armand.

– E, se eu o puser em minha cripta e ele conseguir se libertar, ele vai me encontrar em uma das outras criptas.

– E, então, o que faremos?

Cabos de aço. Fortes de verdade, mas será que esse vampiro estava certo ao dizer que Garekyn tinha a força de dez homens? Foi isso o que Garekyn o ouvira dizer em seu telefonema para o Príncipe. A força de oito ou dez homens.

Se Garekyn de fato tivesse toda essa força, escaparia desses cabos assim que os vampiros fossem descansar. E não perderia um instante arrombando suas criptas. Ele já havia descoberto exatamente o que tinha vindo fazer ali. Foi o que viu quando Armand sugou o sangue dele. Amel, o Cerne, Amel, o espírito que na realidade animava a todos eles. Amel estava nesse ser Armand, que o tinha atacado, e no meio da briga, enquanto lutava contra o bebedor de sangue que o estava matando, Garekyn havia visto a cidade, a inconfundível cidade de Atalantaya, e não como ele um dia podia tê-la visualizado, mas de outra perspectiva, uma remota e outra como que divina, à medida que a cidade explodia em chamas e ia caindo lentamente para o fundo do mar.

Ele agora trancava esses pensamentos bem no fundo da mente, temeroso dos dons telepáticos desses vampiros, dons dos quais se gabavam pelo rádio noite e dia.

Que turma atrevida eles eram, contando seus segredos mais íntimos ao mundo inteiro e apostando na credulidade dos seres humanos que os levava a considerá-los criadores de fantasias, representando papéis em algum jogo sofisticado, fãs dedicados e fragmentados de lendas vampirescas. Mas fazia sentido. Quem acreditaria em Garekyn se ele contasse ao "mundo" que esses demônios descorados eram vampiros vivos, que respiravam? Quem acreditou na antiga história de Atlântida, como foi contada por Platão, que Garekyn tinha lido pela primeira vez na biblioteca de Alexi em São Petersburgo um século atrás?

Nem mesmo o Príncipe tinha acreditado naquele chamado Armand quando ele lhe disse que Garekyn não era humano.

– Muito bem, prestem atenção – disse Armand. – A criatura está voltando à consciência. Nesta casa só há uma cripta onde ela possa ficar presa com segurança, a que foi feita para Marius. Agora, vou ver se consigo abri-la e fechá-la sem auxílio, e se existe alguma forma de trancar a porta pelo lado de fora. Eleni, fique aqui de vigia. E você, Benji, venha comigo.

Sons dos dois se retirando, seguindo por um corredor, subindo uma escada, os passos rápidos do jovem, Benji, tentando alcançar os passos quase imperceptíveis de Armand. Subindo para sair do porão para a casa lá em cima e atravessar um assoalho de madeira.

Silêncio. Apenas o som da bebedora de sangue respirando. Sons do trânsito, de caminhões na Lexington Avenue, aqueles caminhões grandes e ruidosos que fazem entregas para os restaurantes e bares da metrópole antes do nascer do sol.

Cauteloso, ele abriu os olhos. Ela estava em pé, de costas para ele, concentrada em alguma tarefa. E então ele ouviu uma ínfima voz eletrônica que emanava do celular dela:

– Você sabe quem eu sou. – Uma voz masculina. Voz de bebedor de sangue, baixa demais para os ouvidos humanos. Mas Garekyn sem dúvida podia ouvi-la. – Deixe uma mensagem de qualquer duração.

Garekyn levantou a cabeça, tentando ver exatamente como estava preso ali e a quê. Cabos de aço, mesmo, fortes e pesados. E a mesa em si era de pedra, provavelmente de mármore. O óbvio ponto fraco seria a própria mesa, a característica quebradiça da pedra. Se ele corcoveasse, se debatesse, aplicasse toda a sua força, o tampo de mármore se estilhaçaria. Mas e se fosse de granito? Bem, se fosse granito ou qualquer pedra densa demais e muito forte para ele quebrar, o tampo mesmo assim ainda poderia ser arrancado da base, e então os cabos talvez escorregassem, se soltando. Mas quando seria a hora certa?

– Rhosh, preste atenção – disse a bebedora de sangue ao telefone. – Há uma criatura aqui, não humana. Armand vai tentar mantê-la presa no Portão da Trindade durante o dia. Ao entardecer, ele a levará para Paris. Essa talvez fosse uma ocasião para todos se reunirem, para você ir à corte, fazer perguntas sobre essa descoberta, encontrar algum jeito de ser acolhido de volta. – Ela não parava de falar. A criatura era perigosa para vampiros. Ela se alimentava do cérebro de vampiros! – Se o Príncipe convocar a todos, você deve ir, Rhosh. Precisamos ter paz. – Silêncio.

Bem, isso era interessante, não era? Quando ela se virou para ele, Garekyn respirou mais devagar, fechando os olhos de novo.

A mulher chegou mais perto da mesa. Estava ansiosa, nervosa. Ele podia ouvir sua respiração agitada, seus saltos altos batendo no piso de concreto enquanto ela andava. Ela se aproximou mais. Ele podia ouvir seu coração. O coração dela era forte, mas não tão forte quanto o de Armand. Tentou escutar Armand. Mal conseguia ouvir a voz daqueles dois, não neste porão, mas em outro, provavelmente no subsolo de outra das três casas que compunham o Portão da Trindade, casas que tinham sido construídas separadas um século atrás.

Ele abriu os olhos devagar e descobriu que ela o estava observando bem de perto. E, quando percebeu que ele estava olhando para ela, teve um sobressalto. Recuou, mas se conteve, envergonhada pelo medo, com os olhos fixos nos dele. No teto, longas fileiras de lâmpadas fluorescentes brilhavam ofuscantes, iluminando com nitidez a compleição esbelta da mulher, sua pele clara como marfim e seus olhos tão escuros quanto os dele. O cabelo preto comprido e lustroso estava repartido ao meio e descia até os ombros. Em torno do pescoço gracioso ela usava colares de pérolas creme. Ele podia ouvir a seda preta do seu vestido longo farfalhando no ar em movimento. Algum equipamento em algum lugar forçava o ar a entrar nessa câmara do porão. Ela o examinava tão atentamente quanto ele a ela.

– Quem é você? – perguntou ele, com sua voz mais suave. Falou em inglês com ela, porque todos eles estavam falando inglês antes. Os olhos de Garekyn inspecionavam o ambiente, mas com tanta rapidez que era provável que ela não percebesse o que ele estava fazendo. Uma grande câmara de concreto, com uma porta de ferro grossíssima, aberta para um corredor mal iluminado. A porta era como as que se veem em frigoríficos de grande porte, com uma maçaneta grande e fechadura pelo lado de dentro.

– Quem é *você*, esta é a pergunta – respondeu ela, mas seu tom foi tão suave quanto o dele. – De onde você vem? O que está querendo? – Ela parecia tomada de um poderoso fascínio por ele. – Ouça, você não deve ter medo de nós.

Ele estava deitado de costas, contemplando-a calmamente. Percebeu que seus pulsos não estavam algemados, que ele agora conseguia mexer com os dedos, que toda a lerdeza daquele sono tinha passado. De modo imperceptível, ele tentou forçar os cabos de aço. Talvez fossem quatro cabos desse tipo que o amarravam à mesa.

– O que é isso? Vocês me amarraram a um mármore? – perguntou ele. – Por que, por que estou preso aqui?

– Porque você destruiu um de nós – disse ela. Pareceu uma resposta simples, sincera.

– Ah, mas eu achei que ele estava tentando me destruir – disse Garekyn. – Vim aqui para falar com vocês, para fazer perguntas. Não fiz nenhum gesto de ameaça contra seu amigo Benji. – Ele falava devagar, quase sussurrando. – E então seu emissário tentou me matar. O que eu poderia ter feito, a não ser o que fiz?

Ela estava obviamente encantada. Aproximou-se cada vez mais, até a seda de seu vestido roçar no lado do braço dele.

– Isto aqui é mármore? É um altar?

– Não, não é um altar. Por favor, não se mexa até Armand voltar. É uma mesa, só isto.

– Mármore – repetiu ele. – Acho que é um altar. Vocês são seres primitivos, selvagens. Caçam pela cidade como lobos. Isto aqui é algum local de adoração. Vocês pretendem me matar neste altar.

– Pura tolice – disse ela. Seu rosto era bonito, animado; as bochechas se arredondaram quando ela sorriu. – Não se perturbe por nada. – Pareceu que estava sendo sincera. – Ninguém aqui quer lhe fazer mal. Queremos aprender sobre você, queremos saber que tipo de criatura você é.

Ele sorriu.

– Eu gostaria de confiar em você – admitiu ele. – Mas como isso seria possível? Vocês me mantêm aqui amarrado, indefeso.

De repente, os olhos dela pareceram se toldar. Olhos escuros tão grandes, com cílios grossos, uma franja de cílios tão lustrosos quanto seu cabelo. O rosto dela estava quase sem expressão.

Ela estava encantada com ele, como ele estava com ela?

— Você não pode me soltar? Será que não podemos conversar simplesmente, sem tudo isto? — Ele baixou os olhos para o cabo que prendia seu tórax e braços à mesa. — Este altar de mármore é gelado.

Ela se inclinou mais para perto, como se não conseguisse se conter. Seus olhos agora estavam nitidamente vidrados, vazios, como os olhos daquele outro, Matador, tinham se mostrado pouco antes que ele cravasse os dentes no pescoço de Garekyn.

— É de mármore, diga a verdade — provocou ele.

— Certo, é de mármore — sussurrou ele, mas sua voz estava sonolenta, monótona. — Mas não é um altar, eu já lhe disse... — Ela estava se abaixando como se fosse beijá-lo e, com os dedos da mão direita, tocou nos lábios dele. — Vamos levá-lo aos cientistas entre nós. Não somos feras selvagens. — Ele podia ouvir o coração dela palpitando. Em algum lugar distante, Armand discutia com Benji. Mas eles estavam longe demais para Garekyn ouvir o que diziam. A que distância? Quanto tempo levaria para eles chegarem ali se essa mulher fizesse soar um alarme?

Ela era tão bonita, tão linda. Seu cabelo caíra em torno dele. Ele o sentia na testa e nas bochechas, e que também tocava em seu pescoço. Era agora ou nunca.

Com toda a força, ele corcoveou, empurrando os braços para cima, fincando os calcanhares no tampo, arqueando o corpo inteiro. O mármore rachou e ele se descobriu sentado ereto, com os cabos caindo frouxos ao redor, e toda a plataforma de pedra desabando com estrondo no chão em três grandes pedaços, enquanto a mulher dava berros.

Liberando os braços no mesmo instante, ele os estendeu para pegá-la e tapar-lhe a boca com a mão. Arrastando-a consigo, enquanto se livrava das voltas dos cabos e do entulho da mesa de mármore, ele foi até a porta. Ela lutou com violência, quase conseguindo se soltar.

Ele fechou a porta, batendo-a no enorme marco de aço.

Ela lutou com ele com todas as forças, arranhando-o, tentando mordê-lo, até ferindo sua perna esquerda com o salto afiado do sapato. Ele procurava afastá-la de si, mas não conseguia. E, por fim, agarrando-a pelo cabelo, saiu de lado como que numa dança desajeitada, roubando seu equilíbrio e batendo com sua cabeça na parede de concreto, como tinha feito com Matador.

Os berros dela, tão altos, eram como uma adaga perfurando os ouvidos de Garekyn. Mas o impacto tinha atordoado seu corpo, e berrar era tudo o que ela conseguia fazer.

Ele bateu a cabeça dela contra a parede, mais uma vez e ainda outra.

Os ossos se partiram, mas os gritos não pararam. Ela escorregou da parede para o chão, com o sangue jorrando pela boca, pelas orelhas e escorrendo pela frente do vestido de seda negra. Ele podia ver as pérolas sendo cobertas de sangue, sangue grosso e cintilante, sangue vivo com alguma coisa que ele podia ver àquela luz.

Ele sabia que devia fugir, seguir pelo corredor e subir a escada antes que Armand e Benji pudessem interceptá-lo. Mas ficou ali, paralisado, olhando para o sangue, aquele sangue faiscante, antinatural. E aqueles olhos escuros olhavam para ele, enquanto os gritos continuavam, destroçando seus pensamentos, destruindo sua vontade, com aqueles olhos suplicando, muito embora ela não conseguisse movimentar os braços nem as pernas.

Ele se descobriu abraçando-a e levantando-a. Segurou-a como se pretendesse beijá-la, com os seios encostados no seu peito e a cabeça caída para trás, como se o pescoço tivesse sido fraturado. Mergulhando os dedos na boca aberta, ele trouxe o sangue dela aos próprios lábios! Sensações agradáveis, fervilhantes, como as que tinha tido com Matador. Levou mais sangue aos lábios. Ondas de arrepios percorreram seu corpo. Ele se inclinou para sugar o sangue direto daquela boca.

Deixe-a em paz. Não lhe faça mal!

Quem estava falando com ele?

Solte-a. Não lhe faça mal. É Amel que está falando com você. Solte minha filha.

– Amel? – sussurrou ele, com a voz audível.

Parecia que séculos haviam se passado desde que os gritos pararam, e que tinham começado fortes golpes contra a porta de metal.

Ele bebia cada vez mais sangue.

Ela é minha filha, Garekyn.

– É você? – disse ele, com as palavras perdidas no sangue que corria para sua boca e descia pela garganta. Mas não captou nenhuma imagem que confirmasse isso, nenhum relance do Ser Maior de outrora. Surgiu apenas uma enorme teia em detalhes intrincados, em contraste com um mar de um negrume insondável, e em toda essa teia enorme uma infinidade de pontinhos minúsculos cintilava e reluzia.

A porta saltou com violência das dobradiças pesadas e caiu com estrondo no chão de concreto.

Armand estava ali, a encará-lo. Benji, logo atrás dele.

Garekyn estava abraçado a Eleni, bebendo de sua boca aberta como se fosse um chafariz, os olhos fixos em Armand.

– Me entregue a mulher – disse Armand. – Me entregue ou vou queimar você vivo.

Garekyn, faça o que ele está mandando. Ele pode restaurá-la. Eu farei com que ele o deixe ir embora.

Garekyn tinha vontade de fazer isso, entregá-la, soltá-la. Mas não conseguia renunciar a esse sangue, que era fervilhante, tão saboroso e tão belo, nem à voz telepática que estava falando com ele quase com ternura, a voz que ele tinha certeza de conhecer, que lhe chegava pelo sangue. Ele via a teia que crescia em todas as direções, cada vez mais elaborada, e de uma beleza estranha para ele, com sua infinidade de pontos de luz cintilante. Mas ainda mais bela era a noção de significado, a noção de entender tudo perfeitamente e, no entanto, perder essa compreensão no mesmo instante em que a obtinha. Para depois tê-la mais uma vez.

Ele viu as torres de Atalantaya se desfazendo. Milhões de vozes aos gritos de pânico, em agonia. Uma fumaça preta imunda que subia gorda para as nuvens. O fogo irrompia por toda parte em meio a torres peroladas que se derretiam como velas. Ele subia cada vez mais alto, assistindo ao fogo que se lançava para cima em nuvens imensas. E depois, de lá do alto, de longe, viu a cidade afundando totalmente no mar cintilante.

Gritos ainda enchiam seus ouvidos, e eram intoleráveis, os gritos de milhares, mas, ainda mais terrível que eles, um lamento, uma lamentação lancinante que enchia sua alma.

Garekyn, solte-a!

Armand estava bem diante dele. Garekyn segurava pela cintura o corpo indefeso de Eleni. E lentamente, lambendo o sangue da mão direita em concha, Garekyn deixou que Armand a levasse. Com delicadeza, Armand estendeu o corpo dela no chão.

– Saia daqui – sussurrou Armand. Parecia que ele não conseguia se mexer, olhando firme para Garekyn no mesmo instante em que suas pálpebras baixavam, mesmo quando seus olhos estavam se fechando. Então pareceu que seu corpo inteiro se sacudiu, e seus olhos voltaram a se fixar em Garekyn.

Garekyn não conseguia raciocinar. Estava sem vontade própria. Foi recuando preguiçosamente e contemplou a destruição do aposento – o mármore partido, a idiotice dos cabos de aço, enrolados na estrutura fraca da mesa de ferro que tinha servido de suporte para o mármore. E então avistou algo que acelerou seu coração. Sua carteira de couro, jogada ali numa mesa de madeira encostada na parede dos fundos, em frente à porta. Suas chaves. Seu passaporte, seu celular, seus pertences.

Desajeitado, ele limpou todo o sangue da mão com a língua e, num instante, tinha recolhido seus objetos pessoais, esses pertences indispensáveis, e estava saindo pela porta.

Benji Mahmoud estava encolhido, encostado na parede, falando a seu pequeno telefone, numa sequência de palavras frenéticas. Era o nome completo de Garekyn que ele repetia sem parar, era a descrição de Garekyn que ele estava repetindo, era o endereço de Garekyn em Londres!

Todo o seu instinto dizia a Garekyn para se afastar dali o mais rápido possível. Mas ele se voltou para trás uma vez.

Armand ainda segurava uma Eleni destruída, indefesa, junto ao peito, com seu pulso esquerdo grudado na boca dela, que se mexia. Ela estava sugando o sangue dele. A criatura fazia tudo o que podia para restaurar a pobre coitada da Eleni, lesionada, derrotada. E não fez nenhuma menção de deter Garekyn.

E nada fez o indefeso Benji, que agora estava caído sentado, dormindo, encostado na parede, com a cabeça baixa, o celular ao lado da mão direita, no piso de concreto.

Garekyn correu na direção da escada.

Quando saiu do porão para o interior da casa vazia ali em cima, entendeu por que os monstros não tinham tentado detê-lo. A pálida luz branca da manhã enchia o primeiro andar da casa. Ela fazia a vidraça na porta da frente parecer de gelo. O sol nascia sobre Manhattan.

As criaturas não podiam ir atrás dele. Era verdade o que diziam as lendas sobre os vampiros. Eles ficavam sem ação quando o sol nascia. E era por isso que Benji tinha desmaiado encostado na parede, e Armand havia usado seus últimos instantes preciosos para curar Eleni.

Agora, ele podia voltar. E eles estariam à sua mercê! Ele poderia examiná-los muito mais de perto! Poderia fazer picadinho deles com os fragmentos da laje de mármore.

Mas um súbito estrondo fez o prédio inteiro estremecer. A porta enorme e pesada lá embaixo tinha se fechado no marco de aço, isolando a câmara do porão do mundo lá fora.

Garekyn fugiu.

No táxi, a caminho do hotel, ele quase perdeu a consciência. Estava passando mal, fisicamente. Por mais que as propriedades de recuperação de seu corpo funcionassem, elas não tinham como restaurar o equilíbrio de sua alma. Ele quase matara aquela criatura, e Amel havia falado com ele, seu Amel! O próprio Amel!

Como um ser atordoado e embriagado, ele entrou no quarto de qualquer maneira, despiu as roupas manchadas de sangue e se dirigiu para o jato constante do chuveiro.

Tomara que eles não tenham protetores humanos, que não disponham de nenhuma força-tarefa humana que pudesse alcançá-lo aqui ou impedi-lo de fugir de Nova York. Ah, mas como eram espertos! Inteligentes o suficiente para rastrear suas despesas com cartões de crédito e também para encontrá-lo aqui ou aonde quer que ele fosse.

O primeiro voo que ele conseguiu confirmar o teria deixado no aeroporto de Heathrow, em Londres, depois do anoitecer. Impossível. Não podia correr esse risco. Eles sabiam onde ele morava. Precisava despistá-los. Em desespero, necessitava fazer alguma coisa que se assemelhasse a um plano. Pois, sem dúvida, se ao anoitecer Eleni, a ferida, não estivesse recuperada, eles iriam atrás dele, culpado de dois assassinatos.

Aonde poderia ir? O que poderia fazer?

– Amel – sussurrou ele, como rezando a um deus para pedir auxílio, um deus que não tinha nenhum motivo neste mundo para ajudá-lo, só que esse deus talvez o amasse como ele, somente ele no mundo inteiro, amava o deus. – Eu nunca teria feito mal a você. Você sabe disso. Você se lembra do juramento que fizemos, todos nós, as Pessoas do Propósito.

Aos poucos, ele conseguiu controlar os pensamentos.

– Los Angeles – disse ele. – O primeiro voo direto.

Por cinco horas inteiras, enquanto o avião seguia para Oeste, ele escutou os programas gravados de Benji Mahmoud no seu iPhone, examinando a uma nova luz tudo o que essas criaturas revelavam sobre si mesmas. Mas, ao mesmo tempo, estava pensando, cochilando e se lembrando, recordando de mais coisas do que nunca antes. Às vezes, parecia que tudo estava lhe voltando à mente, todos aqueles meses esplêndidos, mas aí ele perdia o fio da meada, e, a cada vez que tentava dormir, via a cidade mais uma vez, afundando por baixo das ondas.

Ele acordara ofegante, com os passageiros e o comissário de bordo perguntando se estava bem, se precisava de alguma coisa, se havia algo coisa que pudessem fazer.

Era o início da tarde quando ele se registrou no Four Seasons em Beverly Hills, usando dinheiro e solicitando que o pessoal do hotel se ativesse ao uso de um pseudônimo. Acharam que ele era um ator, um artista. Nenhum problema, disseram eles depois de confirmar que o passaporte era verdadeiro.

Após deixar uma longa mensagem para seu advogado em Londres, ele por fim se deitou para dormir numa cama limpa. Tinha algumas horas até o anoitecer, e então talvez precisasse começar a fugir de novo.

8

Lestat

Château de Lioncourt

— Muito bem – disse eu. – Estamos todos aqui, ou pelo menos a maioria de nós. Vamos repassar a história. O que sabemos?

Estávamos reunidos na sala do conselho da torre norte, uma parte reconstruída do château que não existia no meu tempo. Era uma sala espaçosa, bem no alto da torre, com uma única escada de ferro em caracol, que levava às ameias. Era revestida, pintada e decorada com primor, como todos os outros aposentos do lar de meus antepassados. Nas paredes, Marius tinha acabado de pintar murais que ilustravam a batalha de Troia, e, no teto, uma animada descrição da trágica viagem de Faetonte, lutando em vão para controlar os corcéis de seu pai enquanto eles o conduziam pelo céu. Os murais tinham aquela perfeição sobrenatural conferida por um pintor vampiresco, que fazia com que parecessem ao mesmo tempo magníficos e artificiais, como se alguém tivesse projetado imagens fotográficas nas paredes e uma equipe as tivesse pintado.

Eu adorava essa sala, e gostava por ela ser afastada dos ambientes públicos lá embaixo. Havia na casa muitos novatos e muitos mais velhos, que não conhecíamos tão bem assim.

Agora, o conselho não tinha membros fixos. A frequência variava. Mas sentados em volta da mesa redonda estavam aqueles que eu conhecia melhor, em quem mais confiava e por quem sentia um amor mais profundo. Gregory, Marius, Sevraine, que tinha acabado de chegar com minha mãe, Gabrielle, e Pandora, Armand, Louis, e Gremt junto com Magnus e outro fantasma encarnado, Raymond Gallant. Esse Raymond, figura muito impressionante, com o cabelo escuro grisalho e o rosto estreito, um pouco anguloso, tinha no passado sido confidente e prestado ajuda a Marius. E eu havia visto esse ser uma série de vezes com Marius em Paris, mas não tínhamos nos falado, e ele não estava com Gremt e Magnus quando eu os visitara na noite anterior. Cyril e Thorne, discretos, junto das paredes, por sua vontade, preferindo não se sentar entre nós como nossos iguais. Seth e Fareed estavam em Genebra e se apresentariam assim que pudessem.

Benji, que havia feito a travessia com Armand, tinha se ausentado para fazer uma transmissão de um aposento abaixo, alertando os mortos-vivos do mundo inteiro para o perigo de Garekyn Zweck Brovotkin, que conseguia destruir vampiros que estavam havia mais de quinhentos anos no Sangue.

Armand foi o primeiro a falar. Ele parecia abatido e faminto. E sua voz não apresentava a costumeira força sedosa:

– Bem, Eleni vai se recuperar – disse ele. – Ela agora está nos laboratórios de Fareed em Paris, nas mãos de alguns aprendizes médicos. – Ele se dirigia a Sevraine e Gabrielle enquanto falava, passando então o olhar para Pandora. – Dizem que estará bem, logo, logo.

Esse complexo de laboratórios era o único hospital do mundo já criado estritamente para os mortos-vivos. Ele estava habilmente oculto, em perfeita segurança, em um dos muitos prédios de escritórios altíssimos no pequeno conjunto industrial conhecido como Collingsworth Pharmaceuticals, na periferia da cidade.

– Todos nós estamos sentindo alívio por Eleni estar bem – disse eu –, mas explique o que viu quando bebeu dessa criatura. Sabemos os fatos de como aconteceu. Mas o que você viu de fato?

Armand suspirou.

– Alguma coisa a ver com uma cidade antiquíssima – disse ele – que desmoronava e afundava no mar. Uma metrópole de prédios de aparência nitidamente moderna, prédios futurísticos, sugestivos de alguma utopia já há muito esquecida. Não sei descrever direito. E esse ser estava lá com outros como ele, e esses seres tinham sido enviados para a cidade com um propósito especial. Não pude ver seus companheiros com clareza. E de algum modo tudo dizia respeito a Amel.

– Amel está conosco? – perguntou Gregory, olhando para mim.

– Não – respondi. – Isso não quer dizer que ele não esteja em qualquer um de nós sentados a esta mesa – acrescentei. – Mas não está dentro de mim agora. Ele me deixou ontem à noite, antes de atravessarmos o Atlântico. Acho que não voltou desde então.

– Isso é muito raro, não é? – perguntou Marius.

– Eu diria que sim – respondi. – Mas, como não há nada a fazer para mudar a situação, para que vamos nos dar ao trabalho de falar sobre isso?

– Armand – disse Sevraine –, explique o que quis dizer com "tudo dizia respeito a Amel".

Sevraine estava sem dúvida entre os mais impressionantes dos antigos. Ficava claro que ela, Gregory e Seth eram os mais velhos entre nós. E sua pele macia e dourada, embora muitas vezes escurecida pelo sol, tinha um brilho inconfundível que assinalava sua idade e seu poder. No fundo, eu sabia muito pouco sobre ela, apesar de ela ter aberto para mim sua casa e seu coração.

– A criatura está procurando por Amel – disse Armand. – O nome Amel tem algum significado para a criatura. Esse ser não humano vinha escutando as transmissões de Benji. Acho que não era sua intenção ferir ninguém. Ele veio para tentar descobrir se nós e nosso Amel éramos de verdade.

– E você diz que o sangue que sugou dele foi totalmente reposto em questão de horas? – perguntou Marius.

– Exato – disse Armand. – E, quando o sangue estava reposto, a criatura voltou a si. Ele dominou Eleni, e isto custou alguma coisa. Eleni foi criada por Everard de Landen. Ela tem o sangue de Rhoshamandes. Não sei como essa criatura conseguiu dominá-la, se por encantamento ou pela força, mas conseguiu. Não tínhamos de verdade nenhum modo de conter uma criatura tão poderosa no Portão da Trindade.

– Ora, ninguém pode culpá-lo pelo que ocorreu – disse Gregory. – Essa cidade antiga que você viu, ela tinha nome?

– Eu o ouvi, mas as sílabas não fizeram sentido para mim.

– A cidade perdida de Atlântida – disse Marius. Ele estava fazendo anotações num bloco à sua frente. – Você ouviu um nome parecido com Atlântida?

– Pode ser – disse Armand. – Achei que essa era uma lenda.

– É uma lenda – disse Gregory. – Ninguém acreditava nessa lenda no meu tempo. Mas de vez em quando ela era repetida. – Apesar de ser o mais velho à mesa, criado alguns milênios antes de trazer Sevraine para o Sangue, nunca assumia um ar de autoridade ou comando. Isso ele reservava para suas vastas atividades empresariais no mundo mortal. Aqui ele queria ser mais um entre iguais. E prosseguiu: – Um enorme império, que prosperava no oceano Atlântico e pereceu no período de um dia e uma noite.

– E onde essa criatura está agora – perguntou Pandora –, essa criatura que consegue destruir vampiros? Quebrar seus crânios como se fossem cascas de ovos? – Pandora costumava se manter em silêncio durante as reuniões do conselho, mas agora falava com uma preocupação evidente:

– Nós a rastreamos até a Costa Oeste dos Estados Unidos – disse Gregory. – Ao que se saiba, trata-se de um humano, do sexo masculino, com bens pessoais substanciais e algumas residências, sendo a principal a de Londres. E é quase certo que seja um imortal, tendo tomado providências para herdar a própria fortuna pelo menos duas vezes. O relato de como esse ser foi descoberto no gelo na Sibéria por um antropólogo amador russo, chamado Príncipe Alexi Brovotkin, está disponível on-line em vários sites obscuros. Brovotkin morreu há cem anos. Dizem que a equipe dele deparou com o corpo congelado e morto de inanição desse indivíduo numa caverna na Sibéria, e conseguiu ressuscitá-lo com não mais que água pura e calor.

"É claro que ninguém acreditou no artigo ridículo que Brovotkin escreveu a respeito. Mas a 'história' era conhecida em São Petersburgo em fins do século XIX, e o Príncipe e seu protegido eram extremamente populares na sociedade até Brovotkin morrer no mar, e Garekyn jamais voltou para a Rússia."

Agora foi Gremt quem falou:

– Ou seja, devemos supor que essa criatura ficou congelada desde a queda da Atlântida lendária, e somente veio à luz graças às investigações desse aventureiro explorador russo?

– Talvez – respondeu Marius. – Brovotkin nunca se refere à lenda da Atlântida. Ele não oferece nenhuma especulação quanto às origens da criatura. E o rastro que descobrimos... de Garekyn, do seu filho fictício e do Garekyn fictício seguinte... é uma história simples, de homens de recursos percorrendo o mundo.

– Vi um grupo de criaturas semelhantes quando bebi dele – disse Armand. – Tive a impressão de que essa criatura esteve procurando em desespero, querendo encontrar qualquer um relacionado à cidade destruída, qualquer um que também pudesse ter estado lá.

– E como Amel se encaixava na história da cidade? – perguntou Gremt. E olhou de relance para Marius e de volta para Armand.

Armand pensou por um bom tempo.

– Não está claro. Mas foi o nome de Amel repetido com tanta frequência por Benji e outros nas transmissões de rádio que levou a criatura à nossa porta.

Com um gesto sutil da mão direita, Teskhamen pediu a palavra.

– A Talamasca vem acumulando há séculos material sobre a lenda de Atlântida – disse ele. – Há duas linhas de pesquisa.

Assenti com a cabeça para ele prosseguir.

– Existem as lendas que têm início de fato com o relato de Platão, escrito em 400 a.C. E existem ainda as recentes especulações de estudiosos modernos da Nova Era de que algum tipo de catástrofe teria, sim, atingido o planeta há onze ou doze mil anos, e nessa ocasião uma grande civilização teria sido destruída, deixando ruínas submersas no mundo inteiro.

O belo fantasma de Raymond Gallant o estava observando, prestando atenção a cada palavra dele. Quando Teskhamen não disse mais nada, Raymond falou:

– Parece haver muitas provas de que de fato existiu uma civilização antiquíssima antes desse cataclismo, e é possível que tenha sido mais de uma civilização. No entanto, os cientistas resistem a isso. Os climatologistas não param de discutir. É verdade que o nível dos mares mudou em termos drásticos, mas não sabemos exatamente por quê. Os estudiosos da Bíblia afirmam que foi o Dilúvio de Noé. Outros tratam de pesquisar ruínas submarinas, na tentativa de descobrir uma relação delas com a catástrofe. O escritor inglês Graham Hancock escreveu sobre esse tópico com elegância e argumentos convincentes. Mas a verdade é que não existe consenso.

– Fareed diz que é tudo um disparate – disse eu. – Mas um disparate belíssimo.

– Já não me sinto inclinado a concordar – disse Marius. – É certo que eu tinha essa opinião séculos atrás, sim, de que Platão tinha dado à luz uma ideia magnífica, com a história de Atlântida, mas que ele estava escrevendo uma fábula de fundo moral.

– E onde estão Fareed e Seth? – perguntou minha mãe.

– Estão numa missão para investigar o que pode simplesmente ser mais uma dessas criaturas – expliquei. – No instante em que Fareed recebeu a notícia dessa criatura, Garekyn, partiu para dar uma olhada numa funcionária misteriosa de Gregory, que tinha chegado a levantar suas suspeitas de que ela não seria um ser humano.

Pude perceber que alguns ao redor da mesa tinham conhecimento disso, e outros não. Era sempre assim com bebedores de sangue. Alguns sabiam de tudo o que estava acontecendo por toda parte, como se recebessem todas as transmissões telepáticas emitidas por qualquer um, em qualquer lugar. E outros ficaram surpresos, como minha mãe, que olhou para mim com uma expressão desdenhosa nos olhos cinzentos, semicerrados.

O cabelo de minha mãe se encontrava preso na habitual trança única de um louro-cinza, mas ela estava vestida como Sevraine para essa reunião, ou porque agora era assim que se vestia no complexo subterrâneo de Sevraine na Capadócia – numa longa túnica simples de lã cinza, debruada com pesados bordados prateados, bordados feitos obviamente por mãos vampirescas. Ela não aparentava estar mais terna ou mais feminina do que de costume, e na realidade parecia estar sentindo um ligeiro desdém por toda aquela reunião, e até mesmo um pouco irritada.

Gregory explicou o caso da mulher misteriosa, como ela vinha trabalhando para ele havia dez anos. Brilhante, criativa, uma cientista dedicada a pesquisas sobre longevidade e melhora da qualidade de vida, e possivelmente sobre clonagem humana. Foi Fareed quem tinha insistido que ela não era um ser humano.

– Imagino que Fareed não encontre nada – disse Gregory, então, com seu jeito habitual, cortês e discreto. – A não ser, talvez, que ela seja uma boa candidata para vir para o Sangue. Não pude ver nas fotografias nem nos vídeos da mulher nada que indicasse que ela não era uma simples mortal, de carne e osso, como todos os outros.

Somente os cientistas entre nós tinham a ousadia de trazer criaturas para as fileiras dos mortos-vivos para fazer trabalho importante. Bem, não se podia deixar de levar em conta Notker de Prum, que havia trazido para o Sangue muitos bons cantores ou músicos durante o último milênio. Mas em geral os restantes entre nós não abraçavam a ideia de "transformar" um mortal simplesmente porque tínhamos uma tarefa para ele aqui ou ali. Descobri-me refletindo sobre tudo isso mais uma vez. A questão tinha implicações enormes, implicações com que teríamos que lidar em algum momento. Quem estaria qualificado para o Sangue? E como nós o concedemos? Ou será que isso deveria continuar sem regulamentos, sem controles, como vem ocorrendo há séculos, com cada vampiro determinando sozinho quando chegou a hora de escolher um companheiro ou um herdeiro?

– Não sei o que está fazendo com que demorem tanto – disse Gregory. – A esta altura devem estar em Genebra. Na realidade, já deviam estar aqui de volta.

– Vamos então tratar da questão de onde outros bebedores de sangue se encontram agora – disse Marius – e se todos tomaram ou não conhecimento desse Garekyn, como é importante não feri-lo, mas trazê-lo para cá, vivo, para falar conosco e nos dizer o que ele é e o que quer.

– Bem, ninguém sabe o paradeiro neste exato momento de Avicus e de Zenóbia – disse Marius. – Da última vez que tivemos notícia, ainda estavam passeando pela Califórnia. Rose e Viktor estão, é claro, em São Francisco. Rose está revisitando os lugares que significaram tanto para ela quando estava viva. E eles receberam sim o alerta geral, e ligaram para dar notícias ontem à noite.

– Quero que estejam de volta aqui agora – disse eu. – Já falei com eles. E não me agrada que essa criatura, Garekyn, tenha ido para Los Angeles. É perto demais de onde eles estão.

– Acho que podemos estar nos preocupando sem motivo – disse Gregory. E então repetiu o que tinha dito várias vezes mais cedo naquela noite, que em toda a sua vida neste mundo, ele nunca havia visto uma criatura que parecesse ser humana, mas não fosse. Vira alguns seres estranhos, isto sim, e sem dúvida fantasmas e espíritos, mas nunca nada biologicamente humano que não fosse. – Creio que encontraremos alguma explicação pueril e decepcionante para tudo isso – acrescentou ele.

– Você não viu a criatura – disse Armand, incisivo. Seu tom era baixo, porém hostil. – Não bebeu de seu sangue. Não viu aquela cidade tombando para dentro do oceano, aquelas torres derretendo.

Senti um calafrio.

– Já vi a cidade – disse eu, me voltando para ele. – Já a vi em sonhos.

Silêncio total.

– Eu também já a vi – disse Sevraine.

Esperei, olhando de um para outro em volta da mesa.

– Bem, está claro que isso é semelhante às velhas imagens telepáticas das gêmeas ruivas que foram disparadas ao redor do mundo, quando a rainha despertou – disse Marius. – Alguns viram, outros não. Foi assim naquela época.

– Parece que sim – disse Teskhamen. – Mas eu também a vi. Não dei importância. Talvez a tenha visto duas vezes. – Como ninguém se manifestou, ele prosseguiu: – Uma capital bela e imponente, repleta de torres de vidro que cintilavam ao sol. Era como uma vasta floresta de torres de vidro, só que todas eram transparentes ou refletoras. E então de repente era noite e veio o fogo. Foi como se a cidade tivesse explodido de dentro para fora.

– Eu também a vi – disse Louis, em voz baixa. Ele olhou para mim. – Mas só a vi uma vez, na véspera de quando nos encontramos em Nova Orleans. Eu ainda estava em Nova York. Achei que tinha captado as imagens de outros no Portão da Trindade. Um horror medonho veio com a visão, os gritos de pessoas sem conta morrendo.

– Isso mesmo – disse eu. – Dá para ouvir as pessoas pedindo socorro aos céus.

– E um lamento – disse Armand. – Como que de uma dor horrenda.

De súbito senti o calor característico na base de meu crânio. Não disse nada. Não estava disposto a levantar a mão e passar a informação de que Amel tinha voltado, respirando grudado no meu pescoço. Fazer isso me parecia muito tosco, muito banal. Simplesmente permiti que soubessem por telepatia, e a informação foi absorvida por todos em volta da mesa em questão de segundos.

Teskhamen sussurrou para Gremt que o espírito tinha voltado, e, quando levantei os olhos, vi que Gremt me observava com atenção.

– Ele não sabe o que as imagens da queda da cidade significam – disse eu, em tom defensivo, como se estivesse protegendo a honra de Amel. – Já lhe perguntei. Ele não sabe de nada. Vê as mesmas imagens quando eu as vejo. Ele também as sente. Mas não sabe de nada.

E então, sem movimentar os lábios, falei com Amel. Eu sabia que, quando fazia isso, os outros podiam me ouvir, com exceção de Louis, que eu tinha criado.

– Você precisa me dizer se entender tudo isso – disse eu.

– Eu não sei – respondeu Amel, num tom masculino, forte e nítido, audível aos outros por telepatia.

– Fareed e Seth não encontraram nada em Genebra. Os laboratórios da mulher estavam vazios, seu apartamento, desocupado. A fêmea não humana tinha fugido.

– É provável que ele esteja mentindo para você – disse Teskhamen, numa voz suave. – Ele sabe o que significa. – Ao ouvir isso, Gremt fez que sim. E Raymond Gallant também. Mas Marius nada disse. Gregory também.

– Não podemos tirar conclusões precipitadas – respondi, procurando não me irritar. – Por que Amel mentiria?

Senti em Amel uma enorme melancolia, um desalento, uma sensação opressiva, sombria, que se irradiava por meus membros.

– Se eu ao menos soubesse – sussurrou Amel. – Se eu tivesse um coração que não fosse o seu ou o de algum outro bebedor de sangue, se tivesse um coração que fosse só meu, acho que ele me diria para nunca, *nunca* querer descobrir.

9

Derek

Demônios, não havia outro nome para eles. Demônios, todos eles, os que o mantinham em cativeiro, enrolando-o em sufocantes cobertores de lã e o tirando daquele quarto lúgubre e horrendo em Budapeste, só para transportá-lo pelas nuvens, no vento enregelante, até descer aqui, para mais um calabouço, mais fundo, mais espaçoso, mais afastado do mundo inteiro.

– Não há ninguém nesta ilha para ouvir seus gritos – disse Rhoshamandes, em pé acima dele, um monge do inferno, com seu longo hábito cinza. – Você está nas Hébridas Exteriores, no Norte do Atlântico, num castelo construído para mim há mil anos para que eu pudesse estar em segurança para sempre! E você está em meu poder. – Ele bateu no peito quando disse estas palavras, "meu poder".

Como parecia orgulhoso e arrogante, andando para lá e para cá, com as sandálias de couro estalando no piso de pedra! O rosto branco, num minuto tomado de ódio, como o de uma assombração num pesadelo, e no seguinte, estranhamente vazio e frio, como que feito de alabastro.

Até mesmo Arion e Roland, em seus trajes urbanos corriqueiros, parados muito atrás dele, contemplavam Rhoshamandes com alguma coisa semelhante ao medo. E a fêmea, de voz grave, Allesandra, num longo vestido vermelho, uma figura tão sobrenatural quanto Rhoshamandes, não parava de tentar acalmar a fúria dele.

Derek estava sentado no canto mais distante do vasto aposento, com os joelhos encolhidos junto ao peito e os braços apertando as pernas. Ele se esforçava por manter trancada no coração sua alegria amarga. *Garekyn está vivo! Garekyn sobreviveu! Garekyn está vivo e virá me procurar! Garekyn há de me encontrar.*

Os demônios tinham lhe revelado isso assim que chegaram para trazê-lo a essa nova prisão. Garekyn estava vivo.

Derek estava tremendo demais, ah, sentia tanto frio com o vento gelado que entrava em rajadas pela janela alta e nua. Na caverna oca e enegrecida que era a lareira, o fogo estava muito longe dele para proporcionar qualquer coisa além de iluminação. Uma luz inconstante. Uma luz sinistra. Luz que dançava nas longas vestes cinzentas desse gigante enquanto ele andava a passos largos, fazendo suas ameaças.

Uma única vela ardia no console da lareira, que não passava de uma longa fenda horizontal na parede emboçada. Mais cedo ou mais tarde o vento úmido que entrava pela janelinha alta a apagaria.

– Você pode apodrecer nesta cela para sempre, se não quiser falar – disse Rhoshamandes. – Não tenho nenhum escrúpulo que me impeça de fazê-lo passar fome até você ficar seco como uma casca, como essa criatura estava ressecada, esse Garekyn Zweck Brovotkin, quando foi encontrado no gelo na Sibéria.

Derek fechou bem os olhos. E se Garekyn havia sobrevivido no gelo, Welf e Kapetria sem dúvida tinham também. Mas trate de esconder esse pensamento bem fundo, naquele compartimento que eles não conseguem alcançar com seus poderes de astúcia e invasão.

Com o dorso da mão, Rhoshamandes estapeou a fotografia impressa pelo computador e então deixou que o papel fosse caindo ao chão.

– Você sabe o que é isso, seu patife teimoso! Você descobriu as transmissões de Benji Mahmoud! Isso aqui é uma cópia impressa tirada do website dele. Você sabe o que isso é também.

Derek tentou não olhar para o papel e também para o rosto bonito e confiante do seu amado irmão Garekyn, olhando cá para fora, a partir do retrato gerado por computador, com a mesmíssima expressão que Derek tinha visto inúmeras vezes. Paciência, curiosidade, amor. Um homem sorridente, com a pele tão morena quanto a de Derek. E como Rhoshamandes tinha vociferado:

– O mesmo cabelo preto com a mesma mecha dourada característica! Você nega? Olhe. Esse é mais um de vocês! Quantos de vocês existem por aí? E *o que* vocês são?!

Mais cedo naquela noite, quando tinham vindo vê-lo pela primeira vez, Roland descobrira o iPod no carregador por trás da geladeira e o destroçara, transformando-o em fragmentos e poeira com as próprias mãos. Mas não antes de extrair de sua tela todos os tipos de informações quanto ao que Derek tinha andado escutando, e repreendendo e humilhando Arion como um traidor debaixo do próprio teto.

— São velhos programas — Arion tinha alegado em sua defesa. — Só velhos programas gravados. Dei a ele como uma distração, só isso.

E parecia que tudo tinha sido perdoado, até que transportaram Derek para longe dali, para esse lugar medonho nos limites do mundo europeu.

— Rhosh, por favor, seja tolerante com o menino — disse Allesandra. Como era autoritária sua atitude em alguém tão subserviente para com esse monstro. Ela era tão alta quanto Rhoshamandes, e seu rosto era uma imagem da compaixão esculpida em pedra. Sua cabeleira longa e densa parecia da cor exata da poeira, e sua pele era da cor de lírios de cera. Demônios, todos vocês.

Garekyn, Kapetria, me ajudem. Deem-me a força de aguentar até vocês chegarem. Deem-me a força de não revelar nada.

— Ele não é nenhum menino! — rugiu Rhoshamandes. — E vai me dizer o que sabe. Vai me dar alguma coisa para levar a eles, para que sejam forçados a me reconhecer e a admitir o que fizeram comigo! Ele vai falar, ou eu vou fazer picadinho dele!

A criatura parou de repente. Foi como se as próprias palavras lhe tivessem dado uma ideia. Ah, maravilha! Derek prendeu a respiração. Será que o monstro havia tirado aquelas palavras dos próprios pensamentos de Derek? Picadinho era exatamente o que Derek sonhava fazer com esses monstros. Rhoshamandes deu meia-volta e saiu do calabouço, deixando os outros desorientados.

Allesandra aproveitou esse momento para tentar argumentar com Derek:

— Derek, pobrezinho, dê-lhe a informação que ele quer — disse ela, com veemência. Seu porte era quase majestoso. — Por que você se recusa? Com que finalidade? Tudo o que ele pede é essa informação para ele poder levá-la ao Príncipe, para negociar com o Príncipe o direito a um lugar à mesa! — Ela estava ali em pé, repreendendo Derek do alto, como se ele fosse uma criança. — Esse Garekyn. Você o conhece. Nós todos vimos sua reação a essa notícia. Você conhece o homem nesse retrato. Agora ele está à solta, e é uma ameaça a nosso povo. E você pode nos explicar o que ele é e o que você é. O que você tem a ganhar retendo essa informação?

Rhoshamandes tinha voltado e trazia nas mãos um grande machado com um cabo longo e grosso de madeira.

Derek ficou apavorado. Era o tipo de machado que tinha visto em hotéis e outros prédios públicos, geralmente guardados num armário com porta de vidro embutido numa parede, um machado a ser usado em caso de incêndio que poderia derrubar paredes e cortar madeira com sua cabeça poderosa e sua lâmina afiadíssima.

— Pelos deuses, você não está pretendendo fazer isso! — disse Arion. — Rhosh, guarde essa coisa no lugar, eu lhe imploro! — Ele era o menor da tribo maléfica, e parecia tão humano, ali em pé, com seu casaco simples de couro e seu jeans. — Rhosh, não posso ser cúmplice de tanta crueldade!

— E quem é você para questionar Rhoshamandes? — perguntou Roland, frio e inabalável. — E pensar que eu o abriguei, que o consolei.

— Não briguem uns com os outros — ordenou Allesandra. Ela se voltou mais uma vez para Derek. — Derek, dê-nos as respostas simples para as perguntas óbvias. Se escutou as transmissões de Benjamin, você sabe que somos muitos e sabe o poder que temos. Agora, confie em nós e nos passe tudo o que sabe para que possamos apresentar as informações ao Príncipe.

— Fiquem fora disso — disse o rei dos demônios a todos os outros, enquanto segurava seu querido machado.

Derek virou a cabeça para um lado.

— Não vou lhes contar nada! — gritou ele, de repente. — Vocês me mantêm preso aqui contra qualquer lei deste mundo! — Suas palavras saíam aos soluços! — Vocês me mantêm prisioneiro anos a fio e bebem meu sangue como se ele lhes pertencesse! Eu odeio vocês, detesto vocês! E você, ser cruel, a tribo inteira o despreza, e isso é de surpreender? Você acha que pode fazer de mim seu aliado? — Ele tentou se calar, mas não conseguiu: — Uma noite dessas vou acertar contas com você! Uma noite dessas, vou fazer de você meu prisioneiro, e você ficará à minha mercê! Uma noite dessas você vai pagar por tudo o que me fez! Uma noite terei acesso ao seu Príncipe e lhe contarei tudo o que você fez comigo! Uma noite conto tudo para seu mundo inteiro!

Rhoshamandes riu.

— Você não está se ajudando de modo algum, Derek — disse Roland, com sua habitual condescendência gélida. — Simplesmente diga-nos o que sabe sobre esse tal de Garekyn.

— Esse machado é afiado — disse Rhoshamandes. Derek de repente ficou apavorado demais para emitir um som que fosse. Mais uma vez, repassou mentalmente a promessa dos Pais, de que, se a dor fosse demasiada para ele aguentar, perderia a consciência. E depois? Despertaria para um mundo em que seria um fragmento mutilado do seu eu anterior? E continuaria vivo, mesmo que de fato esse monstro o esquartejasse e até o decapitasse? Ele prendeu a respiração e enxugou os olhos, nervosíssimo.

"Não muito tempo atrás, alguém decepou meu braço esquerdo", disse Rhoshamandes, "e o efeito desse golpe foi espantoso. Não há nada que chegue aos pés de você ver seu próprio braço sendo cortado fora."

– É mesmo, aquilo o enlouqueceu! – disse Allesandra. – Roubou-lhe toda a esperança e o otimismo! Agora largue essa ferramenta. Não faça mal a esse garoto. O que você sairia ganhando com isso? Você está lidando com tudo isso da maneira errada.

– Não lhe faça mais nenhum mal – disse Arion. – Você não pode negociar com o Príncipe, oferecendo-lhe levar o garoto em pessoa?

– Não, preciso de mais do que isso. Assim que eles tomarem conhecimento do garoto, virão para cá, tão numerosos que nós não conseguiremos derrotá-los, e levarão o garoto!

– Por que não tentar, Rhosh? – perguntou Roland. – Eu lhe dei o garoto em troca do que você quiser pagar. Por que não tentar isso? Diga-lhes o que tem aqui, um espécime vivo da mesma natureza daquele que escapou. E que levaremos essa criatura a eles no château, se garantirem sua total absolvição, se o acolherem na corte em termos de igualdade total.

– Se o Príncipe der sua palavra, ele a honrará – disse Allesandra –, exatamente como honrou antes.

– Preciso de mais do que isso, muito mais – respondeu Rhoshamandes. Mas era óbvio que ele estava refletindo.

Derek permanecia sentado, tão calado e imóvel quanto possível, sem se atrever a ter esperança, sem se atrever a dizer: sim, levem-me a eles, ao Príncipe, e eu contarei tudo, pois, sem dúvida, eles não poderiam tratá-lo de modo tão horrendo quanto esse ser do mal. Por horas. ele havia escutado as velhas transmissões de Benji, e tinha se dado conta da grande camaradagem que existia na tribo. Nem todos eles eram demônios sem lei. O Príncipe não era nenhum demônio sem lei. Mas, na verdade, como Derek poderia saber o que fariam com ele? Poderia esperar a mesma clemência que tinham mostrado para com Rhoshamandes, quando este caíra em suas mãos? Afinal de contas, Rhoshamandes era um deles.

Allesandra emitiu um som baixo, de exasperação. Ela estava entre Derek e Rhoshamandes, e voltou mais uma vez sua atenção total para Derek. Ela falou novamente do "boletim" que tinha sido divulgado a respeito da transmissão "ao vivo" de Benji nessa noite, de Garekyn em Nova York, de Garekyn matando alguém do povo deles e devorando o cérebro, de Garekyn ferindo uma bebedora de sangue querida, chamada Eleni, e de Garekyn escapando do poderoso bebedor de sangue Armand. Ela voltou a falar no que Armand tinha visto no sangue da criatura. A cidade. Amel. Derek pôs os braços por cima da cabeça e escondeu o rosto no braço esquerdo, como uma ave faz com a cabeça debaixo da asa.

Que bom que ele matou um de vocês, que bom que ele fugiu, que bom que está livre! E enviem essa informação para o mundo inteiro através de seus programas de rádio! Façam isso! Divulguem para aqueles de vocês que não forem perversos, não forem rancorosos e não forem malignos! Divulguem as notícias para aqueles que têm um coração no peito.

Rhoshamandes afastou Allesandra para um lado para poder mais uma vez se agigantar acima do prisioneiro.

– Vi uma cidade em seu sangue – disse Rhoshamandes. – E agora os outros estão chamando essa cidade por um nome, eles a estão chamando de Atalantaya. É esse o nome da cidade? Vocês são os sobreviventes de Atalantaya? Essa é a Atlântida, não é? A Atlântida de Platão?

– Ora, não vá lhe dar ideias – disse Roland. – E sem dúvida nada tão grandioso quanto o reino perdido de Atlântida! Esse patetinha. Você não percebe que é bem provável que essa criatura não passe de alguma forma de mutante que não sabe mais sobre si mesma do que os humanos sabem sobre si mesmos?

Arion o interrompeu:

– Estão transmitindo mais notícias a respeito – disse ele. – Agora, há uma mulher sendo investigada.

– Uma mulher?

Derek mantinha os olhos bem fechados, escutando.

– Pele morena e o mesmo cabelo preto com a mecha dourada. Bem, isso decerto é mais do que uma coincidência.

– Como assim? Mecha dourada em cabelo escuro? – perguntou Roland. – O que isso significa?

– E não para por aí.

Por entre os dedos, Derek espiou para ver Rhoshamandes segurando o machado na mão esquerda enquanto olhava para a tela do celular, na direita. Arion também estava com o celular na mão direita. Os aparelhos estavam falando, mas as palavras não tinham nenhum significado para Derek, alguma coisa sobre uma grande empresa de medicamentos, laboratórios, uma médica, suspeita com um nome comum.

– É um deles – disse Rhosh. Estava dominado por uma empolgação tremenda.

Olhou com raiva para Derek, com os olhos semicerrados. Deu um largo passo à frente e empurrou o celular na direção de Derek, que tentou se virar para o outro lado, mas outro par de mãos estava segurando sua cabeça e o forçando a se virar para olhar para o celular. Um perfume delicioso emanava das vestes de seda que roçavam nele.

– Menino, basta olhar para a foto no aparelho – disse a bebedora de sangue. – Diga-nos se conhece essa mulher.

Temeroso, Derek olhou, através das lágrimas.

E lá estava ela, a própria, com toda a certeza, lá estava ela, sem dúvida, sua magnífica Kapetria!

Ele lutou para se virar, para penetrar na própria parede só para escapar deles, esconder deles seus pensamentos e seu coração. Ela também está viva! Ele irrompeu em soluços descontrolados, soluços de alívio, emoção e felicidade. Eles que interpretassem seus soluços como quisessem, Derek não se importava. Os dois estão vivos, Garekyn e Kapetria. Ele só precisava aguentar firme até que o encontrassem, só necessitava resitir firme até, de algum modo conseguir se libertar.

– Sugiro que liguemos para eles agora – disse Arion. – Essa mulher também está em fuga. E eles estão fora de si. Estão convocando todos para o château. Ligue para o Príncipe e fale com ele. Fale sobre esse menino. Diga-lhe que quer paz e quer ser aceito de novo. E que levará o garoto à corte agora.

– Odeio o Príncipe com toda a minha alma – resmungou Rhoshamandes. – Não ligarei para ele, nem irei à sua corte.

– Então é isso, não é? – perguntou Allesandra.

– Que significa o quê? – quis saber Rhoshamandes.

Eles se afastaram, voltando para mais perto do fogo, e Derek olhava para eles em segredo, através dos dedos. Nas profundezas de sua alma ele entoava a palavra "Kapetria" repetidamente. Kapetria. *E em todos os momentos, será Kapetria quem determinará a hora e o lugar, e será Kapetria a quem vocês hão de se submeter...*

– Você quer muito mais do que jamais chegou a admitir – disse Allesandra, subindo a voz com sua raiva. Ela estendeu os braços para Rhoshamandes e o segurou pelos ombros. – Rhosh, você não tem como destruir o Príncipe – acrescentou ela num sussurro suplicante. – Contra eles você não tem a menor chance. Não sonhe com a vingança agora. Aceite a possibilidade de uma trégua, de uma conciliação.

– Por ora, sim, eu me disponho a aceitar e aceito, mas para sempre? – Rhosh se afastou dela, de modo brusco. – Chegará a hora em que eu destruirei o Príncipe e tirarei de dentro dele aquele espírito mentiroso, Amel! E esse garoto é valioso demais para eu o entregar a eles numa bandeja de prata. Isso não farei.

— Bem, estou do seu lado, nessa sua posição — disse Roland, com a voz mais fria e mais cruel que a dos outros. Lançou para Derek um olhar zombeteiro, acompanhado de um de seus costumeiros sorrisos perversos. — E se você quiser manter esse seu refém valioso, compreendo. Mas não vá cortá-lo em pedaços.

— Em pedaços, não — disse Rhosh. — Mas a remoção de um único pedaço poderia ter resultados extraordinários.

Ele avançou. Allesandra gritou. Não havia escapatória para Derek. Rhoshamandes o puxou para que ficasse em pé, fez com que girasse e o atirou contra a parede.

— Você não tem a força do seu amigo, Garekyn, não é mesmo? — sussurrou Rhoshamandes em seu ouvido, com a mão empurrando as costas de Derek. — Ou será que o que lhe falta é ousadia?

Indefeso, Derek arranhava as unhas na pedra da parede.

O golpe veio sem aviso. A dor explodiu no ombro de Derek, e mais uma vez Allesandra gritou, e desta vez não parou de gritar. Por um instante, Derek rezou para morrer, para perecer e isso tudo terminar. Ele ouviu o próprio grito se mesclando ao de Allesandra, e tudo escureceu, mas só por um instante.

Ele acordou e se descobriu jogado no chão, com uma dor insuportável latejando no ombro. E, horrorizado, viu o próprio braço esquerdo caído no chão, os dedos da mão esquerda encolhidos, um pedaço de carne sem vida enrolado na manga imunda da camisa branca.

Ele revirou os olhos. As vozes não passavam de um rumor, e ele resvalou para a escuridão.

Ao longe, ouviu uma mulher suplicando:

— Agora, Benedict não vai voltar nunca para você, está entendendo? Ah, quando foi que você se tornou tão cruel?! E não há como desfazer isso. E essa criatura agora vai viver para sempre mutilada, desprovida do braço, e foi você que fez isso, você, meu mestre, meu criador. — Ela estava chorando. Ao longe, soluçava.

E então todos eles estavam falando ao mesmo tempo:

— Não... não, olhem, a ferida está se fechando, ele não está sangrando.

Derek estava sonhando. Selvas. Com os outros, rindo juntos, conversando, parando para colher frutas das árvores, grandes frutas amarelas. Tão doces e suculentas. Não aqui neste lugar medonho, e as vozes...

Os olhos de Derek se abriram antes que ele determinasse.

A luz do fogo. A vela que bruxuleava no console da lareira. O som do vento além da janela, e talvez a chuva no vento, uma chuva deliciosa que refrescava seu rosto. Ah, o milagre da chuva depois de todos aqueles anos no subsolo em Budapeste. O sabor e o cheiro doce da chuva. Seu ombro esquerdo estava quente, mas a dor tinha passado. Ele manteve os olhos fixos à sua frente, ouvindo a mistura das vozes:

– ... sarando totalmente.

Não toque em mim. Afaste-se de mim.

– ... a pele está crescendo, fechando a ferida.

Calor em seu ombro, calor em seu peito.

– O que está feito, está feito...

– Você nunca deveria...

E então todos eles estavam entoando a mesma cantiga para ele falar, para contar o que sabia, de onde vinha, dar os nomes dos outros, dizer o que significavam as visões da cidade. E Amel. O que o nome Amel significava para ele? E aquilo tudo não passava de ruído. Ele se sentia muito sonolento, abatido por dentro, e percebeu que, se escutasse com muito cuidado, conseguiria ouvir o som do mar para além dessa prisão, o som de ondas arrebentando em rochas talvez, em areia ou até mesmo nas muralhas dessa fortaleza. Sonolento, começou a visualizar o mar. Abriu os olhos e os fixou na janela distante. Pôde ver a chuva girando na escuridão como pequenas agulhas num turbilhão.

– Tudo bem, vamos deixá-lo agora. Não se pode fazer mais nada nesta noite. Vamos deixar que ele reflita sobre o que sua teimosia lhe custou. E veremos se você está com a razão.

Olhar para a chuva rodopiante fez com que ele sentisse mais frio. Escutar o mar também. O calor no ombro e no peito estava agradável.

Ele se virou para encostar o ombro esquerdo na parede, com o calor voltando a aumentar, olhando desanimado para a janela distante, se perguntando se as estrelas em algum momento ficariam visíveis lá, talvez quando a chuva parasse e as nuvens gordas, pesadas, se dispersassem. Só aos poucos se deu conta de que, quando a noite terminasse, veria o céu azul através daquela janela! Veria a luz de verdade! Ora, isso era algo que justificava uma esperança, algo a que poderia se agarrar, mesmo que o fogo se apagasse na lareira e o aposento ficasse gelado como o mar.

E será que aquele braço decepado agora viveria para sempre, exatamente como ele, Derek, tinha vivido para sempre, todos aqueles longos anos, desde aquela época, desde que Atalantaya afundara no mar, no mar gelado?

– Não! – A mulher gritava novamente.
– Deixem queimar! – disse Rhosh.
– Não vou deixar! – gritou a mulher.

Derek virou a cabeça. Arion estendeu a mão para o fogo, agarrou o braço decepado e o atirou nas pedras do piso, como se aquilo fosse horrível para ele, essa parte cortada de Derek. E estava fumegando, a manga rasgada também! Tomado de pavor, Derek sentiu que perdia a consciência mais uma vez.

Roland se aproximou.

– É, não está sangrando, tudo está se fechando. Que criatura espantosa você é! Mas não estou surpreso. Já o espanquei antes, não foi? E você sempre sarou. Uma vez quebrei seu braço, não foi? Será que foi o braço esquerdo? E ele se curou, não foi? Eu me pergunto que proporção de você poderia ser separada antes que você perdesse a capacidade de raciocinar. Qualquer dom pode ser usado como seu oposto. A imortalidade pode ser uma coisa terrível.

O rosto de Roland ficava escuro porque o fogo estava por trás dele. Mas Derek ainda conseguia discernir o cintilar dos olhos e o faiscar dos dentes brancos quando ele sorriu.

– Imagino que, se seu peito for separado da cabeça, você morra, mas pode ser que não.

– Roland – disse Arion –, eu lhe imploro. Não o torture. Tudo isso está tão errado.

Allesandra estava chorando.

– Pense agora sobre isso – disse Roland a Derek –, e, quando voltarmos, tenha alguma coisa a nos oferecer em troca de seu braço direito, ou de seu olho direito, ou de sua perna direita, quem sabe.

Derek fechou os olhos. Quero morrer, pensou. Estou acabado. Este é o fim. Kapetria está viva, mas ela nunca vai me encontrar. É tarde demais para mim. Ele soluçava, mas seus soluços eram silenciosos, e as lágrimas escorriam por seu rosto, e nada importava. Tentou sentir o braço esquerdo e a mão que lhe faltavam, como se ainda estivessem ligados a ele, embora invisíveis, mas não estavam ali, e o calor surdo latejava em seu ombro esquerdo, mais forte do que antes.

– Chega, não aguento mais! – gritou Allesandra. – Acho que devemos deixá-lo sozinho agora. Temos trabalho a fazer. Rhosh, você tem advogados, homens que podem usar a informação sobre essa criatura, esse Garekyn...

– ... e a corte também tem! – disse Rhosh. – Você acha que eles não estão usando uma quantidade de asseclas humanos para descobrir o paradeiro dessas criaturas desaparecidas?!

– E isso deveria nos impedir de procurar por ele também?

– Vamos agora, Rhosh – implorou Arion. – Preciso caçar. Quero caçar. Já estou farto disso. Esse Garekyn tem um endereço em Londres. Rhosh, seus advogados estão em Londres. Com eles, talvez descubra muito mais sobre esse tal de Garekyn do que jamais conseguiria extrair desse pobre coitado.

E eles estavam indo embora. Derek podia ouvir. Ficou ali, imóvel, com os joelhos para um lado, o ombro ferido ainda encostado na parede e a mão direita na perna. Esperou pelo som da porta sendo fechada e trancada, mas da porta não veio nenhum som.

Virou a cabeça para olhar. Somente Rhoshamandes permanecia no vão da porta. E a criatura nunca tinha parecido tão calculista e ameaçadora – um poderoso anjo do inferno, com seu rosto sereno e o delicado cabelo cacheado. Com um olhar furtivo, de relance, para trás, ele deu um passo adiante, apanhou o braço do chão e mais uma vez o atirou no fogo.

E então foi embora. E a porta foi fechada com violência, e a tranca, passada. Derek ficou ali sentado, paralisado de horror.

Os soluços jorravam dele como sangue.

Ele precisava chegar à lareira, tirar o braço de lá, necessitava, mas não conseguia suportar a ideia de ele mesmo tocar no braço. E estava ouvindo uma crepitação, um ruído como o de achas mudando de lugar. Mexa-se, Derek. Vamos, aquilo ali é seu braço, queimando no fogo!

Os demônios tinham sumido. Nenhum som deles por perto.

Mexa-se, Derek, antes que sua carne e osso acabe em cinzas! Mas que diferença faz? O desespero o paralisava. De que ia adiantar?

Ele abriu os olhos e tentou avançar engatinhando, até o horror de não ter o braço o atingir com força total. Ficou, então, sentado sobre os calcanhares, com o olhar fixo à frente.

Mas seu braço tinha saído do fogo, rolando de novo para o piso de pedra. Ficou ali jogado, com a manga rasgada enegrecida e fumegante, como antes.

Nada de mão esquerda com que pudesse cobrir os olhos. Ele só tinha a mão direita. Nada de braço esquerdo para abraçar a própria cintura, só o direito.

Demônios, uma noite dessas vou me vingar. Kapetria está viva. Garekyn está vivo. E eles hão de me encontrar. Tentem guardar seus segredos dessa sua tribo desconfiada, sua tribo talentosa de bebedores de sangue que conseguem ler seus pensamentos, só tentem! E eles virão me buscar aqui, exatamente como Garekyn os encontrou em Nova York.

Ele se estendeu no chão de comprido. E, pousando o rosto na mão direita, chorou como se de fato fosse uma criança. E parecia que nunca havia sido outra coisa. Por que os Pais tinham lhe dado essa inocência, essa capacidade para o sofrimento, por que os Pais fizeram dele um ser de coração tão sensível? E ele se perguntava agora, como havia feito tantas vezes desde aquela época distante, se ele, Kapetria, Garekyn e Welf agiram errado ao desobedecer aos Pais – ao deixar de lado o propósito.

... destruir toda a vida senciente, destruir todas as formas de vida... até que seja restaurada a inocência química primeva e que o mundo possa começar sua ascensão de novo, como teria ocorrido originalmente, se as circunstâncias não tivessem favorecido o predomínio das espécies mamíferas...

Nenhuma voz nem som de parte alguma do castelo.

Talvez tivessem saído voando de novo, aberto suas asas invisíveis e rumado para o alto, para as estrelas. Se ao menos a mão de Deus os colhesse do meio do céu e os transformasse em pó entre o polegar e o indicador...

Um arranhado distraiu sua atenção. Um som baixo de alguma coisa raspando. Algo vivo e em movimento nessa cela. Não, não um rato, isso ele não ia aguentar, não um rato que viesse se alegrar com sua desgraça, zombar dele e, de algum modo, escapar por baixo de uma porta que tornasse sua fuga absolutamente impossível, um rato que talvez tentasse mordê-lo, como tinha ocorrido no passado.

Mas se um rato tivesse chegado ali, ele o enxotaria do lugar. Pelo menos isto podia fazer por si mesmo.

Abriu os olhos, rezando para ter forças para tanto, e olhou à sua frente.

À luz do fogo, viu uma forma escura e comprida que avançava aos trancos pelo piso de pedra, movimentada, ao que parecia, por uma coleção de pernas flexíveis numa ponta, avançando, corcoveando e vindo direto em sua direção!

Sua mente ficou desprovida de palavras. O que ele estava vendo não podia ser. No entanto, sabia o que via.

O braço, o esquerdo, decepado, estava se afastando da lareira e vindo em sua direção, se arrastando por meio dos dedos da mão esquerda, que se estendiam para cobrir mais dois centímetros e puxavam o braço atrás de si, repetidamente. Isso era impossível. Ele estava tendo uma alucinação. Os mortais têm alucinações. Por que ele não podia ter?

Vinha comendo pouquíssimo havia dias e noites. Ele tinha sido alvo de coisas indescritíveis.

Ele se virou no chão para ficar deitado de costas e olhou para o teto. Como as sombras dançavam com as lambidas das chamas. E o ruído de arranhado continuava.

De repente, num desafio, ele virou a cabeça. A mão que avançava estava agora apenas a um metro dele. Os dedos se estendiam, se dobravam, erguendo a mão, com o polegar escondido ali embaixo, e arrastavam o braço para a frente. Depois, mais uma vez, os dedos se estendiam, se dobravam, levantavam o braço, que mais uma vez caía nas pedras do piso. E mais uma vez eles se estendiam.

Estou perdendo o juízo, e também a minha alma, fiquei louco. Louco antes de eles nem sequer me encontrarem ou me libertarem. Ele não conseguia desviar os olhos da coisa. Não podia deixar de olhar para ela enquanto vinha se aproximando. Será que o braço vai se reconectar? Será que ele vai se prender a meu ombro?!

Aos poucos, seu horror se transformou em esperança. Mas, à medida que o braço vinha chegando, Derek avistou alguma coisa na palma da mão, algo que cintilava, na verdade um par de pequenas partículas brilhantes e alguma coisa que lembrava uma boca.

Ele abafou um grito. Não conseguia se mexer. Era um rosto que tinha se formado na palma da mão, e os pequenos olhos faiscantes estavam fixos nele. E a boquinha emitia pequenos ruídos de sucção, se abria ao máximo, estalava os lábios, minúsculos e finos, e os olhos encontraram os dele.

Sua mente foi se esconder por baixo de tudo o que ele sabia. No entanto, alguma prece ainda estava sendo dita, alguma oração dirigida aos Pais, pedindo ajuda e orientação, aqueles Pais que não lhe tinham dado a menor explicação do que poderia significar um horror daqueles, enquanto o braço se aproximava cada vez mais.

A mão estava quase tocando nele. O braço jazia no piso de pedra, ao comprido, atrás dela, e os dedos, erguidos, muito abertos e se agitando no ar. Então, com uma guinada, os dedos pegaram a camisa de Derek. Eles a agarraram e a rasgaram, arrancando os botões ao longo da tira de abotoamento.

Derek lutava para raciocinar e para pensar. Preciso ajudar o braço, se ele pretende se reconectar. Necessito ajudá-lo. Mas não conseguia se forçar a se mexer.

O calor nunca tinha deixado seu ombro ferido, e agora ele se espalhava por todo o lado esquerdo, chegando mesmo a seu coração, que batia forte. Era como se seu coração estivesse pulsando por todo o lado esquerdo do corpo.

O braço estava encostado nele. Derek sentia seu peso, seu peso vivo. E, levantando a cabeça, olhou fixamente para o braço, ficou olhando os dedos que tocavam na carne nua, a carne de seu peito, e aos poucos iam subindo. O braço queria estar sobre sua carne nua.

Mais uma vez, seus olhos reviraram. Ele achou que ia desmaiar. Tentou alcançar a escuridão, o vazio.

Sentiu os dedos tocando no mamilo esquerdo de seu peito, e também que o puxavam sem parar, e que o calor se concentrava e aumentava a temperatura por baixo dele.

Uma boca macia e úmida, e bem minúscula, se fechou sobre o mamilo.

E então veio a escuridão. E ele afundou no esquecimento.

Era um sonho com Atalantaya, mas ele não percorria suas ruas elegantes, nem sentia suas brisas agradáveis e delicadas. Não, ele estava longe de lá, e Atalantaya pegava fogo, enquanto toda a sua gente clamava aos céus. A fumaça subia espessa a partir do domo que se derretia, e o mar cresceu para afogar Derek. Kapetria e Welf estavam presos num abraço, chorando por Derek, quando as ondas o levaram embora. Kapetria, gritando por Derek, e Garekyn, desaparecido nas profundezas.

Ele abriu os olhos.

Esfregou as mãos no rosto. Ah, isso, o calabouço de Rhoshamandes. E o fogo ainda ardia, mas agora ele não passava de chamas minúsculas numa tora grossa e preta, com pilhas de brasas bruxuleantes. A noite tinha clareado por trás da janela alta. E do castelo ao redor não chegava a Derek nenhum som de monstros tramando torturá-lo.

Esfregou os olhos com força, com as mãos mais uma vez. Seu rosto estava grudento com as lágrimas.

As mãos!

Ele estava com as mãos. Sentou-se num movimento veloz, olhando espantado para as mãos e depois para o braço esquerdo, perfeitamente recuperado! Tinha sido verdade, o braço e a mão, mas ele não conseguia imaginar de que modo havia acontecido. E o que aquele monstro, Rhoshamandes, faria quando visse que ele estava recuperado? Será que isso representaria para ele uma licença para torturar Derek com o machado para sempre? Mas, ah, era maravilhoso estar com o braço restaurado! Ele flexionou os dedos, abrindo e fechando o punho, quase sem acreditar que estava inteiro outra vez.

Ficou ali sentado, imóvel e calado, sentindo tanto alívio com a recuperação do braço que não conseguia pensar em mais nada naquele momento, e até mesmo o pavor de Rhoshamandes não era nada para ele. Aquele era seu braço, sim, forte e normal como sempre fora desde que os Pais o fizeram, e sua mão esquerda não tinha nenhuma carinha.

– Pai.

Ele levantou os olhos. O que viu foi tão chocante que deu um grito rouco.

Mas a figura nua de pele escura, em pé, encostada na parede, estendeu as mãos.

– Pai, fique quieto! – disse a figura.

Ela se aproximou, de pés descalços, e ficou ali em pé, olhando de cima para ele. A cópia exata do próprio Derek, até com a pele escura e o próprio cabelo, só que as longas ondas negras que caíam em volta de seus ombros eram todas raiadas com mechas douradas, de tal modo que a densa cabeleira era mais loura do que negra. Fora isso, era Derek. E era a voz dele que tinha falado.

Aos poucos, ele se deu conta da verdade! Sem palavras, soube a verdade total e completa. Essa criatura, essa cópia dele mesmo, tinha se formado a partir do braço decepado, e ele estava contemplando o próprio rebento! Baixou o olhar para seu braço esquerdo restaurado e o voltou para a criatura que era seu filho.

O filho se deixou cair de joelhos diante de Derek. Estava de fato nu e era perfeito, a pele escura impecável, olhos penetrantes fixos em Derek.

– Pai – disse ele, como se fosse o pai se dirigindo ao filho. – Você precisa me erguer até aquela janela para eu poder descer por ela e, quando os monstros tiverem ido descansar, descobrir um jeito de entrar no castelo, vir a este quarto e tirá-lo daqui.

Derek estendeu os braços e segurou o rosto do filho com as mãos. Sentou-se e beijou o filho nos lábios, para então se descontrolar de novo, como sempre acontecia, geralmente, caindo no choro.

E o novo, o novato Derek, o filho de Derek, chorou com ele.

10

Lestat

Subi veloz a montanha até me encontrar embrenhado na velha floresta que se estendia até os limites das terras de meus antepassados, me movimentando sem esforço através da neve que me deixava tão esgotado quando eu era menino e depois rapaz. Muitas das velhas árvores de que eu me lembrava já não estavam lá, e eu me encontrava num bosque fechado de abetos e outras coníferas, quando cheguei ao banco de cimento que içara até esse lugar alto e deserto depois que voltei ali pela primeira vez no século XX.

Era um tipo comum de banco de jardim, curvo em torno da casca de uma árvore imensa, e fundo o suficiente para ser confortável quando eu me sentava encostado na árvore para contemplar o château distante, lá embaixo, com suas magníficas janelas iluminadas.

Ah, os invernos gelados que eu havia passado debaixo daquele teto, pensei, mas sem me deter nisto. Eu agora já estava quase acostumado a ele, ao palácio esplêndido que o velho castelo tinha se tornado, e a essa noção de posse, de ser o senhor dessa terra, o senhor que podia sair caminhando até os limites do terreno e contemplar tudo o que ele governava. Fechei-me para o som distante de música, vozes, risos.

– Agora, estamos sozinhos, você e eu – disse eu, em voz alta, falando com Amel. – Pelo menos é o que parece.

– Estamos – disse ele. Com seu tom habitual, nítido e claro.

– Você precisa me dizer tudo o que sabe sobre isso agora.

– É essa a questão. É tão pouco o que tenho para contar – respondeu ele. – Sei que esse tal de Garekyn me conhece e fala comigo como se me conhecesse. Ele falou comigo através de Eleni, quando eu estava nela, e eu o vi de perto. E posso lhe dizer, ele é a cópia exata de um humano do sexo masculino.

– E no sangue, o que você viu?

– Eu não estava presente quando Armand o esgotou. Estava sim, quando ele lutou com Eleni. Dei a ela toda a ajuda que pude, mas de nada adiantou. Não consigo movimentar membros, nem impedir que se movimentem. Não posso aumentar nem reduzir a força de um bebedor de sangue. Dei-lhe coragem, mas não foi o suficiente.

– O que não o impede de tentar movimentar meus membros – disse eu.

– Isso eu admito. Você não ia querer movimentar membros, se fosse eu? Não ia querer estar no comando? Olhe, não sei qual é a cidade nem o que significa. Mas sei de uma coisa. No passado, eu sabia tudo a respeito dela.

– Como assim?

– Ela está relacionada a mim. Eu soube disso na primeira noite em que sonhamos com ela. Achei que o sonho vinha de alguém no Sangue, é claro. Mas, agora, não tenho tanta certeza. Creio que as imagens vieram das profundezas de mim, que as imagens são do meu passado e que as imagens querem que eu me lembre desse passado.

– Então o que Gremt disse era a verdade. Você já viveu. Você não foi sempre um espírito.

– Eu sei que já vivi. Sempre soube! Já disse a todos esses espíritos palermas que vivi antes, na Terra. Ah, você não sabe como esses espíritos são burros, presunçosos e incorrigíveis! Eles são feitos de nada e não são nada!

– Isso não é totalmente certo – disse eu –, mas você tem um jeito de revisar imediatamente o passado para dar sustentação a qualquer coisa que tenha chegado a seu conhecimento no presente. Tente pensar na primeira vez em que sonhou com a cidade.

– Foi quando você sonhou com ela. Quando? Faz um mês? Acho que pode ser que eu de fato saiba por que comecei a sonhar com ela.

– E então?

– Foi quando Fareed por acaso viu o rosto daquela mulher da empresa de Gregory, a mulher negra que desapareceu.

E de fato a dra. Karen Rhinehart havia desaparecido.

Gregory e Fareed voltaram de Genebra para relatar que ela havia deixado às pressas não somente os laboratórios da empresa, mas também seu apartamento às margens do lago de Genebra – por volta das duas da tarde, ou mal tendo se passado uma hora depois do alerta via rádio transmitido ao raiar do dia, a partir de Nova York, sobre a fuga de Garekyn. Na verdade, Benji estivera fazendo transmissões nervosas, com sua voz baixa e secreta, até o sol nascer, informando que a criatura estava escapando, enviando fotos para o site junto com todos os detalhes que ele conhecia da criatura, até mesmo seu endereço em Londres.

Documentos do aluguel e registros de câmeras de segurança de Genebra tinham revelado que a dra. Karen Rhinehart estava com um companheiro, mais um integrante daquela tribo misteriosa, de pele escura e cabelo preto, com a característica mecha dourada na basta cabeleira cacheada ou ondulada.

Felix Welf era o nome oficial desse ser do sexo masculino. Com 1,80 metro ou pouco menos, compleição forte, pesada, o rosto nitidamente quadrado, a boca com uma bela forma africana, de lábios cheios, o nariz pequeno, meio delicado, e olhos escuros, grandes e curiosos, com a crista supraorbital saliente e sobrancelhas grossas, bem definidas.

– Esse é o único momento que consigo identificar – disse Amel. – Entro e saio de Fareed quando quero, é claro. Mas nunca confiei nele, da mesma forma que não confio em nenhum dos outros. Você é o único que eu amo e em quem confio. E a certa altura ele estava olhando fotos dessa mulher. Estava tentando decidir se falava com Seth e Gregory sobre ela, ou se estava somente sendo bobo. E talvez alguma coisa no rosto daquela mulher tenha instigado em mim o sonho com a cidade que desmoronava e caía no mar, e isso eu senti como se poderia sentir um chute nas entranhas. E detestei essa sensação.

Essa foi uma confissão direta e de uma coerência espantosa para Amel, e eu sabia que ele estava sendo franco comigo. Eu me retraí, na esperança de que prosseguisse, o que fez.

– Sonhei mais com a cidade. Concentrei-me em Fareed e dei o melhor de mim para fazê-lo voltar o foco para aquela mulher, mas Fareed consegue me ignorar muito bem, ou consegue se voltar contra mim, se aproveitando da minha presença para exigir saber todo tipo de coisa, de modo que eu o deixo, porque suas perguntas são ensurdecedoras. Acho que foi aí que tudo começou. Eu vi a mulher e me lembrei de alguma coisa. Acho que me lembrei da voz... do verdadeiro som da voz dela. E é verdade, eu sei muito bem que um dia fui um ser vivo, que andava pela Terra, exatamente como você, e esses espíritos seus amigos não sabem de nada. Qualquer um que acredita num espírito é um pateta.

– E isso vale também para um fantasma? – perguntei.

Minha mão direita de repente fez um movimento brusco e caiu de volta em minha coxa.

– Você não gostou disso, gostou? – perguntou ele.

– Tente fazer de novo – disse eu. Mas, na realidade, fiquei alarmado. Não tinha sido mais que um espasmo, mas não gostei nem um pouco. Quem pode provocar um espasmo pode causar uma queda, ou talvez... Não queria pensar nisso.

– Por que você não confia em mim?! – perguntou ele. – Eu amo você!

– Eu sei – disse eu. – Amo você também. E quero confiar em você.

– Vocês todos são tão emotivos! – disse ele.

– E você não é? Certo. Quer dizer que essa pode ser a razão pela qual você viu a cidade... o fato de ele ter topado com essa mulher e estar refletindo sobre a possibilidade de trazê-la para o Sangue.

– Ele acha que pode criar outros bebedores de sangue sem falar com ninguém. Ele é um deus por si só, esse médico. Acredita que seu criador, Seth, o protege da autoridade do Príncipe Lestat.

– É bem provável que sim – disse eu. – Seja como for, a quem ele deveria pedir permissão para criar outros? A mim? Ao conselho?

– Ora, a quem você acha, inteligência rara? – retrucou ele. – Posso perguntar quem é que anima todo o Corpus Amel? Seu amigo frankensteiniano teria me confinado num pote de vidro, se tivesse conseguido.

– Nunca permitirei que ele faça nada semelhante a isso com você, nunca – disse eu.

– E eu nunca permitirei que ninguém lhe faça mal. Lembre-se disso!

– E alguém está tentando?

Silêncio.

– Essas criaturas, esses não humanos. Eles lhe fariam mal, não é mesmo? Esse tal de Garekyn comeu o cérebro do Matador e fraturou o crânio de Eleni.

– Foram as circunstâncias – disse eu. – Por que eles estão procurando por *você*?

– Não sei! – disse ele.

– Então por que você sentiu um golpe nas entranhas quando teve a visão daquela cidade?

– Porque eu a amava. E toda aquela gente morreu, e eles estavam gritando. Foi horrível o que aconteceu com eles. Você não está com frio aqui fora? A neve está mais pesada. Estamos cobertos de neve como se você fosse uma estátua.

– Não estou com frio – disse eu. – Você está?

– Claro que não. Eu não sinto frio e calor – disse ele.

– Sente sim – disse eu.

– Não sinto não!

– Sente sim. Você sente frio quando eu sinto frio, e para eu sentir frio é preciso mais que isso.

– Você simplesmente não entende o que eu sinto, nem como me sinto – disse ele, desalentado. – Você não entende como o mundo se apresenta a mim através de seus olhos, nem como eu o sinto através de suas mãos. Nem por que quero sangue inocente.

– Quer dizer que é você que quer sangue inocente – respondi. – E é por esse motivo que penso nisso o tempo todo, dia e noite, eu, o chefão, que diz aos Filhos da Noite no mundo inteiro que eles não podem beber sangue inocente.

– Eu te odeio, te detesto.

– De que tamanho era a cidade?

– Como eu poderia saber? Você a viu. Era grande, como Manhattan, lotada de torres, superlotada de torres, torres de tons claros de azul-celeste, cor-de-rosa e dourado, torres extremamente intrincadas e delicadas. Naqueles flashes não deu para ver tudo. Não deu para ver as flores e as árvores que margeavam as ruas...

Silêncio.

Não me atrevi a dizer nada. Mas ele não ia continuar...

– Sim? – perguntei. – Flores de que tipo?

Senti uma pequena contração no pescoço.

Isso queria dizer que ele estava sentindo dor?

– É, seu imbecil, é isso o que quer dizer.

Permaneci calado, esperando. Ao longe, lá embaixo no monte, chegavam cada vez mais membros da tribo. Eu não descansaria enquanto Viktor e Rose não voltassem. E era impossível que chegassem ao château antes da aurora. Era noite em São Francisco, mas aqui eram cinco da manhã. Rezei para que tivessem ido para Nova York, como prometido. A maior parte do tempo eu não podia suportar a ideia de Rose e Viktor, no mundo lá fora, recém-Nascidos para as Trevas, decididos a perambular pelo planeta sem a proteção de guardiães. Rose, de volta para explorar sua velha casa e sua escola, em busca daquele guarda-costas mortal dedicado que um dia tinha salvado sua vida, para, se ela e Viktor conseguissem, trazê-lo para o Sangue.

Este tinha sido o único pedido de Rose: o de oferecer o Dom das Trevas a seu querido Murray. E eu havia concordado, embora fizesse todas as advertências previsíveis e enfadonhas de minha geração no Sangue, avisando que o resultado poderia ser desastroso. Ao entrar em nosso mundo, Rose tinha desaparecido, deixando o mortal Murray desnorteado e magoado com o fato de sua preciosa Rose, a estudante universitária que ele protegera com tanto amor, tê-lo simplesmente abandonado.

É claro que eu tinha investigado Murray. Era um homem complexo, de profunda sensibilidade, um amante das coisas da mente às quais ele havia tido acesso apenas através de histórias em quadrinhos, romances fantásticos e da televisão, mas amava o mundo espiritual sob todos os aspectos e era ético até a medula. Ele sentia uma reverência pela formação e refinamento de Rose, e também pela ambição dela. Talvez esse convite a Murray funcionasse.

Era tão curioso e tão humano eu estar pensando em tudo isso ao mesmo tempo!

– O que você está vendo neste instante, Amel? – perguntei.

– Aquela cidade – respondeu ele. – Você ia me achar um pateta fanfarrão se eu lhe dissesse que eu...? – Silêncio de novo.

– Se ao menos soubesse o quanto valorizo cada palavra que vem de você, não faria essa pergunta. Pode se gabar comigo. Você tem permissão para fazer isso por toda a eternidade.

– Conheço aquela cidade – disse ele, com a voz baixa, magoada. – Aquela cidade era...

– Sua terra natal?

Silêncio.

– Chegou a hora – disse ele, então. – O egípcio idiota e o valentão viking estão subindo a montanha.

– Eu sei – disse eu. Estava se formando em minha cabeça uma ideia de como eu poderia fazê-lo se estender mais acerca da cidade, mas o sol não espera por nenhum vampiro. Eu me perguntei se Louis já teria entrado em sua cripta, a cripta especial que eu havia preparado para ele, uma câmara monástica com coisas essenciais, com um caixão preto antigo que eu tinha escolhido especificamente, com um acolchoado de seda branca pesada. Muito parecido com o meu.

– Ele está dormindo – disse Amel.

Eu sorri.

– E você olhou para mim através dos olhos dele quando eu estava com ele?

– Não, eu não consigo entrar nele – disse Amel. – Já lhe disse isso. Mas adoro olhar para ele através de seus olhos, e sei o que você está vendo. Ele o ama muito mais do que deixa transparecer. E outros sabem que Louis ama você. Eles veem esse amor e ficam felizes por ele finalmente estar aqui.

Isso me tranquilizava mais do que eu gostaria de admitir.

E era verdade, estava na hora. E lá se encontravam meus guardiães, meio afastados na neve que caía, fortes como árvores, esperando por mim.

Levantei-me devagar, como se meus ossos estivessem doendo, quando não doíam, e fui andando na direção deles. Por algum motivo, desconhecido para mim em meu atual estado de espírito, abri os braços para receber Cyril e Thorne, e, abraçados, descemos juntos a montanha.

Quando entrei em minha cripta, vi num relance a cidade desmoronando e afundando no mar. E também a fumaça subindo encapelada até as nuvens e, então, criando nuvens negras que se espalharam para bloquear o sol.

– Não parece possível – sussurrou Amel – que uma cidade como aquela desaparecesse no período de uma hora.

– E você morreu lá – disse eu.

Mas ele não me respondeu. Um lamento horrendo encheu meus ouvidos, mas ele era tão fraco que precisei prender a respiração para ouvi-lo. Um lamento em sonhos, que não vinha dele, nem de mim. Um lamento que falava de dor sem a necessidade de palavras.

11

Fareed

FAREED ESTAVA DE VOLTA ao château e trabalhava no computador em seus aposentos particulares. Gregory, em pé a seu lado. E num canto distante do espaçoso aposento acarpetado, parecendo perdido em meio à decoração dourada, estava sentado o vulto solitário de Seth, de cabelo preto e pele bronzeada, como Fareed, vestido com simplicidade numa túnica chinesa preta sem colarinho e calças confortáveis, como Fareed, e, no entanto, apresentando uma tranquilidade que Fareed, com sua agitação e animação, jamais conheceu.

Fareed estava batendo rápido no teclado do computador, revisando tela após tela de informações enquanto o grande château entrava em sua hora mais tranquila antes do nascer do sol. Uma forte nevasca estava se aproximando do château e do pequeno povoado logo abaixo, bem como das florestas que os cercavam.

Lestat já tinha se recolhido à sua cripta nas entranhas da montanha, como a maioria dos que se encontravam sob aquele teto. E Fareed, fascinado com tudo o que estava descobrindo, em breve teria que se retirar para as criptas também. Aquilo o deixava furioso, essa paralisia do horário diurno. Ele não via nada de romântico nisso, porque não via nada de romântico em ser vampiro e ponto final. O que tinha importância para ele era seu trabalho como cientista dos mortos-vivos e mais nada.

Apenas uma hora antes Fareed e Seth tinham voltado de Genebra, para começar a busca on-line pela história dos dois fugitivos de pele escura, a dra. Karen Rhinehart e seu companheiro. Esses dois não eram humanos, isto ninguém mais questionava, e Fareed estava mais fascinado pelo mistério do que eles poderiam ser do que pela questão de qualquer ameaça que pudessem representar. Fareed era um poderoso bebedor de sangue, tendo sido criado por Seth, que era um dos sobreviventes mais antigos da tribo. E, através de uma série de trocas de sangue ao longo dos anos, Fareed havia absorvido o sangue de vampiros jovens e velhos, procurando aperfeiçoar os próprios dons mentais e físicos. Fareed tinha uma quantidade de teorias sobre a natureza biológica dos vampiros. Sua vida lhe oferecia inúmeras descobertas magníficas, para onde quer que ele se voltasse. Mas agora precisava se concentrar na dra. Karen Rhinehart, sem sombra de dúvida.

Ele estava convencido de que tinha havido algum tipo de laboratório complexo no apartamento em que residia a dra. Rhinehart, em Genebra. Essa era a única explicação que conseguia encontrar para os inúmeros terminais de eletricidade e gás que descobrira lá e para as mesas compridas, uma das quais era provida de faixas de contenção que poderiam ter sido utilizadas para imobilizar um corpo.

Um vídeo da segurança mostrou a dra. Rhinehart e seu companheiro tomando precauções maiores com dois dos caixotes retirados do prédio. Ambos tinham no mínimo 2,10 metro de comprimento e poderiam ter contido corpos.

Fareed ficou uma fera consigo mesmo por não ter fechado o cerco contra ela mais cedo, antes que ela tivesse tido a oportunidade de fugir. Agora tinha certeza absoluta de que a dra. Rhinehart estava a par da natureza de Gregory Duff Collingsworth, o fundador da Collingsworth Pharmaceuticals, e de que ouvir as transmissões de Benji Mahmoud todas as noites chamara sua atenção para a existência de outra entidade não humana semelhante a ela, Garekyn Zweck Brovotkin, que ainda estava conseguindo evitar ser capturado na costa Oeste.

Por que outro motivo ela teria começado sua mudança no exato instante em que foi transmitida a notícia da captura e da fuga de Garekyn?

Fareed tinha voltado de Genebra, ansioso por usar os poderosos recursos humanos da corte para rastrear os dois não humanos.

Nesse meio-tempo, porém, o material de DNA nos arquivos da Collingsworth Pharmaceuticals para a dra. Karen Rhinehart – sua ficha médica falsa – tinha levado Fareed a uma história extraordinária, que ele agora compartilhava com os outros em rajadas de leitura em voz alta e loucas especulações verbalizadas. Ele nunca se esquecia nem por um instante de que Seth não tinha como ler seus pensamentos, nem de que Gregory parecia ter um ceticismo exagerado para com a médica desaparecida, e na realidade precisava ser convencido de como todo esse papo de não humanos era extraordinário.

Como a dra. Flannery Gilman tinha descoberto, o DNA do sangue fornecido para exames havia se revelado ser de uma mulher de Bolinas, na Califórnia, proprietária de uma famosa pousada de pernoite e café da manhã.

Ela se chamava Matilde Green. Jornais antigos, agora disponíveis on-line, relatavam como ela tinha encontrado duas pessoas inconscientes na praia uma noite, perto da sua pousada, em 1975. Isso havia acontecido depois de uma forte tempestade.

A mulher e o homem, gravemente emaciados, nus e inconscientes, estavam unidos num abraço como se tivessem sido "esculpidos juntos em pedra", até serem reanimados por Green, que, para aquecê-los, fez uma fogueira com madeira trazida pelo mar, enquanto corria até a pousada para buscar conhaque e cobertores para auxiliar na salvação do casal.

Naqueles tempos primitivos de 1975, a única linha telefônica da pousada tinha se rompido no auge do vendaval.

Por doze anos, a mulher e o homem, conhecidos como Kapetria e Welf, moraram com Matilde Green em sua grande pousada, caindo aos pedaços, dando-lhe uma ajuda inestimável na restauração do prédio antigo e na gestão da pousada. Também tinham sido cuidadores devotados de Matilde durante algumas crises que a fizeram ser internada no hospital por longos períodos. A pousada se tornou uma lenda naquela parte do litoral, da mesma forma que Kapetria e Welf, assim como Matilde Green.

Reportagens animadas em pequenos jornais regionais e umas duas no *San Francisco Examiner* contavam a história de como Welf e Kapetria eram grandes conhecedores de remédios homeopáticos e de chás medicinais, de como faziam a melhor massagem terapêutica que se podia encontrar em qualquer lugar, e como pintavam, consertavam o telhado e reformavam a velha pousada com uma gratidão e dedicação sem limites. Matilde, que tinha sofrido a vida inteira com diabetes juvenil, dava o crédito aos dois amigos por mantê-la viva, quando médicos já praticamente haviam desistido dela. Na realidade, ela estava viva agora, contra todas as previsões, já com cento e três anos, e ainda era visitada com regularidade pelo casal misterioso.

Entretanto, o casal tinha saído de lá em 1987 "para percorrer o mundo", como Matilde disse, em meio a lágrimas, quando deu uma "festança" de despedida para seus "filhos do mar". Depois disso, apareceu uma série de menções sucintas da prosperidade constante da pousada, e finalmente cobertura total, em jornais e em vídeos no YouTube, da última festa de aniversário de Matilde, com Welf e Kapetria ajudando a servir mais de duzentos convidados numa bela tarde ensolarada na primavera passada.

Esses vídeos caseiros, descuidados, enfureciam Fareed por conta do que não revelavam. Mesmo assim, ele conseguiu a imagem mais próxima do rosto de Kapetria e de Welf, assim como sua melhor apreciação da voz deles.

Ambos falavam um inglês perfeito, sem sotaque, respondendo a perguntas sobre sua misteriosa chegada à praia na Califórnia anos antes, com confissões corteses de que adoravam ser um mistério e fazer parte do repertório local de histórias sobre os espantosos benefícios para a saúde obtidos por aqueles que procuravam a pousada para fazer retiros restauradores.

– Bem, é isso aí, não há mais nada – disse Fareed, por fim. – Mas são óbvias as comparações com as histórias de Garekyn, encontrado numa caverna na Sibéria.

– Mas como essa mulher entrou para minha empresa? – perguntou Gregory. – Ela trabalha para mim há anos. Minha segurança teria descoberto tudo isso. Minha segurança não é o que...

– A segurança da sua empresa não é a questão no momento – disse Seth, em voz baixa. – É imperioso que descubramos o que essas criaturas são, porque elas têm conhecimento de nós.

– Não estou convencido de nada disso – respondeu Gregory, usando seu tom de voz mais afável. – Já lhes disse, viajei por este mundo inteiro – insistiu ele, com a fala mansa. – Já estive por toda parte. Nunca vi nada semelhante a essas criaturas, e espero que haja alguma explicação muito decepcionante para tudo isso, e logo voltemos a enfrentar as verdadeiras questões de importância que desafiam a corte agora.

– E quais são essas questões, senão nossa própria segurança? – perguntou Seth, esgotado. – Essa mulher vem estudando você de perto há anos; e vem usando seu dinheiro para as iniciativas secretas dela mesma.

Parecia que havia um abismo profundo entre esses dois que Fareed podia sentir, mas não conseguia avaliar. Estava claro, porém, que de algum modo Gregory subestimava Seth como uma relíquia ressuscitada de uma era primitiva, enquanto se considerava a plena expressão do que um imortal poderia ser. E Seth via Gregory como alguém prejudicado pela imensa energia dedicada a manter sua identidade no mundo mortal como resoluto presidente desse império químico. Às vezes, Seth deixava escapar que estava farto da vaidade de Gregory e de sua preocupação com o poder mundano. Seth não tinha a menor necessidade de ser conhecido ou amado por mortais. Longe disso. Mas Gregory parecia ser muito dependente da adulação de milhares.

– Pedi aos advogados em Paris que observem os cartões de crédito dela – disse Fareed –, mas a mulher pode ter várias identidades. Nesse caso, é provável que não tenhamos a menor pista do lugar para onde ela e o homem possam ter ido. É claro que podemos ligar para essa Matilde e despachar pessoas para observar a pousada, mas Kapetria e Welf seriam tolos se fossem para lá.

Seth se levantou da cadeira. Parecia estar com frio, com as articulações emperradas, como costumava acontecer pouco antes do amanhecer, e esse foi seu sinal silencioso de que estava na hora de Fareed e ele se recolherem para as criptas.

Fareed se ergueu da escrivaninha. Os três foram se encaminhando para a porta.

– Bem, por ora tudo está encerrado para nós – disse Gregory. – Quando acordarmos, eu devo ter a análise de todos os projetos de pesquisa dela em minha mesa no escritório de Paris. Assim, descobriremos o que ela de fato estava fazendo na empresa.

– Não – disse Fareed, enquanto saíam juntos do apartamento e seguiam pela penumbra do corredor. – Nós descobriremos o que ela queria que outros pensassem que estava fazendo em seus laboratórios, nada mais, nada menos.

Gregory não quis admitir isso. E Seth seguiu adiante, impaciente.

Momentos depois, Fareed e Seth estavam sozinhos na grande cripta que compartilhavam por baixo do château.

Nenhum dos dois apreciava caixões, nem outros adereços românticos de sepulturas ocidentais, e esse aposento era um quarto de dormir, simples, mas elegante. O piso era acarpetado numa cor escura. Havia uma cama larga, no antigo estilo egípcio, apoiada sobre leões dourados, e um único abajur de pé, que lançava uma claridade aconchegante através de uma cúpula de pergaminho. Nas paredes estavam pintadas as palmeiras verdes e a areia dourada do Egito antigo.

Fareed tirou as botas e se deitou entre os travesseiros com fronhas de seda. Pela primeira vez em muitos meses, estava de fato cansado, fatigado até os ossos, e queria dormir por um tempo.

Mas Seth permaneceu em pé, com os braços cruzados e o olhar perdido, como se não estivesse nesse pequeno aposento sem janelas, mas, sim, contemplando a neve que caía em toda a sua volta na encosta da montanha.

– Nos tempos de outrora, sempre houve histórias – disse ele – de magos e curandeiros que vinham do mar. Conversei com muitos contadores de histórias, em uma cidade ou outra, sobre essas lendas. E sempre houve histórias de um grande reino que foi engolido pelo oceano, em mais de um lugar. Esses magos e magas eram sobreviventes daquele grande reino, ou era isto o que alguns pensavam. Eu encarava essas lendas com esperança. Costumava pensar que um dia encontraria um mago ou maga dessa origem e descobriria com essa pessoa alguma verdade importante e salvífica.

Fareed nunca tinha ouvido a palavra "salvífica" pronunciada por ninguém. Não disse nada. Nunca tinha tido esse tipo de crença romântica ou idealista. Criado por pais totalmente modernos, Fareed havia sido protegido tanto da mitologia quanto da religião. Durante toda a sua vida, seu mundo fora o da ciência e de obsessões científicas. O magnífico dom da imortalidade significava que Fareed viveria para sempre, descobrindo uma verdade científica atrás da outra, testemunhando as descobertas que o mundo da ciência faria no futuro, as quais em comparação, fariam com que as do tempo atual parecessem primitivas e supersticiosas para gerações posteriores. E Fareed compartilharia desse futuro. E estaria presente.

Mas ele podia sentir uma tristeza enorme em Seth. Queria dizer que tudo isso era fascinante, que não havia motivo para a tristeza, mas já sabia que era melhor não questionar nenhum estado de espírito nem nenhuma emoção de Seth, que, no fundo do coração, era inacessível quando se tratava de especulações sobre o que este mundo era, o que ele próprio era e por que estava vivo seis mil anos depois de ter nascido.

– Lembra da descrição dos dois entrelaçados num abraço – sussurrou Fareed, sonolento. – Por que não vem se deitar a meu lado, para recriarmos a imagem agora e irmos dormir? Os dois nos braços um do outro como que esculpidos em pedra?

Seth assentiu. Descalçou as botas e se deitou ao lado de Fareed, com o braço direito sobre o peito dele.

Fareed respirou fundo, afastando o ligeiro pânico que sempre sentia ao perder a consciência com o nascer do sol. Ele se chegou mais a Seth, fechou os olhos e, quase de imediato, começou a sonhar. Fogo, fumaça subindo para os céus numa enorme coluna escura...

Ele mal ouviu a vibração surda do celular no bolso de Seth, ou a voz dele ao atender a ligação. Seth era tão mais forte que Fareed. Ele ainda tinha uma hora de vigília antes que a paralisia o dominasse. E Fareed mal ouviu a raiva repentina na voz de Seth, mas fez um enorme esforço para escutá-la, para acompanhar o que Seth estava dizendo.

– Mas como? Por que eles tomaram a iniciativa sozinhos de fazê-lo prisioneiro?

Fareed pôde ouvir a voz de Avicus ao telefone. Avicus, que meses antes tinha ido para a Califórnia proteger o antigo complexo médico por lá à medida que ele fosse sendo totalmente esvaziado. Avicus, que havia tido a generosidade de fazer isso. Mas a verdade era que Avicus teria feito qualquer coisa por Fareed e Seth, pela tribo.

— Mas eles não deviam ter ido sozinhos — dizia Seth —, só os dois! Foi pura idiotice! Deveriam ter esperado.

Fareed sentiu Seth novamente ao seu lado, e o braço o enlaçando de novo e o puxando mais para perto.

— Outro bebedor de sangue destruído pelo que se chama Garekyn — disse Seth. — Um desgarrado lá da Califórnia, chamado Garrick. Dois deles captaram a informação de que o ser tinha usado seu passaporte num hotel. Avicus não pretendia que agissem. Eles acharam que poderiam aprisionar a criatura com facilidade e levá-la até Nova York. Queriam ser heróis. A criatura decapitou Garrick e foi embora, levando a cabeça.

Fareed sentiu a dor, embora não pudesse se mexer nem falar. Ah, novatos patetas. E esse fracasso inflamaria os que vagavam por toda a área, aumentando o perigo de que a criatura chamada Garekyn fosse destruída de cara pelo grupo seguinte que a atacasse. Não era nem meia-noite em Los Angeles.

Seth estava verbalizando a dor e a frustração por eles dois. Mas Fareed já não conseguia ouvir o que ele dizia. Na realidade, sonhava. Estava vendo aquela cidade outra vez, aquela que tombava, em chamas, para dentro do mar, uma fumaça tão negra que transformou o dia em noite, enquanto se espalhava pelo céu em nuvens agitadas, untuosas, aquela cidade se apagando lá embaixo, desmoronando sobre si mesma à medida que o oceano a engolia. Trovões. Relâmpagos. Chuva caindo dos céus. O mundo inteiro tremendo.

12

Derek

Ese ele tivesse caído? E se alguém o tivesse visto? Talvez aquele Rhoshamandes demoníaco tivesse mentido sobre a ilha ser um lugar deserto. E se houvesse guardas humanos que o tivessem feito prisioneiro? E se neste exato momento ele estivesse sendo posto em alguma cela neste mesmo calabouço, longe demais para Derek ouvir seus gritos de socorro?

Era de manhã, uma manhã fria e desolada, e os demônios, ao que Derek pudesse dizer, não tinham voltado para a fortaleza, para dormir. Ele não ouvira vozes, nem os pequenos rádios de seus celulares, nem nenhum som que indicasse que havia mais alguém no castelo a não ser ele mesmo. Mas o castelo era imenso. Ele o tinha visto do alto. Como poderia saber o que a fortaleza continha?

Ficou horas ali sentado, sozinho, encurvado, tremendo de frio na camisa rasgada e calça leve, descalço, e desesperado para ouvir a aproximação de seu filho pelo lado de fora da porta.

Seu novo braço esquerdo não parecia diferente do antigo, com os dedos se movimentando com facilidade, como sempre, a pele do mesmo tom escuro de todo o resto de sua pele. Parecia ter sido um sonho que ele tivesse um dia visto aquele machado cair sobre seu ombro. Lamentava não ter estado consciente para ver o novo braço crescendo, ganhando forma, desenvolvendo a mão, conseguindo se completar. Lastimava não ter visto o braço decepado ganhar a forma de um homem. Mas talvez fosse necessário que ele estivesse inconsciente para esses prodígios se realizarem.

O fogo ainda queimava, mas a grande acha calcinada, ali no meio, já estava perdendo o calor, e tudo o que restava dos gravetos e folhas que antes tinham enchido a lareira eram brasas. Logo não haveria nenhum calor nesse aposento apavorante.

A maior defesa que Derek tinha contra seu medo vinha, porém, de novas recordações de tempos antigos, uma enxurrada de novas lembranças despertadas nele pela formação de seu filho.

Ele tinha certeza absoluta de que os Pais jamais haviam dito uma palavra que fosse a ele e aos companheiros para indicar que poderiam se multiplicar de uma forma ou de outra. Será que Kapetria sabia disso e tinha mantido a informação em segredo? Foi a Kapetria que os Pais deram o conhecimento superior, que os Pais afirmavam ser tudo de que necessitavam para sobreviver e concluir sua missão. Como ele via agora com nitidez os Pais explicando que eles deveriam cumprir sua missão, como ouvia com clareza as vozes suaves, enquanto explicavam que tinha sido "com esse propósito e somente com ele" que tinham sido criados.

Vocês nasceram com esse único propósito.

Lembrem-se, vocês todos devem estar juntos, no interior do domo, e precisam se reunir para fazer isso diante dele, se de todo possível, explicando-lhe como ele nos decepcionou e por que isso tem que ser feito.

Estava claro que os Pais não lhes tinham dito como deveriam se multiplicar. Não era necessário, certo? E como os Pais haviam ressaltado que nunca enviariam para o planeta outro ser tão informado quanto Amel! Esse tinha sido seu erro terrível, disseram eles, o de equipar Amel com imensos conhecimentos e inteligência para disseminar a peste no planeta e estudar seus efeitos ao longo dos séculos sob todos os muitos aspectos que os Pais exigiam.

Quase nunca os mamíferos num planeta ganham ascendência. Se o planeta não tivesse sido atingido por aquele asteroide, isso jamais teria acontecido, e nós conhecemos os resultados...

Eles tinham criado Amel para ser recebido no planeta como um deus, pelos toscos primatas mamíferos, de tal modo que Amel pudesse governá-los e forçá-los a cooperar, enquanto se preparava para disseminar a peste.

Será que Derek tinha um dia repassado mentalmente esses fatos específicos? Num relance, ele viu os Pais, viu seus enormes olhos redondos, seu rosto magnífico, viu-os quando erguiam suas asas.

Nessa época na Terra havia uma expressão para o que acontecera com Amel. Ele tinha se "misturado com os nativos" do planeta. Abandonara a obediência aos Pais. Tinha usado todo o conhecimento sofisticado que lhe conferiram para conquistar poder entre os primitivos primatas mamíferos que descobriu. Ele havia adotado seus costumes.

E assim os quatro nascidos para punir Amel não tinham sido criados com o imenso conhecimento que Amel possuía. Foram providos somente com o conhecimento de que necessitariam para cumprir a missão que Amel jamais tinha cumprido. E Kapetria, a líder, seria a autoridade a quem recorreriam em tudo o que não compreendessem.

A vasta e espaçosa morada dos Pais nunca tinha lhe aparecido com tanta nitidez até então, em suas recordações, aqueles numerosos aposentos, dotados de paredes que viviam e respiravam com imagens vivas da Terra, e os grandes módulos nos quais os Pais se elevavam aos galhos do topo das árvores enormes. As paredes dos aposentos eram monitores com a resolução das telas modernas de cinema. Será que recebiam imagens de todos os cantos da Terra, ou apenas das vastas terras não desbravadas em torno de Atalantaya?

– Vocês estão equipados – disse o Pai de olhos redondos e luminosos, que falava com eles com tanta doçura, com tudo de que precisam saber para cumprir essa missão. E esse ser delicado, o doce e manso Derek, irá alertá-los para o perigo, pois ele é o mais sintonizado com as emoções dos habitantes da Terra. Portanto, prestem atenção quando ele estiver agitado e quando chorar. Prestem atenção ao que despertar seu medo. Observem o que estiver acontecendo em torno de vocês. E façam o que puderem para confortá-lo, porque ele sofre como vocês não.

Ah, que pensamento amargo – que eles deliberadamente o tivessem capacitado para sofrer. E, sendo assim, por que tinham ficado tão surpresos quando ele chorou diante da ideia de que todos eles iam morrer? Ele não conseguia parar de pensar naquele instante. "Mas eu não quero morrer."

Ah, mas essas lembranças ainda eram fragmentadas. Ele não conseguia reuni-las num todo. Podia perceber as lacunas. Tinha uma sensação de ter passado um longo período com os Pais, que agora estava perdido. Welf e Kapetria haviam só ficado olhando enquanto Derek chorava. Foi Kapetria quem levantou a questão: por que os Pais os tinham feito tão complexos e poderosos se sua missão seria cumprida com a própria morte?

– Para nós, é simples – disse o maior dos Pais – fazer criaturas como vocês. E vocês vão precisar do poder e da capacidade de recuperação que lhes foram conferidos, para sobreviver nas terras selvagens e para ganhar acesso a Atalantaya com segurança, sem despertar suspeitas em Amel. Nós sempre os observaremos. Seus corpos contêm os meios pelos quais podemos rastreá-los, vê-los e ouvi-los. Quer dizer, até que entrem em Atalantaya, onde o domo impossibilitará que os monitoremos ou que lhes demos ajuda. – Havia muito mais do que isso.

Ah, será que Kapetria se zangaria com ele quando descobrisse que tinha conseguido dar à luz uma cópia de si mesmo, por intermédio do braço decepado? Kapetria estava viva, estava viva e respirava. E ele precisava parar de pensar na raiva dela. Quando foi que Kapetria chegou a demonstrar qualquer coisa que não fosse carinho para com ele? E sem dúvida ela compreenderia que ele não sabia o que estava ocorrendo, e não teria podido impedir os acontecimentos. E depois, e se Kapetria não soubesse...?

Aos poucos o calabouço se encheu com a claridade leitosa e fraca daquela latitude. Derek mais uma vez tentou atiçar as brasas que estavam se apagando, mas de nada adiantou. Ocorreu-lhe a ideia de tirar a camisa e queimá-la, mas isto não foi suficiente para reacender a acha maior. Derek batia os dentes de tanto frio.

Um som. Ele tinha ouvido um som nítido. Pôs-se de pé e se afastou da porta. Alguém estava do outro lado da porta, e também tirava a trava simples de seus suportes. E agora a porta se abria para fora, e Derek viu a figura maravilhosa do seu filho, ali parado.

O filho usava calça jeans preta, de tecido pesado, e um grosso suéter branco. Estava com meias e sapatos. Seu cabelo preto e dourado tinha sido penteado e contido. Também utilizando um belo casacão de *tweed* grosso, até a altura dos joelhos.

– Vamos, Pai, depressa – disse o rapaz. – Sei onde estamos e como sair daqui. Há humanos nesta ilha, e eu não sei por quanto tempo ficaremos sozinhos.

Derek correu para os braços do filho.

– Pai, não temos tempo para lágrimas agora – disse o rapaz. – Podemos chorar e nos alegrar mais tarde. Encontrei quartos e guarda-roupas, com trajes que servem para mim e para você. Já fiz malas com roupas, dinheiro, muito dinheiro, passaportes e cartões de crédito, tudo o que for imaginável que seja necessário. Agora você precisa vir se vestir. Está tremendo de frio. E eu ainda tenho algum trabalho no computador a fazer. Essas criaturas vão pagar por tê-lo feito prisioneiro por tantos anos. Vão pagar com tudo o que pudermos levar deste lugar.

O rapaz pegou a mão de Derek e o conduziu, veloz, pela escada de pedra em caracol até um corredor superior, também de pedra, tão severo e tosco quanto o calabouço tinha sido.

Em questão de minutos, porém, eles haviam chegado a outro andar, com portas abertas para muitos quartos bem mobiliados. Ah, a riqueza desses demônios, desses monstros, pensou Derek. Mas seu ódio não era forte o suficiente para suplantar seu medo.

Entraram num quarto espaçoso, revestido com lambris de carvalho, com uma cama guarnecida de dossel, espessos tapetes azuis e cortinas de um salmão claro cobrindo as janelas de arco altas. O brilho fraco do sol do norte atravessava o céu cinzento lá fora. Nas paredes havia grandes quadros modernos com pesadas molduras douradas. E também poltronas reclináveis de veludo e um televisor fino de tela plana, muito maior do que os que Derek tinha visto até então.

Escrivaninha, computadores, cômodas, closets lotados de roupas. E o computador na escrivaninha estava ligado, com a tela tomada por imagens do mar. Fazia anos que Derek não via um computador, e ele nunca tinha visto um com um monitor tão grande.

– Suspeito que o acólito do monstro, Benedict, tenha sido o dono desses closets – disse o rapaz, ao abrir um par de portas duplas. Havia paletós e ternos completos em cabides, prateleiras de camisas e suéteres dobrados, fileiras reluzentes de botas e sapatos sociais.

O piso estava coalhado de papel-moeda, da Inglaterra, da França, o que parecia ser da Rússia, euros e dólares americanos, passaportes e pilhas de cartões de crédito amarradas com elástico.

– Pai, acorda! – disse o rapaz. Começou a tirar paletós, suéteres e calças dos cabides e das prateleiras, que recendiam levemente a cedro. – Aqui, Pai, se vista da maneira mais rápida e confortável que puder. Escolha o que quiser, mas trate de se apressar. E as malas em cima da cama estão feitas.

– Não entendo como você sabe todas essas coisas – disse Derek.

– Sei tudo o que você sabe, Pai. A gente pode falar sobre isso depois. Esse bebedor de sangue, Benedict, tinha uma coleção de relógios. Olhe, pegue este aqui. É novinho em folha.

Derek lutava para se recompor.

– Agora preciso voltar para o computador – disse o garoto. Ele se sentou à escrivaninha e começou a batucar no teclado com dois dedos, exatamente como Derek sempre fazia. – Estamos ao norte da ilha de Saint Kilda. Há três embarcações na enseada e preciso descobrir mais informações sobre como pilotar a lancha de cruzeiro maior. A lancha de corrida é complicada demais, e a embarcação menor não desenvolve velocidade suficiente.

Derek teve dificuldade com o relógio, mas conseguiu afivelar a pulseira de couro. Era um relógio velho, mas estava funcionando. Então, agora, ele lhe diria os minutos e as horas de sua nova liberdade. De repente, se sentiu faminto, exausto, sobrecarregado. Queria estar animado, eficiente e poder ajudar o rapaz.

Ele se aproximou para ver a tela do computador por cima do ombro do filho.

De imediato, fotos de um iate gigantesco encheram a tela, um Cheoy Lee 58 Sportfish. O rapaz estava avançando rápido pelo interior de cabines luxuosas e o que parecia ser algum tipo de cockpit ou sala de comando. Derek não conhecia nada sobre embarcações modernas.

– Pai, vista-se. Deixe que eu cuido disso aqui. Depressa.

Derek encontrou uma calça de lã escura e a vestiu. Tirou da embalagem uma camisa branca nova. Enquanto amassava sua velha camisa rasgada, uma onda de rancor e raiva passou por ele.

– Eles me mantiveram preso por dez anos – disse ele, baixinho. – Dez anos, se você consegue imaginar, dez anos, trancado numa cela lúgubre num porão em Budapeste... – As palavras estavam jorrando dele, descontroladas.

– Eu sei – disse o filho. – Temos tempo para a vingança. Vou poder manobrar essa lancha com facilidade. Tudo que preciso saber está aqui. Sem problema. O canal 16 é o canal universal da Guarda Costeira. Se a embarcação estiver com os tanques cheios...

Derek encontrou uma escova e um pente e tentou fazer alguma coisa para melhorar a aparência do cabelo rebelde e desgrenhado. Viu uma imagem de si mesmo no espelho comprido na porta aberta do closet. Fazia anos que não via o próprio reflexo. Era incrivelmente boa a sensação de forçar a escova a passar pelo seu cabelo denso. Mas ele sabia que o filho tinha uma segurança e uma atitude que não possuía. Parecia que ele era o irmão mais novo do próprio filho.

De repente, o computador começou a falar. Mas a fala estava totalmente misturada com o som de alguém tocando piano. Ah, era Benji Mahmoud falando na estação de rádio dos vampiros.

– E todos os Filhos da Noite do mundo inteiro devem estar de prontidão para essas três criaturas, Felix Welf, a dra. Karen Rhinehart, que talvez também use Kapetria como seu nome do meio, e Garekyn, que está na costa Oeste dos Estados Unidos e assassinou mais um bebedor de sangue.

– Welf! Você ouviu isso?! – exclamou Derek. – Welf está com Kapetria. Nós todos estamos vivos, todos nós! Todos nós!

– É, eu sei – disse o rapaz, com indiferença, enquanto permanecia concentrado na tela. Ele batia nas teclas sem descanso enquanto a voz continuava. De repente, Derek viu três rostos no monitor: o de Garekyn, jazendo inconsciente em algum tipo de mesa, e retratos oficiais de frente de Kapetria e Welf.

Welf estava sorrindo na fotografia, Welf, o calmo, aquele que sempre sorria com tanta facilidade, meu irmãozão! A cabeleira encaracolada estava enorme e bonita, e seus olhos escuros, cheios de animação.

E nós vamos estar juntos de novo! Derek estava lutando para conter as lágrimas.

– Precisamos escapar, precisamos sobreviver, precisamos! – disse ele, de um jeito infantil. E prosseguiu: – Nem em um milhão de anos você vai saber o que tudo isso significa.

Ele abotoou a camisa nova e limpa e a enfiou na cintura da calça.

A voz continuou, com as palavras seguindo firmes por trás da correnteza suave da música, como uma fita escura se desenrolando.

– Eu sei o que significa, Pai, porque sei tudo o que você sabe, já lhe disse isso. Só que não tenho toda essa emoção ligada às informações. – O rapaz olhou para ele. – Agora quero que me dê um nome.

A voz do computador estava dizendo alguma coisa sobre assassinato, sangue, decapitação. E também descrevendo o trio de criaturas não humanas de pele e cabelo negros como seres assassinos, um perigo para os mortos-vivos. Alerta mundial. Todos os bebedores de sangue deveriam caçar o trio.

– Ouça o que ele diz! Ele está mentindo! – disse Derek. Estava examinando as meias e botas dispostas na cama. – Preste atenção! Está tudo errado. Nós não somos inimigos de nada. O que você disse acerca de um nome?

– Sugiro que meu nome seja Derek Two, pronunciado como uma única palavra e escrito de modo condizente, Derektwo, e vou adotar seu último sobrenome moderno, Alcazar, que você adotou de quem o salvou.

– Não – disse Derek, mas o foco de sua atenção estava voltado para a voz do rádio. – Você não é tão esperto quanto acha que é. Roland conhece o sobrenome Alcazar. Roland foi a meu apartamento em Madri, depois de ter feito de mim seu prisioneiro, e revirou tudo em busca de informações. Roland disse que eu tinha morrido.

Derek se sentou num divã de couro com as meias pretas e os sapatos marrons que tinha escolhido entre os que estavam na cama. Os sapatos lhe serviriam bastante bem.

– É claro, você tem razão. Tudo o que você sabe está dentro de mim, mas não sou perfeito no acesso às informações. Dê-me um nome.

– Derektwo parece absurdo e é essa a impressão que causaria – disse Derek.

Pele negra, disse Benji Mahmoud, cabelo negro encaracolado, mechas douradas muito visíveis. Força de dez seres humanos. Desejo pelo sangue e cérebro vampíricos.

– Isso só pode ser uma mentira! – disse Derek. – Nós não temos nenhum desejo irresistível pelo sangue ou pelo cérebro de vampiros. Essa é uma mentira imunda.

– Meu nome, Pai. Você precisa me dar um nome.

– O que é isso? Um batismo? – perguntou Derek. – Abrevie para D-e-r--t-u – disse Derek. – Esse já está bom. E parece bem normal. E, se vierem a existir um terceiro e um quarto Derek, a gente descobre um jeito de dar um nome razoável. Dertu vai servir. Você não precisa de sobrenome por enquanto.

– Muito bem – disse o rapaz. – Que seja Dertu. Nunca pensei nisso. O sobrenome pode esperar. Seja como for, não podemos nos arriscar a fazer nada a partir deste computador. Vamos nos preocupar com sobrenomes quando chegarmos à Escócia ou à Irlanda.

Derek calçou as meias pretas, adorando seu toque sedoso. Os sapatos, marrons, eram macios, refinados, sem fivelas nem zíperes, mas deu trabalho calçá-los.

– ... extremamente perigosos – disse a voz do computador, baixa, praticamente inaudível. – Pede-se que todos os anciãos venham à corte. O Príncipe pediu isso. Todos os anciãos devem, se for possível, vir à corte para trocar ideias sobre a questão dessas ameaçadoras criaturas não humanas.

– Está tudo errado o que ele está dizendo. Eles devem ter feito alguma coisa contra Garekyn. Ele nunca teria ferido ninguém, nem mesmo um bebedor de sangue, por sua própria iniciativa. Somos as Pessoas do Propósito. Criamos um novo propósito, todos nós juntos, um voto solene de cumprir esse novo propósito. Esses seres fizeram alguma coisa contra ele, e ele revidou. Agora o estão caluniando! Querem que ele seja destruído.

Dertu se ajoelhou diante dele, para ajudá-lo com os sapatos.

– Agora vista um suéter, quem sabe dois – disse o rapaz. – As luvas e cachecóis estão em cima da cama.

De repente, Dertu aumentou o volume do computador.

– Qualquer um que aviste uma dessas estranhas criaturas não humanas deve nos ligar, para esse número – disse Benji Mahmoud. – Lembrem-se, uma secretária eletrônica atenderá e registrará as informações a qualquer hora do dia ou da noite. Para entrar direto no ar na minha ausência, teclem o número dois em seu aparelho. Forneçam as informações empregando a faixa habitual. Sejam claros e sucintos quanto ao lugar onde viram os não humanos e a que horas. É muito importante que mencionem o horário. E é muito importante que falem na faixa de frequência correta. Quando eu voltar ao ar, responderei a suas chamadas assim que puder.

Dertu de imediato pegou uma caneta esferográfica da escrivaninha e escreveu alguma coisa no pulso.

– O que você está escrevendo? – perguntou Derek.

– Não importa. – O rapaz estava se encaminhando para a porta. – Preciso procurar laptops, qualquer coisa que possamos levar junto...

– Não me deixe aqui – disse Derek.

Derek estava atordoado. Veio um som de estática do computador. Uma voz feminina estava falando:

– Aqui é Selena, ligando de Hong Kong, Benji. Estamos todos aqui em estado de alerta, mas não temos como chegar à corte a essa hora. Benji, por favor, mande notícias atualizadas assim que possível.

Dertu estava oferecendo a Derek um bom e grosso suéter de *cashmere*. Vermelho. Derek detestava essa cor, mas não havia tempo. Ele o vestiu.

– Se você soubesse como é difícil forjar identidades – resmungou Derek. – E Roland foi lá e destruiu a minha. Ele costumava me dizer: "Ninguém jamais vai vir procurá-lo. Ninguém jamais vai tentar descobrir o que aconteceu com você."

Dertu lhe entregou um casaco preto, um casaco tão macio quanto o suéter. Era um sobretudo masculino formal, com um forro primoroso, de fabricação alemã.

– Bem, talvez já não seja assim tão difícil – disse o rapaz. – Pode ser que só se precise de dinheiro, e nós temos muito.

– Essas criaturas podem até ser mais poderosas, em termos físicos, do que nos damos conta – dizia Benji Mahmoud. – Garekyn Zweck Brovotkin pode ter deixado Los Angeles, e no momento não temos nenhuma pista sobre seu destino.

Dertu pôs um cachecol em torno do pescoço do pai.

– Roupas limpas – disse Derek, baixinho. Ele se viu de novo no espelho, recomposto. Não conseguia se mexer. – Roupas limpas. Não sentir frio.

– E nós sabemos que os monstros estão cientes desta transmissão – disse Benji Mahmoud através do computador – e que estão nos escutando. Somente horas após transmitirmos o alerta sobre Garekyn Zweck Brovotkin, a dra. Karen Rhinehart e seu companheiro, Welf, desapareceram de seu apartamento em Genebra. Suspeitamos que a dra. Rhinehart e seu companheiro viessem nos espionando já havia algum tempo, e a escuta regular deste programa sem dúvida fazia parte da espionagem...

Dertu parecia petrificado, olhando fixo para o computador.

– ... vocês devem ser discretos quando entrarem no ar para dar seus relatos. Vocês querem alertar seus irmãos e irmãs. Não querem ajudar esses monstros de modo algum.

– Meu Deus – disse Derek. – Eles são nossos inimigos declarados. Vão tentar nos destruir à primeira vista. Nós nos tornamos demônios para eles como eles são para nós.

– Não, não à primeira vista – sussurrou Dertu. – Eles querem que nos aproximemos.

Ele levantou um dedo, pedindo silêncio.

– Não acredito nisso – disse Derek. – Quero me manter à maior distância possível deles e de seus iguais.

Mas alguém tinha entrado no enorme castelo de pedra. Mais uma vez Dertu fez um gesto pedindo silêncio. Podiam ouvir passos pesados, irregulares, que ecoavam como num poço de escada de madeira, e um som fraco, como se a pessoa estivesse cantarolando.

Dertu desligou o volume do computador. Fez um gesto para Derek fechar a porta do closet.

– Agora já não temos tempo para fazer mais nada aqui – sussurrou Dertu. – Vista o casaco, Pai.

Sim, uma voz humana, masculina, cantando alguma modinha alegre, enquanto os passos se aproximavam. Dertu pegou as duas malas de couro e entregou uma para Derek.

– O que acha de nos apresentarmos a esse ser humano como dois hóspedes normais da casa? – disse ele.

Eles descobriram o velho zelador humano, de cabelo grisalho, numa grande sala de visitas, onde o homem cantava para si mesmo, enquanto tirava o pó da mobília, com um trapo com o cheiro forte de lustra-móveis, totalmente despercebido da presença deles até Dertu lhe dirigir a palavra:

– Nosso anfitrião sugeriu que levássemos a menor das duas embarcações maiores – disse Dertu ao velho. – Disse que achava que ela seria de manejo mais fácil. Será que ele se lembrou de deixá-la abastecida?

– Ah, a *Benedicta* – disse o velho. – Ela está sempre abastecida e pronta para zarpar. – Ele olhava para Dertu e Derek com seus olhos cinzentos, desbotados. Seu sorriso era cordial. Parecia totalmente inofensivo em seu cardigã verde, frouxo, com retalhos marrons aplicados nos cotovelos e calça velha manchada perto da bainha. – O patrão não me avisou que estava com visitas. Puxa, eu teria lhes levado o café da manhã.

– Estou morrendo de fome – sussurrou Derek. – Não me lembro de não estar com fome.

– Bem, sabe como é nosso querido anfitrião – disse Dertu, animado, para o velhote. – Será que ele se ofenderia se o chamassem de excêntrico? Tem comida na lancha?

O velho riu. Ele tirou um óculos do bolso da camisa e olhou para Dertu através de lentes espessas.

– Acho que o patrão adora ser chamado de excêntrico – disse ele. – E, sim, a geladeira da *Benedicta* está sempre abastecida com o essencial. Na realidade, ela é a embarcação preferida do patrão. Ele até pilota a nova. Mas é dela que ele mais gosta. As chaves estão no escritório da casa dos barcos. Não dá para não ver a casa dos barcos. Mas posso descer com vocês se quiserem.

– Não é necessário – disse Dertu. – Quanto tempo se leva daqui até Oban?

– Oban? Meu Deus, rapazinho, naquele barco você vai levar três horas só para chegar a Harris. Vocês vão passar o dia inteiro no mar. Ouça, por que não descem e começam a se instalar na lancha? Ela tem uma lareira, sabiam? E eu preparo um farnel para o almoço e o jantar de vocês. E qualquer outra coisa de que precisem. Na verdade, vocês deveriam pegar um voo em Harris, se estão decididos a ir a Oban. A menos que sejam apaixonados pelo mar.

– Muito obrigado – disse Dertu. – Agora, nosso generoso anfitrião disse que havia em algum lugar um laptop que poderíamos levar e um celular também.

– Bem, ele devia estar se referindo àqueles que guardou depois que o sr. Benedict partiu. Havia uns dois que ainda não tinham sido usados. Agora desçam e comecem a se inteirar da lancha. E eu vou ver o que posso preparar rapidinho. Vão encontrar vinho e queijos na geladeira. Suco de frutas, água vitaminada. Tem pão no congelador. É só pôr na torradeira, certo? E o queijo *brie* descongela sem problemas.

– É realmente muita gentileza sua – disse Dertu, segurando a mão do homem –, e diga a nosso querido anfitrião que nossa estada foi esplêndida, que achamos seu castelo simplesmente incrível e que não houve um único aspecto dele que não nos tenha agradado, com toda a certeza. Venha, Derek. Vamos.

O vento açoitava com violência em volta do grande castelo, à medida que eles desciam a escadaria íngreme até o caminho, que circundava o chalé do zelador e os campos, e descia até a enseada. Em toda a volta, as árvores da ilha eram cinzentas e retorcidas por conta do vento feroz, e a terra estava molhada das chuvas recentes.

– Estou livre – murmurou Derek consigo mesmo, mas sem conseguir sentir a alegria. Ele parou, se virou e, enfrentando o vento, ergueu os olhos para a aridez daquele gigantesco castelo de pedra cinzenta pela última vez. Ele o encheu de medo, tanto quanto o mar cinzento, encapelado, em toda a sua volta.

– Eu poderia ter ficado preso lá dentro para sempre – sussurrou Derek, sem conseguir sentir que tinha escapado, que estava livre e que Dertu estava a seu lado.

– Vamos, Pai – disse Dertu.

Havia na realidade quatro embarcações diferentes no pequeno porto, três das quais eram lanchas de cruzeiro, e todas sendo jogadas com violência, apesar das amarras. A maior pareceu sinistra a Derek, mas a enorme lancha de cruzeiro, a *Benedicta*, aparenta ser sólida e pesada, e talvez segura para o mar enregelante.

Dertu seguiu pelo píer até a casa dos barcos, saindo de lá daí a um instante e exibindo as chaves bem alto.

Ele embarcou primeiro e veio ajudar Derek, tirando-lhe a mala da mão e carregando as duas para o espaçoso salão, que fez Derek se lembrar das fotos que tinha visto no computador. Mobília embutida, sofás listrados, assoalho reluzente de madeira. A cozinha de bordo era tão grande quanto o salão, e lá estava a enorme geladeira com seus preciosos vinhos e alimentos.

Dertu examinou tudo, pegou uma garrafa de *brandy* no bar, a abriu e ofereceu ao pai.

– Não muito, só o bastante para você se aquecer.

– Não podemos beber – disse Derek.

– É, eu sei de tudo isso, e sei que vocês bebiam e vêm bebendo. Todos vocês. Quando chegaram à Terra, adoraram o vinho, a cerveja, os destilados. Agora é só um gole. Vamos.

As mãos de Derek tremiam. O rapaz precisou firmar a garrafa para ele.

– Quando estivermos no mar, quando estivermos a salvo, eu me tornarei o homem que você quer que eu seja, eu lhe prometo – disse Derek.

– Só deixe tudo por minha conta – respondeu Dertu.

O *brandy* era fogo líquido. Mas ele adorou, gostou do calor na garganta e no peito. Seus olhos começaram a lacrimejar. Ele tomou mais um gole, e um pouco de *brandy* escorreu por seu rosto.

Dertu subiu por uma escada de madeira curta e estreita para entrar na sala de comando superior, ou ponte, ou cabine de comando, ou seja lá como era chamada.

Derek foi atrás, tentando manifestar seu apoio, mas toda aquela empreitada o apavorava. Dertu estava empolgado. Ele se sentou numa das duas grandes cadeiras de couro branco e examinou o volante, os mostradores, dispositivos e alavancas.

— E se nos afogarmos no mar? — disse Derek. Era como se as palavras tivessem saído por vontade própria. — Derrotados novamente, nós dois dessa vez, e anos tiverem se passado antes que venhamos à tona? — Ele tomou mais um gole do *brandy*. De repente, se sentiu exultante. Foi uma sensação tão boa que o medo quase desapareceu por completo e no mesmo instante.

— Pai, pare de se preocupar — disse Dertu. — Eu consigo levar essa lancha até o Norte da Irlanda. É lá que nossos problemas começam, porque, sem documentos de identidade com foto, não poderemos viajar neste mundo.

— Achei que você disse Oban — comentou Derek.

— Para despistar, é claro.

Derek pensou de novo em como foi difícil e demorado para ele criar suas identidades anteriores, as quais o tinham acompanhado por três quartos do século XX. Pensou nas amizades que havia feito no mundo moderno, amigos que nunca souberam de um átomo de verdade a seu respeito. Pensou se sentiram sua falta, se algum dia procuraram por ele. Tinha havido uma mulher... Fazia anos que não pensava nessas coisas. E estava chorando de novo. Ah, isso era horrível, esse choro. Voltaram-lhe outras lembranças daqueles tempos antigos, quando ele tinha aberto os olhos num mundo mais primitivo. Tomou mais um bom gole do *brandy*. Kapetria se zangaria se soubesse que ele estivera bebendo.

— Bem, pode ser que consigamos acesso aos outros a partir de Derry — disse Dertu. Parecia que ele estava fazendo cálculos. — Vamos dar um jeito. Nosso primeiro problema é sair daqui e chegar a terra. — Ele estava remexendo nos bolsos em busca de alguma coisa, e então a encontrou. Um celular.

— Não temos sinal aqui — disse ele. — Era o que eu temia.

Eles ouviram o velho chamando.

Ele e a esposa de cabelo branco tinham vindo a bordo e estavam pondo na geladeira sacos de alimentos frescos. A mulher pôs em cima da mesa embutida um laptop novinho e alguns celulares novos, ainda na embalagem.

Dertu atacou o homem com perguntas.

— Ah, não, nada de sistema de rastreamento nesta lancha — disse o velhote. — Nada de Wi-Fi. O patrão nunca ia aceitar uma coisa dessa. Ele desconfia de todos os aparelhos rastreadores de GPS. Qualquer coisa que possibilite que alguém rastreie. As ideias dele são muito antiquadas a respeito disso tudo. Quando ele parte por mar é porque quer, como ele mesmo diz, desaparecer da face da Terra. Nem mesmo a embarcação maior tem qualquer tipo de dispositivo rastreador instalado nela. Como você disse, o patrão é um homem excêntrico.

Derek ajudou a mulher a arrumar os mantimentos. A visão da ave assada embalada em filme plástico pareceu tão deliciosa ao seu estômago faminto que ele chegou a sentir dor. E as bananas e as frutas frescas, como conseguiam tudo isso naquele fim de mundo? Ele mal podia esperar que os dois se fossem para poder devorar alguma coisa, qualquer coisa, e sentir que a fome, sua velha companheira, ia embora.

Como eram gentis e cheios de consideração, aqueles dois, pensou Derek. E como o grande Rhoshamandes ia ficar furioso com eles naquela noite, quando descobrisse que tinham sido enganados. Derek temia pelos dois. Mas a verdade era que o monstro tinha uma reputação a zelar, não é mesmo?

Dertu abraçou a ambos e lhes agradeceu.

Num impulso, Derek enlaçou o velho num abraço.

– Diga a nosso generoso anfitrião que precisamos partir – disse ele, imitando a atitude de Dertu – e que agradecemos a ele toda a gentileza que vocês nos demonstraram, que nunca se queixaram de nada, que você e sua mulher foram muito bondosos conosco. – Ele percebeu que talvez isso não tivesse o efeito que pretendia. Mas que outra mensagem poderia mandar para aquele monstro impiedoso? Tomara que o demônio não tivesse tempo para maltratar seus zeladores.

O casal de velhos voltou apressado a terra e começou a soltar as amarras para liberar a embarcação.

Os motores poderosos zumbiam. Dertu estava na sala de comando, falando por meio de algum tipo de microfone, talvez com alguma autoridade costeira. Derek não conseguia ouvi-lo.

Estava acontecendo. Eles estavam escapando. Iriam embora da ilha da prisão.

Derek encontrou cobertores por baixo dos sofás de couro do salão e os levou para a sala de comando, em cima.

– O tempo não está tão ruim quanto parece – disse Dertu. – Traçamos uma rota até Harris, mas não é para lá que vamos. Só tem uma coisa que quero fazer antes. Quero seguir meu instinto. – Ele olhou para Derek com um ar de interrogação.

– Está perguntando para mim? – Derek deu de ombros. – Vá em frente, não importa o que seja. Seus instintos são muito melhores que os meus.

Dertu desembarcou rapidamente. Disse algumas palavras ao casal de velhos e então, enquanto eles esperavam, correu na direção da casa dos barcos, com o vento fazendo voar sua longa cabeleira preta e dourada.

Derek ficou ali parado, tremendo de frio, com as mãos enfiadas nos bolsos do casaco, se perguntando se era possível que o rapaz soubesse tudo, tudo sobre sua longa vida, sobre as vezes em que tinha acordado num mundo primitivo e voltado a subir para as cavernas de gelo das montanhas, para se congelar novamente, sobre a tristeza daqueles tempos entre os humanos primitivos do continente que o mundo conhecia agora como América do Sul.

Será que aquilo tudo estava na superfície para o rapaz ou ele precisava se esforçar para recolher as informações? Qualquer que fosse o caso, eles estavam juntos, ele e Dertu, e Dertu parecia ser uma versão aperfeiçoada e novinha em folha do próprio Derek, sem os estorvos do medo ou da mágoa, capaz de fazer coisas que Derek simplesmente nunca tinha aprendido a fazer. Seria essa a intenção do método de propagação? Será que toda a sua prole, se supondo que pudesse desenvolver outros, será que todos eles seriam melhores do que ele?

Depressa, Dertu. Depressa. Esses monstros têm seres humanos trabalhando para eles neste mundo: procuradores, advogados, seja lá o que for. Depressa.

Ele por fim viu o filho correndo pelo píer em sua direção. Que bela figura naqueles trajes sofisticados.

"E se eu decepasse uma perna, será que uma criatura semelhante brotaria dela?", perguntava-se Derek. "E se eu decepasse o mesmo braço esquerdo?"

Havia tanta coisa para eles descobrirem juntos.

Dertu apertou a mão do velhote, embarcou com um salto e a última amarra foi solta. Ele correu para a ponte de comando e se jogou na cadeira de couro diante do volante. De imediato, a lancha avançou, se afastando do píer. O velho casal acenava em despedida.

– Mas o que você foi fazer lá de novo? – perguntou Derek.

Dertu mantinha os olhos no volante e no enorme para-brisa frontal, agora salpicado com respingos do mar.

– Liguei para o programa de Benji Mahmoud do telefone da casa dos barcos. Entrei no ar direto. Falei baixo, como eles falam. E disse: "Derek está vivo e quer que Kapetria, Welf e Garekyn saibam disso. E Derek não está sozinho. Bebedores de sangue fizeram a crueldade de manter Derek em cativeiro. Um bebedor de sangue de Budapeste chamado Roland manteve Derek preso por dez anos e merece nossa vingança. E Rhoshamandes, seu cúmplice, fez uma crueldade indescritível com Derek. Eles ocultaram tudo isso do grande Príncipe e da grande corte. Derek e eu nunca faríamos mal a um bebedor de sangue de modo proposital. Não tentem nos caçar. Vamos nos reunir, nós lhes imploramos. Nunca foi nossa intenção fazer mal a seres humanos, nem a vocês!"

– Você não fez isso! – Derek estava chocado. – Você nunca deveria ter feito isso!

Dertu sorria enquanto conduzia a lancha rumo ao mar aberto. As ondas pareciam grandes o suficiente para fazê-la virar, mas não a viraram. Os borrifos do mar se adensaram no vidro.

– Dertu, você ficou louco?

– Pai, foi a atitude perfeita a tomar – disse Dertu. – Não contei que estávamos no mar. Não lhes disse aonde estávamos indo. Eles vão rastrear o telefonema e descobrir que partiu de um telefone fixo nessa ilha, mas isso vai ser só daqui a horas, quando já não for dia claro aqui e estivermos bem longe.

A lancha pesada ganhou velocidade, enfrentando as ondas enormes. O céu e o mar estavam de um cinza-chumbo.

– Eles virão atrás de nós! – disse Derek. – Há bebedores de sangue acordados neste momento em algum lugar do mundo. Dertu, essas criaturas podem voar.

– Bem, elas não podem voar aqui agora, certo? – disse Dertu. – Ainda temos oito horas de dia claro. E agora todos aqueles bebedores de sangue sabem que o desprezado Rhoshamandes escondeu segredos do Príncipe e da corte. Em questão de horas a corte saberá o que Rhoshamandes fez.

Era verdade.

– Mas para onde vamos? – perguntou Derek. – Onde podemos nos esconder? E se eles tiverem auxiliares humanos, advogados, você sabe, funcionários como aquele velhote?

– Não se preocupe – disse o rapaz. – Mesmo que esses funcionários existam, não vão poder agir com rapidez suficiente. Estaremos com Kapetria antes do que você pensa. Agora desça, coma alguma coisa. Acenda a lareira no salão. Você está faminto e não consegue raciocinar.

Atordoado, Derek desceu a escada, meio trôpego, e atravessou o salão até a cozinha. Da geladeira tirou uma garrafa de suco de laranja e, se encolhendo com o gelo que passava pela luva, bebeu metade dela. Maravilha. Néctar dos deuses. Que delícia! Havia outras garrafas de água vitaminada, suco de legumes, leite e mais suco de laranja. E também todos aqueles pratos de papel com comida coberta com filme plástico, frango, rosbife, presunto.

Ficou ali parado, tremendo. Forçou-se então a subir a escada até o cockpit e passou a garrafa de suco de laranja para Dertu.

— Se Kapetria estiver escutando aquela transmissão — disse Dertu —, e eles acham que ela está, entraremos em contato com ela nesta mesma noite, em Derry, na Irlanda do Norte. Esse é meu plano.

— Mas como isso vai ser possível? — perguntou Derek.

Dertu tomou o que restava do suco de laranja.

— Pai, confesso que consumi muita comida mais cedo na cozinha do castelo. Eu estava esfomeado. Devorei a comida como uma fera. Agora é você que precisa comer. Eu deveria ter lhe levado alimento. Não sou um bom filho.

— Ora, não seja bobo — sussurrou Derek. — Você era um recém-nascido. Devia estar morrendo de fome. Eu sou um péssimo pai. E como vamos poder entrar em contato com Kapetria hoje à noite?

— Deixei mais uma mensagem no telefone fixo, pai. E tomara que ninguém a apague nem desligue a linha. Acho que não vão fazer isso.

— Mais uma mensagem, dizendo o quê?

Era óbvio que Dertu estava empolgado com o que tinha feito. Ele pilotava a lancha sem olhar para o pai, mas não pôde deixar de sorrir.

— Falando na antiquíssima língua de Atalantaya — disse Dertu —, eu disse a Kapetria para aplicar o alfabeto à língua, seguindo uma transliteração para o inglês, e inundar a internet, se fosse preciso, com sites ou postagens que indicassem como poderíamos encontrá-la. Disse-lhe para nos mandar endereços por e-mail na língua antiga. E, na língua antiga também, eu lhe falei do nosso destino verdadeiro. Informei o nome do país e o da cidade. Ah, se eu ao menos tivesse aproveitado mais meu tempo diante do computador. Se eu ao menos tivesse pensado em tudo isso antes, poderia ter lhe passado até mesmo o nome de um hotel. Não importa. Aqueles bebedores de sangue nunca vão decifrar a língua antiga, por mais sobrenatural que seja sua inteligência. Ela é estranha demais, e eles não têm por onde começar.

Derek estava pasmo.

— Eu nunca teria pensado em fazer tudo isso.

— Bem, eu mesmo não pensei rápido o suficiente para um planejamento completo — disse Dertu.

— E se Benji Mahmoud encerrar a transmissão, apagar a mensagem, impedir que ela seja arquivada?

— Pai, a mensagem precisa estar no ar apenas o tempo suficiente para Kapetria e Garekyn a ouvirem, está entendendo? E, quando chegarmos a terra, vou procurar as mensagens de Kapetria. Já tenho aparelhos para fazer isso de imediato.

– Eles, os vampiros, querem nos matar – disse Derek.

– Em algum lugar no mundo, Kapetria está ouvindo aquela mensagem na língua antiga – disse Dertu. – Ela irá a Derry nos procurar, se isto for possível. Lembro-me dela com tanta clareza quanto você, pai. Kapetria é sábia. Foi Kapetria que concebeu o novo propósito. Ela virá. E os bebedores de sangue não vão conseguir reunir seus recursos com velocidade suficiente para impedir que isso aconteça, porque eles não têm as informações que dei a Kapetria na língua antiga.

Derek estava sem palavras. Ficou ali parado, sem largar a garrafa vazia de suco de laranja, e então lambeu seu gargalo. Um menino-prodígio esse rapaz, pensou ele. Ninguém jamais teria conseguido mantê-lo preso por dez anos num porão em Budapeste.

– Desça de uma vez – disse Dertu. – Acenda a lareira. Coma e durma.

– E se você der um dos braços para gerar um filho, Dertu – perguntou Derek –, será que esse filho vai ser mais inteligente do que você, na mesma medida em que você é tão mais inteligente do que eu?

– Não sei, pai. Mas aposto que em breve vamos poder descobrir. Enquanto isso, por favor, pare de sentir medo. Por favor, confie em mim.

Derek desceu para o salão. Estava estupefato. Ficou ali parado um bom tempo e, então, se lembrou do que deveria fazer. O mar se encontrava um pouco mais calmo, e estava claro que a lancha seguia a alta velocidade.

A lareira era elétrica, com achas de porcelana, simples de acender. E fornecia chamas mais bonitas, de aparência mais natural, do que ele jamais tinha imaginado ser possível. Ele ficou sentado, imóvel, no sofá listrado, olhando para as chamas enquanto a cabine aos poucos se enchia de calor, um calor abençoado.

Parecia que ele nunca tinha sentido nada tão fantástico quanto esse calor. Jamais havia percorrido as matas das terras selvagens, eras atrás, com Welf, Kapetria e Garekyn, enquanto Kapetria falava do perigo de serem capturados e de que todos deviam se lembrar de que tinham sido feitos para sobreviver.

E então morrer em Atalantaya, pensou Derek, quando a cidade explodir em labaredas e fumaça. Mas não tinha dito isso em voz alta. Sabia que não deveria se queixar. Havia nascido para uma única finalidade. E ainda não vira os esplendores de Atalantaya. Nenhum deles tinha visto. Conheciam somente os aposentos dos pais com as paredes como telas de cinema e seus espaçosos jardins fechados.

Agora, na pequena embarcação que jogava de leve, ele se deitou no sofá listrado e se cobriu com uma das mantas. Ela era macia como seu sobretudo. Um calor agradável tomou conta do aposento, ameno como a luz da lareira. Meio dormindo, meio acordado, ele estava novamente caminhando pela selva, com seus entes queridos. Pode ser que não precisemos seguir apressados para lá, pensou ele, e isso foi antes que os nativos os encontrassem e fossem tão gentis com eles, antes que se sentassem para sua primeira festa. Ele se lembrou dos tambores e da dança, da música misteriosa das flautas de madeira e do chefe falando com Kapetria:

– Nosso senhor, Amel, vai recebê-los em Atalantaya. Vocês são bem do tipo a quem ele dá boas-vindas. Vamos mandar um aviso ao porto de manhã. Ele vai recebê-los de braços abertos.

Derek fechou os olhos. Estava cochilando. Viu Amel, da pele clara e cabelo ruivo, dos olhos verdes como os de um deus. Amel falava.

– Eles mentem e são do mal. São a origem de todo o mal!

Kapetria estava tentando ponderar com ele:

– Mesmo que seja verdade o que você está dizendo...

Derek abriu os olhos, sobressaltado. De todos os lados caía sobre a embarcação uma chuva torrencial. Água escorria no vidro das janelas. A cabine estava com um calor incrível e iluminada pela claridade doce e bruxuleante da lareira. Ele não se encontrava naquela cela horrenda em Budapeste, e nunca mais voltaria para lá. Estava livre.

Vinha música de lá do cockpit. Dertu tinha descoberto algum jeito de ouvir música. Escutava-se uma linda canção. Uma voz masculina perguntava: "Quem quer viver para sempre?" Era tão bonita essa música, tão tocante. Derek sentiu que seu coração se partia.

– Quem quer morrer? – sussurrou ele, e, como sempre, seus olhos se encheram de lágrimas.

A embarcação o embalava como um bebê no berço. Ou era o que ele imaginava, porque nunca tinha sido um bebê. Exatamente como um bebê num berço, seguindo pelo caminho das baleias! Derek se deixou levar. Estaria Kapetria neste exato instante a caminho para se encontrar com eles em Derry?

13

Lestat

O MUNDO INTEIRO dos mortos-vivos estava no château, ou era o que parecia. Todos os ambientes públicos, repletos de bebedores de sangue conversando em sussurros uns com os outros e se voltando para fazer uma reverência ou para me cumprimentar de algum modo sutil, quando Louis e eu aparecemos. Todas as velas de cera de abelha do velho castelo estavam acesas, todos os candelabros elétricos de parede ou de teto também. Eu podia ouvir a orquestra tocando no salão de baile.

Rose e Viktor tinham voltado e vieram de imediato falar comigo quando entrei no salão principal. Senti alívio ao ver que estavam ali. Avicus também veio me abraçar, da mesma forma que Zenóbia, sua eterna companheira. Eles sentiam muito pelo terrível erro dos novatos na Califórnia.

– Foi convocado um conselho dos anciãos, apenas – disse Thorne, fazendo pressão para que eu passasse pela multidão. – Eles não querem os novatos à mesa. E estão à sua espera.

– Sim – disse eu. – Eu sei.

No entanto, em cada portal havia algum desconhecido ou amigo curioso, olhando para mim com expectativa, enquanto eu atravessava um salão atrás do outro, rumando para a torre norte e sua majestosa escadaria em curva. Ah, o esplendor daquilo tudo nesse momento decididamente feudal em que todos os senhores menos importantes do mundo tinham vindo procurar abrigo debaixo do teto do suserano que defenderia a todos eles dos invasores, enquanto essas poderosas muralhas aguentassem.

Eu sentia dor de tanta sede. Sangue inocente. Não parava de pensar nisso, e culpava Amel pela sede, mas podia ser que Amel não estivesse por trás daquilo, no fim das contas. Mas não havia como adiar a reunião.

Amel tinha começado a murmurar para mim numa língua desconhecida assim que abri os olhos. De início eu tinha tentado decifrá-la para uma tradução, mas isto se revelou impossível. Os sons eram como os do sânscrito, que eu pouco tinha escutado falar na minha vida. Bem, não era sânscrito. Eu sabia porque consigo entendê-lo.

Não importava qual fosse a língua, se tornou claro que Amel estava pronunciando os mesmos fragmentos de fala repetidamente. Uma canção? Um poema? Um discurso?

Num piscar de olhos, as informações telepáticas do mundo a meu redor chegaram, penetrantes, para me informar que mensagens deixadas no programa de rádio de Benji eram a origem das canções que Amel estava entoando, mensagens dos não humanos, e que ninguém tinha conseguido fazer uma tradução. Por enquanto a linha telefônica da rádio ainda estava aberta, porque ninguém tomara a decisão de desligá-la. Os não humanos utilizavam nosso maior meio de comunicação para sua própria.

Subi apressado a escadaria até a câmara do conselho, sem fazer pouco caso dos protestos de Louis de que deveria ficar de fora.

– Tolice – sussurrei. – Preciso de você a meu lado.

Entrei na câmara do conselho, levando Louis comigo, mas pude ver que de fato se tratava de uma reunião dos anciãos e que Louis era sem dúvida o mais jovem no recinto. Cyril e Thorne assumiram a posição de costume, encostados na parede.

Sentei-me à cabeceira da mesa e fiz um gesto para Louis ocupar a cadeira vazia à minha direita.

Do outro lado, à minha esquerda, estava minha mãe e sua amada Sevraine, as duas em trajes informais modernos, masculinos, ternos elegantes de lã escura, com camisas de linho abertas no colarinho. O cabelo comprido de Sevraine formava o véu costumeiro sobre seus ombros, e o da minha mãe estava penteado na habitual trança única.

Marius estava na outra extremidade da mesa oval, direto à minha frente, que era seu lugar de costume e talvez o único fixo à mesa, sem contar com o meu. E esse era o Marius romano, responsável pela atual *Pax Romana* entre os bebedores de sangue. Marius, que, com grande frequência resolvia todas as questões de autoridade sobre as quais eu me recusava a me pronunciar. Ele usava sua túnica de veludo vermelho de mangas compridas, que quase sempre utilizava quando estava no château, e não tinha se dado ao trabalho de aparar o cabelo, como costumava fazer. O cabelo estava comprido e solto, ondulando pouco acima dos ombros. Ele ficava com um bloco de anotações à sua frente e uma caneta-tinteiro dourada.

– Você deveria ter destruído esse Rhoshamandes – disse ele, de imediato, com Gregory e Seth assentindo. Gregory estava sentado à sua direita, e Seth, à direita de Gregory.

– O que é isso, a Turma do Marius, reunida contra mim? – perguntei. – Já lhes disse mais de uma vez. Nunca darei a ordem para Rhoshamandes ser destruído. Querem matá-lo? Façam isso por sua própria conta!

Marius suspirou.

– É preciso haver uma autoridade aqui – disse ele, num tom sensato –, e isso nunca esteve mais claro do que agora.

Examinei os rostos em volta da mesa.

Teskhamen estava à esquerda de Marius e fez que sim em resposta a esse último comentário, e o mesmo fez Gremt, que estava à esquerda de Teskhamen. De fato, a Turma do Marius, pensei. Não havia espectros presentes, o que significava que aqueles dois sozinhos representavam a Talamasca. E isso também significava que de algum modo eles tinham acabado por vir oficialmente para nosso lado, com a aprovação de Marius. Se não fosse assim, não estariam ali num momento de crise como esse.

David, meu amado David Talbot, estava à esquerda de Gremt, sentado cabisbaixo, com os braços cruzados diante do peito. Parecia exausto, para não dizer mais nada, com o paletó cáqui e a camisa de algodão azul muito amarrotados, como se ele tivesse acabado de chegar por acaso ao château.

Armand estava ao lado de Louis, à minha direita, e também com sua aparência habitual, num casaco de veludo vinho-escuro, com camadas de renda na gola, o perfeito senhor elegante do Portão da Trindade, com o rosto pálido de garoto inescrutável, como sempre.

Ao lado de Armand estava Allesandra, minha velha rainha da seita satânica nos subterrâneos de Les Innocents, que não vinha à corte desde o início do Ano-Novo. Ela continuava a crescer em beleza e presença desde sua ressurreição, e seu cabelo louro-cinza estava preso para trás, no alto da cabeça, com uma presilha de marfim, caindo em cascata por suas costas e sobre os ombros. Ela estava usando um vestido longo, simples, de veludo azul-escuro, sem ornamentos.

Percebi uma imensa tristeza em Allesandra.

Ao seu lado, entre ela e David Talbot, estava um vampiro negro de uma beleza estonteante, que eu nunca tinha visto, embora soubesse quem ele era. E, em silêncio, quando nossos olhos se encontraram, ele me passou seu nome, Arion. Sua pele era tão preta que quase chegava a ser azulada, e seus olhos pareciam amarelos, embora eu acredite que, na realidade, devessem ser de um verde claro. Seu paletó e sua camisa eram praticamente trapos. No pulso esquerdo ele usava um relógio incompatível, um daqueles que mostra as horas em todo o mundo. E seu cabelo preto e crespo estava aparado bem curto.

Senti uma dor súbita no coração ao vê-lo. Era com esse vampiro poderoso, em algum lugar na costa da Itália, que dois novatos, que me eram muito caros, poderiam ter estado hospedados, quando tinham começado as trágicas conflagrações do ano anterior. Ninguém tinha visto esses dois vampiros, nem ouvido notícias deles desde as Queimas. E eu tive uma sensação desesperada de que esse Arion conhecia o destino deles. Também tive a noção de que ele não estava liberando essa informação para mim no momento porque aquela não era a hora para sua revelação, e seu rápido olhar furtivo para Marius fez com que eu soubesse que ele achava que outras coisas teriam prioridade aqui.

Pandora estava sentada bem em frente a Arion, em seu habitual vestido bordado, o cabelo castanho muito ondulado brilhava de tão limpo. E à sua esquerda estava Arjun, Arjun da Índia, sua cria, seu companheiro, trajado, como era seu costume, num elegante *sherwani* preto.

À esquerda de Arjun estava Fareed, que sempre se sentava à direita de seu criador, Seth. Ambos usavam os simples jalecos brancos de algodão dos médicos, com camisas e gravatas sem toque de personalidade.

Nada de Benji, embora eu soubesse que ele estava no castelo, e tivesse esperado encontrá-lo ali, em razão da importância das transmissões de rádio.

E nada de Chrysanthe, a esposa de Gregory. Em outras palavras, apenas os que assumiam e queriam o poder.

Marius começou de imediato:

– Eis o que aconteceu – disse ele. – Durante as horas do dia, os não humanos usaram as transmissões de rádio para se comunicarem conosco e uns com os outros. Precisamos decidir imediatamente se vamos encerrar ou não as transmissões de rádio.

– Sou a favor de deixá-las no ar – disse Teskhamen, o que me surpreendeu, e acho que o fato de ser interrompido causou um pouco de espanto em Marius. Teskhamen estava usando traje moderno, um terno elegante e camisa de linho, bem no estilo de Gregory. – Deixem que eles se comuniquem e que se reúnam. Especialmente agora que sabemos que Rhoshamandes está no seu encalço. Tivemos notícias de que Rhoshamandes está furioso e anda tramando contra nós com um vampiro da Hungria chamado Roland. Os dois dispõem de recursos poderosos. E vocês... nós precisamos entrar em contato com essas criaturas, precisamos descobrir o que elas sabem de Amel.

— Sim, esse é o foco da emergência — disse Marius. — O foco da emergência é Amel.

— Bem, Amel está dentro de mim agora — disse eu. — Mas está calado.

— Deixem-me resumir o que sabemos — disse Marius. — Hoje de manhã, por volta das nove horas, um não humano, sem nome, ligou para o programa de rádio e explicou que ele e alguém chamado Derek estavam fugindo do castelo de Rhoshamandes na ilha de Saint Rayne. A criatura explicou que Derek tinha sido mantido em cativeiro por um bebedor de sangue chamado Roland, de Budapeste, que o tinha mantido preso naquela cidade por dez anos. — A voz de Marius deu uma indicação sutil da raiva que ele sentia por isso. — Só recentemente Rhoshamandes tomou posse desse Derek e o submeteu a uma enorme crueldade, segundo quem fez a chamada. Imediatamente depois dessa fala o não humano não identificado que fez a chamada transmitiu uma longa mensagem numa língua desconhecida.

Assenti:

— Eu a ouvi. Para mim ela é muito parecida com o sânscrito — disse eu —, mas talvez Arjun conheça essa língua.

— Não a conheço — disse Arjun, um pouco como que pedindo desculpas. — Não consigo decifrá-la. Realmente parece com o sânscrito, mas não é da mesma família.

Marius continuou:

— Agora, é verdade o que o ser disse a respeito de Rhoshamandes ter aprisionado essa criatura e Derek, e tê-la tratado com crueldade. Allesandra veio se unir a nós pouco antes do nascer do sol hoje, e está aqui para confirmar que presenciou o que Rhoshamandes fez a Derek. Rhoshamandes decepou o braço esquerdo de Derek e realmente tentou incinerar na lareira o braço decepado. O ferimento desse Derek sarou de imediato. E é quase certo que ele seja uma criatura semelhante a Garekyn Brovotkin, *e* Kapetria e Welf, cujas histórias vocês sabem. Na verdade, Allesandra deixou Rhoshamandes por causa do que ele fez a Derek e de sua recusa em nos informar a existência de Derek ou mesmo de trazer Derek à corte. Arion também deixou Rhoshamandes por esse motivo. Agora Rhoshamandes tem pleno conhecimento do ataque de Garekyn contra o Matador e contra Eleni. E, mesmo assim, ocultou de nós a informação sobre esse Derek.

— Foi um ser humano que deu esse telefonema?

— Não foi um humano — disse Marius. — Só podemos supor que seja mais um do grupo de não humanos. Presume-se que seja alguém que conseguiu resgatar Derek, embora a esta altura não tenhamos como saber de que modo ele descobriu onde Derek estava. – Ele fez um gesto pedindo paciência. – Cerca de duas horas depois que essa chamada foi ao ar, o próprio Garekyn ligou de um celular descartável, de algum ponto na Inglaterra, e também deixou uma mensagem, obviamente para os outros que falam essa mesma língua estranha. Mas, antes de desligar, ele também deixou uma mensagem detalhada para nós, dizendo que não pretendia nos fazer mal, que nunca tinha pretendido nos fazer mal, mas só queria entrar em contato conosco por motivos relacionados à identidade e à história de Amel. Disse que não era sua intenção matar ninguém, que na verdade, ele só estava se defendendo quando tirou a vida do Matador, e que só atacou Eleni com o objetivo de escapar do Portão da Trindade.

– Isso lhe parece razoável? – perguntei, me voltando para Armand.

Pareceu que ele não estava preparado para isso. Olhou de relance para Marius como que pedindo permissão para falar. Marius assentiu:

– Sim – disse Armand. – Creio que o Matador errou na abordagem a essa criatura poderosa. Mas a história não para por aí. – Ele fez um gesto para Marius.

– Esse Garekyn parecia totalmente razoável e até mesmo convincente – disse Marius. – Menos de uma hora depois, entrou outra chamada na linha. Desta vez, foi a dra. Karen Rhinehart, que se identificou como Kapetria, e também ela deixou uma longa mensagem na língua estranha, antes de nos dizer que ela e seus irmãos, como os chamou, não pretendiam de modo algum nos fazer mal e estavam profundamente angustiados ao descobrir que agora tínhamos decidido encarar como inimigos a ela, Welf, Derek e Garekyn, que nunca teriam tomado a iniciativa de nos fazer mal.

– Mais tarde, vou querer ouvir essas mensagens, mas por ora prossiga.

– Cerca de uma hora depois do pôr do sol – disse Marius –, enquanto você ainda estava protegido dos raios do sol, houve mais uma ligação, e desta vez foi do próprio Derek. Claro que ele transmitiu uma mensagem longa e obviamente emotiva na língua antiga, antes de nos contar em termos bem precisos a perversidade de Roland e Rhoshamandes, e falar de seu receio de que eles tentassem destruí-lo antes que ele conseguisse se encontrar com sua gente. Agora, se você quiser ouvir as mensagens, posso reproduzi-las para você, mas francamente acho que não temos tempo para isso. Precisamos decidir imediatamente se vamos manter em atividade as linhas telefônicas da rádio e que resposta, se é que alguma, devemos dar a essas criaturas acerca de nosso interesse por elas.

– Por mim, eu as deixaria funcionando – voltou a dizer Teskhamen. – É imprescindível que nós mesmos façamos contato com essas criaturas através das linhas.

— Sim, sem dúvida — disse Gregory —, especialmente se Rhoshamandes está em seu encalço e planeja usá-las como reféns.

— Bem, Amel sabe das mensagens obscuras — disse eu — porque começou a repeti-las ou talvez eu devesse dizer entoar trechos ou frases delas para mim, assim que abri os olhos. Mas não sei dizer se ele entende a língua ou o que ela significa para ele.

Gremt pediu a palavra.

— Se Amel não entende a língua agora — disse ele —, logo vai entender. — Sua expressão estava triste e aparentava não ter nada da energia dos outros a seu redor. — Amel é uma criatura que aprende. O tempo todo ele tem sido uma criatura que aprende.

Ainda assim, Amel não reagia, e permiti que soubessem disso sem que eu dissesse uma palavra.

— Devemos decidir como trazer essas criaturas para cá — disse Marius.

Todo esse tempo, Allesandra não tinha dito nada, mas começou a chorar durante a descrição da crueldade de Rhoshamandes. Armand passou um braço em torno dela e a segurava enquanto ela oscilava para a frente e para trás, aparentando um pesar profundo.

— Se vocês tivessem visto essa pobre criatura, Derek — disse Allesandra —, se tivessem visto o que ele sofreu. Talvez Fareed possa ajudá-lo. Restaurar o braço, se o pobre coitado conseguiu retirá-lo da lareira.

— Talvez eu possa — disse Fareed. — Isso poderia ser usado como um incentivo para Derek vir para cá em busca de refúgio imediatamente.

— Ele nunca iria conseguir, se Rhoshamandes estiver por aí — disse eu. — Rhosh veria quando Derek estivesse se aproximando e trataria de fazê-lo prisioneiro de novo.

— Então, eles precisam vir para cá de dia — disse David —, permanecer no vilarejo até o anoitecer e, então, serem trazidos até o castelo aqui em cima, antes do pôr do sol.

— Isso mesmo — disse Marius. — É assim que deve ser.

Ora, o vilarejo abaixo do château não era de modo algum um povoado de verdade, mas, sim, uma comunidade dos seres humanos que tinham restaurado o château e ainda estavam ocupados no processo de acabamento e benfeitorias, além dos técnicos que trabalhavam com a parte elétrica e conexões de computadores, e dos jardineiros, que cuidavam dos vastos terrenos que atualmente tinham o dobro da área do tempo de meu pai. A igreja reformada era para essas pessoas. Da mesma forma que a prefeitura. A estalagem era para visitas eventuais ou para novos trabalhadores que ainda não tivessem onde morar. As lojas atendiam a suas necessidades, aí incluídos DVDs, CDs e livros, além de mantimentos e assemelhados. Eles tinham uma lojinha de chocolates. Também possuíam lojas de roupas. Era um vilarejo bonitinho, construído meticulosamente em arquitetura de tempos passados. Mas toda essa gente ganhava muito bem para não fazer absolutamente nenhuma pergunta a nosso respeito e, de fato, acolheria esses seres e os hospedaria na estalagem restaurada até o anoitecer.

– E se eles forem hostis a nós? – perguntei. – Vocês querem trazê-los para dentro de casa, por assim dizer?

– É o que precisamos fazer – disse Teskhamen.

– Vejam bem, que ameaça eles representam? – perguntou David. – Esse coitado do Derek ficou preso dez anos debaixo do teto de um vampiro solitário. E daí que agora eles sejam cinco, supondo-se que possamos reuni-los? Afinal, o que poderiam fazer? Está evidente que querem nos conhecer.

– E por que isso é tão urgente? – perguntei. – Só porque eles têm conhecimento de nós? O mundo inteiro tem conhecimento de nós. Quer dizer que eles sabem que somos de verdade, e o mundo inteiro acha que não somos. Você acha que eles podem convencer o mundo inteiro a adotar outra visão de nós, sem que eles mesmos se revelem? E por que essas criaturas haveriam de se revelar para o mundo? E por que chegariam um dia a se colocar em nossas mãos se de fato forem uma espécie cujo sangue é reposto naturalmente em questão de algumas horas? Ora, poderíamos mantê-los prisioneiros para sempre.

Armand sussurrou baixinho que talvez não fosse má ideia fazer isso.

– Foi exatamente isso o que Roland fez com Derek – disse Allesandra. – E nosso Arion bebeu do sangue da criatura muitas vezes. E é verdade que o sangue volta a se recompor o tempo todo. E Roland o mantinha exatamente como uma espécie de fonte de sangue. – Era óbvio seu estado de indignação. – Você não pode fazer uma coisa dessa, Príncipe. Você não faria.

Marius abanou a cabeça, em desagrado, e cruzou os braços. Resmungava consigo mesmo, entre os dentes. Percebi algo que talvez devesse ter visto antes. A corte dera a Marius um propósito e uma vida nova. Ela o tinha tirado do limbo em que ele vinha existindo desde que Aqueles que Devem Ser Preservados foram destruídos. Havia seis meses que Marius vinha ganhando vitalidade, e eu me perguntava agora por que ele chegava a me tolerar. Será que ele não teria se revelado um monarca melhor? Descobri que sentia uma estranha indiferença quanto à questão de uma disputa pelo poder.

Dirigi-me a Arion:

– E o que você viu no sangue da criatura? – perguntei.

– Fragmentos desconexos, nada de importante, mas foi Rhoshamandes que teve uma estranha visão da grande cidade antes que ela afundasse no mar. Explicou a visão para Roland e para mim. Viu a cidade apinhada de gente, repleta de flores e árvores frutíferas, com uma infinidade de gigantescos prédios translúcidos. Ele disse que havia um "ser maior" na cidade, e o Ser Maior era... Amel.

– Precisamos convidá-los agora, antes que Rhoshamandes os encontre! – disse Marius, impaciente. – Não podemos deixar que caiam nas mãos dele.

– Bem, e de que modo Rhoshamandes ia conseguir encontrá-los? – perguntou minha mãe, falando com sua habitual voz mal-humorada. – Mas preciso dizer que, se você tivesse executado Rhoshamandes no ano passado, teria nos poupado muito trabalho.

– Concordo com isso – disse Seth, em voz baixa. Ele se voltou para mim pela primeira vez. – Ele deveria morrer pelo que fez no passado e pelo que acaba de fazer.

– Rhoshamandes tem seus próprios advogados humanos – disse Allesandra. Seus olhos lacrimejavam, mas ela prosseguiu, falando com a voz cuidadosamente controlada: – Tem montes de advogados trabalhando para ele, e os mandou procurar por Garekyn Brovotkin, usando o mesmo tipo de informação que seus advogados e representantes usam. – Ela se voltou para mim. – Rhoshamandes o despreza, Príncipe. E seu ódio e rancor só vêm crescendo. Se ele souber que você quer essas criaturas, com toda a certeza tentará capturá-las antes que consigam chegar aqui.

– Estamos perdendo tempo – disse Marius. – Por favor, mande chamar Benji, entre no ar e fale com os não humanos.

– Entendi tudo isso – disse eu. – Mas estou tentando encarar a questão de todos os ângulos. Não vejo motivo para nos precipitarmos. Essas criaturas são uma perfeita incógnita. Vocês estão supondo que Amel, no passado, foi de algum modo um deles?

– Foi Amel quem fez com que se revelassem – disse Teskhamen. – Amel, a menção a Amel nos programas de Benji. Amel. Eles estão procurando por Amel. E a médica e seu companheiro, não foi nenhuma coincidência que essa dra. Rhinehart estivesse trabalhando na empresa de Gregory, o espionando e o estudando. Eles estão por aí há anos, esses seres, talvez desde a época em que você escreveu pela primeira vez sobre Amel em seus livros, Lestat.

Fiz que sim.

— Mas tem alguma coisa aqui que não estou entendendo – disse eu. – Quer dizer que eles querem descobrir coisas sobre Amel. Mas não temos certeza de que nosso Amel é o deles. Não... – Mas fiz uma pausa. O que eu estava pensando? – Nosso Amel não tem de fato lembranças coerentes dessa cidade. E não dá nenhuma indicação de saber quem são esses indivíduos, só que talvez os tenha visto no passado.

— Lestat – disse Fareed. – Dê uma olhada na história de Amel. O que sabemos sobre ele? Pense nos séculos durante os quais os bebedores de sangue do mundo acreditaram que ele era um espírito irracional, período em que até mesmo as grandes Maharet e Mekare acreditavam que ele era um espírito irracional. E veja o que aconteceu quando esse espírito irracional adquiriu uma consciência própria e um ponto de vista.

— É, é claro.

— Mas você não está vendo? – disse Teskhamen. – Mesmo quando Amel abraçou um objetivo e começou a incitar as Queimas, e mesmo quando instigou Rhoshamandes a matar Maharet, você ainda supunha que ele era um espírito que nunca tinha vivido antes na Terra em qualquer forma corpórea, um espírito em evolução no sentido de alguma atividade com propósito.

— Você realmente não entende o que está envolvido nisso tudo? – perguntou Gremt. – Lestat, Amel viveu antes. Ele não é um espírito em evolução, é um espírito provido de identidade, de personalidade, nutrido em carne e osso, que podem lhe ser restaurados.

— Amel era o líder naquela cidade – disse Arion. – Rhoshamandes viu provas disso e de que ele controlava uma tecnologia que está além de nossos sonhos de hoje.

— Estou entendendo – disse eu. E eu estava começando a entender. – Se Amel podia fazer o que fez quando não sabia quem era, imaginem o que poderia fazer caso se lembrasse de sua história completa.

— É exatamente essa a questão – disse Fareed. – E Amel está dentro de você e em todos nós, e dependemos dele de uma forma indissociável.

— Gremt, o que você sabe sobre essa cidade antiga? – perguntei.

Gremt ficou calado por um tempo e depois falou:

— Não tenho nenhum conhecimento dela. Mas, como eu lhe disse, houve nos céus etéreos uma época em que eu vivia e Amel não estava lá. Depois, veio a chegada de Amel e guerras nos céus, por assim dizer, com seus tempestuosos desafios a outros espíritos e a enlouquecida corte que ele fazia às bruxas humanas ruivas Mekare e Maharet.

– Ruivas – disse Armand –, e cabelo ruivo foi o que vi no sangue de Garekyn Brovotkin. Um homem ruivo, com a pele clara, cabelo ruivo e olhos verdes.

– Será que foi assim tão simples? – refleti. – Que ele tenha se afeiçoado às bruxas por causa do cabelo ruivo? Não por seu poder?

– Pelas duas coisas! – disse Teskhamen. – A Talamasca há séculos vem estudando a ligação entre o cabelo ruivo e o poder mediúnico. Temos arquivos e mais arquivos sobre bruxas de cabelo ruivo, desde nossos primeiros tempos.

Caiu um silêncio na sala. Parecia que todos estavam me observando, mas não pude deixar de acreditar que procuravam, sim, algum sinal externo da presença *dele*. E nunca houve nenhum sinal externo. Havia apenas a pressão na minha nuca, a pressão que eu podia sentir, e alguma outra coisa como um calafrio me percorrendo.

– Lestat, preste atenção – disse Marius. – Não há como impedir Amel de descobrir qualquer coisa que ele queira saber dessas criaturas. Que isso seja por nosso intermédio, não por intermédio de Rhoshamandes.

Um terrível presságio tomou conta de mim. Não tinha nada a ver com executar Rhosh. Era poderosíssimo esse presságio.

– *"Apaga-te, apaga-te, chama fugaz"* – sussurrei.

Ouvi minha mãe rir. Mas ninguém mais riu.

– Quer dizer – disse ela, ainda rindo – que esses cientistas de outro mundo vieram atrás de Amel, certo? E será que era um corpo que estavam criando nos laboratórios da Collingsworth Pharmaceuticals? Um corpo para Amel? Conte-lhes, Fareed, a história dos caixotes. Será que um daqueles caixotes continha um corpo preparado para Amel, se ele quisesse escapar dos vampiros de uma vez por todas?

Ninguém respondeu.

Abaixei a cabeça. Fixei o olhar na superfície reluzente da mesa de mogno.

– Amel, por que você não fala? – perguntei em voz alta. – Você está escutando. Está ouvindo tudo. Por que não fala? Eles são seus amigos de outro tempo? E você conhece a língua que falam?

Ouvi sua resposta em alto e bom som, e tive certeza de que os outros também. Se Louis e minha mãe não puderam escutá-la de mim, eles a captaram de todos os outros que a ouviram em minha mente.

Eu nunca lhe faria mal. Você me ama. Você me amava quando ninguém mais amava.

– É verdade – disse eu. – Eu lhe entreguei meu corpo de bom grado. Mas quem são essas pessoas? Elas são de seu povo?

Eu não sei. Não sei quem elas são. E não sei o que sou, mas elas sabem o que eu sou, não sabem? Deixe que venham.

Silêncio mais uma vez.

– Pois bem – disse eu. – Entre no ar e dê-lhes um número pelo qual eles possam nos ligar agora.

Armand se levantou de imediato e saiu, supostamente para procurar Benji no estúdio.

– Há mais uma coisa que precisa ser feita de pronto – disse Marius.

– E que coisa é essa? – perguntei.

Allesandra começou a chorar de novo. Mas Marius não fez caso dela.

– Não se pode permitir que Rhoshamandes viva – disse Marius. – Todos nós sabemos disso e sabíamos disso no ano passado, quando ele matou Maharet. Você deve torná-lo um proscrito agora! E deixe que quem assim desejar o destrua.

– Tornar-me praticamente um Sila é o que você está querendo dizer! Proscrevê-lo! É isso o que devo ser no tempo que me resta, um ditador que proscreve?! Eu me recuso. A voz de Amel enganou Rhoshamandes! A voz de Amel o levou a matar Maharet. E eu não vou voltar atrás na palavra que dei a ele. Ouçam, podemos fazer com que essas criaturas venham a nós. É simples. Não importa quantos elfos ou aprendizes humanos Rhosh tenha neste mundo, ele não tem o controle sobre a linha telefônica da rádio.

– Gregory, Seth, Teskhamen e eu podemos nos encarregar – disse Marius. – Podemos dominá-lo e destruí-lo.

– Não – disse eu, me recostando na cadeira, desaprovando a ideia. – Não! Está errado. Rhoshamandes tem milhares de anos de idade. Ele viu coisas, sabe de coisas... Vocês não têm a minha bênção para fazer isso e, se o fizerem, não querem ter em mim um príncipe, mas um testa de ferro. E, francamente, acho que é isso o que sempre quiseram. E você seria o governante aqui, Marius, não eu. Faça isso e você se torna o Príncipe. Seu reinado começa quando ele morrer.

Espasmo em meu pescoço e minhas têmporas. De repente, minha mão direita se crispou. Amel tentava fazê-la saltar. Baixei os olhos como se estivesse refletindo, mas eu não estava. Pretendia derrotar o movimento dele para controlar minha mão. E, quando levantei os olhos de novo, vi que todos à mesa ficavam olhando para mim. Mas somente Gregory, Fareed, Seth e Marius pareciam perceber o que estava acontecendo. Seth olhava espantado para minha mão. Acrescente-se Gremt, que também fazia a mesma coisa.

– O pessoal de Rhoshamandes já vasculhou a casa de Garekyn Brovotkin em Londres – disse Teskhamen. – Enxotaram de lá a criadagem. Sem dúvida estão tentando rastrear toda e qualquer interação bancária que puderem encontrar para essa mulher, Kapetria.

Chega. Olhei para Arion.

– Vou entrar no ar e convidá-los a vir aqui – disse eu, me levantando. – Mas, antes disso, preciso falar com Arion. É sobre um assunto pessoal. E depois preciso descer ao vilarejo e me certificar de que tudo seja feito para proteger o vilarejo e o château, que os sistemas contra incêndio estejam funcionando, na eventualidade de Rhoshamandes de fato atacar.

– Tudo isso já foi feito, já está providenciado – disse Marius. Ele também estava de pé. – Mas pense no que ele poderia fazer se tentasse usar o fogo para nos forçar a sair.

Thorne deu sua opinião pela primeira vez:

– Se Rhoshamandes atacar, precisamos poder revidar – disse ele. Eu sabia o quanto odiava Rhoshamandes por ter matado Maharet.

Houve um murmúrio de concordância por parte dos que estavam à mesa.

– É claro – disse eu. – Se ele atacar, se ele tentar incendiar o château ou o vilarejo, sim, é lógico. Mas é provável que ele saiba muito bem que isso fará cair sobre ele a cólera de todos. Sim, se ele ousar fazer qualquer coisa desse tipo, podem incinerá-lo. Podem queimá-lo com todo o poder que vocês têm. Mas ele não vai ser tão idiota assim.

– Ele tem como atacar e recuar com muita velocidade – disse Gregory. – Todos nós devemos permanecer de prontidão da hora em que você entrar no ar até o amanhecer. – Eles estavam se levantando, afastando as cadeiras da mesa. – Precisamos fazer um plano para a segurança das terras.

Um suspiro longo e entristecido veio de Sevraine. Ela também tinha se levantado.

– Montarei guarda com vocês – disse ela.

Era óbvio que era isso o que queriam. E estavam certos. E, de qualquer modo, não havia como impedi-los. Tive esperança de que Rhoshamandes não se aproximasse e rezei por isso, mas a verdade é que, se ele fosse tolo o suficiente para atacar, bem, receberia o que merecia.

Olhei mais uma vez para Arion. Ele já estava vindo em minha direção. E saímos juntos da câmara do conselho.

14

Rhoshamandes

Nunca tinha sentido tanta raiva, não em momento algum de toda a sua existência. Nem mesmo na noite em que Benedict o tinha deixado, sentiu uma raiva como essa. Sua amada *Benedicta* acabara de ser encontrada, à deriva ao largo da costa da Irlanda do Norte, sem um dos botes salva-vidas. E os pobres coitados dos seus zeladores mortais estavam em pranto por terem sido ludibriados pelos supostos "hóspedes" pouco depois do amanhecer. Quem tinha resgatado aquele desgraçado do Derek? Como essa pessoa o tinha encontrado?!

E qual era o significado da estranha descrição dos dois por parte dos velhos? Que eles pareciam gêmeos, só que o cabelo de um deles era cheio de mechas douradas espalhadas? Fora isso, eram idênticos!

– O que você está pensando é inconcebível – disse Roland.

Eles estavam parados, juntos, na enorme sala de estar da casa em estilo Tudor na Redington Road, em Londres, que pertencia ao não humano Garekyn Brovotkin. À sua volta tudo estava vazio, em silêncio, exatamente como quando tinham chegado.

– O que você quer dizer com "inconcebível"? – disse Rhoshamandes. Ele estava ficando farto de Roland, o palerma que tinha guardado por uma década o segredo de Derek, o ser de outro mundo. – Se posso conceber uma ideia, ela é concebível, meu amigo. O braço cresceu, se transformando numa cópia da criatura!

– Mas, se ele pudesse se multiplicar dessa forma, sem dúvida teria feito isto já há muito tempo.

– Não, se ele não soubesse como fazê-lo – disse Rhoshamandes. – Você achou que ele era um gênio da espécie? Ele era uma criança, um peão, um soldado de infantaria, na melhor das hipóteses. Para mim, teria sido fácil derrubá-lo se eu não tivesse sido prejudicado por tanta interferência.

– Você precisa falar com a corte – disse Roland. – Precisa dizer para eles desligarem as transmissões da rádio. Precisa procurá-los agora.

– Nem pensar – disse Rhoshamandes. Estava se sentindo humilhado, furioso. As palavras de seu velho zelador, apavorado, ecoavam em seus ouvidos: "Achamos que eram hóspedes. Nós lhes demos comida, vinho..."

Quando pensou na imagem do antigo quarto de Benedict num caos, com roupas, dinheiro e documentos espalhados por todo o assoalho, experimentou uma raiva que não conseguiu conter mais.

– A criatura não vai voltar para esta casa – disse Roland. – Não importa o que sejam, são inteligentes demais para fazer isso.

Quando Rhosh não lhe deu resposta, Roland insistiu:

– Diga à corte que você quer voltar – disse ele. – Eu vou com você. Não se atreverão a lhe fazer mal numa hora como essa. E vão precisar de você, vão querer sua cooperação e ajuda.

Por um breve segundo, apenas um segundo, aquilo pareceu possível – um futuro no qual Rhosh seria bem-vindo, no qual Benedict estaria presente, talvez pleiteando sua aceitação, e então ele conversaria com o Príncipe e veria Sevraine mais uma vez, Sevraine, que tinha se recusado a recebê-lo em sua morada, e estaria com Gregory, que tinha sido trazido para esse reino das trevas havia cinco mil anos. Mas tudo isso desapareceu, esse fugaz lampejo de possibilidade, como se fosse a última chama de uma vela que se apaga.

Antes mesmo que ele tivesse se decidido, o calor tinha saído de dentro dele, atingindo as cortinas pesadas que adornavam as janelas dessa sala, fazendo com que explodissem em labaredas.

Roland ficou espantado. Roland, que faria bem em parar de falar de uma vez. Roland, que ia rodopiando, enquanto todas as cortinas da sala imponente eram incendiadas, enquanto os lambris escuros de carvalho começavam a empolar e a soltar fumaça.

Ah, esse era um poder dos mais convenientes e, sob certos aspectos, o mais delicioso dos poderes, se bem que, na realidade, Rhosh o tivesse descoberto muito tarde naquela sua longa jornada através do tempo e raramente o utilizasse como o estava usando agora, reservando-o para tarefas mais banais – acender o fogo na lareira, acender velas em candelabros. Mas a sensação era mesmo fantástica, com o músculo invisível se contraindo e se soltando por trás da sua testa, e o súbito espetáculo da fumaça rugindo na direção do teto, a partir dos tecidos sintéticos em toda a sua volta.

Depois de respirar fundo, ele fez explodir as portas duplas e saiu andando por cima do vidro quebrado para a tranquilidade da noite, sem atentar para o uivo eletrônico de um alarme de incêndios. Roland estava bem a seu lado como um cachorro fiel, e como Rhoshamandes, de repente, o detestou! Mas, lembre-se, esse é seu único aliado no mundo inteiro! No mundo inteiro! Allesandra o abandonou. E Arion, aquela criatura falsa e imprestável, tinha ido com ela também, direto para o Príncipe.

As vozes telepáticas do mundo vampiresco estavam rindo dele, rindo de Rhoshamandes à medida que suas crias o abandonavam. Somente Roland permaneceu: Roland, que tinha acolhido Rhosh em casa e que lhe dera Derek de presente, o não humano com o sangue espesso, delicioso.

Rhosh se virou e lançou o jato de fogo contra as janelas do andar superior, uma após a outra da esquerda para a direita, fazendo os estilhaços de vidro voarem em todas as direções, incendiando os aposentos lá dentro. E agora o ar estava tomado pelo barulho das sirenes. As nuvens carrancudas ficavam da cor de sangue.

Ah, se ao menos Rhosh tivesse conhecido esse poder séculos atrás... Teria destruído aquela seita satânica por baixo do cemitério Les Innocents, teria destruído Armand e recuperado as crias que os Filhos de Satã lhe haviam roubado. Mas na época ele não sabia. Não, foi o grande Lestat em seus livros que tinha se tornado o primeiro verdadeiro mestre-escola dos mortos-vivos, e Marius, seu catedrático. Como ele odiava a todos eles!

Deu as costas a casa, vendo sua sombra comprida lançada à sua frente na grama molhada, e a sombra de Roland, como um anjo hesitante a seu lado.

– Vamos voltar a Derry – disse Roland. – Vamos vasculhar mentes sem parar, até que alguém nos passe a imagem deles dois.

– A esta altura, já deixaram Derry – disse Rhoshamandes. – Já se passou muito tempo desde que aquele garoto ranhento ligou para a estação de rádio e lhes disse onde estava.

– Mas eles não têm nenhuma identidade. Não podem se movimentar neste mundo sem isso.

– Ah, homem de pouca fé e pouco conhecimento!

Seguiram rápido pelo escuro com toda a velocidade de que dispunham até encontrarem uma rua tranquila, afastada do incêndio da casa de Garekyn e dos caminhões dos bombeiros que estavam se concentrando em volta dela.

Roland estava falando de novo. E quase nunca parava de falar. Ele dizia alguma coisa sobre a transmissão, e Rhosh pensava em como tinha sido gostosa a sensação de queimar aquela casa, como fora prazeroso reduzir a cinzas qualquer coisa que pertencesse ao colega daquele pequeno Derek, fraco e desprezível, que tanto lhe lembrara seu Benedict, em certos momentos, um eterno rapaz, um rapaz imortal, uma combinação desgraçada da raiva de um homem e do desamparo de uma criança.

É, ponha o pequeno fone de ouvido e escute o programa. De que me importa o programa? De que me importa qualquer coisa?

Parecia que um enorme abismo tinha se aberto embaixo de seus pés na noite em que Benedict foi embora. E também que ele havia visto as profundezas desse abismo e enfrentara a verdade mais medonha de sua existência, a de que, sem Benedict, nada realmente significava alguma coisa para ele, que tinha sido Benedict, o pobre e manso Benedict, que o mantinha vivo, não o sangue humano e o poder de Amel para sempre transmutando suas células de humanas para imortais – simplesmente Benedict, a necessidade e o amor dele. E todas as outras paixões de Rhoshamandes foram extintas em chamas, exatamente como se Benedict tivesse usado o Dom do Fogo quando deixou a vida de Rhoshamandes para sempre.

Ele pensou no Príncipe. Viu seu rosto sorridente e seus olhos brilhantes, faiscantes, ouviu o timbre de sua voz. Será que Rhoshamandes um dia tinha tido tanta paixão pela vida quanto o Príncipe, que já havia morrido e ressuscitado naquela sua vida vampiresca, curta e mimada, que se alimentava do amor ao seu redor tanto quanto de sangue e que declarou amor por aquele demônio Amel, que tinha levado Rhoshamandes a essa situação desastrosa! – o Príncipe, que era intocável enquanto Amel permanecesse dentro dele?

Rhoshamandes poderia ter lançado o Dom do Fogo contra o mundo inteiro! Poderia ter incendiado todas essas casas ao seu redor, essas árvores. E também as próprias nuvens lá no alto e provocado uma tempestade de chuva sobre incêndios que nada conseguiria apagar. Poderia ter incendiado a cidade de Londres! A sensação crescente do seu poder o emocionava ligeiramente, aquecendo um pouco aquele seu coração duro e gelado, como se ele pudesse de fato voltar a ter emoções.

Roland veio a passos largos na sua direção.

– O Príncipe está no ar agora – disse Roland. – O Príncipe os está convidando a fazer uma visita à corte. Ele diz que convidará todos eles para irem ao château. E que tomará todas as providências.

Roland estendeu o pequeno celular para Rhosh ouvir. Como Rhosh se sentiu tentado a esmagar o aparelhinho até ele virar areia, areia cintilando com minúsculas partículas de vidro. Ou dirigir o Dom do Fogo, tão recente, tão deliciosamente poderoso, contra esse aqui, Roland, só para ver quanto tempo levaria para alguém tão velho e poderoso como ele queimar até morrer.

Em Roland alguma coisa mudou. Seus olhos se fixaram nos de Rhosh, como se os pensamentos deste tivessem saltado de sua mente para apertar com força o coração de Roland, muito embora Rhosh nunca tivesse pretendido que acontecesse nada semelhante.

Rhosh sorriu. Estendeu a mão e a pousou no ombro de Roland.

– "Afasta-te de mim, Satanás" – disse Rhosh. – Vem comigo ou vai embora. – E, dando meia-volta, Rhosh subiu veloz rumo às nuvens esparsas e às estrelas desbotadas lá no alto.

15

Lestat

A IGREJINHA ESTAVA ESCURA e vazia. Havia apenas dez anos, meu querido arquiteto a tinha reconstruído a partir do chão, em conformidade com os registros históricos que conseguiram encontrar e com minhas próprias recordações. E ela era muito semelhante à velha igreja de meus tempos, quando parecia enorme a meus olhos de criança, e as missas rezadas no altar distante tinham sido a única ligação com o Divino que um dia chegou a ser oferecida a mim.

Sentei no primeiro banco, contemplando o altar, o tabernáculo de prata polida com o crucifixo acima e, além, a grande pintura oval de São Luís de França, em todo o seu esplendor majestoso, partindo para as Cruzadas em seu corcel branco.

Meu amado arquiteto e chefe de pessoal tinha acabado de sair, depois de me garantir que todos os sistemas de controle de incêndio no vilarejo e no castelo se encontravam em perfeito estado. E sim, a estalagem estava preparada para os hóspedes que chegariam em algum momento, depois que amanhecesse, e sim, seriam conduzidos ao castelo pouco antes do pôr do sol.

Somente Arion permanecia comigo.

Fiquei olhando para o altar, e Arion olhou para mim. Arion, que tinha a própria dor a transmitir, sua história daqueles dominados pelo encantamento da Voz, que haviam incendiado sua vila e arrasado seus pomares e jardins, deixando a terra calcinada.

– Eu a vi morrer – disse ele. Tinha me contado a história inteira, e agora sua voz baixa já não ecoava pela capela.

– Tenho certeza de que era Mona. Vi seu cabelo ruivo. Eu a vi morrer, mas pareceu que se foi num instante, que não sofreu. E quanto a Quinn, não sei se ele estava por lá; mas, se não estava, então onde está? E por que nunca voltou? Esperei três noites naquelas ruínas angustiantes, queimado e sofrendo em agonia, à espera dele. Nunca mais tive notícias dele. Se estivesse vivo, decerto teria voltado ou teria ido procurá-lo. Ou ainda teria ido procurar a Talamasca.

– Ela morreu – disse eu, baixinho. – "Quem dera tivesse morrido depois... quando talvez houvesse tempo para chorar por ela." – Minha voz não fazia justiça ao que eu realmente estava sentindo, essa dor para a qual não há remédio, nem mesmo a passagem do tempo. Essa dor que nunca irá embora. Essa tristeza por todos os erros que eu tinha cometido e por todos os entes queridos que havia perdido.

"Eu soube que eles tinham morrido no ano passado", disse eu, com a voz baixa, "quando nos reunimos no Portão da Trindade e eles não apareceram, porque teriam comparecido se estivessem vivos. Eu sabia. Achei que tinham morrido no complexo de Maharet, na primeira vez em que Khayman foi levado pela Voz a incendiar os arquivos antigos que eles estavam examinando. Eu recebia cartas deles. Tinham adorado estudar com Maharet. Não entendiam por que eu não estava lá, estudando com eles, conversando com Maharet..."

O que eu estava dizendo? Que diferença fazia agora? Maharet, Mona e Quinn, todos mortos.

– Sinto muito mesmo – disse Arion.

Ele falava tão baixo que nenhum mortal que nos espionasse poderia ter ouvido. Falou de sua tristeza, de sua dor, daqueles que ele tinha amado, amado por tanto tempo, agora mortos, de seu palácio paradisíaco sendo destruído e de todos os objetos entre aquelas paredes que ele havia reunido ao longo dos anos, todos destruídos. E de como partira para pedir ajuda a Roland, que fora seu velho amigo, desde os tempos em que Pompeia era uma cidade próspera, de como Roland tinha se compadecido dele e de como, graças a ele, o sangue do estranho Derek, não humano, lhe havia restaurado a saúde.

– Muito bem – disse eu. – Agora você está aqui conosco.

– Estou e pretendo permanecer – disse ele. – Quer dizer, se vocês me aceitarem.

– Esta é sua corte, e eu sou seu Príncipe. E é claro que você pode ficar – disse eu.

Fechei os olhos. Eu estava me lembrando da voz de Mona, do riso dela, Mona, a bruxa, que tinha se transformado em Mona, a bebedora de sangue, ingênua, atrevida, corajosa e apaixonada pelo Dom das Trevas e por todos os dons do mundo do dia e da noite.

– Venha – disse Arion. – Vamos voltar a subir o monte. Seu amigo Louis está lá fora, e está esperando por você.

Eu o acompanhei pela passagem entre os bancos. Antes de sairmos dali, olhei para o alto, para os vitrais estreitos. Os cinco mistérios gozosos do Rosário estavam descritos num lado da nave, e os cinco mistérios dolorosos, no outro lado. Muitíssimo mais belos do que no meu tempo. Mas não era estranho que o cheiro da cera fosse o mesmo? Assim como o da madeira? E o bruxuleio das luzes de vigília diante da imagem da Virgem era exatamente igual ao que tinha sido mais de dois séculos atrás.

Parei para acender duas velas, uma para cada um deles.

De repente o pequeno celular vibrou em meu bolso, como se fosse um roedor minúsculo que tivesse despertado para pedir misericórdia. E pude ouvir os brados de Benji, enquanto vinha correndo na direção da igreja.

– Ela está na linha! – gritou Benji. – É Kapetria!

16

Derek

Aix-en-Provence

Ele já não estava amedrontado. Agora não. Não com Kapetria o segurando num abraço. Não se encontrava apavorado. Ai, como ela era linda, sua Kapetria, com o cabelo penteado para trás numa trança presa à cabeça, com sua bela blusa de seda da cor de açafrão e saia justa preta, as pernas envoltas em náilon preto translúcido e os pés tão delicados nos sapatos de saltos altos, ela aqui, a verdadeira Kapetria de repente em carne e osso, numa nuvem de perfume francês, com a boca pintada e os olhos escuros como o céu da noite acima deles. Não, ele já não sentia medo.

Ela beijou suas lágrimas e suas pálpebras, fez com que os outros parassem de questioná-lo.

– Calem-se agora vocês dois! E imaginar que esse é seu irmão, e depois de todo esse tempo o que vocês fazem a não ser interrogá-lo?

E de fato era o que tinham feito, querendo saber como neste mundo fora possível ele ter ficado em cativeiro durante todos aqueles anos preciosos. E por que não fizera isso ou aquilo para escapar. E por fim Kapetria interveio:

– Welf e Garekyn, se eu tivesse um chicote, daria umas boas chicotadas em vocês dois.

Dertu estava ali sentado no sofá moderno, longo e baixo, com a mais plácida das expressões, estudando os outros com atenção, nunca dizendo uma palavra sequer, apenas estudando-os como se estivesse aprendendo coisas maravilhosas a partir de seus gestos, suas expressões, suas perguntas horrendas.

Acabou o medo. Acabaram as lágrimas. Ele estava nos braços de Kapetria.

Tinha se sentido apavorado quando ligou para o telefone da rádio, falando à maior velocidade possível na língua antiga, dando o número do celular descartável para seus irmãos, bem como o endereço verdadeiro da velha casa rural fora da cidade de Derry, onde ele e Dertu tinham conseguido um pouso temporário, apavorado quando os homens simpáticos vieram para levá-los ao aeroporto particular do outro lado da cidade, e também quando o aviãozinho decolou direto para o céu vermelho com o pôr do sol – com a certeza de que cairiam no Mar do Norte num acidente e nunca chegariam à França. Tinha se sentido apavorado quando aterrissaram na escuridão que cai mais cedo no inverno e no grande carro preto que os levou veloz pelas estradas mal iluminadas até entrar na pitoresca cidade de Arles. Ali ele os levou a um pequeno hotel, onde a chave de um carro estava esperando por eles no balcão da recepção. Havia se sentido atemorizado enquanto andavam mais de três quilômetros por ruelas estreitas e sinuosas para encontrar o carro ao qual pertencia aquela chave, e amedrontado enquanto Dertu conduzia aquele monstrinho ensurdecedor por mais estradas pouco iluminadas até a graciosa cidade de Aix e, por fim, subindo os montes até uma adorável casa caiada de branco, com venezianas brancas, onde Kapetria, Garekyn e Welf estavam esperando por eles.

    Ele tinha visto demônios no céu, monstros prontos para se precipitarem sobre eles, arrancá-los todos dali e levá-los para aquela masmorra medonha, demônios surgindo do meio das árvores escuras que cercavam a casa, monstros pairando no alto da escada, nas sombras. O Dom da Nuvem, o Dom do Fogo, o Dom da Mente, ele tinha repetido os antigos conhecimentos aos sussurros para Dertu, que havia apenas assentido e segurado a mão de Derek o tempo todo, tentando acalmá-lo. Admirável Dertu, que extraíra todos os tipos de informações do piloto e do restante da tripulação do pequeno avião, que tagarelara com o motorista do carro preto, sobre o turismo nessa época do ano no Sul da França, Dertu, que dirigia o carro com uma facilidade e destreza surpreendentes, fazendo comentários sobre a velocidade e a dirigibilidade!

    Mas agora ele não estava com medo.

    Não agora que ela o abraçava e dizia que tudo daria certo, e sem dúvida, e não havia motivo algum para sentir medo de novo. E por mais perguntas que ele fizesse, repetindo as mesmas súplicas e levantando as mesmas hipóteses ansiosas o tempo todo, ela continuava a abraçá-lo, tranquilizando-o e dizendo que tudo daria certo. Não importavam o Dom do Fogo, o Dom da Mente, o Dom da Nuvem. Ela, Kapetria, cuidaria do que fosse preciso, de todos eles e dele, Derek. Nunca mais ninguém faria a ele o que Roland e Rhoshamandes tinham feito. E, quando chegasse a hora, ela se encarregaria de que aqueles monstros fossem punidos.

    De repente, Dertu passou o telefone para ela.

– O Príncipe está na linha – disse ele. – Não está no ar. Essa é uma ligação particular.

Ela acionou o botão para todos eles ouvirem.

– Quero ir ter com vocês – disse ela. – Como sabe, temos inimigos que estão à nossa procura.

– Eu sei – respondeu o Príncipe, com o mesmo francês. – Quero que vocês venham.

Sem impor uma única condição e com uma voz serena e segura, ele lhe passou todas as informações pertinentes: a localização do château, as distâncias das cidades mais próximas, as senhas dos diferentes conjuntos de portões eletrônicos, garantindo-lhe que seu pessoal lhes daria as boas-vindas e os levaria à estalagem do vilarejo, para mais tarde escoltá-los montanha acima até o próprio château.

– Mas vocês só podem tentar vir para cá bem depois que o sol nascer – disse ele. – E precisam estar no interior do château antes do anoitecer. Nós estamos aqui. Vocês estarão a salvo. E estaremos com vocês.

– Meu irmão Garekyn não pode ser punido pelo que aconteceu em Nova York – disse Kapetria.

– Não, sob nenhuma circunstância – disse o Príncipe. – Isso posso lhe assegurar. – Uma voz tão agradável, o francês tão nítido, porém melodioso. – Queremos saber o que vocês sabem a nosso respeito e a respeito de Amel, bem como por que vêm nos observando. Queremos saber tudo.

– Sim, tudo – disse ela.

– Dou-lhe minha palavra – disse o Príncipe.

– E os maus entre vocês – perguntou Kapetria –, os que mantiveram meu irmão Derek em cativeiro?

– Eles não fazem parte de nós – disse o Príncipe, rapidamente. – Mas será que não podemos considerar, por enquanto, que a morte de nosso companheiro bebedor de sangue em Nova York e o ataque à outra... não podemos considerar que isso contrabalançaria, por enquanto, somente por enquanto, a questão de Rhoshamandes e Roland?

– Sim, por enquanto, podemos concordar quanto a isso – disse ela. – É claro que é razoável.

– Eu lhe prometo, nenhum mal os atingirá debaixo de meu teto – disse o Príncipe. – Se eu dominasse sua língua antiga, diria isso com as palavras dela. Mas não domino. Dou-lhe minha palavra de honra.

– Ninguém aí conhece nossa língua antiga? – perguntou Kapetria. – Ninguém?

– Não. Ninguém aqui – respondeu o Príncipe –, ao que eu saiba. – E disse mais uma vez: – Ninguém.

Ele se dava conta do que estava dizendo, que o espírito Amel dentro dele, esse espírito que supostamente falava com ele a noite inteira se quisesse, não sabia a tal língua?

Derek pôde ver a decepção nela e nos outros.

O Príncipe continuou a falar com cortesia?

– Vocês virão aqui e o previsível é que saiam sem serem hostilizados por nenhum de nós, eu lhe garanto, a menos que você mesma ou um de seus parentes tente atacar algum de nós.

– Obrigada – disse Kapetria. – E eu lhe dou minha palavra de que não faremos nada debaixo de seu teto que seja uma afronta à sua casa. Se você soubesse o quanto queremos ir ao seu encontro...

– Bem, estamos tão ansiosos quanto vocês – respondeu o Príncipe. – Mas é importante que não cheguem a este lugar antes do meio-dia.

– Entendi.

– Seria possível que fôssemos buscá-los agora, você e seus amigos? – perguntou o Príncipe. – Se nos permitir isso, poderemos lhes dar total proteção.

– Não, seria cedo demais – disse Kapetria.

Mas por quê?, Derek se perguntou. Ele tinha lhe relatado como fora transportado pelos céus por Rhoshamandes. Mas a verdade era que ela conhecia todos os saberes e poderes dessas criaturas. O Príncipe e seus companheiros poderiam vir agora pelo ar.

– Muito bem – disse o Príncipe. – Mas você tem noção do nível do perigo?

– Sim, tenho – disse Kapetria. – Chegaremos ao vilarejo bem antes do pôr do sol, amanhã.

– Ótimo. Temos boa hospedagem para vocês no vilarejo, comida, o que quiserem. E eu lhe faço um último pedido. Não diga nada sobre nossos interesses particulares às pessoas do meu vilarejo, meus funcionários.

– Não precisa ter a menor preocupação quanto a isso.

– É bom saber disso – disse o Príncipe. – Então, amanhã à noite poderemos descobrir o que é que temos em comum e quais são nossos interesses em comum.

– Isso mesmo – disse ela.

Estava encerrada a ligação, terminada. Dertu recolheu o pequeno celular descartável.

Agora só precisavam sobreviver pelas oito ou nove horas seguintes de escuridão, nesse amontoado de moradias humanas, com o carro escondido em segurança na garagem, sem serem descobertos por Rhoshamandes.

Nenhum dos outros tinha dito uma palavra que fosse durante essa conversa, mas Garekyn havia se afastado para atender uma ligação pessoal. E, quando voltou à sala, parecia profundamente perturbado.

– O monstro incendiou minha casa em Londres – disse ele. – Isso foi há menos de uma hora.

– Criatura desprezível! – disse Kapetria. – Mas isso quer dizer que o monstro não faz a menor ideia de onde estamos. Ou não estaria perdendo seu tempo com gestos desse tipo.

Vai dar tudo certo, pensou Derek. Tudo vai funcionar. Estamos em segurança, porque ela está aqui agora para pensar em tudo.

Welf foi o primeiro a afastar a tristeza:

– Hora de comemorar – anunciou ele. Tinha preparado um assado para eles mais cedo, e estava pronto para servi-lo com cerveja gelada, que não afetaria demais sua razão. Welf e Garekyn puseram a mesa na sala de jantar. Dertu tratou de verificar as fechaduras da casa, embora Derek não soubesse de que aquilo adiantaria.

Por fim, eles se sentaram, se deram as mãos e abaixaram a cabeça. Estavam juntos de novo, compartilhando o pão, pela primeira vez desde aqueles dias e noites antiquíssimos. E Derek descobriu que estava chorando. Ficou envergonhado e teve vontade de sair da mesa, mas Welf, sentado a seu lado, consolou-o, pedindo desculpas por todas aquelas perguntas que tinha feito mais cedo.

Kapetria cortava a comida de Derek em pedacinhos, como se ele fosse uma criança, e Dertu estava devorando tudo o que via, cenouras, batatas, fatias brilhantes de tomates vermelhos em azeite de oliva e alho, pão quentinho com manteiga gotejando e fatias de carne malpassada.

Eles começaram a conversar, fazendo perguntas sobre como Dertu tinha nascido, querendo saber todos os detalhes, até mesmo os menores, e logo estavam repassando toda a história na língua antiga, com Dertu explicando o que haviam feito com Derek. E então Dertu teve dificuldade para descrever o que não sabia – como ele tinha se desenvolvido a partir do braço decepado e exatamente de que modo se tornara consciente. Derek tentou descrever a carinha na palma da mão e a boca sugando de seu mamilo, assim como o calor em seu peito, mas ele se lembrava principalmente do choque e da dor. E, mais tarde, de acabar abrindo os olhos para ver Dertu ali em pé.

Enquanto os outros falavam, Derek era inundado por lembranças daquela primeira noite na Terra, quando tinham participado da festa com os selvagens. Os tambores, as flautas de junco e a expressão bondosa do chefe da tribo.

E outra lembrança lhe ocorreu, fresca e não solicitada, a recordação do Festival das Carnes em Atalantaya, quando a cidade inteira tinha permissão para se banquetear com carne de cordeiro e de aves, antes de voltar à dieta normal, de frutas e legumes. O Festival das Carnes ocorria seis vezes por ano.

Lembrou-se de estar em pé no apartamento deles, observando as ruas lá embaixo, todas aquelas mesas iluminadas em pátios, em parquinhos, em quintais, em todas aquelas sacadas, com tanta gente feliz reunida à luz de velas para apreciar o Prazer da Carne, e como ele tinha se deliciado quando se reuniram para a refeição lá no terraço, de onde podiam olhar para uma infinidade de outros terraços.

Naquela noite, Atalantaya estava bela demais para ser descrita com palavras, e, através do domo transparente como cristal, ele tinha visto as estrelas espalhadas pelo céu em suas posições eternas e a luz de Bravenna brilhante e acesa lá no alto, Bravenna, o satélite ou o planeta dos Pais.

– Tenho a sensação de que eles estão olhando para nós neste instante – Derek tinha dito.

– Mas eles não podem nos ver aqui, por causa do domo – Kapetria lhe havia relembrado. – E sem dúvida estão ficando ansiosos. Já estamos em Atalantaya há um mês.

Todos tinham se calado. Derek se lembrou do sabor da cerveja gelada. Recordou-se dos sucos do cordeiro, daquelas fatias em seu prato, um prato tão bonito, transparente como tantas outras coisas. Ele havia posto o dedo nos sucos do cordeiro e o lambido. Já não se lembrava do nome da fruta vermelha em seu prato, com todas aquelas sementes minúsculas.

Welf e Kapetria costumavam falar sobre Bravenna, sobre os Pais em seus aposentos com as paredes falantes, paredes cheias de imagens em movimento, das selvas da Terra e dos selvagens, dos selvagens fazendo amor, dos selvagens na caça, dos selvagens em festas...

– Tem certeza de que eles não podem nos ver? – tinha perguntado ele, então, enquanto contemplava o céu, como se o domo nem estivesse lá.

– Sim, tenho certeza – disse Kapetria. – Os Pais nos disseram que não conseguem ver através do domo.

A sombra de seu propósito tinha caído sobre eles. Continuaram a comer, a festejar, a beber a cerveja gelada e deliciosa que era feita em Atalantaya, e haviam ficado ligeiramente embriagados quando a lua estava mais alta no céu. E todos eles, olhem para eles, os humanos mamíferos, como eram inocentes, pensou Derek, todos eles à nossa volta nessas torres imponentes, na velha cidade de barro e de madeira, felizes juntos, sem nenhuma ideia do que significava aquele astro brilhante no céu.

— Ah, eu queria — tinha dito ele. — Como eu queria que tivéssemos outro propósito.

Ninguém tinha respondido, mas Kapetria estava sorrindo para ele com aquele seu jeito amoroso.

E agora ele estava num país chamado França, num continente chamado Europa, todos eles estavam juntos, e ele se perguntava se ainda teriam o poder...? *Vocês devem estar de braços dados! Precisam estar todos em pé, juntos, de braços dados...* E Dertu? O jovem e inteligente Dertu? E eles ainda estavam falando sobre como tinha acontecido, a machadada, o braço caído, os dedos se arrastando...

— Quero que Derek durma para se recuperar — disse Kapetria, por fim. — Ele está com os olhos fundos, está enfraquecido com todo o sofrimento.

Ela se levantou da mesa e pegou Derek pela mão.

— Venha agora para o quarto e durma — disse ela. — Os outros esperem aqui por mim. Você também, Dertu, espere aqui. Permaneça aqui.

Ele gostou do silêncio do quarto. Uma casa tão bonita, mas as portas-janelas por toda parte o deixavam ansioso, a noite escura que fazia pressão contra o vidro também. Os sons do vento nas árvores negras faziam o mesmo. Ele queria andar lá fora, ver as estrelas que não tinha visto em todos aqueles anos naquele túmulo de porão por baixo de Budapeste, mas estava com muito sono. E, quando Kapetria o ajudou a descalçar as botas e a se deitar, ele afofou o travesseiro debaixo da cabeça e adormeceu.

Quantas horas se passaram?

Quando acordou, foi de um sonho feliz, mas o sonho sumiu, como uma echarpe diáfana de cores vivas que tivesse sido arrancada das suas mãos. Como uma bandeira tremulando ao vento.

Uma mulher estava em pé no quarto, uma mulher de cabelo dourado. Ele não podia ver seu rosto porque a luz do corredor estava por trás dela. E então Kapetria acendeu a luz, e ele viu que a mulher era igualzinha a ela.

— Está quase amanhecendo — disse Kapetria. — Essa é Katu. — Ela explicou tudo em detalhe. — Na sala de estar, Welftu está esperando para conhecê-lo. Nós agora somos sete. E antes da metade da manhã, quando sairmos daqui, haverá mais dois. Garetu e o filho de Dertu, embora ainda não saibamos como vamos chamá-lo. Eles estão nascendo agora.

Derek ficou chocado.

– Como você teve a coragem de tentar? – Tinha tido tanto medo de que não funcionasse para cada um deles. E também de tantas incógnitas a respeito.

– Precisávamos tentar – disse Kapetria. – Precisávamos tentar antes do encontro com o Príncipe. Tínhamos que saber. E que hora seria melhor do que antes de ir visitar os vampiros com seus poderes espantosos? Meu pé esquerdo foi suficiente para fazer essa filha – disse Kapetria –, e Welftu foi feito da mão esquerda de Welf. E se esses apêndices não se desenvolvessem para formar novos seres, se nossos próprios apêndices não tivessem se regenerado, poderíamos ter levado a mão e o pé decepados para Fareed, o médico dos bebedores de sangue, e pedido que ele ajudasse na restauração.

– E você acha que ele teria feito isso? – perguntou Derek.

– Ah, sim. Acho que ele é implacável na busca do conhecimento – disse Kapetria –, exatamente como eu sou. Creio que ele nos considera um tesouro, um recurso além da imaginação, exatamente como eu os considero um tesouro, um recurso além da imaginação, algo que mantém Amel vivo, respirando e agora falando.

Com um sorriso, Katu veio na direção de Derek. Estava usando um vestido de seda estampada, justo e sem detalhes, e aquelas mesmas meias pretas finas e elegantes que Kapetria usava, assim como os mesmos sapatos delicados, de saltos altos. Estava claro que ela era uma duplicata, pensou ele, e somente o cabelo, mesclado de preto e ouro, era diferente, e se encontrava solto, bem escovado.

No entanto, quando ela se sentou a seu lado, Derek viu que sua expressão e atitude eram totalmente diferentes das de Kapetria. Em seus olhos havia a mesma determinação e inteligência que ele tinha visto nos de Dertu. O que era? Inocência emocional?

– Tio – disse Katu. – Não é uma bela palavra em inglês nem em francês, mas acho bonitinha em italiano.

– Chame-o de irmão – disse Kapetria. – É assim que deve ser. Pode me chamar de mãe, sim, mas na realidade somos todos irmãos e irmãs.

Elas conduziram Derek à sala de estar. Lá havia uma lareira elétrica, encantadora como aquela na *Benedicta*, e Welftu estava parado diante dela olhando para ela como se suas inúmeras chamas programadas fossem fascinantes para ele, que foi cumprimentar Derek, dar-lhe beijos dos dois lados do rosto e apertar sua mão. Depois, voltou para a lareira, como se estivesse contando padrões nas chamas.

— Mas Kapetria — disse Derek, se acomodando numa poltrona perto do sofá. — Você não está vendo? O Príncipe vai perceber de imediato como nos multiplicamos. Os vampiros saberão que podemos aumentar nosso contingente quase com a mesma facilidade que eles.

— E por que isso importa, querido? — perguntou Kapetria, em pé ali do outro lado da lareira. — Não estamos em guerra contra o Príncipe.

— Mas o que nós queremos dele? Por que estamos indo lá? Que tipo de aliança estamos formando? — Eram tantas as perguntas que o torturavam. *Vocês todos devem estar dentro do domo, juntos, de braços dados. Todos devem ao mesmo tempo...*

— Você sabe que vou falar por nós — disse Kapetria. — Sabe que vou decidir o que é melhor contar e o que é melhor não contar. E, por ora, parece que o melhor é contar tudo o que sabemos e tudo o que não sabemos.

— Não se preocupe — disse Welftu. Ele veio e se sentou no sofá, perto de Derek. Tão seguro de si. Tão brilhante, de olhos tão cristalinos. Estava usando um paletó elegante de lã cinza penteada e uma camisa amarela de algodão com o colarinho branco. Roupas de Welf. O que Welf tinha sido todos esses anos no planeta? Ah, ainda havia tantas coisas para eles compartilharem uns com os outros. Será que tinham tido outras "vidas" como Derek?

O coração de Derek batia forte.

Welftu estava examinando Derek. E Welftu tinha os mesmos olhos bonitos de Welf, os cílios pretos, espessos. Mas havia nele algo de feroz e ávido que nunca aparecera em Welf. Nem mesmo quando Welf estava fazendo perguntas cruéis a Derek.

— Eles nos protegerão e nós os protegeremos — disse Welftu. — Essa é a única linha de ação que fará sentido para eles. Afinal de contas, pense no que poderia acontecer se tentassem realmente nos destruir.

17

Rhoshamandes

Era alta madrugada, como se diz. Ele estava no penhasco, muito acima do château, contemplando suas quatro torres, e a curva na estrada que descia dele até o centro do vilarejo meticulosamente reconstruído, com sua estalagem, igreja, residências e lojas.

No majestoso salão de baile do castelo do Príncipe, os vampiros dançavam. Antoine regia a orquestra, tocando de vez em quando seu violino, e os delicados dedos brancos de Sybelle voavam por sobre o teclado duplo do cravo. Bebedores de sangue conversavam aos pares ou em pequenos grupos. Alguns perambulavam sozinhos pelos numerosos salões. Outros estavam descendo para as criptas.

Mas o vilarejo dormia. O arquiteto que Lestat tanto amava também. A equipe de projetistas que trabalhava para ele adormecia, com seus escritórios ao nível da rua fechados para a noite, as mesas coalhadas de planos ambiciosos para melhores estrebarias, sistemas elétricos, linhas subterrâneas para fornecimento de serviços públicos, bem como solares novos e sofisticados a serem construídos no pequeno vale. Que tribo estranha eles formavam, esses homens e mulheres calados, vindos de todas as partes do planeta, que estavam trabalhando ali numa obscuridade bem remunerada havia mais de vinte anos, criando obras-primas com seu talento para a reprodução e com sua inovação tecnológica, que o mundo para além das cercas elétricas jamais via.

Será que era realmente suficiente todo aquele ouro que recebiam? Todas aquelas mordomias, todas aquelas férias em aviões e iates fretados com que o Príncipe os brindava? Será que era suficiente por tudo o que tinham feito e ainda fariam? Eles eram felizes?

Estava óbvio que a resposta era sim, muito embora, com o consumo da cerveja e do vinho no salão da estalagem naquela noite, tivesse havido as costumeiras queixas ásperas de que ninguém jamais conheceria a verdadeira extensão de suas realizações incomparáveis. Mas ninguém queria ir embora. Ninguém estava disposto a desistir.

Alain Abelard, o jovem chefe de pessoal que tinha crescido nessa montanha enquanto seu falecido pai supervisionava a primeiríssima restauração do velho castelo, estava convencido de que um dia seria feita justiça a eles. Um dia, seu recluso Conde de Lioncourt, chamado de Príncipe por sua "família" cada vez maior de companheiros, abriria a propriedade para os olhos famintos dos que amavam acima de tudo ver palácios majestosos surgir de ruínas deploráveis. Um dia, os ônibus de turismo passariam pelos muitos portões instalados entre eles e a autoestrada de Clermont-Ferrond, trazendo homens e mulheres ansiosos para se assombrarem com todos aqueles aposentos pintados, todas aquelas autênticas lareiras de mármore, recolhidas de lugares próximos e distantes, toda aquela primorosa mobília de cerejeira escolhida com tanto cuidado para os aposentos menores, bem como para os maiores. Algum dia, estudantes de agronomia e hidroponia, de energia solar e reciclagem de lixo, de sistemas elétricos ou de fibra óptica viriam estudar esse pequeno mundo autossustentável.

Tudo bem, pensava Alain Abelard. De qualquer modo, foi o que ele pensou nessa noite, enquanto bebia seu vinho. E daí que sua mulher o tivesse deixado, que seu pai houvesse morrido, e seus filhos tivessem ido trabalhar em Paris, Berlim ou São Paulo? Ele estava bem satisfeito com as caminhadas semanais com o Príncipe pela neve no escuro, com o Príncipe o elogiando por todo o seu trabalho e lhe apresentando novas sugestões e novos desafios. Alain ficaria ali para sempre. E parecia que ele não tinha a menor necessidade de confiar a ninguém suas suspeitas de que o Príncipe não era de modo algum uma pessoa comum, que algum segredo devastador estava oculto por trás daquele seu rosto jovem, plácido e imutável.

O Príncipe amava Alain Abelard. Todas as noites havia conversas no salão de baile do château sobre quando o Príncipe faria a transformação dele. E o que dizer de alguns dos outros, será que um dia Lestat faria bebedores de sangue dos artífices mais promissores, que se destacavam na pintura, na douração, nos estofamentos e trabalhos com madeira, bem como na restauração de belos quadros que estavam sempre aparecendo em caixas de madeira, para adornar quartos de dormir recém-criados ou paredes de escadarias? Será que a corte cresceria no Sangue como a corte de Notker, o Sábio, ao longo dos séculos, com novos músicos escolhidos entre o rebanho humano?

A comunidade de humanos do Príncipe estava sem dúvida crescendo, e o projeto sempre se ampliando. Pense, por exemplo, no solar que tinha pertencido a De Lenfent. Como o Príncipe queria que ficasse perfeito, muito embora a casa em si tivesse sido arrasada num incêndio durante o período do Terror, quando o último Conde de Lioncourt do *Ancien Régime* quase não conseguiu escapar para a Louisiana, com a vida e um pequeno grupo de fiéis serviçais.

Agora esse solar deveria se tornar a residência do próprio Alain, como o Príncipe lhe havia explicado. Mas ele deveria ser feito de acordo com a pesquisa pessoal e os sonhos do Príncipe, e o pequeno beco sem saída que acabava em seus portões da frente já estava calçado com as pedras adequadas.

Não era possível deixar de se assombrar com o que tinha sido realizado ali, através da imaginação, da ambição e da fé.

E Rhoshamandes realmente se assombrava. Ele se assustava com aquilo tudo.

E no fundo de seu coração realmente não queria destruí-lo, nem mesmo atingi-lo de qualquer forma.

Entretanto, viera ali com esse objetivo exato. E eles, os bebedores de sangue do château, decerto sabiam que ele estava ali. Tinham que saber. Enquanto ele espionava seus pensamentos e temores, captou indícios vagos, porém certos, de que Marius sabia de sua presença. E Seth sabia que ele estava ali. E que seus amados de outrora, Nebamun, agora conhecido como Gregory, e Sevraine sabiam que ele estava ali, embora não conseguissem ouvir Rhoshamandes da mesma forma que os novatos que lhe lançavam essa informação de modo inconsciente e irreprimível, quando paravam às enormes janelas abertas do salão de baile para olhar para os campos cobertos de neve lá fora.

Onde ele está? O que ele quer?

O que *ele* queria?

Ele poderia arrasar aquele vilarejo intrincado e maravilhoso agora mesmo, não poderia? Poderia começar tantos focos de fogo a tal velocidade que as chamas derrubariam todas as estruturas ali no prazo de uma hora, por mais que tivessem sido tomadas precauções contra incêndios. E poderia atacar o próprio château com raios de tanto calor que os murais e os tetos de gesso ficariam enegrecidos e destruídos antes que qualquer inundação de águas salvadoras se despejasse de todos aqueles canos escondidos. Na realidade, poderia derreter fios, cabos, sistemas de computadores, telas de cinema, castiçais de parede, candelabros. Ele poderia gastar toda a sua energia para fazer voar pelos ares todos os cantos, todos os anexos e veículos, até que os cavalos saíssem galopando desembestados pela neve e os mortais saíssem correndo para procurar seus automóveis e fugir dali apavorados, enquanto os imortais... faziam o quê? Saíam voando pelos portais para os céus? Ou desciam apressados para os calabouços, sabendo que o sol acabaria por enxotar dali o inimigo?

E se ele resolvesse morrer nesse esforço, dedicar-lhe todo o poder destrutivo de seu corpo e de sua alma, enquanto eles, os antigos, o cercavam e, com seus raios, tentavam fazer o sangue pegar fogo em suas veias, e também explodir seus ossos?

Até que ponto Rhoshamandes queria exterminar tudo e todos que o Príncipe amava? Quanto ele estava disposto a sofrer para fazer o Príncipe se arrepender de um dia ter levantado aquele machado para decepar o braço de Rhosh? Até que ponto Rhoshamandes queria punir o ser louro, de olhos azuis, protegido daquele espírito volúvel e infantil que o tinha feito invadir com violência a morada de Maharet para completar a aniquilação de si mesma com a qual ela vinha sonhando? Até que ponto queria castigar Allesandra, Arion, Everard de Landen e Eleni por o terem abandonado? E até que ponto queria ferir Benedict, o doce Benedict, que tinha puxado o tapete por baixo do passado, do presente e do futuro de Rhosh?

Francamente, ele não sabia. Sabia apenas que a raiva o estava consumindo como se fosse um incêndio, e que ele estava simplesmente, a ponto de lançar aquele primeiro raio fatal pela janela do salão de baile, antes de subir acima do castelo para atirar suas poderosas rajadas de calor sobre os telhados do vilarejo e sobre os que dormiam debaixo deles.

Somente a ponto? E por quê? Porque um desgraçado de um mutante, com o cérebro vazio como um balão de hélio tinha de algum modo conseguido se esquivar de todos os seus esforços para obter informações que ele, Rhosh, prometera usar contra o Príncipe. Era como se as vozes do Mundo das Trevas o estivessem provocando, zombando dele, dizendo-lhe: "Você não é nada, você não tem nada, e todos os seus dias passados não significam nada, nem nunca significaram."

E isso bastava para ele querer encerrar sua jornada? Isso bastava quando era possível que ele nem mesmo chegasse a tocar no Príncipe em si, ou no Cerne dentro dele?

E quem sabia o que aguardava além, naquele território não descoberto? E se fosse o inferno dos gregos, dos romanos e dos cristãos, onde demônios se rejubilavam, enquanto o queimavam num fogo inextinguível. E se fosse o nada, nada além de ficar flutuando na atmosfera rarefeita acima da Terra, junto com espíritos inconscientes, como Gremt, Amel e Memnoch tinham sido um dia? E se ele se encontrasse lá, desprovido de corpo, nem sedento nem saciado, nem aquecido nem com frio, nem sonolento nem desperto, para sempre à deriva, observando lá embaixo as luzes da Terra enquanto suas lembranças iam aos poucos se apagando, para afinal o deixarem absolutamente só com todo o seu sofrimento, uma coisa que poderia testemunhar sem compreender, ou assombrar por alguma necessidade que ele já não conseguisse identificar?

Será que o próprio ar era feito de almas mortas?

E se uma noite dessas, flutuando lá nas alturas, fora do alcance do amor ou do ódio, da compaixão ou do medo, ele ouvisse novamente a música proveniente do salão de baile de um château na montanha lá embaixo, escutasse música que ele tanto tinha amado a vida inteira, música lá embaixo, música mais uma vez organizando seus pensamentos e suas emoções e o chamando de volta a si mesmo, para descobrir que ele estava mais morto do que qualquer coisa nesse mundo estranho?

Morrer ou não morrer, eis a questão. É mais nobre viver em tormento e cólera do que não estar vivo de modo algum? E não recordar quase nada das pedras e flechas que nos levaram a pular no abismo?

Alguém estava vindo em sua direção e subindo rápido por uma velha trilha em meio a rochas e árvores, rumo ao local onde Rhosh se encontrava, como um anjo empoleirado num pequeno rochedo.

E quem seria esse? Bem, quem tinha que ser? O príncipe, é claro, o único ser que Rhosh não poderia fazer voar para o infinito, a menos que sua escolha fosse também destruir a si mesmo.

Ficou observando, escutando. O vulto vinha apressado e estava tendo dificuldade para avançar com a neve espessa, e saltava desajeitado de uma saliência rochosa para outra. Não, não poderia ser o príncipe, que era forte demais, e era provável que conhecesse muito bem os bosques.

De repente, quando o vulto se aproximou e subiu a encosta bem abaixo dele, Rhoshamandes soube com certeza de quem se tratava, e se voltou para o outro lado, escondendo a cabeça no braço direito dobrado.

Ah, quem dera que essa dor previsível demais não surgisse!

Era Benedict, em pé, somente alguns metros abaixo dele, seu amado Benedict, que o deixara seis meses antes numa enxurrada de recriminações e condenações, para ir se refugiar com os que tinham perdoado a Benedict o assassinato de Maharet, mas não a Rhosh.

Benedict como que esperava por um sinal. E, quando não veio nenhum, ele se aproximou mais, escalando o rochedo íngreme até chegar ao lado de Rhosh, que podia sentir o cheiro da lareira nas roupas dele, o odor do velho perfume que costumava usar, o aroma das roupas. Rhosh ouvia as batidas poderosas e regulares do coração de Benedict.

— Rhosh, por favor, estou implorando, não faça isso — disse Benedict. O eterno rapaz se sentou a seu lado e, milagre dos milagres, enlaçou Rhosh com um braço. — Rhosh, eles sabem que você incendiou a casa de Garekyn Brovotkin em Londres. Sabem de tudo. E, se você fizer isso em que está pensando, se queimar mesmo que só uma parte desse lugar, eles vão considerar isso um ato de guerra.

Rhosh não respondeu. Ficou ouvindo essa voz conhecida, essa voz que não escutava fazia meio ano, e estranhou que ela pudesse provocar tanta dor nele, uma dor que era pior do que a cólera mais causticante.

— Rhosh, os anciãos querem você morto. — Ele pronunciou a última palavra como os mortais às vezes faziam, com uma mescla de horror e medo de até mesmo dizê-la em voz alta. — Rhosh, eles ainda não resolveram todas as questões de autoridade. Marius e os mais velhos, os mais antigos dos mais antigos, querem que você seja destruído, e é só Lestat quem os está impedindo.

— E eu supostamente deveria ser grato por isso? — perguntou Rhosh, se voltando para olhar para seu ex-companheiro.

— Rhosh, por favor, não os provoque a ponto de desrespeitarem o Príncipe. Até mesmo o Príncipe disse que, se você atacar o château ou o vilarejo, isto será um ato de guerra.

— E que importa tudo isso para você, meu amado, meu velho amigo? — perguntou Rhosh. — Você que disse que nunca mais moraria comigo?

— Eu vou com você agora — disse Benedict. — Por favor. Vamos nós dois juntos, vamos para casa.

— E por que você faria uma coisa dessa?

Benedict não respondeu de imediato. Rhosh se voltou e observou o perfil de Benedict, enquanto o rapaz contemplava o vale lá embaixo.

— Porque não quero existir sem você — respondeu Benedict. — E, se você for morrer, se atrair para si a condenação daqueles que têm força suficiente para destruí-lo, bem, quero morrer com você.

Lágrimas. Uma expressão queixosa, juvenil. Uma inocência eterna. Alguma coisa doce sobrevivendo a séculos da alquimia de Amel, alguma coisa confiante.

— Tenho esperança e rezo com toda a minha alma, pedindo que você volte para eles, que volte ao grupo, que faça parte...

Rhosh levantou a mão, pedindo silêncio.

Mais lágrimas. Lágrimas tão parecidas com a daquela criança imortal, Derek. Só que essas lágrimas eram vermelhas de sangue.

Rhosh não conseguiu suportar. Estendeu o braço, puxando Benedict para junto de si, e beijou suas lágrimas.

Benedict abraçou Rhosh.

Pelos deuses, que somos nós, que isso signifique tanto, acima de tudo?

– Rhosh, esses não humanos vão chegar amanhã. E agora vamos embora. Vamos embora daqui juntos. Vamos aproveitar o tempo que temos por causa disso, para pensar em algum plano. Rhosh, se não pensarmos em alguma coisa, mais cedo ou mais tarde os anciãos prevalecerão contra o Príncipe. Eu sei. Eu...

– Pare – disse Rhosh. – Não tenha medo. Já entendi.

– Eles estão decididos, determinados e...

– Eu sei, eu sei. Deixe pra lá.

Ele apanhou o rapaz nos braços, como tinha feito tantas vezes, e foi subindo mansamente pelos ares até o ronco do vento ser o único som em seus ouvidos. E, seguindo cada vez mais alto através dos colchões de nuvens, descreveu uma curva e voou de volta para casa.

18

Lestat

Eles chegaram ao vilarejo três horas antes do anoitecer e receberam os melhores quartos da estalagem. Eram oito. E, quando subi, estavam esperando no imponente salão de baile. A corte inteira ficava dominada pela curiosidade, mas foi ordenado aos mais jovens que se mantivessem distantes das salas principais, e isto incluía naturalmente não só os novatos, mas também o grande número dos que haviam sido atraídos para a corte, mas não tinham nenhum interesse pelo poder. Louis se recusara terminantemente a me acompanhar. Ele estava lá embaixo, lendo sozinho em sua cripta.

Marius, Gregory, Sevraine e Seth ficavam com as visitas, e tinham estado com elas pelos quarenta e cinco minutos ou mais em que permaneci confinado no abrigo de minha cripta.

Fareed veio me encontrar no salão adjacente ao do baile. Por telepatia e com uma voz contida, explicou que os visitantes tinham admitido que alguns de seu grupo não vieram com eles. Foram francos. Não concebiam a hipótese de se entregarem totalmente, em confiança, nessa reunião conosco.

– Sabemos que Derek ficou encarcerado por dez anos – disse Fareed. – No entanto, nesse grupo há um clone perfeito de Derek, com exceção do cabelo. Há também um clone da fêmea Kapetria, com a mesma diferença nítida, mais dourado no cabelo. O mesmo vale para Welf; o mesmo, também para Garekyn Brovotkin.

– E o que isso lhe diz? – perguntei.

Que eles são a ameaça mais perigosa para este planeta de que eu jamais tomei conhecimento. E que são uma enorme ameaça para nós. Precisamos aproveitar ao máximo essa visita, de todas as formas possíveis. Eles querem que saibamos que estamos em grave desvantagem.

– Pois bem, vamos em frente – disse eu, em voz alta. – Amel está dentro de mim, e esteve desde que acordei. Mas não está falando. Eu já esperava por isso.

Fareed sorriu, mas sua atitude era severa.

– Pronto, então! – sussurrou ele. – Quero gravar tudo. As câmeras ocultas estão ligadas na sala do conselho. E não se preocupe, já os informei disso.

O salão de baile estava totalmente iluminado, como eu raramente, se é que alguma vez o tinha visto, com os lustres elétricos brilhando e velas acesas nos candelabros em cada console de lareira.

Os visitantes, espetaculares, estavam acomodados numa área de sofás e poltronas de damasco, à esquerda do cravo e na frente do local onde a orquestra geralmente se apresentava, dispostos ali com conforto e numa conversa contida com Seth e Gregory, ou era o que parecia. Sevraine e Marius estavam em pé, mais para um lado, com os olhos me acompanhando, enquanto eu vinha entrando. E pela porta na outra ponta do salão entrou David Talbot com Gremt, Teskhamen e Armand.

Armand se aproximou de mim e pôs a mão em meu braço. Enviou sua mensagem por telepatia, mas com decisão: *Estou lhe dizendo para estar preparado para destruir a todos eles, um por um.* Ele então se afastou, como se não me tivesse dito nada, como se não me houvesse passado nenhum sinal.

Parecia que todos os Filhos da Noite tinham se trajado para a ocasião na costumeira miscelânea de vestidos longos, *thawbs* e ternos completos. Eu estava com meu habitual veludo vermelho com renda, e Armand usava o mesmo estilo extravagante em tons de azul. Somente nossas botas altas de equitação pareciam destoar, mas essas botas se tornaram o calçado comum a todos os que costumavam alçar voo, e não era nem um pouco estranho ver um bebedor de sangue vestido nos trinques, exceto pelas botas enlameadas. E era esse o caso agora.

Eu me perguntei que impressão toda essa atmosfera exuberante e artificial do século XVIII causava em nossos convidados – decadente ou bela, ofensiva ou requintada.

Os oito visitantes usavam traje esporte elegante. Os homens, paletós de *tweed* ou de couro e jeans limpos e bem passados, enquanto as mulheres usavam vestidos pretos, longos, simples e justos, com fantásticas joias de ouro de vinte e quatro quilates e reluzentes sapatos de saltos altos, presos com tiras. Todos pareciam estar sentindo um pouquinho de frio e tentando ocultar isto por cortesia. Mandei que a temperatura da sala fosse aumentada de imediato.

Todos se levantaram quando me aproximei. E, enquanto atravessava lentamente o parquê encerado, me certifiquei de duas coisas ao mesmo tempo: a mente deles era impenetrável pela telepatia, o que Arion já tinha salientado, e eles não pareciam de modo algum sentir um medo instintivo de nós, como os mortais geralmente sentem. Deles não emanava desconfiança nem ameaça. Em suma, nenhuma das minúsculas indicações de agressividade em seres humanos estava presente neles. Nenhum ser humano consegue sentir a textura de nossa pele, ou olhar para ela de perto sob iluminação forte, sem sentir algum tipo de arrepio. Às vezes, o medo instintivo é tão grande que o humano entra em pânico e recua, de modo intencional ou não. Mas esse grupo notável estava cercado por nós, e eles aparentavam não estar sentindo nada de natureza hormonal, instintiva ou visceral.

Não eram humanos, disto eu tive certeza. Achei que nem mesmo fossem mamíferos, embora fosse isto o que aparentavam ser – duas mulheres e seis homens.

Todos tinham a pele parda, mas em tons variáveis, desde o mais escuro de Welf e Welftu até as mulheres de pele da cor do bronze. Todos tinham cabelo preto com mechas douradas ou com muitas mechas douradas. Em outras palavras, pareciam ser o que o mundo chama de negros, independentemente dos tons diferentes da pele. E todos estavam com o cabelo repartido no meio, com o comprimento até os ombros, o que lhes conferia uma aparência consagrada, como se fossem membros de alguma seita especial.

– Nosso Príncipe – disse Fareed, e acrescentou: – Ele está ansioso para conhecê-los.

Fiz que sim e sorri, porque eu sempre sorria em momentos como esse, mas estava registrando tudo.

Fareed estava absolutamente certo quanto a eles serem pares de clones. Era fácil ver isto pelo tom da pele e pelo cabelo, se não fosse por mais nada. Não encontrei nenhum traço étnico reconhecível em suas feições, nada que se assemelhasse a qualquer tribo conhecida, africana, indiana ou australiana. Welf tinha lábios cheios, africanos, mas não parecia africano sob outros aspectos. Eles também não pareciam ser particularmente polinésios nem sentinelenses. Mas é claro que Seth, Arion ou qualquer um dos anciãos talvez estivesse vendo alguma coisa que eu não tinha como ver. Resumindo, poderiam ter vindo de uma época antes que os traços étnicos que vemos hoje em diversas partes do mundo tivessem começado a se desenvolver.

– Quero que se sintam à vontade e em segurança nesta minha casa – disse eu em inglês. – É um alívio ver que conseguiram chegar aqui sem contratempos.

Houve gestos imediatos de concordância e murmúrios de agradecimento. Cada um apertou minha mão quando eu a ofereci. Pele sedosa, impecável, como um tecido de soberba fabricação. E eles tinham a beleza especial das pessoas de pele escura, uma aparência de terem sido esculpidos e recebido algum tipo de polimento.

Todos tinham expressões semelhantes, de alta inteligência e curiosidade inveterada. E eles eram de fato totalmente desprovidos de medo.

Eram ligeiramente menores do que eu esperava. Até mesmo os mais altos dos homens – Garekyn e Garetu, que tinham mais ou menos minha altura – eram magros, com membros delicados. Estavam muito bem arrumados e limpíssimos, como é o costume dos mortais prósperos dos tempos atuais. E captei a fragrância de perfumes caros, dos inevitáveis sabonetes e geis de banho. E sangue, sim, sangue, sangue em abundância, sangue sendo bombeado vigorosamente pelos corpos, sangue a dar-lhes vida como o sangue dá vida ao corpo dos mortais, gerando em mim uma onda de desejo, e mais uma vez em minha mente aquela vontade obstinada pelo sangue de inocentes.

Dei as boas-vindas a cada um deles, repetindo o nome que me era apresentado. Garekyn, o acusado de assassinato, não pareceu diferente dos outros. Não pediu desculpas, mas também não demonstrou arrogância. E quando Kapetria recebeu meu aperto de mão em último lugar, ela sorriu.

– Você faz jus à sua lenda, Príncipe. – Seu inglês não tinha sotaque. – Está tão bem agora quanto sempre esteve nos vídeos de suas músicas. Sei de cor todas as suas antigas canções.

Isso queria dizer que ela sabia de tudo. Tinha lido as memórias, ouvido os programas de Benji, é claro, e conhecia a história e a mitologia de nossa tribo inteira.

– Ah, minhas aventuras pelo mundo do rock – disse eu. – Você está sendo generosa demais, mas obrigado.

– Estou feliz por você ter concordado em nos receber – disse ela. – Vim disposta a lhe contar tudo a nosso respeito... por que fomos mandados para cá, quando e o que aconteceu.

Essa me pareceu uma declaração extraordinária.

– Estou impressionado – respondi, com franqueza. – Muito impressionado. Essa é uma oportunidade incrível.

– Sim – disse ela. – Uma oportunidade.

– E vocês foram bem tratados, fizeram uma refeição, tiveram tempo para descansar? – perguntei. Era uma pergunta retórica, porque eu sabia a resposta, mas eles responderam prontamente, fazendo que sim e com murmúrios de que foi uma recepção além de suas expectativas, com Kapetria mais uma vez falando comigo em nome do grupo.

— Achamos todo o vilarejo encantador — disse ela, com um sorriso tranquilo e radiante. — Não tínhamos esperado poder usar nossos computadores e celulares aqui. Não tínhamos imaginado lojas tão interessantes, e tudo isso tão afastado dos destinos convencionais.

— É, o vilarejo é um pequeno mundo autossuficiente — respondi. — É preciso ter uma personalidade reservada para curtir esse tipo de exílio.

— Mas as vantagens são consideráveis — disse ela —, ou foi o que me disseram os que se dedicam a trabalhar para vocês.

— Às vezes eu me flagro assombrado — disse eu — por eles fazerem tão poucas perguntas sobre os que moram neste castelo.

— Pode ser que saibam mais do que chegam a admitir — sugeriu ela —, e sua curiosidade não seja tão grande quanto sua cautela.

— Ah, pode ser — respondi. — Venham, vamos subir até nossa sala do conselho na torre norte. As paredes são revestidas com isolamento acústico. O isolamento não impede o acesso por telepatia a todos os curiosos, mas funciona de modo surpreendente contra a maioria.

E essas criaturas tinham seus poderes telepáticos?

Minha impressão era a de que não tinham.

— Nós vamos gravar tudo — disse Fareed. — Quero relembrá-los das câmeras e microfones nas paredes.

— Também vamos gravar a reunião — disse Kapetria. Ela exibiu um minúsculo gravador digital preto, com uma pequena tela, que provavelmente duraria mais que a bateria de qualquer celular se a reunião se estendesse noite adentro, o que, francamente, eu estava esperando que acontecesse.

Dei um sorriso. Nossa exposição ao mundo moderno havia começado quarenta anos antes, com um entrevistador humano de uma rádio, num quarto alugado em São Francisco, convidando Louis a contar sua história para um gravador. E agora cá estávamos nós, todos nós, armazenando cada palavra e cada gesto desse encontro histórico nos descendentes modernos daquele antigo gravador.

Encabecei o cortejo pelas numerosas salas grandes e pequenas até a larga escadaria norte, com Kapetria andando a meu lado, seus saltos fazendo aquele estalido erótico, que os sapatos de saltos altos das mulheres costumam fazer, nos pisos de madeira de lei. Estranho que aquilo fizesse arrepiar os pelos em minha nuca e em meus braços, e mais uma vez senti o desejo intenso de sangue, do sangue dela. Será que os outros estavam sentindo isso?

Pandora e Arion estavam lá quando entramos na câmara do conselho, assim como minha mãe, meio retraída, com o olhar firme, em seu habitual traje empoeirado de tecido cáqui, criando um forte contraste com os vestidos longos de Pandora e Sevraine ou com o charme informal das duas mulheres visitantes. Armand foi o último a entrar, atrás de mim. Mais uma vez, captei seu sinal para mim enquanto ele passava. *Esteja preparado para fazer o que precisar ser feito.*

A sala tinha sido arrumada com carinho, disto não havia dúvida.

Em torno da enorme mesa oval em seu centro, cadeiras adicionais tinham sido dispostas. As estufas haviam sido saqueadas em busca de todas as flores perfeitas imagináveis. E o lustre lançava no ambiente uma claridade acolhedora. Senti de repente um orgulho bastante tolo diante do espetáculo, com as roseiras em vasos nos cantos e jarros com lírios brancos nos consoles das lareiras, bem como buquês ou vasinhos de flores variadas nas mesas laterais e o fogo aceso nas lareiras gêmeas, queimando com vigor suas achas de carvalho. Espelhos por toda parte, quer dizer, onde não houvesse murais, com todos os *putti* de bochechas rosadas e expressão feliz, olhando dos cantos do teto, além de outros deuses e deusas a nos contemplar das molduras de gesso que guarneciam as janelas e as portas.

Nossos convidados realmente pareceram apreciar tudo isso. Houve uma revoada de novas apresentações, cumprimentos e apertos de mãos. Derek, o ex-prisioneiro de Roland e Rhoshamandes, estava visivelmente encantado de algum modo pelo perfume e pelas cores das flores, respirando fundo e estendendo a mão para tocar num vaso de fúcsias primorosas antes de examinar as cadeiras de mogno com o encosto em formato de escudo como se elas fossem tesouros. Sua mão tremia quando ele tocava nos entalhes.

Marius convidou os visitantes a sentar do lado esquerdo da mesa, e Kapetria, com um gesto, determinou que quatro deles ocupassem as cadeiras nos fundos ao longo da parede.

Ficava claro que a geração mais velha estava à mesa, com os clones lá atrás, se bem que tivesse sido necessário um pouco de persuasão para Derek se resignar a sentar à direita de Kapetria. Ele queria que Dertu ocupasse seu lugar, mas Kapetria foi firme, impondo sua vontade.

Esses quatro eram os que tinham apenas uma mecha dourada no cabelo. Entre eles, Derek era o único que parecia meio frágil, um pouco mais magro que os outros e talvez cansado. Não era de admirar, mas também nele não havia medo de nós, e, na realidade, ele estava com o olhar fixo em mim com a liberdade de uma criancinha, exatamente como tinha olhado para as fúcsias ou para a mobília. Uma expressão de uma inocência maravilhosa.

Mas todos eles tinham o rosto extremamente expressivo, sensível e descontraído. E ainda aquela aparência de escultura muito bem polida que os tornava tão fascinantes.

Ocupei meu lugar habitual à cabeceira da mesa, com Marius diante de mim, na extremidade oposta. Minha mãe se sentou à minha esquerda, com Sevraine a seu lado e Pandora ao lado de Sevraine, com Derek, Kapetria, Welf e Garekyn ocupando os lugares restantes. À esquerda de Marius e vindo em minha direção ao longo da mesa estavam Teskhamen, Gremt, Arion, Gregory, Seth, Fareed e Armand.

Seth estava mais ou menos no meio, bem diante de Kapetria. Então, vinha David, o bebedor de sangue mais jovem na sala. E Armand estava junto à minha mão direita.

Cyril e Thorne fecharam as portas e deram a volta para onde eu pudesse vê-los, para então assumir as posições que Marius tinha determinado, de cada lado da fileira de convidados sentados ao longo da parede mais à esquerda. Mas eles permaneceram em pé.

Eu me sentei e uni as mãos, meus olhos encontrando as lentes das minúsculas câmeras nas paredes, e meus ouvidos captando o baixíssimo pulsar dos dispositivos de áudio e vídeo.

– Amel está conosco – disse eu, me dirigindo a Kapetria. – Ele está dentro de mim, mas vocês já sabem de tudo isso. Conhecem a história inteira. Pois bem, ele está presente, por assim dizer, mas resta saber se dirá alguma coisa ou não. Ele pode se manifestar. E pode não desejar isso. Mas está aqui. E pode enxergar e escutar por meio de qualquer um de nós, mas não por meio de mais de um ao mesmo tempo.

– Obrigada pela explicação – disse Kapetria, com um sorriso. Seus dentes eram perfeitos. Todos eles tinham dentes perfeitos. Mas seu rosto, por expressivo que fosse, se transformava quando ela sorria. – E se eu quiser dirigir uma pergunta direta a Amel?

Eu me perguntava se ela era uma fêmea de verdade em qualquer sentido.

– Dirija a pergunta a mim. – Eu me recostei na cadeira e cruzei os braços, com a vaga lembrança de alguma tolice sem sentido sobre o que essa atitude significa num grupo desses, mas não dei atenção a ela e continuei a falar: – É o que posso lhe oferecer. Ele está aqui, como eu disse. Está escutando. Isso eu sinto.

– Como? – perguntou ela, com uma curiosidade inocente. Os olhos enormes me faziam pensar nas mulheres do Oriente Médio. As sobrancelhas eram altas e longas, subindo na extremidade externa.

— Uma pressão — disse eu — na nuca, a pressão de alguma coisa que vive dentro de mim, alguma coisa que pode se movimentar quando quer. Quando ele não está aqui, bem, a pressão some.

Ela pareceu refletir sobre isso.

— Antes que prossigamos — disse eu —, devo dizer que estamos dispostos a restaurar a casa de Garekyn Brovotkin em Londres. Mas não há como nosso irmão, Matador, nos ser restituído, nem o bebedor de sangue morto na costa Oeste.

— É uma desgraça — disse Garekyn de imediato —, mas eu não pretendia matá-los. Sem dúvida, achei que esse vampiro de Nova York, Matador, estava tentando me matar. Como está Eleni? Vocês compreendem por que tentei fugir do Portão da Trindade, certo, por que ataquei Eleni? — Somente ele no grupo falava inglês com sotaque, um sotaque russo. Seus olhos eram menores que os de Kapetria, e seu nariz bastante longo e fino. Longo demais e fino demais, talvez, mas isto tornava sua beleza intrincada, fazia com que seus olhos parecessem ainda mais vibrantes, e sua boca, ainda mais sensual, como se fosse uma falha projetada com muito cuidado.

— Compreendo sim — disse eu. — Em ambos os casos, eu teria feito o que você fez — acrescentei. — E está claro que você poderia ter matado Eleni, se tivesse decidido fazê-lo.

— É a perfeita verdade — disse Garekyn. Era óbvio que ele estava surpreso de me ouvir dizer aquilo. — Não tenho nenhum apetite louco por devorar cérebros de vampiros — garantiu-me ele. — Sinto muito pela morte do vampiro na Califórnia, mas aquele estava armado e invadiu meu quarto. Havia mais um com ele. Eu poderia ter matado os dois, mas matei só um.

— E o que você descobriu de tão interessante no cérebro do Matador? — perguntei. — Por que levou embora a cabeça do vampiro que matou na Califórnia? — Percebi que minha voz estava um pouco áspera demais, e lamentei essa atitude. Estava achando uma pena termos começado desse jeito.

Mas Garekyn não se perturbou.

— Foi alguma coisa que vi no cérebro exposto do Matador — disse ele —, alguma coisa obviamente diferente dos outros materiais orgânicos, alguma coisa viva de uma forma singular. E, quando a pus na boca, essa coisa criou visões em mim, visões que se intensificaram quando eu a engoli. As visões tinham começado com uma prova do sangue da criatura. — Ele fez uma pausa, me observando atentamente. — Calculo que não seja de seu agrado ouvir esse tipo de coisa, já que as vítimas eram seus irmãos, mas a verdade é que, em cada uma das ocasiões, eu estava sendo atacado, e essas visões tinham um valor crucial para mim. – Ele tocou no peito com o punho enquanto dizia essas palavras. – Essas visões revelaram algo potencialmente precioso para mim. Eu tinha vindo à procura de vocês, de todos vocês, por um motivo específico, e essas visões estavam relacionadas a esse motivo. – Ele olhou de relance em torno da mesa pela primeira vez, com seus olhos parando em Marius por um bom tempo antes de se voltarem para mim. – Tive visões com o sangue de Eleni também, mas não a matei. Naturalmente tirei a cabeça do vampiro que me atacou na Califórnia. Levei-a para um local seguro, quebrei o crânio, bebi o fluido do cérebro e mais uma vez vi coisas.

– Entendo – disse eu, fazendo que sim.

– O que posso fazer para compensar isso – perguntou ele –, para podermos partir de uma base equilibrada e segura?

Marius se manifestou:

– Creio que podemos deixar esses assuntos de lado por ora – disse ele. – Afinal, você estava se defendendo. – Eu sabia que ele estava impaciente com isso tudo, mas creio que eles não se davam conta. Não, eles não conseguiam ler pensamentos. Isso estava claro por toda aquela conversa. E nós não podíamos ler os deles, disto eu tinha certeza.

– É, estava me defendendo, e da morte, eu achava – respondeu Garekyn, relembrando.

Welf, que não tinha dito nada o tempo todo, olhou de relance direto para Garekyn, quando este pronunciou a palavra "morte". Os olhos de Welf tinham pálpebras pesadas, o que lhe dava um ar sonolento e satisfeito, e seus olhos e nariz apresentavam uma simetria mais clássica. A dele era a boca mais cheia, mais sensual.

Estava evidente que essas criaturas não eram autômatos desprovidos de emoção. Cada palavra que ele disse estava impregnada de emoção. E os rostos refletiam uma infinidade de mudanças ínfimas a cada minuto que passava. Até mesmo Derek, que estava agora com o olhar fixo à sua frente, como se estivesse em choque, tinha uma expressão que espelhava sua luta interior, com as pupilas negras dançando de um modo quase frenético.

Marius continuou a falar, com sua voz competente, mansa, inquestionável:

– E nós lhes pedimos que tenham em mente – disse ele – que não tínhamos absolutamente nenhum conhecimento de que Derek estivesse sendo mantido em cativeiro por Roland da Hungria. Mal conhecemos esse bebedor de sangue. Ele jamais veio à corte. – Marius lançou um olhar significativo para mim. Estava claro que ele se sentia frustrado. – Estamos no momento envolvidos num processo que é novo para nós. Seja lá o que for que venha a ser realizado aqui, ainda não está completo.

— Eu sei — disse Kapetria, num sussurro. — Entendo isso. Eu me preparei com o máximo de conhecimento que consegui obter.

— E não temos nenhum controle verdadeiro — disse Marius — sobre Rhoshamandes, que foi tão cruel com Derek. É um alívio ver que o braço de Derek foi restaurado.

— O braço de Derek se regenerou — disse Kapetria, sem dar a menor indicação de que o que estava dizendo era surpreendente. — E o ato impensado de Rhoshamandes nos levou a uma descoberta extraordinária. Temos Dertu em consequência do que aconteceu. — Com a mão esquerda, ela fez um gesto na direção da óbvia cópia de Derek, numa das cadeiras encostadas na parede, Dertu do cabelo preto e dourado. Não uma única mecha saliente, mas muitas mechas. Dertu, que era tão calmo em comparação com Derek.

Um riso baixo, sem alegria, veio de Fareed, que eu soube de imediato que tinha calculado isso muito antes.

— Vocês vieram para este mundo — perguntou Fareed — sem saber que poderiam se propagar desse modo, pela simples fragmentação?

— Nós viemos para este mundo, meu amigo, sem saber de muitas coisas — respondeu Kapetria. — Fomos mandados para cá com um propósito específico. Na realidade, nossos criadores nos chamaram de "as Pessoas do Propósito". — Seus olhos passearam tranquilos por todos nós enquanto ela falava, mas se voltaram para Fareed. — E recebemos somente as informações consideradas necessárias para a realização do propósito. Foi com essa finalidade que fomos criados.

— E qual era o propósito? — perguntou Marius. Receei que essa sua pergunta tivesse sido meio ácida, mas não vi indícios de que qualquer outra pessoa houvesse tido a mesma impressão.

— Vamos chegar lá — disse Kapetria. Ela semicerrou os olhos enquanto olhava para Marius e depois para Seth. — Acreditem em mim, quero lhes contar tudo. Mas, antes, permitam que eu faça a seguinte observação. — Ela voltou a se dirigir a mim: — É que seu método de propagação através do sangue e através do cérebro tem muitos aspectos em comum com o nosso. Desconfio que Amel não tenha maior controle sobre essa propagação e suas limitações do que nós temos sobre a nossa. — Ela fez uma pausa, como que para permitir que refletíssemos sobre o que tinha dito. — Na realidade, tenho uma hipótese preliminar de que todos vocês estão conectados a Amel porque o método de propagação dele falhou. O método pretendia que cada um de vocês fosse uma unidade independente, mas não conseguiu atingir seu objetivo. E assim, de algum modo, vocês são um único organismo enorme.

– Não concordo – disse Seth. – Cheguei a pensar nisso, mas, veja bem, foi Amel quem desde o início incentivou a propagação... mais bebedores de sangue, para ele poder provar mais sangue... e a criação de um grupo de entidades vinculadas para satisfazer a sede dele.

– Ele incentivou isso, sim – disse Kapetria –, mas sabia o que estava pedindo? Àquela altura, ele era uma mente articulada ou alguma coisa perdida, a se debater? Sim, ele implorou para aumentar de tamanho ou para saciar uma sede imensa, mas não teria sido praticamente perfeito se cada nova unidade na qual ele se implantasse através do sangue pudesse acabar se tornando autônoma? – Ela fez que não. – Conclusão apenas provisória: vocês são um organismo que envolve uma tentativa fracassada de propagação. Vocês são um imenso organismo com um cerne frágil.

– Você está sugerindo que alguns de nós poderiam ser desconectados de Amel? – perguntou Fareed.

– Bem, sim, suspeito que isso seja perfeitamente possível – disse ela. – Está claro que ele fica agoniado quando o número de vocês cresce além de um determinado ponto, quando o material ralo e impalpável de que ele é feito fica esticado a suas dimensões máximas.

– Material ralo e impalpável – disse Seth. – É uma bela forma de descrevê-lo.

– Será que é de fato um material? – perguntei.

– Ah, ele é feito de material, sim – disse ela. – Os espectros, os espíritos, seja lá o que forem, todos eles são feitos de algum material. – Ela olhou para Gremt, que estava ali sentado, impassível, estudando-a com sua perfeita réplica de um rosto e um corpo da Grécia Clássica. – Você não é feito de material? – perguntou ela. – Não estou falando de seu corpo físico. Estou falando do âmago do seu ser, onde se localiza sua consciência.

– Sim, ele é feito de um material sutil – disse Gremt, com a voz baixa. – Cheguei a essa percepção muito tempo atrás. Mas o que é esse material sutil? Quais são suas propriedades? Por que eu vim a surgir? Essas coisas não sabemos, porque não conseguimos ver, medir nem testar o material sutil.

– Eu tenho minhas teorias – disse ela. – Mas Amel é sem dúvida feito de material sutil, um material sutil que se implanta e se desenvolve em cada novo hospedeiro que lhe é oferecido. E, em termos ideais, com o tempo ele teria desligado sua mente desse hospedeiro, acabando por ter seu tamanho reduzido até se sentir confortável com um pequeno grupo de hospedeiros ou até mesmo com apenas um. Mas isso não aconteceu. É como todas as mutações espetaculares deste planeta... algo infinitamente complexo, que envolve o acaso e a determinação, o erro e a descoberta.

– Entendo o que você está dizendo – disse Fareed.

– O que me surpreende é vocês não terem se concentrado nisso desde o início – disse Kapetria. – Não estou dizendo isso como uma crítica. É uma observação que estou oferecendo. Por que você e sua equipe de médicos não procuraram romper o elo de cada vampiro como indivíduo com Amel?

– Não consigo vislumbrar uma forma de fazer isso – disse Fareed, com uma leve aparência de estar na defensiva. – É claro que percebo a importância disso, de podermos liberar cada indivíduo do hospedeiro do Cerne.

– Parece-me – disse Kapetria – que essa poderia ser uma das áreas mais decisivas de suas pesquisas.

– Você se dá conta de quantas áreas de pesquisa estamos encarando? – perguntou Gregory. – Percebe a verdadeira revolução que tudo isso significa para nós... o fato de agora termos médicos e cientistas estudando nossa própria fisicalidade?

– Sim, Herr Collingsworth, mas é óbvio que essas estranhas conexões invisíveis com Amel são vulneráveis – disse Kapetria –, e é tão óbvio que são um erro, uma falha... – Ela se dirigiu a Fareed: – E mais uma coisa, por que vocês não se concentraram em estudar algum modo de tirar os circuitos neurais de Amel de um hospedeiro e transferi-los para outro sem prejudicar nenhum dos dois?

– Porque eu não sei fazer isso! – respondeu Fareed. – O que acha que fico fazendo em meus laboratórios? Simplesmente brincando com...

– Não, não, não, peço que me perdoe – disse Kapetria. – Não estou transmitindo o que pretendo dizer. O que quero dizer é... – Ela hesitou e então como que mergulhou em pensamentos, com a mão direita fechada debaixo do queixo.

– Como você faria isso? – perguntou Seth, em voz baixa. – Como você se proporia a remover o circuito neural de um cérebro para outro se não conseguimos sequer ver esse circuito neural, nem com os equipamentos mais sofisticados?

– Parem – disse Derek. – Parem com isso! – Ele olhou furioso para Kapetria. Seu lábio inferior estava tremendo, e uma película cristalina tinha coberto seus olhos. – Parem com isso agora! – disse ele.

Ficou claro que ela se surpreendeu. Kapetria se voltou para ele e falou numa voz solícita e discreta:

— Qual é o problema?

— Conte para eles — disse Derek. Ele olhou irado para mim, para Fareed e para Marius. — Conte para eles!

Kapetria pôs a mão direita com delicadeza sobre a mão esquerda de Derek.

— Você quer que eu conte para eles o quê? — perguntou ela, com carinho.

— Conte o que pode acontecer se eles tentarem alguma coisa contra nós — disse Derek. Ele olhou fixamente para Seth, depois para Gremt. Sua mão direita tremia, como se ele estivesse com alguma paralisia. Seus olhos chispavam, passando por todos os que estavam diante dele, e então se voltando para mim. — Conte o que poderia acontecer se tentarem nos destruir. Eles acham que estamos aqui à mercê deles. Sei que acham. Mas não estamos.

— Vocês não correm nenhum risco de que um de nós vá tentar feri-los! — disse Marius. — Ninguém aqui quer isso. Da mesma forma, ninguém aqui quer ser ferido por vocês.

— Não, não há perigo algum aqui — disse eu. — Nunca tentaríamos destruir vocês. Essa é a última coisa que poderíamos querer. Achamos que convidá-los a vir aqui dessa forma os convenceria de como confiamos em vocês.

— Não, não há o menor perigo — disse Seth.

— Não há como nos destruir — disse Derek. Sua voz estava instável. Era óbvio que ele enfrentava conflitos internos que não tinham sido visíveis antes. — Não há como nos destruir, a menos que queiram destruir tudo neste mundo que tem algum valor para vocês. — Ele agarrou a mão de Kapetria e a segurou com força. — Você fala.

Era óbvio que Kapetria não estava preparada para tudo isso, mas não parecia nem irritada, nem ofendida. Ela examinou Derek por um bom tempo. Seus cílios eram pretos, bonitos, espessos, e sua beleza como um todo estava me perturbando, como costuma me perturbar. Se sua beleza fosse incidental, se não estivesse enraizada em alguma coisa profunda em seu interior, bem, ela teria um enorme poder de enganar, pensei.

— É provável que o que Derek diz seja verdade — disse Kapetria. — Se vocês nos atingirem, estarão se arriscando a ferir inúmeros outros. Vocês correm o risco de ferir o mundo. Não estou tentando dar uma impressão dramática, apocalíptica. Nosso corpo pode conter elementos que, uma vez liberados, talvez destruam o mundo inteiro. Derek não está exagerando. Mas por que eu não lhes conto toda a história?

Todo ser ali presente registrou o que ela disse, mas a expressão firme no rosto de Armand não mudou. Ele olhou para mim. Leve sussurro telepático: *Contenção, da qual eles não possam escapar.*

– Sim, por favor – disse Seth a Kapetria. – Toda a história. Estamos pondo o carro adiante dos bois. Precisamos saber...

Welf, o calado, assentiu, com seus grandes olhos sonolentos faiscando por um instante, e a boca sensual, de lábios cheios, se rendendo a um pequeno sorriso simpático.

– São só sete horas agora – disse Kapetria. – Posso lhes contar tudo antes que amanheça, se estiverem dispostos a escutar. E ao final vocês entenderão o que Derek quer dizer. Não há como nos destruir em termos físicos sem um dano considerável a todos os presentes e a pessoas que não estão aqui. E, quando eu terminar, estaremos preparados para seguir em frente juntos.

– Acho que seria maravilhoso – disse Marius. – É o que queremos. Estou comovido com sua confiança, com vocês quererem nos contar tudo.

Percebi um olhar de relance de Gregory e Teskhamen, também reagindo de uma forma sutil. Eles não tinham tanta certeza quanto Marius acerca daquilo tudo. Mas eu tinha.

De um modo discreto e reservado, Gremt parecia atordoado, como se estivesse perdido. Eu queria poder dizer alguma coisa para reconfortá-lo – dizer-lhe que ele fazia parte de nós tanto quanto qualquer outro –, mas agora eu também queria ouvir a história de Kapetria.

– Mãos à massa – disse eu. – Você fala, Kapetria. Nós escutamos. Não vamos interrompê-la, a menos que nos sintamos forçados a isto.

– Ótimo – disse Kapetria. Ela pegou seu pequeno gravador digital e o colocou em cima da mesa. Pude ver uma luzinha pulsando no aparelho. – Vocês têm suas câmeras. Nós temos este aqui.

Marius assentiu, com um gesto de aceitação, de mãos abertas.

– Tenha certeza de que entendemos – disse ele.

– Eu tenho – respondeu Kapetria. – Mas, antes de começar, quero que saibam que alguns de nós se lembram de muito mais do que outros. E alguns divergem quanto a um detalhe ou outro.

Ela ainda estava segurando a mão de Derek e estendeu a sua para lhe afagar o cabelo, tranquilizadora. Olhou então de novo para mim. E depois para David.

Talvez ela não tivesse se dado conta de David antes. Mas agora, sim. Será que percebia que David não era o ocupante original de seu corpo? Parecia quase certo que ela de fato percebia isso. Por fim, sorriu e o cumprimentou com um gesto, enquanto ele retribuía o sorriso dela com sua delicadeza habitual.

Kapetria prosseguiu:

– Estivemos compartilhando nossas lembranças. E creio que organizei a história inteira da melhor maneira possível.

Gestos de concordância de todos.

– Agora, vou falar em inglês – disse ela – porque essa é a única língua que todos nós conhecemos. Vou empregar inúmeras palavras e expressões em inglês que não têm um equivalente na nossa língua ancestral, mas que são de extrema eficácia, depois de milênios de evolução linguística, para descrever tudo o que vivenciamos e tudo o que vimos. Estou me referindo a palavras como "arranha-céu", "polímero", "metrópole" ou "plástico". Palavras como "transmitir", "magnificência", "empatia" e "programado". Estão me acompanhando?

– Acho que entendemos muito bem – disse Seth. – Em minha terra natal, Kemet, na época em que nasci, há milhares de anos, não havia palavras que descrevessem automóveis, aviões, paraquedas, o subconsciente, a psicopatologia, campos de força ou sistemas binários.

– Isso mesmo – disse ela, com uma risada prazerosa. – É exatamente isso o que estou dizendo. E vou recorrer a todo o vigor da língua inglesa agora para comunicar o que aconteceu, em vez de reviver tudo. No entanto, há também mais um aspecto. Eu nem sempre entendia o que estava vendo doze milênios atrás. O mundo hoje me ajudou a interpretar grande parte do que vi, mas não sei dizer se essas interpretações são precisas.

Estávamos concordando, exprimindo em sussurros discretos que entendíamos.

Gabrielle ergueu a mão e apontou um dedo para Kapetria.

– Uma coisa eu quero saber – disse Gabrielle – antes de você começar.

Kapetria se voltou para ela, atenta, e fez que sim. Eu me perguntava como ela via minha mãe, cuja expressão sempre tinha me parecido fria e desdenhosa.

– Vocês nos dão valor? – perguntou Gabrielle. Ela se inclinou para a frente, na direção de Kapetria, semicerrando os olhos. – Ou vocês nos veem como algo essencialmente indesejável e até mesmo abominável?

– Ah, essa é uma pergunta muito importante – disse Kapetria. – Nós lhes damos um valor incomensurável. De modo algum vocês são abomináveis para nós. Como assim? Porque se alimentam de sangue? Tudo que vive precisa se alimentar de alguma coisa. Vocês não fazem ideia de como lhes damos valor. Vocês são nossa esperança.

Welf deu um risinho, quase inaudível.

– Nós os estamos estudando há anos – disse ele.

– Vocês são os únicos outros imortais de que sabemos alguma coisa – disse Garekyn.

– Estaríamos sozinhos se vocês não existissem – disse Derek. Mas ele mal tinha falado quando começou a tremer de corpo inteiro. Kapetria o enlaçou com o braço direito, procurando acalmá-lo. Ela o beijou, afagou seu cabelo, segurou-o com mais firmeza. Mas nada funcionava.

Dertu se levantou da fileira de trás e se aproximou, pondo as mãos nos ombros de Derek.

– Pai, acalme-se – sussurrou ele. *Pai.* Quer dizer que o clone chama esse aqui de Pai.

– Nós deveríamos nos amar uns aos outros – disse Derek, olhando para mim. Era óbvio que ele estava perdendo o controle.

– Derek, preste atenção! – disse eu, inclinando-me para ele. Eu não tinha como alcançar sua mão. – Sinto muito pelo que aconteceu com você! *Lamento* muito mesmo. Todos nós lamentamos. Não tínhamos conhecimento de que você estivesse sendo mantido em cativeiro. Nós o teríamos libertado, se tivéssemos sabido. Nenhum de nós teria feito o que Roland fez!

– Ele não tinha direito! – disse Derek, continuando a olhar para mim. – Existe o certo e o errado, e ele não tinha direito!

– Sim, eu sei e concordo com você. Você está certo – disse eu, pedindo ajuda a Marius com um olhar.

– Não há nenhuma autoridade em nosso mundo há séculos – disse Marius. – Estamos tentando nos reunir para criar uma autoridade, uma autoridade sob a qual uma coisa dessas não possa acontecer. Mas tudo isso é complexo, e onde houver lei, é preciso que haja sustentação para essa lei e sustentação para garantir seu cumprimento.

– Ah, mas você faria coisas terríveis com os mortais, não faria? Qualquer um de vocês não faria? – perguntou Derek. – Vocês não mantiveram mortais em cativeiro para poderem se alimentar deles como se eles fossem gado?

Minha mãe riu. Ela se recostou na cadeira e abanou a cabeça. Ela estava me deixando simplesmente furioso.

– Pode ser que alguns de nós tenham feito esse tipo de coisa – disse eu a Derek. – E alguns de nós nunca fizeram nada de semelhante! Mas tentamos fazer o que é certo. Tentamos. Acreditamos no que é certo. Somos favoráveis a nos definirmos em termos do que é certo. Procuramos nos alimentar somente do malfeitor.

– *Alguns* de nós se alimentam exclusivamente do malfeitor – disse Gabrielle.

– Quer parar com isso, por favor? – sussurrei para ela. – Você está me tirando do sério.

Marius fez um gesto para eu me acalmar.

– Derek – disse Marius. – Nós podemos viver bem sem a crueldade injustificada. Sempre houve meios para isso.

– Sim, a crueldade injustificada – disse Derek, com os olhos se enchendo de lágrimas. – Criem uma regra contra ela em seu novo governo. Façam uma regra para o mundo inteiro contra a crueldade injustificada. Amel sabe. Amel sabe o que é a crueldade injustificada. E Amel conheceu um mundo em que uma coisa dessa era condenada. Amel conhece o certo e o errado, ele conheceu um mundo em que havia a diferença entre o certo e o errado. Pode voltar a haver um mundo assim.

Vi Arion se debruçar sobre a mesa e tentar alcançar Derek, mas estava longe demais do outro lado da mesa, exatamente como eu. E assim Arion pôs a mão aberta na mesa no gesto de tentar alcançá-lo.

– Todos nós condenamos o que aconteceu – disse Arion. – Até mesmo eu, que tomei de você o que não tinha direito de tomar.

Derek fez que sim e até mesmo sorriu enquanto olhava para Arion. Era como se ele confiasse em Arion e em mais ninguém ali. Eu sabia que Arion tinha dado a Derek demonstrações de bondade e compaixão, e havia sido Arion quem sugeriu a Allesandra que abandonasse Rhoshamandes e viesse ter conosco.

Dertu se inclinou e beijou o rosto de Derek com mais carinho do que qualquer mortal poderia ter feito.

– Acabou, pai – disse Dertu. – Não vai acontecer outra vez, nunca mais.

– É verdade – disse Kapetria. – Isso nunca mais vai voltar a acontecer. – Ela olhou para mim e depois para Marius e Arion. – Todos nós damos valor demais uns aos outros para que isso um dia volte a acontecer.

– Sim – disse Marius.

– Eu lhe asseguro que sim também – disse eu.

Mais uma vez, houve murmúrios de aprovação – até mesmo de Gremt, que estava com uma expressão perturbada, atormentada, nos olhos.

– Nós levaremos esse Roland da Hungria a julgamento – disse Marius. – Estamos no momento moldando nossa forma de governo. E eu lhes garanto que ele será julgado pelo que fez, pelo que ocultou e pelo que incentivou.

– Foi mais do que crueldade – disse Derek, numa voz rachada, emocionada. Ele estava lutando para não cair em pranto. – Foi uma oportunidade perdida, pois poderíamos ter nos reunido antes e ajudado uns aos outros.

– É – disse Marius. – Nós entendemos esse ponto perfeitamente. Esse é um dos piores aspectos do mal, o de ele sempre envolver a morte de um bem possível, de sempre avançar a partir da destruição de alguma coisa que poderia ter sido muito melhor.

– Nós precisamos uns dos outros – disse eu.

– Sim, precisamos – disse Kapetria. – Ouçam, viemos para a Terra como as "Pessoas do Propósito" e abandonamos esse propósito em troca de um melhor. Nós agora somos motivados por esse propósito melhor, e segundo ele não podemos nunca, nunca prejudicar a vida. Vocês estão vivos exatamente como nós estamos, e todos nós fazemos parte da vida.

– Bem, recebi a resposta que queria – disse Gabrielle, como se absolutamente nada menos que isso importasse. – Portanto, prossiga.

– Por que não começa agora? – disse Marius a Kapetria.

Kapetria fez que sim para Marius, mas voltou a fixar os olhos em Fareed.

– Permita que eu lhe ofereça uma última observação quanto à questão de isolar os indivíduos da raiz. Lembre-se de que o nanotermoplástico da rede de conexões é a única parte de vocês que não se alimenta diretamente do ácido fólico no sangue.

Eu não fazia a mínima ideia do que aquilo poderia significar para Fareed e Seth.

– Conte a história – disse Marius. – Este é o momento de contar a história.

Kapetria uniu as mãos sobre o tampo da mesa.

– Vou falar à medida que for me ocorrendo.

Parte II

NASCIDOS
PARA A
ATLÂNTIDA

19
A história de Kapetria

I

GANHEI CONSCIÊNCIA há cerca de doze milênios. Eu não conseguia ver nem me movimentar. Ouvia música, que envolvia canto e a infinidade de sons de complexos instrumentos musicais. Foi somente nesta era moderna que escutei alguma coisa que se assemelhasse àquela música, à fusão de vozes plangentes, harmonia e acordes suaves. Essa música provocou em mim um profundo prazer e também um enorme anseio. Eu sentia alguma coisa semelhante a uma tristeza quando a ouvia, uma espécie de vazio, e me descobri procurando por algo, talvez alguma solução para meu anseio, enquanto acompanhava as linhas melódicas. Acho que chorei. Mas é difícil saber se isso aconteceu.

Todos nós fomos criados com essa música. E até o dia de hoje somos hipersensíveis à música.

A primeira coisa que eu realmente soube foi que estava pronta, crescida, terminada, que eu era um grande sucesso e que os Pais estavam felizes. Eles abriram a tampa translúcida de minha cama e me ajudaram a ficar em pé, enquanto outros Pais faziam o mesmo com Welf, Garekyn e Derek.

Nós nos encontrávamos numa sala ampla que parecia estar na copa das árvores de uma floresta imensa. Mas, no instante em que olhamos, vimos os galhos escuros e as folhas verdes se dissolverem para revelar paredes cheias de vida, com imagens em movimento, ou portais para florestas ainda maiores lá fora, com inúmeras moradas iluminadas, ou ninhos, por toda parte, para cima e para baixo.

Isso nos parecia lindo. Simplesmente lindo. Da mesma forma que os Pais. E todos eles eram os Pais.

Aparentavam ser totalmente normais, admiráveis, até mesmo encantadores, embora fossem muito diferentes de nós: muito altos e magros, com o rosto branco e grande, olhos pretos redondos e brilhantes, e a boca sem lábios, que sorria quando falavam. Suas mãos eram esguias, brancas, secas e talvez duas vezes maiores que as nossas. Enquanto esta minha mão aqui mede quinze centímetros da ponta do dedo mais comprido até o pulso, as deles mediam trinta centímetros, e suas unhas eram peroladas e afiadas. Eles tinham cinco dedos em cada mão.

Suas pernas eram muito longas e magras, sempre se curvando de leve nos joelhos, e os pés eram extraordinariamente semelhantes às mãos. Parecia que usavam mantos com capuz, que eram profusamente coloridos, em camadas, e faixas semelhantes de cores vivas cobriam seu torso arredondado. Suas costas eram encurvadas. Eles se movimentavam com elegância e falavam baixinho numa língua da Terra, a língua da cidade de Atalantaya.

Nenhum de nós percebeu de início que os Pais eram cobertos de penas minúsculas e que não usavam roupas. Não percebemos que a corcunda nas suas costas era de fato asas recolhidas. Nem que o nariz e a boca eram de fato bicos. Nem que eles eram de outra espécie. Isso simplesmente não nos ocorreu. Eles eram os Pais. E a língua de Atalantaya era a que precisávamos saber para cumprir nosso propósito.

Os Pais tinham nos criado. Nós lhes pertencíamos e os deixávamos felizes. Eles nos diziam que éramos as Pessoas do Propósito. E, embora a distribuição de suas cores variasse, sob outros aspectos eles eram intercambiáveis e numerosos, enquanto falavam e interagiam conosco em Bravenna. Se tinham nomes individuais, isto nunca nos revelaram. Podia ser que um começasse a falar, e outro seguisse pelo mesmo assunto, com ainda outro depois desse segundo, tudo sem o menor tropeço, de modo que nunca um único indivíduo ganhou destaque a nossos olhos.

Agora, Bravenna foi o mundo em que despertamos, um mundo que parecia imenso, um mundo que era o nosso "lar", diziam os Pais. E era lá que seríamos preparados para nosso propósito.

Enquanto nos ajudavam a vestir calças e camisas sedosas, nos elogiavam, nos afagavam, nos abraçavam e nos diziam que éramos perfeitos para nosso objetivo e que nos amavam.

Naquela época, nós todos éramos como vocês estão nos vendo agora. E eles tinham uma palavra para nos designar que se traduz melhor com o termo "replimoide". Com o tempo, nos contariam que para eles era muito fácil criar replimoides, mas alguns saíam melhores que outros, e nós éramos sua melhor criação até então. Ficou implícito que fomos gerados, exatamente da mesma forma que um ser humano o é no útero de sua mãe, só que fomos desenvolvidos em termos orgânicos, a partir de uma combinação de todas as células da cadeia de vida do planeta Terra, aí incluídas as de plantas, insetos, répteis, aves e mamíferos. Éramos o resultado de uma fusão, não da evolução. Tínhamos sido criados com a aparência total de seres humanos, mas não dispúnhamos dos mesmos circuitos neurais.

Por esse motivo, era impossível nos matar pelos métodos normais que poderiam matar seres humanos. E éramos constantemente renováveis. É claro que eles não disseram nada sobre a propagação. Pelo contrário. Eles nos disseram que curtíssemos a relação sexual com os mamíferos da Terra, o quanto quiséssemos, porque éramos estéreis e nunca geraríamos descendentes. Revelou-se que isso era verdadeiro. E realmente gostávamos de copular com humanos, tanto homens quanto mulheres. Também adorávamos copular uns com os outros. Todos os fatos que os Pais nos passaram poderiam ter sido verdadeiros. Eles nos avisaram que aldeias e agrupamentos diferentes na Terra possuíam regras distintas a respeito das relações sexuais. Nós devíamos ter cuidado e não desrespeitar essas regras. Isso também se revelou verdadeiro.

Eu poderia me estender quanto a essa questão do acasalamento – como apreciávamos o prazer orgiástico, como ele era sedutor para nós –, mas este é apenas um ponto insignificante na história que estou contando. Para concluir, devo dizer que, na maior parte do tempo, Welf e eu formamos um casal desde bem cedo, e Derek e Garekyn também, na maior parte do tempo. E para nós o amor e a lealdade sempre aumentavam o prazer. Nunca desenvolvemos uma propensão a relações sexuais com desconhecidos. E não há a menor dúvida de que as relações eróticas reforçavam nossa sensação de pertencermos uns aos outros.

Antes que eu continue, permitam que tente lhes dar alguma ideia da língua de Atalantaya. Ela era extremamente repetitiva e podia ser muito precisa. Costumava ser falada numa espécie de recitação invariável e rápida. Por exemplo, quando me ergueram da minha cama e apontaram para os portais que se abriam para o reino da floresta, os Pais disseram coisas como: "Olhem para o mundo, nosso mundo, o belo mundo de Bravenna, o perfeito mundo de Bravenna. Olhem. Vejam essa beleza. Vejam o mundo de Bravenna, onde vocês foram criados. Vocês são filhos de Bravenna. Vejam as árvores, vejam as folhas, a luz do sol, vejam seus Pais. Amem e obedeçam a seus Pais. Vocês são as Pessoas do Propósito, nascidas para Atalantaya e para um único propósito."

Esse tipo de discurso era constante, e soubemos que essa era a língua de Atalantaya antes de sabermos o que Atalantaya era. O nome que eles usavam para a Terra era alguma coisa como "o-planeta-verde-e-azul-com-predomínio-

-de-mamíferos", com todo esse bloco de informações contido na palavra, cada vez que a pronunciavam. Mas "Terra" serve muito bem como tradução. E acho que havia um número vinculado ao nome da Terra, talvez para indicar um entre muitos planetas semelhantes. Não tenho certeza. E não há como saber seu sistema numérico. Eles não nos ensinaram aritmética, nem matemática. Também não nos ensinaram a escrever nem a ler de modo algum.

Eles nos disseram que éramos providos de vastas reservas de conhecimento, que nos permitiriam entender qualquer tipo de língua rapidamente, e que reconheceríamos as propriedades úteis ou medicinais de animais e plantas no mundo aonde estávamos indo. E entendemos as estrelas quando acabamos por vê-las, e também como o universo era enorme e como era imenso o "Reino dos Mundos", ao qual se referiam. Era em nome do "Reino dos Mundos" que cumpriríamos nosso propósito. O "Reino dos Mundos" estava horrorizado com a ascensão dos mamíferos na Terra e nos enviava para corrigir o que tinha acontecido no planeta.

Por todo o "Reino dos Mundos" a evolução quase sempre tinha privilegiado outras espécies, não os mamíferos, e na Terra uma coisa terrível tinha acontecido, com os mamíferos tendo adquirido consciência de si mesmos e inteligência, e agora dominavam o planeta com tribos, matilhas e a grande cidade de Atalantaya. Isso era uma abominação para os Pais e para o "Reino dos Mundos". E nós deveríamos ir à Terra para nos infiltrarmos entre os mamíferos e ter acesso à cidade de Atalantaya, protegida por um domo.

Para mim agora é extremamente confuso determinar quanto daquilo que sabíamos já fazia parte de nós e quanto nos estava sendo ensinado. Mas nunca houve um momento em que eu não soubesse como os Pais detestavam os mamíferos e as emoções deles.

Uma tremenda catástrofe física tinha ocorrido na Terra, e este foi o único motivo pelo qual os mamíferos tinham obtido uma vantagem no processo evolutivo. Essa catástrofe resultou da colisão de vários pequenos mundos ou asteroides com a Terra e do envenenamento da atmosfera de tal forma que répteis e aves tinham morrido em grande quantidade, enquanto os mamíferos sobreviveram e, na ausência de répteis e aves que fossem seus predadores, cresceram até formar uma população enorme e difícil de controlar. Nós, as Pessoas do Propósito, como nos chamavam, produziríamos outra catástrofe, que reconduziria o planeta a um estágio anterior, no qual mais uma vez os répteis e aves teriam uma chance de suplantar os mamíferos na evolução.

Acho que os Pais nunca falaram dos mamíferos ou da natureza deles sem expressar indignação e repulsa. Eles nos avisaram que os mamíferos eram agressivos, cruéis e perigosos. Os machos maltratavam as fêmeas. Mas poderíamos enganá-los com facilidade, fazendo com que acreditassem que éramos mamíferos. Se de fato nos encontrássemos à mercê deles, se nos torturassem ou tentassem nos matar, sobreviveríamos. Na verdade, era nosso propósito solene sobreviver. A dor intensa provocaria em nós a inconsciência, repetidamente. E essa inconsciência ajudaria na regeneração de qualquer lesão ou ferimento que sofrêssemos.

Não deveríamos ter medo da dor que os mamíferos nos infligissem. Não deveríamos ter medo deles, por repugnantes, imprevisíveis e odiosos que fossem. E, em todos os nossos contatos com mamíferos, deveríamos nos lembrar de que nós mesmos não éramos de fato mamíferos e que possuíamos esses circuitos neurais extremamente diferentes.

Contudo, tínhamos sido criados como animais de sangue quente, com emoções de mamíferos. E também para pensar, sentir e vivenciar o mundo sensual e o mundo visível como os mamíferos, através de um filtro de emoções.

Era preciso que fosse assim, explicaram os Pais, ou não conseguiríamos nos fazer passar por humanos, que eram rápidos para reconhecer robôs ou seres mecânicos que não compartilhavam suas emoções. Era por isso que precisávamos entender por que tínhamos recebido emoções humanas.

Ora, enquanto tudo isso nos era transmitido ou acionado a partir de nossas reservas de memória, eles nos mostravam uma enorme parede com imagens vivas da cidade de Atalantaya, uma metrópole magnífica constituída de torres de alturas variáveis por baixo de um domo imenso. A cidade inteira era ancorada com segurança nas águas azuis e cintilantes de um mar sem fim sob um sol brilhante. Vimos inúmeras embarcações pequenas e brancas que iam a essa cidade de Atalantaya e dela retornavam, e também provas vibrantes da vida dentro da cidade em si, com uma infinidade de seres pequeninos que moravam nessas torres esplêndidas e que saltavam das embarcações para entrar na cidade protegida pelo domo.

Lembro-me de ter considerado Atalantaya extraordinariamente bela. Mas na realidade tudo o que eu via era belo para mim. Derek também se manifestou quanto à beleza de Atalantaya.

– Ela será bela para nós quando estiver derretendo, em chamas, destruída – disseram os Pais, explicando que o domo de Atalantaya bloqueava sua capacidade de enxergar o que acontecia lá dentro, e que as imagens vivas que estávamos observando tinham sido feitas de dentro do domo por um replimoide anterior, algum tempo antes.

Pude ver que tudo isso afetava Derek profundamente, e os Pais ressaltaram para nós naquela ocasião que ele tinha sido feito para sentir tudo com uma intensidade infinitamente maior do que os outros de nós, a fim de nos alertar para o perigo, estresse ou conflitos, de uma forma que nossa natureza mais fria não nos permitiria perceber. Afinal de contas, não éramos humanos autênticos. Éramos replimoides desenvolvidos com esmero, criaturas totalmente diferentes dos humanos.

Deveríamos sempre andar juntos, procurar sempre estar juntos e proteger Derek da melhor forma possível, porque ele sofria de um jeito que não podíamos ou não íamos querer sofrer. Mas Derek era indispensável para o propósito – como eles diziam –, e com o tempo entenderíamos isso.

Quantos minutos ou horas se passaram para que viéssemos a saber essas coisas não sei ao certo. Mas logo nos disseram que aprenderíamos muito sobre a Terra e suas pessoas mamíferas estudando as paredes com suas intermináveis imagens em movimento, que estavam por toda parte em nosso "lar" ou "morada".

Éramos instados a passear de sala em sala, ou de quarto em quarto, e a nos acomodarmos aqui ou ali, onde preferíssemos, enquanto assistíamos aos filmes transmitidos, que chegavam do planeta. E todos os filmes que eram exibidos nas paredes de nossas moradas em Bravenna eram da vida na Terra.

Disseram-nos que havia milênios que Bravenna vinha enviando replimoides como nós para instalar e manter as estações de transmissão que recolhiam os filmes que deveríamos ver à vontade. Havia estações transmissoras por todos os cantos da Terra onde existissem animais ou seres humanos a observar. E logo todos os aspectos da vida terrena se revelariam para nós, se simplesmente passeássemos por nosso "lar" sem compromisso, selecionando sequências diferentes de filmes a assistir, de acordo com nossa propensão.

Começamos a fazer isso, sem acompanhamento, muitas vezes passando horas sentados num sofá, para assistir a filmes que se originavam numa selva, numa floresta ou num povoado de seres humanos. E, quando nos cansávamos de uma série, procurávamos outra. Em todas as salas pelas quais passávamos, havia Pais assistindo a esses filmes, Pais nos mesmos sofás de que gostávamos ou às vezes empoleirados nos galhos de árvores que enchiam a sala, ou ainda simplesmente parados ali, como que hipnotizados pelo que estavam vendo.

De vez em quando, víamos outras criaturas, quase semelhantes a nós, embora não nos demorássemos perto delas e nunca nos dissessem o que elas eram. Eu bem que gostaria de me lembrar com mais clareza dessas criaturas, mas não consigo. Em retrospectiva, tenho uma impressão de que elas eram uma nova versão dos Pais, sem asas, com penas ainda menores, e uma predileção por roupas como as que usávamos e as pessoas da Terra também. Mas eu poderia estar enganada quanto a isso. Fossem elas o que fossem, eram tão atraídas pelas séries de filmes quanto os Pais e nós mesmos.

Os filmes nos deixavam profundamente absortos. Assistíamos a cenas intermináveis, por assim dizer, de animais caçando à noite na selva, de humanos em pequenos grupos, tribos ou matilhas percorrendo planícies e montanhas, ou morando juntos em pequenas aldeias de choupanas de palha ou em povoados. Víamos fantásticas imagens em close de aves construindo ninhos e alimentando filhotes, de cobras devorando os ovos de aves ou de lagartos enormes procurando alimento em meio a colônias de insetos.

Mas o que predominava eram as filmagens de seres humanos. Observávamos humanos fazendo sexo em ambientes mal iluminados ou em esconderijos isolados nos bosques, ou ainda discutindo ou brigando uns com os outros. Víamos famílias reunidas em torno do fogo para jantar, trabalhando na confecção de roupas de peles de animais ou colhendo o trigo silvestre que crescia nas planícies, do qual podiam fazer pão em fornos de pedra. E também bandos de caçadores cercando e derrubando animais enormes, que muitas vezes matavam um ou mais de um dos humanos, enquanto lutavam para sobreviver contra uma saraivada de lanças ou machadinhas. Víamos alguns humanos em povoados maiores, construindo e cobrindo abrigos melhores para si mesmos, e plantando alguns alimentos simples, tubérculos, grãos, videiras, e colhendo os alimentos produzidos por eles. E também pastores com seus rebanhos de cabras; cercados para a criação de porcos para servir de alimento; humanos cuidando de bandos de pequenas aves para consumir seus ovos e sua carne. Em suma, víamos humanos em todos os estágios primitivos da vida de caçadores-coletores, e os primórdios da vida de povoados que precederam qualquer coisa que a Terra conheça hoje como a revolução agrícola.

Víamos humanos nascendo e morrendo. E também fazendo muitas coisas que não entendíamos. Na verdade, passávamos por aposentos de nosso "lar" dedicados totalmente a sequências de humanos morrendo, onde Pais assistiam enlevados a cenas de pessoas amorosas reunidas em torno de quem estava morrendo, confortando a ele ou a ela, implorando por algum tipo de sabedoria, regras ou conselhos transmitidos pela fala. Nem sempre estava claro o que os seres humanos diziam uns aos outros. Se ficássemos assistindo a qualquer grupo por tempo suficiente, conseguíamos interpretar sua língua com facilidade, mas às vezes não havia muita coisa sendo dita, só lágrimas, gemidos e suspiros. E os aposentos ficavam repletos com isto

Muitas coisas que víamos nos deixavam confusos, mas nada nos doía tanto quanto essas cenas de leito de morte, ou cenas de homens morrendo durante a caçada ou em batalhas, ou ainda cenas de bebês morrendo ao nascer enquanto as mães protestavam aos berros. E havia tantas dessas.

Ora, enquanto assistia a tudo isso, eu não fazia ideia de como estavam sendo colhidas essas imagens da intimidade, do interior de choupanas, grutas ou de cercados na floresta. Essa pergunta não me ocorreu. Mas sem dúvida, mais tarde, ela veio a ser uma indagação significativa. Mas continuando...

Aos poucos, passamos para aposentos em que os filmes eram totalmente concentrados em brigas, homens e mulheres empurrando e dando encontrões uns nos outros, ou mesmo em luta física com uso de armas, cenas em que as mulheres eram espancadas com violência por homens, ou em que gangues delas faziam o mesmo com seus opressores masculinos.

Sempre que fazíamos perguntas, os Pais, despertados do próprio enlevo pelos filmes, nos davam respostas resumidas:

– Bem, é assim que é a vida nesse povoado, estão vendo? É assim que é há séculos, e é desse modo que eles resolvem suas desavenças, porque os mamíferos humanos são violentos, exaltados e costumam se comportar nem um pouco melhor do que as panteras, os elefantes ou os ursos nas florestas.

Uma coisa que percebemos muito cedo foi que as tribos em toda a Terra construíam lugares especiais para chorar, se lamentar, abraçar uns aos outros e falar de suas tristezas. Muitas vezes isso era feito em torno de algumas pirâmides de pedra, pequenas e toscas, ou em clareiras especiais. Às vezes, as pessoas formavam rodas em volta desse lugar e cantavam em coro, falando de suas perdas e decepções.

Para nós, era muito doloroso assistir a grande parte disso, mas para Derek aquilo era insuportável.

Algumas tribos tinham construído pirâmides mais sofisticadas, e outras, círculos de pedras mais aprimorados, onde choravam e imploravam. E logo ficou claro que alguns grupos estavam dirigindo todos os pedidos e lamentações a algum ser invisível ou a uma força que não tínhamos como ver.

Os Pais nos disseram que era normal que os mamíferos humanos imaginassem que o grande Criador do "Reino dos Mundos" estivesse ouvindo seus gritos e talvez interviesse para fazer alguma coisa que aliviasse a dor deles.

A história de Kapetria

– E esse Criador existe? – perguntou Derek. Os Pais disseram que existia um Criador, mas que ninguém sabia o que o Criador sabia. Eles recomendaram que continuássemos a assistir.

Encontramos pirâmides mais caprichadas e de construção mais primorosa. Às vezes eram montadas fogueiras no topo achatado dessas pirâmides. Em algumas delas havia imagens de madeira, de seres importantes. Em um lugar havia estátuas de pedra no alto de uma pirâmide, e em outro, como que um bosque de estátuas de pedra. Em outros locais, havia monturos imperfeitos de terra. Mas sempre as reuniões eram as mesmas, de pessoas chorando, se lamentando, implorando, gemendo, e parecia que as emoções eram viscerais, visíveis.

Os mamíferos humanos da Terra também dançavam, cantavam e festejavam em suas aldeias. Travavam pequenas guerras e traziam de volta prisioneiros que escravizavam. Às vezes executavam esses prisioneiros com crueldade. Eles faziam com que esses escravos se reproduzissem e os utilizavam para o trabalho mais pesado que era preciso realizar para obter alimentos e construir abrigos.

Os Pais nos diziam que não era necessário que entendêssemos tudo o que estávamos vendo.

Mas o que precisávamos entender era como a vida era árdua na Terra e como as emoções violentas dos humanos os levavam a lutar uns com os outros, a cometer homicídios e estupros, já que os fortes atormentavam os fracos e indivíduos vigorosos procuravam conquistar o poder.

No entanto, sem dúvida, não era só isso que víamos, e sim muitas outras coisas que não envolviam a infelicidade. E também mamíferos humanos abraçados, dormindo em grandes grupos em suas choupanas, aconchegados uns aos outros, exatamente como fazíamos nos sofás, enquanto assistíamos aos filmes. Víamos o que eram obviamente festas de grande comemoração. E ouvíamos risadas, uma enorme risadaria, talvez mesmo mais risos e cantos do que lamentos.

E repetidas vezes, em sequências de filmes, víamos ao longe a cidade de Atalantaya, como aqueles simples mamíferos humanos a viam. E víamos o que nos pareciam ser outros recintos muito pequenos, providos de domos, semelhantes a Atalantaya. Ao longo de todo o litoral próximo a Atalantaya havia assentamentos desse tipo, protegidos por domos. Era deles que embarcações velozes cruzavam o mar até Atalantaya. Avistávamos as torres no interior dos domos, exatamente como os humanos na Terra faziam, mas fomos relembrados de que os domos bloqueavam a vigilância íntima por parte dos Pais.

Sempre que nos cansávamos de tudo isso, podíamos dormir. Havia para isso grande quantidade de sofás, e gostávamos de deitar. Era como se estivéssemos de volta às camas em que tínhamos sido feitos, e adorávamos dormir nos braços uns dos outros. Também podíamos olhar pelos portais para o mundo maior lá fora, coberto de florestas, o mundo de Bravenna.

Aos poucos, fomos nos dando conta de que os Pais eram seres alados e de que, da corcunda em suas costas, podiam se abrir magníficas asas cobertas de penas, com as quais podiam voar alto pelo mundo da floresta de Bravenna, muito além do alcance de nossos olhos. E podíamos olhar para baixo, para as profundezas insondáveis do mundo da floresta e vê-los voando abaixo de nós. Os Pais diziam que adoravam voar, apesar de que havia eras que isto já não era necessário. Os Pais agora voavam pelo prazer, e para sonhar os sonhos que tinham somente quando estavam voando. Mas não precisávamos saber mais a respeito deles, explicaram, porque tínhamos sido criados para um propósito a ser cumprido num planeta ao qual eles nunca iam, no qual nunca haviam vivido e no qual não poderiam viver.

– Há muitos mundos como a Terra no "Reino dos Mundos" – diziam eles. – E há muitos mundos muito diferentes, como os mundos semelhantes a Bravenna, onde tudo é confortável para nós. Mas vocês foram criados para sobreviver na Terra. – Os Pais também mencionaram mundos fora do "Reino dos Mundos", nos quais a vida existia, mas em formas invisíveis para os Pais. A definição do "Reino dos Mundos" era que ele incluía aqueles mundos em que a vida era visível. Isso foi tudo o que chegaram a dizer sobre a questão da vida invisível.

Em algum momento durante essas instruções ou orientações informativas, eles nos ensinaram a comer e a apreciar a comida, o que foi uma descoberta incrível. Disseram-nos que poderíamos sobreviver perfeitamente sem alimentos, já que absorvíamos os nutrientes através da pele, mas também poderíamos utilizar comidas e bebidas, e nosso corpo dissolveria cada partícula consumida. Não teríamos necessidade de eliminar nada. Ora, era importante que entendêssemos isso porque tudo o que acontecia na Terra estava relacionado aos atos de comer e de beber. E as espécies da Terra não apenas desejavam comer e beber, mas podiam morrer rapidamente sem alimentos ou líquidos. E todas as criaturas da Terra que víamos nos filmes defecavam e urinavam, em consequência de terem comido e bebido. E isso também tinha uma importância imensa na Terra.

– Toda a violência que vocês veem entre esses mamíferos – diziam os Pais –, toda ela decorre do impulso pela vida, pela sobrevivência, por ter uma prole que sobreviva e por obter toda a comida e bebida necessárias para a sobrevivência e a procriação. Essa é a base da vida na Terra. E os mamíferos humanos... mamíferos inteligentes... são os mais selvagens, cruéis e ferozes de todos os seres do planeta, ou de qualquer planeta do "Reino dos Mundos".

Os Pais nos passaram a informação de que os planetas governados pelos descendentes inteligentes de répteis, aves ou insetos eram muito mais sensatos, pacíficos, amorosos e pacientes. Na verdade, na maioria dos casos essas espécies por sua natureza procuravam a harmonia, e tinham uma atitude muito diferente para com o tempo em comparação com os mamíferos humanos, uma atitude muito diferente para com o amor e para com o Criador.

– A consciência de si mesmos nunca deveria ter se desenvolvido em mamíferos – diziam os Pais. Mas ao mesmo tempo que nos transmitiam esse tipo de coisa, também nos diziam que nosso anseio pelo amor, nossa busca do conhecimento, nossa reação a vários comportamentos, nossa percepção de traços e estruturas semelhantes, nossa empolgação ao apreender certas coisas, tudo isto estava relacionado ao fato de nossa mente ter sido criada de um modo que se assemelhasse à mente do mamífero humano.

Derek, em especial, queria saber por que aquilo era essencialmente "ruim", e eu acho que ele surpreendia os Pais com algumas de suas perguntas. Eles nunca o repreendiam nem o criticavam, como também a nenhum de nós, embora às vezes parecessem estupefatos, sem conseguirem dar uma resposta.

Mas eles davam respostas, sim.

– A mente humana é totalmente moldada por necessidades emocionais – diziam eles –, por sentimentos fortes e desenfreados. E, por causa disso, ela inventa personalidades invisíveis que não existem e anseia por se comunicar com essas personalidades. Ela associa atitudes absurdas e destrutivas aos sentimentos. Sua ideia do "Criador" está relacionada às emoções. Ideias do Criador em planetas nos quais répteis, insetos e aves se desenvolveram, se tornando as espécies dominantes, não refletem a raiva, o amor ou a vingança como a visão que os mamíferos humanos têm do Criador.

"É quase impossível para essas criaturas conhecerem a paz ou o amor verdadeiro", diziam os Pais. "Elas estão sempre muito enredadas na dor ou no prazer, na solidão ou numa sensação sufocante de paralisia, numa necessidade de amor ou num ciúme furioso, resultante do amor, ou ainda num desejo de vingança por conta de uma derrota ou uma afronta pessoal. E, quando são feridas em termos físicos ou sofrem com alguma doença, seu sofrimento é insuportável para elas. Esse sofrimento as leva a terríveis atitudes extremas. A paz, a harmonia, a alegria escapam a essas criaturas."

Chegou por fim o dia em que nos cansamos daqueles filmes, de serem tão repetitivos, e também tínhamos nos tornado até um pouco insensíveis àquele sofrimento sem fim.

Os Pais nos reuniram e nos disseram que devíamos rezar ao Criador. Eles nos sugeriram que abaixássemos a cabeça, esvaziássemos nossa mente e pensássemos apenas na imensa força criadora que tinha feito todos os mundos, aí incluídos aqueles encontrados no "Reino dos Mundos", e que agradecêssemos ao Criador a dádiva da vida e a de testemunhá-la.

Aquilo tudo fazia perfeito sentido para nós, e obedecemos com prazer.

Eles nos mandaram agradecer ao Criador o fato de termos sido criados com um propósito especial e prometer-lhe que faríamos tudo a nosso alcance para cumprir esse propósito. A lamentável forma de vida mamífera humana no planeta Terra tinha que ser destruída, e havíamos sido escolhidos para essa missão.

A essa altura, Welf se manifestou e, de um jeito bastante brincalhão, perguntou se esse Criador era real, se Ele ou Ela ouvia o que estávamos dizendo e se todos esses agradecimentos faziam diferença.

Fiquei chocada, pois parecia uma falta de consideração ou uma grosseria perguntar isso aos Pais. Mas, como de costume, os Pais estavam totalmente calmos.

– Não sabemos se o Criador existe – disseram os Pais. – Mas acreditamos que Ele tem que existir, e que de fato Ele não é nem masculino nem feminino. Há muitos mundos no "Reino dos Mundos" em que os seres dominantes não são nem masculinos nem femininos. Com vocês, usamos o referencial masculino para o Criador porque vocês são do sexo masculino e do feminino, e no planeta Terra o macho domina a fêmea. Acreditamos ser prudente e correto dar graças a esse Criador. Não vemos nenhum mal em agir assim.

Estava óbvio para mim que Welf achava aquilo hilariante, que Garekyn não gostava da ideia e que Derek a encarava com uma atitude fria, de suspeita. Para mim era uma questão de ser educada para com os Pais. Eu queria conhecer meu propósito. Estava ansiosa por prosseguir. Por natureza, sou a mais impaciente das Pessoas do Propósito.

Voltamos às orações. Abaixamos a cabeça, fechamos os olhos de acordo com as instruções, esvaziamos a mente e pensamos no Criador. E, pela primeira vez desde que despertamos, ouvimos música novamente, canto. Parecia que o Lar inteiro estava tomado por esse canto, que vinha de fora da morada, do reino da floresta, com todas as suas outras habitações. Abri os olhos e vi um enorme aglomerado de Pais a nosso redor, Pais que tinham aberto suas asas de penas multicoloridas, embora estivessem parados, imóveis, e todos cantavam. Lá fora, vi Pais que subiam e desciam, como que deslizando no ar com as asas abertas, e também estavam cantando. A letra que esses seres cantavam dizia mais ou menos o seguinte: "Nós cantamos sobre o Criador; cantamos sobre a vida; cantamos sobre a dádiva da vida; cantamos sobre a glória e o mistério da vida; cantamos sobre nossa gratidão pela vida; cantamos sobre nossa gratidão por termos vivenciado e presenciado a vida em todo o seu esplendor."

Finalmente, isso terminou. A sala enorme estava de fato repleta de Pais, mais Pais do que já houvéssemos visto reunidos em um único lugar antes. E os Pais que tinham estado falando conosco retomaram o discurso:

– Como já lhes dissemos, a Terra sofreu uma calamidade. Há milhões de anos, sua atmosfera foi envenenada por um grande asteroide que atingiu o planeta, provocando escuridão e frio, que dizimaram sua vida abundante em números incalculáveis. O resultado disso foi que os mamíferos do planeta cresceram e criaram a vida que vocês acabaram de conhecer, uma vida de infelicidade, violência e lutas intermináveis.

"É nosso propósito ir à Terra para provocar lá uma explosão que tenha um impacto tão devastador sobre a atmosfera quanto aquela catástrofe do passado. E, quando criarem essa explosão, o corpo estilhaçado e em dissolução de cada um de vocês liberará uma toxina forte o suficiente para reduzir a vida no planeta de volta a estruturas unicelulares.

"Mas é imprescindível que vocês estejam na cidade de Atalantaya quando detonarem essa explosão. Precisam estar no interior do domo e devem estar na presença do replimoide que construiu Atalantaya e a governa. É imprescindível que esse ser tome conhecimento de quem vocês são, de onde vêm e do que estão prestes a fazer. E então, com total determinação, vocês devem completar a tarefa. Na realidade, vão precisar de todo o seu intelecto e toda a sua habilidade para fazer a viagem do lugar onde os deixarmos na Terra até a cidade de Atalantaya, para enfrentar o Ser Maior de Atalantaya. Se a qualquer momento, antes desse enfrentamento final, ele suspeitar que vocês são replimoides, se suspeitar que vocês provêm de Bravenna, tentará encarcerá-los e destruí-los. E sem dúvida ele possui os meios para dissolver o corpo de cada um de vocês de volta a seus componentes químicos básicos, ao mesmo tempo que removerá os explosivos e toxinas presentes nos seus corpos. E na realidade usará todos os componentes para continuar seu domínio ilegítimo sobre o planeta. Vocês precisarão apanhá-lo de surpresa. Devem anunciar e explicar seu propósito instantes antes de cumpri-lo."

Eu estava refletindo sobre tudo isso. Da mesma forma que Welf e Garekyn, mas Derek ficava nitidamente horrorizado. E como seria possível esperar qualquer outra reação se sabíamos muito bem o que era a morte. Vínhamos assistindo à morte de humanos e animais havia dias, semanas ou meses, ao que nos fosse dado saber.

Derek protestou de imediato:

– Não quero morrer! Morrer? Todos nós vamos morrer? Vocês estão dizendo que Welf vai morrer? Que Kapetria vai morrer? Garekyn vai morrer? Por que isso precisa acontecer conosco? Que vantagem vocês vão ter quando morrermos? E onde *nós* estaremos quando morrermos, o *nós* dentro de nós, nossa mente, nossa... quem *nós* somos!?

Estava claro que os Pais ficaram totalmente paralisados com as palavras de Derek. Se eles já tinham ouvido um desabafo daqueles por parte de um replimoide, não deram o menor sinal disto.

Então os Pais começaram a responder:

– Você não estará em parte alguma, Derek, quando você morrer – disseram os Pais. – Estará terminado e desaparecerá. Derek já não existirá. Não restará nenhum de vocês. É isso o que a morte é, Derek. Nós morremos também. Nós, que os desenvolvemos e os criamos. Todas as criaturas morrem. E esse será o fim de vocês.

Derek chorava, desamparado. Welf e Garekyn não conseguiam tranquilizá-lo. E eu podia ver que eles mesmos não estavam nem um pouco satisfeitos com essa revelação. Ela causou em mim uma sensação de desânimo que nunca tinha sentido até então.

– Talvez vocês possam nos explicar como vamos nos sentir – sugeri.

– Vocês não vão sentir nada – responderam eles. – Quando detonarem a explosão, deixarão de existir. Só isso. Não existe vida além da vida biológica. Não existe vida além da vida visível.

Estava claro que a palavra "visível" tinha mais significado para eles do que o termo que usavam para biológica. E ficava claro que estavam se contradizendo. Eles nos falaram de planetas em que havia vida invisível, ou pelo menos era isso o que eu deduziria do que nos tinham dito.

– Vocês podem nos dizer – perguntei – por que nos criaram como seres tão complexos e inteligentes se vamos morrer tão cedo?

– Para nós é muito fácil fazer seres como vocês – disseram os Pais. – É o que fazemos o tempo todo. Sem problemas. Podemos substituí-los facilmente. Vejam bem, todo o equipamento físico e mental que lhes demos é para nosso propósito. Não podemos mandá-los para a Terra sem emoções.

Vocês seriam descobertos pelo Ser Maior de Atalantaya se fizéssemos isso. Nunca conseguiriam entrar na cidade. Ninguém entra em Atalantaya se não tiver sido convidado por ele. Vocês não acham que todos aqueles selvagens violentos, que se esforçam e passam fome nas florestas e campos, adorariam morar na Atalantaya dele? Esperem e verão como é. Vejam o que eles sofrem. É claro que adorariam. Mas ele controla quem entra, tirando do planeta aquilo de que precisa para sua cidade, seu paraíso, sua utopia, tirando o que quer e deixando trancados do lado de fora todos os outros, para que os escolhidos por ele possam usufruir da cidade. Esperem e verão. Vocês devem acabar com isso. É uma missão importante! Ele não tem autoridade para governar na Terra. É importante para o "Reino dos Mundos". Foi para isso que vocês foram criados. Vocês nasceram para cumprir esse propósito.

– Eu não quero fazer isso! – gritou Derek. – Não quero morrer. Quero continuar vivo. Quero continuar a pensar, a ser, a sentir. – Ele se desesperou, em lamentos incoerentes, e os Pais se aproximaram, o cercaram e o afastaram de nós.

Foi a essa altura que conheci meu primeiro temor verdadeiro. Tive medo de que matassem Derek naquele mesmo instante. Eu não conseguia suportar a ideia. A dor em mim era tão devastadora que precisei recorrer a todas as minhas forças para ficar ali parada, de braços cruzados, sem dizer nada. No entanto, minha impressão era a de que não havia nada que eu pudesse de fato fazer para impedir não importava o que fosse que os Pais fariam então com Derek. Eu me preparei para um sofrimento indescritível. Mas não mataram Derek. Eles o afagaram, o consolaram, enxugaram suas lágrimas, disseram que era muito importante o que ele estava fazendo. Que na realidade talvez sua morte só fosse ocorrer dali a meses, talvez até mesmo um ano, e que ele teria tempo para perceber a importância de seu propósito.

Enquanto falavam, alguns dos outros Pais começaram a cantar, e por trás do canto eu ouvia os instrumentos conhecidos fazendo soar seus acordes reverberantes. Por fim, os Pais abriram as asas e começaram a balançar para lá e para cá com seu canto. Começamos a cantar junto com eles, e Derek fez o mesmo.

– Isso é união – disseram os Pais. – Isso é paz. – Continuaram, naquele seu estilo repetitivo e majestoso, dizendo-lhe que muitos seres vivos viviam muito tempo, mas que muitos tinham a vida curta. Mencionaram como as lindas borboletas da Terra viviam por um curto período, como alguns animaizinhos viviam por um décimo do tempo de vida de um mamífero humano e como a vida dos mamíferos humanos durava um décimo do tempo da vida dos Pais. Não paravam de falar sobre tudo isso.

Uma chuva forte e silenciosa de pétalas de flores começou a cair, e eles apanharam nas mãos pétalas azuis, amarelas e cor-de-rosa, e as mostraram a Derek, dizendo-lhe que as flores das quais elas vinham viviam somente um dia ou dois no máximo. Era assim que funcionava a vida biológica ou visível no "Reino dos Mundos".

– Mas sempre existe uma esperança de que alguma parte invisível de nós... do "nós" em você e nas outras Pessoas do Propósito possa sobreviver – disseram eles. – Existe esperança. Vocês viram os mamíferos humanos do planeta chorando, soluçando e rezando. Eles têm esperança, esperança de que o Criador os ouça e de que, quando morrerem, seu espírito suba sempre, se afastando da Terra, para um reino governado pelo Criador. Sempre existe essa esperança. Em todo o "Reino dos Mundos" as criaturas têm essa esperança. Só na Terra talvez ela apresente um aspecto tão emocional, mas ela é universal.

Derek tinha se acalmado, e, quando os Pais o soltaram, Welf o recebeu e o segurou com firmeza, enquanto Garekyn assumia seu lugar do outro lado de Derek e agia da mesma forma.

– Agora – disseram os Pais – está na hora de vocês conhecerem e entenderem a história do Ser Maior de Atalantaya, que se chama Amel, e de como ele veio a causar tanto mal ao planeta.

Derek tinha se acalmado totalmente, mas não porque estivesse apaziguado, convencido ou tivesse atingido algum nível superior de entendimento, isto eu sabia. Ele estava simplesmente exausto. E eu guardei no coração um profundo desprezo pelos Pais por eles terem nos comunicado de modo tão brutal e insensível que havíamos sido criados para morrer nessa viagem premeditada. Guardei no coração um desdém por eles, por saberem a dor que infligiriam a Derek e a nós, com suas explicações frias. Senti uma profunda suspeita das suas orações, daquela sua conversa sobre o Criador.

Eu também não desejava morrer. Não queria que meus olhos se fechassem para a beleza e a complexidade que eu via em toda a minha volta. Na verdade, logo no início de nossa vida eles nos tinham dito que era impossível nos matar, e agora nos informavam que o tempo todo haviam planejado isso. E qual poderia ser o significado de toda aquela conversa deles sobre sofrimento no planeta, sobre violência, crueldade, perversidade?

Mas eu sabia que o melhor era não verbalizar nada disso. Sabia exatamente o que responderiam. "Você está envolvida nessas emoções porque é um replimoide. Está pensando e sentindo como um mamífero humano." No entanto, a partir de todos os filmes a que eu tinha assistido, eu sabia que tudo no planeta Terra queria viver, não apenas os mamíferos humanos. Permaneci calada. E eles começaram a falar de Amel, o Ser Maior.

II

– Há anos – disseram eles – nós desenvolvemos e criamos Amel, exatamente como desenvolvemos e criamos cada um de vocês. Mas lhe demos um conhecimento infinitamente maior do que o que demos a vocês. Na realidade, compartilhamos com ele todo o valioso conhecimento de Bravenna, como se ele fosse um de nós. E isso deveria prepará-lo para sobreviver no planeta e cumprir uma missão específica.

"Mamíferos primatas já tinham se desenvolvido. Matilhas e gangues de seres peludos, brutais e odiosos, que brigavam, matavam e até mesmo comiam a carne uns dos outros. Esses seres repugnantes tinham ideias horrendas e absurdas de que deuses viviam no mar e nas florestas, nas montanhas e no fogo, bem como nas tempestades da Terra. E sacrificavam seus próprios filhos a esses deuses, matando-os em altares manchados de sangue.

"Por todo o 'Reino dos Mundos' havia repugnância por esse domínio dos mamíferos na Terra e pelos horrores que decorriam dele, o sangue, a violência, a crueldade.

"Enviamos Amel, a criatura mais perfeita que nos foi possível criar, para dar um fim àquilo. Nós o aprestamos com uma peste que atingiria esses seres violentos e daria alguma chance a outras criaturas em ascensão.

"Ele foi enviado por nós para também restaurar e consertar todas as numerosas estações de transmissão do planeta inteiro que estavam ociosas por conta de alguma erosão lenta, tempestades, vulcões ou terremotos, que assolam muito o planeta, como vocês já viram. Não o projetamos para poder se passar por um mamífero primata, como fizemos com vocês. Pelo contrário, nós o projetamos para que fosse percebido como um deus.

"Havia muito tempo que tínhamos percebido que certas mutações nos primatas peludos da Terra podiam resultar em seres de pele clara e olhos azuis ou verdes. E as tribos em que esses mutantes nasciam os encaravam com temor e reverência, cultuando-os como deuses ou destruindo-os por serem malignos.

"Por isso, criamos Amel como um ser de pele clara, olhos verdes e cabelo ruivo. E sabíamos que essas características, associadas à sua enorme inteligência e a seu talento para falar todas as línguas, bem como sua capacidade para transmitir às tribos informações úteis para curas medicinais e para a confecção de ferramentas e objetos semelhantes – tudo isto produziria assombro nas tribos primitivas, que, então, haveriam de temê-lo e de prestar-lhe obediência.

"Ele poderia, portanto, empregar a mão de obra dessas tribos para restaurar as estações de transmissão que estivessem com problemas, bem como para instalar novas estações para registro das mudanças na atmosfera e na água que se seguiriam à liberação da peste que lhe tínhamos dado.

"Para garantir ainda mais a lealdade das tribos, demos a Amel conhecimentos e poções medicinais que pareceriam sobrenaturais aos olhos das tribos primitivas. E lhe demos uma grande capacidade de raciocínio e eloquência com forte poder de persuasão.

"Esse ser, Amel, foi o replimoide mais poderoso e versátil que chegamos a criar. Ele representou o que havia de mais sofisticado em nosso conhecimento, sob todos os aspectos, e ele sabia tudo o que sabíamos. Ele entendia que deveria reparar o maior número possível de estações de transmissão antes de disseminar a peste num momento predeterminado, e que continuaria a trabalhar nas estações de transmissão mesmo depois da disseminação da peste, pelo tempo em que ainda existissem humanos selvagens para ajudá-lo.

"Nós acreditávamos, equivocadamente, que ele entendia e valorizava seu propósito, que por ter uma mente superior, por estar em pleno controle de suas emoções de primata, cumpriria as tarefas que queríamos e estabeleceria na Terra uma base a partir da qual ele pudesse se comunicar conosco acerca do desenvolvimento futuro do planeta. Nós o preparamos para ter prazer sem limites com os primatas do sexo feminino ou do masculino do planeta. Nós o preparamos para apreciar a comida e a bebida, o calor e a beleza extraordinária da Terra. Não economizamos em nada para lhe dar os maiores dons que tínhamos a conceder e para tornar sua vida na Terra não apenas suportável, mas fantástica. E, com os dons para a cura que lhe tínhamos dado, ele poderia imunizar algumas fêmeas da espécie para permanecerem com ele por muitos anos, fazendo-lhe companhia, bem como alguns machos para procriarem com essas fêmeas, a fim de lhe fornecer fêmeas no futuro."

Os Pais se calaram.

– Pensem nisso – disse um deles.

– Pensem nisso – disse outro – para compreenderem a extensão da perfídia e da traição.

Fizemos o que eles pediam, é claro. Ficamos ali em silêncio, esperando, considerando, refletindo. Mas no fundo de meu coração eu me identificava com Amel, nosso irmão replimoide, não com os seres alados que nos contavam essa história.

– Amel nos enganou – disseram os Pais. – Ele não só deixou de restaurar as estações de filmagem permanente, como o tínhamos instruído a fazer, mas de fato destruiu todas aquelas cuja localização lhe tínhamos passado para restaurar. Uma a uma, ele as destroçou, desmontou, despedaçou, e já tinha demolido a maioria quando nos demos conta do que estava fazendo.

"Na verdade, Amel destruiu tantas dessas bases importantes que já não conseguíamos rastreá-lo, visualizá-lo, ouvi-lo ou mesmo descobrir que outras coisas estava fazendo. O que realmente aconteceu foi que ele estava usando todos os conhecimentos que lhe tínhamos concedido para ganhar poder sobre os mamíferos humanos selvagens da Terra. E assim começou sua vida como o Ser Maior entre eles, o grande governante da cidade construída por ele e protegida por ele com um domo que não poderia ser penetrado por nossos olhos daqui de Bravenna, nem visto por meio de qualquer base de transmissão próxima ou distante. O que podemos ver de Atalantaya do lado de fora é somente o que os mamíferos da Terra podem ver dela.

"É claro que Amel nunca disseminou a peste. E chegamos à conclusão de que ele usou a própria peste para de algum modo imunizar as espécies da Terra, para que elas nunca fossem suscetíveis a ela ou a qualquer quantidade de outras pestes que pudéssemos enviar.

"Assim começou a ascensão dele entre os seres do planeta, a ascensão do Ser Maior, Amel, o governante que procurava outros para fazer cumprir a vontade dele, não a nossa, para tornar a Terra o que ele queria que fosse, não o que o 'Reino dos Mundos' queria que fosse.

"É claro que enviamos replimoides para destruí-lo. Achamos que o derrotariam com facilidade apenas com sua grande quantidade, mas nada disso aconteceu, e perdemos a comunicação com cada replimoide que foi despachado para detê-lo. Dos poucos fragmentos de informação que sobreviveram a essas tentativas, vimos que ele tinha mandado legiões de mamíferos humanos violentos para destruir esses replimoides e, em alguns casos, para despedaçá-los. Ele armazenava esses pedaços e deles colhia material celular para seus próprios experimentos. E esse Amel é um grande criador de inventos extraordinários.

"Há uma infinidade de outras coisas que eu poderia lhes contar acerca da rebeldia de Amel, de suas aventuras, de seu desdém por nós, os Pais que o criamos, pelo 'Reino dos Mundos'. Basta dizer que juramos nunca mais enviar à Terra nenhum replimoide que fosse provido do tipo de conhecimento que demos a Amel. E nunca mais despacharíamos contra ele um replimoide que ele pudesse reconhecer com facilidade. Todos aqueles replimoides receberam instruções de reparar e criar novas estações de transmissão para nós, antes de investirem contra Amel. Mas vocês não terão que fazer isso. Perdemos a paciência com Amel, e a destruição dele é o único propósito real que damos a vocês.

"Enquanto isso, ele se tornou um construtor de cidades, um organizador de mamíferos humanos, ensinando-lhes métodos melhores para caçar e até mesmo extrair metais da terra e trabalhar com eles. Enfim, todos os tipos de coisas que os ajudaram a se multiplicar, a progredir e prosperar. Através de muitas estações transmissoras velhas e novas, vimos grande parte do que ele fez, o que deu certo e o que não deu. Foi com horror que percebemos que a história evolucionária da Terra tinha sido desvirtuada em termos decisivos pela vontade e pelo intelecto de Amel.

"Com o tempo, ele construiu pequenos assentamentos, que cobriu com telhados espessos para bloquear nossa visão, e por fim aperfeiçoou a grande cidade de Atalantaya, que é uma lenda para todos os seres humanos do planeta, Atalantaya, com sua população de mamíferos humanos brilhantes, instruídos por Amel, e incentivados por Amel, para dominar o mundo inteiro ao redor, para viver numa indiferença impiedosa diante da desgraça das tribos selvagens do planeta, sem lhes dar sossego, por assim dizer, enquanto elas trabalhavam para abastecer sua cidade imponente com as riquezas da Terra.

"Nossa conclusão agora é que somente replimoides como vocês podem ter sucesso contra ele, replimoides dotados de tanto intelecto e perfeição que possam se destacar como seres inteligentes e habilidosos para conseguir acesso ao Ser Maior em pessoa, dizer-lhe quem vocês são, de onde vêm e que os Pais de Bravenna querem falar com ele. Vocês devem lhe dizer que queremos que ele saia da cidade, que saia da proteção do domo, para podermos nos comunicar com ele novamente. Gostaríamos de observá-lo. Gostaríamos de ouvir sua voz. Gostaríamos de lhe perguntar por que ele foi tão desobediente!

"É claro que ele não acreditará em vocês. Ele vai achar que pretendemos capturá-lo e retirá-lo da Terra. Ele vem se escondendo de nós há eras. Mas vocês devem relembrar-lhe que ele foi feito por nós com amor e que, até o dia de hoje, ele é nossa mais perfeita criação. Nossa intenção é entender os motivos subjacentes a seu abandono da lei do 'Reino dos Mundos'.

"Quando ele lhes der sua recusa definitiva, quando vocês tiverem esgotado todos os esforços para persuadi-lo a sair do domo, nesse momento devem cercá-lo e fazer voar pelos ares a cidade de Atalantaya e Amel. A essa altura, ele saberá por que está sendo destruído, e saberá que o estamos punindo por seu repúdio à lei do 'Reino dos Mundos'. Tudo estará acabado.

"Quando vocês detonarem os explosivos que trazem no corpo, as reservas de energia por baixo de Atalantaya sem dúvida explodirão, e essa explosão será suficiente para transformar o mundo. Outras explosões logo se seguirão, incêndios devastadores consumirão as florestas e os campos. Vulcões entrarão em erupção, e, com o tempo, à medida que a fumaça dessas conflagrações subir, o mundo ficará escuro e frio, como já ocorreu muitas vezes no passado. A vida se extinguirá aos poucos. E aquela vida que não se extinguir será enfraquecida, sofrerá mutações e será destruída pela toxina que se espalhará a partir do corpo de vocês em desintegração, as toxinas que envenenarão o planeta escuro e frio."

Os Pais então se calaram por alguns minutos, até que um deles nos disse que isso era tudo o que precisávamos saber por ora, que deveríamos ir descansar e apreciar as transmissões da Terra, como tínhamos feito antes.

– Mas e se não conseguirmos entrar na cidade? – perguntei. Eu sabia que era a líder. E também tinha a sensação de que estava falando pelos outros. – E se não conseguirmos nunca entrar em Atalantaya?

– Vocês têm que conseguir – disseram os Pais. – Como explicamos, por baixo de Atalantaya há imensas reservas de energia, reservas das quais é extraída energia para sua iluminação, aquecimento, os laboratórios químicos de Amel e seus locais de invenção e fabricação. Não sabemos do que são essas reservas de energia, mas é quase certo que sejam inflamáveis, se não forem explosivas por sua própria natureza.

"E vocês precisam estar em Atalantaya quando se detonarem para poderem incendiar essas reservas de energia. Se não estiverem lá dentro, a explosão não será tão destrutiva quanto precisa ser. E a disseminação da peste que está dentro de vocês não irá tão longe. Se não conseguirem entrar na cidade, nós nos comunicaremos com vocês para orientá-los sobre o que fazer em seguida para ganhar acesso. Tudo o que precisam fazer para se comunicar conosco é estar nas proximidades das estações de transmissão. Agora, essas estações estão ocultas e por bom motivo. Se Amel soubesse de sua existência, elas seriam desativadas. Mas há uma bem perto da principal estação de lançamento dos barcos que vão a Atalantaya. Ela fica nas ruínas de uma pequena pirâmide em torno da qual as tribos se reúnem constantemente. Contém uma Câmara de Sofrimento. Peçam para entrar na Câmara de Sofrimento. E, quando estiverem lá dentro, rezem e nos contem em suas orações, em palavras que não sejam de fácil compreensão para outros que estejam sofrendo ao redor, que não conseguem entrar em Atalantaya. Nós os veremos e os ouviremos; e vocês nos ouvirão porque os configuramos para ouvir nossas transmissões."

– Tenho mais uma pergunta – disse eu. – E se conseguirmos convencer Amel a deixar a proteção do domo e sair para onde vocês possam falar com ele e ele possa falar com vocês? É possível que se consiga chegar a alguma resolução que poupe o planeta do sofrimento do cataclismo e da toxina?

– Sim, isso é possível – disseram os Pais –, mas temos certeza de que ele jamais correrá esse risco. Lembrem-se de que Amel nos traiu e afrontou nossas leis, nossas leis mais sagradas e importantes.

– Mas e se ele realmente sair – insisti. – E se quiser explicar para vocês o que fez e por quê? É possível que vocês deixem de executar seu plano?

– É possível – disseram os Pais. – E é possível que haja uma mudança de planos.

– E se houvesse uma mudança de planos, quem sabe nós não precisássemos morrer? – perguntei.

Os Pais passaram alguns minutos em silêncio antes de responder:

– Poderia haver uma mudança de planos – disseram eles –, mas, repetimos, não é provável. Contudo, achamos que para vocês esse seria um enorme incentivo para persuadir Amel a sair do domo. Sim. Até poderiam dizer para ele que vocês mesmos não precisarão morrer se ele estiver disposto a sair. Talvez ele se comova com isso. Ele não gosta da morte. Poderíamos trazê-los de volta para cá com Amel. E então decidiríamos o destino do planeta de alguma outra forma que não dependa tanto da morte de Amel junto com Atalantaya.

"Mas não deixem de entender o seguinte: precisamos destruir Atalantaya e fazer o planeta voltar a um estágio anterior de seu desenvolvimento. Isso tem que ser feito. E, se nossos planos através de vocês não funcionarem, recorreremos a outros meios."

– Bem, isso nos daria um incentivo enorme – disse eu. – A esperança de voltarmos para cá com Amel.

Mais uma vez eles se calaram.

– Kapetria – disseram então –, vocês foram criados com um único propósito. Seu desejo de continuar a viver não deveria interferir no que fizerem.

– Mas vocês querem mesmo falar com Amel, não querem? – perguntei.

– Sim, é verdade. Queremos – responderam eles. – Há coisas que queremos que ele nos diga.

Eles se calaram.

– Coisas de que tipo? – perguntei.

– Não é óbvio? – perguntaram os Pais. – Queremos saber do que é feito o domo de Atalantaya. Queremos saber por que ele bloqueia nossas estações de transmissão. Temos perguntas acerca da vida dentro de Atalantaya. E, se isso lhes der um incentivo para usar essa abordagem com Amel, tudo bem. Mas não acreditamos que ele venha a sair. Acreditamos que nosso plano, a explosão de Atalantaya e de suas reservas de energia, bem como a disseminação da toxina, é a melhor forma de produzir uma reversão dos processos da vida no planeta. Esse é o plano que escolhemos, é o plano que estamos fornecendo para esse fim. *Esse é nosso plano.*

– Mas poderia haver outro plano – disse eu – que não envolvesse tanto sofrimento?

Eles refletiram um bom tempo sobre isso.

– Kapetria – disseram eles –, nós sabemos que você é um replimoide e entendemos suas preocupações. Mas esse é o plano que fornecemos para a salvação da Terra. No entanto, se conseguirem convencer Amel a sair e tivermos como retirar vocês e ele do planeta, examinaremos outra maneira de cumprir a missão.

– Sou profundamente grata por isso – respondi. Welf e Garekyn também disseram que estavam gratos. Derek, porém, nada disse. Ele olhava para os Pais com os olhos injetados, embaçados.

Aquilo era tudo o que eles tinham a nos dizer por ora. Disseram que no dia seguinte, depois de termos descansado, repassariam as histórias que contaríamos aos nativos e trariam para o primeiro plano de nossa mente o conhecimento que tinham nos dado acerca de plantas, animais e suas propriedades medicinais, o conhecimento que usaríamos para ganhar acesso a Atalantaya. Amel estava sempre à procura daqueles indivíduos das tribos selvagens que tivessem conhecimentos especiais, e, quando nossa fama de curandeiros crescesse, era inevitável que Amel mandasse nos chamar.

– Por ora, vão assistir aos filmes, como antes – disseram os Pais. – Assistam com um novo olhar, agora que sabem o propósito. Aproveitem e descansem.

Obedecemos. E não ousamos falar uns com os outros sobre aquilo de que agora estávamos cientes. Sabíamos que não podíamos correr esse risco. Mas eu agora sei que todos ficamos profundamente perturbados. Não era só a ideia de nossa própria morte que nos atormentava, era o propósito de destruir toda a vida na Terra até reduzi-la a um estágio anterior. Eram as descrições horrendas e apavorantes de incêndios devastadores, de erupções vulcânicas e a ideia de humanos correndo em pânico, tentando se salvar. Era o horror de tantas mortes! Era o horror de tanta violência natural.

E não conseguíamos imaginar por que os Pais achavam que para nós seria repousante continuar a assistir às transmissões, aquelas sequências coloridas sobre os campos, florestas e selvas diversificadas que íamos destruir, aquelas sequências coloridas sobre homens e mulheres vivendo, trabalhando, amando e morrendo, aquelas transmissões empolgantes de animais magníficos lutando pela sobrevivência – por que os Pais achavam que devíamos assistir àquilo, sabendo que deveríamos destruir tudo, não conseguíamos imaginar.

Não posso dizer que senti muita emoção com tudo isso. Eu sabia que havia sido criada para liderar o grupo e que tinha o temperamento mais frio que os outros, mas não só senti uma perturbação profunda, como também perdi o respeito pelos Pais e a confiança neles de alguma forma vital. No fundo, não acreditei neles quando disseram que examinariam a possibilidade de mudar o plano. Sua total indiferença por nosso destino pessoal era óbvia. E, não acreditando em parte do que diziam, vim a questionar tudo o que falavam. Na realidade, eu só queria uma coisa, que era me afastar deles. Acabou se revelando que Welf ficava com uma sensação semelhante, e Garekyn também. Quanto a Derek, ele estava tão infeliz quanto qualquer mamífero humano moribundo na Terra e disse pouca coisa ou nada ao longo dos dias seguintes.

Afinal, nossa orientação se completou, e nos mostraram uma pequena nave que nos levaria à Terra. Isso teria que ser feito muito mais ao norte, e com a proteção da escuridão da noite, para que os poderosos sensores de Amel não detectassem nossa chegada. Mas estaríamos a poucos dias de distância do território do sul, o enorme território em torno do mar em que Atalantaya foi construída. Estávamos bem-vestidos, com peles de animais e panos tecidos, e dispúnhamos de armas primitivas, facas, lanças, machadinhas, para nos defendermos em nossa breve jornada.

– Procurem as tribos amistosas – os Pais tinham nos recomendado. – Digam que muito tempo atrás seus pais saíram de Atalantaya para trabalhar nos Ermos e que morreram num acidente terrível. Você é quem vai contar isso, Kapetria. Diga que você e seus irmãos ficaram órfãos ainda pequenos e perderam todo o contato com seus parentes e sua terra natal. Diga que sua esperança é que sejam aceitos novamente em Atalantaya. Os selvagens dos Ermos vão tratá-los com respeito. Vocês têm ouro e prata para lhes dar, e eles acabarão por levá-los ao embarcadouro para seguir para Atalantaya. Vocês têm ouro mais que suficiente para o transporte até Atalantaya. Se isso não der certo, usem seus talentos para a cura. Usem seu intelecto. Tratem de se destacar até que notícias de vocês e de seus feitos cheguem a Atalantaya. Na verdade, nada disso será difícil para vocês.

Chegou finalmente a hora da partida.

III

Os Pais nos acompanharam enquanto éramos fixados com correias no interior da nave e, a essa altura, falaram mais uma vez comigo sobre convencer Amel a sair do domo.

– Somos da opinião de que isso talvez acabe funcionando – disseram eles. – Por favor, façam o que puderem para conquistar a confiança pessoal dele, para permanecerem juntos dele e persuadi-lo a sair do domo e vir até a base de transmissão mais próxima. E todos vocês deverão estar com ele. Vejam bem, queremos muito recuperar Amel, e para nós seria valiosíssimo tê-los mais uma vez aqui em Bravenna, onde podemos estudá-lo, interrogá-lo e aprender com ele.

– Darei o melhor de mim para convencê-lo – disse eu. – Sou grata. Tenho esperança de que vocês fiquem tão satisfeitos que encontrem algum outro uso para nós, em algum lugar, já que queremos tanto continuar a viver.

Os Pais demonstraram que tinham entendido.

E lá partimos nós numa viagem de algumas horas até a Terra. Sabíamos que a nave se desintegraria depois que saíssemos dela. E que veríamos Bravenna, ou nosso Lar, no céu noturno. Nós a veríamos como um astro luminoso, brilhando no céu. E toda a gente da Terra sabia que esse astro era Bravenna, e todos conheciam a antiga lenda de que, em eras remotas, o Ser Maior tinha vindo de lá.

Nosso pouso foi tranquilo. Nós nos desvencilhamos da nave com facilidade, e ela de fato se desintegrou. Tratamos então, já que ainda era noite, de fazer nossa primeira fogueira e comer nossa primeira refeição no planeta. Nós nos descobrimos imersos naquele belo mundo que tínhamos estudado através das sequências filmadas. E nosso mergulho nele foi uma experiência sensual que superou de longe nossa vida na linda Bravenna. Afinal de contas, esse era um mundo aberto e variado, repleto de brisas noturnas, dos cantos de aves noturnas, das fragrâncias do capim, das flores e dos bosques, e até mesmo do cheiro do mar que chegava até nós com o vento. E no límpido céu da noite vimos a majestosa disposição das estrelas, de uma forma que não tinha sido possível ver dos portais de nosso Lar. Mas não nos atrevíamos a compartilhar nossos pensamentos. Tínhamos plena consciência do fato de que os Pais poderiam, com bastante facilidade, nos ver e ouvir através de uma estação de transmissão oculta, ou que poderia haver dispositivos embutidos no nosso corpo que lhes possibilitassem ouvir qualquer coisa que disséssemos, e até mesmo ver através de olhos ocultos que não podíamos detectar em nossa pele. Na realidade, sabíamos, com toda a certeza, que somente no interior do domo de Atalantaya talvez pudéssemos falar com franqueza uns com os outros, e talvez pudéssemos ser nós mesmos uns com os outros. Apesar disso, havia uma tristeza compartilhada, uma seriedade compartilhada que nos unia. Podíamos ter nascido na inocência, mas já não éramos inocentes.

Ficamos entre as tribos dos Ermos por cerca de três meses. Mas eu gostaria de sintetizar essa parte da história. Eu poderia passar muito tempo falando de nossas aventuras com as tribos, do que aprendemos e do que vimos. Mas vou apenas resumir o seguinte.

No fundo, ficamos surpresos com as tribos. E também ao descobrir, nos humanos que encontramos, características que não tinham sido adequadamente representadas na orientação que recebemos dos Pais. Ficamos surpresos com a rotina diária das tribos, fossem elas de caçadores-coletores, comunidades de mineiros que trabalhavam sob o comando de supervisores de Atalantaya, fossem grupos maiores reunidos para cuidar de pomares, rebanhos ou colmeias.

O que nos surpreendeu mais do que qualquer coisa foi a receptividade que demonstravam, a hospitalidade que nos ofereciam, as grandes festas para as quais nos convidavam, bem como o que vimos de sua vida em família. É verdade que tínhamos assistido a filmes sem fim lá em Bravenna, mas poucas daquelas imagens haviam revelado como os humanos amavam e criavam seus filhos, ou a simples dependência do amor que parecia fazer parte de sua rotina de vida. Reconheço que existiam brigas, que havia crueldade eventual, sim, e que houve ocasiões em que vimos explosões e disputas que nos amedrontaram e nos fizeram seguir adiante, mas a estrutura maior da vida dos mamíferos humanos nos impressionou por ser muitíssimo mais complexa do que os Pais tinham admitido.

Em Bravenna, havíamos tido pouca noção do quanto os festejos faziam parte da vida diária, de como essas tribos apreciavam as bebidas inebriantes feitas com uvas, grãos silvestres ou mel fermentado, e de quantas horas eles dedicavam ao preparo das carnes assadas, dos molhos espessos e dos pães toscos que faziam. Não estávamos preparados para as horas de cantos e conversas durante essas festas, nem para como elas tinham se tornado parte da rotina da vida. Era fácil passar nossos dias nesse tipo de festa familiar ou de aldeia, beber em excesso e dormir para nos recuperarmos em algum quintal aqui ou ali, ou no piso de alguma choupana de aldeia, enquanto uma mulher sonolenta num canto afastava de nós as moscas, com um leque de folhas de palmeira.

Era óbvio que havia uma fartura de recursos. As florestas e as selvas mais ao sul eram ricas em caça. Tubérculos substanciosos, semelhantes a batatas ou inhames, eram um produto de consumo geral que as pessoas cultivavam nas ruas da aldeia ou nos quintais. Pão feito de cereais tinha seu preço, mas as pessoas dispunham de boa quantidade de produtos para oferecer em troca. O mel tinha seu preço, mas também possuíam boa quantidade dele. Não me lembro de manteiga, mas devia haver. Minha lembrança principal é a de que não havia carência, nem fome, nem luta. Era evidente que alguns que nos acolhiam eram mais ricos que outros, mas essa vantagem se revelava na ornamentação mais do que em qualquer outra coisa, ou no tamanho de uma morada.

Nós observávamos essas pessoas.

E, aonde quer que fôssemos, víamos uma obsessão arraigada pela "justiça", fosse num grupo que trabalhava na mineração do ouro, discutindo com seus capatazes, fosse nos integrantes de um pequeno bando de caçadores, debatendo com o chefe acerca da distribuição do alimento, fosse ainda no caso de duas filhas discutindo com a mãe sobre as tarefas ou regalias oferecidas por ela. Justiça, justiça, justiça. A espécie tinha um entendimento instintivo da justiça, e isto se estendia à demonstração daquilo que hoje eu chamaria de altruísmo em muitas áreas da vida. Em outras palavras, os humanos se dispunham a se sacrificar por outros humanos, que arriscavam sua segurança e sua vida, se dispunham a lutar contra aqueles que na sua opinião os estavam oprimindo ou ameaçando. Os humanos se dispunham a defender aquilo em que acreditavam, mesmo que isto significasse que seriam atacados. Quando um ser humano tinha sofrido uma fratura no tornozelo, na perna ou coisa pior, outros se apresentavam para trabalhar em seu lugar e sustentar sua família. E discussões ferozes estouravam se alguém tentava acumular coisas, enganar os outros ou ficar sem fazer nada, impunemente.

No entanto, havia sonhadores e loucos, que pareciam não fazer nada, e as pessoas cuidavam deles da melhor maneira possível, sem queixas. Havia anciãos que eram alvo de reverência por parte de todos.

Eu gostaria de ter mais tempo, ou de estar à altura da tarefa de documentar todas essas observações, mas basta dizer que fiquei muito intrigada, querendo saber se eu estava vendo tudo isso em termos realistas ou se encarava tudo como positivo em virtude de minha própria natureza de replimoide. Não consegui resolver meus conflitos a esse respeito. Só sabia que a espécie tinha um amor inato pela justiça e pela bondade, embora as definições que expressavam fossem vagas.

Quanto às comunidades de mineradores que encontramos, foi um prazer descobrir que o trabalho nelas era totalmente voluntário e, em geral, realizado em troca de recompensas regularmente generosas. Na verdade, havia humanos clamando por trabalhar ali. O expediente era de quatro horas, com turnos diferentes trabalhando as vinte e quatro horas do dia para extrair o ouro, a prata e o cobre da terra. O mesmo se aplicava às grandes comunidades que cuidavam de pomares e rebanhos. Cerca de quatro horas por dia era o máximo que qualquer homem, mulher ou criança trabalhava para cumprir seu compromisso com a comunidade e com Atalantaya. Depois dessas quatro horas, as pessoas passavam o tempo como sempre passaram e sempre passarão, trabalhando em suas próprias moradas, ensinando a seus filhos, cozinhando, fazendo refeições juntos, trabalhando em ofícios, como o de moldar panelas de barro ou tecer cestos e na confecção de roupas. Descobrimos que quatro horas por dia era o período aceito para o trabalho por toda a extensão dos Ermos – como aquelas terras eram chamadas – e que a população de Atalantaya também trabalhava quatro horas por dia.

As pessoas consideravam bom e admirável trabalhar quatro horas. Elas admiravam os que trabalhavam pelo menos seis dias corridos antes de tirar um dia de folga. E nos disseram que as coisas eram assim em Atalantaya.

As roupas por todas as terras dos Ermos não seguiam padrões fixos. As pessoas usavam peles principalmente para se manterem aquecidas, por proteção e prestígio, mas algumas tinham começado um tipo simples de tecelagem, enquanto outras estavam curtindo o couro para torná-lo mais flexível e durável. Ainda outras usavam trajes de seda provenientes das novas comunidades dedicadas ao cultivo do bicho-da-seda, próximas de Atalantaya, e outras utilizavam roupas químicas, ou seja, roupas feitas em Atalantaya de matérias-primas que não vinham da natureza, tanto quanto pude ver.

Quanto às pirâmides, nós as encontramos por toda parte e nos mantivemos parados, em silêncio, durante muitos rituais noturnos, quando os humanos se reuniam para olhar as fogueiras acesas no topo da pirâmide e rezar ao Criador. Adjacentes a essas pirâmides e às vezes bem no interior delas, havia câmaras aonde as pessoas iam com o único propósito de refletir sobre suas tristezas ou frustrações, com as pessoas chorando sentadas nos bancos ou entoando suas preces lamentosas. Essas eram as Câmaras de Sofrimento, às quais os Pais tinham feito alusão uma vez. Agora nos diziam que esse era o lugar onde todos podiam chorar e até mesmo esmurrar as paredes de pedra. Era nesses lugares que poderíamos gritar em protesto por nossas perdas e decepções.

A história de Kapetria

Chegaram a nos dizer uma vez ou duas que o Criador ouvia tudo o que acontecia nessas câmaras, e que Ele amava aquilo tudo, que o Criador ama os que sofrem com dores e aflição, mas têm coragem para protestar e seguir adiante com a vida. Num caso, ouvimos de um guardião de uma das câmaras que o Criador prestava atenção especial ao pranto, muito mais que a canções de louvor ou de agradecimento. O Criador tinha compaixão pelos seres da Terra e sabia como a vida era dura, com muitos morrendo jovens, muitos mutilados ou feridos, e às vezes até aldeias inteiras perecendo numa inundação ou num incêndio florestal.

Ora, os Pais nos falaram de uma Câmara de Sofrimento perto de Atalantaya, mas não nos disseram que essas câmaras existiam no mundo inteiro.

Registrei tudo isso com enorme desconfiança, e pude ver pela expressão no rosto de Welf, Garekyn e Derek que eles também achavam aquilo misterioso, para dizer o mínimo. Fizemos mais perguntas sobre o assunto, e as explicações eram as mesmas: uma Câmara de Sofrimento ajuda as pessoas a chorar, a ter um lugar para isto, ajuda as pessoas a chorar em grupo, ajuda as pessoas a expor o sofrimento que trazem no coração. Mas, de vez em quando, havia uma insinuação de que o Criador tinha uma predileção especial por esses lugares e pelas pessoas que os procuravam. É claro que o Criador podia ouvir gritos emitidos em qualquer lugar, mas Ele se agradava em especial daqueles que dedicavam seu tempo a ir às Câmaras de Sofrimento, e algumas tinham guardiães que ajudavam os sofredores a entrar e a sair enquanto em outras eles orientavam o canto que acompanhava o pranto e as lamentações. Os que compareciam com frequência às Câmaras de Sofrimento eram os que tinham maior probabilidade de ver a intervenção do Criador em sua vida.

O que isso significava? Será que os Pais conseguiam ver o interior de todas essas câmaras? Não tínhamos certeza de ter visto o interior dessas câmaras quando estávamos em Bravenna, porque havíamos visto tanto sofrimento nas sequências filmadas que não percebêramos nada que pudesse estar envolvido com reuniões especiais nesses lugares. Será que os Pais interfeririam na vida das pessoas em sofrimento que iam àquelas câmaras? Eu não conseguia imaginar.

Fiz perguntas sobre o Criador. Perguntei o que Ele ou Ela poderia fazer. E, quando fiz isso, deixei as pessoas constrangidas.

Aos poucos, deduzi a partir disso tudo que não era permitido declarar como fato que o Criador interviria, ou mesmo alegar que o tivesse feito. O que era aceito era a fé na possibilidade da interferência do Criador. Também era aceito que o Criador valorizava os sofrimentos das pessoas na Terra. Uma vez chegaram a me dizer que "nem uma lágrima era desperdiçada".

Quanto aos guardiães dessas Câmaras de Sofrimento, parecia que não existia uma rede geral. Em alguns lugares havia uma forte guarda das Câmaras de Sofrimento, em outros apenas um velho guia ou dois. E em alguns locais, as câmaras tinham caído num estado de real abandono.

Eu me sentia cada vez mais inquieta em relação às câmaras, porque ninguém tinha chamado nossa atenção para elas em Bravenna.

Costumava estudar de que forma as câmaras, e as pirâmides eram construídas, mas não consegui chegar a nenhuma conclusão. Na realidade, não vi em parte alguma nenhum indício das estações transmissoras que estavam mandando sequências filmadas para Bravenna, e descobri bem cedo que parecia que ninguém sabia nada acerca de estações desse tipo.

Isso não fazia muito sentido. Mas a verdade era que toda a questão das transmissões não fazia sentido. Como tinha sido possível que nós, em Bravenna, víssemos o interior das choupanas, casas ou cavernas das pessoas? Como puderámos ouvir e ver pessoas copulando na privacidade de suas camas?

Eu armazenava na memória tudo o que via. E não tinha outra forma de registro. Ninguém neste vasto mundo escrevia nada. Eu não havia visto nada escrito em Bravenna. Nem mesmo pensava em "escrever" ou no que esse ato envolveria.

Mais uma coisa me fascinava: as pessoas de todas as regiões visitavam Atalantaya quantas vezes quisessem durante a vida. Algumas faziam visitas regulares. Eles negociavam com Atalantaya, e de fato tinham começado a usar moedas de lá também. Os representantes de Atalantaya estavam por todos os cantos ensinando às pessoas técnicas, como a de enxertar galhos de uma árvore frutífera em outra e como construir teares pequenos e de fácil manejo.

Repetidamente, as pessoas nos diziam que seríamos bem recebidos em Atalantaya – que qualquer um com nosso conhecimento do preparo de chás e tônicos saudáveis, do uso de plantas para curar ferimentos e baixar a febre encontraria ouvidos atentos nos representantes de Atalantaya no litoral.

Em parte alguma me deparei com alguém que se sentisse impedido de entrar em Atalantaya, que tivesse sido rejeitado ao tentar visitar a cidade ou que a culpasse por qualquer circunstância em sua vida.

Vejam bem, estávamos vendo muitos tipos de gente, pessoas simples, pessoas mais complexas e mais falantes, pessoas com a ambição de produzir cerâmica e tecidos, e outras que pareciam satisfeitas em embalar bebês no colo e cantar para eles, ou em dançar em torno das fogueiras à noite.

Mas nenhuma dessas pessoas falava de ser explorada por Atalantaya. Na realidade, alguns enrubesciam quando nos diziam que não tinham força suficiente para morar em Atalantaya, mas que haviam apreciado muito os "festivais" por lá. Outros diziam que não conseguiriam morar naquelas torres altas; outros, que o lugar era apinhado de gente, e ainda outros que a cidade era muito barulhenta. Mas ninguém, ninguém alegou se sentir usado por Atalantaya ou excluído de lá.

E isso contradizia, contradizia diretamente coisas que os Pais tinham afirmado.

Em suma, eu adorava o mundo dos Ermos. Nós todos o amávamos.

Foi uma experiência fantástica essa nossa viagem até Atalantaya. E, quando por fim nos apresentamos na comunidade costeira mais próxima da grande cidade, fomos bem-vindos e aprovados para fazer a travessia por mar quase de imediato. Mal tivemos necessidade de contar nossa "história fictícia".

Em toda a nossa volta havia gente feliz, animada por estar indo a Atalantaya, muitos pela primeira vez. E os funcionários encarregados também pareciam animados conosco. Era bem parecido com participar hoje de um grupo que esteja visitando Jerusalém ou Roma pela primeira vez.

Depois de passarmos por um grande tubo oco de metal e embarcarmos no *ferryboat* apinhado de gente, contemplamos com assombro a enorme cidade que se avultava diante de nós, e não sentimos medo de Amel, mas, sim, uma curiosidade desesperada por mais surpresas, mais revelações, mais puro prazer e mais conhecimento das maravilhas da Terra. Centenas e mais centenas de pequenos barcos pesqueiros estavam no mar à nossa volta, assim como os que transportavam produtos variados para Atalantaya. Era um belo espetáculo, pois esses barcos tinham pequenas velas de cores individuais e estavam espalhados pelo mar até onde era possível ver. E à nossa frente Atalantaya se tornou tão imensa que parecia alguma coisa inacreditável que qualquer um ou qualquer grupo de seres pudesse ter construído um conjunto semelhante.

IV

Pareceu que o *ferryboat* atravessou as águas voando para se enfurnar nos próprios alicerces da cidade, entrando numa eclusa e indo parar junto a uma estação onde outras embarcações estavam atracadas, com uma grande quantidade de gente saindo delas e passando por portais para escadarias que levavam à superfície.

Os funcionários que estavam parando e interrogando muitas pessoas apenas deram uma olhada em nossa direção e acenaram para que passássemos.

As calçadas e as escadas se movimentavam debaixo de nossos pés, de uma forma que não surpreenderia ninguém no século XX, mas nos deixou totalmente desnorteados.

Em questão de minutos, estávamos numa grande galeria, espaçosa, com paredes translúcidas, onde funcionários nos perguntaram rapidamente se tínhamos ouro suficiente para nos sustentar em Atalantaya (nós tínhamos) e se precisaríamos de alojamento (precisaríamos). Então nos encaminharam para um agente de turismo, que nos informou que encontraríamos locais para alojamento ao longo do passeio à nossa frente, à direita e à esquerda.

Quando saímos da galeria, nos descobrimos bem no centro da metrópole, num caminho luminoso, ladeado por enormes árvores frutíferas e canteiros de flores de cores vibrantes, que seguia sinuoso em meio à infinidade de torres, com portas abertas para o passeio, de um lado e do outro, de lojas, pousadas e outros "negócios", que não sabíamos identificar. Na realidade, não sabíamos o nome da maior parte das coisas que víamos. Mas a cidade não surpreenderia de modo algum alguém que retornasse a ela numa máquina do tempo, a partir de uma época como essa. As lojas vendiam joias, roupas, aparelhos para comunicação, dispositivos estranhos, sandálias, sapatos, bolsas para carregar coisas e uma quantidade de outras "mercadorias", como nunca tínhamos visto.

Acima de nós, as torres subiam mais altas do que qualquer árvore que existisse na Terra, ao que soubéssemos.

Mas foram as pessoas, o povo de Atalantaya, que nos surpreenderam, vestidas em trajes tremeluzentes, em sua maioria de cores claras, em tons pastel, adornadas com joias de ouro e prata, muitas com pingentes de pedras preciosas ou das que agora chamamos de semipreciosas.

Jovens e velhos, eles pareciam mais ágeis e saudáveis do que as pessoas dos Ermos. Alguns pintavam o rosto com esmero, não como os selvagens dos Ermos, mas de um modo mais sutil para destacar suas feições.

As roupas variavam de calças e paletós de confecção meticulosa e vestidos de corte perfeito a túnicas soltas, curtas e longas, e vestes largas, sem forma. Algumas pessoas usavam pouquíssima roupa, exatamente como os habitantes dos Ermos, mas não se viam cabelos desgrenhados e barbas compridas, nem se sentiam os fortes odores naturais do povo dos Ermos. É que essa população brilhava de tão limpa e arrumada, e andava a passos largos com uma segurança impetuosa que nos espantava e confundia, fazendo com que por um instante ficássemos paralisados.

A população era composta de homens e mulheres no que poderia ser uma proporção igual, bem como um grande número de crianças. Havia pessoas que limpavam as ruas com máquinas elegantes, semelhantes a varinhas, que pareciam devorar a poeira, a sujeira e as folhas caídas. E também frutas para colher por toda parte, exatamente como nos Ermos, e, pelas portas dos cafés e lugares para refeições, saía o aroma de preparados deliciosos, que de imediato despertou nosso apetite.

Assim que nos sentamos em um desses lugares, um restaurante espaçoso com um enorme jardim nos fundos, descobrimos que tudo o que ofereciam era feito de legumes, verduras e frutas, ovos, cereais ou grãos silvestres, e que só se consumia carne em Atalantaya durante os Festivais dos Ermos, ou Festival das Carnes, que eram realizados seis vezes por ano. Havia, porém, peixe em abundância. Peixe fresco era vendido no cais de manhã cedo, antes do meio-dia e depois antes do entardecer. Poderíamos escolher uma quantidade de tipos de peixes, assados, grelhados e até mesmo, às vezes, crus. Também podíamos comer crustáceos, algas e outros petiscos, que agora percebo que era caviar.

Por nós, tudo bem. Adoramos a comida ali, que era preparada com muito maior esmero do que a que tínhamos consumido nas aldeias, e essa primeira refeição ficou gravada em minha memória por conta de todas as castanhas que nos ofereceram em cumbucas, os legumes tanto fritos quanto assados, os grãos de cereais cozidos com passas, as rodelas de cebolas as ervas e temperos picados. Havia um quê de solene na apresentação, mas ao mesmo tempo parecia que era corriqueira para todos os que iam e vinham, ocupavam seu lugar à mesa, conversavam e discutiam uns com os outros enquanto comiam e bebiam. O que fui perceber muito depois foi que aquela apresentação dos alimentos ao consumidor tinha um caráter competitivo, exatamente como hoje restaurantes competem entre si.

Para obter ovos, cada restaurante tinha o próprio pombal ou galinheiro, geralmente num jardim nos fundos onde havia grande quantidade de árvores frutíferas, como em toda parte. Tínhamos entrado na primeira de muitas opções, e um quase nada de nosso ouro bastou para pagar a refeição. De troco, recebemos um monte de moedas de Atalantaya, na realidade tantas moedas que precisamos comprar bolsas para acondicioná-las, o que envolveu nossa parada seguinte numa loja de roupas.

Mas permitam-me voltar ao que de fato vimos na cidade. Se eu for de um item para outro, desse jeito, a história vai demorar demais.

Quando saímos e começamos a passear, logo nos deparamos com numerosas escadas rolantes e trilhos iluminados nos quais as pessoas viajavam a velocidades vertiginosas no que eu chamaria de casulos. Alguns desses trilhos circulavam até uma altura de três andares em torno de várias torres, levando passageiros a portais a alguns metros acima da rua.

E tudo o que víamos, absolutamente tudo, parecia ser feito de um material leve, flexível, de várias resistências, como se aquele fosse um mundo inteiro de filme, paredes e calçadas e carros de plástico semelhantes a casulos e assim por diante.

Embora houvesse gente andando por toda parte, havia casulos leves, de um material branco reluzente, que também percorriam as grandes vias da cidade. E, ao que eu me lembre, todos pareciam semelhantes, variando apenas no tamanho. Alguns casulos tinham somente uma pessoa. A maioria até quatro. Apesar de eu mesma nunca ter adquirido, alugado ou pego emprestado um desses casulos, parecia que qualquer um podia usá-los, e que os casulos de fato se dirigiam sozinhos. Em retrospectiva, creio que os casulos eram relativamente recentes em Atalantaya e que estavam apenas começando a fazer sucesso. Nunca soube mais nada sobre eles.

Quanto aos prédios em si, eram extraordinariamente translúcidos, mas, quando se tentava ver o interior deles, descobria-se que às vezes isso não era possível. As pessoas dispunham de bastante privacidade em suas lojas, aposentos ou escritórios, porque, com um gesto da mão, era possível tornar uma parede totalmente transparente ou opaca, e em toda a nossa volta víamos paredes se transformando dessa forma.

É claro que encontramos lugares para ver filmes, salões com pouca iluminação onde podíamos entrar para assistir a filmes projetados nas paredes, exatamente como víamos em Bravenna. Mas esses filmes não eram sobre a vida normal. Levamos só alguns instantes para perceber que o que estávamos vendo eram descrições ficcionais e engenhosas, em outras palavras, peças dramáticas em que as pessoas representavam papéis.

Se lamento alguma coisa de meu tempo passado em Atalantaya é que não dediquei tempo suficiente ao estudo da natureza desses filmes, dos valores que essas histórias encarnavam ou refletiam e das diferenças gerais entre um filme e outro. Essa era uma forma de arte que estava desabrochando. Eu deveria tê-la conhecido melhor. Welf também queria conhecê-la e não parava de insistir conosco, nas primeiras semanas, para entrarmos nas casas de filmes e estudá-los. Havia também peças em palcos, encenações que envolviam somente sombras e espetáculos de marionetes. Garekyn tinha algum interesse nisso tudo também. Mas os filmes e peças deixavam Derek apavorado, e ele não gostava deles, não conseguia realmente entender qual era o objetivo daquele artifício.

– Por que alguém ia querer fingir entrar numa briga com outra pessoa? – perguntou ele.

É claro que poderíamos ter chegado a entender esse nível de expressão cultural se tivéssemos dedicado o tempo necessário. Mas estávamos fascinados demais por outros mistérios como, por exemplo, do que eram feitas as paredes? Por que as pessoas conversavam o tempo todo com as próprias mãos ou pulsos? E onde ficavam as reservas de energia das quais os Pais tinham falado? E de que modo essa energia era de fato usada?

A essa altura, preciso acrescentar que em meio às multidões nas ruas havia pessoas dos Ermos, como nós, e muitas delas estavam fazendo perguntas, da mesma forma que queríamos fazer, de modo que parecia não haver risco algum. Cerca de um quarto das pessoas em qualquer rua ou alameda pela qual passávamos parecia ser dos Ermos, que tinham vindo para ter o prazer de "ver" Atalantaya – "Vejam Atalantaya, a beleza de Atalantaya! Vejam as roupas que falam, as pulseiras que falam, vejam o domo, vejam as maravilhas!" –, de modo que não chamávamos a atenção.

Ora, é claro que as roupas e as pulseiras falantes eram aparelhos de comunicação unidos por uma rede sem fios, análogos aos celulares dos tempos de hoje. Vinham embutidos nas roupas e em certos tipos de joias, até mesmo em anéis, e as pessoas não estavam conversando com as mãos.

Dentro de uma hora da nossa chegada já tínhamos comprado pulseiras falantes para todos nós, e nossos números e nomes estavam registrados na grande rede. Podíamos ligar uns para os outros, pelo que nos disseram, de qualquer parte de Atalantaya, e não precisávamos gritar, como estávamos fazendo ao experimentar os aparelhos. Bastava falar em "voz baixa", já que o aparelho se encarregava de ajustar o volume.

Quando perguntei como aquelas coisas funcionavam, recebi respostas detalhadas e vagas. Em geral os dois tipos de resposta estavam muito além do nível de compreensão para o qual eu tinha sido equipada. Basicamente, o que consegui entender foi que todos os sons possuíam ondas, as quais conduziam as comunicações, e que a energia que tornava tudo isso possível era abundante, sendo proveniente dos telhados e paredes das torres, bem como da superfície das ruas e até mesmo do material do imenso domo que cobria a cidade inteira.

O que eles não estavam dizendo, por ser tão óbvio, era que o sol fornecia a energia de Atalantaya e que, na realidade, não havia reservas de energia.

Eu não conseguia sequer imaginar o que isso de fato significava. Mas, todo o tempo que passei lá, essa foi a única explicação que me deram para praticamente tudo. E de fato, em alguns dias nublados, dias em que as nuvens do mar pairavam tão pesadas acima do domo que a cidade ficava cinzenta e até mesmo fria, algumas comunicações eram ligeiramente prejudicadas. Todo mundo já esperava por isso, e ninguém se importava. Na realidade, adoravam quando a chuva caía com violência, batendo no domo, e ondas gigantescas estouravam nas amuradas da cidade. Falava-se muito sobre como a água também era usada em Atalantaya, sendo o sal extraído do mar para torná-la salutar para as árvores de castanhas e frutas que cresciam por toda parte, bem como para as trepadeiras que brotavam nos muros e em jardins, repletas de cabaças e abóboras-morangas, de abóboras-meninas, melões e outros legumes cujo nome nunca aprendi. A água abastecia os inúmeros chafarizes de Atalantaya em jardins e bosques, em cantinhos escondidos ao largo das calçadas, por toda parte. As pessoas diziam frases como: "Cantem a música da água!", da mesma forma que as de hoje exclamam: "Como a chuva é bonita!"

Ao entardecer daquele primeiro dia, já tínhamos decidido que queríamos dormir numa torre. E um casulo nos levou ao terceiro andar de uma pousada, onde reservamos um apartamento numa torre por um mês. O trigésimo andar foi o mais alto que conseguimos.

Subimos por um elevador – um casulo silencioso que seguiu veloz pelo exterior do prédio – e logo nos descobrimos entrando no que pareciam ser aposentos realmente majestosos. Havia a parede das imagens em movimento, mesas com aparelhos semelhantes a computadores embutidos nelas, que envolviam símbolos complexos, quartos de dormir individuais, com camas grandes, macias, com lençóis de seda, e paredes externas que passavam de uma opacidade de cores vivas para uma pura translucidez, quando movimentávamos as mãos de certo jeito.

Havia suntuosas banheiras e sanitários feitos do mesmo material plástico e leve das paredes. E também chuveiros, máquinas para lavar roupa e ar aquecido e resfriado neste apartamento. E por toda parte pisos brilhantes. Nas paredes havia luzes que bastava um toque para serem acesas.

Quando penso nisso agora, percebo que todas as superfícies sem exceção constituíam alguma forma de célula de energia solar. Não havia nada que não estivesse captando energia em tudo o que víamos, tocávamos ou usávamos. As roupas eram feitas de células solares. Até mesmo a gáspea de botas ou sandálias tinha células solares, e a energia estava de algum modo fluindo de todas essas células de captação para algum reservatório – ou era usada para suprir a energia de tudo o que estivesse nas proximidades. Eu nunca pude saber.

É claro que ficamos deslumbrados com a beleza e os confortos que víamos. E estávamos só começando a achar que poderíamos conversar francamente uns com os outros e, puxa, como tínhamos o que dizer!

Começamos nossas conversas com muito cuidado, mas, dentro de algumas horas, confessávamos uns aos outros, cheios de emoção, que estávamos meio apaixonados por Atalantaya e, na verdade, pela Terra. E não sabíamos como interpretar esse fato.

Derek foi o primeiro a perguntar num sussurro o que aconteceria conosco se saíssemos de Atalantaya, olhássemos para o astro brilhante de Bravenna lá no alto no céu noturno, disséssemos que não podíamos cumprir nosso propósito e pedíssemos para sermos removidos da Terra e levados de volta para nosso Lar.

Welf e Garekyn disseram de imediato que essa era uma péssima ideia!

Adiamos toda e qualquer conclusão por um tempo e saímos em busca do que as ruas tinham a nos oferecer.

E de fato descobrimos naquela noite que Atalantaya possuía uma quantidade incontável de bulevares e passeios, alguns sinuosos e outros retos, nos quais todas as portas ao nível da rua davam para empresas ou restaurantes, com as residências invariavelmente no andar superior. Nunca vi uma rua em Atalantaya que fosse exclusivamente residencial. Jamais vi uma única parte da cidade que não dispusesse de cafés e do que chamamos de mercadinhos. Também nos deparamos com um setor antigo de Atalantaya conhecido como Cidade de Madeira, adjacente a um assentamento ainda mais antigo, denominado Cidade do Barro, e elas eram exatamente o que pareciam ser – remanescentes dos primeiros assentamentos urbanos da ilha, a partir dos quais o Ser Maior tinha construído a metrópole mágica, que agora, com seu esplendor, os reduzia a quase nada. Esses assentamentos antigos estavam ali em exibição, ao que parecia, e havia guias perambulando por eles para explicar aos espectadores descontraídos como tinha sido a vida nos primórdios de Atalantaya.

É claro que, desde o primeiro dia, ouvimos falar do Ser Maior, o Grande Amel, que tinha construído Atalantaya, o Grande Amel, que fazia todas as coisas.

Escutávamos com atenção qualquer fragmento de informação sobre Amel que nos oferecessem, e o tempo todo tínhamos certeza de que estávamos perdidos na multidão, perdidos no rebanho humano. Afinal de contas, como o governante poderia nos detectar naquela grande enxurrada de seres humanos brilhantes? Parecíamos pessoas dos Ermos, recém-chegadas e em rápida adaptação, e não tínhamos feito nada, de modo algum, para chamar a atenção para nós.

A primeira vez que avistamos Amel de verdade foi surpreendente. Ocorreu quando entramos no Centro de Meditação em nossa rua, a poucos passos de nossa nova morada.

Nos passeios, tínhamos visto esses Centros de Meditação por toda parte, já que suas fachadas eram assinaladas por esculturas em relevo de seres humanos sentados, em silêncio, com a cabeça baixa e os olhos fechados. E, naturalmente, tínhamos ficado curiosos com essas imagens e com o motivo pelo qual elas apareciam com tanta frequência ladeando portas que davam para a rua. Perguntamos aos que estavam por perto se essas eram Câmaras de Sofrimento. Eles riram da ideia e nos disseram que não, que não havia Câmaras de Sofrimento em Atalantaya.

Por fim, quando já estávamos sobrecarregados com todas as nossas experiências, cansados e dispostos a concentrar a atenção em alguma coisa um pouco mais desafiadora do que perambular, fazer perguntas e ficar maravilhados, vimos uma grande quantidade de pessoas que se dirigiam para o Centro de Meditação ali perto, entramos junto com elas e nos descobrimos num grande recinto escuro, com o teto em abóbada.

O lugar era provido de bancos dispostos na forma de uma ferradura, em degraus ascendentes, o que as pessoas hoje chamam de arquibancadas ou assentos de estádios. Fomos nos sentar bem no fundo, na parte mais alta, e vimos que os assentos eram bem acolchoados e que as pessoas agora estavam enchendo o local, embora muitos deixassem espaços a seu lado para indicar uma necessidade de privacidade ou distância.

Logo todos estavam sentados, de cabeça baixa e olhos fechados, exatamente como nos entalhes em relevo lá fora, outros ficavam falando baixinho, murmurando, e alguns estavam chorando, visivelmente, mas de um modo muito mais tranquilo do que o das pessoas dos Ermos em suas Câmaras de Sofrimento.

Quer dizer que é a mesma coisa, pensei. Exatamente a mesma coisa. Mais comedida, mas a mesma coisa.

A certa altura, enquanto ficávamos ali sentados, esperando, tentando observar discretamente os que estavam ao redor de nós e à nossa frente, a parede das imagens se iluminou e vimos pela primeira vez o rosto de Amel. Um sino grave soou em algum lugar, talvez na cidade lá fora, ou no interior desse prédio, eu não saberia dizer.

Foi um choque. Não sei ao certo o que eu tinha esperado ver, mas o rosto que apareceu na parede das imagens foi o de um homem, de pele clara, como se fosse albino, com uma farta cabeleira ruiva e olhos penetrantes de um azul esverdeado e feições muito agradáveis. O homem que víamos como Amel na realidade era parecido com você, Lestat, tão parecido que poderia ter sido um primo ou até mesmo um irmão seu. Ele tinha a mesma expressão alerta, concentrada, o mesmo sorriso tranquilo quando falava, o mesmo cabelo rebelde, despenteado, e até a mesma forma quadrada do rosto, com uma simetria semelhante. Estava claro que sua pele branca num mundo em que todos tinham a pele escura lhe conferia um ar sobrenatural, e como que um brilho descomunal. Tínhamos avistado alguns albinos em nosso trajeto para Atalantaya, alguns outros com cabelo vermelho ou dourado e olhos claros. E ver o rubor rosado nas faces dele, bem como as rugas de expressão visíveis pela alvura da sua pele, tudo isto foi surpreendente. Mas também foi um pouco repulsivo. O fato de ele falar num tom normal e apaixonado, como um ser humano, fazia com que fosse impressionante.

Ele cumprimentou a plateia, como eu o veria fazê-lo com frequência nas semanas seguintes, e começou a falar num tom aparentemente natural e espontâneo:

– Boa noite, meus companheiros atalantaianos. Aqui é Amel, falando da Torre Criativa, para lembrar a todos que o primeiro Festival de Carnes ocorrerá daqui a três dias. E, quando os portões se abrirem para as pessoas dos Ermos, em visita pela primeira vez, muitas precisarão se alojar com vocês, ou precisarão de uma ajuda para encontrar os abrigos públicos. Por favor, abram os braços para seus irmãos e irmãs das terras dos Ermos e nos ajudem a ter um festival feliz e saudável.

"Agora eu lhes dou as boas-vindas ao Centro de Meditação e relembro a todos, como já fiz tantas vezes, que vocês não estão sendo espionados aqui nestes salões ou teatros, que o que dizem não está sendo gravado, que isto aqui é para beneficiar a vocês mesmos e a mais ninguém. Esses lugares existem para cada um de vocês isoladamente e para o que quiserem obter neles."

O rosto desapareceu tão de repente quanto havia surgido, e ficamos ali pasmos e mudos com essa primeira visão da criatura que tínhamos vindo repreender e destruir. E nos perguntamos se era verdade que poderíamos compartilhar nossos pensamentos uns com os outros naquele teatro.

Eu gostaria de ter horas para descrever o que aconteceu então, como uma escrita pictográfica aparecia na tela, enquanto uma sucessão de seres humanos tomava a palavra para discorrer sobre a definição do mal e para relatar seus próprios triunfos ou derrotas pessoais.

– O mal é o que investe contra a vida – disse o primeiro orador, aparentemente lendo uma declaração a partir dos pictogramas na tela. – O mal é qualquer coisa que ataque a vida, fira a vida, sufoque a vida, destrua a vida. O mal consiste em causar dano a outra pessoa, infligindo-lhe confusão, sofrimento ou dor desnecessária. Todo o mal provém disso. Essa é a raiz de todo o mal.

Isso nos pareceu de uma beleza profunda. Nós nos descobrimos assentindo em silêncio, exatamente como outros faziam por todo o auditório. Também refletimos sobre os pictogramas. Nós os tínhamos visto em outros lugares e achado que não passavam de decoração. Cada um de nós procurou decorar o que estava na tela.

Depois disso, as pessoas passaram a expor seus sofrimentos pessoais, a perda da mãe, a perda de um filho, uma decepção no trabalho, uma melancolia inata e paralisante da qual não conseguiam se curar. Falaram da perda de um amante ou de um cônjuge. Outros escutavam em silêncio quase total. Mas as pessoas faziam que sim, derramavam lágrimas. Finalmente começaram a cantar. Pela primeira vez a tela mudou e foi inundada com novos pictogramas, e todos cantavam com a voz espontânea, reproduzindo a bela música que tínhamos ouvido antes que de fato nascêssemos.

Participamos do canto, acompanhando com facilidade a letra repetitiva, muito embora ainda não soubéssemos ler o que estava escrito. "Vejam, nós cantamos a canção da vida belíssima; vejam, nós cantamos a canção das flores do campo e das árvores da floresta, e o esplendor de Atalantaya e o esplendor do sorriso de uma criança. Vejam, nós cantamos a canção da harmonia e da união. Vejam, nós cantamos a canção da própria vida."

Quando voltamos para as ruas, Derek abordou um homem e lhe fez uma pergunta:

– Quem governa Atalantaya? E como funciona o governo? – O homem era algum tipo de funcionário público, como muitos que víramos por toda parte, parado na esquina, por assim dizer, com as mãos unidas às costas, um homem de calça e camisa de seda cor de açafrão e sandálias, que parecia preparado para responder a perguntas, até mesmo essa estranha indagação de Derek.

– Bem, na realidade ninguém, pelo menos não do jeito que você pergunta – respondeu o homem. – Amel é o Ser Maior, mas ele não governa necessariamente. – Então o homem continuou a falar, descontraído, sobre conselhos e governantes, bem como sobre representantes dessa ou daquela área da cidade e das terras dos Ermos. – A vontade de Amel é absoluta, mas é raro que ele a faça valer, e geralmente apenas quando foi cometido algum crime medonho. E mesmo nesse caso ele convoca os conselhos de todas as categorias para que analisem sua decisão.

Derek queria fazer mais perguntas, mas consegui arrancá-lo dali num piscar de olhos.

Quando voltamos para casa, na torre, conversamos francamente pela primeira vez. Pegamos vinho dos compartimentos de refrigeração e os distribuímos nos recipientes translúcidos de beber que pertenciam ao apartamento. Sentamos nos sofás da sala de estar, sem necessidade de acender nenhuma luz, já que podíamos ver torres iluminadas em toda a nossa volta.

Garekyn, que sempre foi mais agressivo que os demais, mais dado a perguntas penetrantes, bem como a soluções inteligentes, disse de imediato o que pensava:

– Se na realidade não existirem reservas de energia nesta ilha, se há somente lugares para utilização da água e para utilização da luz do sol – perguntou ele –, como vamos provocar uma explosão forte o suficiente para disparar a cadeia fatal de explosões?

Mas Derek não esperou pela resposta de ninguém:

– O que há de tão ruim nas pessoas desta cidade – perguntou – que leva os Pais a quererem que todos morram? Todos eles e também os povos dos Ermos que vêm nos abrigando e nos ajudando há três meses... todos eles reduzidos a pó ou a um caldo primal! Como os Pais podem acreditar que isso esteja certo?

– Pode ser que não estejamos vendo em profundidade – sugeriu Welf. – Precisamos nos dar algum tempo.

Conversamos sobre todos os assuntos naquela noite e, depois, voltamos a simplesmente viver em Atalantaya e a testemunhar tudo o que a cidade tinha a oferecer. Em questão de dias, percebemos que as relações eróticas eram livres e descomplicadas em Atalantaya, sem nenhuma das regras que prevaleciam nas aldeias das terras dos Ermos. E que as pessoas tinham em geral uma atitude muito protetora e amistosa para com as criancinhas, mesmo que não fossem seus filhos. Elas formavam famílias tanto grandes quanto pequenas, e o respeito pelos idosos era o que hoje chamamos de norma. Na realidade, os idosos tinham a maior liberdade para fazer qualquer coisa que quisessem. As pessoas se levantavam e faziam reverência para os idosos, lhes ofereciam mesas em restaurantes cheios, se calavam quando eles falavam e saíam de lado para lhes dar passagem na rua.

A vida era movimentada em Atalantaya. As pessoas tinham lugares aonde ir e coisas a fazer.

Passados alguns dias, presenciamos a criação ou desenvolvimento de uma torre, uma experiência da qual nenhum de nós jamais esqueceria. Não importa qual tenha sido o dano que haja atingido nossas recordações, e nossa perspectiva, cada um de nós se lembra da construção daquele prédio e do espetáculo de assistir a seu crescimento.

Foi Amel em pessoa que chegou ao local do jardim, como todos o chamavam, e saltou de um casulo de transporte grande e refinado, com a "semente" do prédio nas mãos. Ela parecia um ovo. Era de madrugada, pouco antes do nascer do sol, e músicos estavam posicionados em volta do jardim, com tambores, pratos e trompas. Uma multidão imensa tinha se reunido para isso, e vínhamos ouvindo falar do assunto havia dias. Agora, víamos que as pessoas estavam chegando de toda parte para assistir àquilo, e que as janelas e sacadas das torres ao redor ficavam apinhadas de gente.

Ouviu-se uma enorme aclamação quando Amel se postou no centro do jardim e olhou para cima e ao redor para registrar a presença de todos. Na realidade, foi uma aclamação ensurdecedora.

Ele então se voltou para a terra lavrada e pareceu inspecioná-la, embora eu suspeitasse que ele já sabia que tudo estava pronto antes de vir ali. Quando os primeiros raios do sol atingiram o solo do jardim, Amel pôs a "semente" ou o luminoso ovo branco no chão. Ele o segurava como se fosse frágil, mas eu tenho minhas dúvidas. Talvez fosse reverência. Talvez ele tivesse enormes estoques dessas sementes ou ovos armazenados em algum lugar.

Fosse qual fosse o caso, quase de imediato, sob os raios luminosos do sol, o ovo ou semente começou a vibrar e a se partir. Nesse momento, os músicos começaram a tocar, e a multidão inteira começou a cantar.

Essa era de fato a música que havíamos ouvido antes de nosso nascimento. Essa tinha que ser sua origem! A semente agora explodia, lançando enormes brotos e hastes translúcidas, além do que poderiam ter sido folhas. Amel recuou, e, na verdade, todos saíram daquele trecho do jardim e permitiram que o prédio crescesse.

As hastes, os brotos e as folhas translúcidos, fossem lá o que fossem, emitiam um ruído crepitante que eu mal conseguia ouvir com toda aquela cantoria, e, bem diante de nossos olhos, uma torre gigantesca surgiu e começou a crescer, subindo sempre, até um edifício com todos os detalhes estar ali na nossa frente, do qual germinavam janelas e sacadas à medida que ele crescia. Através da claridade cristalina de suas paredes era possível ver seus pisos brilhantes, vãos de portas, aposentos internos que iam brotando e aumentando de tamanho. Eram tantos os detalhes sendo concretizados que era estonteante e impossível assistir ao desenvolvimento de qualquer aspecto isolado, com a torre logo se erguendo dezenas de metros acima de nós, se equiparando às outras ao redor. O canto e a música dos instrumentos só atingiram seu volume máximo quando um enorme arranha-céu estava ali, completo, ao que parecia, com todos os detalhes interiores e exteriores. Calculei que as raízes que lhe serviam de alicerce desciam através da terra, com a terra sendo revolvida em torno delas, e o ar, impregnado do cheiro de terra e água, até que, por fim, essa torre gigantesca, tão alta quanto as do entorno, estava estabelecida, parou de tremer ou vibrar e permaneceu imóvel e firme à luz cintilante do sol.

As pessoas davam vivas e gritavam, e nos apressamos a dar a volta para um lado, na esperança de avistar Amel novamente quando ele voltasse para seu casulo e fosse embora dali. Ele era um homem mais ou menos do tamanho de Garekyn, mais ou menos com a sua compleição, Lestat, com uma destreza e elegância semelhantes.

É claro que sabíamos que a música e o canto não tinham nada a ver com a magia do que havia acontecido, mas achei que foi uma ideia maravilhosa, pois ela fez com que todos os que estavam reunidos ali tivessem a sensação de ter participado do nascimento do prédio.

Tínhamos um monte de perguntas para os que estavam ali perto, e as pessoas a quem perguntamos nos deram explicações de bom grado.

– O prédio é feito de luracástria – disse alguém. – Tudo em Atalantaya é feito de luracástria... prédios, calçadas, casulos de dirigir, casulos-elevadores, até mesmo as roupas. Xícaras, copos e pratos são feitos de luracástria. Nosso mundo depende de luracástria e de seu manuseio correto. Sem a luracástria, Atalantaya seria como a antiga Cidade de Madeira ou a antiga Cidade de Barro. A luracástria é a base da vida.

Quanto ao que a luracástria era realmente, tudo o que pude descobrir foi que se tratava de um produto químico, conhecido, desenvolvido e aperfeiçoado por Amel, que trabalhava sem descanso no aprimoramento da luracástria e na busca de novas utilizações possíveis para ela. Disseram-me que a luracástria podia gerar outras fórmulas químicas e até mesmo curar um ferimento, restaurar um osso fraturado, além de transformar a seda e peles de animais em produtos mais fortes e mais resistentes.

Com base no que sei agora, cheguei à conclusão de que a luracástria era como o que chamamos de polímero, semelhante a inúmeros deles que ocorrem na natureza e a substâncias que vemos nela, como a seda das aranhas, que é uma fibra proteica, e a seda do bicho-da-seda, que também é. Eu poderia dar uma longa explicação científica de um ponto de vista do século XXI do que era provável que a luracástria fosse, mas ela seria meramente especulativa. Nos laboratórios da Collingsworth Pharmaceuticals, jamais consegui reproduzi-la.

Nos primeiros dias passei muito tempo fazendo perguntas aos atalantaianos sobre a luracástria, mas nem mesmo os que trabalhavam nos laboratórios onde ela era desenvolvida ou nas fábricas em que era criada pareciam entender realmente do que se tratava. Todos eram da opinião de que Amel sabia fazê-la, que tinha sido ele quem chegou à fórmula e a aperfeiçoou, e estava sempre ampliando sua utilização. O domo que cobria Atalantaya era feito desse polímero espesso e supostamente forte, da mesma forma que os fios das roupas que usávamos, que eu equivocadamente tinha achado que eram de seda natural.

Na realidade, toda a rede de coleta de energia e de comunicação por fibra óptica de Atalantaya dependia do uso audacioso da luracástria, e todos com quem falei pareciam considerá-la barata. Sempre que o assunto voltava para a área da energia, confirmavam que não havia reservas de energia em si, na ilha ou em qualquer lugar do mundo deles ao que soubessem. Armazenar energia?, perguntavam. O que isso podia significar? A energia flui. O sol e a água a forneciam, e a forma de extração dessa energia, de sua transmissão e uso, bem, isso eles não sabiam explicar. E francamente não viam nenhuma necessidade em fazê-lo. Eu poderia ir ver as usinas de água e as de energia solar se quisesse. Lá, visitantes eram bem recebidos.

Essa atitude não era assim tão diferente das posturas das pessoas de hoje – desta nossa época –, em que o mundo inteiro depende de tecnologias para obtenção de energia que a grande maioria das pessoas não entende.

Mas vou lhes dizer o que era diferente.

Esse mundo antiquíssimo era um mundo inocente que não tinha conhecido séculos de desenvolvimento militar, nem a revolução agrícola ou a industrial que todos hoje na Terra encaram naturalmente como precursoras inevitáveis da afluência tecnológica. Por isso, aquelas pessoas não operavam sob o imenso peso de tradições culturais, políticas ou morais daquelas revoluções.

Muito do que vi e ouvi só vim a entender quando despertei no século XX e vi a abençoada prosperidade do mundo ocidental desta época, em que as pessoas trazem consigo enormes cargas culturais de períodos econômicos anteriores sem se darem conta disso. Imaginem, por exemplo, que centenas de milhões nos tempos atuais ainda professam uma religião autoritária inspirada quase totalmente pelos primórdios de uma revolução agrícola na

Mesopotâmia e pelo desenvolvimento da cidade-Estado monárquica que surgiu a partir dela e foi fomentada por ela.

Mais uma vez, aqueles povos antiquíssimos eram inocentes quanto a esses desdobramentos. De caçadores-coletores, eles tinham passado direto para a vida num paraíso tecnológico.

Mas já me estendi demais sobre isso. Voltemos à questão prática de como tudo funcionava.

Os serviços públicos abrangentes e as tecnologias de Atalantaya eram sustentados por um imposto que incidia sobre cada transação financeira. Mas o imposto era baixo, e as pessoas tinham dificuldade para entender minhas perguntas quando eu tentava investigar esses assuntos. O imposto simplesmente fazia parte da vida. E a profusão de bens e serviços disponíveis a todos parecia esvaziar de antemão qualquer interesse individual no acúmulo de riqueza pessoal.

Agora, há mais uma coisa que quero relatar antes de passar para Amel. E é simplesmente o Festival de Carnes, que dava prazer à cidade, como nenhuma outra coisa que eu tivesse visto.

Como mencionei, havia seis festivais desses por ano, e era comum que se referissem a eles apenas como Festivais dos Ermos. Essas eram as únicas ocasiões em que o povo de Atalantaya podia comer a carne assada ou cozida de cordeiro, carneiro, cabrito ou das pequenas aves daquela época que eram semelhantes aos frangos de hoje. Era também nessas ocasiões que havia abundância de creme de leite e queijos frescos em Atalantaya. O festival durava cinco dias.

À medida que ia se aproximando a ocasião, parques e jardins por toda parte eram reformados e preparados, e restaurantes e cafés dispunham mesas e cadeiras a mais do lado de fora. Então chegava uma enxurrada de pessoas dos Ermos, com suas carnes, leite e queijos para vender aos restaurantes, casas de pasto e gigantescas cozinhas públicas – e de repente o cheiro de carne assada se espalhou por toda parte, e por todo canto as pessoas estavam comprando das barracas improvisadas e vitrines portáteis do povo dos Ermos, que ofereciam para venda todos os tipos de outros produtos também: couros de animais, leques e tiaras de penas, cestos, plantas exóticas em vasos rústicos, pássaros espetaculares em gaiolas trabalhadas, cães treinados de muitas raças e tamanhos, e até mesmo alguns gatos domesticados.

No fundo, todos os produtos das terras dos Ermos podiam ser trazidos para venda durante o festival – não somente carnes. E muitas famílias dos Ermos tinham um chá ou caldo especial a oferecer, e até mesmo vinhos e bebidas caseiras fermentadas, bem como preparados caseiros, feitos de cogumelos ou ervas alucinógenas.

Atalantaya ficava apinhada de gente dos Ermos, e todos os comerciantes estavam ocupados negociando, comprando artesanato e couros, e vendendo roupas, móveis e objetos engenhosos de luracástria para o povo dos Ermos também.

É claro que as pulseiras falantes e os computadores não tinham nenhuma utilidade fora de Atalantaya. Mas havia muitos outros itens de luracástria à venda – desde copos, pratos e carretéis de linha a dispositivos que não conseguíamos entender. Os espelhos vendiam extremamente bem, e parecia que as pessoas dos Ermos negociavam tanto as joias de ouro e cobre de suas aldeias quanto compravam dos mais sofisticados joalheiros e trabalhadores de metais da cidade.

Era digno de ver. E foi ali que vi pela primeira vez, em grande quantidade, cadernos com muitas páginas, feitos de luracástria, rolos de luracástria, tintas para escrever em luracástria e canetas de metal e de pena. Mas esses objetos eram caríssimos e somente poucas pessoas dos Ermos tinham algum interesse por eles. E essas pessoas, algumas delas, as que compravam os cadernos ou canetas, pareciam exercer algum tipo de autoridade, ou pelo menos inspiravam grande respeito. Em retrospectiva, eu me pergunto se não se trataria de excêntricos estudiosos dos Ermos ou até mesmo de xamãs. Qualquer que fosse o caso, eles não eram muitos.

As refeições eram espetaculares – muito parecidas com os banquetes que tínhamos apreciado nas aldeias dos Ermos –, só que aqui havia todo tipo concebível de iguaria feita de carne, assim como molhos de grande refinamento e combinações de temperos picantes, frutas e legumes como não tínhamos encontrado até então. Repito, devia haver manteiga. Mas não consigo me lembrar de nenhuma.

Nesse período, comemos até enjoar. Todo mundo comia. Todos bebiam à vontade. E as pessoas dançavam. Dançavam por toda parte. Músicos dos Ermos faziam furor, e os ecos da música mais impetuosa, com flautas e tambores, subiam pelas paredes de todas as ruas da cidade. Dançamos sem parar até quase cairmos desmaiados na rua do lado de fora do prédio onde estávamos ficando. É claro que tínhamos dançado nas aldeias, mas nelas a dança era de um tipo muito mais limitado, quase sempre em obediência à sua tradição. Aquela ali era uma louca dança orgiástica, uma dança desenfreada, arrebatadora.

E as pessoas copulavam ao ar livre, como eu raramente tinha visto nas aldeias. Faziam amor nos jardins e bosques, em becos no fundo de prédios e debaixo das mesas de banquete. Carne, bebida, dança, relações sexuais explícitas, em público. Era assim o Festival de Carnes – o Festival dos Ermos.

Nem sempre as coisas aconteciam sem tropeços. Algumas pessoas caíam bêbadas nas ruas e eram dispostas com cuidado sobre bancos afastados ou em trechos de grama nos parques. Quando irrompiam brigas, os brigões eram cercados, dominados e carregados para "dormir" nas celas de detenção. Na maior parte das vezes, porém, as coisas seguiam tranquilas. E percebemos no festival até mesmo algumas pessoas usando máscaras e se movimentando como que numa cerimônia, o que não entendemos direito. Estava relacionado a divindades, pensei, mas não àquelas pelas quais houvesse algum tipo de reverência notável.

Logo, porém, percebemos que havia outras coisas acontecendo! Era nessas ocasiões que o povo dos Ermos trazia seus filhos mais promissores a Atalantaya para que ali estudassem, procurando a aceitação nas numerosas escolas de muitas séries de Amel. Era nessas ocasiões que moças e rapazes brilhantes vindos das aldeias ofereciam seus talentos aos comerciantes e aos chefs de Atalantaya, ou procuravam vender pinturas coloridas e detalhadas que tinham feito em tecidos ou na casca de árvores. Era nessas ocasiões que músicos dos Ermos que haviam feito as próprias flautas de junco, seus tambores de couro esticado ou outros instrumentos tentavam vendê-los e a si mesmos como músicos capacitados, que poderiam trabalhar em toda Atalantaya. Essa era a principal ocasião para intercâmbio entre os dois mundos da Terra, como existiam naquele momento na História. Curandeiros de aldeias, contadores de histórias, colecionadores de histórias de aldeias, também esses vinham oferecer seus serviços e a si mesmos para contratação.

No todo, era um período empolgante, divertido e inspirador. Mas, depois que o festival terminava, pelo que nos contaram, haveria gente dos Ermos que não ia querer ir embora. Pessoas que teriam que ser arrebanhadas e expulsas de Atalantaya à força. E realmente acabou acontecendo um assassinato, ou foi o que todos disseram. Fomos informados de que Amel pronunciaria a sentença que recairia sobre o assassino, e parecia que as pessoas não estavam muito dispostas para falar sobre isso, para dar qualquer explicação a respeito ou mesmo para tomar conhecimento de qualquer outro detalhe sobre o assunto. Parecia que não queriam falar sobre um tema tão repugnante e incomum, e elas nos fizeram saber que o assassinato ainda era comum nas terras dos Ermos, mas não ali. Isso me surpreendeu. Eu não tinha visto nenhum assassinato nas terras dos Ermos.

Agora quero explicar mais uma revelação que tivemos durante o Festival de Carnes. Tratou-se de um pequeno tumulto que eclodiu quando uma banda de músicos tentou substituir outra banda à força do lado de fora do prédio onde morávamos. Uma multidão se aglomerou, com os atalantaianos tomando partido de um lado ou do outro. Logo começaram empurrões e encontrões e as altercações se tornaram furiosas.

No momento em que se teve a impressão de que um dos músicos, o líder da banda que estava querendo usurpar a apresentação, poderia realmente ser ferido, certas pessoas surgiram do nada e impuseram a ordem. E percebi que todas essas pessoas sobressaíam por conta de uma luzinha que piscava em algum lugar nelas, fosse na gola da roupa, no punho da camisa, fosse até mesmo em seu cabelo. E elas tinham se apresentado em números esmagadores, para acabar com o tumulto.

Foi então que aprendi como a lei e a ordem realmente funcionavam em Atalantaya. A "força policial", para usar nossos termos de hoje, era de fato totalmente composta de pessoas que cuidavam da própria vida, em outras atividades, e podiam ser convocadas em não mais que um instante para acionar suas luzinhas intermitentes e cumprir seus deveres conforme fosse necessário. Essas pessoas tinham na verdade recebido treinamento especial para isso, treinamento sob aspectos diferentes, e mais tarde conheci a escola onde eram treinadas. Com efeito, essa escola formava homens e mulheres para realizar uma enorme quantidade de tarefas públicas, sendo o que hoje chamaríamos de polícia, guardiães da ordem e até mesmo funcionários públicos. Cheguei à conclusão de que aqueles que apartavam pequenas brigas ou detinham quem estivesse perturbando a ordem pública não eram meros transeuntes, como eu tinha achado antes, mas eram membros dessa força policial sempre à disposição.

Mas o ponto que quero ressaltar é o seguinte: não havia nenhuma força policial *permanente*, da mesma forma que não tinha havido uma milícia *permanente* nas terras dos Ermos. O que havia, sim, eram inúmeros agentes secretos informais, que podiam num piscar de olhos passar das suas atividades regulares como cientistas, músicos, donos de restaurante, lojistas ou turistas a passeio, se transformando na "guarda" necessária para manter a ordem. E percebi que o mesmo valia para as terras dos Ermos. Representantes de Atalantaya estavam lá por toda parte, mas só se revelavam quando era necessário. Eu tinha de vez em quando até mesmo visto aquelas luzinhas pulsantes. Mas só agora, ao vê-las em grande número, debelando o tumulto, foi que reconheci o que de fato eram e senti curiosidade por saber quantas existiam.

Bem, nunca descobri nenhum número específico sobre a força de guardiães ou funcionários públicos, mas o que percebi desde então é que aquele mundo altamente complexo não precisava de uma força policial ou militar permanente. E, como eu não tinha nada com que pudesse comparar aquilo, achei que fazia perfeito sentido. Mas imaginem se as nações no mundo moderno adotassem essa abordagem – o treinamento de uma força de segurança enorme e discreta de mantenedores da ordem que só se tornassem profissionais da manutenção dela quando necessário.

Depois que despertamos no século XX, pensei nisso muitas vezes. E percebi outra coisa. O mundo de Amel nunca tinha sido equipado para lutar contra qualquer tipo de ataque pesado de Bravenna – talvez porque Amel sempre tivesse sabido que era impossível defender a Terra de um ataque de Bravenna. E Atalantaya também nunca fora equipada para combater qualquer tipo de invasão de selvagens ou de bárbaros. É claro que nunca vimos nenhuma invasão por selvagens ou bárbaros, mas, quando li as histórias das civilizações conhecidas do mundo moderno, vi um padrão apavorante: grandes cidades construídas, e então saqueadas e incendiadas por guerreiros que as invadiam em hordas, sem nenhum outro objetivo, a não ser o do roubo ou a alegria de massacrar a população. Isso se repetiu inúmeras vezes – no Egito, na Mesopotâmia, em Atenas, Roma, na antiga Kiev, até mesmo em Viena. Pois é, isso não acontecia no mundo de Amel. E por quê? Talvez porque os povos dos Ermos nunca fossem explorados nem forçados a fazer nada por Atalantaya e por Amel, e todos tivessem algum tipo de acesso a Atalantaya e a grande parte do que tinha a oferecer. Se existiam tribos belicosas em algum lugar fora do alcance cultural de Amel – e parecia que existiam –, não havia nenhum comentário quanto a elas representarem uma ameaça em conjunto, nem também temor delas entre as pessoas que encontrávamos.

Mas chegou a hora de deixar Amel falar por si mesmo através de minhas recordações.

Foi uma semana após o festival que aconteceu nosso encontro com Amel. Estávamos reunidos ao amanhecer para assistir mais uma vez ao plantio e crescimento de um grande prédio, e, depois de presenciar o espetáculo com o mesmo assombro e emoção que tínhamos sentido antes, alguém se aproximou de nós e nos disse que Amel queria nos ver e que poderíamos ter uma audiência com ele naquele mesmo dia.

Foi um choque. Estávamos estudando, já havia algum tempo, de que modo poderíamos ter acesso aos laboratórios e fábricas de Amel, bem como a ele próprio. E na realidade estávamos divididos, cada um em seu íntimo, quanto a como e quando procurar esse acesso, e que perigo se apresentaria inevitavelmente se chamássemos a atenção para nós mesmos por conta de um interesse especial por ele.

E então fomos abordados por um sorridente funcionário público, guardião ou representante especial de Amel, que nos disse que ele estava disposto a nos receber e que seria melhor estarmos nos seus aposentos particulares na Torre Criativa, ao meio-dia em ponto. É claro que sabíamos o que era a Torre Criativa. Era lá que Amel morava, trabalhava e governava. A Torre Criativa era um dos muitos edifícios dos Jardins Criativos, onde havia laboratórios, fábricas e bibliotecas que ainda não tínhamos visto.

Seria esse o fim de nossa estada naquele paraíso? Seria esse o fim de nossa vida? Seria esse o fim de nossa missão? E, entre nós, quem ainda queria se dar os braços e acionar a explosão que levaria pelos ares, até os céus, o mundo magnífico e complexo de Atalantaya? Garekyn chegou a sugerir que fugíssemos. Afinal de contas, aquilo era um convite, certo? Nenhum guarda tinha sido despachado para nos levar como prisioneiros, à força, à presença do Ser Maior. Por que não deixar a cidade agora? Poderíamos fazer um relatório para os bravennenses daquilo que tínhamos visto, um relatório provisório, por assim dizer, e então voltar para cumprir a missão quando nos sentíssemos mais preparados.

– E como vamos lhes explicar – perguntou Derek – que não estamos prontos agora? Que ainda não estamos plenamente preparados?

De repente, eles todos ficavam olhando para mim. E, como estávamos conversando na sala de estar, saí para a sacada e fiquei olhando para as ruas movimentadas de Atalantaya lá embaixo. Olhei então para o céu, onde eu podia ver a imagem desbotada de uma lua diurna.

Quando entrei, falei com eles:

– Está na hora de conversar com Amel, de descobrir quem ele é, e o que é, de acordo com Amel.

Eu não precisava lhes perguntar sobre sua disposição para com o nosso Propósito. Ninguém queria cumprir o Propósito. Ninguém queria detonar a explosão.

Finalmente, Derek, que tantas vezes interpretava nosso ânimo, disse baixinho:

– Não quero destruir tudo isso. Mesmo que estivesse pronto para morrer, não poderia me forçar a destruir tudo isso!

– Receio que o que se espera de nós é que o convençamos do contrário – disse Welf.

– Não importa – disse eu. – Hoje vamos visitar Amel.

– E se ele já souber qual é o nosso propósito – perguntou Garekyn –, e se esteve nos vigiando esse tempo todo? O que quero dizer é por que outro motivo ele mandaria nos chamar? Há milhões de pessoas por aí. Por que pediu para nos ver?

Afinal, depois de muitas idas e vindas, todos concordamos que estávamos empolgados, muito mais do que temerosos.

V

Como tudo o mais em Atalantaya, a Torre Criativa era belíssima, com fantásticas paredes nacaradas e o que pareciam ser pisos dourados. Quando cheguei a esta era no Ocidente, na América, como uma peregrina perdida de Atalantaya, li descrições redigidas por cristãos do seu Paraíso como um lugar de ruas e calçadas douradas. Bem, assim era a Torre Criativa e, na realidade, o Jardim Criativo inteiro – um lugar de caminhos e calçadas de ouro reluzente.

Os que nos deram as boas-vindas nos levaram numa longa caminhada por largos corredores de ouro, repletos de luz, vegetação e uma profusão de flores, passando diante das portas abertas de salas enormes nas quais havia pessoas trabalhando atentas nos ambientes mais complexos – e foi ali que vimos pela primeira vez o que podia ter sido a tecnologia da computação. Com isso estou me referindo a computadores de grande porte nos quais parecia que as pessoas estavam trabalhando por meio de teclados de toque embutidos na superfície das mesas. Mas o que estavam fazendo eu não saberia dizer. Reunindo, organizando, registrando informações? Não havia como eu saber.

Passamos diante do que eram obviamente laboratórios imensos, com fantásticos aparelhos de luracástria, e salas com grandes gaiolas arejadas cheias de pequenos animais, desde roedores a macacos tagarelas e aves de uma beleza estupenda. Havia até mesmo corujas nessas salas, e a visão delas fez passar por mim um calafrio de infelicidade porque, de todas as aves da Terra, elas são as que mais se assemelham ao povo de Bravenna. Precisei perguntar que aves eram aquelas para aprender que eram corujas. Eu tinha avistado de relance uma ou duas apenas nas terras dos Ermos.

Na Torre Criativa, havia poucos sinais de metais em qualquer lugar. E também luracástria dura e macia, translúcida ou opaca. Havia música no ar em áreas diferentes, se espalhando a partir de portais nas paredes, com o som de vozes cantando e de instrumentos, e o que podiam ter sido instrumentos de cordas de enorme sofisticação, embora na época eu não soubesse disto, é claro.

Enquanto seguíamos sem parar por esses corredores, passando devagar por uma porta atrás da outra, concluí que quem nos conduzia estava deliberadamente nos proporcionando um *tour* das instalações. Na realidade, depois que tínhamos coberto mais de um andar daquele prédio interessantíssimo, percebi que estávamos sendo convidados em silêncio a observar muitas comunidades de trabalhadores em atividades diferentes, e também áreas onde eles comiam e bebiam, dando-nos boas-vindas com acenos animados e convites para irmos ter com eles.

Vou me lamentar para sempre por não ter feito perguntas, por não ter pedido para ver bibliotecas e arquivos, por não ter perguntado acerca daqueles que batiam no tampo da mesa diante de monitores gigantes, por eu não ter feito perguntas sobre tudo. Mas naquela ocasião eu estava confusa e consciente demais de minha responsabilidade como líder de nosso pequeno grupo, a pessoa que poderia de fato dar o sinal para acabar com aquele mundo inteiro.

O que tive foi a impressão de uma enorme complexidade e inovação, e de que um abismo separava os que estavam dentro desse prédio dos que ficavam do lado de fora. Eu sabia que ninguém em Atalantaya trabalhava mais de quatro horas por dia, isto eu tinha aprendido ao chegar ali, mas nunca havia imaginado que uma classe tecnocrática daquele tamanho morasse na "Torre Criativa", e foi isso o que vi nesse *tour*.

Afinal, fomos levados ao andar mais alto dessa torre e, entrando por um par de grandes portas folheadas a ouro, profusamente entalhadas com figuras e pictogramas, chegamos à sala de audiências do Ser Maior, Amel.

Ele estava sentado atrás de uma grande mesa de trabalho translúcida, de costas para uma parede transparente, e, através daquela ampla parede voltada para o oeste, vimos que estávamos naquele momento no ponto mais alto de Atalantaya, com mil terraços ajardinados espalhados em todas as direções lá embaixo.

Quanto ao aposento, seu piso de ouro polido estava guarnecido aqui e ali com espessos tapetes tecidos, e um conjunto de sofás e poltronas criava um espaço confortável e aconchegante para as pessoas se sentarem diante da mesa.

Os guias que nos acolheram nos deixaram e as portas foram fechadas.

Amel se levantou da mesa e veio na nossa direção com a mão estendida para nos cumprimentar. Estava trajado com simplicidade, com calça e camisa folgadas, de um vermelho tremeluzente. E sorria.

— Bravenna mandou que vocês viessem aqui para me atrair para fora de Atalantaya, não é verdade? – perguntou.

Ficamos sem ter o que dizer.

— Sentem-se aqui – disse ele, indicando os sofás e poltronas, de cor escura. Fizemos o que ele disse. Assumi meu lugar no meio do sofá à esquerda do conjunto, e Amel ocupou o lugar diretamente à minha frente no sofá à direita. Naquele momento exato, o sol no oeste chegou a uma posição que nos ofuscou através da parede transparente. Amel, com um gesto simples, escureceu a parede apenas o suficiente para eliminar o brilho excessivo e ainda deixar uma boa claridade difusa.

Garekyn se sentou à minha direita, e Welf e Derek, à minha esquerda.

— Eu soube o que vocês eram no instante em que chegaram – disse Amel. – Como eles os chamam agora? Ainda replimamoides? Ou criaram um nome novo?

— Replimoides – expliquei. – Uma versão abreviada do mesmo termo?

Ele assentiu e riu, bem-humorado, para animar a conversa.

— Ah, os Pais – disse ele. – E imagino que eles lhe tenham contado que eu fui um replimoide renegado e que vocês foram enviados para cá para me enganar de algum modo e me fazer sair do domo, com algum pretexto absurdo de uma pequena catástrofe que exige a minha presença, e somente a minha presença. Qual é a história desta vez? Rumores da descoberta de uma gruta cheia de escritos antiquíssimos? Ou de um feiticeiro velho demais para viajar até Atalantaya que precisa ver o Ser Maior antes de fechar os olhos? Ou será o caso de alguma doença numa aldeia que é tão extraordinária e ameaçadora que eu, em pessoa, preciso cuidar dela para salvar todas as terras dos Ermos da pestilência? Ou será que algum tirano brutal estabeleceu um regime cruel em algum pequeno povoado, em algum lugar, que concordou em se entregar e desistir do seu domínio sangrento se eu comparecer em pessoa para ouvir sua confissão?

Não lhe demos resposta, mas todos nós estávamos perplexos, como agora sabemos. Ele continuou a falar. Parecia gostar de falar, de se abrir, de nos surpreender e nos paralisar com suas revelações.

— Vejam bem, sei quem vocês são desde o instante em que chegaram ao planeta. Não sei como os transmissores de Bravenna funcionam, nem como eles retransmitem filmagens para seu planeta-sede e para todo o "Reino dos Mundos". Se eu soubesse, procuraria todos esses transmissores, um a um, e os destruiria. – Ele sorriu e fez que não. Parecia totalmente franco e digno de confiança. – Mas consigo acessar suas filmagens – disse ele. – Consigo monitorá-las e me assombrar com a sede dos Pais pela coleta de imagens de sofrimento e dor. E eu de fato vi sua chegada e os vi começar sua viagem pelas terras dos Ermos. Vocês gostariam de saber por que permiti que avançassem?

– Por favor – disse eu –, diga-nos se quiser.

– Eu quis que vocês vissem o planeta com seus próprios olhos. Quis que vissem por si mesmos os seres humanos, ou os mamíferos humanos, como os Pais adoram chamá-los em tom tão solene. Quis que vissem o que predomina. E é claro que eu queria que encontrassem seu próprio caminho até Atalantaya, que vissem como é fácil para qualquer um das terras dos Ermos entrar aqui.

– Entendo – respondi. – A partir do que você disse, deveríamos concluir que os Pais mentiram para nós?

– Kapetria – disse ele, rindo mais uma vez –, dizer que mentiram é pouco. Vocês não concluíram sozinhos que eles mentiram para vocês? – Ele deu um suspiro e se deixou recostar no sofá, com os olhos passeando pelo teto translúcido.

– Devo ir devagar? – perguntou ele. – Ou devo esclarecer tudo de uma vez? – Ele se empertigou e, pousando os cotovelos nos joelhos, me encarou direto nos olhos. – Exatamente o quê eles os mandaram fazer? Não, esperem. Deixem-me tentar mais um palpite, agora que os conheci e estou vendo como vocês são sofisticados, como são refinados em comparação com a maioria dos emissários anteriores, mais toscos. Será que devem me convencer a voltar a Bravenna com vocês para uma conferência? Eles estão dispostos a apoiar a vida neste planeta agora e a parar de matar, manipular *e usar toda essa vida*? – Seu rosto estava totalmente afogueado.

– Muito bem – respondi. – Vou lhe dizer exatamente o que eles nos mandaram fazer. – Olhei de relance para meus companheiros. Ninguém se pronunciou contra a ideia. Derek estava sorrindo como se estivesse considerando esse momento extremamente interessante e satisfatório.

– E então? – disse Amel.

– Eles nos mandaram pedir que você saísse do domo, sim, e lhe dizer que querem vê-lo e conversar fora do domo. Mas também nos disseram que você nunca faria isso. E, portanto, nosso propósito é o de nos postarmos juntos diante de você, dizer-lhe que você desobedeceu aos Pais e os decepcionou, que você está sendo punido e que o mundo está sendo restituído a um nível celular primitivo, para que a vida possa recomeçar a evoluir. Isso é para corrigir a ascendência dos mamíferos neste planeta e devolvê-los a um ponto a partir do qual uma espécie de répteis ou de aves, ou presumivelmente até mesmo de insetos, possa atingir a autoconsciência, se tornando seres responsáveis.

Ora, esse era meu próprio resumo, mas achei que era exato.

– Entendi – disse ele. – E como vocês vão me punir e reduzir a Terra a rochas primárias e água em ebulição?

– Através de uma enorme explosão – disse eu. – Devemos detoná-la, fazendo com que Atalantaya se incendeie e voe pelos ares. E da desintegração dos nossos corpos emanará uma toxina, uma peste que matará todas as formas de vida complexa. Os Pais supuseram que houvesse depósitos de materiais explosivos na ilha de Atalantaya. Disseram que, quando nos detonássemos, a explosão faria explodir esses depósitos.

– E vocês acreditam que esses poderosos materiais explosivos estão no interior do corpo de cada um de vocês? Que as toxinas estão dentro de vocês?

– Foi isso o que nos disseram. Mandaram que viéssemos para cá, que entrássemos no domo, obtivéssemos uma audiência com você e então que nos detonássemos. Como já mencionei, de fato admitiram que, se conseguíssemos convencê-lo a sair do domo e conversar com eles, talvez essa catástrofe pudesse ser evitada. Mas, francamente, não tenho certeza se estavam dizendo a verdade quanto a isso. Eles partem do pressuposto de que você não sairá da proteção do domo, e salientaram que fomos criados para esse único propósito, o de destruir você e a vida na Terra como se encontra agora, e esperam que cumpramos esse propósito.

Ele ficou em silêncio. Parecia estar refletindo. E no todo dava a impressão de ser uma criatura sensível e emotiva, não algum tipo de gênio frio e distante. Na verdade, durante toda essa conversa ele se revelou mais parecido com Derek do que com qualquer outro de nós. Ele parecia ser nitidamente mamífero, de sangue quente. Não pude deixar de me perguntar qual teria sido a mistura de elementos dada a ele pelos Pais.

De repente, ele se levantou e fez um gesto para que o acompanhássemos.

– Quero lhes mostrar uma coisa – disse ele. E quando estávamos todos de frente para a parede interna à esquerda da entrada da sala, com um movimento ele fez com que a parede se iluminasse, revelando quatro imagens estranhas. Eu as reconheci de pronto como imagens nossas que pareciam mostrar nossas características externas e internas. Pude ver isso pelos contornos, pelo cabelo, a morfologia feminina e a masculina. As imagens não eram exatamente retratos, mas pinturas coloridas, vivas e vibrantes, que mostravam uma rede complexa de veias ou fios que passavam por todo o interior do corpo, bem como talvez inúmeros órgãos pequeninos que não pude reconhecer como humanos. Os órgãos minúsculos estavam dispostos em espiral por nosso torso inteiro e por nossos membros. Em alguns lugares o circuito de veias e fios, semelhante a uma teia, era muito mais denso, nas mãos, nos pés, no pescoço e na cabeça.

Agora vejam bem. Todos nós tínhamos uma ideia aproximada do que constituía um ser humano. Isso sabíamos pela informação que fora implantada em nós: sabíamos que os humanos, como todos os mamíferos, possuíam coração, pulmões, aparelho reprodutor, sistema circulatório, cérebro, olhos e assim por diante.

Mas, com aquelas imagens, podíamos ver que não possuíamos esses órgãos. Na verdade, não havia cérebro em nossa cabeça, de acordo com aquelas imagens estranhas. E é evidente que eu sabia o que era um cérebro. Logo, eu sabia que nossos centros de comando da consciência tinham que ser de um tipo singular.

– Essas são imagens escaneadas do corpo de vocês – disse Amel. – Foram feitas quando vocês passaram pela entrada para pegar o *ferryboat* que os trouxe a Atalantaya. Não são da melhor qualidade. Posso lhes fornecer imagens muito mais detalhadas dos seus componentes internos, se quiserem. Mas é isso o que vocês são. Replimoides, sem dúvida. Agora, vocês estão vendo em algum lugar nessas imagens qualquer coisa que indique que seu corpo contenha toxinas ou explosivos?

– Não, mas não sabemos o que estamos vendo ou qual é a apresentação de uma toxina ou de um explosivo – disse eu. – Podemos estar com esses elementos plantados em nós de algum modo que não apareça nas imagens escaneadas. Talvez haja em nós sementes de explosivos que são tão ínfimas que os olhos não consigam ver.

– Bem, é verdade – admitiu Amel. E então, com um meneio da mão, fez surgir outra imagem, que era nitidamente dele mesmo, por dentro e por fora. E ele possuía os órgãos de um ser humano. Reconheci seu cabelo ruivo, seus olhos de um azul esverdeado, sua pele clara, e examinei o interior de seu corpo.

Ora, essa era a primeira vez que eu via uma imagem daquele tipo de um ser humano, sim, mas vi tudo o que eu esperava ver num humano: coração, pulmões, veias e o cérebro no crânio, por trás dos olhos.

– Quer dizer que eles não o fizeram – disse eu. – Você não é um replimoide.

– Não sou não – disse ele. – Mas parece que sou o primeiro ser humano que eles retiraram deste planeta à força, de modo sorrateiro e imoral. E o que me tornei nas mãos deles foi a criatura aperfeiçoada que vocês estão vendo, sempre capaz de se recuperar e de se renovar e, aparentemente, imortal. – Mais uma vez, seu rosto estava afogueado, e ele, nitidamente irritado.

Ele fez um gesto para voltarmos aos sofás e então falou em voz alta com alguém ou alguma coisa que não podíamos ver, pedindo vinho e comida para todos nós. Ficamos ali sentados em silêncio, olhando para ele enquanto refletia, esperando, com tanta emoção quanto antes.

Criados muito silenciosos chegaram e puseram diante de nós uma mesa larga e comprida. Nela dispuseram tigelas com frutas e com os legumes doces que as pessoas comem crus, assim como pão recém-assado, muito fino e quente, como o *naan* que se encontra em restaurantes indianos hoje em dia. E um vinho transparente foi servido nos habituais copos de luracástria.

– Fiquem à vontade, por favor. Comam e bebam – disse Amel, com um ar triste. Ele mesmo se recostou e cruzou os braços como se não estivesse com fome ou com a mente ocupada demais para conseguir comer. O cabelo ruivo cacheado caiu sobre seus olhos, e ele o afastou para trás com um gesto irritado.

Não tenho certeza se algum de nós apreciou sequer um naco da comida, mas naquele mundo era considerado de boa educação comer quando um anfitrião oferecia, e foi o que fizemos. O vinho me pareceu saboroso, mas fraco, o que o tornava seguro. Beberiquei só um pouquinho. Eu queria manter minha cabeça absolutamente lúcida. Estava avaliando e repassando na memória as imagens que tínhamos visto. Nenhum cérebro visível, nenhum coração visível no corpo de nenhum de nós, e o que eram aqueles órgãos minúsculos dispostos em espiral em nossos braços e pernas, no pescoço e na cabeça? Onde ficava nosso cérebro? Por que eu ouvia um coração pulsando em mim? Por que ouvia as batidas do coração de Welf, de Garekyn e de Derek? Onde se localizava o centro de comando físico de nossa inteligência e de nossos sistemas corporais? Por que as redes de sementes e veias eram tão mais densas em nossas mãos e pés, no pescoço e na cabeça?

Por fim, Amel recomeçou a falar:

– Nasci no extremo norte, nas terras frias onde a neve é frequente e as pessoas usam peles pesadas só para sobreviver. Minha tribo era muito mais clara do que as dos climas mais para o sul. – Ele parou e respirou fundo como se tudo isto lhe causasse dor. – Mas, mesmo para uma tribo clara, eu era um mutante, uma criança de cabelo ruivo e olhos verdes, num mundo de cabelos e olhos escuros. E minha pele tinha um aspecto doentio. Em nossa tribo, eu inspirava medo e desconfiança. Por isso meus pais, depois que muitos contratempos dolorosos tinham me atingido, decidiram me sacrificar aos deuses nos quais acreditavam. Isso eles decidiram quando eu estava com doze anos. Eles me deitaram num altar ao ar livre na floresta e me deixaram lá, amarrado e indefeso. Com o tempo, lobos ou ursos viriam, ou felinos selvagens. Tinham me dado algum entorpecente, e eu também não me importava muito. Para ser franco, estava feliz por sair daquele mundo em que era alvo constante de zombarias e perseguições. Foi então que os bravennenses me retiraram do planeta. Passei anos em Bravenna, crescendo até atingir minha altura completa, sendo instruído pelos Pais e sendo transformado na criatura que sou agora. Mas quero que entendam o seguinte!

Ele se inclinou para a frente, ainda sentado, e voltou a olhar em meus olhos.

– Entendam o seguinte – repetiu ele. – Tudo o que há de bom em mim veio de meu nascimento como ser humano, de minha infância entre seres humanos, de meus pais na Terra, meus mestres na Terra, dos sábios e dos generosos de minha aldeia, das crianças com coragem suficiente para serem simpáticas comigo e sentirem pena de mim... e não tanto das ideias supersticiosas e temerosas da minha tribo, mas, sim, da moralidade implícita de todos eles! – Ele crispou os lábios. Mais uma vez vimos raiva e emoção. – É da criação, *da criação por mamíferos*, que todos os seres humanos derivam sua noção do que significa ser amado, ser objeto de cuidados, sentir que este mundo é um bom lugar, sentir a vida como algo de bom. E é da criação por mamíferos que eles depreendem sua crucial noção de justiça.

Justiça. Quantas vezes eu tinha compartilhado com os outros meu espanto diante de como todos os seres humanos com os quais nos deparávamos pareciam ter um sentido inato de justiça?

– Vocês estão me acompanhando? – perguntou Amel. Desta vez ele olhou para cada um de nós. – Entendem o que estou dizendo? Vocês acham que os Pais se importam com o que confere valor à vida para as pessoas deste planeta? Acham que eles estão falando sério quando desfiam aquela tolice hipócrita sobre a superioridade das espécies de ascendência reptiliana e aviária? Eles lhes contaram todas as suas ideias devotas sobre a mansidão e sabedoria das espécies de ascendência reptiliana, ou da paciência das espécies aviárias? E discorreram interminavelmente sobre os males dos mamíferos de sangue quente? Eles são manipuladores de fantoches! Sabem o que isso significa? Vocês viram os teatros de fantoches na cidade?

Todos fizemos que sim, porque tínhamos visto.

– São uns mentirosos!

De repente, Garekyn não conseguiu se conter mais:

– Mas por que eles mentiriam? – perguntou ele. – Por que procurariam controlar os seres humanos como se fossem fantoches? Qual é o sentido, se não for para restituir o planeta a um estado primitivo pelo bem?

– Pelo bem de que tipo? – perguntou Amel. Ele bateu com o punho direito no joelho. – De que bem estamos falando? Mas eles estão mentindo quanto a querer fazer isso. – Ele suspirou e lançou as mãos para o alto. – Não posso provar isso sem destruir um de vocês, mas posso apostar que não há nenhum dispositivo explosivo nem nenhuma toxina no corpo de vocês!

– Mas qual é a intenção da mentira? – perguntou Welf.

– Criar problemas! – disse ele. – Fazer vocês virem aqui, procurando desesperadamente me atrair lá para fora do domo, para me expor aos monitores deles! Essa é somente a última tramoia! Eles querem me capturar e impedir a fabricação de luracástria!

– Mas por quê? – insistiu Welf.

– Vocês não estão vendo o que eu fiz? Construí uma cidade aqui! – Amel usou sua palavra para designar "cidade", é claro, mas a palavra significava enorme, complexa, infinitamente mais do que uma aldeia. Significava metrópole. – E nesta cidade – disse ele, com um dedo para o alto, para chamar a nossa atenção – dei abrigo a inúmeros seres humanos, protegendo-os dos transmissores abelhudos de Bravenna! E estou construindo postos avançados ao longo do litoral em todo o mundo, protegidos por luracástria. É verdade que só há um punhado agora, mas com o tempo haverá milhares! Vocês viram nossas grandes fábricas de luracástria, viram nossas usinas para purificar a água e para usá-la na obtenção de energia. Viram nossas instalações para energia solar. Podemos criar um mundo que eles não consigam espionar, um mundo protegido de suas intrigas, um mundo no qual eles já não consigam levar a cabo seus planos de fomentar a violência e o sofrimento no planeta! Eles não querem que uma espécie melhor tenha ascendência aqui. Querem mais guerra, combates, lutas violentas, humanos contra humanos!

– Eu sabia – disse Derek, com a voz tímida.

– Mas por que eles querem isso? – perguntou Welf de novo.

– Seja respeitoso – sussurrei para ele.

– Não, deixe-o perguntar – disse Amel. – Deixe-o fazer suas perguntas. Eu responderei. Sempre responderei. Gosto que ele pergunte, que todos vocês perguntem, deem sua opinião e expressem sua *alma*!

Essa foi a primeira vez que ouvimos a palavra "alma" – ou seja, uma palavra concisa, que continha significados múltiplos do mesmo conceito.

– O que é uma alma? – perguntou Derek.

– Sua alma é seu ser interior, seu ser interior pensante, racional, amoroso, que faz escolhas! – disse Amel. – Sua capacidade de defender o que está certo. Sua capacidade de lutar contra o que está errado. Sua capacidade de escolher até mesmo morrer por aquilo que você acredita estar certo. Isso é sua alma. – Ele fez que não. Não estava satisfeito. – A alma é aquela parte irredutível de você que associa a consciência e o sentimento profundo.

– Entendo – disse eu. – E você acredita que temos alma? Nós? Os replimoides?

– Acredito, sim – disse ele. – Totalmente. Sei que vocês têm! Eu os tenho observado. Mesmo que nunca os tivesse visto antes, eu teria detectado sua alma aqui nesta sala. Mas por que vocês chegam a fazer essa pergunta?

– Porque fomos feitos para um propósito – disse eu. – Não nascemos de seres humanos, como você. Fomos criados em Bravenna. – Pude ver que ele não estava me entendendo. – Acho que eu teria esperado que *você nos* dissesse que nós não tínhamos alma! Suponho que eu esperava que você nos dissesse que éramos meros instrumentos feitos especialmente para ter a aparência humana, mas que não éramos humanos.

– Quem disse que é preciso ser humano para ter alma? – perguntou ele. – Olhem, estou neste planeta há milhares de anos. Tudo o que é autoconsciente e capaz de pensar e amar tem alma. A alma emana da autoconsciência. A alma é a expressão da consciência de si mesmo. A alma é gerada pela organização da autoconsciência. Quando os Pais os dotaram de autoconsciência, quando os produziram a partir de elementos da Terra a ponto de a autoconsciência brotar em vocês, eles os puseram no caminho para ter uma alma. Quando vocês começaram a pensar e a sentir, uma alma foi se formando dentro de cada um, em consequência dos seus pensamentos e sentimentos.

– Entendo o que está dizendo. – Olhei para Derek, que com tanta frequência era levado a chorar, que conhecia o medo como os demais de nós não conheciam, que sempre tinha se entregado muito mais do que nós aos prazeres da música, dos banquetes, da bebida, da dança. Mas eu via que todos nós tínhamos alma. Ela era o "eu" de cada um de nós, o "nós" de todos nós, aquela parte do "quem nós somos".

Lancei para Amel um olhar penetrante.

– Mas por que isso é importante, o fato de termos alma, de você ter alma, de qualquer pessoa ter alma? Posso perceber que talvez até mesmo os animais tenham alma, os carneiros, as cabras, os leais cães das aldeias, mesmo esses talvez tenham uma alma parcial... Mas exatamente por que isso faz diferença?

— Porque é por esse motivo que não posso destruir um de vocês para provar que não há nenhuma toxina em seu corpo – disse ele. – Sua alma é uma expressão da preciosa qualidade da vida que faz com que eu me recuse a destruí-la! – Ele fez uma pausa e continuou, olhando firme para mim, embora fosse claro que estava falando com todos nós: – Vocês não são "objetos fabricados", desprovidos de alma, limitados por sua própria natureza a um único propósito. São seres dotados de consciência, sentimento e da vontade de agir de acordo com o que sabem que está certo. E, se eu matasse um de vocês, só para provar o que eu disse, seria uma crueldade imensa. Vocês nunca me perdoariam e sentiriam dor pela perda do irmão, por ele ter perdido a dádiva da vida!

— Você tem razão, sim, estou entendendo – disse eu. – Mas voltemos ao que você estava dizendo, acerca dos Pais e do que eles querem, e de por que mentiriam e por que procurariam controlar os humanos como se os humanos fossem fantoches!

— Sim, essa é a questão crucial nesse momento – disse Garekyn. – Por que eles nos criariam, nos cultivariam, instilariam conhecimentos em nós e permitiriam que uma alma se desenvolvesse ou emanasse de cada um de nós, para então nos enviar para cá numa missão fraudulenta?

— Eles querem perturbações, criar problemas. Querem que vocês incitem conflitos. É muito provável que tivessem a esperança de vocês serem capturados nas aldeias e de que se revelasse que não eram humanos. Com isso, vocês todos seriam trazidos aqui com grande estardalhaço para serem executados por mim, num desafio a eles e a suas maquinações. Ou eles queriam que vocês tentassem me matar e quem sabe até danificar o grande domo de Atalantaya! Eles queriam conflito, encrenca. Quem vai saber? Pensem no que aconteceu quando me devolveram ao planeta!

— Mas o que aconteceu realmente? – perguntei.

— Eles me mandaram para cá, equipado com conhecimentos imensos e força semelhante à de um deus, para escravizar as tribos, instalar estações transmissoras para eles por toda parte, de tal modo que suas filmagens constantes pudessem ocorrer. E me disseram que, quando essa missão estivesse cumprida, eu deveria liberar no planeta uma peste que dizimaria uma enorme parte da população. "Isso é desejável para o aperfeiçoamento do mundo", foi o que me disseram. Mas eles sabiam, sabiam sem a menor dúvida, que eu nunca faria aquilo. Sabiam que eu tinha aprendido a amar os seres humanos, meus semelhantes. Trabalhando com eles, convivendo com eles e os governando, eu tinha percebido suas virtudes inerentes, seus valores, tinha deixado minha alma se afeiçoar à alma deles! E eles sabiam que eu me recusaria a disseminar a peste, que eu começaria a fazer coisas totalmente contrárias às ordens deles. Com isso, eu geraria conflito, *faria acontecer coisas novas*!

– Entendo o que você está dizendo – disse eu. – E percebo a semelhança entre sua missão e a nossa. E percebo que eles poderiam ter sabido muito bem que você não cumpriria seu propósito e nós não cumpriríamos o nosso. Mas por quê? Por que querem "fazer acontecer coisas novas", como você disse?

– É, qual é o sentido disso tudo? – perguntou Garekyn.

Amel esperou. Ele olhou para cada um de nós por sua vez, e então seus olhos pararam em Derek.

– Ooooh, entendi – disse Derek. – As Câmaras de Sofrimento! Os filmes, as sequências! Eles se alimentam com o sofrimento do planeta!

O sorriso mais luminoso se espalhou pelo rosto de Amel.

Fiquei abismada. Parecia óbvio, depois evidente demais e então inegavelmente claro!

– Eles se alimentam com o sofrimento! – prosseguiu Derek. – Querem assistir a tudo isso... pessoas chorando e gritando de tristeza e dor! É por isso que os filmes exibidos por eles são cheios de cenas de gente morrendo, e os que estão em volta sofrendo uma agonia, enquanto os outros morrem, uma agonia pior do que a dos moribundos!

– Isso mesmo – disse Amel. – Creio que é exatamente isso o que está acontecendo! E eles valorizam este planeta ainda mais pela ascendência de suas espécies mamíferas, porque nenhuma criatura no universo sofre como um mamífero de sangue quente, consciente de si mesmo.

– Mas é uma mentira execrável! – sussurrei. Não, eu não queria acreditar naquilo, mas não podia deixar de fazê-lo.

– Quando voltei para este planeta – disse Amel –, a guerra era tão comum quanto a paz. Tribos lutavam contra tribos, assassinavam e estupravam, além de sacrificar seus próprios filhos e seus inimigos aos deuses. O planeta estava coalhado de altares e bosques ensanguentados, onde os homens procuravam aplacar tempestades, nevascas, o fogo do vulcão ou a cólera do mar por meio do derramamento de sangue, da morte e da dor! E eles adoraram aquilo tudo! Os bravennenses simplesmente adoraram. E suas estações transmissoras, que eu mesmo instalei por todo este planeta em locais que já não consigo encontrar nem reconhecer... são o meio pelo qual recebem esse sofrimento. Eles o recebem e o devoram!

– Mas como? – perguntei. – Eles gostam das transmissões, sim. Isso eu vi com meus próprios olhos. Adoram assistir ao sofrimento e nos mentiram quanto a isto, mas exatamente de que modo o devoram?

– Não sei – respondeu Amel com evidente frustração –, mas sei que o sofrimento em si, as emoções, a dor, a agonia, a rebeldia, tudo isto gera uma energia, exatamente como o sol gera, e exatamente como o mar turbulento também gera... Mas não consegui descobrir os fatos científicos por trás disso! *Não* consegui descobrir como a energia gerada por uma emoção pode ser traduzida para o terreno físico ou para o biológico! Isso me deixa louco! – Ele parou e depois continuou: – Este é um mundo biológico. A biologia é a realidade deste mundo. A alma é gerada pela biologia, pela química do cérebro enraizada na biologia. Tudo o que diz respeito ao espírito emana do biológico. E eles devem ter algum modo para traduzir a energia da angústia em uma força definível no reino biológico.

Isso me pareceu de um fascínio irresistível. Num estalo, percebi como tinha visto pouco dos laboratórios de Bravenna, ou da tecnologia que respaldava Bravenna inteira, e cheguei a cogitar sobre o conceito de que de algum modo eles talvez fossem capazes de transformar o sofrimento humano em energia física real. E isso fazia sentido para mim, apesar de eu mesma não conseguir dar o salto teórico que me dissesse como era possível.

– Isso eu entendo de uma forma superficial – disse Welf. – Quando estávamos bebendo e dançando durante o Festival dos Ermos, senti a energia da multidão a meu redor...

– Exatamente! – disse Amel.

– Eu senti. Era palpável, e eu percebia que ia ficando mais empolgado e mais... mais delirante... por causa do delírio à minha volta. E no Centro de Meditação, quando alguém contou uma história trágica...

– Isso mesmo! – disse Amel.

– ... senti a energia daquela história. Senti que ela me invadiu e me fez chorar – disse Welf.

– É exatamente isso! – disse Amel. – E, quando você vê heroísmo, grande heroísmo, como numa batalha, isto também exala energia, e você se sente revigorado para lutar além de sua resistência normal. E, quando vocês se reúnem e cantam em torno do local em que uma torre enorme está sendo plantada na terra para crescer, você sente a energia, e seu próprio corpo se aquece, se acelera e desprende mais energia, que vai se somar à energia comum. – Ele olhou para cada um de nós em busca de um sim, uma confirmação, que nós lhe demos de bom grado.

– Ora, de algum modo – disse ele – os Pais prosperam com o sofrimento e outras emoções menos dramáticas dos seres humanos deste planeta... a raiva, o ressentimento, a tristeza, a dor da perda. E desconfio que estejam retransmitindo as sequências filmadas da vida de sangue quente na Terra para todo o "Reino dos Mundos", para essas espécies mais frias, espécies frias como eles, que também tiram proveito desse sofrimento, da dor que os mamíferos humanos sentem! E, ao que eu saiba, isso não só lhes proporciona prazer, um prazer inebriante, mas também atende à própria Bravenna, abastecendo sua iluminação e seu ar aquecido, bem como os laboratórios em que vocês foram desenvolvidos e cultivados! Esse é o combustível deles... nosso sofrimento humano!

– É estarrecedor! – disse Derek. – É cruel.

– É, é muito cruel – disse Amel –, e os Pais são muito cruéis. Vocês não perceberam isso? – Ele fez uma pausa e depois prosseguiu: – Um dia vou descobrir como essa energia é traduzida em alguma coisa biológica ou física em termos mensuráveis. Vou descobrir.

A essa altura Derek começou a chorar. Exatamente como está fazendo agora. Porque é claro que tínhamos percebido a crueldade indescritível dos Pais de terem nos desenvolvido, nos cultivado e nos oferecido música belíssima em nossos berços, para depois nos dizerem que sua intenção era de que nos destruíssemos, que perdêssemos a vida enquanto arrasávamos tudo neste planeta.

Numa voz abafada, Derek começou a falar a respeito disso, a falar sobre a crueldade dos Pais, sobre como as cenas de leito de morte nas sequências filmadas tinham dilacerado sua "alma", sobre como ele odiava e detestava os Pais e lutaria contra eles para sempre, lutaria contra tudo o que fosse cruel.

– Ah, mas seja sábio – disse Amel. – Eles querem que você lute. Eles o criaram para lutar. Nada seria mais do seu agrado do que vê-lo sair por aí e começar a tentar destruir todas as estações e bases transmissoras, lutando e brigando com qualquer ser humano que tentasse impedi-lo de fazer isso. Querem que as pessoas se agridam. Querem que haja derramamento de sangue. Adorariam vê-lo sendo capturado pelas tribos por tentar destruir suas Câmaras de Sofrimento!

– As pessoas acreditam que o sofrimento tem valor! – disse Welf. – Foi o que vi nas terras dos Ermos. Nós todos vimos.

– É, as pessoas acreditam nisso há milhares de anos! – disse Amel. – É a única forma de prosseguir num mundo tão cheio de sofrimento. Elas sempre acreditaram que um homem valente sofrerá tormentos, mas não se entregará. Acreditam que os deuses querem o sangue dos filhos, a agonia dessas crianças quando estão morrendo, e a agonia dos pais quando as veem sendo sacrificadas. E as pessoas foram criadas para se nutrirem com o sofrimento! Para se nutrirem com a tristeza e a dor das vítimas de guerras e de altares ensanguentados. *Mas o sofrimento não tem valor algum!*

— O que tem valor — disse Derek — é só a superação do sofrimento e a busca de poupar aos outros o sofrimento que cada um vivenciou! — Ele se sentou na beira do sofá. — No Centro de Meditação, vi e ouvi que pessoas de todas as classes entendem isso. Encaram o sofrimento como um mal inerentemente natural!

— Isso mesmo! — disse Amel. — E, com a luracástria, consegui proteger dos Pais, e de seus olhos vorazes, a vida de uma quantidade enorme de seres humanos! E me esforcei ao máximo para proporcionar um estilo de vida em Atalantaya que não se nutre do sofrimento, nem exige que ele exista.

Ficamos ali sentados e calados por algum tempo, e depois por horas sem conta enquanto conversávamos sobre essas coisas. Falamos sobre as histórias que tínhamos ouvido nos Centros de Meditação. E sobre tudo o que havíamos aprendido em Atalantaya e como nos assombrávamos com a vida ali, a influência de Atalantaya e o que ela significava para as terras dos Ermos.

— É através do exemplo e da atração que eu ensino — disse Amel. — Não da coação. As tribos que guerreiam e praticam sacrifícios são banidas de Atalantaya. Também são expulsas de nossas terras dos Ermos. E só isso é o incentivo mais forte para elas procurarem agir de modo pacífico.

— É, nós já vimos — disse eu.

— Creio que as estações transmissoras deles já estavam por todo o planeta antes que me mandassem de volta para cá — disse Amel. — Creio que as que acrescentei não passaram de uma fração do todo. Acredito nisso porque enquanto eu estava morando em Bravenna vi suas sequências filmadas e procurei saber muita coisa sobre elas que eles não quiseram me revelar.

— Na realidade, havia muita coisa que nunca explicaram — disse eu.

De repente, Amel riu.

— Eles trataram vocês como os seres humanos tratam seus animais de estimação, certo? — perguntou ele. — Vocês viram os cães na aldeia? Viram os gatinhos e cachorrinhos bonitos que as pessoas em Atalantaya costumam ter? Era assim que eles os tratavam? Acertei?

— Acertou — disse Derek. Ele estava enxugando as lágrimas e tentando se acalmar. — Era assim que nos tratavam, servindo comida para nós, deixando que passeássemos pra lá e pra cá, consolando-nos quando achavam que precisávamos.

— E qualquer verdade ou explicação que eles procuravam ensinar simplesmente fazia parte desse consolo — disse Amel. — Eles já mandaram tantos grupos de vocês para cá!

— Mas o que aconteceu com os outros? — perguntei.

– Bem, no início eu os destruía. Ainda não tinha entendido a intenção. Fiz o que queriam. Venci as batalhas que instigaram. E eles eram toscos, esses replimoides primitivos, alguns pareciam macacos, outros pareciam máquinas. Foram ao extremo oposto do que tinham conseguido ao me aperfeiçoar. No entanto, qualquer que fosse o caso, eu era um líder melhor. Saí vitorioso ao enfrentar os emissários deles. Mas, pelo que sei, ainda pode haver replimoides sobreviventes por aí. – Ele fez um gesto para incluir o mundo como um todo. – Pelo que sei, pode haver replimoides lá no Norte, construindo estações transmissoras entre as suas tribos, que estão muito fora do alcance da minha influência. Talvez haja replimoides para além do mar, em ilhas que não têm nome. Como podemos saber? E alguns replimoides que eles enviaram nos primeiros anos de Atalantaya desapareceram sem deixar rastros quando me recusei a sair do domo com eles. Suponho que tenham saído por aí para relatar o fracasso da missão e tenham recebido alguma outra tarefa enfadonha, se não tiver sido a construção de mais estações transmissoras.

– E nenhum deles nunca permaneceu aqui para trabalhar com você? – perguntou Derek. – Para ser leal a você?

– Sim – disse Amel. – Existem alguns desses. Eles estão aqui, espalhados por Atalantaya inteira. Mas nem mesmo os mais recentes são tão complexos ou tão primorosos quanto vocês. O último grupo antes de vocês era excelente, tenho que admitir. Mas não tão refinado. – Ele fez uma pausa como que para refletir. – Mas há alguns aqui sim, muito poucos. Infelizmente, como eu, e como vocês, eles são estéreis. São bons trabalhadores. Mas nenhuma tribo nova poderá jamais surgir a partir daqueles de nós que foram joguetes de Bravenna. Nossos frutos devem ser a promoção do amor e da bondade. Porque é só isso que podemos gerar e cultivar.

Derek ficou boquiaberto. Eu me descobri sorrindo. *Nossos frutos devem ser a promoção do amor e da bondade.*

– Quero ficar aqui – disse Derek, se voltando para mim. – Quero ficar com Amel, aprender com Amel e servir a Amel! – Ele olhou para mim, esperando por algum tipo de permissão. – Não me importo se me matarem por isso. Quem sabe se não existem dispositivos dentro de nós por meio dos quais eles estão nos escutando aqui, e dispositivos por meio dos quais podem me paralisar e me punir?! Não me importo. Quero ficar com Amel!

– Derek, que autoridade eu tenho sobre você? – perguntei. – Qualquer autoridade que tenha sido concedida a mim foi por Bravenna. Faça o que sua alma lhe disser e o que Amel permitir.

A história de Kapetria

— Ah, como eu gostaria de ter a lealdade de vocês — disse Amel. — Vocês são bem-vindos em Atalantaya, não importa o que façam. E saibam que aprendi e me beneficiei com cada replimoide que decidiu ficar aqui comigo. — Ele de repente pareceu cansado, abatido, vazio. Seu pensamento estava distraído. Suas palavras tinham sido dispersas e confusas, muito embora uma forte verdade unisse tudo o que ele dissera.

Achei que sabia por quê. Porque, apesar de eu estar enlevada com o que tinha aprendido, também ficava escandalizada e ferida. A concepção de que o "Reino dos Mundos" fomentasse deliberadamente o sofrimento na Terra e incutisse a ideia de que ele tinha valor, a noção de que o "Reino dos Mundos" de fato usasse esse sofrimento como uma forma de energia, tudo isto era mais medonho do que qualquer coisa que eu poderia ter imaginado.

— Agora vocês precisam descansar — disse Amel —, ficar sozinhos e conversar uns com os outros. Vou lhes dar passes que permitem acesso ilimitado a cada usina, fábrica, complexo ou laboratório criativo. Vocês já seriam bem-vindos na maioria desses lugares de qualquer modo, mas os passes vão lhes garantir essa boa acolhida. Estudem o que fazemos com a luracástria, os muitos usos em que a aproveitamos e nossas constantes investigações com o material. Observem os trabalhadores que fazem experiências com ela e suas propriedades extraordinárias.

— Isso é o que mais quero fazer! — disse eu, de pronto.

Ele sacou do bolso os "passes", quatro discos pequenos, com um pictograma gravado num lado, e no outro seu rosto, e os pôs em nossas mãos. Os discos brilhavam como ouro, mas era óbvio que eram feitos de algum material muito mais leve.

Flagrei-me com o olhar fixo em sua imagem no disco, a imagem de um ser humano, de cabelo comprido e rosto quadrado, um rosto humano com um leve sorriso nos lábios e olhos grandes, atraentes.

— E quando vocês tiverem feito isso — prosseguiu Amel —, quando tiverem andado por aí, estudado e percebido as possibilidades ilimitadas, voltem a me procurar. Voltem quando quiserem. Serão recebidos e trazidos até aqui. E, quando chegar a hora, eu os convidarei para conhecer os outros replimoides que vieram para o meu lado. Como lhes disse, em sua maioria eles são tremendamente inferiores a vocês. Vocês apresentam um nível de complexidade que eu nunca tinha visto em replimoides. Mas vou fazer uma reunião com todos vocês. E voltaremos a conversar juntos.

— Uma última pergunta — disse eu, e ele assentiu. — Você mesmo chegou a tentar construir replimoides?

– Tentei – disse ele. – Até recentemente, nem chegava a ser uma possibilidade remota, mas tentei e não tive sucesso. Já instilei luracástria em alguns seres humanos, seres humanos que se dispuseram a isso, como um passo para a construção de algum tipo de replimoide, mas não deu certo. Os humanos morreram, e achei que não poderia submeter mais nenhum deles a esse tipo de experimento, por enquanto. É claro que essas pessoas estavam morrendo de doenças que não consegui curar, mas, mesmo assim, para elas foi a morte eu ter injetado luracástria nelas. E não tenho nenhum conhecimento, nem em meus sonhos mais fantásticos, de como acionar a vida consciente num replimoide. Talvez a biologia e a química perfeitas gerem inevitavelmente a vida consciente. Mas vou lhes dizer, se os bravennenses de fato fizeram isso, bem, um dia serei capaz de fazê-lo. Mas, quando eu conseguir, precisará ser útil para os seres humanos. Fazer criaturas como essas precisa ser pelo bem dos seres humanos, e há muitas razões para se ter cautela.

– Por que você diz "se"? – perguntou Garekyn. – Não são todos os replimoides de Bravenna prova suficiente de que eles podem fazer replimoides? Não entendi.

– Nós não conhecemos todo o espectro dos ingredientes usados para criar vocês – disse Amel. – Podem acreditar em mim. Examinamos o sangue, os tecidos da pele e outros tecidos retirados para biópsia dos replimoides que estão aqui conosco e se dispõem a fornecer o material, mas na realidade não sabemos o que foi usado para chegarem a esses resultados. Ainda é possível que tenham usado seres humanos deste planeta como parte do processo e que tenham mentido a respeito disso.

É claro que isso fazia sentido para mim, mas então pensei nas imagens computadorizadas que indicavam que não éramos seres humanos de modo algum e nunca havíamos sido. Que nunca poderíamos ter sido humanos.

– Quer dizer que eles poderiam ter colhido tecido do cérebro de humanos? – sugeri. – Poderiam ter retirado quantidades substanciais de tecido do cérebro para nos fazer?

– Sim – disse ele. – Essa é uma forma de imaginar o processo.

– Eles nos levaram a crer – disse Garekyn – que tínhamos sido criados totalmente a partir de elementos da Terra, de uma forma que não envolvia partes de seres vivos. Pelo menos foi assim que entendi.

– É, mas eles também lhes disseram que eu era um replimoide desenvolvido da mesma forma, não disseram? – Amel sorriu. Foi um sorriso amargo.

– Sim, foi o que disseram – respondi.

Amel se levantou, o que era o sinal óbvio para nós também nos levantarmos. Ele pôs o braço em torno de Derek, num abraço caloroso.

– Vocês são criações esplêndidas – disse ele, em voz baixa, com reverência. – Não importa quem os tenha feito, nem com que propósito. Vocês são esplêndidos. – Ele então deu um abraço semelhante em cada um de nós, e sentimos uma febre que emanava dele, e também o seu sofrimento. Percebemos a energia de seu sofrimento, a energia da dor que ele estava vivenciando em decorrência de tudo o que expusera com franqueza para nós.

"Vocês são como música", disse ele, olhando para nós, incluindo a todos nós num gesto largo da mão direita. "Um homem ou uma mulher faz uma flauta a partir de um pedaço de madeira e a leva à boca. Sopra então nela com forte sentimento, e o que sai é um som espantoso, um som que surpreende a todos, até mesmo ao músico. E então o som se desenvolve, cresce, é magnífico e é uma coisa nova, uma coisa nascida do sentimento dentro do homem ou da mulher que fez a flauta e se atreveu a soprar nela. Vocês são assim. A alma de vocês é assim. Os bravennenses não sabem o que realizaram. Eu os imagino ociosos em seus aposentos cheios de paredes com filmes, embriagados, sonolentos e se empanturrando com o sofrimento a que assistem. Chega! Vocês são o presente que me mandaram, apesar de eles não terem como saber."

Havia lágrimas em seus olhos. Ele fez um gesto para irmos embora.

E, quando o deixamos, não tínhamos nenhuma dúvida, absolutamente nenhuma, de que ele nos contara a verdade, e de que ele representava tudo o que era bom daquilo que conhecíamos. Em suma, ele era o ser mais perto da perfeição com que havíamos nos deparado, e tínhamos Atalantaya para corroborar essa convicção. E nosso tempo passado nas terras dos Ermos em meio às tribos influenciadas por ele só enfatizava essa convicção.

Agora, permitam-me uma pausa nesta história. Vocês não podem imaginar como ficamos impressionados com o próprio Amel e com a apresentação de suas ideias. Mas pensem bem! Pensem na surpresa minha e de Welf, quando despertamos no século XX, tendo dormido por eras no gelo, e descobrimos que a principal religião do mundo ocidental ensinava que o sofrimento é bom e tem valor! Pensem em nosso choque quando ouvimos pessoas falarem de "oferecer seu sofrimento" a Deus, que o valorizava! Pensem em nosso horror quando descobrimos a história mítica de Deus, que mandou a Si mesmo em forma humana ao planeta para sofrer uma morte horrenda por crucificação para aplacar a Si mesmo com Seu próprio sofrimento Encarnado! Pensem nisso. Imaginem nosso horror quando vimos que aquele mesmo conceito que Amel censurava era a força propulsora de uma religião que dominou o Ocidente durante o período de seu mais alto desenvolvimento filosófico, tecnológico e artístico!

De onde vieram essas ideias? De onde veio a noção de que o sofrimento pudesse ter tanto valor? Ah, não estou falando da gratidão normal que todos sentimos para com aqueles que passaram por algum inconveniente ou dor pelo bem de outros, nem da gratidão que sentimos por aqueles que se dispõem a morrer para proteger a vida de outros! Mas nesses exemplos o que é importante é o bem da vida. Estou me referindo agora à ideia fundamental da religião do Deus Encarnado, que sustenta que o próprio Deus opera através da dor e do sofrimento para "redimir" Suas criaturas de Sua própria ira. E ainda pensem no conceito da danação eterna que está subjacente a essa religião do Deus Encarnado, crucificado, a ideia de que o Criador do Universo, o Criador de todos os mundos, tenha projetado um lugar de agonia eterna, consciente, indescritível, para todos os seres humanos que não forem redimidos através da aceitação da medonha execução desse próprio Deus na pessoa de Seu próprio Filho na carne! Como esse Deus consagrou o sofrimento, como enalteceu a dor indescritível como algo a que Ele pessoalmente atribui um valor sem limites. Ele exige esse Inferno de sofrimento eterno como algum tipo de pagamento daqueles humanos finitos, esforçados, que desobedeceram a Ele ou deixaram de cultuar o sofrimento do Deus Encarnado em Sua lendária cruz como um ato de amor!

E presume-se que Ele mesmo, esse Deus, esteja eternamente consciente, sob todos os aspectos, desse sofrimento indescritível. Se não fosse assim, como esse Inferno poderia ser sustentado e mantido? Pensem em como isso nos pareceu, a mim e a Welf, quando despertamos e voltamos à consciência na cidadezinha de Bolinas, na costa Oeste dos Estados Unidos. Quem poderia ter inventado uma religião dessa?, nos perguntamos. Quem poderia tê-la desenvolvido e aperfeiçoado, senão os bravennenses?!

E, no entanto, que prova existe de que uma religião tão horrenda tenha realmente vindo de Bravenna? Nenhuma. Na realidade, parece que essa religião evoluiu até sua quintessência sangrenta através de um longo período, durante o qual os seres humanos procuravam fazer sentido do sofrimento e da dor, bem como de um mundo no qual parecia não haver uma justiça suprema! E quanta crueldade derivou dessas ideias! Pensem nos santos cristãos que jejuavam e se açoitavam, pensem nas cruéis surras de vara infligidas às crianças por conta da ideia bárbara de que elas seriam inerentemente más desde o nascimento. Pensem nas execuções cruéis ao longo da história da humanidade. Pensem na ideia mórbida do Deus do amor impondo sofrimentos a Seus protegidos, a fim de levá-los à perfeição!

Mas os seres humanos estão se afastando dessas fábulas sanguinárias, não estão? Estão se afastando num mundo próspero em que as pessoas vieram a desconfiar do valor do sofrimento. Aos poucos, estão rejeitando essas noções antigas. A profusão de textos da Nova Era contém em alguns lugares os mesmos temas que perturbavam Amel – que alguma força para além deste planeta possa estar colhendo emoções, se nutrindo das emoções humanas e as utilizando para propósitos conhecidos e desconhecidos.

Bem, pensem nisso. Pensem no fato de que vimos um mundo antiquíssimo, no qual muitas pessoas simples rejeitaram uma concepção dessa, sem dispor da longa história da evolução de ideias que todos nós herdamos nesta Terra. Vimos isso lá no início. E não foram os ensinamentos de Amel que inculcaram naquelas pessoas uma desconfiança para com o sofrimento. Creio que o que levava milhões de atalantaianos a pensar de outra maneira era o fato de eles, para começar, nunca terem sido doutrinados com uma noção dessa. Eles a conheciam, associavam-na a algumas tribos das terras dos Ermos, mas tudo parava aí. E no ambiente livre e criativo de Atalantaya acreditavam num mundo sem a santificação do sofrimento.

Mas agora voltemos a nós! Permitam-me retornar àquele dia em Atalantaya em que todos nós saímos praticamente trôpegos dos aposentos de Amel, descemos e voltamos para a cidade. Éramos mentes virgens, recém-nascidas, despreparadas para o choque de tudo aquilo. Mas éramos seres mamíferos e tínhamos dentro de nós o conceito de justiça dos mamíferos. Sentíamos a revolta do mamífero humano contra o que parece totalmente monstruoso!

Nos dias que se seguiram, de novo passeamos pela cidade, prestando atenção a coisas que tínhamos deixado de perceber antes. Todas as noites, sem falta, passávamos pelo menos uma hora sentados num Centro de Meditação. E visitamos as enormes usinas de tratamento da água, que extraíam o sal do mar e de algum modo controlavam a energia da movimentação da água para fazer funcionar muitos sistemas complexos de Atalantaya. Também visitamos as grandes fábricas nas quais todos os tipos de objetos eram feitos e, aonde quer que fôssemos, descobrimos que peregrinos como nós eram bem-vindos. Raramente precisamos mostrar nossos passes.

As pessoas trabalhavam em amplos recintos bem iluminados, com boa quantidade de alimentos e bebidas nas proximidades, e, como nas terras dos Ermos, ninguém trabalhava mais do que quatro horas por dia, sendo que alguns trabalhavam muito menos que isso. E não vimos em parte alguma o menor indício de coação.

É claro que presenciamos discussões, disputas, filas que se formavam para a obtenção de certas mercadorias, eventuais contratempos em laboratórios ou fábricas e uma ocasional insatisfação por falta de uma promoção ou de reconhecimento pessoal. Mas, no fundo, o que testemunhamos foi um sistema gigantesco, um sistema que abrangia a cidade inteira, um território de empreendimentos, por assim dizer, no qual os valores de Amel prevaleciam em todos os níveis!

E aos poucos nos demos conta de mais uma coisa, de que estávamos presenciando o rápido desenvolvimento de um mundo. Nas cantinas das fábricas e das usinas, ouvíamos conversas animadas sobre inovações e aperfeiçoamentos, bem como sobre o que talvez fosse possível realizar em breve, além das últimas inovações referentes ao emprego da luracástria, que agora dominava a construção de embarcações maiores para singrar os mares, além de menções à possibilidade de máquinas voadoras.

E mais uma vez entendam: aquele era um paraíso tecnológico em evolução, livre da concorrência econômica e da guerra – as duas forças, a concorrência econômica e a guerra – que impulsionaram a tecnologia do mundo do século XXI.

Aquele era um mundo de justiça e afluência, no qual a inovação era instigada pela visão e pela imaginação, em vez de pela competição brutal, pela carência ou pela agressão.

Ah, quem dera eu tivesse passado mais tempo nos laboratórios onde os cientistas de Atalantaya trabalhavam diretamente com as propriedades da luracástria de afetar plantas, animais ou tecidos humanos. Quem dera eu tivesse conversado mais com aqueles seres brilhantes que se esforçavam com tanta paciência para me explicar como a luracástria podia invadir outro "material" e começar a transformá-lo e a gerar materiais totalmente novos e assombrosos. O que cheguei a entender foi que a luracástria era de fato um nome impreciso para uma família crescente de produtos químicos, materiais e processos relacionados a polímeros e termoplásticos, como os chamamos agora. Eu tinha tanta certeza de que dispunha de tempo sem limites à minha frente, para aprender sobre tudo isso e para eu mesma trabalhar com a luracástria, uma vez que tivesse sido preparada para a vida dentro daqueles laboratórios.

Agora, sei que estou dizendo muita coisa para vocês absorverem de uma vez só. Estou me repetindo. Mas pensem em como tentamos absorver aquilo tudo, levando em consideração nossa mente recém-nascida e nossa experiência nas terras dos Ermos. Nunca tínhamos visto avanços tecnológicos alternativos, e jamais nos ocorreu que a guerra e a competição por recursos pudessem impulsionar uma sociedade tecnológica. Na verdade, se chegávamos a pensar nisso, imaginávamos que o paraíso afluente de Amel era um pré-requisito para os refinamentos de seu mundo material.

Naturalmente, todos nós estávamos convencidos de que ele nos dissera a verdade, a verdade absoluta, mas no fundo do meu coração eu estava muito abalada. E os outros também. Cada um de nós encarava o paradoxo do futuro! Caso desobedecêssemos aos Pais, e parecia quase certo que era isto o que faríamos, será que estaríamos nos comprometendo a viver para sempre sob a proteção do domo de Atalantaya ou, na melhor das hipóteses, a viver na cidade e em suas cidades-satélites para onde e de onde deveríamos viajar sob a proteção dos domos de luracástria de sua frota? Seríamos seres caçados, marcados para a destruição por Bravenna?

Se pisássemos fora do domo, será que Bravenna teria algum modo de nos detonar e liberar os produtos químicos letais de nosso corpo?

E uma coisa me perturbava mais do que tudo. Será que os Pais tinham previsto que cairíamos em desgraça? Teriam previsto – como Amel insistia – que nunca nos detonaríamos nem liberaríamos a toxina? E nesse caso, o que de fato queriam que acontecesse?

A parte mais frágil da apresentação de Amel tinha sido sua insistência em que os Pais queriam promover problemas. A menos, é claro, e isto me ocorreu aos poucos, que eles tivessem nos enviado para esse paraíso para sermos pares de Amel, em termos intelectuais, como se diz, mesmo que não em termos científicos – para levantar a possibilidade de um movimento secreto contra ele como governante absoluto? Em outras palavras, tínhamos sido criados para ser revolucionários em Atalantaya? Havíamos sido criados para querer competir com Amel pelo controle daquela metrópole imensa?

Eu não conseguia acreditar numa coisa dessas. Nenhuma sede extraordinária de poder fora inculcada em nós, tampouco tínhamos uma competitividade inata, e não éramos dissimulados nem brigões com ninguém, muito menos uns com os outros. Os bravennenses também não tinham dedicado tanto tempo assim a condenar Amel, a nos instigar contra ele. Mas a verdade era que talvez houvesse uma razão para isso. Talvez eles de fato não soubessem o que estava acontecendo em Atalantaya e supusessem que fosse tão terrível que só poderíamos compartilhar de sua condenação. Talvez na realidade não conseguissem captar a sofisticação da abordagem de Amel ao planeta.

Era um mistério, e o que também estava me perturbando era algo que os Pais tinham dito durante nossa orientação final – que, se não cumpríssemos o propósito, eles descobririam algum outro jeito de restituir o planeta à sua pureza primitiva.

Isso me abalou profundamente, porque agora um desejo imenso nascia em mim – não apenas de salvar a mim mesma, a Welf, Garekyn, Derek e a Amel, o Ser Maior, Amel –, mas o de salvar o planeta! Passei horas na sacada ou no terraço do nosso apartamento, contemplando a "estrela" brilhante que era Bravenna, me perguntando como este planeta, a Terra, poderia se defender de tamanha interferência. Será que esses pensamentos resultavam da minha constituição de mamífero? Será que minha raiva estava realmente embutida em mim? Eu não sabia.

Derek estava fora de si. Ele percorria os Centros de Meditação mais próximos de nós, escutando, cantando com os outros, recitando a declaração do que é o mal – aquilo que diminui a vida, aquilo que destrói a vida –, e, ao voltar para casa, diria que mal conseguia suportar a visão das pessoas inocentes da Terra, por toda parte, cuidando da própria vida no paraíso de Atalantaya, sem o menor conhecimento de que seu mundo talvez estivesse prestes a terminar.

Por fim, depois de muita conversa, chegamos a um acordo entre nós e voltamos à Torre Criativa para ver Amel.

VI

Ele nos recebeu cordialmente, como disse que faria, apesar de ter precisado transferir uma reunião do que hoje chamaríamos de pesquisadores científicos para nos receber sozinho.

– Queremos trabalhar para você – disse-lhe eu. – Queremos fazer tudo o que pudermos para promover o bem da vida neste planeta. Agora temos um conceito de nós mesmos como as Pessoas de um Novo Propósito, e esse propósito é o de nunca fazer nada que prejudique a vida.

– Isso me agrada – disse ele – e é o que eu estava esperando. Hoje à noite vamos fazer uma festa aqui, e vou convidar os outros replimoides para conhecer vocês. Na realidade, há somente cinco de alguma importância, que estão trabalhando para mim há muitos anos. Achei que talvez tivéssemos mais deles, mas alguns saíram a vagar pela Terra em busca de outros interesses. E pelo que sei, Bravenna os capturou e os levou de volta para lá.

A história de Kapetria

A festa foi animada. Mas Amel tinha sido generoso ao dizer que esses replimoides não eram do mesmo padrão que nós. Eles nem mesmo se assemelhavam, e na realidade, com exceção de um, eram cópias exatas uns dos outros, como muitos antes deles tinham sido, segundo nos disseram. Eram razoavelmente apresentáveis, mas estava claro que eram lentos de pensamento, com dificuldades significativas quando se tratava de raciocínio ou iniciativa.

Aquele que não era uma cópia não chegou a nos dirigir a palavra de modo algum. Eu poderia escrever um livro sobre eles, sobre os que de fato falaram, mas não vou mais me estender sobre esse assunto. Basta dizer que eram modelos inferiores de seres humanos de imitação – homens robustos, de aparência saudável sob todos os aspectos, mas de fala vagarosa e nitidamente deficientes em termos de expressão emocional e tão lentos em seus movimentos e reações naturais a ponto de levantar suspeitas em qualquer ser humano sobre o que eles seriam. Eu os via como soldados de infantaria na guerra de Bravenna contra o planeta, enquanto nós éramos a tentativa de Bravenna de fazer espionagem. E quando a refeição terminou, não fiquei surpresa por Amel convidar apenas um, o calado, aquele que não tinha sido projetado segundo o mesmo molde, permanecer ali para uma reunião conosco.

Esse se chamava Maxym, um ser com a pele de um castanho-avermelhado escuro e cabelo ondulado da mesma cor, muito bem penteado. Talvez ele fosse a criatura mais desmazelada e trajada de modo mais indiferente que eu havia visto em Atalantaya. Era o único ali presente que não tinha se vestido especialmente para a noite.

Quando nos acomodamos de novo nos sofás para conversar a sério, Amel nos contou que Maxym fazia parte da última equipe de replimoides enviada ao planeta antes de nós. Havia três integrantes no grupo, e os outros dois tinham desaparecido muito tempo atrás.

Eu não disse nada, mas não consegui ver nada de errado com esse replimoide; quer dizer, nada que fizesse com que parecesse ser inferior a nós. Mas talvez Amel conhecesse características que eu não podia perceber.

– Maxym veio já há muitos anos – explicou Amel. – Em anos, o equivalente a mais de três vezes a duração da vida humana. E Maxym estava comigo quando construí as primeiras moradias de luracástria na ilha. É Maxym que cuida de todos os Centros de Meditação em Atalantaya e constrói outros novos à medida que a população aumenta. Essa é a paixão dele, oferecer locais em que as pessoas possam meditar e refletir.

– Não é só isso o que eu faço – disse Maxym. Ele estava com uma expressão bastante sonhadora no rosto solene enquanto Amel o descrevia. Mas, quando falou, atraiu a atenção de todos. Seu rosto era um oval perfeito. E suas feições, bem equilibradas. Faltavam-lhe os defeitos individualizadores propositais que nós temos. Talvez tenha sido essa a natureza de sua inferioridade. Ele fora feito com uma perfeição idealizada demais, e podia ser que os outros dois que vieram com ele tivessem sido cópias exatas.

"Nunca vou recuperar a sensação de bem-estar que conheci em Bravenna", disse ele, com uma voz grave, impressionante. "E para mim não há salvação, desde que desertei, mas fiz o que acreditei ser o certo."

– Isso me surpreende – disse Derek. – Dá para você explicar? Eu nunca tive uma sensação de bem-estar em Bravenna. Desde o início, me sentia perturbado pela exibição dos filmes, e me senti confuso quando me disseram que eu deveria morrer ao cumprir meu propósito. O que lhe dava essa sensação de bem-estar?

Maxym ficou olhando para Derek – não há outra forma de descrever – como se estivesse a uma altura elevadíssima, e então explicou com a voz contida, quase sem entonação:

– Talvez você tenha passado muito pouco tempo em Bravenna – disse ele. – Quando eu estava lá, fazia parte de algo maior do que eu mesmo. Fazia parte de um ideal importante e criativo. E, embora eu tenha dedicado minha vida a Amel, nunca mais senti a total aceitação por parte de nenhum grupo, desde meus tempos em Bravenna, quando meus irmãos e eu estávamos sendo preparados para nossa missão de matar Amel e destruir o que ele tinha feito.

– O que aconteceu com seus irmãos? – perguntei.

Ele deu um sorriso amargo, abanando a cabeça. Parecia um ser humano de seus vinte e cinco anos. No apogeu da vida daquela época. Sob esse aspecto, éramos do mesmo projeto.

– Quem sabe o que aconteceu com eles? – respondeu Maxym. – Faltou-lhes determinação para escolher. – Ele olhou para mim atentamente, e eu me descobri constrangida com sua expressão hostil. – Fugiram de Atalantaya – disse ele. – Pode ser que os bravennenses os tenham destruído. Como eu haveria de saber? Isso foi há muito tempo, antes que fosse erguido o grande domo sobre Atalantaya. As pessoas vinham e iam embora, vinham e iam embora. Era como se lhes faltasse coragem. Elas tinham medo de Amel, tinham medo de Bravenna, tinham medo de mim. Desde então, nunca mais ouvimos falar delas.

Amel manteve o olhar distante enquanto Maxym falava. Acho que já tinha ouvido tudo isso antes. Parecia um pouco triste, mas talvez estivesse simplesmente pensando em outras coisas.

– E você não sente que faz parte dessa Atalantaya magnífica? – perguntou Garekyn. – Você escolheu o lado de Amel, mas não tem a sensação de participar de tudo isso? – Nenhuma resposta. – Nós estamos apaixonados por Atalantaya desde que chegamos – prosseguiu ele. – E já estávamos apaixonados pela Terra antes.

Maxym então fitou Garekyn de lá de sua elevada superioridade espiritual e falou com uma veemência surpreendente:

– Amel não dá o suficiente a essas pessoas! Amel nunca entendeu. Se existe um Criador para além desses céus, nossa missão maior é cumprir a vontade desse Criador, abrir a nós mesmos, nosso coração, nossa alma, como Amel está sempre dizendo, para o Criador, que nos levará a ser o que Ele quer que sejamos.

Amel se virou e lançou um olhar penetrante para Maxym, como se já não suportasse mais.

– E se não houver nenhum Criador? – perguntou ele. – Quando foi que você viu a menor prova da existência de algum Criador?

– O Criador nos oferece a própria criação como prova de Sua grandiosidade – respondeu Maxym –, e devemos procurar Sua vontade no que virmos na criação, na grama verde, nas árvores, nas estrelas no céu. Não construir nossos próprios edifícios imponentes para provocar a ira do Criador com nossa presunção e ingratidão.

Eles continuaram a discutir, só Maxym e Amel, com Maxym investindo contra Amel com declarações cada vez mais duras. Maxym acreditava que a vida era fácil demais em Atalantaya, que seu povo era preguiçoso e egoísta, que Amel tinha incentivado uma população de seres mimados que nunca se tornavam adultos de verdade e na superioridade daqueles que se esforçavam nas terras dos Ermos.

– Quando você vai perceber – perguntou Maxym – que a Terra não precisa de luracástria nem de todo esse deslumbrante enriquecimento pessoal que você usou para corromper a população!? Quando vai se dar conta de que assumiu uma autoridade que não lhe cabe? – Os olhos de Maxym eram grandes, de um castanho-escuro, com uma expressão penetrante, de acusação. – Você privou essas pessoas da ambição. Você as privou da capacidade para preocupações profundas. Você as privou da oportunidade de crescer em termos espirituais.

Eu estava ali escutando aquilo tudo, dando-me conta de algo extraordinário – parecia que Amel permitia que essa criatura vivesse ali, a seu serviço, apesar de os dois discordarem violentamente acerca dessas distinções vitais.

Logo, Maxym devia ter alguma utilidade para Amel que não conseguíamos entender por completo.

Ao fim de uma discussão muito desagradável, talvez uma das mais acaloradas que tínhamos chegado a presenciar entre duas criaturas quaisquer, Maxym se levantou, atirou sua taça de vinho na parede translúcida mais distante com tanta força que ela fez uma vibração sutil percorrer a parede inteira, com a visão das torres lá fora oscilando por um instante, como se fosse uma projeção, e se encaminhou enfurecido para as portas. Então, dando meia-volta, ele vociferou, num volume feroz e antinatural, que nenhum humano normal conseguiria atingir:

– Você vai ver. No final, você vai ver que, em seu ódio por Bravenna, em seu desafio sem limites aos Pais, você levou os habitantes deste planeta a rejeitar o que bem pode ter sido o que o Criador sempre quis... a penitência, a abnegação e a renúncia. Você lançou dúvidas sobre o valor inerente do sacrifício, do jejum, da autodisciplina, para o conhecimento de coisas do espírito que não podem ser aprendidas no meio de uma farra interminável de comes e bebes, de danças e de entrega ao desejo de copular hoje sim e amanhã também!

Amel estava sentado calmamente, de frente para ele, com um braço no encosto do sofá. E agora era Amel que contemplava Maxym, como que olhando de muito longe.

– Maxym, Maxym, você cria Criadores quando não existe Criador algum e lhes atribui poderes quando não existe poder algum. E tudo isso para aplacar sua culpa infinita! – Ele suspirou. Sua voz permaneceu neutra. – Bravenna nunca o puniu por sua deserção. Eu nunca o puni por seu ataque a mim. E assim você inventa um Criador para lhe dar um castigo, algum ser imenso e impressionante, para além de Bravenna, para fazê-lo infeliz. Você parte meu coração.

– Seu coração! – exclamou Maxym. Ele voltou a se aproximar e fez algo que me pareceu muito imprudente. Ele veio por trás do sofá e se debruçou sobre Amel de um jeito ameaçador. Mas Amel não reagiu. Ora, se qualquer criatura tivesse chegado assim tão perto de mim e se debruçado acima de mim daquela forma, eu teria me afastado. Mas Amel continuou ali sentado, com o olhar distante, como se aquilo não representasse nenhuma ameaça e mal chegasse a ser interessante. – Que coração você tem para ser partido? – perguntou Maxym. – O que você é, a não ser um replimoide, igual a mim? Você não tem coração. E não tem alma.

E lá estava ela, a distinção à qual Derek tinha feito alusão quando nos reunimos ali antes – a pergunta talvez óbvia quanto à possibilidade de uma coisa desenvolvida e criada em Bravenna ter ou não um "eu", um "eu" que fosse tão autêntico quanto o "eu" ou o "mim" de seres humanos.

De repente, Amel se levantou e encarou Maxym.

– Eu nasci neste planeta – disse ele. – Nasci neste planeta! – repetiu, erguendo ligeiramente a voz. Seu rosto ficou vermelho. – Sou deste planeta, e você se esquece disto. E eu lhe digo que qualquer coisa que seja senciente, que tenha consciência de si mesma, que possua uma noção de justiça, uma noção de certo e errado, tem alma. Você tem alma! Esses seres aqui, Kapetria, Welf, Garekyn e Derek, têm alma.

Maxym fez que não, como se estivesse realmente decepcionado. Ele voltou a atenção para mim.

– Dedicar-se a ele é o que vocês querem? Trabalhar para ele é o que querem? Eu lhes digo, um dia o Criador arruinará a ele e aos frutos de seu orgulho e ganância!

E então Maxym saiu pelas portas duplas sem as fechar e seguiu pelo corredor dourado, com os passos pesados reverberando nas paredes.

Com um movimento da mão, Amel fez com que as portas se fechassem.

– Bem, vocês estão vendo com os próprios olhos por que não é provável que haja muitos outros replimoides convertidos entre nós – disse ele –, em especial não do tipo mais complexo. Bravenna envenena o que cria. Maxym está envenenado. Ele vive como alguém envenenado, incapaz de saborear, sentir, ver, morrendo a cada dia vivido, porque insiste em morrer.

– Por que você o mantém como parte de sua família? – perguntou Derek. Sua confusão era autêntica. Eu também estava querendo saber isso.

– Porque eu o amo – disse Amel, com um sorriso triste. – E ele é imortal, como eu sou imortal. Amo a vocês pelo mesmo motivo. Já tive amantes. Já tive esposas. Perdi a todos eles. Não posso compartilhar essa minha imortalidade com ninguém. – Ele suspirou. – Mas não é só isso. Prefiro tê-lo aqui em Atalantaya me ameaçando com o punho fechado lá fora nas terras dos Ermos, divulgando entre as tribos sua adoração ao Criador. – Ele deu de ombros. – Mas um dia, sem dúvida, ele sairá a vagar pelos Ermos... e encontrará uma apreciação infinitamente maior por suas ideias amedrontadoras do que jamais encontrou entre nós.

Quero fazer uma pausa aqui e também uma pergunta a todos vocês – Lestat, David, Marius, a todos vocês. Vocês têm alguma ideia do motivo pelo qual dediquei tempo e espaço aqui a esse Maxym? Vocês sabem o que está prestes a acontecer a Atalantaya, e sabem o que nos ocorreu. A todos nós. É provável que suponham com facilidade o que aconteceu a Amel. Bem, vou lhes dizer por que lhes contei esta história. Porque desconfio que esse replimoide, Maxym, também tenha sobrevivido à destruição que se abateu sobre todos nós. Mas não no corpo, como nós. Desconfio que ele exista, exatamente como Amel existe, e que seu nome agora seja Memnoch, aquele que cria armadilhas astrais para almas incautas.

Não tenho prova nenhuma disso. É uma hipótese. Mas é nisso que acredito. E, se for esse o caso, quero examinar essa criatura quando estiver encarnada para ver o que posso aprender – não de seu corpo de partículas, mas pelos circuitos neurais invisíveis e subatômicos que o controlam, exatamente como os circuitos neurais de Amel sustentam a todos vocês.

Mas podemos falar sobre isso em detalhe em outra ocasião. Basta dizer que em todos os escritos de vocês, as Crônicas Vampirescas, não há dois espíritos que exijam tanta atenção quanto Memnoch e Amel, e quero muito estudar esse espírito, Memnoch, embora meu objetivo principal seja naturalmente o de entender Amel e aprender sobre ele, conhecer a anatomia subatômica dele.

E, quando viermos a examinar essa anatomia subatômica, estaremos analisando a anatomia de uma alma.

Mas voltemos àquela noite, de tantas noites, exatamente aquela!

À medida que a noite avançava, Amel nos falou mais uma vez em confiança sobre sua teoria de que todos os seres sencientes geram almas, e que elas possuem a própria anatomia e organização intrincada que desprende uma energia, a qual Amel acreditava ser irresistível para os bravennenses, que vinham colhendo a infelicidade e o sofrimento do planeta havia milênios.

– Muitas vezes eu me perguntei – disse ele – se eles não descobriram um modo de colher almas. Imaginem, se quiserem, o que significaria para esses monstros que se nutrem da energia da parte invisível de nós se, quando a vida de homens e mulheres termina aqui, Bravenna pegasse essas almas.

Achei isso fantasioso demais, mas Amel não queria abandonar o assunto, e eu pude ver naquele momento como ele era muito mais interessado nos campos que épocas posteriores chamariam de filosofia ou teologia do que nas ciências biológicas que de fato tinha utilizado com tanto sucesso para moldar e sustentar seu mundo.

– E se as estações transmissoras, onde quer que estejam, puderem atrair para si a alma daqueles cuja vida biológica tenha terminado? E se essas almas forem levadas para Bravenna da mesma forma que todos aqueles filmes são levados? E se os bravennenses usarem essas almas como uma forma concentrada de energia, uma expressão concentrada de energia, aumentada, aprofundada e aperfeiçoada pelo sofrimento, de tal modo que essas almas sejam como frutos maduros e perfeitos para os bravennenses e talvez até mesmo para outros no "Reino dos Mundos"?

Ele continuou a descrever esse ponto, como lhe parecia que a alma de seres humanos, graças à sua natureza de mamíferos, talvez tivesse um sabor totalmente diferente da alma de outras espécies scientes, e que isto tornasse essas almas irresistíveis para os bravennenses.

E embora eu considerasse essa ideia extremamente forçada e improvável, Garekyn se interessou por ela e começou a especular junto com Amel:

– E se – perguntou Garekyn – for por isso que eles querem fomentar a guerra neste planeta, porque assim terão uma colheita maior de almas, que de algum modo viajarão pelas estações transmissoras à medida que forem sendo liberadas dos corpos biológicos, almas levadas para os céus através dos feixes da estação transmissora, como que através de túneis de luz infinitamente longos?

– Não consigo suportar a ideia de uma coisa dessa, de uma coisa horrível dessa – disse Derek, mais de uma vez. Welf, sempre o mais prático de nós, simplesmente deu de ombros e disse que era alguma coisa que nunca poderíamos saber com certeza.

Repassamos todas as nossas experiências em Bravenna, e Amel escutou atentamente, mas havia muito pouco que corroborasse uma ideia como a da colheita de almas.

– Posso acreditar – disse eu, por fim – que eles estejam se banqueteando com o sofrimento deste planeta e o estejam instigando. Acreditei nisso na verdade desde o primeiro momento em que me foi sugerida a ideia, porque assisti às sequências filmadas e vi o que eles valorizavam acima de tudo, que era sempre o sofrimento, mas a menos que a alma em si seja uma emanação espiritual e física de uma mente humana, praticamente composta da experiência e do sofrimento daquela mente, a menos que a alma seja transformada em termos materiais pelo sofrimento e talvez gerada pelo anseio do indivíduo de entender seu próprio sofrimento, bem, não sei como isso poderia funcionar.

– Agora essa é uma observação interessante – disse Amel – e eu nunca tinha pensado nisso. Mas talvez você esteja no caminho certo, a ideia de que o próprio sofrimento ajuda a gerar a alma.

– Eu estava falando da energia que emana do sofrimento, é claro – expliquei –, que essa energia poderia se organizar para formar uma alma. Dizendo de outra maneira, a curiosidade insatisfeita de um ser humano poderia gerar a alma desse ser. E o combustível poderia ser o sofrimento coletivo, suportado por aquele humano durante sua vida inteira, bem como algum outro ingrediente intangível, talvez, como uma visão geral, uma atitude, um modo de encarar a vida, isto também talvez ajudasse na formação de uma alma.

Lembro-me de tudo isso com perfeita clareza, essa longa conversa, nós reunidos ali, batendo papo, como se tivéssemos todo o tempo do mundo.

– É isso o que me dá a maior esperança – disse Amel a certa altura, com grande empolgação. – Que, se podemos imaginar uma pergunta, deve haver uma resposta para ela. E encontrar essa resposta é apenas uma questão de muito trabalho e perseverança. Basicamente, nenhuma pergunta pode ser imaginada que não seja respondível por sua própria natureza. Isso faz sentido para vocês?

Quanto a mim, eu disse que fazia. Garekyn concordou. Eu podia sentir o funcionamento da minha mente enquanto tratávamos desses assuntos com tanto entusiasmo, percebia que ela se exercitava, exatamente como sentia minhas pernas quando corria, saltava e dançava. E era tão boa a sensação de ser provida de uma mente, e também dessas perguntas.

– Seja lá o que for que eu fizer aqui – disse eu a Amel –, meu trabalho não poderia estar associado ao estudo do conceito da alma? Será que eu poderia trabalhar na tentativa de descobrir como medir a alma?

– Eu adoraria que esse fosse seu trabalho – respondeu Amel, de imediato. Welf ergueu a mão, com um risinho de zombaria, e disse que seria um prazer trabalhar nisso também, porque ele estava ansioso por saber exatamente como eu ia medir alguma coisa tão absolutamente imaginária quanto uma alma.

– E se vocês realmente provarem – perguntou Garekyn – que os seres têm alma, que as almas têm energia e que podem ser colhidas da atmosfera da Terra, o que farão então? Vocês podem um dia chegar a atacar Bravenna? Será que poderão um dia fazer mais do que brandir o punho cerrado para os céus?

Minha lembrança dos minutos seguintes não é tão firme assim. Amel protestou quase com raiva, dizendo que o que ele poderia fazer era sair à caça de todas as estações transmissoras para destruí-las, uma a uma, fechando todas as Câmaras de Sofrimento que existissem, mas logo lamentou o fato de que isto o transformaria no "chefe" cruel que ele nunca tinha querido ser.

Quanto a Derek, parecia que essa conversa o deixou numa felicidade total, e ele seguiu pela própria linha de raciocínio, se perguntando se a alma dos que vivenciavam a alegria mais do que qualquer outra emoção não seria fruto mais saboroso do que a daqueles que sofriam tanto. Welf apertava minha mão, indicando que estava pronto para voltar para casa e ir para a cama comigo. Vi que ele piscou o olho para mim e me deu um sorriso carinhoso.

O que aconteceu então? Estendi a mão para meu copo de vinho e tomei um gole lento e tranquilo, o que se pode fazer quando o vinho é fraco e está deliciosamente gelado. Vi que o vinho balançava para lá e para cá no copo e me dei conta de que a sala inteira estava em movimento, que a mobília debaixo de nós se mexia e que Amel tinha se levantado e ficava olhando espantado para as estrelas, pela enorme parede que dava para o oeste.

– O que é isso?! – gritou Derek. – A ilha está balançando. Olhem, olhem lá para fora. As torres estão se mexendo!

Mas o rosto de Amel estava voltado lá para cima.

– É Bravenna! – exclamou ele. – Bravenna está se mexendo! Olhem para Bravenna!

De repente, nós todos estávamos junto da parede, olhando para o alto, e assistimos ao movimento desordenado do astro luminoso que era Bravenna, quando de repente aquele astro aumentou de tamanho, até se tornar enorme e explodir. De lá da vasta escuridão veio uma forte chuva de inúmeras estrelas em chamas – que voavam em todas as direções – e a flama que era o astro em si foi crescendo cada vez mais, até Amel gritar mais uma vez:

– Está vindo em nossa direção! Está se partindo! Está caindo sobre nós...

Um rugido medonho abafou suas palavras. De todos os lados vinham as reverberações de explosões retumbantes. As torres por toda parte estavam balançando feito loucas, como que dançando, e a sala começou a oscilar de um lado para outro. Vi fogo que se abatia sobre a Terra e explodia ao colidir com o domo tremeluzente. E então, mesmo ali naquela sala alta e tão acima da cidade, ouvi o brado de vozes humanas sem conta.

Lá embaixo, as pessoas corriam em pânico pelos terraços, e construções menores estavam desabando de lado, de encontro aos prédios vizinhos. Das sacadas e janelas abertas as pessoas despencavam. Enormes ondas oceânicas da cor do fogo rebentavam contra o domo imenso, como se estivessem tentando apagar as chamas incessantes.

O barulho das explosões cresceu, até que um estouro ensurdecedor depois de outro nos chocou e nos paralisou. Rachaduras e fissuras impressionantes partiam as paredes.

E então pareceu que enormes lâminas de fogo cortavam direto o próprio domo.

– A luracástria está derretendo! – gritou Amel. Eu vi o que estava acontecendo. Nós todos vimos, as torres e o domo derretendo. Nosso prédio estremeceu. Eu me joguei nos braços de Welf. Amel agarrou minha mão e saiu correndo comigo na direção das portas, acenando para os outros virem atrás, enquanto com a outra mão arrastava Derek a seu lado. – É a ilha inteira, é o mundo inteiro!

Um vento violento entrava pelas paredes estilhaçadas e o fogo me ofuscava. Os berros da população eram tão altos quanto o rugido do mar. Senti chuva no meu rosto, mas não era. Percebi que estava caindo e que Welf falava grudado ao meu ouvido.

– Agarre-se a mim, Kapetria, agarre-se. Agarre-se. Agarre-se.

Gritei, chamando por Derek, Garekyn e Amel. Eu ouvia a voz de Amel, mas não conseguia vê-lo.

Continuamos caindo enquanto as labaredas se erguiam em toda a nossa volta. A água encapelada nos devorava e depois nos soltava, enquanto uma infinidade de seres humanos berrava, pedindo socorro. Estávamos numa rua que tinha se tornado um rio agitado com os afogados. A água como que foi sugada para longe de nós, e mais uma vez despencamos como que num abismo insondável. Torres estavam derretendo como velas de cera, prendendo milhares de minúsculos seres humanos sem rosto no líquido faiscante e vagaroso que tinha sido a luracástria. Milhares a meu redor, se debatendo na água, pedindo socorro aos gritos, quando não havia socorro algum. Mobília quebrada, mesas, cadeiras, casulos de transporte e entulho cobriam as águas – árvores destruídas e despedaçadas. Fomos apanhados num redemoinho. O próprio planeta estava rachado abaixo de nós. E lá fomos descendo para a escuridão, só para subir à superfície mais uma vez.

Então eu vi Amel e sua silhueta em contraste com uma interminável muralha de fogo. Onde tínhamos parado e estávamos eu não sabia dizer. Mas lá se encontrava Amel.

– Atalantaya! – gritou ele. Mas como eu poderia tê-lo ouvido, ou ter escutado qualquer pessoa gritar qualquer palavra, não sei. – Atalantaya! – vociferou ele, repetidamente, brandindo os punhos para os céus. – Atalantaya! – gritava ele, sem parar.

A luracástria líquida era ouro derretido na superfície da água, como se estivesse queimando. Estávamos cercados por barcos, aos milhares, ao que parecia, mas as pessoas em desespero os emborcavam e afundando enquanto tentavam subir a bordo.

Amel tinha sumido. Derek e Garekyn também.

Welf me segurava, protegendo minha cabeça com a mão. A chuva fustigava meus braços, meu pescoço, meu rosto. Estávamos sendo levados pelas ondas, indefesos, e eu via os mortos a meu redor – rostos lúgubres com olhos vazios, corpos nus, alguns sem cabeça, bebês boiando na superfície, os membros sem vida.

Feixes de luz penetraram no nevoeiro denso e vozes altas recomendavam às pessoas que procurassem os túneis. Ouvi a palavra "túnel" repetida muitas vezes. Mas como poderíamos procurar os túneis? Não fazíamos a menor ideia de onde eles ficavam. Desesperada, eu chamava por Derek e por Garekyn. Welf também.

Um monte de seres humanos que se debatiam foi arrastado contra nós por uma corrente violenta, e grande quantidade de entulho, de madeiras misturadas com pedras, passou veloz por nós com pessoas em cima desses aglomerados, como se eles fossem navios.

Um grande *ferryboat* branco se ergueu diante de nós, com pessoas no convés lá no alto, acenando e lançando cordas para os que se encontravam na água. Mas a embarcação desapareceu tão de repente quanto tinha surgido. Depois veio outra, como um barco-fantasma na água, de tamanho monstruoso, e sumindo como se fosse nada, enquanto a tempestade prosseguia violenta.

Mais uma explosão nos atordoou e ensurdeceu, e então veio outra e mais outra. Jatos de fumaça, uma fumaça cáustica, que queimava, e o clarão bruxuleante das chamas eram tudo o que eu conseguia ver.

O fedor da fumaça nos sufocava. A corrente nos jogava para cima e depois tentava nos engolir, mas continuávamos na superfície, voltando a subir inúmeras vezes por mais fundo que tivéssemos sido levados.

Por fim, percebemos que estávamos em mar aberto.

Atalantaya tinha se partido ao meio e havia nos expelido para o mar. Podíamos ver ao longe os incêndios que a consumiam, mas as ondas eram de um tamanho desmesurado e, apesar de não termos parado de chamar, sabíamos que tínhamos perdido Derek e Garekyn.

Nunca mais veríamos eles dois – nem Amel.

Os gritos dos desesperados e dos moribundos tinham sumido.

A chuva nos encharcava tanto quanto o mar. Mesmo assim, por mais densa que fosse a cortina de chuva, ainda podíamos ver o espetáculo distante de Atalantaya – a imensa ilha em chamas ainda abalada por uma erupção atrás da outra – ficando cada vez mais longe à medida que um silêncio e uma escuridão enormes nos engoliam de tal modo que não conseguíamos nem mesmo ouvir e ver um ao outro, o corpo de um grudado ao do outro, nossos braços num abraço apertado conforme as horas se passavam.

Horas. É errado falar em horas. Não havia tempo. De vez em quando uma pequena embarcação passava por nós, destroçada e vazia, ou uma árvore impressionante colidia conosco, seu gigantesco emaranhado de raízes como uma mão enorme de muitos dedos se estendendo em vão em busca de socorro. Estávamos sozinhos, totalmente sós. Mas tínhamos um ao outro, e eu me compadecia pelo pânico e horror daqueles que não tinham ninguém, os que haviam perecido nesse turbilhão sem ninguém para abraçar, ninguém a quem se agarrar, sem braços amorosos a segurá-los, os que ficavam de fato sozinhos. Será que Derek e Garekyn estavam sozinhos?

O dia não raiou. Nenhum sol chegou a romper a chuva torrencial que despencava sobre nós sem cessar. O cheiro acre da fumaça tinha desaparecido. E a água foi ficando gelada, o mundo, branco e ofuscante, e, quando conseguimos sair da água, avançamos com dificuldade por um mundo descaracterizado, tomado pela neve.

O que tinha acontecido com as terras dos Ermos? Onde estavam as florestas, selvas verdejantes e os campos de capim alto e grãos silvestres? Onde estavam os milhares que moravam nas aldeias e povoações?

Nossas roupas estavam esfarrapadas. E o frio nos feria, mas não tinha como nos matar. Ele nos deixava entorpecidos. Minava nossa resistência. E fechava as garras sobre nossa mente.

Em algum momento e por um curto período encontramos abrigo numa caverna, de onde víamos fogo no horizonte, o céu maravilhosamente iluminado por ele, com faixas douradas, vermelhas e até mesmo verdes. Como aquela beleza parecia indiferente, como era inconsciente de qualquer testemunha! No entanto, ela me comovia, me acalmava e cochilei enquanto a admirava. Foi então que a terra debaixo de nossos pés começou a tremer com violência mais uma vez, e, apavorados com a possibilidade de sermos enterrados vivos, tentamos fugir de novo.

Subimos sem parar pelo que deviam ter sido montanhas e logo não víamos nada, a não ser o branco, e o espetáculo do fogo já não existia. Parecia que tinha sumido para sempre qualquer coisa remotamente semelhante a ele, e tudo estava perdido numa nevasca. Na qual nós nos esforçamos para avançar, até que a própria vida não era nada além de esforço, nada além da busca por abrigo, quando não havia nenhum – até que, por fim, eu me lembro de ter abraçado Welf, dando-lhe o abraço mais apertado que consegui e dizendo que eu não tinha como continuar. E a última coisa que ouvi foi Welf sussurrando meu nome quando meus olhos se fecharam.

Vocês sabem agora que nós quatro sobrevivemos e que, com o tempo, saímos de nossas covas congeladas, e também como conseguimos nos encontrar. Mas há outras histórias a serem contadas um dia.

Welf e eu abrimos os olhos muitos séculos depois da destruição de Atalantaya, num mundo posterior, árido e invernoso. Passamos o tempo de uma vida entre as tribos de seres humanos vigorosos em luta permanente contra a neve e o gelo, como as próprias condições da vida, sem nenhuma lembrança das vastas terras dos Ermos, de clima ameno, que um dia tinham coberto uma parte tão grande da Terra, e sem nenhuma recordação de algo semelhante a Atalantaya, muito embora suas lendas falassem de antigos deuses e deusas, bem como de mundos destruídos. A primeira vez que voltamos à consciência, talvez tenhamos sobrevivido por três ou quatro gerações humanas antes de nos recolhermos exaustos, desanimados e abatidos, de volta ao gelo para nos congelarmos novamente.

E houve mais um despertar depois desse, numa época de aldeias e cidadezinhas simples, onde mais uma vez os habitantes nada sabiam de uma grande metrópole que no passado tinha dominado o mundo.

Derek pode lhes contar histórias das vidas que viveu e o que o levou todas as vezes a se retirar de volta para as cavernas nas altas montanhas dos Andes, para dormir de novo. Garekyn foi o único que dormiu direto por muitas eras, até ser despertado por seu descobridor e mentor, o Príncipe Brovotkin, que foi ridicularizado por seus colegas de trabalho e pelos integrantes da nobreza europeia por conta das histórias do homem imortal encontrado no gelo da Sibéria.

Vocês conhecem a maior parte da minha história. Sabem que trabalho há anos para a grande empresa de Gregory e podem facilmente imaginar como procurei utilizar seus recursos imensos para estudar meu próprio corpo e o de Welf, para entender melhor nossa própria constituição física, com sua capacidade de recuperação autossustentada e sua misteriosa organização que nunca nos tinha sido explicada pelos seres que nos fizeram.

Mas eu lhes garanto que nunca lesei Gregory Duff Collingsworth. Ajudei a desenvolver medicamentos que vieram a aumentar sua grande fortuna e me beneficiei imensamente com seus programas de participação de lucros, bônus e aumentos de salário, tendo acumulado minha própria fortuna. Ajudei a desenvolver uma pele artificial, comercializada pela Collingsworth, que vem sendo de enorme utilidade no tratamento de vítimas de queimaduras. Também fiz contribuições significativas para a pesquisa de um medicamento rejuvenescedor que parece ser tremendamente promissor. Desenvolvi técnicas sofisticadas para clonagem que serão utilíssimas para o trabalho nessa área.

No entanto, apesar de todas as horas que trabalhei sozinha e com Welf sob a proteção dos laboratórios debaixo do teto de Gregory, jamais consegui descobrir a verdadeira fórmula da luracástria, nem cheguei perto de reproduzir um material termoplástico ou um polímero semelhante a ela. Ao contrário do que vocês suspeitam, nunca criei um replimoide inteiro, completo e animado, embora tenha sem dúvida me esforçado nesse sentido ao longo de muitos anos. Não consegui descobrir se nosso corpo contém de fato uma toxina que pode destruir o planeta, caso sejamos destruídos. Não sei se nosso corpo contém explosivos de algum poder inimaginável que possa reduzir o mundo à sua "pureza primitiva" mais uma vez. Minha esperança, naturalmente, tem sido a de desenvolver meu próprio complexo tecnológico de laboratórios, onde eu possa levar minha pesquisa pessoal a novos patamares. E não importa o que seja que tirei de Gregory, bem, espero que eu tenha retribuído de algum modo.

No campo da astronomia, já verifiquei com certeza quase total que nenhum asteroide comparável a Bravenna foi visto recentemente no céu noturno. Pesquisei a fundo as lendas do planeta e não encontrei nenhum indício de que Bravenna ou algum substituto tenha jamais voltado à Terra.

Como vocês devem ter deduzido do que acabei de contar, não sei o que aconteceu de fato em Bravenna naquela última noite, enquanto olhávamos lá de Atalantaya. Não sei se Bravenna disparou alguma arma contra o planeta, ou se simplesmente explodiu, fazendo cair sobre a terra uma chuva de meteoros, que provocou incêndios, erupções vulcânicas, inundações cataclísmicas, resultando numa elevação do nível do mar e num inverno mortal que encerrou o planeta no gelo e na neve por séculos. Li muito entre os que tecem especulações exatamente sobre um cataclismo remoto, dessa natureza, e me debrucei sobre o tema à luz das belas lendas do reino perdido de Atlântida, e para mim não resta dúvida de que a Atlântida é Atalantaya e de que existe realmente confirmação de uma catástrofe que a arruinou – e com o tempo elevou o nível dos mares e alterou o clima no planeta inteiro.

Descobri muitas coisas... mas em todos os meus anos nenhuma foi tão importante quanto minha descoberta de vocês, os bebedores de sangue, e suas lendas sobre Amel.

Não tenho nenhuma dúvida quanto a Amel viver dentro de vocês e ser o nosso Amel. Mas ele também é seu Amel. Sei disso e vejo o que vocês são e como a vida é preciosa para vocês, como é para nós. E por favor entendam que nós os vemos como uma forma inestimável de vida, da mesma forma que nos consideramos.

E foi através de vocês e dos seus que voltamos a nos encontrar, e por meio da violência sangrenta e equivocada de Rhoshamandes contra Derek que adquirimos o conhecimento de que podemos aumentar nossos números sem nem mesmo entender como ou por quê. Estamos dispostos a amar vocês e a reverenciar as coisas que temos em comum. E pedimos seu amor.

Ainda há muitas coisas a dizer, muitas observações a fazer. Mas aqui contei toda a verdade que importa, toda a verdade que pode importar para Amel. Por causa dele, viemos a seu encontro, expondo-nos a um risco enorme. Mas também viemos porque vocês são nossos irmãos e irmãs na imortalidade. Vemos em vocês nossos semelhantes. E esperamos que vocês vejam seus semelhantes em nós. Naqueles séculos, quando abríamos os olhos e víamos um mundo primitivo e árduo, considerávamos nossa solidão como imortais quase insuportável. Derek sofreu o mesmo destino. E Garekyn estava passando por isso quando tentou se aproximar do Portão da Trindade. Estamos prontos para precisar de vocês, se estiverem prontos para precisar de nós.

Já lhes contei tudo, e agora vejo que talvez restem duas horas da noite até que vocês precisem nos deixar e nós a vocês. Estou à sua disposição por esse período, e espero que, no fundo, para sempre. Perguntem o que quiserem, e eu tentarei lhes dizer a verdade.

20

Lestat

CHOQUE. SILÊNCIO. Ninguém se mexia, nem falava. Todos os olhares continuavam em Kapetria. Ouvi então a mensagem telepática de Armand: *Observe o perigo.*

Kapetria estava certa quanto a ainda termos duas horas antes do nascer do sol. Mas eu mesmo não tinha as duas horas inteiras. Tinha no máximo uma hora e estava muito satisfeito com a história ter sido contada na íntegra de uma só vez.

Será que eu estava desconfiado, incrédulo, quanto a tudo que tínhamos ouvido? Não. Eu conhecia as lendas de Atlântida. Na realidade, estava mais do que familiarizado com todo o interesse por Atlântida nestes nossos tempos, embora eu mesmo nunca tivesse acreditado na antiga história de Platão e sempre a houvesse considerado uma ficção hipócrita, principalmente porque os estudiosos que eu lera fizeram essa avaliação séculos atrás.

Eu sentia que Kapetria tinha apresentado tudo com franqueza. E também sabia que a história havia exercido um impacto poderoso sobre Amel. Ao longo de todo o relato, eu sentiria em Amel uma sutil convulsão atrás da outra e às vezes o equivalente a uma perturbação considerável. E eu sabia que os outros vampiros à mesa capazes de ler meus pensamentos também tinham uma vaga noção dessas reações.

No momento em que Kapetria descrevia a explosão de Bravenna, eu vi as mesmas imagens que vira repetidas vezes em meus sonhos. Outros à mesa tinham visto a mesma coisa.

E àquela altura o ponto na história de Kapetria em que Amel havia gritado, senti na cabeça uma dor lancinante e inexplicável.

Aquela dor tinha se abrandado um pouco, mas ainda estava comigo e provocava uma profunda sensação de alarme que eu tentava desesperadamente ocultar de todos os demais. Não conseguia me lembrar de Amel jamais ter me causado dor física. Sim, ele tinha tentado mover meus membros mais de uma vez, e eu havia sentido um formigamento e umas contrações nos membros. Mas aquilo não fora dor. Isso aqui era. E eu sabia perfeitamente bem que o cérebro humano não dispunha de receptores de dor e que os tumores no cérebro causam dor em humanos por causa da pressão que geram em nervos e vasos sanguíneos que sentem dor no interior do cérebro humano.

Portanto, como era que meu amigo invisível estava causando essa dor? Não ia lhe perguntar porque outros à mesa saberiam que eu estava perguntando, e simplesmente não queria que soubessem o que estava acontecendo.

Amel deu-me a entender agora – com ou sem dor – que queria fazer uma pergunta a Kapetria e conversar com ela.

Mas Fareed de imediato começou a fazer a Kapetria uma infinidade de perguntas que eu não entendia, sobre a luracástria e a geração de replimoides. Os outros todos pareciam absortos nisso – uma conversa sobre termoplásticos e genomas, sobre a força absolutamente extraordinária da seda de aranha no mundo natural e assim por diante. É claro que Kapetria estava adorando esse papo totalmente científico cheio de abstrações de uma opacidade estonteante, e eu podia ver que Seth estava adorando e, em certo grau, David também. O mesmo acontecia com Gregory, mas eu queria falar.

– Trate de interrompê-los – disse Amel –, agora.

Senti uma dor repentina na mão direita, e então minha mão pulou para cima da mesa. Kapetria parou no meio de uma frase e se voltou para mim.

– Amel quer lhe fazer uma pergunta – disse eu, constrangido.

Ela ficou fascinada.

– Por favor, o que ele está dizendo? – perguntou ela. Parecia que ela mal conseguia se controlar. Derek, Welf e Garekyn estavam tão loucos quanto ela para saber.

– Há uma coisa que preciso lhes dizer primeiro – disse eu. – Esse espírito às vezes não diz a verdade.

Uma dor lancinante por trás de meus olhos quase me deixou cego. Tentei levantar a mão direita para cobrir os olhos e não consegui. A dor foi ficando mais forte, tanto que me flagrei levantando da cadeira e a empurrando para trás. Eu nunca tinha sentido no corpo uma dor de tamanha intensidade e fui forçado a fechar os olhos! Emiti algum som involuntário.

– Muito bem, seu canalha! – sussurrei. – Pare com isso, ou eu não vou fazer a pergunta a ela! Está entendendo?

A dor parou, mas só por uns dois segundos. Ela então voltou com força renovada. Veio tão forte que meus olhos se fecharam de novo, e, quando tentei mais uma vez levar a mão à cabeça, minha mão direita foi trespassada repetidamente por uma dor, uma dor que parecia dilacerar cada vaso sanguíneo, cada tendão. Eu podia sentir minhas unhas tamborilando na mesa e, quando lutei para abrir os olhos, vi somente uma luz ofuscante.

Alguma coisa tocou em minha mão. Pude ouvir que as pessoas se movimentavam. Senti a mão de alguém em meu braço direito. A dor continuava, latejante, enquanto parecia estar se inflando por trás da minha testa e dos meus olhos. Senti então que punham alguma coisa na minha mão. Era uma caneta.

Alguém estava dispondo meus dedos em volta da caneta enquanto erguia minha mão e a colocava sobre o papel. Minha mão esquerda estava cobrindo meu rosto. Eu podia ouvir os sons do atrito, enquanto minha mão direita escrevia ou desenhava com a caneta.

Pare essa dor, pare com ela. Está me ouvindo? Pare com ela!

Quando ela de fato parou, eu estava sentado na cadeira, e Marius se encontrava em pé atrás de mim, segurando meus ombros de um jeito que era protetor e tranquilizador.

O bloco de papel estava ali à minha frente. E um momento antes que Fareed o pegasse e o pusesse diante de Kapetria, eu vi pictogramas nele, toscos, garatujados.

Kapetria olhou para o papel por um bom tempo e então se voltou para mim, com um ar impotente.

– Nunca aprendi a lê-los! – disse ela, abatida.

Ouvi um suspiro longo e doloroso de Amel.

– Diga-lhe que ela não está procurando a fórmula da luracástria no lugar certo. Ela deveria procurar dentro de si mesma.

Marius decerto tinha ouvido isso. Todos haviam escutado. Armand enviou uma negativa telepática veloz. Se os outros quisessem me impedir de falar de modo impensado, poderiam ter dito alguma coisa. Mas não disseram.

Repeti as palavras de Amel exatamente como ele as dissera em minha cabeça.

– Ah – disse ela, se recostando na cadeira, como se ela tivesse sido uma revelação extraordinária.

Um pequeno tumulto em minha cabeça.

– Eu não queria ferir você! – disse Amel, com muita emoção. – Não queria!

– Está bem, eu entendo – disse eu em voz alta. – E nós podemos escrever. Mas deveríamos descobrir um jeito de escrever que não provoque dor em mim!

Eu estava exausto como se tivesse passado horas correndo e precisasse me deixar cair no chão. E então senti a umidade, que tinha que ser sangue em meus olhos.

Kapetria estava olhando espantada para mim.

Marius me ofereceu um lenço antes que eu conseguisse encontrar o meu. E ele ficou manchado de sangue quando enxuguei os olhos.

– Amel, não faça isso de novo! – disse Kapetria. – Você está numa relação parasitária com o cérebro de Lestat, Amel. Você pode provocar alguma lesão nele.

– Riso – disse eu. – Ele está rindo.

Ele então enveredou por um longo discurso na língua antiga, a qual nós mesmos tínhamos ouvido na transmissão de Benji.

– Pare – disse eu. – Não consigo repetir a essa velocidade. Pare!

Ora, somos grandes mímicos, todos nós, e temos uma capacidade admirável quando se trata de cantar e reproduzir música. Por isso, tentei me entregar a esses talentos e comecei a pronunciar as estranhas sílabas que ele ficava emitindo, marcando com minhas repetições o que ele estava dizendo para mim, até ele, por fim, começar a fazer pausas nos momentos certos. De repente, ele disparou com tanta fúria que eu simplesmente não consegui acompanhar.

Veio então mais uma explosão da dor. E, desta vez, antes que ela me cegasse, vi o que não tinha visto antes – que ela estava atingindo o mais jovem de nós à mesa, que era David, que fora criado havia menos de trinta anos por mim. Então a dor me dominou. E, ao perceber o que devia estar acontecendo com minha Rose e com Viktor, onde quer que estivessem, bem como com Louis, e todos os outros que não tinham milhares de anos no Sangue, desmaiei.

Eu sabia que estava deitado no chão e não me importava.

Kapetria estava falando, sem parar, do mesmo jeito que ele estivera, naquela língua. Ela se dirigia a ele em mim, e ele respondia, mas eu não tinha como passar para ela as respostas.

De repente, ele estava aos berros comigo, aos berros. E eu respondia, aos berros.

Se você não parar, não vou poder fazer nada! Essa dor é insuportável!

Acabou. Só ficaram as pequenas convulsões por trás de meus olhos e em minha nuca. Fiquei olhando para o teto, para as belas imagens pintadas que cercavam o medalhão de gesso do lustre, para as nuvens com toques de dourado lá em cima e o rosto sorridente dos *putti* reunidos nos cantos distantes. Parecia que não havia nenhum motivo para preocupação, nenhuma necessidade de pressa nem de alarme. Só essa estranha espécie de felicidade.

O sangue dela, o sangue dela, abra o canal, e eu poderei falar com ela...

Marius me ajudou a me levantar. Seth estava do outro lado de mim, com a mão firme em minha nuca. Fiquei em pé. As luzes pareciam incrivelmente fracas, e eu sabia que isto estava errado, errado mesmo, já que ninguém tinha baixado a intensidade delas. Contudo, a grinalda pulsante do lustre, com suas inúmeras gotas de cristal, estava bruxuleando através de uma nuvem de vapor dourado. Kapetria ergueu os olhos para mim. Seus seios tocavam em meu peito. *Não era uma fêmea. Não era uma fêmea verdadeira de nada. Mas era alguma coisa isenta da distinção macho/fêmea, alguma coisa assombrosa.*

– Beba – disse-me Amel.

Peguei-a nos braços e a virei de forma que eu ficasse de costas para a longa mesa, muito embora soubesse que minha mãe estava atrás de Kapetria e via essa intimidade aparentemente obscena, quando toquei no pescoço de Kapetria com meus caninos e os deixei penetrar em sua pele macia e quente, uma pele de um bronze escuro belíssimo. Senti o sangue encher minha boca – um sangue extraordinário.

Atalantaya. Sol a pino. Um céu de um azul infinito como o mar, e Amel conversando com Kapetria enquanto os dois andavam juntos, esse meu gêmeo cruel, com seu cabelo ruivo comprido até os ombros, olhos verdes e sorriso descontraído, à medida que a música da língua antiga avançava. E agora suas palavras brilhavam com significado, *de sua própria pele e de seu próprio sangue, esses elementos, sem os quais, impossível, cada replimoide, essa síntese, acelerando a proteína, reforçando e se prendendo às propriedades de...* Os dois juntos num enorme laboratório arejado, e alguma coisa cintilante e maravilhosa como vidro líquido, lançando brotos e crescendo a partir de um ovo minúsculo nas mãos em concha de Amel. Aquela coisa estendia seus tentáculos brilhantes sempre para o alto à luz que entrava generosa pelas janelas transparentes... *inevitável reação em cadeia, invasão e transformação da substância e...* Um corpo numa cama oval, um corpo como o de um ser humano, só que menor. *O exato equilíbrio químico, nutrientes, provenientes de meu corpo, daqueles aperfeiçoamentos de mim...* Ele a abraçou, com o cabelo ruivo caindo sobre o rosto enquanto a beijava, seus dedos apertando os braços dela...

Puxa vida, que sangue, que sangue saboroso, irresistível, com tantos corações minúsculos palpitando juntos para compor a pulsação retumbante de um único coração, que não era de modo algum um coração. Eu me inundei com aquele sangue. O sangue delicioso era uma fonte, e cada célula em mim se saciou e se sustentou com ele.

Despertei. Seus amigos a seguravam como se ela fosse o Cristo morto nos braços da Mãe, de João e de José de Arimateia, com os outros de lá da parede parecendo anjos. Ela jazia nessa rede de segurança de braços e mãos.

– Meu caixão – disse eu –, ponham-me no caixão! – Quando foi que eu tinha dito estas palavras antes? "Ponham-me no caixão!" E Louis não tinha obedecido, e Claudia também. E veio o golpe da faca. Mas dessa vez eu estava recebendo ajuda. Marius e David tinham me segurado e me levavam para fora da sala.

– Rose, Viktor, o que aconteceu com eles? Louis, onde está Louis?

Descemos apressados a escadaria de pedra em curva, seguimos pelo corredor largo rumo a mais uma escadaria e penetramos nas entranhas da montanha. A música que vinha do salão de baile parecia um pesadelo da *Walpurgisnacht*. Imaginei a visão de monstros, demônios, morcegos e bruxas colidindo uns com os outros.

– Levem-me para longe dessa música.

Alguém me apanhou do chão e me ergueu para eu ser carregado sobre seu ombro. Quando as portas da cripta se abriram, senti o cheiro de incenso e reconheci a luz tranquilizadora. Deitar, sim, deitar na seda, na cama sedosa. E quem sabia o que *ele* faria enquanto eu dormia, paralisado e incapaz de ajudar? Será que ele poderia gerar aquela dor medonha naquelas crias tenras no mundo inteiro, aqueles novatos no Sangue que sentem qualquer insulto a ele ou a mim com mais intensidade do que os outros?

Fareed se ajoelhou a meu lado. Ele beliscou a pele do dorso da minha mão esquerda e fincou a longa e fina agulha prateada de uma seringa na carne beliscada. Eu não a senti, mas então percebi o sangue saindo de mim. Um sangue tão extraordinário.

– Por que você está fazendo isso? – perguntei.

– Porque quero o sangue dela – disse ele. – O maior volume que eu puder tirar.

Ele devia estar com mais do que uma seringa. Virou minha mão e deu um tapinha em meu pulso. Fechei os olhos.

Depois de um bom tempo, abri os olhos.

Eu estava ali deitado, como um morto exposto num velório. Uma luz fraca bruxuleante. Paredes de mármore. Uma sanca de folhas de acanto percorria os quatro lados do teto retangular dessa pequena câmara. Estrelas pintadas no azul-escuro do teto.

A meu lado, imóvel e calado, no longo banco de mármore, estava sentado Seth, agora o mais antigo de nós, bem, isto depois de Gregory, mas no fundo ele era muito mais o bebedor de sangue de seu tempo, com o rosto estreito e moreno, numa expressão solene enquanto me observava.

– O que eu fiz? – sussurrei. – O que revelei?

– Ela estava dizendo coisas aos sussurros, sussurrando para eles e para nós – disse Fareed. – Ela disse que era a luracástria que liga a todos nós, que se trata de uma enorme teia de luracástria subatômica, mas que tem vida...

Silêncio. Fareed e todos tinham ido embora.

Fiquei ali deitado sozinho na penumbra. Uma vela estava acesa na prateleira de mármore ao lado de meu caixão. Eu ficava tonto e enjoado.

– ... e é assim que ela vem – disse eu – de dentro do cérebro dele, e a alma, o eu astral dele que sobrevive, é a forma sutil... nanopartículas de luracástria... daquele cérebro imortal dele, e a nanoluracástria é seu único ingrediente ou elemento importante que sobrevive.

É. Sim, é isso mesmo. Para me transformar e me tornar imortal como replimoide, eles usaram uma série de elementos sintetizados que eu extraí, examinei, reelaborei e, por fim, vi, entendi, fragmentei e transformei em luracástria, todos esses elementos originados da Terra, transformados por mim em luracástria, vejam os produtos químicos, vejam a luracástria, a bela luracástria, injetada de volta em mim, a luracástria, dentro de mim, cantem em louvor da luracástria em mim, uma nova síntese, e, quando os depósitos químicos na Torre Criativa explodiram em chamas e fumaça, vejam as chamas e a fumaça, quando as explosões foram detonadas em série, uma atrás da outra, e as paredes derreteram como xarope nas águas em chamas, eu também me explodi, fragmentado... mãos, braços, pernas e cabeça, tudo despedaçado, eu ainda conseguia ver, vejam todas as partes de mim engolidas pelas chamas, as menores partes de mim crepitando e se transformando em carvão, meu torso destroçado, tomado pelas labaredas, mas o "eu" em mim foi subindo cada vez mais alto, e, quando meu crânio explodiu, "eu" fiquei livre.

21

Lestat

Eu estava me lembrando de como Marius tinha descrito para mim o corpo esvaziado do Rei Enkil depois que a Rainha Akasha despertou e sugou todo o sangue dele, que o corpo tinha ficado lá, como algum objeto feito de vidro, vazio e translúcido. E era assim que o corpo de Mekare havia ficado, uma coisa translúcida, como plástico.

Quer dizer que é isso o que está acontecendo conosco? Que essa luracástria subatômica está lentamente invadindo e transformando todas as células de nosso corpo, enquanto essas células retêm sua natureza autorreplicante e nós aos poucos vamos nos tornando luracástria?

O sol tinha se posto havia duas horas. Eu estava sentado em meu quarto particular com Rose nos braços, Rose, sonolenta, com a cabeça encostada em meu peito. E Viktor, meu filho, a meu lado. Rose era tão nova que parecia humana sob todos os aspectos, até mesmo na pele corada. E ela dava a impressão de ter o corpo inteiro macio e delicado, ali jogada em meu colo, com o cabelo negro escondendo seu rosto, e seu vestido longo de seda vinho ajustado aos membros de formas primorosas. Meu filho estava exausto e esgotado pela dor da noite anterior. Sentava ereto, com as mãos unidas entre os joelhos, os olhos azuis fixos em algum ponto distante, o cabelo louro cortado muito curto tremeluzia à luz dos castiçais de parede, majestoso mesmo com sua calça cargo e camisa de um verde-oliva escuro, seu rosto tão parecido com o meu, e no entanto totalmente diferente, de proporções mais refinadas, com a boca tranquila, embora seus olhos estivessem semicerrados e sua expressão fosse de raiva.

Os dois tinham sofrido a agressão indescritível. E Louis também devia tê-la sentido, apesar de não ter dito uma palavra a respeito. Na realidade, todos os mortos-vivos no château inteiro haviam sentido alguma versão dela. Ou era o que parecia. A certa altura, David tinha perdido a consciência.

Rose também. Teimoso, Viktor tinha se mantido agarrado à consciência, na determinação de observar o que acontecia.

– Transformei a dor em cores – Viktor me dizia agora. – Eu a via em tons de vermelho e amarelo, e, quando ela ficou pior, era de um branco puro. Não conseguia imaginar o que tinha acontecido. Não conseguia. E ninguém saiu da Câmara do Conselho para nos dizer. E não nos atrevíamos a nos mexer. Louis estava abraçado com Rose quando tudo aconteceu. Eu queria abraçá-la, mas não conseguia.

Louis estava sentado numa poltrona ali perto, discreto e esplêndido em seus trajes escolhidos por mim, o inevitável paletó de veludo azul-escuro e as camadas de renda finíssima e sutil junto do pescoço, com a esmeralda que brilhava no dedo. Suas botas pareciam de ônix.

– Eu não pretendia provocar a dor – disse Amel, dentro de mim. – Não era minha intenção que houvesse dor alguma. Eu não conseguia impedir a dor. A dor nunca foi a questão principal.

Essa era a primeira vez que ele falava comigo desde que eu tinha acordado. Ele não estava presente durante a primeira hora, em que permaneci em minha cama-caixão de cetim creme, obediente, incapaz de arriscar a me expor aos últimos raios do sol lá em cima.

Falei com ele em silêncio:

– O que você quer agora? – perguntei.

– Quero? – O longo suspiro, um suspiro tão característico dele que eu o teria reconhecido mesmo que o ouvisse em meio a uma multidão de suspiros. – Quero. – Não uma pergunta. Só um comentário. Silêncio. O fogo crepitando por trás do guarda-fogo de latão.

Aos poucos o quarto foi ficando visível para mim. Um aposento digno de um príncipe.

– Prestem atenção, todos vocês – disse eu. – Ele não pretendia provocar dor. Ele fará todo o possível para nunca mais voltar a provocar uma dor como aquela.

Viktor assentiu.

Rose se mexeu, encostada em meu ombro.

– Mesmo que tenha sido só por meio ano – disse ela –, foi uma vida inteira.

– Não fale desse jeito – disse Viktor. – O que é isto aqui? Um serviço fúnebre para todos nós antes mesmo que tenhamos morrido? – Ele olhou para mim. – Pai, você não vai permitir que esses replimoides nos destruam!

Ele se levantou, de frente para mim, com os braços cruzados. Ombros poderosos, belo corpo. Nenhum pai neste mundo jamais pediu um filho melhor.

— No château inteiro — disse ele — todos estão carrancudos! Como podem estar tão carrancudos?

Fiz que sim, indicando que eu entendia o que ele estava dizendo, mas as palavras me faltavam.

— Minha mãe sentiu a dor — disse ele. — Ela me ligou de Paris. A dor deve ter sido sentida no mundo inteiro. Benedict e Rhoshamandes devem tê-la sentido. Como eu queria saber quantos de nós existem no mundo inteiro.

— Ninguém sabe isso, nem mesmo Amel — disse eu.

Pequena pulsação em minha nuca, pequeno espasmo nos vasos sanguíneos por baixo da pele em minhas têmporas.

Eu não conseguia parar de ver a casca vazia do corpo de Mekare. Aquilo ali era só luracástria? E será que a luracástria subatômica transformaria as células numa luracástria mais resistente, em perpétuo aperfeiçoamento, que por fim se tornaria imune ao sol, quase totalmente imune, com exceção de mim, o hospedeiro do cérebro de Amel?

Dentro de mim ele não deu resposta a isso.

Aconchegando Rose com cuidado nos braços, eu me levantei e a coloquei com carinho no divã. Dei-lhe um beijo no alto da cabeça.

— Não importa o que aconteça — disse eu, enquanto olhava dela para Viktor e por fim para Louis —, vou lutar por nós e por quem nós somos. Somos os estranhos frutos dessa entidade, mas foi através de nós que ele se descobriu. Ele sabe que o amo, e o amo ainda mais a cada descoberta que faço sobre ele. E sei que ele deve nos amar, deve saber...

Amo você.

— E não há nenhum motivo — prossegui — para esse ser o fim para nós. Neste momento, não é concebível como Kapetria ou os outros replimoides poderiam querer acabar conosco. Eles não estão esperando, com bisturis na mão, para liberá-lo de mim, porque não têm onde colocá-lo.

É verdade.

— Agora, vou voltar lá para cima e trabalhar com os outros em busca de algum tipo de solução.

— Aonde eles foram? — perguntou Louis. — Quando acordei, disseram que alguns deles tinham saído do povoado por volta das duas da tarde, e que os outros permanecem aqui, aguardando algum tipo de ação contra Rhoshamandes.

— É isso mesmo — disse eu. — Doze foram embora. Doze. E os quatro mais velhos permanecem aqui.

— Você está dizendo que no espaço de um dia eles se multiplicaram? — perguntou Louis.

— Parece que sim — disse eu. — Desconfio que cada um deles tenha gerado mais um. Isso levaria a um total de dezesseis. Se subtrairmos os quatro mais velhos, teremos os oito que saíram, dois dos quais eram mulheres, e todos os demais do sexo masculino. Fui informado disso hoje bem cedo, enquanto ainda estava na cripta.

Pude ver a mescla de repugnância e alarme na expressão deles.

— Eles não sofrem nada quando se multiplicam, não é mesmo? — perguntou Rose. — Simplesmente se multiplicam.

— Como podemos saber? — perguntei. — Mas de que adianta vocês se alarmarem com isso? O fato é que eles poderiam ter se multiplicado com facilidade a qualquer momento. Do que eles precisam, além de um aposento seguro onde o processo possa se realizar?

Quando despertei, eu tinha pensado que seria nossa tarefa comunicar o que havia sido dito na sala de conferências aos outros ali na corte, mas Marius e Gregory já fizeram isso. E a notícia estava se espalhando velozmente.

— Há outros assuntos a tratarmos agora — disse eu. — Gregory, Seth, Teskhamen e Sevraine saíram à procura de Rhoshamandes. Partiram antes mesmo que eu abrisse os olhos, porque eles acordam mais cedo do que eu. Arion logo os acompanhou. Assim como Allesandra, Everard de Landen e Eleni. Eles são crias de Rhosh, como vocês sabem. Acho que pretendem matá-lo.

— Mas você não deu permissão para isso, deu? — perguntou Louis. Seu tom era tão neutro que não pude interpretar se ele era a favor da ideia ou contra ela.

— Não — disse eu. — Suponho que tenham ido comunicar a determinação de que Rhoshamandes não pode fazer mal aos replimoides, da mesma forma que não pode tentar nos fazer mal.

Pareceu que eles aceitaram isso, e percebi, como vinha constatando tantas vezes ao longo dos seis meses anteriores, que todo mundo, quase todo mundo, esperava que eu verbalizasse certas coisas. E, quando eu de fato as verbalizava, havia um alívio inevitável, mesmo que passageiro.

— Não vejo saída para Rhoshamandes — disse Louis, com a voz baixa. Ele não estava me desafiando, apenas refletindo.

— Bem, pelo menos há uma probabilidade de haver paz — disse Rose. Ela afastou o cabelo de cima dos olhos e ficou olhando por um instante para a mão, para as unhas. Suas unhas eram de fato o único aspecto que por enquanto a denunciava como um ser sobrenatural. Elas brilhavam. Rose não conseguia parar de olhar para elas, de ficar fascinada com seu brilho. Luracástria.

— Uma probabilidade, sim — disse Viktor —, mas francamente eu preferia que Rhoshamandes já não existisse. Será que não temos o suficiente com que nos preocuparmos, sem contar com ele?

— Já está na hora de eu aparecer e fazer o possível para acalmar os outros — disse eu. — Preciso entrar no salão de baile. Não tenho escolha.

— Nós vamos junto — disse Louis.

Saí dali e fui atravessando a longa série de salões sucessivos que se encontravam entre mim e o salão de baile desse meu covil pretensioso. Estavam tocando música como sempre, e nesta noite era Sybelle ao cravo, Antoine regendo e os cantores de Notker cantando num delírio monossilábico — numa valsa desenfreada que partia da "Danse Macabre", de Camille Saint-Saëns, e levava a melodia a alturas enlouquecidas.

Quando entrei no salão, vi que ele estava apinhado, e quase todos os bebedores de sangue dançavam, sozinhos, com um parceiro ou com uma roda de parceiros. Apenas alguns ficavam sentados aqui e acolá, e outros enlevados pela música como que num transe. Pelo menos uns cem recém-chegados estavam na multidão. E, se havia algum pânico por causa dos replimoides, ele sem dúvida não ficava visível para mim. Entregar-se à música, entregar-se à dança, era isto o que importava no salão de baile, ou era o que me parecia. A isso se somava a nova animação dos rostos quando eles me viam, as reverências, as saudações dos esfarrapados e dos cobertos de joias.

De imediato, Zenóbia, trajada de modo deslumbrante, pegou minha mão e seguiu para a pista de dança.

— Estou tão grata por Marius ter ficado conosco — disse ela. Zenobia era delicada de feições e de compleição. Cordões de pérolas estavam entremeados com primor entre seus belos cabelos, negros e reluzentes. Aqueles olhos tinham contemplado Bizâncio, olhos que haviam visto Santa Sofia em toda a sua glória.

— Isso me alegra também — disse eu. — Mas por que ele ficou?

— Foi assim que eles explicaram — disse Zenóbia. — Alguns deles talvez não retornassem da visita a Rhoshamandes. Logo, era imperioso que, se as coisas dessem errado, houvesse aqui um contingente de fortes, aqui, para ajudá-lo, à sua direita e à sua esquerda. — Uma voz tão agradável, falando inglês com um forte sotaque que lhe conferia um charme especial.

— Entendo — disse eu. — E Avicus?

— Dançando — disse ela, com um rápido sorriso. Fez um gesto gracioso com a mão pequena, para dizer "em algum lugar por aí". Era tão encantadora quanto o registro que Marius tinha feito de quando se deparou com ela pela primeira vez em Constantinopla, tantos séculos atrás. E achei especialmente sedutor que ela estivesse usando trajes masculinos de corte perfeito – paletó cinturado com lapelas cobertas com lantejoulas, calça justa tremeluzente, camisa de seda de cor turquesa brilhante.

Antes que eu percebesse, já estávamos girando em círculos amplos, e então ela me passou para a linda Chrysanthe, de cabelo castanho, num esvoaçante vestido longo branco, com diamantes no colo que ofuscavam a visão. A música estava atingindo um movimento frenético.

– E você teve alguma notícia de Gregory? – perguntei, porque sem dúvida seu Esposo no Sangue teria lhe passado alguma informação que talvez não estivesse contando para os demais.

– Não soube de nada – disse ela. – Mas não estou com medo. Ainda assim, só vou ficar tranquila quando ele voltar. Eu queria ir com eles. Mas Gregory não quis me ouvir. Nenhum deles quis me ouvir.

– Eu é que deveria estar com eles – disse eu. Mas os outros tinham se oposto terminantemente. O que impediria Rhoshamandes, acuado, de me atacar e, com isso, tentar destruir a todos nós?

A dança continuou a uma velocidade vertiginosa. Vi relances de Davis e Arjun tocando instrumentos na orquestra, Davis desta vez com o oboé, e Arjun, com o violino. E lá estava Notker, o Sábio, em pessoa, cantando com seu coro de sopranos masculinos e femininos, e Antoine regendo com tanta fúria que seus movimentos já eram em si uma dança.

Lá estava Marius em sua túnica comprida, com cinto vermelho, sentado meio afastado, absorto numa conversa com Pandora, e Gremt Stryker Knollys, o espírito encarnado, com o olhar fixo em mim, acompanhando cada movimento meu, com David Talbot a seu lado, obviamente falando com ele, que permanecia indiferente. Gremt precisava de mim, me chamava em silêncio, sem nenhum sinal visível.

– Com licença – disse eu a Chrysanthe. – Tenho umas coisas a fazer.

Ela fez que sim, indicando ter entendido. Mas continuei segurando sua mão, enquanto fazia um gesto para David se apresentar. Entreguei-a então a seus braços cavalheirescos. Fui na direção de Gremt. E, quando viu minha aproximação, ele se levantou e se encaminhou para as portas abertas que davam para um terraço de pedra. Será que os vampiros jovens achavam que ele era um vampiro? Será que os vampiros antigos o desprezavam porque a Talamasca, que os observara pelas eras afora, tinha sido fundada por ele? Eu poderia ter passado noite após noite na corte, falando com bebedores de sangue novatos ou me encontrando com os antigos que aparentemente não paravam de chegar, para fazer parar os rumores "exagerados" de sua extinção. Por favor, Quinn, meu amado Quinn, uma noite dessas, se ainda nos restarem muitas noites, entre por aquelas portas.

Gremt não estava tentando me evitar. Pelo contrário, quando olhou para trás de relance, pareceu que me chamava para ir com ele lá para fora.

O ar estava um gelo, e o terraço, coberto de neve, mas o céu ficava extraordinariamente limpo, e a neve rangia debaixo dos meus pés porque estava congelada.

Em pé junto ao parapeito, Gremt olhava para o povoado lá embaixo. Esse terraço não existia em meu tempo, mas tinha sido acrescentado ao château pelos trabalhadores e proporcionava a melhor vista do povoado, com sua rua sinuosa, sua taberna e residências fracamente iluminadas. Havia um toque de recolher para os seres humanos do povoado, mas era permitido ir à taberna e voltar dela. Eu podia ver vultos furtivos lá embaixo, nas calçadas recém-varridas, e alguns se demoravam encostados na parede, como fantasmas escuros que contemplassem o château, e talvez a nós ali em pé um ao lado do outro, embora olhos mortais não tivessem podido me ver segurar a mão de Gremt.

Kapetria e seus irmãos replimoides esperavam na estalagem lá embaixo por alguma notícia sobre Roland e Rhoshamandes. Essa era a reconstrução da estalagem na qual, séculos atrás, eu tinha bebido até não poder mais, com meu amante Nicolas, e pela primeira vez enfrentei minha mortalidade, o que me deixou desvairado.

A mão de Gremt. Tão humana, tão quente em comparação com a minha. Ele era a imagem da dignidade, ali olhando para longe, o cabelo sedoso tão bem cuidado como o de uma estátua grega, seu corpo alto, formidável, no *thawb* longo, preto, de aparência sacerdotal, um traje de que parecia gostar muito. E em que ele estava pensando nessa noite? Por que eu não conseguia ler seus pensamentos, nem os dos replimoides? Tudo bem. Quando estivesse pronto, ele me diria exatamente o que as revelações de Kapetria tinham significado para ele. Elas deviam tê-lo abalado até as raízes.

Captei o cheiro de sangue, como se fosse algo que Gremt pudesse exalar à vontade, ouvi os tropeços de seu coração misterioso ali dentro e senti seus batimentos no pulso.

Sangue inocente, lá estava aquela sugestão de novo, aquele sussurro de Amel numa voz que prescindia de palavras. *O sangue dele, sim, agora.* Minha boca estava sentindo o gosto de sangue. *Eu quero, eu quero o sangue dele.*

– É isso o que você quer? – perguntei a Gremt. – Quer que eu faça com você o que fiz com ela?

— Quero saber o gosto que você vai sentir e o que vai ver quando beber o sangue desse corpo — disse ele, numa voz contida, angustiada. — O que você acha que essa replimoide poderia me dizer sobre o que eu fiz... como me encarnei? — Quer dizer que isso significava muito mais para ele agora do que as revelações sobre Amel.

— Talvez ela possa nos dizer muita coisa — respondi. — E pode ser que nos diga o que não queremos saber. Mas ela vai embora logo, foi o que eu soube, e ninguém conseguiu convencê-la a ficar. Ela e os irmãos irão embora, assim que souberem que Roland e Rhoshamandes já não representam uma ameaça.

Amel estava me instigando. Minha sede estava insuportável. E mais uma vez ele falou no sangue inocente.

O que é tão delicioso assim no sangue inocente? O que o faz parecido com flores primaveris que se desfazem ao toque, ou com um passarinho querendo voar dos dedos que o prendem, ou com a pele de um bebê ou os seios das mulheres?

Atrás de nós, a música e a luz criaram um véu dourado sobre o salão de baile. A voz apaixonada e crua de um violino se soltou das correntes desesperadas da valsa para falar, como os violinos sempre falam, da solidão. Será que esse era Arjun, ou teria Antoine assumido o violino?

Afastei Gremt para um lado, atravessando a neve endurecida, até sermos encobertos pelas sombras de um canto. O povoado não estava à vista porque ficávamos longe demais da borda, e a noite lá em cima estava tão cristalina que as estrelas pareciam ser em número mil vezes maior do que o normal. A neve brilhava branca como a lua. Eu podia vê-la raiada e cintilante nas florestas das montanhas em toda a nossa volta, podia vê-la adornando as ameias, podia ver seus flocos no cabelo de Gremt.

Esse corpo era para mim mais bonito que qualquer um que eu já tivesse abraçado, e Amel estava cantarolando com a valsa tão baixo que eu mal conseguia ouvi-lo. Afastei o cabelo preto e macio de Gremt de seu pescoço, com minha mão esquerda segurando seu forte braço direito, e investi, me perguntando exatamente o que poderia acontecer com esse corpo forjado diante de uma agressão dessas. Será que ele tinha permitido que mais alguém fizesse isso? Decerto Teskhamen, seu parceiro na Talamasca, havia feito isso. *Não. Nunca.* O sangue jorrou tão veloz e com tanta força que molhou meus lábios e meu rosto, como nunca acontece, mas eu não podia recuar. Ele estava vindo rápido demais, e o coração soava com a regularidade de um alarme de incêndio.

Sangue saboroso, delicioso, com sal, com tudo o que o sangue deve ter, e a mente dele se abriu para mim como a polpa dourada de um pêssego dos velhos tempos, quando eu estava vivo e adorava o fruto do verão, a doçura inebriante das frutas frescas das árvores do povoado, bem aqui, nesse vilarejo, eu e Nicki deitados num monte de feno, comendo frutas frescas até nossos lábios ficarem irritados.

Vi um firmamento de estrelas e uma grande guerra de seres etéreos, sem rosto, uivando e lutando uns com os outros, com fragmentos de frases, provocações e gritos de dor. E então a Terra lá embaixo com suas imensas vastidões de águas negras brilhando à luz do céu, e a terra firme plantada com milhares de aglomerados de luzes feitas pelo homem, telhados cintilantes e estradas finas como teias de aranha, e o vento rugia em meus ouvidos. Nós dois, Gremt e eu, estávamos caminhando por uma dessas estradas, andando com passos palpáveis, e quando viramos, do enorme bosque escuro ao nosso redor veio uma corrente de ar gelado cortante, com folhas secas, que nos atingiu com força total, como uma chuva de pregos. Raiva, raiva por toda parte para onde nos voltássemos, a raiva dos espíritos. E então ele estava ali diante de mim, de braços abertos, perguntando se era de carne e osso. Será que sou? O que eu sou? A imagem oscilou, enfraqueceu, quase se apagou. Meu Deus, será que ele estava morrendo? Recorri a todas as minhas forças para me afastar dele. Amel protestou, chiou e lá veio aquela dor de novo, a dor nas minhas mãos enquanto ele tentava me forçar a continuar, e ela subindo veloz pela minha nuca. Gremt caiu na neve.

Pare com isso, canalha, pare, ou eu juro que o entrego para ser preso em algum recipiente a partir do qual não possa nos ferir!

Acabou. Nada desaparece exatamente como a dor – quer dizer, quando ela de fato some. Porque a maior parte do tempo a dor nunca desaparece.

Ajoelhei-me ao lado de Gremt. Ele ficava abatido e quase tão branco quanto a neve, seus olhos estavam meio fechados e luziam como os olhos de um animal morto.

– Gremt! – Virei sua cabeça para mim com as mãos. Estava quente, com a temperatura da vida e da vontade de viver.

Aos poucos, seus olhos foram se abrindo e se tornando cristalinos.

Por um momento interminável ficamos ali juntos, calados. A neve caía. Leve e silenciosa.

– O sangue estava bom? – sussurrou ele.

Fiz que sim e disse algo que era provável que ele não entendesse.

– Sangue inocente.

– Que foi que eu fiz? – murmurou ele. Parecia estar olhando para além de mim, para as estrelas. Será que ele via espíritos lá em cima? Será que os ouvia, de algum modo que eu não conseguia escutar?

– Eles estão nos observando? – perguntei.

– Estão sempre observando – disse ele. – Que outra coisa eles têm a fazer? Sim, estão observando. E se perguntam o que eu fiz, exatamente como me perguntei o que Amel tinha feito. E quantos outros irão descer?

Fiz menção de ajudá-lo a se levantar, mas ele me pediu que esperasse, que lhe desse mais uns instantes. Sua respiração estava irregular, e seus batimentos cardíacos, meio dissonantes.

Afinal, ele estava pronto. Sem dúvida, nenhum mortal no planeta acharia que ele era outra coisa que não fosse humana, a não ser talvez alguma bruxa dotada que conhecesse todos os muitos mistérios, ela talvez enxergasse o que ele era, mas os outros não. E Amel estava certo quanto a Gremt já não conseguir dispersar as partículas. Não precisei perguntar. Eu sabia que era verdade. Porque, se fosse possível fazer voar as partículas pelos ares, isto teria acontecido quando invadi seu sangue.

Levei-o de volta para o turbilhão da luz dourada e da música do salão de baile. Ele estava sonolento, apático, mas não tinha sido prejudicado sob outros aspectos. Passamos roçando por quem dançava e pelos que estavam como que encalhados em volta da pista. No canto dos meus olhos, surgiu Avicus, e a seu lado o ruivo Thorne e o rosto moreno, levemente divertido, de Cyril.

– Salve o poderoso Príncipe – murmurou Cyril. Mas o sorriso não era debochado, nem as palavras. Era só Cyril tecendo um comentário sobre o estado das coisas. E os comentários dele sempre tinham uma reverberação irônica. Hoje ele estava trajado para o baile na maior elegância, em preto e branco. Era engraçado ver isso – Cyril, o frequentador de cavernas e covas rasas, todo ataviado, até mesmo com abotoaduras douradas. Eu quase dei uma risada.

– É isso aí, o poderoso Príncipe – rosnei. – Exatamente o que nós todos estamos precisando, certo? – Essa era minha melhor imitação de um gângster de Nova York, e Cyril a adorou e riu baixinho.

Ajudei Gremt a se sentar no único sofá que consegui encontrar numa penumbra, um canapé de brocado, perdido embaixo de um candelabro de parede com velas queimadas, apagadas e fiapos de fumaça acre. Segurei-o para mantê-lo firme.

– O que você viu? – perguntei. – O que viu em mim?

– Esperança – respondeu Gremt. – Esperança, você há de nos conduzir a salvo ao fim de tudo isso.

Nem um pouco o que eu tinha imaginado.

– E você não *o* viu?

– Vi você.

Ele estava contemplando o turbilhão de dançarinos que se entrelaçavam sob os lustres obscurecidos. E, sem nenhum sinal de ironia, a orquestra e as vozes que cantavam enveredaram direto por uma versão a plenos pulmões da "Valsa do Imperador", de Strauss – provocando uma risadaria desenfreada de toda aquela multidão pitoresca que começou a zombar da música, com passos e reviravoltas exageradas –, recém-chegados esfarrapados se pavoneando com tanta arrogância quanto os trajados em lantejoulas e tecidos diáfanos prateados e dourados. Vi Rose dançando com Viktor, Rose com a cabeça jogada para trás, e em toda a sua volta novatos de rosto rosado como pétalas de flores, como o próprio rosto dela. E vi meu filho, empertigado e elegante como um príncipe europeu, conduzindo Rose naqueles floreios vienenses. Viktor levava aquilo tão a sério. Ele queria que tudo desse certo. E acreditava no poder da pompa e circunstância.

Até mesmo Gremt riu baixinho, movimentando de leve a cabeça com a música alegre, festiva. Mas então vieram os tímpanos, as trompas e as cordas melancólicas para conferir à valsa a tensão tão valorizada pelos presentes.

Por que isso era assim tão importante? Por que tanta coisa dependia daquilo, de imortais reunidos ali numa comunidade enlouquecida, nessa fortaleza protegida do mundo humano?

– Mas não estou entendendo – disse eu, falando direto no ouvido de Gremt. – O que nosso destino tem a ver com o seu? Você pode prosseguir, não importa o que aconteça conosco. Por que eu lhe daria esperança?

Ele se voltou de modo brusco e olhou para mim como se precisasse me ver para poder entender o que eu tinha dito. E então perguntou:

– Mas quem ia querer prosseguir sem vocês?

Fiquei olhando para ele, espantado.

– E Amel? – perguntei. – E toda a história de Kapetria? Você acabou não dizendo nada. Foi o que você sempre tinha querido saber?

– Como assim? – perguntou ele. – Que Amel não tinha nascido como um ser do mal, que ele tinha sido um defensor do bem quando estava vivo? Não foi o que eu esperava. Mas faz diferença agora? Fazia ontem, no ano passado, no ano anterior ao passado, no século passado e no século anterior. Mas não sei se faz diferença agora. Estou aqui e estou vivo. E aquela mulher pode me ajudar, embora eu não saiba como nem por quê.

Concordei. Pensei no que Kapetria poderia fazer pelo fantasma de Magnus. E sem dúvida Magnus estava em algum lugar por ali, invisível, observando.

– Por que ela precisa ir embora? – perguntou-me Gremt. – Por que ela não pode ficar? Gregory lhe implorou que ficasse, e Seth e Teskhamen também. Depois que você saiu, ontem à noite, eles lhe ofereceram tudo o que ela quisesse. Gregory disse que construiria para ela os laboratórios que quisesse em Paris, que poderia ficar com andares inteiros de um dos prédios dele, que ninguém jamais espionaria o que fizesse. Mas ela disse que não, que precisavam partir, que precisavam se entender, se conhecerem uns aos outros. E se nós nunca mais os virmos?

– Ora, talvez essa seja a melhor coisa que poderia *nos* acontecer – disse eu. – Mas o que o impede de ir com ela?

– Mas é exatamente esse o ponto. Ela se recusa a dizer aonde vai. Não parava de repetir: "Por ora, não, ainda não, por ora, não."

– Talvez ela precise nos testar, Gremt – disse eu. – Talvez precise se certificar de que não estamos fazendo algum jogo com ela, que realmente a deixaremos ir. E precisamos estar à altura do teste. Se não estivermos, tudo o que lhes dissemos sobre lealdade entre irmãos é mentira.

Ele não respondeu.

– Estou esgotado – sussurrou. – Preciso ir para a cama e me deitar.

Era de esperar. Eu tinha tirado dele sangue suficiente para levar um mortal ao limiar da morte.

Ajudei-o a se levantar de novo e fiz um gesto para Cyril.

– Leve-o aos aposentos dele – disse eu. – Ele está precisando dormir agora. Consiga para ele tudo o que quiser.

Sem uma palavra, Cyril se encarregou de Gremt.

Parecia que o volume da música tinha aumentado um pouco. Alguma coisa radiante e convidativa estava parada diante de mim. Era minha Rose, com as saias longas e rodadas, da cor de vinho, rodopiando em torno dela, os pés em saltos altos finíssimos e tiras adornadas com pedrarias.

– Pai, dança comigo – disse ela. Seus dentes eram brancos em contraste com os lábios vermelhos. Eu não podia me recusar. E de repente ela estava me conduzindo em grandes círculos através da multidão em movimento, e eu nunca tinha dançado a uma velocidade daquelas. Tive que rir. Não conseguia parar de rir. O sangue de Gremt havia me revigorado. Em toda à nossa volta as pessoas faziam reverências e aplaudiam. Rose cantava o longo acompanhamento monossilábico dos cantores de Notker, e a orquestra pareceu crescer em volume ou tamanho. Este é nosso lugar, pensei, nosso salão de baile, nosso lar. Nós, que sempre fomos desprezados, que sempre fomos odiados, que sempre fomos condenados – esta é nossa corte.

Demos voltas e mais voltas pela pista, e eu não via nada além do rosto de Rose voltado para cima, sua boca vermelha, seus olhos brilhantes.

Esperança... de que você há de nos conduzir a salvo ao fim de tudo isso.

E em algum lugar distante à minha direita vi de relance os espectros dançando, Magnus com a noiva espectral de Teskhamen, nada menos que a esguia e sedutora Hesketh. Qual é a sensação que um fantasma tem ao dançar? E será que algum dia eles seriam tão sólidos quanto Gremt, aprisionados no corpo que tivessem construído para si mesmos? E será que Kapetria criaria corpos esplêndidos, ao estilo de replimoides, para aquelas almas antiquíssimas?

22

Rhoshamandes

Que figuras eles eram esses antigos, em cuja mente ele pouco podia penetrar, e suas crias, voltadas contra ele, cuja mente sempre havia estado fechada, sem conhecer o amor mais intenso que tinha sentido por elas, ou os piores sofrimentos que havia suportado.

– E, quando cada um de nós foi feito prisioneiro pelos Filhos de Satã, você nos virou as costas! – protestou o ingrato e rancoroso Everard de Landen, um almofadinha todo delicado, em seu paletó de marca, comprado em loja, e sapatos italianos frágeis.

– E o que você fez pelos outros, Everard, quando você mesmo conquistou sua liberdade?! – retrucou Benedict, o coitado do Benedict, leal, em pé a seu lado. – Quando se libertou dos Filhos de Satã, você nunca voltou para ajudar os outros a ganhar a liberdade. Você foi se esconder na Itália, foi o que fez.

– E, quando eles nos torturaram e nos fizeram acreditar no velho credo satânico – disse Eleni, chorando lágrimas de sangue –, você não fez nada para nos ajudar. Você que era tão forte. Ah, nunca imaginamos como você era forte, como era antigo, que você já existia muito antes que a terra em que nascemos tivesse ao menos um nome!

– Por que você não nos ajudou? – perguntou Allesandra, aquela que supostamente o tinha perdoado. Ela realmente queria que seu Rhosh confessasse tudo de novo?

– Eu queria a paz – disse Rhosh. Ele deu de ombros. Estava em pé, encostado na parede ao lado da lareira vazia e enegrecida, sem conseguir se mexer, com a força coletiva de Gregory, Seth e Sevraine prendendo-o ali. E quando aqueles feixes telepáticos se transformariam em explosões de calor? Ele se perguntava quanto tempo levaria para alguém tão antigo quanto ele ser consumido pelo fogo. Não tinha procurado usar esse poder cruel contra Maharet. Havia usado uma simples arma mortal, só para golpear a cabeça, o cérebro.

Ah, quem dera ele nunca tivesse ido naquela noite ao complexo de Maharet e acreditado na Voz, jamais houvesse sido enganado pela Voz.

E aqui estava ele – sem escapatória –, amaldiçoado por não ter tido coragem suficiente para lutar contra os Filhos de Satã que haviam capturado e atormentado suas crias, e castigado por ter agredido a grande Maharet.

Benedict continuava a suplicar:

– Aonde quer que ele vá, os outros o amaldiçoam, cospem nele! Aonde quer que ele vá. É a marca de Caim!

– E o que você achava que ia acontecer? – perguntou Sevraine, que nunca levantava a voz. – O Príncipe o liberou, mas ele não pôde lhe prometer um manto de invencibilidade, ou de invisibilidade. O que você achava que aconteceria quando se atrevesse a caminhar pelas grandes cidades onde os novatos caçam?

– O que vocês querem de mim?! – perguntou Rhosh. – O quê? Isso aqui é tão somente um prelúdio de uma execução? Por que prolongá-lo tanto? É para o benefício de quem que vocês dizem tudo isso?

– Você não deve atacar nenhum de nós outra vez – disse Gregory, com a voz neutra.

– Ah, você, de tão pouca lealdade! – exclamou Rhoshamandes com desprezo. – E fiquei do seu lado quando a Mãe o encarcerou por seu amor a Sevraine. Será que um véu de esquecimento encobriu para você todas aquelas ocasiões em que o servi no Sangue da Rainha, com toda a minha alma?! O que você me ensinou então sobre a autoridade, sobre monarcas, sobre imortais presunçosos que inventavam histórias acerca do "direito divino"?

– Eu não lhe disse nada sobre o direito divino – respondeu Gregory, em voz baixa. – Você manteve Derek, inocente e indefeso, preso aqui, quando sabia que estávamos sendo atacados por esses replimoides. Você sabia, mesmo assim não fez nenhuma menção de levá-lo a nós. E você sabe o que queremos.

– Diga-nos onde está escondido esse Roland, que o manteve em cativeiro por dez anos.

– E por que eu faria isso? – perguntou Rhoshamandes. – Por que trairia o único bebedor de sangue do mundo que me demonstrou amizade depois que fui tornado um pária por todos vocês, sim, todos vocês, e fui forçado a perambular no exílio? E que importa para mim que Roland tenha mantido esse estranho prisioneiro? Será que sou o guardião de Roland? O guardião de qualquer um?

– Eles agora são nossos amigos – disse Seth. – São nossa família e exigem justiça pelo que aconteceu a Derek. É o que exigem para selar o pacto de paz conosco.

Benedict se aproximou novamente de Rhosh, que fez um gesto para que ele se mantivesse afastado.

– Não permita que essa seja a última coisa que eu veja – disse ele a Benedict –, que você seja destruído junto comigo. Eu lhe imploro. Isso não.

– Certo – disse Benedict a Gregory e Seth. – Ele prendeu Derek aqui. Rhosh decepou o braço de Derek, da mesma forma que o Príncipe tinha decepado o braço de Rhosh. Sem dúvida, deve haver alguma coisa que ele possa fazer ou dizer para resolver isso! Não acredito que essa seja a vontade do Príncipe. Sei que não é. O Príncipe estaria aqui, se fosse isto o que queria que acontecesse.

Lágrimas de sangue escorriam pelo seu rosto. Pobre Benedict. Rhosh não conseguia suportar vê-lo sofrendo daquele jeito, e ele foi atingido pela realidade estarrecedora de que, se e quando aquilo ali tivesse um fim, já não existiria, e não haveria ninguém para consolar Benedict, que ficaria sozinho, realmente sozinho, pela primeira vez em todos aqueles longos séculos.

De repente, Rhoshamandes se sentiu tão cansado, tão exausto, pensando que isso poderia se arrastar por todas as horas da noite. Foi quando lhe ocorreu um pequeno aforismo que ele tinha aprendido séculos atrás de um imperador romano, considerado um estoico, de que tudo o que se perde na morte, por mais longa que haja sido a vida, é o momento presente em que se morre. Ele sorriu. Porque agora aquilo parecia verdadeiro.

Não muita coisa escrita nas páginas da filosofia dos mortais se aplicava a imortais, mas Marco Aurélio tinha acertado na mosca. Ele havia escrito que alguém poderia viver três mil anos ou trinta mil anos, e tudo o que teria a perder seria a vida que estivesse vivendo naquele momento. Rhosh sentia que estava divagando, ouvindo a confusão de vozes, mas não as palavras.

– Benedict, volte com eles. Vá embora e volte com eles.

Essa era a sua voz? De repente, parecia que ele se tornara duas pessoas, o Rhosh preso contra a parede, com os braços bambos, inúteis, e o outro, assistindo ao desdobramento daquilo tudo. Quer dizer que é assim que termina. Se ao menos eu pudesse assistir a mais uma ópera, mais uma boa produção do *Fausto* de Gounod, andar mais uma vez pelo majestoso teatro da Ópera em Praga ou em Paris. Agora ele já não escutava seus acusadores. Estava ouvindo aqueles deliciosos sons crus de uma orquestra afinando seus inúmeros instrumentos. Ecos num gigantesco teatro dourado. Estava escutando a última canção de Margarida no final do *Fausto*, Margarida à beira da morte. Ah, como era maravilhoso poder recordar essa canção com tanta nitidez, quase com perfeição. Ele podia ouvir a voz dela subindo em triunfo e o coro angelical. E se sentia livre, como sempre quando escutava essa música, não importava onde fosse ou a que horas. Rhosh tinha a impressão de que nada poderia se intrometer ali, no grande teatro dourado da mente, desde que conseguisse ouvir essa música em sua cabeça.

Mas alguma coisa o estava trazendo de volta. A música ficava mais fraca, mais apagada, e ele não conseguia reanimá-la. Era capaz de ver Margarida, um vulto pequenino num palco imenso, mas não ouvi-la.

Relutante, ele baixou os olhos e deixou que a assembleia de acusadores voltasse a entrar em foco.

– *Condenado! – disse Mefistófeles.* Mas o que estava acontecendo?

Roland estava ali em pé diante dele. Roland. E aquele era Flavius, o velho escravo grego, ao lado, e Teskhamen, o poderoso Teskhamen, que ele nunca tinha conhecido nos tempos antigos, segurando Roland firme, pelo braço direito. Eles o tinham encontrado, o haviam trazido para dentro, deixando o vento e a chuva lá fora, e Roland ficava ali parado, seu rosto a imagem do terror. Arion também estava apavorado. E Allesandra, sua fiel Allesandra, tinha erguido as mãos para cobrir os olhos. Parecia que todos falavam ao mesmo tempo.

A figura de Roland explodiu em chamas, que brotaram de seu coração, de seus membros. Rhosh mal podia acreditar no que estava vendo, Roland girando sem parar, e as labaredas fazendo com que ele encolhesse, até se tornar um grande carvão que girava, enquanto de Roland não vinha nem um único som, não vinha nem um som de ninguém – de ninguém –, chamas que se atiravam para o teto, que dançavam e tombavam sobre si mesmas até não haver mais nada nelas. Até não haver mais chamas.

O fogo apagou. Não se ouviu um som no recinto. Alguma coisa indescritível estava reunida ali no piso de pedra. Algo espesso, escuro e imundo como a fuligem na lareira.

E então Benedict chorando, Benedict, o único que chorou por Roland – esse foi o único som.

Rhosh fechou os olhos. Podia ouvir o mar batendo contra a ilha e o vento entrando veloz pelas enormes janelas abertas em arco, o vento que atacava o delicado rendilhado gótico das janelas. Benedict estava soluçando.

Um peso atingiu Rhosh.

Era Benedict que se jogara contra ele, de costas para Rhosh, com os braços abertos. Por um instante Rhosh se sentiu livre da pressão dos feixes telepáticos e tentou com todo o seu poder afastar Benedict de lado, mas Benedict não cedeu. E ele estava por fim recorrendo a todas as suas forças, por fim aprendendo a usá-las, para permanecer ali enquanto os outros seguravam os braços de Rhosh.

– Muito bem – disse Seth, o Príncipe perverso, o arrogante Príncipe de Kemet. – Dê-nos sua palavra de que você nunca mais atacará nenhum de nós, nem nenhum deles.

– Ele dá a palavra! – exclamou Benedict. – Rhosh, fale com eles.

Sevraine avançou um passo e se voltou para os outros.

– E que o mundo inteiro seja informado de que ninguém pode acusá-lo ou cuspir nele, amaldiçoá-lo ou procurar de alguma forma zombar dele! Que tudo isso está encerrado!

Quando ninguém falou, ela voltou a se manifestar:

– De que adianta uma corte, um príncipe ou um conselho se essa ordem não pode ser dada! Roland se foi, está acabado, punido pelo que fez. Agora, Rhoshamandes, por favor, dê-lhes o que querem, e você, você e você deem a ele o que ele quer!

Benedict se virou, abraçou Rhosh e encostou a cabeça na dele.

– Por favor – sussurrou ele. – Ou eu morro com você, juro que morro.

Com delicadeza, Rhosh afastou Benedict para um lado.

– Eu me arrependo do que fiz – disse Rhosh. E era verdade, não era? Ele lamentava o ocorrido. Poderia ter dado de ombros mais uma vez com a pura ironia daquilo tudo. Claro que lamentava! Lastimava ter um dia sido tão tolo e ter metido os pés pelas mãos, e também deixado que os Filhos de Satã atraíssem suas crias para uma armadilha e o expulsassem da França. Como lamentava! Sentia muito por tudo aquilo. Parecia que era isso o que estava dizendo em voz alta, e que diferença fazia que os outros não tivessem a menor ideia do que ele no fundo queria dizer?

– Mas eu quero ir à corte! – disse ele.

Eles estavam parados diante dele, como peças num tabuleiro de xadrez.

– E eu me recuso a limpar essa imundície abominável que vocês largaram em meu piso!

Benedict levou os dedos aos lábios de Rhosh.

– Eu limpo – sussurrou ele. – Pode deixar que eu limpo.

– Venha à corte você mesmo e pergunte ao Príncipe se ele pode aceitar isso – disse Gregory. – E, se algum dia você atacar qualquer um de nós, qualquer um de nós, seus irmãos no Sangue, *ou os replimoides*, esse será seu fim, ouça o que estou dizendo.

Silêncio.

Rhoshamandes assentiu.
– Muito bem – disse ele.
Os outros se foram.
Num piscar de olhos, eles sumiram. As longas cortinas de veludo pesado praticamente não se mexeram nos varões. Uma leve ondulação percorreu a enorme tapeçaria antiga na parede mais distante, e todos aqueles cavalheiros e damas franceses olharam para ele de soslaio.
Rhosh já estava saindo da sala antes de ter tomado essa decisão. No quarto, procurou a única cadeira que de fato apreciava e descansou a cabeça no espaldar alto de madeira. Ali o fogo civilizado do início da noite ainda ardia, e na parede o relógio dourado dizia que ainda não era meia-noite.
Ele fechou os olhos. E dormiu.
Quando acordou, o relógio lhe mostrou que ele tinha dormido por uma hora, e viu que as achas haviam sido arrumadas e outras foram acrescentadas. A própria visão das chamas, que sempre era tão reconfortante para ele, lhe dava calafrios. E olhou para as mãos, tão brancas, tão pouco humanas, mas tão fortes, e recostou a cabeça novamente, sem dar muita atenção ao relógio que agora batia uma hora.
Dormiu. Sonhou.
E então Benedict e ele estavam deitados na cama, um ao lado do outro.
– Você vai querer ir à corte, falar com o Príncipe? – perguntou Benedict.
– Não – disse ele, olhando para o alto, para a parte interna do baldaquino. – Mas não quero que me digam que não posso ir.
Benedict pousou a cabeça no peito de Rhosh.
Rhosh queria lhe dizer tanta coisa. Dizer a Benedict o quanto o amava, que nunca tinha visto tanta bravura, que nunca, jamais, se esqueceria da coragem dele, enquanto eles percorressem a Estrada do Diabo juntos... mas nenhuma dessas palavras foi pronunciada, porque elas não estariam à altura dos sentimentos em seu íntimo, as palavras davam muito trabalho e banalizavam o amor, o amor total que sentia por Benedict e sempre tinha sentido.
Passou os dedos pelo cabelo de Benedict.
Fausto...
Em algum lugar no mundo, sem dúvida, alguma companhia de ópera estava apresentando o *Fausto*. Como poderia haver companhias de ópera no mundo e nenhuma estar apresentando o *Fausto* de Gounod? E amanhã à noite, na noite seguinte ou na posterior, eles encontrariam essa companhia. Procurariam sua sede majestosa. E então caminhariam juntos, como mortais,

simples mortais, em trajes a rigor, passando por longos corredores acarpetados, cercados pela pulsação de corações humanos, pelo calor da respiração humana, entrariam no camarote de veludo e douradura, ocupariam seus lugares e ficariam ali sentados na penumbra agradável e aconchegante, a salvo em meio à multidão de mortais. Ele ouviria a voz de Margarida subir no *finale*, e tudo estaria uma perfeição mais uma vez.

Afinal de contas, dá muito trabalho odiar as pessoas, não dá? E também sentir raiva, se importar com noções abstratas, como a culpa ou a vingança.

O Príncipe parecia distante e sem importância. A corte não significava nada para ele, Rhosh. Até mesmo Roland não significava nada. Ele não poderia ter salvado Roland, que se foi. Só isso. Roland se foi. Mas esse seu semelhante, deitado encostado nele, esse ser que era o seu Benedict, significava tudo, e por que isso o fazia chorar ele não sabia.

23

Derek

Tinha levado um tempo, ou melhor, uma longa noite, de atenção ao que Kapetria dizia e de recordações, bem como algum tempo perto dela e com ela – mas ele finalmente conseguiu ver essas criaturas como seres de uma beleza inata, não como os sanguessugas branquelos que o tinham mantido em cativeiro e o torturado. E em especial esses dois.

Marius e Lestat. Eram duas da madrugada, e todo o grupo de replimoides estava dormindo, com exceção dos mais novos dos recém-nascidos, que se banqueteavam em silêncio, com carnes frias e vinho, famintos como parece que os replimoides recém-nascidos costumam ser, quando se ouviu uma batida à porta.

Derek tinha escutado e se sentou aprumado na cama. Então Dertu, que estava dormindo a seu lado, também acordou, e os dois ouviram com atenção a voz de Kapetria. Tudo estava bem. Eles souberam pelo tom normal de sua voz.

Agora estavam reunidos nos aposentos de Kapetria, com vista para a rua. As janelas antigas com caixilhos de chumbo, acima do povoado adormecido, e as cortinas brancas, diáfanas, sem dúvida impediam a visão de humanos bisbilhoteiros, mas a verdade é que ninguém estava acordado àquela hora no povoado – apesar do fato de que, quando o vento se calava, era possível ouvir aquela música de pesadelo que provinha do château. E se você resolvesse sair e ir até a parte mais alta da rua, poderia vê-los todos se movimentando lá em cima, aquelas criaturas estranhas, uma comunidade delas, em movimento por trás das janelas, por salas e corredores imersos numa brilhante luz amarela.

Lestat e Marius. Eram belos, majestosos em termos positivos, inquestionáveis, e desde o início tinham parecido pai e filho aos olhos de Derek.

Lestat se sentou numa cadeira inclinada contra a parede, como um caubói de algum filme de Hollywood, com o salto de uma bota enganchado num degrau da cadeira e o outro pé calçado de bota no assento da cadeira à sua frente. Seu cabelo comprido e rebelde estava amarrado para trás junto da nuca. Mas Marius ficava sentado imóvel e aprumado como se nunca tivesse tido uma postura preguiçosa, encurvada ou relaxada em toda a sua longa vida de imortal. Os dois estavam de vermelho. O Príncipe, com um paletó de veludo e jeans bem passados, e Marius, uma túnica comprida de lã pesada que poderia ter sido um traje adequado para a corte de qualquer reino do mundo antigo por um milênio.

– Mas ele morreu mesmo, *de verdade*? – perguntou Derek. – Quero dizer, morreu queimado, mas isto quer dizer que ele não vai mesmo poder voltar?

Foi Marius quem tinha falado até aquele momento, e também quem respondeu à pergunta.

– Você talvez sobrevivesse a um pequeno incêndio como aquele – disse ele. – Mas nós não temos como. Pode ser que Roland tivesse uns três mil anos no Sangue. Isso resulta num bebedor de sangue poderoso, mas não num bebedor de sangue que não possa morrer queimado.

Ele estava usando a mesma expressão que Derek, mas não ficava zombando dele. O vocabulário preferido por Marius incluía palavras como "imolado", "incinerado" e "aniquilado". Bem como expressões, do tipo "sem possibilidade de trégua".

– Seis de nós testemunharam a execução – disse Marius –, e é claro que Rhoshamandes também a presenciou. Foi um exemplo para Rhoshamandes, que cedeu. Ele agora está novamente com seu jovem parceiro, Benedict. Benedict também estava presente. Entre o fogo que consumiu Roland e o amor que consome Benedict, Rhoshamandes se apaziguou e nos deu sua palavra.

– Você acredita nele, acredita que ele não tentará nos atacar? – perguntou Kapetria.

– Acredito – respondeu Marius. – Posso estar enganado, mas acredito nele. E por enquanto, se qualquer um de nós agir isoladamente e tentar aniquilá-lo, bem, haverá uma discórdia tremenda. Acreditem em mim, no fundo do meu coração não sinto nenhum amor por essa criatura, mas creio que o perdão a Rhoshamandes deve ser a pedra angular do que estamos pretendendo construir.

O Príncipe revirou os olhos e sorriu.

– Ele não descumprirá o acordo de paz agora, por causa de Benedict – disse o Príncipe, olhando direto para Derek. – Rhoshamandes pode conviver com desfeitas e conviver com o fracasso. Ele é protegido de um orgulho fatal por uma pequenez de alma quase fatal também.

– E é mais útil para vocês vivo do que morto – disse Kapetria.

Marius deu a impressão de estar refletindo sobre isso.

– Milênios antes de eu vir a existir, ele já vivia e caminhava pela Terra, como se diz. – Ele fez uma pausa. – Na realidade, não queremos... – Ele foi se calando.

– Entendo – disse Kapetria. – Li o suficiente de suas páginas para entender. – Era assim que ela chamava os livros deles, suas "páginas".

Marius assentiu e sorriu. Não sorria com frequência, mas, quando o fazia, parecia jovem e humano só por um instante, mais do que parecia ser um antigo romano esculpido num friso.

– E nós temos tanta coisa a fazer agora – disse o Príncipe. – Precisamos criar um credo, elaborar regras, descobrir alguma forma de fazer vigorar as regras.

Marius mantinha os olhos fixos em Kapetria.

– E então, aonde vocês irão agora? – perguntou ele. – Vão de fato sair daqui sem nos dizer onde poderíamos encontrá-los?

Essa era uma continuação da discussão da noite anterior, e Derek sentiu que ficava todo tenso, receando que essas criaturas acabassem por não deixar que fossem embora, que elas nunca tivessem planejado deixá-los ir.

Mas Kapetria encarou com naturalidade.

– Marius, nós temos lugares, lugares que são só nossos. Decerto você entende o quanto precisamos desse tempo juntos.

– Sei que vocês estão se multiplicando até mesmo agora – disse Marius – e não posso culpá-los por isso. Mas quando vão parar? O que estão planejando fazer?

– Como lhe disse ontem à noite – disse Kapetria –, precisamos desse tempo juntos para nos conhecermos. Não dá para você encarar isso do nosso ponto de vista?

– Eu encaro, mas fico perturbado – respondeu ele. – Por que não aceitam o oferecimento de Gregory para morar e trabalhar em Paris? Por que vão se afastar de nós em meio a tanto segredo, quando todos nós juramos que seremos amigos para sempre?

Em que o Príncipe estaria pensando agora? O Príncipe, que ficava sorrindo, com o olhar distante, enquanto escutava.

– Se não por nenhum outro motivo, porque preciso responder às perguntas deles – disse Kapetria – acerca de tudo o que aprendi sobre nós nestes últimos anos. E tenho que estudar os novos. Preciso chegar a algum tipo de entendimento do que eles sabem e do que não sabem, e exatamente de que modo o conhecimento é transmitido, quais são as características desse conhecimento nos novos e quais poderiam ser seus pontos fracos. Olhem, estou sendo totalmente franca com vocês. Minha primeira obrigação é para com a colônia, e eu preciso pôr a colônia em isolamento.

A colônia. Essa era a primeira vez que Derek a ouvia usar essa palavra. Derek gostou da palavra "colônia". Nós somos de fato uma colônia neste mundo, refletiu.

– Por que vocês não ficam por perto – perguntou o Príncipe – e trabalham junto com Seth e Fareed? Você sabe que Fareed está ansiando por isso. Certo, ontem à noite houve alguns pontos de atrito, mas não foi nada. Ele está louco para trabalhar com você. Pense no que conseguiriam realizar, você, Seth e Fareed.

Ele até mesmo falava como um caubói pistoleiro de Hollywood, pensou Derek. Parece uma estátua principesca de porcelana, mas fala como um pistoleiro, com um jeito tranquilo e arrastado. O francês pode ser lindo quando falado de modo arrastado, e o inglês dele era incrível, com o sotaque francês e a fala arrastada. Mas não importava como ele falasse, parecia sincero, e isto enterneceu o coração de Derek. O sorriso do Príncipe era mais animado do que o de Marius porque o Príncipe sorria com os olhos e a boca, enquanto Marius, principalmente, com a boca.

– Sem dúvida, ainda realizaremos muita coisa juntos – disse Kapetria. – É esse o futuro que todos nós queremos. Mas precisamos desse nosso tempo sozinhos antes de qualquer outro desdobramento. E peço que vocês confiem em nós. Vocês confiam, não confiam?

– É claro que confiamos – disse o Príncipe. – E o que faríamos se não confiássemos? Vocês acham que tentaríamos forçá-los a ficar? Acham que tentaríamos trancá-los nos subterrâneos do château, como Roland aprisionou Derek em Budapeste? É claro que não. É só que eu não esperava que vocês fossem embora tão cedo.

Ela ficava irredutível, pensou Derek. Não estava disposta a ceder em nada. E ele não sabia ao certo por quê. Por que eles não permaneciam ali na segurança do château ou, melhor ainda, por que não se instalavam em alguma residência nova em Paris sob a proteção do grande Gregory Duff Collingsworth? Ele tinha se oferecido para lhes dar o que quisessem. Havia lhes prometido recursos além dos seus sonhos.

– E o que vocês farão com as informações que Amel lhes deu? – perguntou o Príncipe. – Nós abrimos as portas para vocês. E elas continuam abertas. Mas não posso deixar de me perguntar o que vão fazer. Eu me pergunto por causa do que sou e do que um dia fui. – Igualzinho a um caubói, tão franco.

– Por favor, lembre-se – disse Kapetria. – Realmente nos vemos como as Pessoas do Propósito, o novo propósito que adotamos em Atalantaya. Nunca faremos nada que prejudique a vida senciente. Somos como vocês. Vocês são como nós. Estamos vivos, todos nós. Mas precisamos de um tempo nosso.

– E Amel? – perguntou o príncipe. – Vocês não querem continuar a aprender direto com ele?

– Como poderemos aprender direto dele – perguntou Kapetria – quando esse tipo de comunicação o expõe ao risco de uma dor lancinante, e essa dor é sentida pela tribo, quando você a sente?

– A dor foi antes de eu beber de seu sangue – disse o Príncipe. – Acho que poderíamos tentar outra vez.

– Há outros meios – disse Marius. – Amel pode falar através de qualquer bebedor de sangue. Ele poderia falar através de mim. Sou séculos mais velho e mais forte que Lestat. Qualquer que seja a dor que eu sinta, outros não a sentirão. – Sua voz tinha uma frieza enquanto ele falava, pensou Derek, mas a frieza não parecia ser dirigida contra ninguém.

Kapetria estava examinando Marius com os olhos semicerrados.

– O que *vocês* aprenderam com Amel? – perguntou Kapetria. – Será que Amel é quem vocês achavam que era? Talvez eu esteja perguntando o que vocês aprenderam sobre Amel comigo?

Silêncio. Derek ficou surpreso com o silêncio deles e sua imobilidade. Quando ficavam quietos, pareciam estátuas.

E então o Príncipe falou. E, pela primeira vez, havia frieza em sua voz também.

– Creio que Amel lhe disse coisas no sangue – disse ele – que eu não pude compartilhar.

Kapetria não respondeu. Ela continuou a encará-lo e não deu sinal do que estava em sua cabeça.

– Creio que ele lhe disse coisas que talvez você não soubesse – disse o Príncipe. E então deu de ombros, se empertigou um pouco na cadeira e desviou o olhar. – É natural que eu me pergunte por que vocês querem ir embora tão cedo. Eu me pergunto o que ele lhes disse. Me pergunto se somos de fato amigos, irmãos, companheiros de viagem pelos milênios. Como eu poderia não me perguntar?

— Não quero decepcioná-lo — disse Kapetria. Sua voz tinha assumido um tom novo, mais sombrio. Mas não era hostil. Só mais sério, como se tivesse sido forçada a essa admissão. — Algo me diz que vocês, vocês dois, têm raciocínio rápido. Eu não tenho.

— São tantas as perguntas que você não fez — disse Lestat. — Você não me perguntou se Amel agora se lembra de si mesmo, e essa me parece uma pergunta importantíssima.

Kapetria olhou para ele, atentamente, antes de responder:

— Sei que ele lembra de si mesmo, Lestat — disse ela. — Soube ontem à noite, pelo sangue. Soube que ele era nosso Amel, que lembra de si mesmo e que lembra de nós.

O Príncipe esperou por um instante e então fez que sim.

— Muito bem — disse ele, mais uma vez desviando o olhar e então o voltando para ela. — Não vou conseguir fazê-la mudar de ideia, certo?

— Não — disse ela. — Mas vocês vão acreditar em nós? Confiar? Confiar em que estaremos de volta em breve? — Isso foi o mais próximo que ela conseguiu chegar de uma expressão de sentimentos profundos, pensou Derek.

Novamente, o Príncipe hesitou.

— Amel tem mais uma coisa a lhe dizer — disse ele.

— O que é? — perguntou ela.

Ele tirou um pedaço de papel do paletó e o entregou a ela por cima da mesa. Era um belo papel de carta, dobrado duas vezes.

Kapetria o abriu. Derek leu com facilidade o texto escrito em letras grandes e perfeitas, sem precisar se inclinar por cima dela. Num relance, ele percebeu do que se tratava. Era o que Dertu, por telefone, tinha dito a Kapetria que fizesse — se eles precisassem se comunicar uns com os outros através da internet —, que transliterasse a antiga língua de Atalantaya em palavras fonéticas por meio do alfabeto. E, quando ouviu mentalmente as sílabas escritas, ele as entendeu:

Você não pode feri-lo. Eu o amo. Você não pode feri-los. Eu os amo. Você precisa descobrir um jeito que preserve a ele e a eles. Ou nada será feito.

Ela olhou para eles e sorriu.

— Muito bem — disse ela.

— O que diz? — perguntou o Príncipe.

— Você não sabe mesmo?

— Não. — Ele deu de ombros mais uma vez. — Ele não me disse o que isso significava. Só ficou repetindo isso aí sem parar e me dizendo que eu precisava lhe passar a mensagem. Que você não poderia ir embora sem a mensagem. Por isso, eu a anotei pouco antes de vir ver vocês. Faz sentido?

– Sim – disse ela. – Faz sentido. Não cabe a ele lhe dizer o que ela significa?

– É provável que sim – disse o Príncipe. Ele se endireitou, deixou que as pernas da frente da cadeira se apoiassem no chão e se levantou.

Kapetria estava ainda sentada, olhando para ele com uma espécie de assombro, mas Derek se levantou em demonstração de respeito. Marius também tinha se levantado e dado a volta em torno da mesa, passando por trás deles e rumando para a porta.

Aos poucos, Kapetria se ergueu. Ela dobrou a folha do papel de carta em quatro e a enfiou no decote do vestido. Fez isso com cuidado, como se o ato tivesse algum sentido cerimonioso. Ela então fez um gesto para que esperassem. Entrou em silêncio no quarto e voltou com um grande frasco tampado, cheio de sangue.

Derek ficou perplexo. Olhou cheio de apreensão quando ela pôs o frasco na mão do Príncipe.

– Isso aqui é meu sangue – disse ela. – Entregue-o a Fareed. É o que ele queria, não é? Bem, esta é uma amostra pura. Quero que ele fique com esta amostra, para extrair o que puder do que descobrir nela.

O Príncipe guardou o frasco no bolso do paletó e fez uma reverência.

– Obrigado – disse ele, e deu uma risada. – Isso vai deixar o cientista maluco numa felicidade sem limites, talvez maior do que qualquer um de nós dois possa imaginar.

Kapetria estendeu os braços para o Príncipe.

Eles se deram um abraço apertado e ficaram assim, juntos, por um bom tempo.

– Deixe-me dizer a Amel agora, através de você, que entendo – disse Kapetria, então. – Que amo você e nunca lhe farei nenhum mal.

O Príncipe sorriu, mas não foi nenhum sorriso inocente, espontâneo. Ele fez que sim.

– E você, Derek, deixe-me abraçá-lo também – disse o Príncipe. – Você passou por sofrimentos demais. Perdoe-nos o que aconteceu. – Eles se abraçaram, e então Marius estendeu a mão, em despedida.

Tocá-los, tocar na pele deles, não tinha sido problema. Ele não sentiu o arrepio que vinha temendo. Por mais poderosos que eles fossem, eram impregnados de um autêntico calor humano e estava tudo bem.

No entanto, agora que estavam descendo a escada, Derek sentiu uma pequena onda de alegria, cruel, por Roland ter morrido. Roland tinha sido punido pelo que fizera a Derek e perdido sua "imortalidade". Ele já não existia. O fato de Arion ter ajudado na punição a Roland também tinha deixado Derek feliz, mas Derek se sentia muito mal por estar feliz com o fato de qualquer criatura ter morrido. Passou por sua mente de repente que, quando de fato estivessem abrigados em algum local seguro, todos se alegrariam porque lá não haveria lugar para a morte e para o medo, e eles seriam uma colônia, uma família, em seu mundinho. Ocorreu-lhe uma forte sensação de Atalantaya, como acontecera na noite anterior, durante toda a história de Kapetria, de noites de calor em Atalantaya, quando parecia que todas as coisas vivas estavam contentes e vicejantes, a música era tocada nas esquinas das ruas e nos pequenos cafés, as flores perfumavam o ar, as árvores altas e finas com suas folhas de um verde amarelado criavam sombras rendilhadas nas calçadas brilhantes e os pássaros cantavam, todos aqueles pequenos passarinhos que viviam sob o enorme domo de Atalantaya, aos quais nenhuma referência tinha sido feita, por nenhum deles: vejam esses pássaros.

Kapetria foi à janela e afastou a cortina branca. Derek se postou ao lado dela, olhando para os dois lá embaixo, quando saíram para a rua, abaixo da lâmpada acima do letreiro da estalagem, e então os dois vultos desapareceram.

Kapetria deu um risinho deliciado.

– Você viu em que direção eles foram?

– Não – disse Derek. – Eles simplesmente sumiram.

– Quem dera pudéssemos nos locomover desse jeito.

Ela ficou ali olhando para a rua vazia lá embaixo. Derek podia ouvir o reverberar surdo da música de lá do château.

– É Marius quem manda, não é? – perguntou ele, sussurrando.

– No fundo, não – respondeu Kapetria, ainda olhando lá para fora, por cima dos telhados pontiagudos do outro lado da rua. – Foi o que pensei, de início. Achei que era óbvio. Mas eu estava equivocada. É o Príncipe quem manda. Foi o Príncipe que decidiu confiar em nós.

– Foi por isso que você lhe deu o sangue? – perguntou Derek. – Tem certeza de que era isso o que devia ter feito?

– Sim, tenho certeza – disse Kapetria. – Não se preocupe, Derek.

– Se é o que você acha – respondeu ele. Já estava se sentindo melhor. Para ele, nada de ruim poderia jamais lhe acontecer de novo se Kapetria estivesse presente. Pensou em todas as vezes que Roland tinha bebido seu sangue.

E imaginar que havia esse médico bebedor de sangue, Fareed, e o que ele poderia ter dado para estudar o sangue.

Kapetria ainda estava olhando para a noite lá fora.

– Marius vai reunir o conselho – disse Kapetria – e fará todo o trabalho de elaborar um credo e regras para eles, com meios para punição dos infratores, e ele tratará de que isso seja feito com dignidade e honra. Mas Marius está com raiva, com raiva dos outros antigos. Ele não se conforma com o fato de que, ao longo de séculos, eles nunca se ofereceram para ajudá-lo a proteger a rainha quando Amel estava dentro dela. Eles observavam de longe, mas nunca ajudaram. Está tudo nas páginas deles. Mais tarde você mesmo vai poder ler tudo isso.

– Por que não o ajudaram? – perguntou Derek, falando tão baixo quanto ela.

– Essa é uma pergunta que só eles podem responder – disse Kapetria. Ela soltou a cortina diáfana e se sentou de novo, de braços cruzados. – Seja qual for o caso, Marius fará o trabalho que tiver que ser feito. Mas é o príncipe que mantém a estrutura coesa. E o Príncipe ama Marius, e isto é suficiente para Marius fazer o que tem que ser feito.

– *Gravitas* – disse Derek. Ele estava parado ali, olhando de cima para ela. – Marius tem *gravitas*.

Kapetria sorriu.

– É, essa é a antiga palavra romana para o que ele possui, não é?

Derek assentiu. Pensou vagamente em todos os livros que tinha lido em espanhol e em inglês antes que aquele monstro medonho, Roland, o capturasse como um passarinho entre as mãos em concha. Pensou em tudo o que havia aprendido quando parecia que simplesmente não fazia diferença, enquanto perambulava solitário, procurando por seres que achava que talvez nunca mais fosse encontrar, quando sonhava com eles. Bem, agora tudo aquilo tinha passado, e tudo o que lera haveria de ganhar vida para ele, não é mesmo, sob perspectivas novas e fantásticas. Ele queria ler as páginas dos vampiros, como Kapetria sempre as chamava. E também poesia e história, bem como todos os livros sobre a lenda de Atlântida que ela lhe descrevera, os livros que ela tinha lido e estudado na biblioteca de Matilde na cidade de Bolinas, na Califórnia, aonde Kapetria e Welf haviam chegado à praia como amantes esculpidos em pedra. Queria visitar todos aqueles lugares que Kapetria lhe descrevera, aonde ela tinha ido tentando encontrar vestígios do "reino perdido de Atlântida". E com toda a sua vontade desejava ouvir a voz de Amel. Se ao menos o príncipe tivesse permitido que Derek escutasse aquela voz. Se ao menos não tivesse havido dor.

Percebeu que Kapetria estava sorrindo para ele do jeito mais carinhoso possível. O calor humano, a sensação de estar a salvo e de ser capaz de ser feliz de novo, tudo isto inundou Derek. Kapetria se levantou e lhe deu um beijo.

– Garoto bonito – disse ela.

Ela voltou à janela e, afastando a cortina, olhou de novo para a rua. Por um instante ele achou que ela fosse chorar. Derek nunca tinha visto uma lágrima em Kapetria. Ela se voltou para ele com aquela expressão amorosa que fazia derreter seu coração.

– Mas por que você não contou ao Príncipe o que Amel disse? – Ele pronunciou estas palavras com a voz mais baixa possível. Nenhum ser humano poderia ter ouvido. Mas os vampiros, quem sabia o que eles escutavam?

– Amel vai contar para ele – disse ela.

Por que ela parecia tão triste? Estava novamente com o olhar perdido, agora na direção do château.

– Venha – disse ela de repente. – Precisamos fazer as malas.

24

Fareed

ELE ESTAVA SENTADO diante do computador em seu apartamento no château e escutou com atenção tudo o que Marius tinha a dizer e que Lestat disse. Como de costume, Seth se manteve totalmente calado. Ele queria começar a trabalhar nesse novo frasco de sangue. O que havia colhido de Lestat estava contaminado com sangue vampiresco. Aquele ali era sangue puro de replimoide, fresco e ainda com algum calor.

– Você não faz a menor ideia do que a mensagem dizia? – perguntou Fareed.

– Nenhuma – disse Lestat. – Mas não importa o que fosse, ela era curta. E ele insistiu que eu a entregasse a Kapetria assim que Roland morreu. Ele sabia que Roland tinha morrido e não me contou. Só me passou a mensagem, e entrei na biblioteca e a anotei. É claro que fiz uma cópia.

Lestat tirou do bolso um papel e o entregou a Fareed. Virou-se então e começou a andar pra lá e pra cá, descrevendo um círculo vagaroso no meio do carpete, com as mãos unidas nas costas, notavelmente parecido com um homem do século XVIII, na opinião de Fareed. Talvez fosse o cabelo preso atrás, como um jovem Thomas Jefferson ou um retrato pintado de Mozart. E a sobrecasaca com as abas rodadas.

Fareed repassou as palavras. Repassou-as repetidas vezes. Tentou encontrar alguma relação entre elas e as mensagens telefônicas que também tinha repassado incansavelmente. Seth estava em pé atrás dele, olhando também para o papel.

– Não consigo decifrá-la – disse Fareed.

– Eu também não – disse Seth –, mas é interessante ver a língua transliterada dessa forma. Os pictogramas eram um caso perdido.

– Então, o que você acha? – perguntou Fareed.

Lestat suspirou e continuou andando pra lá e pra cá.

— Não sei. Eles estão indo embora, e têm o direito de ir. O que será... será. É isso o que minha mente me diz. Agora, será que meu coração concorda com minha mente?

Ele parou e ficou com aquele ar vazio que sempre significava que Amel estava falando, mas, se era verdade, também essa mensagem foi um mistério, porque Lestat não disse nada e recomeçou a andar de um lado para outro.

De repente, batidas fortes na porta.

— Entre, por favor — disse Seth.

Era a dra. Flannery Gilman, e ela estava com um maço de papéis nas mãos.

— Estou ligando para você sem parar — disse ela a Fareed, sem cumprimentar ninguém, sem nem mesmo dar sinal de ter visto Lestat.

De todos os médicos que Fareed tinha trazido para o Sangue, essa era a que ele mais amava. E era ela quem o havia ajudado na gestação de Viktor, a criatura mais semelhante a um filho que Fareed um dia chegaria a ter. Tinha sido ela quem levara Lestat aos pouquíssimos momentos de paixão erótica que uma infusão de hormônios lhe havia proporcionado. Ela ficara grávida com Viktor, dera-lhe à luz, amamentara e cuidara dele até que, por fim, tinha chegado a hora em que ele pôde prosseguir sozinho.

Agora, os dois eram bebedores de sangue, Flannery e Viktor, o único par de bebedores de sangue no mundo inteiro que eram mãe e filho, com exceção de Gabrielle e Lestat.

— Você precisa dar uma olhada nisso aqui, em tudo isso, agora — disse Flannery. — Você pode pôr tudo na tela, se quiser, mas eu examinei os impressos e fiz um círculo em torno de tudo o que é pertinente. Ela mentiu para vocês. Os enganou.

— O que você está querendo dizer? De quem está falando? — Lestat se virou como se alguém o tivesse arrancado de um sonho.

— Fareed disse para eu examinar, um a um, todos os pedidos, requisições, listas de compras, tudo, até os registros mais antigos disponíveis. Foi o que fiz. Busquei tudo o que ela chegou a encomendar para qualquer experimento, qualquer projeto, qualquer ensaio!

Fareed examinou os papéis, com os olhos passando a uma velocidade sobrenatural pelas folhas impressas, pelos muitos círculos feitos com caneta hidrográfica por Flannery, pelos trechos sublinhados por ela, virando as páginas depressa. Ele então carregou a pilha inteira para a lateral da mesa para poder espalhar as folhas.

— O que é? — perguntou Seth.

– Estou vendo exatamente o que você está dizendo! – disse Fareed. Ele olhou para seu amado mentor e então para Lestat. – Desde as primeiras semanas dela na Collingsworth. Mas como ela conseguiu se safar? Ah, estou começando a entender. Usando o nome dos assistentes.

– E veja os registros de quantidades em duplicata – disse Flannery. – Repetições de pedidos, alegações de remessas roubadas, de embalagens danificadas ou que nunca foram recebidas. Posso apostar que todos os pedidos, sem exceção, sempre foram recebidos. Dê uma olhada nisso, nesses pedidos de hormônio de crescimento humano. Em que ela poderia estar trabalhando para usar essa quantidade do hormônio? Ou esse pedido, veja este aqui. Tudo isso era para o projeto da pele sintética. Ora, isso daria para fazer pele sintética para metade da Europa.

– Ela estava construindo um corpo de replimoide! – disse Lestat. – E mentiu sobre isso.

– Vamos voltar ao vídeo dela falando sobre isso – disse Flannery. – Já assisti ao mesmo trecho um monte de vezes. – Ela não esperou pela resposta de Fareed. Sentou-se diante do teclado e fez surgir a filmagem de Kapetria contando sua história, avançando veloz pelo vídeo até a voz dela sair pelos alto-falantes do computador.

Fareed deu a volta para assistir ao vídeo enquanto Seth e Lestat se postavam à sua direita e à sua esquerda.

Lá estava Kapetria à mesa, como na noite anterior.

"No entanto, apesar de todas as horas que trabalhei sozinha e com Welf sob a proteção dos laboratórios debaixo do teto de Gregory, jamais consegui descobrir a verdadeira fórmula da luracástria, nem cheguei perto de reproduzir um material termoplástico ou um polímero semelhante a ela. Ao contrário do que vocês suspeitam, nunca criei um replimoide inteiro, completo e animado, embora tenha sem dúvida me esforçado nesse sentido ao longo de muitos anos."

Flannery acionou o botão para voltar.

– Agora assistam de novo. Estão vendo o que ela faz? Estão vendo como ela toca no cabelo ao dizer isso? Esse gesto é uma dica, uma revelação involuntária, de que ela está mentindo. Se vocês assistirem ao vídeo inteiro outra vez, vão ver exatamente o que quero dizer. Há três momentos em que a voz dela muda de timbre e ela faz esse mesmo gesto, alisando o cabelo para trás.

"Jamais consegui descobrir a verdadeira fórmula da luracástria, nem cheguei perto de reproduzir um material termoplástico ou um polímero semelhante a ela. Ao contrário do que vocês suspeitam, nunca criei um replimoide inteiro, completo e animado, embora tenha sem dúvida me esforçado nesse sentido ao longo de muitos anos."

– Estou vendo – disse Seth.

– Se esforçado nesse sentido? – perguntou Flannery. – Ela vem trabalhando nisso noite e dia, e está bem perto de completar um replimoide! Usou produtos químicos em quantidade suficiente para criar uma família de replimoides. Ela mantém uma reserva desses produtos químicos...

Lestat deu meia-volta e se afastou. Recomeçou a andar pra lá e pra cá, descrevendo aquele mesmo círculo, ou será que agora era um oval?

– Lestat, você se dá conta do que Flannery está dizendo? – perguntou Fareed. – Quanto tempo falta para a hora programada para eles viajarem? – Ele sabia a resposta. Não precisava olhar para o relógio. Sabia muito bem que já estava quase na hora de Lestat se recolher em sua cripta, e isto queria dizer que o próprio Fareed tinha pouco mais de uma hora para si.

– O que podemos fazer a respeito disso? – perguntou Lestat, com a voz contida. Ficava com a cabeça baixa e não parava de andar exatamente à mesma velocidade. Estava com as mãos unidas atrás.

– Ela está criando um corpo para Amel – disse Flannery. – Lestat, você sabe que é isso o que ela esteve fazendo. – Flannery procurou a ajuda de Fareed, em desamparo. – Qualquer que tenha sido seu objetivo até agora, mesmo que fosse simplesmente fazer outros, ela já está com esse corpo quase pronto. Eu sei. Deem-me mais duas horas com essas listagens e eu posso mapear o progresso dela só de examinar os pedidos.

– Não há necessidade – disse Lestat. – Ele lhe deu o que ela precisava saber ontem à noite. Vi quando ele fez isso. E no sangue quando eu a segurava em meus braços. Vi tudo. – Ele continuava andando, pra lá e pra cá.

– E você vai deixar que ela saia daqui? – perguntou Flannery.

Fareed olhou para Seth, que estava em pé, meio afastado da mesa do computador, com os olhos ainda fixos na tela. Flannery tinha feito uma pausa na imagem de Kapetria à mesa, com a mão erguida para tocar o cabelo.

– Flannery, minha querida – disse Lestat. – Simplesmente não há nada que possamos fazer. – Ele parou, levantou os olhos do chão e abriu para ela um de seus mais belos sorrisos. – O que será... será.

– Não, se você os impedir! – protestou Flannery. – Não, se você os prender. Ora, você tem ajuda mais do que suficiente aqui para trancafiá-los, sejam eles vinte agora, vinte e quatro ou trinta!

– Minha querida – disse Lestat. – De que isso adiantaria? E como conviveríamos com uma colônia de replimoides em nossos subterrâneos para sempre, se multiplicando de modo incessante, sem nunca terem permissão para voltar a ver a luz do dia? Ou deveríamos acorrentá-los às paredes para não se multiplicarem? Não executamos Roland exatamente por um crime como esse?

– Tem que haver alguma coisa que se possa fazer.

– Não há, não podemos fazer nada, e não vamos fazer – disse Lestat. Ele ficou parado ali, com as mãos ainda para trás, e sua expressão voltou a ficar vazia, para então assumir seu ar normal de meditação, com os olhos passeando quase a esmo pelas paredes da sala.

– Amel traduziu a mensagem para você? – perguntou Seth.

Lestat fez que sim.

Ele olhava direto para Seth, mas estava falando para todos eles:

– Esta é a mensagem – disse Lestat. – "Você não pode feri-lo. Eu o amo. Você não pode feri-los. Eu os amo. Você precisa descobrir um jeito que preserve a ele e a eles. Ou nada será feito."

Fareed respirou fundo.

– É exatamente essa a mensagem – disse Lestat. Ele aparentava uma calma maravilhosa, tão espantosa!

– Pode ser que haja um jeito – disse Seth. Mas então ele se calou.

Ninguém conhecia ou entendia mais do que Seth o ponto exato em que suas pesquisas se encontravam, o que eles podiam e o que não podiam fazer.

– Tem haver algum jeito de persuadi-la – disse Flannery. – De fazê-la ir mais devagar, de forçá-la a perceber que não se pode tentar uma coisa dessa sem garantias...

– Ela fará o que puder para libertá-lo – disse Lestat. – E fará tudo o que puder para respeitar os desejos de Amel. Eu sei, porque, se eu fosse ela, seria isso o que eu faria. Mas, se eu não tivesse como respeitar os desejos dele, ainda assim faria tudo o que estivesse a meu alcance para encarná-lo, recriá--lo e libertá-lo.

Com a voz baixinha, Flannery citou o velho poema de Dylan Thomas:

– "Não te vás tão manso nessa noite boa... Brada, brada contra a luz que se apaga!"

Lestat sorriu entristecido.

As portas se abriram, e Thorne e Cyril entraram.

– Você sabe que aquele bando de esquisitos se mandou, não sabe? – disse Cyril, com seu atrevimento habitual, se dirigindo ao Príncipe, como se não existisse mais ninguém no mundo. – Simplesmente se arrancaram, em dois carros. Eles procriam como ratos! Devia haver uns vinte! Quer que vamos atrás deles? Achei que só deveriam partir depois que amanhecesse. É provável que já sejam trinta antes que cheguem aos portões externos.

– Não – disse Lestat. – Deixe-os ir.

Fareed olhou para Seth, que estava olhando surpreso para o Príncipe, mas, por trás dos olhos escuros de Seth, as engrenagens estavam funcionando.

– Durmam bem, queridos – disse Lestat. – Estou dando o dia por encerrado... ou a noite.

Lestat rumou para a porta, e os dois guarda-costas o acompanharam, como sempre, mas ele deu meia-volta.

– Ah, e por sinal agora que temos a tradução da mensagem, é provável que consigamos decifrar a língua.

– Vou me dedicar a isso agora – disse Fareed.

– Não, Fareed, não faça isso – disse Lestat. – Passe a tarefa para os poetas e os estudiosos. Todos vocês, cientistas, devem se concentrar na questão de buscar algum modo de cortar a ligação, ou de descobrir uma forma, se existir alguma, de sobrevivermos quando ela vier buscar Amel.

O Príncipe e os guarda-costas deixaram a sala.

Fareed ficou olhando para o grande frasco de sangue. Ele precisaria refrigerá-lo por ora e levá-lo a Paris quando o sol se pusesse. Uma enorme onda de raiva ganhou corpo nele, uma raiva que o surpreendeu e o confundiu, porque ele raramente sentia raiva de alguém no Mundo das Trevas, ao qual ele agora pertencia totalmente. Mas ele sabia que Lestat e a tribo inteira corriam um perigo enorme, e estava apavorado, com medo de não conseguir encontrar a tempo um jeito de ajudar.

Parte III

O
CORDÃO DE
PRATA

25

Lestat

Sete noites tinham se passado. As discussões grassavam. É claro que Benji transmitia pela rádio somente as declarações oficiais mais neutras. Um acordo de paz fora feito com Garekyn Zweck Brovotkin e os outros replimoides, e nenhum bebedor de sangue em qualquer parte do mundo deveria atacar essas criaturas. Os replimoides haviam jurado nunca fazer mal algum aos vampiros, nem revelar seus segredos. A vida deveria continuar como antes. Mas os mortos-vivos sabiam o que estava acontecendo. As incessantes emanações telepáticas tinham dado a volta ao mundo.

Todos os bebedores de sangue reunidos sob o teto do château sabiam exatamente o que estava acontecendo, e grupos se apresentavam, exigindo que nos defendêssemos desse novo inimigo, que poderia tentar arrancar o Cerne de dentro do Príncipe e, assim, aniquilar a tribo. Cyril e Thorne perguntavam por que não lutávamos.

Armand e Marius tiveram uma briga terrível, na qual Armand exigiu que os replimoides fossem caçados e exterminados, e Marius acusou Armand de ter a alma selvagem e ignorante de uma criança.

Os antigos debatiam o assunto entre si, interminavelmente, com exceção de Fareed, Seth e Flannery, que partiram para Paris para trabalhar sem cessar, até encontrar alguma solução para os problemas que enfrentávamos. Fareed era da opinião de que meu precioso gêmeo do mal, Amel, poderia ser removido uma noite para ser posto em um recipiente neutro de algum tipo, um tanque de sangue vampiresco em circulação constante, até a hora em que os replimoides voltassem a surgir. Mas ele admitia que, por ora, era totalmente incapaz de realizar esse feito.

E de que isso adiantaria, de qualquer maneira, quando Kapetria tentasse pôr o cérebro no corpo de um replimoide, um corpo de carne e osso, que poderia andar à luz do sol? Será que os misteriosos tentáculos de nanopartículas não se partiriam com isso? Ou será que todos nós seríamos incinerados, até mesmo os mais velhos, no prazo de algumas semanas, à medida que o misterioso motor que nos animava fosse exercendo suas novas prerrogativas? E o que haveria de impedi-lo, a menos que o mantivéssemos cativo para sempre em algum mecanismo químico?

Repetidamente, os antigos procuravam acalmar os jovens, bem como todos os que vinham do mundo inteiro para descobrir o que estava de fato acontecendo, ou não, e o que eles poderiam fazer.

Uma coisa havíamos conseguido agora. Tínhamos um cálculo bastante bom de nossos números. Era apenas uma estimativa, mas me pareceu bem sólida. Não podíamos ser mais de dois mil no mundo inteiro. Uma tribo tão pequena. Fareed tinha terminado os cálculos que iniciara no ano anterior – levando em consideração todos os relatos das abomináveis Queimas, quando o comportamento de Amel estava desenfreado, bem como cálculos que tratavam de quantos ocupantes cada casa comunal alegara ter, além de cálculos acerca de quantas casas comunais tinha havido no mundo. Ele registrara a identidade e as características de cada novo bebedor de sangue que chegasse a nós. E também tinha colhido o sangue do bebedor de sangue para seu laboratório. Fareed havia interrogado cada um quanto a que outros bebedores de sangue ele encontrara ao longo da vida.

Eu não alcançava tudo aquilo, os gráficos e o papo de matemática. Mas tinha a impressão de que o número em si estava certo, e agora víamos não uma enxurrada de caras novas chegando à corte, mas a volta dos mesmos que já tinham estado ali quando abrimos as portas pela primeira vez.

Mas que diferença fazia se dois mil de nós perecessem, ou quinze mil? Será que em breve seríamos uma lenda e nada mais? Será que a Talamasca humana, agora isolada de Gremt, Teskhamen e Hesketh, um dia saberia o que aconteceu com os famosos vampiros que vinham estudando havia séculos? Será que um dia ela saberia por que eles pereceram, ou que uma nova tribo de imortais agora havia se formado, os replimoides, que tinham como crescer exponencialmente se quisessem?

E esse aumento exponencial é o que tentávamos explicar aos que não paravam de dizer que devíamos destruí-los, incinerá-los, exterminá-los.

– Essa opção nunca esteve em cogitação – dizia Marius, uma noite atrás da outra, falando para as pessoas reunidas no salão de baile. – Mesmo quando eles vieram a nós, havia outros escondidos em algum lugar, possivelmente se multiplicando de um modo incalculável. Enquanto a missão dos replimoides esteve conosco, ela se multiplicou. Não temos conhecimento de nada que restrinja sua capacidade individual ou coletiva para a geração de cópias. Ao que saibamos, pode haver centenas deles agora, possivelmente milhares. Então, quem vamos caçar e tentar destruir?

Marius não tentou defender nossa convicção moral de que não podíamos exterminar os replimoides. Mas nós, do círculo mais fechado, nunca hesitamos quanto a isso. Além do mais, eles ainda não tinham feito nada. Não haviam nem mesmo feito uma ameaça. E se e quando a fizessem, será que não teríamos como nos proteger?

Nossos abrigos subterrâneos eram tão fortes que exigiriam uma enorme quantidade de explosivos para sua destruição durante as horas do dia. E era inconcebível que a tribo de replimoides, cujo físico chamava tanta atenção, viesse aqui em número equivalente a um batalhão para derrubar as portas do castelo e invadir as criptas. Os moradores do povoado entrariam em pânico aos primeiros estouros de explosivos. E convocariam as forças do mundo mortal de toda parte.

Não importava o que eles fossem e o que estivessem destinados a ser, sem dúvida os replimoides temiam ser expostos, tanto quanto nós sempre tínhamos temido. E, embora houvéssemos tido sucesso ao nos escondermos à vista de todos num mundo convencido de que éramos fictícios, os replimoides, uma vez que tivessem sido capturados, aprisionados e examinados, simplesmente não possuíam nossos dons formidáveis que os ajudassem a escapar de cativeiros mortais e literalmente incinerar todos os vestígios de seu material celular que pudesse ter permanecido em mãos mortais.

– Por que não os denunciamos? – perguntavam os novatos. – Por que não voltamos contra eles as forças do mundo?

– Porque eles poderiam, por sua vez, nos denunciar – dizia Marius quase todas as noites, respondendo alguma versão da mesma pergunta.

Quanto ao frasco de sangue que Kapetria dera a Fareed, ele não encontrou nada nele que pudesse ser útil em termos diretos para aquilo que precisava fazer, apesar de ficar intrigado com sua composição. Ele comentou que aquele sangue continha ácido fólico numa densidade cinco vezes maior do que a do sangue humano. Falou de outros produtos químicos, de decifrar o DNA desnorteante, de componentes misteriosos para os quais teria que criar nomes. Quando, através de mim, ele perguntou a Amel o que distinguia o sangue de replimoides do sangue humano, Amel não quis responder. Creio que ele não sabia a resposta. Ou alguma coisa na pergunta acionava nele profundos sentimentos que não conseguia suportar.

Amel, sem dúvida, não fazia a menor ideia de como resolver o problema da ligação, isto estava claro. Se ele um dia poderia voltar a ser aquele grande cientista de Atalantaya, ninguém tinha como saber, mas ele agora não era aquele Ser Maior.

Quanto a mim, eu não estava mais resignado a perecer do que já tinha ficado na vida, não obstante minha dramática pequena tentativa de suicídio no deserto de Gobi. Mas, como não conseguia fazer nada a respeito da ligação entre mim e Amel, fiquei obcecado com a questão de nossa ligação com os outros e como eles poderiam ser isolados de Amel dentro de mim.

Falei com Fareed:

– Descubra um jeito de cortar os tentáculos da luracástria termoplástica de nanopartículas que ligam todos os vampiros ao Cerne. Assim, eu morreria quando Amel fosse removido de mim, sim, mas a tribo sobreviveria.

Fiquei convencido de que Kapetria estava dando tempo para nos concentrarmos nisso. E, quando havia descrito essa imensa teia de ligações como uma tentativa fracassada de propagação, Kapetria tinha nos dado a única ajuda que podia dar.

Mais de uma vez, falei no programa de rádio de Benji, fazendo vagos apelos a ela, muito bem disfarçados como advertências de caráter geral aos bebedores de sangue do mundo inteiro, dizendo-lhes que deveríamos sempre trabalhar juntos, pensar uns nos outros, pensar no bem-estar e no destino uns dos outros. Divulguei o número do celular que eu sempre trazia comigo. Mas não veio nenhuma chamada de Kapetria.

– Se ela soubesse um jeito de cortar a ligação, nos diria – disse eu aos outros, apesar de não saber ao certo por que eu me agarrava a essa opinião sobre ela. Talvez fosse simplesmente porque gostava dela e de tudo o que ela nos contara sobre seu nascimento e sua curta vida em Atalantaya, e realmente adorei o que ela nos contou sobre a vida e as aventuras do espírito dentro de nós, que sempre tinha sido conhecido como Amel. E também que ela tivesse oferecido espontaneamente o frasco com seu sangue. É, ela nos mentira. Mas eu sabia por que tinha feito isso. Não podia condená-la por mentir. Não podia me entregar a uma visão cínica de Kapetria, ou a uma visão cínica dos que estavam com ela. Não podia suportar a ideia da aniquilação deles, da mesma forma que não podia suportar a ideia da nossa.

Que alguma coisa tão antiga e tão misteriosa morresse era impensável para mim. Quando Maharet morreu, o enorme universo singular dela pereceu com ela, e para mim era intolerável pensar nisso. E era por esse motivo que eu também não podia desejar a morte de Rhoshamandes. Quem era eu para dar fim a um ser que sabia o que Rhoshamandes sabia, um ser que tinha visto tudo o que ele vira. Uma noite dessas, Rhoshamandes e eu falaríamos sobre tudo isso, sobre como fora quando ele veio do Mediterrâneo para o Norte pela primeira vez, se embrenhando nas florestas primitivas da terra que hoje chamamos de França. Uma noite dessas, conversaríamos sobre tantas coisas... quer dizer, se não fosse tarde demais.

Por mais que houvesse discussões todas as noites, sessões acaloradas de perguntas e respostas, os vampiros se mantinham grudados à corte. O château podia alojar cerca de cinquenta ou mais hóspedes em suas criptas. Cerca de duzentos outros ou mais estavam abrigados em segredo e a salvo nas grandes cidades próximas. E os novatos, que precisavam caçar os milhões de habitantes em Paris, iam todas as noites à casa de Armand em Saint-Germain-des-Prés. E todas as noites eu ia lá para passar pelo menos uma hora com esses novatos.

Havia choro, acusações veementes de traição, desafios cortantes à minha integridade ou valor como Príncipe dos Vampiros, e discussões longas e violentas sobre o que temer e o que fazer, bem como sobre quanto tempo ainda teríamos.

Mas nós continuávamos juntos, na casa de Armand, ou aqui nessa fortaleza poderosa, onde as luzes nunca se apagavam e a música estava sempre tocando.

Quanto a Amel, ele ouvia com atenção, em silêncio, todos os meus discursos e exortações, somente abrindo seus sentimentos para mim quando estávamos sozinhos. Parecia que, a cada noite que passava, ele sabia mais da própria história, mas a conhecia toda entremeada de confusão e dor. Ele chorava e se queixava dos bravennenses, que chamava de autores de todos os males, atribuindo-lhes a culpa por todas as religiões sangrentas que tinham se tornado o flagelo da humanidade. Às vezes, ele falava na língua antiga por horas, como se não conseguisse se conter, e outras vezes caía a chorar, sem dizer nada.

Esse já não era o espírito infantil que me provocava e dizia que me amava num instante, para me chamar de pateta no minuto seguinte. Esse era Amel, que sabia de coisas que eu nunca saberia, por mais longa que fosse minha vida na Terra, que sabia de possibilidades e probabilidades simplesmente inconcebíveis para nós, bebedores de sangue, mas era o Amel que não conseguia pensar num modo para nos salvar da destruição e jurava repetidamente que nunca permitiria que uma coisa dessas acontecesse.

– Por que não vamos a Paris? – sugeri mais de uma vez. – Por que você não conversa simplesmente com Fareed e Seth, e talvez *vocês* possam descobrir uma forma de cortar a ligação para que os outros não precisem morrer?

Choro. Eu o ouvi chorando.

– Você acha que não tentei?

– Não sei. Bem que eu queria saber. Você construiu Atalantaya – disse eu. Eu não conseguia me habituar a chamá-la de Atlântida. – Você, sem dúvida, pode aplicar sua mente extraordinária a esse problema e chegar a alguma ideia. Tem de haver uma solução.

Isso era um tormento para ele. Eu sabia. Mas eu estava desesperado.

– Não vou deixá-la fazer isso! – protestou Amel. – Você não entende? Acha que ela pode ir em frente sem a minha cooperação? Acha que não posso usar o poder que você tem para incinerá-la? Ela sabe que posso e que o usarei.

E ele não parava com isso, chorando e jurando que nós éramos um, que você é eu, e eu sou você.

– Vá olhar num espelho. Procure um espelho. Este castelo tem espelhos por toda parte. Quero que você olhe num espelho. Quero ver você no espelho.

E assim eu me postava diante de um espelho de tempos em tempos e o deixava olhar para mim, lembrando-me da descrição que Kapetria tinha feito dele, com seus olhos verdes e cabelo ruivo. Podia ter sido seu irmão ou seu primo, foi isto o que ela disse?

– Quando vi você pela primeira vez, parado diante de Akasha – disse ele –, vi a mim mesmo.

Se eu dormia, nós sonhávamos, e estávamos em Atalantaya, e a língua deles estava em toda a minha volta. Andávamos juntos pelas ruas reluzentes, enquanto as pessoas saíam para cumprimentá-lo, para tocar em sua mão. O clima era ameno e agradável lá, como o de Nova Orleans na primavera, e as bananeiras eram muito maiores e primitivas lançando as folhas semelhantes a facas bem alto para o céu acima de nós. Os prédios realmente tinham um brilho acetinado, como o de pérolas. Mas esses sonhos logo se apagavam quando eu abria os olhos.

Uma noite sonhei que um homem e uma mulher estavam conversando na língua antiga. Eu não os via, mas os ouvia, a voz dela e a dele. Pareceu que falaram por uma eternidade, e eu tive a nítida impressão de que, se realmente ouvisse com minha máxima concentração, poderia decifrar a língua. O segredo estava nas repetições. Eu achava que agora sabia a palavra para "vejam", a palavra que repetiam com tanta frequência: *lalakaté*.

Então, quando acordei, descobri que não estava em meu caixão, que eu tinha adormecido no banco de mármore ao lado. Ultimamente, eu vinha fazendo isso com frequência, dormindo no mármore frio e duro, sem me importar com o conforto do caixão, como se eu fosse um monge condenado por seus pecados a dormir num catre duro. Vi meu celular jogado no chão. Desligado do carregador. Sem bateria. Lembrei-me de tê-lo posto no carregador, depois descansei a cabeça sobre a mão direita e adormeci enquanto o mundo lá em cima entoava as *laudes*.

Fiquei olhando para o aparelho.

– Era você falando com ela!

Nenhuma resposta.

Sentei-me e apanhei o telefone. Dei uma verificada, e lá estavam os telefonemas. O dia inteiro, uma chamada atrás da outra, até a bateria acabar, sete chamadas separadas.

– Não se preocupe – disse ele. Angústia. – Ela não tem nenhuma solução para o corte dos vínculos. Diz que está trabalhando "no que precisa trabalhar agora".

– Como você fez isso?

– Ela me deu o número quando estávamos juntos no sangue – disse ele. – Eu não tinha me dado conta do que era. Precisei pensar. Você sabe como é difícil eu pensar em uma única coisa isolada de tantas outras coisas. Ela tinha falado de espíritos usarem telefones, rádios e ondas de rádio. E o celular estava logo ali, junto de sua cabeça. Era cada vez mais frequente você dormir daquele jeito no banco, com o telefone bem junto da cabeça. Mas não faz diferença. Ela não sabe de nada. Está trabalhando "no que precisa trabalhar agora". Ela é como um pai determinado a resgatar um filho contra a vontade desse filho.

Amel não disse mais nada pelo resto daquela noite.

Mas eu fiquei abalado.

Contei aos antigos o que ele tinha feito, conseguindo fazer uma chamada telefônica enquanto eu dormia. Fazia muito tempo que todos nós desconfiávamos que ele não ficava paralisado como nós pelo sol, mas, como tantas outras coisas, aquele era simplesmente um mistério que Fareed não conseguia explicar, nem com todos os termos médicos abstratos deste mundo. Falei-lhe sobre todas as vezes que Amel havia tentado me forçar a me mexer contra minha vontade, sobre as vezes que ele tinha feito minha mão saltar ou se contrair.

Depois disso, passei a deixar o celular e o carregador lá em cima, no meu quarto. Se necessitassem de mim durante aquelas horas em que eu estivesse lá embaixo, à espera do sono, precisariam bater na porta do abrigo subterrâneo.

Parecia que Amel não se importava. E de qualquer maneira ele já não estava tentando movimentar meus membros. Pelo menos não na maior parte do tempo.

26

Lestat

CONTEI TUDO PARA LOUIS. Haviam se passado dez noites, durante as quais procurei protegê-lo da dimensão do meu medo. É claro que ele sabia absolutamente tudo o que vinha acontecendo. Ele estava sempre comigo, e nós dois tínhamos conseguido sair para caçar em Paris duas vezes.

Mas aquilo ali era diferente. Fiz um desabafo total. Contei-lhe em confiança todos os meus temores de que não houvesse nada que eu pudesse fazer para impedir o inevitável. Falei do corte dos tentáculos e de como Fareed e Seth estavam trabalhando nisso agora, reunindo todo e qualquer fragmento de pesquisa que tivessem acerca de nós para tentar descobrir um jeito.

– E quais são as chances de Fareed solucionar esse mistério, sobre como todos nós estamos ligados? – perguntei. – Como o próprio Fareed diz, de que modo ele pode desligar alguma coisa que não consegue ver?

Estávamos no château porque ninguém queria que eu saísse dali, a menos que realmente necessitasse sair, o que não precisava, salvo para ir à casa de Armand para uma breve visita, ou para caçar quando eu sentia vontade, e tudo isso eu já tinha feito.

Estávamos na torre sul, que era totalmente nova e continha alguns dos aposentos mais esplêndidos, reservados, em teoria, para os hóspedes mais prezados, e isto queria dizer que tínhamos uma sala de estar só nossa, um lugar bonito e confortável para uma conversa.

Eu tinha mandado decorar esse apartamento todo em tons de ouro, magenta e rosa-escuro, com papel de parede floral e mobília de nogueira do século XIX, cama, guarda-roupa, cômodas e poltronas. Ele me lembrava nosso apartamento em Nova Orleans, e eu o considerava reconfortante depois de todo aquele esplendor barroco, fortemente iluminado, de tantos outros aposentos.

Estávamos sentados a uma mesinha redonda diante de uma janela em arco, com as duas folhas de caixilhos de chumbo escancaradas para o ar da noite. Sem necessidade de luz, já que era noite de lua cheia. Ali havia dois baralhos, e pensei em iniciar um jogo de paciência, só para fazer alguma coisa, qualquer coisa, mas não toquei nas cartas. Adoro cartas novas e reluzentes.

– Já há duas noites que Amel não está comigo – disse eu. – Não sei se você sabe ou não.

Louis estava apoiando os cotovelos na mesa, olhando para mim.

Ele tinha tirado o paletó preto de lã e estava usando apenas um suéter cinza de *cashmere* por cima da camisa branca e da calça preta. Nunca teria feito isso numa noite tão gelada, antes de receber todo aquele sangue poderoso. Eu me pergunto se ele algum dia ainda pensava em Merrick, aquela feiticeira extraordinária que o tinha seduzido, encantado e levado, de modo não premeditado, a expor ao sol seu frágil corpo vampiresco. Merrick havia nos deixado pela própria vontade. Ela era uma dessas almas poderosas, perfeitamente convencida de que uma vida após a morte era mais interessante do que este mundo. Pode ser que esteja vicejando nessa outra vida, ou talvez perdida nas camadas superiores da atmosfera, com os outros espíritos e fantasmas, no reino confuso do qual Gremt fugiu.

Eu vinha observando muitas mudanças pequenas em Louis ao longo dos anos, decorrentes daquele sangue poderoso. Seus olhos estavam sem dúvida mais iridescentes, e me irritava o fato de ele nunca usar óculos escuros, nem mesmo nos recintos mais iluminados, ou nas ruas mais iluminadas. Mas nada mudou o muro de silêncio telepático que existia entre mestre e cria. Mesmo assim, eu me sentia mais íntimo dele do que de qualquer outro ser visível neste mundo.

– O que acontece se você chamar Amel e lhe pedir que volte? – perguntou Louis.

– De que adiantaria? – perguntei.

Eu estava usando meus habituais trajes da corte, porque sabia que isto tranquilizava a quase todos. Mas não combinava com minha disposição de ânimo estar usando brocado azul metálico e babados de cambraia. E, pela primeira vez, invejei as roupas mais simples de Louis.

– Ao que eu possa saber, Amel poderia estar em você neste instante, olhando para mim – disse eu. – Que diferença faz? Num minuto, ele jura que nunca deixará que ela me faça nenhum mal, e no instante seguinte se mostra tão pessimista quanto eu, dizendo que Kapetria é como um pai determinado a resgatar um filho contra a vontade desse filho.

É claro que eu tinha lhe falado do incidente com o celular.

– Creio que isso não seja possível – disse Louis. Seu tom era neutro e a voz, baixa. – Quer dizer, não é possível que ele esteja dentro de mim, mas deixe-me chegar a esse ponto. Venho pensando muito sobre a questão dos tentáculos que nos unem e do que Kapetria disse, que essa era uma tentativa de procriação ou propagação que não tinha dado certo. Isso me faz pensar no cordão de prata.

– Que cordão de prata?

– Cordão de prata era o nome que os antigos parapsicólogos do século XIX davam a esse conceito – disse Louis. – Uma ligação invisível entre o corpo e a alma. Quando um homem faz uma projeção astral, sai do próprio corpo e entra em outro, como você fez com o Ladrão de Corpos, o cordão de prata é o que o liga a seu corpo biológico. E, se o cordão de prata se romper, o homem morre.

– Não sei do que você está falando – disse eu.

– Ah, você sabe sim – disse ele. – Aquele corpo etéreo que está viajando no plano astral ou que está preso dentro de outro corpo, como o corpo etéreo de David Talbot estava preso no antigo corpo do Ladrão de Corpos, esse corpo etérico somente fica livre quando o cordão de prata é cortado.

– Bem, tudo isso é bonito, poético, encantador – disse eu. – Mas é provável que não exista nenhum cordão de prata real. Ele não passa de poesia antiga, poesia dos espiritualistas e paranormais britânicos. Não me lembro de ter visto nenhum cordão de prata quando troquei de corpo com o Ladrão de Corpos. É provável que seja alguma coisa imaginária para ajudar os viajantes do astral a visualizar o que está acontecendo.

– Será? – perguntou Louis. – Não tenho tanta certeza assim.

– Você está falando sério sobre tudo isso? – perguntei.

– E se for esse mesmo cordão de prata que, no nosso caso, ao ligar cada novo corpo etéreo desenvolvido por Amel num hospedeiro, permanece ligado ao corpo etéreo dele, quando deveria, como Kapetria sugeriu, se partir, para que o novo vampiro se libertasse?

– Louis, francamente. O cordão de prata liga um corpo biológico a um corpo etéreo. Amel é um corpo etéreo, não é? E o corpo etéreo dele está ligado ao corpo etéreo de cada um de nós.

– Bem, nós agora sabemos, não sabemos, que é provável que ambos sejam biológicos, certo? Há dois tipos de corpo biológico: o corpo biológico sólido e o corpo biológico etéreo, composto de células que não conseguimos ver. E nesse caso aquelas células etéreo são expressões do que ele era quando estava vivo.

Dei um suspiro.

– Minha cabeça fica doendo com todo esse papo de células que não podemos ver.

– Lestat – disse ele –, por favor, peço que tenha paciência comigo. Olhe para mim. Preste atenção. Ouça o que digo, pra variar. – Ele deu um sorriso para abrandar o que disse e pôs a mão sobre a minha. – Vamos, Lestat, ouça.

Dei um rosnado do fundo da garganta.

– Está bem, estou escutando – disse eu. – Li todas essas tolices quando foram publicadas. Li cada palavra de Madame Blavatsky. Li os livros posteriores. Lembre-se, afinal de contas quem trocou de corpo fui eu.

– O que acontece para fazer o cordão de prata se romper e soltar o corpo etéreo do corpo biológico? – perguntou ele.

– Você acabou de dizer, o corpo biológico morre.

– Sim, se o corpo biológico morrer, o cordão se parte, liberando o corpo etéreo – disse ele.

– E então?

– Mas é exatamente isso. Nós nunca morremos de verdade quando somos transformados em vampiros. Ah, sim, todos nós falamos da morte, e eu tive que entrar nos pântanos e livrar meu corpo de todos os dejetos e fluidos em excesso. E foi o que fiz. Mas no fundo não morri.

– E então como isso pode levar a uma solução?

Ele ficou sentado ali por um tempo, contemplando os campos nevados que se estendiam entre nós e a estrada. Levantou-se então e ficou andando pra lá e pra cá antes de se voltar de novo para mim.

– Quero ir a Paris – disse ele. – Falar com Fareed e os médicos.

– Louis, é provável que eles tenham lido todos aqueles livros britânicos escritos pelo pessoal da Aurora Dourada. É disso que você está falando, não é? Dos teosofistas, Swedenborg, Sylvan Muldoon e Oliver Fox, e até mesmo de Robert Monroe, no século XX. Fala sério. O cordão de prata?

– Quero ir a Paris agora e quero que você venha comigo – disse Louis.

– O que você está querendo dizer é que quer que eu o leve – disse eu.

– Isso mesmo – respondeu ele –, e deveríamos levar Viktor junto.

– Ao contrário de você, Viktor tem a capacidade e a coragem para voar sozinho.

Tirei do bolso meu iPhone. Eu tinha começado a detestá-lo ainda mais desde que Amel havia descoberto como usá-lo, mas selecionei o número de meu filho.

Revelou-se que ele já estava em Paris, caçando pelas vielas com Rose.

– Quero que você procure Fareed no laboratório e lhe diga que estou indo pra aí. Quero que se encontre comigo lá.

Um aspecto enternecedor de meu filho: nunca precisei lhe explicar uma ordem. Ele simplesmente fazia o que eu pedia.

– David também – disse Louis. – Por favor, chame David. Acho que David vai entender isso melhor do que eu.

Fiz o que ele mandou. David estava na biblioteca do château, repassando nossas próprias páginas mais uma vez, como vinha fazendo desde que Kapetria partiu. Ele procurava alguma pista de como poderia funcionar a grande teia de ligação entre nós. Ele disse que iria a Paris agora, se era o que queríamos. Faria qualquer coisa que quiséssemos. Desliguei.

– Você não acha que seria bom ligar para Fareed e lhe dizer que estamos indo? – perguntou Louis. – É meu último pedido, juro.

Eu de fato não precisava do telefone para isso. As antenas telepáticas de Fareed eram tão poderosas quanto as minhas. Enviei a mensagem de que Louis e eu chegaríamos para vê-lo dentro de alguns minutos. Louis achava isso importante. Mas então ouvi a voz de Thorne nas sombras ali por perto.

– Já lhe enviei uma mensagem de texto – disse ele. – Estamos prontos para partir.

E assim foi feito. Louis estava vestindo o casaco e pondo o cachecol no pescoço. Eu não estava feliz. Fiquei olhando enquanto ele calçava as luvas. Eu não podia imaginar como aquilo poderia ter um resultado produtivo ou promissor. Não queria que Louis fosse humilhado, mas o que Fareed e Seth poderiam dizer em resposta a essa conversa de cordão de prata? Se demonstrassem impaciência ou fossem ríspidos com ele, eu ia ficar furioso.

Chegar a Paris foi uma questão de minutos.

Avistei os inconfundíveis padrões luminosos dos telhados da Collingsworth Pharmaceuticals, e em segundos estávamos pousando na pista e nos encaminhando para a "nossa porta", que levava direto à área de trabalho e aos aposentos secretos de Fareed, com Thorne e Cyril nos acompanhando.

No outono anterior, essas novas instalações tinham sido reformadas especialmente para Fareed, e ele dispunha de um enorme escritório com paredes de vidro que davam direto para um vasto laboratório com mesas, equipamentos, pias, armários e aparelhos de uma complexidade sofisticada e desconcertante, que se espraiava pela metade de um quarteirão da cidade.

O escritório em si era decorado, como todos os outros de Fareed, com uma mistura de antiguidades rebuscadas, confortáveis sofás modernos e poltronas amorfas.

Havia a indefectível lareira Adam de mármore, com suas achas de porcelana a gás e o arranjo de chamas cuidadosamente moduladas. E também a escrivaninha Luís XV para escrever a mão, e depois a interminável mesa de computador, com seus cinco ou seis monitores de tela brilhante, e Fareed, de jaleco branco e calça branca de algodão, jogado numa enorme cadeira de escritório, cheia de botões e alavancas nos braços. E, diante dele, quando se voltou para nós, o inevitável "espaço para conversa", com o piso rebaixado, espreguiçadeiras de veludo, um sofá largo que não terminava nunca e a mesinha de centro atulhada de periódicos de medicina e blocos de rascunho cheios de desenhos e diagramas enlouquecedores. E lá estava Seth, num *thawb* branco, em pé, ao lado de Fareed.

Viktor e Rose já estavam acomodados no sofá. Escolhi a espreguiçadeira à direita. Eu me sentia mortificado, achando que Louis estava prestes a ser rejeitado de cara pelos dois gênios científicos do Sangue e que Viktor e Rose ficavam ali para presenciar sua humilhação, mas Louis estava totalmente determinado.

Louis foi direto ao assunto, se postando a certa distância à esquerda de Fareed, para que seu pequeno público tivesse uma visão clara de Fareed.

– Vocês sabem o que é o cordão de prata – disse ele, num tom bastante respeitoso. – Os antigos paranormais britânicos falaram dele, esse cordão que liga o corpo astral ou corpo etéreo ao corpo biológico, quando uma pessoa faz uma projeção astral.

– Sim, conheço a ideia – disse Fareed. – Mas a considero metafórica.

– Sim – disse David, animado, começando a citar as escrituras:

Porque o homem vai para sua morada eterna, e os carpidores percorrem as ruas; antes que se rompa o cordão de prata, ou se quebre a taça de ouro; antes que o cântaro se despedace junto à fonte...

– Isso mesmo – disse Louis. – Eu tinha me esquecido disso nas escrituras. E me lembrava dele da literatura teosófica. E quando ele se rompe, o corpo etéreo ou cérebro ou alma está livre.

– E o corpo biológico morre – disse Rose. – Li esses livros maravilhosos. Eu costumava me esforçar ao máximo para fazer uma projeção astral quando estava na escola, antes da faculdade, mas nunca consegui. Eu me deitava na cama e ficava horas ali, tentando me elevar e sair pela janela para flutuar sobre Nova York, mas tudo o que acontecia era que eu acabava dormindo.

Louis sorriu.

– Mas pensemos por um instante no sentido contrário. Digamos não que o corpo morre se o cordão de prata se rompe, mas que, se o corpo morre, o cordão de prata se rompe.

— O que isso tem a ver conosco, Louis? – perguntou Fareed. Ele estava realmente sendo um perfeito cavalheiro. Eu sabia como ele estava cansado, como estava desanimado.

— Bem, vou lhes dizer. Acredito que esses fios que nos ligam a Amel são uma versão do cordão de prata. É o cordão de prata que liga o corpo etéreo de Amel ao novo corpo etéreo formado num novo vampiro. E o motivo pelo qual nós todos permanecemos ligados é que nunca chegamos a morrer em termos físicos quando somos criados. Um cérebro etéreo é implantado em nós no momento em que somos transformados, e ele rapidamente gera em nós um corpo etéreo, mas nosso corpo biológico não morre de fato. Ele é apenas transformado. É por isso que permanecemos atrelados... o corpo etéreo de Amel e nosso corpo etéreo. Se de fato morrêssemos, o cordão se romperia, e o novo corpo etéreo que assumisse o controle do corpo físico estaria livre de Amel.

— Eu achava que morríamos assim que o elemento vampiresco se estabelecesse – disse Viktor. – Nós saímos para morrer depois que fomos transformados. Nosso corpo tinha que se livrar dos fluidos, dos dejetos... aquilo foi uma morte física.

— Mas vocês não morreram de verdade, morreram? – perguntou Louis. – Sim, aquela transformação ocorreu. Mas no fundo vocês não morreram.

— Bem, se tivéssemos morrido, não estaríamos aqui agora – disse Seth. – Se a cria morre antes que o processo se complete...

— Mas e se a cria morrer depois que o processo se completar? – perguntou Louis.

— Bem, você atraiu o interesse de todos, isso preciso admitir – sussurrei.

— Lestat, cale-se por favor – disse David, num tom afetuoso.

— Vou explicar – disse Louis. – Décadas atrás, eu estava presente quando Akasha foi morta. Eu estava no mesmo aposento. E, quando aquilo aconteceu, eu estava tão ligado a Amel quanto todos os outros. Perdi a consciência quando a Mãe foi decapitada, e só sei o que aconteceu em seguida, porque outros me contaram. Só me reanimei depois que o cérebro foi retirado de Akasha e consumido por Mekare, ou quando o cérebro vampiresco no interior do cérebro de Akasha encontrou outro hospedeiro e se engatou a ele.

— Se engatou – repetiu David. – É uma boa descrição.

— Pois é – disse Louis. – Eu agora não estou ligado.

— Do que você está falando? É claro que você está ligado – disse eu. – Você estava ligado dez noites atrás, quando eu senti aquela dor, quando Amel forçou aquela dor indescritível.

— Eu sem dúvida estava – disse Viktor, com a voz baixa.
— Mas eu não estava – disse Louis. – Eu não senti aquela dor.
— Você tem certeza? – perguntou David.
— Até mesmo eu a senti – acrescentou Seth.
— Isso porque vocês estão ligados – disse Louis. – Mas eu não.
— Mas achei que você sentiu – insisti eu. – Louis, todo mundo disse que você sentiu, que todos sentiram.
— Eles supuseram que eu a tivesse sentido – disse Louis. – Mas não senti. E no Portão da Trindade, na noite em que você tirou o cérebro de Amel de dentro do cérebro de Mekare, também não senti nada. Todos os demais sentiram. Todos os outros vivenciaram alguma coisa. Mas eu não vivenciei nada. Ah, fiquei nervosíssimo quando captei deles todos o que estava acontecendo, mas não perdi a consciência, não senti dor, e minha visão não foi prejudicada, nem por um segundo. Vi os outros ao meu redor paralisados, como que congelados, ou caindo de joelhos a certa altura. Mas eu não senti nada e acho que sei por quê.

Todos estávamos olhando para ele.

— E então? – disse eu. – Diga por quê.

— Porque eu morri anos atrás – disse ele. – Eu de fato morri em termos físicos. Morri totalmente. Morri quando decidi me expor ao sol nos fundos do nosso apartamento no Quarteirão Francês. Foi depois da minha desventura com Merrick, que tinha me enfeitiçado. E eu não queria prosseguir. Eu me expus ao sol, e não tinha nenhuma gota de sangue dos anciãos para me fortalecer. Fiquei o dia inteiro deitado ao sol, fui queimado e morri.

Louis olhou para mim.

— Você se lembra, Lestat, e você também se lembra, David. Vocês dois estavam lá. Foi você, David, que me encontrou. Eu estava totalmente morto, até vocês despejarem seu sangue poderoso direto dentro do caixão, direto em meus restos incinerados, e me trazerem de volta.

— Mas o corpo etéreo, o corpo de Amel, ainda estava em você – disse Fareed. – Tinha que estar ou você não poderia ter sido reanimado.

— É verdade – disse Louis. – Ele estava lá dentro de mim e teria permanecido lá até as cinzas serem espalhadas. Teria permanecido em suspenso, à espera, aguardando não se sabe por quanto tempo, talvez até que as cinzas fossem espalhadas. Você se lembra da antiga advertência de Magnus, Lestat? Espalhe as cinzas? Pois é, ninguém espalhou as minhas, e eu fui trazido de volta, pelo seu sangue, pelo sangue de David e pelo de Merrick também.

— Então você não estava realmente morto, Louis – disse Fareed, paciente.

— Ah, mas eu estava — disse Louis. — Agora eu sei que estava. Estava morto de acordo com uma definição antiga e altamente significativa de "morto".

— Não estou acompanhando seu raciocínio — disse Fareed. Eu podia ver os primeiros sinais de impaciência, mas não era voltada contra Louis.

— Meu coração tinha parado — disse Louis. — Não havia nenhum sangue sendo bombeado em mim. Toda a circulação tinha parado quando o coração parou. Era assim que eu estava morto.

Fiquei sem palavras. E então aos poucos fui me dando conta. Voltou-me à mente o que Kapetria tinha dito... alguma coisa sobre os tentáculos invisíveis, ou o cordão, serem a única parte de nós que não era cheia de sangue.

Ninguém disse nada. Até mesmo Fareed estava com os olhos contraídos, olhando para Louis daquele jeito firme, cego, de alguém que está examinando apenas os próprios pensamentos. Também Seth estava refletindo.

— Estou entendendo! — disse David, com assombro. — Não sei a explicação científica. Mas estou entendendo. Seu coração parou; o sangue não estava sendo bombeado. E o cordão se rompeu. É claro! — Ele se voltou para mim. — Lestat, quantas vezes você viu ou ouviu falar de um vampiro que tivesse sido trazido de volta de um estado desse, em que o coração tivesse parado de bater, em que as cinzas ainda estivessem com sua forma perfeita, e tudo continuasse no seu lugar, mas o coração tivesse parado?

— Nunca vi nenhum outro exemplo disso, nunca — respondi.

— Nem eu — disse Seth —, mas conheço a antiga advertência, espalhem as cinzas.

— E então? — perguntou Louis, querendo saber a opinião de Fareed. — Vocês querem fazer uma experiência ou duas para ver se estou com a razão? Nosso Viktor é a coragem em pessoa. Se você puser a mão de Lestat junto da chama de uma vela, Viktor vai sentir. Infelizmente Rose também vai sentir, da mesma forma que todos os vampiros do mundo, embora em graus diferentes, certo? Eu não vou sentir nada. Vocês poderão ver isso com os próprios olhos. E com sangue antigo ou sem ele, eu deveria sentir, porque nem mesmo tenho trezentos anos no Sangue.

— Eu queria que houvesse outra forma de comprovar isso — disse David. — Tem que haver.

— E há — disse eu. — É simples. Parem o meu coração! Parem *o meu* coração. Façam-no parar até que o sangue em mim pare de circular, e o que acontecerá com todos os outros pelo mundo afora? Eles perderão a consciência, sim, mas...

— Mas foi isso o que aconteceu quando Akasha foi decapitada — disse Seth. — Você me contou.

— Mas foi só por três ou quatro segundos, Seth — disse eu. — Não foi mais tempo que isso. Ela foi decapitada, e seu crânio estilhaçado pelo vidro que caía. E Mekare colheu o cérebro nas mãos e o enfiou na boca de imediato, no mesmo instante em que Maharet rasgava a carne do peito de Akasha e tirava dali o coração ainda pulsante. Sei que o coração ainda pulsava pelo modo como o sangue jorrava. Foi apenas uma questão de segundos. E se o coração de Akasha tivesse realmente parado, parado por um bom tempo?

— Foi provado em testes com animais — disse Fareed — que o cérebro continua vivo por talvez até dezessete segundos após a decapitação.

— Então, é isso aí — disse Louis. — Era só uma questão de segundos.

— Ele está certo — disse eu, quase empolgado demais para conseguir falar. — Fareed, ele está com a razão. Parem o meu coração. Façam com que fique parado por um bom tempo e depois o reanimem.

— Se eu fizer isso, Lestat, perderei a consciência, e não haverá ninguém aqui para reanimá-lo. A menos que você confie uma responsabilidade dessas a um mortal.

— Não, esperem um instante. Não há necessidade de confiar num mortal — disse David. — Gremt pode se encarregar disso. Gremt pode reanimá-lo. Basta que vocês lhe passem as instruções. Gremt tem pleno conhecimento da teoria do cordão de prata. Puxa, Gremt fundou a Talamasca, e é provável que ele tenha lido mais sobre o cordão de prata do que qualquer um. E podemos confiar a Gremt essa missão!

— Bem, meu coração ficou parado um dia inteiro — disse Louis. — Pelo menos é o que eu suponho, mas não tenho certeza. Não me lembro de nada depois que o sol me atingiu. Lembro-me da dor que queimava e depois nada, até que abri os olhos e ouvi meu coração batendo de novo.

Tentei voltar em pensamento àquele momento estarrecedor — e à visão de Louis calcinado no caixão, embora as cinzas fossem sólidas, cinzas que mantinham sua forma. E não havia batimentos cardíacos. Nem o menor som de sangue em circulação. Nenhum som de nada com vida.

— E, quando morri — disse Louis —, quando queimei até virar cinzas, meu coração e meu sangue pararam; mas o cérebro e o corpo etéreo gerado em mim ficaram esperando, aguardando. E, quando o sangue veio, um novo sangue vampiresco, bombeado por um coração pulsante para dentro de meu caixão, esse sangue reanimou o cérebro e o corpo etéreo, que sempre se nutriu de sangue.

— Agora estou entendendo perfeitamente — murmurei. — Nunca tinha nem começado a entender. Olhem, estou disposto a me arriscar! Vão em frente.

– Certo, então – disse Seth. – Pedimos que Gremt venha para cá e faça isso.

– Vocês não precisam de Gremt – disse Louis. – Vocês têm a mim. Se fizerem parar o coração de Lestat, e todos os bebedores de sangue do mundo inteiro forem atingidos de uma forma ou de outra, eu não serei atingido. Estarei perfeitamente consciente e capaz de reanimar o coração de Lestat. Vocês só precisam me dizer como.

– Isso se você estiver certo acerca da desconexão – disse Fareed.

– Eu estou certo – disse Louis. – Mas, se quiserem que Gremt se encarregue, então peçam a ele. Eu me disponho a fazer companhia a Gremt pelo tempo necessário. Não faz diferença para mim. A questão é se vocês têm um jeito simples de parar e reiniciar o coração de Lestat.

– Temos – disse Fareed. – Mas pense no que poderia acontecer com todos os vampiros por toda parte quando essa pequena experiência se realizar! Não há neste mundo um modo de avisar a todos eles.

– O que você quer que façamos? – perguntei. – Emitir um aviso? Nós nem mesmo sabemos como chegar a todos os bebedores de sangue do mundo.

– Sabemos sim – disse Louis. – Basta usar a rádio de Benji. Marque uma hora para isso amanhã à noite, e hoje faça Benji transmitir o alerta de que a certa hora, no horário de Greenwich, todos os bebedores de sangue devem se manter a salvo, num lugar seguro, por sessenta minutos. E peça a Benji que deixe a mensagem ser retransmitida amanhã, o dia inteiro, até a hora da experiência. É o máximo que podemos fazer, realmente. E peça a todos os antigos que enviem mensagens telepáticas. Viremos para cá ao anoitecer, e Fareed fará parar seu coração. Se ele for reanimado meia hora ou quarenta e cinco minutos depois por Gremt...

– Poderíamos perder alguns jovens com isso – disse Seth. – Louis não morreu quando as coisas pareciam irremediáveis. Mas estamos falando de Lestat. Suponhamos que, no instante em que a ligação invisível seja rompida, isso resulte na morte para todos os que forem desconectados.

– Mas o resultado para mim não foi a morte – repetiu Louis. – Vejam bem, vocês não estão considerando todos os aspectos ao mesmo tempo.

– Nós estamos prestes a encarar a aniquilação total! – disse eu. – Por mim, vamos em frente. Agora! Deixem pra lá a transmissão de uma mensagem. Onde está Gremt? Gremt está no château ou em casa, no campo. Não está nem a três minutos de distância para um de nós.

Naquele instante se abriu a porta que dava para a escada dos fundos, e Teskhamen e Gremt surgiram. Os dois usavam casacões pesados, com cachecóis. E eu pude ver de imediato que Teskhamen tinha trazido Gremt ali com o vento, e que ambos estavam empoeirados e corados com o frio.

Gremt se aproximou devagar, como se talvez se sentisse como um intruso.

– O que é que eu preciso fazer? – perguntou ele, então, a Fareed em voz baixa. – Você pode me dar instruções exatas?

Todos voltamos a discutir, até que, de repente, Cyril deu um passo adiante, saindo da penumbra.

– Chega! – exclamou ele.

É claro que isso atraiu a atenção de todos, enquanto o brutamontes daquele egípcio ficou ali parado, com um ar de pura exasperação no rosto.

– Você não pode me impedir! – disse eu.

– Não quero impedi-lo, chefe – disse ele. – O que quero é que alguém pare o meu coração agora para ver se eu consigo sobreviver. Estou me oferecendo como voluntário. Façam o meu coração parar. Deixem que ele fique parado por uma hora, pouco me importa. Então tentem me acordar. Se eu conseguir sobreviver, você não poderia sobreviver também?

– Você está confundindo as coisas! – protestei. – Num momento estamos falando de eu morrer quando meu coração for parado. No outro, de todos vocês morrerem quando o meu coração for parado.

– Não, melhor fazer isso comigo – disse Viktor. – Você tem milhares de anos no Sangue. Eu fui criado ontem. Tentem comigo.

De imediato, Rose insistiu que o teste deveria ser feito com ela, já que com toda a certeza era a mais fraca ali. E todos começaram a discutir de novo. Mas aí Thorne protestou, alegando que ele nem mesmo tinha mil e quinhentos anos e que deveria ser o escolhido, e David insistiu que ele, sim, deveria ser o escolhido. E a discussão não parava.

Eles estavam me deixando extremamente confuso, mas acho que fui o único que observou Fareed se esgueirar dali em silêncio e desaparecer no laboratório, em meio aos aparelhos e máquinas.

Todos ainda estavam discutindo quando Fareed voltou. Estava com duas seringas na mão.

Ele entregou uma dessas seringas a Seth enquanto sussurrava alguma coisa no ouvido dele. E então cravou a agulha da outra seringa no peito e caiu ao chão, inconsciente.

– Pronto, ele já resolveu – disse eu. – Ele parou o próprio coração.

É provável que o que se seguiu tenha sido a meia hora mais longa de minha vida.

Ninguém falava, mas acho que estávamos todos ruminando a ideia, tentando pensar em cada possibilidade concebível enquanto Fareed jazia ali no piso de cerâmica, com sua calça e jaleco brancos, os olhos fixos nas luzes do teto.

Afinal, Seth se ajoelhou ao lado de Fareed e cravou a outra seringa no peito dele. Veio de Fareed o forte ronco de uma respiração. Ele piscou os olhos e depois os fechou. E então bem devagar se pôs sentado. Parecia trêmulo, e embora Seth lhe oferecesse a mão, Fareed ficou sentado imóvel um tempo, com a própria mão cobrindo os olhos.

Talvez dois minutos tenham se passado, e então Fareed pôs-se de pé.

– Bem, parece que estou em perfeitas condições – disse ele. – Agora, vamos dar mais um passo. Eu era hipersensível à dor que Lestat sentia quando Amel entrava em convulsão ou fosse lá o que fosse que fazia. Portanto, vamos criar algum teste de dor razoável agora para ver se estou realmente desconectado, além de estar em perfeitas condições.

Começou mais uma discussão acalorada, com todos falando ao mesmo tempo. Tentei me fazer ouvir, com a sugestão de que fizéssemos uma experiência branda, mas Seth estava gritando com Fareed desta vez, e Flannery Gilman tinha entrado, querendo saber o que estava acontecendo.

Tentei lhe dar uma resposta. Mas de repente, sem o menor aviso, senti uma dor medonha na nuca. Ela se tornou tão intensa que gritei e caí de joelhos. Ouvi Rose berrar. David também caiu de joelhos com as mãos na cabeça. Olhei para Fareed, que não estava sentindo nada. Louis estava bem ao lado dele, e não sentia nada.

– Chega! – gritei. E ela sumiu, num piscar de olhos. Nada de dor.

Olhei ao redor enquanto me punha de pé. Todos – com exceção de Gremt, Fareed e Louis – estavam mais ou menos se recuperando da dor. Não precisei perguntar se Teskhamen ou Seth a tinham sentido. Havia sangue nos olhos de Teskhamen, e Seth ainda estava segurando a cabeça com as mãos, as sobrancelhas franzidas, como se estivesse se esforçando para se lembrar com exatidão do que tinha sentido.

– Bem, isso foi extremamente útil – disse Fareed. – Porque não senti nada.

Amel ainda estava se manifestando para mim, mas do modo mais delicado possível.

– E o que você acha, Amel? – perguntei em voz alta, para que todos me ouvissem. – Acha que essa experiência vai funcionar?

– Você não vai morrer, e eu não vou morrer, quando seu coração parar – respondeu Amel. – Esperem o mesmo intervalo de tempo que esperaram com Fareed. Não mais.

Eu me sentei no sofá, ainda atordoado com a dor. Gremt se sentou a meu lado, mas sem dizer nada.

Amel falou:

– Eu lhe disse que não conseguia entrar em Louis, não disse? E agora eu lhe digo, não consigo entrar em Fareed.

Ergui os olhos para Fareed e então para Louis.

– Bem, vocês dois sobreviverão, não importa o que aconteça – disse eu, querendo chorar de tanto alívio. – Olhem, precisamos prosseguir com isso. Mas vocês não param de confundir a questão do meu coração e do coração de cada um. Novatos podem morrer quando meu coração for parado. Todos, com exceção... Desculpem, não consigo raciocinar direito.

Fareed e Seth se entreolhavam. Alguma coisa estava errada.

De repente, Amel falou comigo, baixinho, como se não quisesse que mais ninguém ouvisse, mas é claro que a maioria deles podia escutar.

– Vá em frente – disse Amel. – Ninguém vai morrer. Você não vai morrer porque eu estou dentro de você. E eu e seu corpo simplesmente estaremos aguardando que seu coração seja reanimado, só isso. E eles não vão morrer, todos os outros, porque estão intactos, a salvo, e é provável que sejam desconectados quase de imediato.

– De imediato?

– Isso mesmo – disse Fareed. – Amel está certo. Você não está percebendo? Pense em quando a Mãe foi morta. Todos vocês sofreram. Mas, se Amel não tivesse sido resgatado e transferido no prazo de segundos, a ligação teria sido rompida. E é provável que nenhum de vocês tivesse morrido. Somente Akasha teria. E Amel teria sido...

– Liberado – disse Seth.

– Não estou acompanhando. Quando Akasha foi exposta ao sol, vampiros no mundo inteiro morreram incinerados.

– Todos eles estavam conectados – disse Fareed. – Não perca o foco na meta. A meta é desconectar.

– Lestat – disse David –, o que eles estão dizendo é que vocês estavam quase todos se desconectando depois que Akasha morreu. Se Amel não tivesse sido resgatado por Mekare, todos vocês teriam sido desconectados. Mas Amel foi resgatado e encontrou um novo hospedeiro antes que a teia se desintegrasse. Deve levar algum tempo para a teia se desintegrar.

– O mesmo ocorreu na segunda vez – disse Fareed. – Se você não tivesse levado Amel para dentro de si, Lestat, se tivesse permitido que Mekare perecesse com Amel dentro dela, todos os vampiros do mundo estariam livres.

— Vocês estão dando voltas sem sair do lugar – disse eu. – Como ela poderia ter perecido sem que todos nós perecêssemos?

— Acho que sei – disse Louis. – Se o coração dela tivesse ficado parado por um bom tempo antes que ela perecesse, a desconexão teria sido completo e, desse modo, não importava como ela perecesse, ninguém teria sentido sua morte, a não ser ela.

Eu estava estupefato, mas até mesmo eu, com minha tola falta de entendimento científico, podia ver a lógica. Bem, quase.

— Nós poderíamos perder Amel – disse eu. – É isso o que vocês estão dizendo. Parem o meu coração, que é a morte, mas não a destruição. E, quando ele for reanimado outra vez, todos eles estarão desligados, todos estarão desconectados, mas e se, quando o meu coração parar, Amel for desconectado de mim?

— Acho que isso não tem como acontecer – disse Fareed, discordando. – Não, enquanto seu corpo estiver intacto, à espera de ser ressuscitado em segurança. Não.

Ele está certo.

— Isso tudo é teórico demais – disse Flannery Gilman. – Pode ser que tudo o que aconteça seja Lestat ficar em animação suspensa por uma hora, e todos os demais vampiros do mundo morrerem.

— É possível – disse David.

— Mas não é provável – disse Fareed. – O que é provável é que alguns levem mais tempo para se desconectarem do que outros, mas a teia de conexões acabará porque nenhum sangue estará circulando no coração do hospedeiro. E, quando Lestat for reanimado, Amel estará lá como antes. Mas a teia terá desaparecido.

Seguiu-se mais uma enorme discussão violenta. Meu desânimo era indescritível. Levantei as mãos para pedir silêncio.

— Amel, você concorda que façamos isso? – perguntei.

— Concordo – respondeu ele.

— Então acho que devemos ir em frente – disse Fareed. – Senão estaremos de volta à missão quase impossível de desconectar cada vampiro um a um.

Aos poucos eles chegaram a um consenso, apesar de Rose ter sido a última a se deixar convencer. Rose vinha defendendo a ideia de que o desligamento dos indivíduos seguisse o mesmo procedimento exato que tinha sido usado com Louis e Fareed. Ela não queria pensar na possibilidade de o meu coração ser parado. Mas, quando Fareed começou a citar por nome todos os muitos indivíduos, a dizer que quaisquer crias que eu fizesse no futuro estariam ligadas a mim, enquanto não fossem desconectadas, e a mencionar uma infinidade de outras dificuldades, Rose lançou as mãos para o alto e concordou.

Marcamos o procedimento para a noite do dia seguinte, enquanto eu ainda estivesse em minha cripta, a salvo de quaisquer raios do entardecer que estivessem se demorando no céu noturno. Com a enorme porta lacrada, e somente Fareed, Louis e Gremt comigo lá dentro. Desse modo, se Kapetria tirasse qualquer conclusão do alerta transmitido pela rádio, eu estaria protegido, com Thorne e Cyril do lado de fora da minha porta.

Fareed aplicaria a injeção para fazer parar o meu coração e estaria lá para reverter o processo, mas Gremt também teria uma seringa, assim como Louis.

Havia algum outro equipamento envolvido, medicamentos, alguma coisa, mas não consegui captar tudo. O principal era que faríamos o que precisava ser feito àquela hora em que muitos novatos na corte e por toda a Europa ainda não teriam despertado, e torceríamos para tudo dar certo.

Ao que nos fosse dado saber, nem todos os vampiros do château passariam pela inconsciência. Era inteiramente possível que os mais antigos, como Seth e Gregory, não chegassem a esse ponto. Eles talvez sentissem uma fraqueza, uma dificuldade na visão, talvez até mesmo mancassem e não conseguissem se mexer, mas poderiam permanecer conscientes e capazes de oferecer resistência se Kapetria, instigada pelo alerta, tentasse entrar no château. Afinal de contas, Mekare e Maharet, antigas como eram, tinham conseguido continuar a funcionar quando Akasha foi decapitada, mas é claro que isso fora somente por alguns segundos... ah, mas quem de fato sabia?

Eu só conseguia me concentrar num único aspecto disso tudo: meu coração ia parar; o sangue ia parar de circular; porém mais nada ia acontecer na realidade com meu cérebro ou com meu corpo. Amel permaneceria em mim. Eu estaria em segurança, em meu caixão.

Qualquer que fosse o caso, a cripta do château era o melhor lugar para isso, e os mais antigos estariam reunidos na escadaria que descia para a cripta.

Benji atendeu de pronto quando ligamos.

Ele começaria a divulgar a mensagem de imediato. "Está sendo decretada uma importante meia hora de meditação para amanhã à noite, às dezoito horas. Todos os mortos-vivos deverão estar num local abrigado e seguro a essa hora, e participarão da experiência permanecendo totalmente imóveis ao longo de toda a meia hora, mantendo os olhos fechados." Ele mencionaria a "hora da meditação" a cada hora até se despedir ao amanhecer. Nesse momento, ele imediatamente poria a fita a se repetir, antes de se recolher. Ficamos gratos por ele não pedir nenhuma explicação. Mas na realidade Benji tinha uma intuição poderosa. Ele tinha o sangue de Marius, e sabia, ouvia e entendia coisas que outros não conseguiam. Era provável que muitos dos outros soubessem o que estava acontecendo. Sem dúvida Gregory sabia, e Marius também.

Fareed começou a rir, uma risada um pouco louca, como alguém rindo de exaustão ou de uma tensão insuportável.

– Isso é pra lá de engraçado – disse ele, mostrando com um gesto a mesa de trabalho, as paredes forradas de livros, o laboratório. – Foi esse papo antigo do cordão de prata que nos trouxe a essa experiência. Se isso funcionar, juro que abandono a ciência por completo e começo a ler todos os livros de poesia, literatura e paranormalidade que sempre deixei de lado. Vou me tornar um monge da Nova Era, um contemplativo, um sacerdote!

27

Lestat

Quando voltamos para o château, saí para dar um passeio na neve. Eu não estava arrependido, mas tinha perdido minha compreensão extraordinariamente nítida de como e por que aquilo funcionaria.

Subi pela velha montanha que era minha e teria matado com prazer uma matilha de lobos se eles tivessem me atacado. Mas restavam poucos lobos, se é que algum, nesses bosques agora. Todo e qualquer lobo europeu era um elemento valorizado na vida nestes nossos tempos, não para ser morto de modo descuidado ou irrefletido só porque eu não sabia o que poderia acontecer na noite do dia seguinte.

Eu estava andando fazia mais ou menos uma hora quando o iPhone em meu bolso tocou. Fiquei surpreso porque estávamos muito longe do château. Mas era Kapetria, com a voz forte e clara:

– Fareed não quer me contar o que vocês estão fazendo – disse ela.

Ah, quer dizer que ela ouvira o chamado de Benji para que todos os bebedores de sangue do mundo estivessem imóveis e a salvo na noite do dia seguinte, às dezoito horas.

– Você o culpa por agir assim? – perguntei. – Foi você que nos deixou. Foi embora, seguir seu caminho, quando poderia ter nos ajudado. Você nos disse o que fazer, não disse? Que descobríssemos um jeito de impedir a morte da tribo inteira, quando você resolvesse agir. Mas não ficou para nos ajudar a descobrir uma saída.

– Vou ajudá-los amanhã à noite.

– Ah, não vai não. Não vamos lhe dizer onde devemos realizar o proposto, e você não deve se aproximar de nós. Se virmos você, ou qualquer integrante das Pessoas do Propósito, a experiência não será levada a cabo. Além disso, não precisamos da sua ajuda.

– Por favor, deixe-me ajudar.

– Não.

– Você não sabe o que Amel escreveu para mim. A mensagem, quer dizer. Aquela que você me deu.

– Ele me falou – disse eu. – Mais tarde naquela noite, por sinal. E, ao fazer isso, também me deixou saber que era somente uma questão de tempo até você fazer sua investida. Sei de suas conversas por telefone. Ele disse que você era como um pai disposto a resgatar um filho, sem se importar com o que o filho queria.

– Você acha que eu chegaria a ir contra a vontade de Amel?

– Acho – respondi. – Porque é provável que eu o faria, se estivesse no seu lugar.

– Quero ajudá-lo. Vou sozinha.

– Não temos tempo.

– Temos sim.

– Ah, você está revelando sua localização, certo? Isso quer dizer que ainda está na Europa, não está?

– Por favor, você permite que eu vá?

– Não, Kapetria. Estou resignado ao que for acontecer comigo quando você agir, mas neste exato momento quero ter certeza de que qualquer coisa que você faça atinja somente a mim.

Encerrei a chamada. Desliguei o telefone. Amel estava comigo, mas não dizia uma palavra.

Agora eram três e meia da madrugada. Fui descendo a montanha devagar, cantando comigo mesmo. Estava me lembrando dos teixos gigantescos em torno do antigo mosteiro que Gremt tinha transformado em sua casa e pensei que gostaria de ter teixos plantados aqui também. Eu não tinha dado a devida atenção à velha floresta.

Estava pensando em qualquer coisa, menos no que me aguardava. Por fim, à medida que me aproximava do château, ouvi uma comoção no salão de baile. Por isso, alcei voo e pousei no terraço, entrando pelas portas abertas.

O salão de baile estava vazio, a não ser por três pessoas.

E uma delas era Kapetria. Ela estava toda abrigada num casaco de lã cinza e cachecol vermelho, e o cabelo puxado para trás, preso por baixo de um chapéu *cloche* preto muito elegante. Ela estava muito charmosa, embora não de modo intencional, e seu rosto moreno era ainda mais impressionante por conta da severidade do cabelo escondido por baixo do chapéu. Ela ficava sentada no sofá mais próximo das cadeiras vazias da orquestra, numa discussão acirrada com Thorne e Cyril. E estava com uma grande valise a seus pés.

Ela se levantou quando me viu.

– Vim sozinha – disse ela. – Sozinha. Ninguém está comigo. Ninguém está em nenhum lugar por perto. Eu nem mesmo disse a eles aonde estava indo. Comecei a dirigir assim que soube.

– Ora, ora, isso é interessante – disse eu. – E você cometeu um erro muito idiota. Porque agora como os outros vão conseguir organizar uma agressão contra mim para libertar Amel, se você já não for a capitã da equipe?

Ela não respondeu.

– O que estou tentando dizer é que você está correndo um risco enorme – disse eu.

– Por favor, não siga por aí – disse ela, com calma.

Francamente, eu não sabia o que dizer.

E então Amel se manifestou:

Deixe-a ajudá-los.

Ela não podia ouvir Amel, é claro, mas Thorne e Cyril o tinham escutado e trocaram olhares.

– Deixe-a ajudar! – Amel gritou para mim. Thorne e Cyril me encararam espantados, como se eu fosse um fantasma ou ele um fantasma dentro de mim.

Mesmo assim, eu não sabia o que dizer. Mas Fareed acabava de chegar, e Seth com ele. Gregory estava logo atrás deles dois, assim como Marius. Gremt se encontrava ali, e Teskhamen e David também.

Num instante, eles tinham nos cercado.

– Quero ajudar – disse ela mais uma vez. – Sei que vocês vão tentar alguma coisa. E se essa coisa não for perigosa, é provável que não funcione.

Quatro da manhã. Os enormes relógios do château tocavam. Parecia que nenhum estava em sincronia com qualquer outro. Hora de eu me recolher.

– Vocês tomem essa decisão. O velho amigo dela de Atalantaya diz para deixarmos que ela ajude. Vou descer agora. Seja o que for que decidirem, me informem.

É claro que eu ainda podia ouvi-los falando quando já estava em segurança na cripta, deitado lá no escuro.

Eu agora também ouvia a voz de Armand e a de Marius, e de vez em quando até mesmo a de Kapetria, embora fosse muito difícil escutá-la, já que ela era encoberta pelas outras vozes. Aos poucos, consegui visualizar a cena: eles a estavam levando para a estalagem, para passar o dia. Fareed era quem falava. E mortais os espionavam por trás de venezianas fechadas.

– Você acha que vai funcionar? – perguntei a Amel.
– Se ela ajudar – disse ele –, a chance será maior.
– E por que será maior?
– Porque ela pode reconhecer os sinais de coisas que Fareed talvez não reconhecesse. Não subestime os sentidos dela. Se você começar a morrer, morrer de verdade, quer dizer, se começar o processo de morte celular irreversível, ela reanimará seu coração.
– Hummm. Morte celular irreversível. Complicadinho isso.
– Não para mim.
Dei uma risada.
– Você não está nem um pouco preocupado com essa experiência, está?
– Não – disse ele. – Não vejo por que você acabaria morrendo. Seu próprio corpo e cérebro etéreo vampiresco vão simplesmente esperar que você seja reanimado, mesmo que eu seja ejetado à força, quando seu coração parar.
– *Mon Dieu!*
– Não se preocupe – disse ele. – Não é provável que aconteça. O que é mais do que provável é que eu permaneça preso ao sangue, como sempre estive! Houve momentos de horror e desespero em que tentei com todas as minhas forças me isolar de Mekare. E nunca consegui. Agora, pense no seguinte... Imagine se o corpo de Akasha tivesse sido congelado, ou o corpo de Mekare. Toda a tribo poderia ter sido desconectada; mas eu teria ficado encerrado dentro dela, incapaz de me erguer, até que o hospedeiro fosse descongelado e o coração recomeçasse a bater.
– Quer dizer que era só isso que teria sido necessário para desconectar a tribo do hospedeiro?
– Talvez – disse ele. – Mas quem sabia?

28

Lestat

Acordei cerca de meia hora antes que eles chegassem. Amel estava comigo, até onde eu pudesse dizer. Logo ouvi vozes. As portas da câmara subterrânea foram abertas e Louis entrou, com Fareed e Kapetria, os dois cientistas trajados inteiramente de branco, portando valises de médico, sem dúvida repletas de dispositivos assombrosos e frascos com maravilhas da química. Ambos estavam com um estetoscópio em torno do pescoço. Seth ficava por perto.

Rose e Viktor também estavam ali. Essa ideia tinha sido de Kapetria, e Fareed havia concordado.

Tinha sido decidido que, se depois que meu coração fosse parado, Rose ou Viktor mostrasse sinais de que estaria de fato "morrendo" de algum modo – murchando, se deteriorando, se transformando, sob algum aspecto que indicasse a morte irreversível –, meu coração seria reanimado de imediato.

Eles também tinham concluído que, se todos os vampiros do mundo apenas permanecessem inconscientes durante o experimento, era provável que a "Grande Desconexão" teria sido um fracasso e que todos ainda estariam conectados quando meu coração fosse reanimado.

– A Grande Desconexão – disse eu. – Gostei. Vou amar essa expressão, se tudo der certo.

Rose e Viktor entenderam. Eles se sentaram na escadaria do lado de fora da câmara para esperar o tempo necessário.

Louis fechou a tampa do meu caixão e se sentou em cima. Ele estava perto o suficiente para eu poder segurar sua mão, o que fiz.

Ocorreu-me uma lembrança, uma recordação da primeira vez que o vi em Nova Orleans. Ele vinha andando trôpego pelas ruas, bêbado, uma versão tosca do que era agora. De repente, caiu o véu entre o passado e o presente e tudo estava sendo reproduzido diante de mim como se alguma outra pessoa estivesse com a mão no botão. E eu o vi depois da transformação, parado no pântano, com a água quase até os joelhos enquanto se maravilhava com tudo ao redor, o que incluía a lua enganchada nos galhos dos ciprestes adornados com musgos. E eu pude sentir o cheiro fétido da água verde mais uma vez.

Dei um longo suspiro.

– Você está aqui, não está? – perguntei a Amel.

– É claro que estou, e não vou a parte alguma – respondeu ele.

Fareed se postou ali acima de mim, testando a seringa de algum modo, fazendo com que ela cuspisse gotículas prateadas. Quando se inclinou para fincar a agulha em meu peito, fechei os olhos.

Aconteceu a coisa mais extraordinária. Eu não estava ali no subterrâneo, de modo algum. E sim num lugar totalmente diferente.

Era meio-dia e o sol estava se derramando através do domo. A luz era tão forte, tão pura e equatorial que era quase impossível perceber que o domo existia.

– Esse é seu escritório? – perguntei.

Ele estava sentado atrás de uma mesa de trabalho. O cabelo ruivo era muito parecido com o meu, mas era de um vermelho verdadeiro, não acobreado, nem castanho-avermelhado, mas de um vermelho forte com realces dourados. Suas sobrancelhas eram mais escuras e bem definidas. E seus olhos eram, com toda a certeza, verdes.

Seu nariz era mais comprido que o meu, e ele tinha uma boca larga e cheia, com o lábio inferior maior do que o superior, mas o lábio superior tinha o formato perfeito, e seu queixo era quadrado. E, tendo dito tudo isto, o que posso dizer sobre o brilho do seu sorriso e seu ar geral de menino? Ele fora completado, como eu, a um passo da idade adulta, com os ombros indispensáveis, mas seu rosto ainda tinha a marca da curiosidade e do otimismo de um garoto.

– É, é meu escritório – disse ele. – Estou feliz por você ter vindo.

– Ah, você não vai começar a chorar, certo? – disse eu.

– Não, se você não quiser que eu chore. Mas olhe lá para fora. É só olhar. Essa é Atalantaya! Tudo isso é meu!

Era totalmente impossível descrever. Imagine-se preso no sexagésimo terceiro andar de um prédio no centro de Manhattan, e tudo que você possa ver em volta sejam outros edifícios iguais ao seu, mas tudo feito de vidro. Imagine a luz ricocheteando em todas essas superfícies de vidro, e também que você possa ver o interior dos prédios, ver todos os seres vivos trabalhando neles, diante de mesas, escrivaninhas, máquinas ou apenas parados em sacadas, em grupos de dois, três ou mais, conversando uns com os outros, toda a movimentada vida da cidade grande à sua volta, e algumas das torres tão altas que você não consiga ver o topo delas de onde está sentado. E outras mais abaixo possuam jardins verdejantes no terraço, e você veja árvores frutíferas, flores e trepadeiras, que se derramam pelas balaustradas, trepadeiras com flores roxas, como a glicínia. E você veja num jardim, só em um único jardim, um grupo de crianças numa roda, com os braços estendidos, abraçando umas às outras, enquanto dançam e saltitam – *Deem-se os braços e se detonem* –, e puxam a roda pra lá e pra cá. Mas ela continua a ser uma roda. Porque as rodas não precisam ser círculos perfeitos.

– Mas eu achava que esse era o edifício mais alto. Ah, já entendi. Os prédios estão mudando de forma, estão em movimento.

– É só porque eu quero que você veja tudo ao mesmo tempo.

– Estou vendo as nuvens além do domo. O domo aumenta o calor do sol?

– É claro. Mas tudo está em equilíbrio. Tudo em equilíbrio. É isso o que quero que você veja.

Ele se recostou na cadeira, com os pés em cima de um lado da mesa. Estava usando roupas brilhantes, que tremeluziam, como o prédio, camisa de colarinho com bolsos no peito, como as camisas que temos hoje, calça macia, sem vinco, e sandálias.

Eu devia estar em pé diante da mesa, porque ele estava com o rosto voltado para o alto, sorrindo para mim, decididamente radiante. Ele tinha uma covinha quase imperceptível no queixo, e ela, associada à curva de suas bochechas, lhe conferia um ar tão novo, tão jovem... Ele chegava a ter covinhas nas bochechas também. Covinhas.

– Você não pode imaginar como tudo era no início – disse ele. – Foram tantas as etapas para alcançarmos este ponto. E o que você acha que poderia ter acontecido se nunca tivéssemos sofrido interrupções, se eles nunca tivessem chegado e tentado nos destruir? Como você acha que o mundo estaria?

– Não quero pensar nisso – disse eu. – Porque amo o mundo como é. Afinal, o mundo não chegou quase ao mesmo ponto? Quer dizer, dê uma olhada ao redor e veja até onde avançaram sozinhos. Não quero dizer que o que você fez não fosse esplêndido. Foi magnífico. Tudo isso é magnífico. E eles não têm como fazer uma cidade de luracástria, não, mas pense em tudo o que realizaram sem uma força orientadora única, e sujeitos às refregas, batalhas e guerras de uma infinidade de forças orientadoras. Saíram dessa confusão para realizar tantas coisas.

– Isso mesmo – disse ele. Havia rugas de riso no canto de seus olhos e sua boca se alargou tranquila num sorriso generoso. – Sem dúvida eles realizaram muito, e eu nunca interferiria em seus assuntos agora. Quero que você saiba disso! Eu nunca procuraria fazer o que fiz antes. Mas neste momento, aqui e agora, neste mundo, o mundo de Atalantaya, selvagens moram, sim, do lado de fora do domo, e as terras dos Ermos podem ser um lugar traiçoeiro e terrível. Mas lembre-se do que estou dizendo. Eu nunca procuraria voltar a exercer um poder daquele tipo, ser uma nota tão dominante.

– Entendo.

– Mas eu só queria que você visse este mundo, meu mundo. Queria que visse o que eu tinha feito, e visse o que foi que Bravenna destruiu, o que o tempo enterrou, o que desapareceu da História, e o que é lembrado agora somente em lendas, poemas e canções.

Tempo, se passou tanto tempo! Eu não sabia como acabamos chegando à rua, andando juntos, e o que dizíamos, nós dois, porque parecia que tinha sido um instante atrás que estávamos lá em cima na Torre Criativa, conversando, mas eu sabia que um dia havia transcorrido. O sol estava se pondo, e as torres ficavam opacas em tons cambiantes de rosa, dourado e até mesmo um azul metálico muito claro. Ali a rua era protegida do calor, sombreada por galhos frondosos que formavam um arco sobre as calçadas. As pessoas passavam apressadas por nós, numa quantidade de incumbências do dia a dia, e seguíamos devagar, pisando no calçamento de blocos lisos e brilhantes, blocos polidos. De repente o perfume de uma flor desconhecida me envolveu. Parei. Olhei ao redor. Flores cobriam a parede a meu lado, as flores de uma trepadeira imensa e espraiada, flores bonitas, cor de creme, como campânulas fundas, subindo sempre e sempre, num emaranhado de hastes e gavinhas, até eu já não conseguir distinguir as flores nem as gavinhas mais distantes da trepadeira. O céu estava com um roxo crepuscular, e o edifício tinha se tornado de um violeta luminescente.

Amel estava ali em pé, me observando. A trepadeira começou a tremer.

– Não, espere, olhe, ela está se desfazendo! – disse eu. – A planta inteira, veja! Ela está perdendo o apoio. Está caindo.

E estava mesmo – a enorme massa folhosa se soltava da parede violeta. E as flores estremeciam ao cair, com os ramos se encaracolando sobre si mesmos. Tudo aquilo estava desmoronando de repente e desaparecendo como se nunca tivesse estado ali, como se todas aquelas flores nunca houvessem existido, todas aquelas flores maravilhosas provenientes de uma única raiz.

– Ah, espere aí! – disse eu. – Agora estou entendendo.

Escuridão.

– Não vá! – disse eu. – Não me deixe!

Uma voz em meu ouvido:

– Eu não o deixei!

Escuridão. Sossego. Um sossego tão perfeito que eu poderia ter ouvido minha própria respiração se estivesse respirando. Poderia ter escutado meu próprio coração se ele estivesse batendo.

E então, de repente, ele estava.

Tive um sobressalto. Senti uma dor no peito que fez com que eu me encolhesse e me erguesse sentado.

Eu não conseguia ficar quieto, tão aguda e intensa era a dor, mas então ela terminou, meu coração batia forte e senti um afluxo de sangue para as mãos e para o rosto.

– Eu lhe disse que não o deixaria.

Último vislumbre de Atalantaya, entardecer, as torres cor de violeta, cobertas de quadrados e retângulos de um amarelo delicado. E Amel, com o longo cabelo ruivo despenteado pela brisa, olhando em meus olhos e me beijando.

– Amo você. Nunca amei ninguém em todo o meu longo tempo de vida como amo você.

Silêncio, a não ser pelo ritmo regular do meu coração.

Abri os olhos. Kapetria e Fareed estavam parados diante de mim, me olhando com uma medonha fascinação impessoal. Louis ficava sentado no caixão, segurando minha mão direita.

Rose e Viktor estavam em pé ali perto no nicho antes da escadaria. Ficavam radiantes e me contemplavam maravilhados, e achei que eles eram as criaturas mais deslumbrantes do mundo inteiro. Seth estava atrás deles.

– Alguém sofreu...? – Eu não estava conseguindo pronunciar as palavras direito.

Fareed fez que não.

– Todos sentiram o choque. Mas no prazo de cinco minutos eu estava recuperado. Seth também estava. Para Rose e Viktor demorou mais, talvez uns dez minutos, e então estavam perfeitamente restabelecidos. Marius desceu daí a alguns instantes. O salão de baile estava lotado, com jovens e velhos, que tinham sentido o choque e tinham se recuperado.

Só Kapetria parecia aflita, loucamente aflita. Ela olhava para mim, alarmada.

– Diga a ela que ainda estou aqui – disse Amel.

– Ah, sim, é claro – disse eu. – Peço que me desculpe, Kapetria. Amel manda dizer que ainda está aqui. – Não tentei dar explicações sobre o sonho marcante, a sensação de estar num lugar totalmente diferente com Amel, a certeza de que ele não tinha ido embora.

Kapetria fechou os olhos e, quando os abriu de novo, olhou para o alto e respirou fundo. Eles estavam marejados e logo ficaram vidrados. Pareceu que ela estremeceu de corpo inteiro, mas então se recompôs e voltou a mergulhar em seus pensamentos.

Senti uma onda de náusea.

Se pudesse ter escolhido, não teria me movimentado tão depressa. Teria ficado mais tempo sentado ali, mas eles queriam que subíssemos ao salão.

– Não funcionou, não é mesmo? – disse eu a Fareed. Ele não respondeu. – Eles todos estão bem, vocês todos estão bem, só que simplesmente não funcionou.

Cada passo abalava toda a minha estrutura, e a náusea voltou mais de uma vez, mas não parei de andar, fazendo o que queriam, até que chegamos ao salão de baile, onde parecia que estava reunido o mundo inteiro dos mortos-vivos, até mesmo entremeados entre as cadeiras da orquestra, se derramando para o terraço aberto e se espalhando pelas portas até os salões contíguos.

Abrimos um espaço para nós no centro e tomei a decisão de que ia demonstrar uma força absoluta para todos ali, não importava como estivesse me sentindo. Soltei a mão de Louis e a de Fareed. Cyril estava com a mão nas minhas costas, e Thorne ainda segurava meu braço direito.

– Está tudo bem – eu lhes disse. Relutantes, eles permitiram que eu me postasse ali sem ajuda.

Em toda a volta vi mãos pálidas levantadas com pequenos celulares de vidro cintilante, como se fossem raios de luz voltados para mim.

Seth segurava um candelabro estreito de prata, com as três velas acesas. Havia um murmúrio baixo e febril em torno de nós, que rolava como uma onda pela assembleia serpenteante, com eventuais gritos abafados, e então o silêncio de novo, com exceção dos sussurros mais leves, como folhas secas crepitando ao vento.

– Passe-me essas velas – disse eu. Com a mão esquerda, peguei o candelabro por sua haste bojuda de prata esterlina e, então, mantive minha mão direita, com a palma para baixo, acima das três velas trêmulas. Levou alguns segundos para a dor se tornar insuportável, e ainda assim mantive a posição, trincando os dentes e deixando que o fogo me queimasse, permanecendo firme, sem me mexer.

– Silêncio – disse uma voz.

Continuei firme. A dor era tão forte que precisei olhar para longe, olhar para o teto pintado lá em cima, para a luz do lustre. Não dá para aguentar isso, e é uma coisa tão simples, nada mais que velas, só pequenas chamas firmes. Uma chama é uma chama é uma chama. Ouvi o som de minha carne crepitando.

– Chega! – gritou minha mãe.

Ela puxou minha mão para longe das chamas. Segurou meu pulso com toda a sua força, os olhos chispando com uma raiva protetora. O candelabro foi levado embora. Cheiro de pavios fumegantes.

Mesmo no meio da dor, vi que ela estava com o cabelo solto, todo aquele seu incrível cabelo louro. E só por um instante ela era minha mãe, a mãe que eu conhecia, olhando espantada para minha mão e depois para mim com seus olhos cinzentos, inquietos e ansiosos. Eu a ouvi sussurrar meu nome.

A palma da minha mão estava negra, coberta com grandes bolhas amarelas. Ela era uma massa de uma dor latejante, lancinante. A pele negra estava rachada e sangrava. E então, enquanto eu olhava, ela foi desbotando para um tom de vermelho, um vermelho-sangue, e as bolhas se encolheram. As fissuras se fecharam. E a carne viva vermelha se tornou de um azul escuro. A dor aos poucos sumia. A mão estava se curando. Foi ficando de um cor-de-rosa pálido e lentamente se tornou de um branco total. Simplesmente minha mão. A dor tinha sumido.

E eles não precisaram me contar.

Ninguém, ninguém no salão de baile, ninguém no château – mais ninguém no mundo inteiro – tinha morrido, e ninguém havia sentido aquela dor.

A orquestra se reuniu. Todos estavam conversando. A música começou e fui à cadeira mais próxima e me sentei. Olhei para o céu noturno lá fora, para além do terraço, e continuei a ver o céu azul-claro sobre Atalantaya e a sentir aquele delicado ar tropical.

29

Fareed

Tinha funcionado. E, havia nove noites, Fareed estava escrevendo, escrevendo incessantemente sobre o como e o porquê de ter funcionado, além de como aquilo tinha afetado a tribo no mundo inteiro. As primeiras ligações em pânico haviam se revelado alarmes falsos. Na realidade, ninguém que agora ficava desconectado do Cerne estava envelhecendo ou se despedaçando. Nenhum dos anciãos tinha perdido o Dom da Nuvem, o Dom do Fogo, o Dom da Mente ou qualquer outro dom. E a enorme maioria dos mortos-vivos ainda conseguia ler o pensamento dos outros e dos mortais. Finalmente, bem cedo na madrugada dessa noite mesmo, uma nova cria fora feita com segurança por um vampiro em Oxford, Inglaterra, um velho mestre de comunidade disposto a tentar esse passo com alguém que ele amava havia muito tempo. E tinha funcionado. Será que a cria estava de algum modo ligada ao mestre, como toda a tribo no passado havia estado ligada a Amel? Não.

Mas aquilo ali era só o início. Por anos a fio, Fareed colheria dados sobre uma infinidade de aspectos de cada indivíduo cujo progresso ele acompanhava noite após noite. Flannery Gilman, que trabalhava ao lado dele por horas, sem dizer uma palavra, continuaria a alimentar os computadores com esses dados. E vampiros de todas as idades teriam enorme dificuldade para não ficar imaginando coisas decorrentes da Grande Desconexão. Talvez se passassem anos antes que fosse possível ter uma visão completa das propriedades, probabilidades e expectativas.

Resultado? Nada tinha mudado. Ou seja, nada, a não ser o fato de cada um deles ser agora uma entidade separada. Ou, segundo a descrição de Louis, cada um tinha seu corpo etéreo com seu cérebro etéreo – o cérebro etéreo colhido, formado e desenvolvido no cérebro biológico da cria quando o sangue vampiresco do mestre entrara ali pela primeira vez, e o corpo etéreo que tinha se desenvolvido a partir daquele cérebro etérico, perpassando todo o corpo biológico da cria, à medida que o sangue vampiresco circulava pelo corpo biológico impulsionado pelo coração biológico.

A explicação simples de Louis se tornou o esclarecimento que a maioria conseguia entender.

E Fareed tinha reconhecido mais de uma vez que o simples entendimento por parte de Louis da antiquada retórica teosófica os havia conduzido na direção certa.

Quanto ao Príncipe, Fareed não conseguia imaginar como estava a vida para ele agora, e ficava óbvio que o Príncipe não tinha vontade de se abrir.

Todos eles sabiam que Amel já não conseguia viajar para penetrar na mente de outros, já não podia ser ouvido no cérebro de outros como uma entidade separada e distinta, mas todos já contavam com isso. Será que Amel estava satisfeito com esse desdobramento? Será que a sede de Amel tinha se tornado uma agonia por ele agora estar confinado a um único corpo vampiresco? Lestat nunca falou.

Enquanto observava Lestat passando pelas multidões inevitáveis no château, Fareed começou a se perguntar se Lestat possuía uma coragem extraordinária, ou se simplesmente não sabia o que era o medo. Parecia que ele estava esquecido da Espada de Dâmocles suspensa acima de sua cabeça.

Ele dançava com os jovens e os velhos, dava longas caminhadas pela montanha acima e abaixo com Louis, jogava xadrez ou cartas sempre que queria e passava horas assistindo a filmes na sala de exibição do castelo, exatamente como fazia antes.

Talvez Lestat soubesse alguma coisa que eles não sabiam.

Mas Fareed duvidava disso, e Seth dizia que não era esse o caso. Marius também dizia que não era isso. Lestat estava apenas vivendo de um momento para outro, com o mesmo atrevimento e o mesmo destemor que sempre o tinham caracterizado. Talvez ele simplesmente não se importasse.

Na quarta noite, Lestat tinha ido visitar Rhoshamandes, sem avisar a uma única criatura o que estava planejando fazer. Thorne e Cyril o acompanharam, com a mesma lealdade do passado.

– Você é nosso Príncipe – declarou Cyril. – Nada muda esse fato. Acha que vamos deixar alguma pessoa o derrubar? Trate de crescer!

A reunião com Rhoshamandes se realizou nas Hébridas Exteriores, em sua ilha de Saint Rayne, no castelo famoso e formidável que Rhoshamandes tinha construído para si mesmo havia mil anos.

– Eu simplesmente lhe contei o que tinha acontecido – explicou Lestat depois. – Fiz uma pequena demonstração para ele. Nada tão trabalhoso quanto pôr fogo em minha mão direita, mas ele entendeu muito bem. Achei que ele precisava saber que era verdade, porque eu sabia que ele não acreditaria em todos os rumores e alegações extravagantes. Também não queria que ele acreditasse em todas as previsões de deterioração por incineração rápida. Afinal, ele é um de nós.

Afinal, ele é um de nós.

Cyril e Thorne confirmaram que Rhoshamandes recebera o Príncipe com cordialidade, convidando-o para entrar e proporcionando-lhe um pequeno tour do castelo. Eles tinham saído juntos na *Benedicta*. Rhoshamandes havia sido franco quanto a sentir medo dos replimoides. Mas Lestat garantira a Rhosh que os replimoides estavam ocupados com coisas muito mais importantes do que um velho ajuste de contas. E eles tinham dado sua palavra.

Eles dois haviam conversado sobre qual seria o passo seguinte dos replimoides?

– Não – disse Lestat. – Isso não diz respeito a ninguém, a não ser a mim.

Rhoshamandes tinha dado a Lestat um exemplar das *Meditações* de Marco Aurélio. E Lestat fora visto mais de uma vez lendo o livro.

– Vejo uma mudança nele – disse Marius. – Não é resignação. Não é coragem. É o lado prático. Ele sempre foi prático. Sabe que a coisa está prestes a estourar.

– Não temos nenhuma esperança de separá-lo do espírito em segurança – disse Fareed. – Mas tem que haver uma forma de fazer isso. Tem que haver.

– Deixe isso com Kapetria – disse Seth. – É provável que metamos os pés pelas mãos em qualquer coisa que tentemos fazer, em comparação com o que ela talvez consiga.

Não se tratava de ela ter contribuído com nenhum conhecimento superior quando do experimento em que paramos o coração de Lestat. Não. Ela simplesmente estava ali para ajudar, para observar, para tentar calcular quando o experimento talvez tivesse de ser interrompido. Mas, quando se tratava do possível destino de Amel, da transferência dele para outro corpo, Kapetria era a única que tinha qualquer conhecimento daquilo.

Antes de Kapetria ir embora, na noite do experimento com a parada do coração, Fareed tinha lhe dado um grande frasco de sangue vampiresco, colhido de suas veias. Kapetria havia lhe pedido. E como ela lhe dera de presente um frasco do próprio sangue, como ele poderia se recusar?

Na realidade, ficou surpreso por ela ter demorado tanto para pedir. Mas a verdade era que ele realmente não conseguia imaginar uma trajetória para ela, porque simplesmente havia coisas demais que ele desconhecia. Mas Fareed e Seth conversavam sobre isso o tempo todo.

– Garekyn viu o cérebro etéreo no cérebro biológico – salientava Seth sempre que conversavam sobre o assunto. – Ele o descreveu como alguma coisa fervilhante, cintilante, que ele podia ver. Pois bem, nós não conseguimos vê-lo. Até mesmo Lestat admitiu que nunca o viu quando consumiu o cérebro de Mekare, que só o sentiu. E é simplesmente possível que Kapetria possa ver exatamente a parte que vai tentar remover da cabeça de Lestat, sem matá-lo. E é até possível que tenha desenvolvido instrumentos que possam ver essa parte, já que ela própria pode vê-la.

Se essa era uma possibilidade, Kapetria nunca tocou no assunto. Depois do experimento, ela deixou o château na mesma Ferrari elegante, de um azul escuro, em que tinha chegado. E o Príncipe havia decretado que ninguém deveria tentar segui-la, rastrear a placa do carro ou recorrer aos sistemas de reconhecimento facial da Europa em busca de quaisquer pistas de onde ficava a base dos replimoides.

– Nós tomamos a decisão de deixá-la em paz, e vamos deixá-la em paz – disse Lestat. – Ela sabe o que vai fazer. – Ele vinha repetindo esta fala desde então, com a mesma justificativa que tinha dado naquela noite. – Sei o que ela vai fazer porque sei o que eu faria se fosse ela.

Sempre que três ou mais dos antigos estavam reunidos com ele, acabavam atacando Fareed com perguntas sobre toda essa questão, estivesse o Príncipe presente ou não. Mas Fareed nunca tinha conseguido apresentar nenhuma resposta nova.

O próprio Príncipe nunca fazia perguntas. Mas sem dúvida prestava atenção. Com certeza, ouvia todas as teorias sendo aventadas, todas as conversas entre Fareed, Seth e Flannery Gilman. Viktor estava agora trabalhando com Flannery; ele tinha começado a "aprender medicina" com a mãe, como se costumava dizer antigamente. Viktor sentia a necessidade de encontrar alguma solução. E ele se preocupava com muitas coisas.

– O que vai impedir qualquer bebedor de sangue de criar uma infinidade de outros bebedores de sangue? – perguntava Viktor. – Antes, todos estavam de acordo. Vamos parar de criar bebedores de sangue até a corte estabelecer algumas regras. Mas agora? Sem o problema de Amel, o que vai impedir nossa população de voltar a crescer até haver guerras nas ruas?

Além disso, Viktor não estava nem um pouco convencido de que o mundo moderno continuaria para sempre a descartar os vampiros como seres fictícios. É verdade que, na medicina moderna, o preconceito contra a crença em vampiros era tão disseminado e rígido que qualquer cientista que se afastasse da norma poderia estar arruinado para o resto da vida. Sua mãe, Flannery, fora marginalizada e destruída porque tinha afirmado acreditar em vampiros. Isso ainda estava acontecendo com médicos e cientistas em partes do mundo. Mas Viktor dizia que não poderia continuar assim para sempre. Governos deviam estar investigando. Alguém acabaria apresentando a verdade inquestionável.

Seth dizia que não. O Príncipe dizia que não.

– Eles nunca vão acreditar em nós da mesma forma que não acreditam em alienígenas de outros planetas, em experiências de quase morte ou na existência de fantasmas. E não existe verdade inquestionável. A verdade inquestionável para um médico é uma mentira extraordinária para outro.

A cabeça de Fareed doía. Muita coisa a estudar; muitas direções a seguir; perguntas demais a solucionar. Faltava-lhe agora a disciplina que sempre o sustentara no passado.

E Amel. O que estava acontecendo com Amel?

Ainda era possível escutar a voz de Amel enquanto Lestat a ouvia. Os poderes telepáticos de Fareed sempre tinham sido consideráveis. A qualquer momento em que estivesse perto de Lestat, Fareed podia tentar escutar alguma coisa, a menos que os dois quisessem se manter em total isolamento. Nesse caso, ninguém conseguiria invadir suas conversas por telepatia, agora não mais do que antes. Quando Amel queria que o ouvissem, deixava isto óbvio. Ele ria, vociferava, gritava e cantava na língua antiga. Quando não queria, falava exclusivamente com Lestat.

Será que tudo era paz e harmonia entre aqueles dois?

Marius dizia que não. Amel estava ganhando uma ascendência cada vez maior sobre o corpo de Lestat, que tentava esconder isto, mas Fareed sabia que era verdade. Fareed podia discernir aqueles curtos períodos em que o Príncipe aceitava que Amel assumisse o controle – para pegar uma caneta e rabiscar inúmeros pictogramas em páginas e mais páginas de papel, ou para apanhar o celular e digitar com um polegar um número que só Amel conhecia.

Fareed sabia que, quando isso acontecia, Lestat estava observando tudo com o mesmo foco concentrado com que Fareed e Seth. Mas e aqueles momentos em que Lestat não quisesse se render a esse centro de comando interno? Será que ele realmente gostou de acordar uma noite ao pôr do sol, na semana anterior, e descobrir as paredes de mármore branco de sua câmara subterrânea cobertas com letras esquisitas e toscas, numa transcrição alfabética da língua antiga? Tudo isso feito aparentemente durante o dia, com uma caneta hidrográfica que Amel tinha surrupiado sem o conhecimento de Lestat, mas obviamente usando a mão esquerda dele?

– Foi assim que ele conseguiu – disse Lestat ao relatar o incidente. – Eu estava concentrando tanta força na minha mão direita para ele não poder usá-la que ele conseguiu me distrair e usou minha mão esquerda para enfiar a tal caneta em meu bolso, ou foi o que se gabou de ter feito. Suponho que ele seja ambidestro. É provável que todos eles sejam. Eu devia ter imaginado.

– Acho que ele está uma fera – disse Marius quando estava conversando a sós com Fareed e Seth acerca disso. – Ele quer a liberdade. Quer um corpo biológico só seu. Mas ele ama Lestat. E não tem nenhuma ideia real de como vai ser estar sozinho num corpo novamente. Mas é uma guerra de amor e ódio que está acontecendo entre eles. E Lestat sabe que as manobras finais não serão suas mesmo.

– É claro que Amel está uma fera – murmurou Fareed. Será que Fareed devia se dar ao trabalho de ressaltar para os outros que, desde aquela desconexão importantíssima, o corpo etéreo de Amel agora estava maior e mais forte do que nunca? Todas aquelas centenas de tentáculos desconectados tinham voltado de estalo para a complexa entidade etérea que era Amel. Será que eles tinham se somado ao volume mensurável de Amel? Seis mil anos atrás, alguma coisa havia impelido aquele espírito a querer a criação de mais vampiros. Teria sido essa coisa o mero tamanho do corpo etéreo do espírito, por ser, como era, infinitamente mais complexo do que o corpo etéreo de um simples ser humano?

– Todos estão sofrendo – disse Rose. – Ninguém está aguentando essa espera. Tem que haver alguma coisa que se possa fazer!

Mas não havia nada que ninguém pudesse fazer.

E para Fareed, parecia que os que passavam por um sofrimento extremo eram Gabrielle e Marius – e, naturalmente, Louis, que nunca saía do lado do Príncipe. Gabrielle ia ao salão de baile todas as noites, quase sempre sem dizer nada, sem fazer nada – apenas ouvindo a música e observando o filho. Agora, Gabrielle usava o cabelo solto, primorosamente penteado para trás, realçando seu rosto. Ela usava vestidos femininos de corte simples e atemporal, com colares duplos de pérolas em torno do pescoço.

Louis tinha ficado profundamente magoado por Lestat ter saído para visitar Rhoshamandes sozinho. E Lestat tinha prometido nunca mais fazer algo semelhante.

Quanto a Thorne e Cyril, eles juravam que morreriam lutando contra Kapetria e os replimoides, para não lhes entregar o Príncipe. Mas Lestat todas as noites dava-lhes a mesma ordem: quando chegar a hora, se retirem.

– Não quero que ninguém seja queimado – dizia Lestat, reiterando seus desejos. – Não quero que ninguém seja atirado contra uma parede para atravessá-la. Não quero que nenhum sangue seja derramado, não importa de que tipo de sangue se trate. Não quero que nenhuma criatura morra por causa disso, a não ser que seja eu mesmo.

Quanto às multidões sempre renovadas que enchiam o château, todos tinham algum conhecimento do problema, mas não havia se criado nenhum consenso quanto ao que fazer a respeito. Cada indivíduo estava feliz por ficar desatrelado do Cerne vital. E muitos bebedores de sangue, jovens ou velhos, juravam que morreriam para proteger o Príncipe, mas em sua maioria sentiam que nunca seriam chamados a provar sua lealdade.

Por isso, quando a música crescia, quando os dançarinos dançavam e as plateias enchiam o teatro para assistir a peças de vampiros, ouvir poesia de vampiros ou ver filmes de todas as épocas disponíveis através de *streamings* de vídeo do mundo mortal, parecia que todos eles, sem exceção, se esqueciam da ameaça. E talvez alguns, no fundo do coração, se perguntassem quem seria o novo monarca quando o Príncipe desaparecesse.

Seria Marius? Alguns diziam que deveria ter sido Marius o tempo todo.

Fareed não podia se manter à parte, com uma atitude indiferente ou pragmática acerca dessas questões. Ele amava demais o Príncipe e tinha amado desde o início. E Marius estava sofrendo muito para qualquer pessoa lhe fazer o comentário mais insignificante nesse sentido.

Marius estava elaborando a Constituição e as regras criando o código. E também projetando um modo de impor as regras àqueles que perturbassem a paz ao tentar invadir o território de outro, ao matar de modo arbitrário mortais ou bebedores de sangue inocentes. Ele tinha nas mãos tanta autoridade e responsabilidade quanto havia desejado um dia. E às vezes Fareed achava que Marius não queria de modo algum mais do que já tinha.

Marius estava cansado, angustiado e só.

Ainda por cima, ele tinha perdido seu companheiro de longa data, Daniel Molloy, para Armand de novo, e esses dois permaneciam na corte somente por causa da ameaça ao Príncipe, esperando pela noite em que se sentissem livres para voltar para o Portão da Trindade, em Nova York. Enquanto isso, Pandora, o antigo amor de Marius, estava de novo num relacionamento firme com Arjun, sua lendária cria e seu amante de séculos atrás. Bianca tinha vindo para a corte depois de um longo período no complexo de Sevraine na Capadócia. Bianca amava Marius. Isso Fareed podia ver. Todas as noites, Bianca entrava no escritório particular de Marius e o ficava observando de longe, com os olhos fixos nele como se ele fosse um espetáculo cativante, ali sentado à mesa, escrevendo. Ela estava sempre trajada num estilo discreto e pessoal, num vestido moderno, simples, ou num terno masculino, com o cabelo arrumado em penteados artísticos e usando um perfume agradável. Mas parecia que Marius não percebia nem se importava.

— Ela é de uma beleza incontestável — dissera Fareed a Marius um dia, falando de Bianca.

— E todos nós não somos? — Tinha sido a resposta severa. — Fomos escolhidos por nossa beleza.

Mas esse não tinha sido o caso com Bianca. Ela recebera o Dom das Trevas de Marius porque ele precisou dela num momento de enorme fraqueza e sofrimento. Podia ser que Marius precisasse negar a lembrança daquela fragilidade. Talvez fosse por isso que parecesse não dar atenção à presença dela.

Se Marius buscava um novo companheiro dedicado em alguma outra pessoa, ninguém sabia.

— Estou determinado a que essa corte se mantenha, não importa o que aconteça — dizia Marius, sempre que o assunto era ventilado. — Estou determinado a fazer com que tudo isso perdure!

O Príncipe expressou a mesma preocupação absoluta.

— Manter a integridade de tudo isso. Preparei todos os documentos oficiais para conduzir a corte pelos séculos afora. Fiz tudo o que pude. Marius será o curador desta propriedade. Marius será o protetor da corte. Marius será a lei para a tribo se ou quando eu me for.

A corte estava vibrante. De quando em quando a corte ficava magnífica. Ela era cheia de surpresas, à medida que continuavam a aparecer novos membros, embora cada vez com menos frequência. Alguns eram antiquíssimos, com histórias espantosas pra contar.

Fareed voltava de Paris todas as manhãs, bem antes da aurora, porque queria passar as duas últimas horas na corte. Ele precisava caminhar pelo salão de baile, antes que os músicos encerrassem a noite. Necessitava ouvir música por um tempo, mesmo que fossem só Sybelle tocando cravo, Antoine ao violino ou os cantores de Notker compondo um coro numeroso ou pequeno.

Precisava ver Marius trabalhando sem parar em seus aposentos, em meio a todos os livros e papéis. Necessitava ver o rosto sorridente do próprio príncipe, sentado em algum canto de iluminação suave, imerso na conversa com Louis ou com Viktor. Precisava acreditar que a previsão de Amel estava certa: Kapetria descobriria um jeito de libertá-lo sem fazer mal a Lestat.

Nessa noite, à medida que as horas iam se aproximando do amanhecer, e Lestat não tinha nenhuma necessidade de ir cedo para a câmara subterrânea para proteger qualquer outro vampiro de qualquer coisa, Fareed estava ali observando Lestat e Louis jogando uma versão de crapô com cartas que ele não conseguia entender direito. Estavam no maior dos salões contíguos ao salão de baile, sentados a uma das muitas mesas redondas espalhadas pelo castelo inteiro. Lestat parecia calmo, até mesmo alegre, sorrindo e cumprimentando com a cabeça ao ver Fareed por perto.

Uma ansiedade terrível se abateu sobre Fareed. Se ele morrer, não vou aguentar, pensou Fareed. Estarei destruído se ele morrer.

No entanto, em vez de revelar esse desespero irracional, Fareed deu meia-volta e se recolheu em silêncio para sua cripta.

Quando se deitou para dormir na larga cama egípcia, cópia de sua cama de Paris, refletiu sobre a única linha de especulação que nos tempos recentes tinha lhe dado alguma esperança.

Lestat era o terceiro hospedeiro de Amel; ele tinha desenvolvido plenamente seu cérebro e corpo etérico vampiresco, antes de levar Amel para dentro de seu corpo. E se Amel não tivesse provocado uma mutação em Lestat no mesmo grau em que fizera em Akasha, a primeira hospedeira? E se Amel estivesse apenas possuindo Lestat, pegando carona com ele como um parasita ali dentro? Nesse caso, talvez fosse possível uma libertação que nunca teria sido viável com Akasha.

E ainda havia o enorme desejo do espírito em si de se libertar. O espírito haveria de cooperar quando o bisturi de Kapetria tocasse no frágil tecido do cérebro biológico. E talvez, só talvez, desse certo.

– Tem que dar certo – sussurrou Fareed, na escuridão. Todo o distanciamento científico o tinha abandonado. Ele chorava, chorava como um menino. – Tem que dar certo – disse ele, em voz alta – porque não posso viver se Lestat morrer! Não consigo ver um futuro sem ele. A dor é maior do que eu posso suportar.

30

Lestat

A CHAMADA VEIO de Paris. Kapetria queria que eu me encontrasse com ela "ao ar livre", bem diante de Notre-Dame, às quatro da madrugada.
– O sol estará dezoito graus abaixo do horizonte a essa hora. – Em outras palavras, muito perto do nascer do sol, a hora conhecida como o início do crepúsculo astronômico. Claridade no céu, mas nenhum sol visível.
– Por que eu deveria ir me encontrar com você? – perguntei.
– Você sabe por quê.
– E o que você vai fazer se eu não for?
– E é preciso chegar a esse ponto?
– É, a menos que você responda às minhas perguntas.
– Vou fazer tudo o que estiver a meu alcance para cumprir a missão sem lhe causar nenhum tipo de mal.
– Mas você não sabe se pode cumprir a missão sem me prejudicar?
– Não. Não sei.
– E como espera que eu reaja a isso?
– Você o está mantendo prisioneiro dentro de você. Eu quero libertá-lo. Quero tirá-lo daí.
Ela se referia a Amel, que estava calado. Mas prestava atenção.
Na realidade, eu estava em Paris, saindo da casa de Armand em Saint-Germain-des-Prés. Tínhamos nos deparado com um problema feio por lá, uma cria jovem e tola chamada Amber, que havia trucidado um dos mais velhos e mais leais criados mortais de Armand. Armand insistia que eu em pessoa extinguisse a breve vida imortal da cria, e sabíamos onde ela estava. Eu me dispus a executá-la, e agora, de repente, estávamos parados no pátio, com os portões de madeira que davam para a rua ainda fechados, pensando exatamente em como íamos fazer isso – trazê-la de volta para casa ou simplesmente executar a pena de morte nos bastidores. Armand queria que ela fosse trazida de volta, para servir de exemplo. Eu detestava a ideia do espetáculo medonho.

E agora isso.

O rosto de Armand se enrugou, e vi nele uma dor como não tinha visto havia anos.

– Então chegou a hora – disse ele, em seu russo antigo.

– Pode ser que sim – disse eu. – Pode ser que não.

Voltei a falar com Kapetria:

– Talvez você precise trabalhar um pouco mais nesse problema todo – disse eu. – Amel está em perfeita segurança onde está.

– Acho que não tenho como fazer nada melhor que isso.

– Isso não basta.

– O que você quer que façamos? – perguntou ela, como se eu estivesse no controle desse aspecto das coisas. – Venha, por favor. Não transforme isso numa batalha.

– Você não tem como vencer uma batalha. E eu não posso me forçar a participar da minha própria destruição sem resistir.

Ela ainda estava lá, mas não me respondia.

– Pode ser que eu vá – disse eu. – Ainda tenho uma hora para pensar, não tenho? Mas também pode ser que não vá.

– Venha agora, por favor. – Ela desligou.

– Esqueça essa menina desgraçada por um instante – disse eu a Armand. – Você pode lidar com ela amanhã, sozinho. Preciso pensar nisso aqui, pensar se vou defender uma posição.

Olhei para os telhados da casa de quatro andares que formavam um retângulo em torno do pátio. Cyril estava sentado na borda do telhado, como uma gárgula, olhando lá de cima para mim. Thorne, em pé ao seu lado, com as mãos nos bolsos da calça de couro.

– O que você vai fazer!? – sussurrou Armand. Só agora eu estava vendo como aquilo tudo tinha sido difícil para ele, que chegava a estar tremendo. Havia se tornado o garoto que era, quando Marius o trouxera para o Sangue. – Lestat, não permita que eles façam nada! – disse ele. – Faça-a sua prisioneira e mande o resto deles pelos ares!

– É isso o que você faria? – perguntei.

– Sim, é isso o que eu faria. É isso o que eu quis fazer o tempo todo. – Seus olhos estavam injetados de sangue e chispavam. Era um espetáculo ver seu rosto angelical tão contorcido de raiva e dor. – Eu faria explodir cada um deles, porque eles são uma ameaça para nós! No que estamos nos transformando? Nós somos vampiros. Eles são nossos inimigos. Vamos destruí-los. Você, eu, Cyril e Thorne... juntos podemos resolver isso sozinhos.

– Não posso fazer isso – sussurrei.

– Lestat! – Ele veio em minha direção com as mãos estendidas e, então, deu um passo atrás, olhando para o alto do telhado. Cyril e Thorne apareceram quase no mesmo instante a seu lado. – Vocês não podem deixar que isso aconteça! – disse Armand a eles.

– Ele é o capitão dessa droga de barco – disse Cyril.

– Eu faço o que o Príncipe me manda fazer – disse Thorne, com um longo suspiro de aflição.

– Ainda não me decidi – disse eu. – Neste momento há mais um voto a levar em consideração, e não estou ouvindo esse voto.

Só a pulsação em minha nuca.

Pensei naquela pequena novata, Amber, escondida no seu porão a não mais que instantes dali, soluçando, chorando e esperando para ser executada. Pensei na Corte.

Na noite anterior, tinha acontecido algo realmente extraordinário. Marius havia entrado no salão e dançado com Bianca. Ele usava um traje moderno, simples, paletó e gravata, como se diz, e ela estava com um vestido com lantejoulas pretas e minúsculas pedras cintilantes. Os dois tinham dançado horas a fio, não importava o que a orquestra tocasse. Marius, o que seria rei amanhã à noite, se a essa altura eu já tivesse ido embora, ido ninguém sabe para onde.

Será que Memnoch estava à minha espera naquela sua medonha escola purgatória? Eu não podia deixar de me perguntar se minha alma solta de qualquer âncora dispararia para o alto, para aquela parte geográfica do plano astral.

– Muito bem – disse eu. – Prestem atenção mais uma vez. Esta vida é minha! Só minha para eu arriscar, se quiser! E não quero ir embora com o sangue desses replimoides nas mãos! Já sujei minhas mãos de sangue suficiente, não é mesmo? Estou lhes dizendo agora que sou o Príncipe e lhes ordeno que me deixem ir me encontrar com essa mulher sozinho.

Subi, me elevando dezenas de metros acima do grupinho abatido.

E em segundos eu estava olhando lá do alto para o calçamento diante da catedral, onde Kapetria estava parada, uma figura diminuta, de calça comprida e capa de chuva, perdida na praça vazia, aparentemente sozinha. Mas ela não estava só.

Sem ruído, desci para a plataforma com balaustradas mais próxima do alto da torre norte. Ela estava a uns quinze metros da porta principal. Outros replimoides se espalhavam pelas ruas mais para a esquerda da praça, do ponto de onde eu olhava, grudados aos prédios. E eu podia vê-los na ponte sobre o rio. De cima, eu os tinha visto ao longo das paredes laterais da catedral.

Eu me perguntava o que eles achavam que poderiam fazer. Pus as mãos na balaustrada e contemplei Paris até onde conseguia enxergar. Havia muitos e muitos anos Armand e eu tínhamos nos encontrado em Notre-Dame, e ele havia entrado sozinho na catedral para me confrontar, assim como para afrontar seus temores de que o poder de Deus o fulminaria se ele fizesse aquilo – porque ele era um Filho de Satã, e a catedral era um lugar de luz.

É claro que Kapetria devia saber disso, devia ter lido a história nas "páginas", mas eu desconfiava que ela tivesse razões mais práticas para marcar o encontro ali, que seu laboratório frankensteiniano ficasse nas proximidades.

Esquadrinhei o local em busca de Armand, Thorne, Cyril. Nenhum sinal deles. Mas Gregory Duff Collingsworth também estava na praça, a muitos metros de distância de Kapetria, oculto nas sombras, com os olhos fixos em mim.

Desci veloz, agarrando Kapetria pela cintura e, então, subindo dezenas de metros acima de Paris, enquanto a aninhava nos braços para protegê-la do vento. Lá embaixo, os replimoides invadiram a praça, vindo de todas as direções.

Lentamente, coloquei Kapetria no telhado da torre norte, que era bastante plano e grande para ela não correr o risco de cair.

Ela estava apavorada. A primeira vez que eu a via demonstrar qualquer tipo de medo. E se agarrava, trêmula, a mim, com a respiração entrecortada. Depois, se deixou cair a meus pés. É claro que a levantei. Não tinha sido minha intenção que ela caísse. Ela voltou a si de imediato, mas o medo a dominou de novo e ela grudou a cabeça em meu peito.

– É essa a mulher que passeava pelas altas torres de Atalantaya? – perguntei.

– Havia parapeitos – disse ela. – Parapeitos altos e seguros.

Mas o que ela realmente queria dizer era que ninguém nunca a tinha apanhado do chão e a carregado pelos ares daquele jeito. E eu me lembrei de quando Magnus, meu criador, me fez prisioneiro e me depositou num telhado de Paris. Eu tinha sentido o mesmo pavor que ela estava sentindo agora. Um medo típico de mamíferos, de primatas.

Segurando-a com firmeza, fui me aproximando da borda para ela poder ver seus acompanhantes reunidos na praça lá embaixo, mas ela lutava comigo. Não queria olhar de lá da borda. Não queria chegar perto dela.

Não havia o que fazer, a não ser levá-la para um lugar mais seguro, que foi o que fiz. Desta vez, porém, agi mais devagar e, segurando-a ainda com maior firmeza, forcei sua cabeça contra meu peito, de modo que ela não se sentisse tentada a olhar em volta. A quilômetros da catedral e da Cidade Velha, cheguei rapidamente ao telhado mais alto da Collingsworth

Pharmaceuticals, onde Kapetria estava cercada por parapeitos de largura e altura substanciais.

Ela tremia ainda mais do que antes. Andou até a mureta do parapeito mais próximo e se sentou no chão, com as costas na mureta, os joelhos dobrados, os braços envolvendo o peito. O cabelo preto e solto estava despenteado e ela puxou a capa para cobrir os joelhos, por cima da calça de lã, como se estivesse morrendo de frio.

– Quer me dizer o que você pretende fazer? – perguntei.

Eu esperava que ela estivesse furiosa, que me atingisse com uma saraivada de insultos por essa exibição vulgar de poder, essa tentativa inútil de me mostrar em posição de vantagem, quando de fato eu não tinha vantagem alguma. Mas ela não fez nada disso.

– Estou pronta para o procedimento – disse ela. – É claro que vou esperar pelo nascer do sol, quando você estará inconsciente de modo natural, e então vou fazer o seguinte: retirar todo o seu sangue e substituí-lo por sangue de replimoides, abrir seu crânio, o que é claro que você não sentirá, e tentar remover Amel intacto para o cérebro em espera em outro corpo, que já está pronto e cheio de sangue de replimoides também. Então, vou fechar seu crânio, fechar o ferimento e o deixar ali, contido por faixas, inconsciente até o pôr do sol. A essa hora, creio que as incisões já estejam curadas, que seu cabelo tenha crescido novamente e que você seja capaz de se livrar das contenções com facilidade. Você poderá então sair do laboratório quando quiser, porque já fará muito tempo que teremos partido.

– E você acha que eu simplesmente vou deixar que você faça isso – disse eu –, quando não há nenhuma garantia de que eu sobreviva, ou de que Amel sobreviva?

– Preciso tentar, e não vou estar mais preparada do que estou agora – disse ela.

Por que eu estava fazendo isso?, eu me perguntava. Por que eu a fazia passar por isso, quando na realidade estava disposto a ceder? Eu não sabia dizer exatamente quando tinha tomado a decisão de desistir. Podia ter sido uma semana ou um mês antes. Podia ter sido à mesa do conselho depois que ela terminou de contar sua longa história, quando eu estava bebendo seu sangue e a vi com Amel – que ainda estava calado agora, sem dizer nada –, percorrendo os antigos laboratórios de Atalantaya. Senti uma angústia tão forte que já não estava ouvindo Kapetria.

Mas ela estava falando, falando sobre o que Amel era, o que ele podia fazer, quem ela era e como não tinha escolha, a não ser a de tentar libertá-lo e colocá-lo num corpo muito semelhante àquele que tinha sido despedaçado em Atalantaya, o que o levara à sua jornada de milênios pelo reino dos espíritos, da qual nós tínhamos nascido.

Eu estava em pé, encostado no parapeito, a poucos passos dela, à sua direita, olhando para as construções da Collingsworth Pharmaceuticals e para as torres modernas de Paris em toda a volta, num outro mundo, longe da Cidade Velha e da catedral na qual eu tinha bebido sangue inocente pela primeira vez. Em algum lugar na confusão dos telhados estava a porta que dava para o laboratório de Fareed em outro prédio, mas eu não saberia dizer onde. O fato é que estávamos em segurança ali, e eu não ouvia nenhum coração sobrenatural por perto, nenhum anjo tolo querendo vir me resgatar. Gregory não tinha nos seguido. Era provável que Fareed e Flannery estivessem a muitos quilômetros dali, na corte. Nós estávamos sozinhos.

E ela, um ser frágil, apesar de todos os seus talentos, exalava o perfume do sangue inocente.

Sangue inocente. Amel tinha parado de pedir por ele, parado de me fazer pensar nele, como vinha fazendo apenas alguns meses atrás. Sangue inocente, que tinha exatamente o mesmo sabor do sangue maléfico, se você fechasse os olhos para as visões que vinham junto e só bebesse, bebesse e bebesse.

Era para mim extremamente sedutora a ideia de que ela não morreria se eu bebesse até a última gota de seu sangue inocente. E, em minha mente secreta, sem lei, onde as fantasias são acalentadas só para morrer antes da hora, eu a via como uma esposa cativa nos calabouços do château de meus antepassados, mantida ali para mim como Derek tinha sido mantido pelo desgraçado do Roland, e pensava nas conversas que poderíamos ter, eu e minha noiva imortal, cujo sangue jamais se esgotaria. Ela era tão adorável, com sua pele escura e brilhante, uma pele tão morena e macia, com seu cabelo negro e com aquela voz rápida e definida tão fácil de se escutar, se eu realmente quisesse ouvir qualquer coisa que ela dissesse. E eu sempre ia querer escutar o que ela tivesse a dizer, porque ela era brilhante e sabia de coisas que era impossível que eu soubesse. Ela de fato tinha estado lá em cima, com a lua e as estrelas, num astro chamado Bravenna, mais alto do que eu jamais poderia voar.

– Está bem – disse eu, interrompendo sua última exortação quanto ao motivo pelo qual eu deveria fazer aquilo agora. – Não estou pronto, mas vou estar, e, quando estiver, eu lhe digo.

Apanhei-a e a carreguei pelos ares novamente, voltando por sobre a cidade. E, quando me aproximei da catedral, reduzi a velocidade, fui descendo com ela as últimas centenas de metros e a depositei em pé, como ela estivera antes, diante da porta central da igreja.

Nenhum sinal de suas legiões. Eles deviam ter se retirado quando viram que de nada adiantava procurá-la.

Ela abotoou a capa até a gola e enfiou as mãos nuas nos bolsos. Olhou então para mim, derrotada e desanimada.

– A questão é que eu estou pronta agora! E a menos de um quilômetro daqui. Tudo está pronto!

– Eu não estou – disse eu. – Eu poderia morrer. Ele poderia morrer!

Eu tinha muito mais a dizer a ela, mas não sabia o que era. Queria dizer que Amel estava calado, que ele não insistia comigo para acompanhá-la, e que só isto já era razão suficiente para eu adiar a decisão. E então, pela primeira vez, me ocorreu uma pergunta: o que eu faria quando Amel dissesse, sim, que eu deveria procurá-la? Talvez eu estivesse esperando por isso e só por isso.

Eu não poderia dizer não a Amel, não o amando e o compreendendo como eu o amava e compreendia. E ele estava disposto e pronto. Quem era eu para impedir seu avanço?

Então, por que você está mudo, droga?! Por que não resolve isso de uma vez?! Fale agora, e eu irei com ela!

Choro. Ele estava chorando... tão baixinho, tão distante e, no entanto, tão perto.

Alguma coisa me abalou. O som de um poderoso coração sobrenatural, antiquíssimo. Gregory, o mais provável, ou Seth. Mas era a assinatura errada. Cada coração tem a sua. Eu tinha acabado de me dar conta disso nesses últimos meses. Amel tinha me ensinado.

Comecei a me virar para enfrentar o intruso, mas era tarde demais.

O ser me dominou, estava com os braços em torno de mim, enquanto se mantinha postado, firme, grudado em minhas costas. Era uma força tão superior à minha que fiquei sem poder fazer nada. Não podia disparar o Dom do Fogo contra ele, porque não estava de frente para ele. Parecia também que eu não conseguia reunir nenhuma resistência telecinética. Mesmo assim, recorri a todas as minhas forças para me livrar dele. Teria sido mais fácil eu romper o aperto de uma gárgula do que esse aperto.

Kapetria estava ali parada, com os olhos fixos em nós dois. Seus olhos negros ficavam arregalados de espanto. A praça estava deserta. Paris dormia. Mas o céu se enchia de claridade.

– Vamos dizer que se trata de uma compensação – disse a voz em meu ouvido. Mas ele estava falando com Kapetria. – Eu o levo até a bancada de seu açougue, e nós ficamos quites pelo que fiz a seu amado Derek. Quanto a você, Lestat, ficamos quites pelo que você fez comigo.

31

Lestat

Não era assim tão diferente da sala de cirurgia de um hospital, ou era isto o que eu imaginava, tendo em vista que nunca estivera em nenhuma. Mas eu as tinha visto em quantidade suficiente em filmes para reconhecer todo o equipamento. A única diferença era que o paciente estava amarrado a uma mesa por faixas de aço de uma resistência aparentemente impossível. E Rhoshamandes me segurava no lugar com firmeza, enquanto nós dois esperávamos pelo nascer do sol.

Tinha ocorrido uma batalha na praça – desesperada, confusa, com Cyril, Thorne e o fantasma de Magnus investindo em vão contra Rhoshamandes. Eu percebera a presença de mais um espírito e até mesmo a presença de Armand. De outros. Tinha havido lampejos de fogo, uivos e maldições.

– Chega! – protestei. – Eu me entrego. Não faça mal a eles. – Tudo terminou numa questão de segundos.

E agora cá estávamos nós, nessa sala de hospital. E Rhoshamandes desapareceu. Ele simplesmente desapareceu.

Fiquei olhando para as placas de isolamento acústico no teto e para aquele ambiente assombroso, com reservatórios, reluzentes bolsas plásticas com fluidos, monitores e aparelhos que tiquetaqueavam e chiavam, bem como fios, cabos e grossos tubos brilhantes – e replimoides de pele morena e cabelo escuro, com belos olhos escuros amendoados, acima das máscaras cirúrgicas. O corpo inteiro, tão apertado em uniformes de tecido e plástico brancos que pareciam estar envoltos em ataduras. Uma seringa voltada para o alto, no ar. Batidinhas. Um minúsculo jato de fluido cintilante.

Minhas mãos estavam amarradas. Meus dedos e meu pescoço também. Mas uma manivela de repente ergueu a metade superior desse leito de morte, e eu fiquei sentado. É claro. Ela precisava remover o topo do meu crânio! E todas aquelas faixas de aço tinham sido dispostas para permitir essa manobra, que me levava cada vez mais longe de qualquer coisa que eu tivesse condição de entender.

Desejei ter dado uma olhada no outro corpo, o corpo coberto sobre a mesa, com todos os tubos cheios de sangue que entravam nele. Será que aquela coisa já estava viva?

Alguém cobriu meus olhos com uma venda espessa e macia. E talvez com isso lá se vá para sempre minha capacidade de ver. Como se poderia saber?

Eu ficava grogue, quase sem conseguir falar. O sol já estava acima do horizonte.

Amel estava chorando.

Diga alguma coisa, seu idiota! Pelo menos me diga adeus.

Luzes se acenderam de repente, tão fortes que atravessaram a venda e minhas pálpebras, mas a velha escuridão conhecida cuidaria disso. Tesouras cortando. No fundo eu nunca tinha gostado tanto assim desse paletó e dessa camisa. Agulhas penetrando. Gosto... gosto muito mesmo dessa minha pele.

Não era um sonho. Era um lugar diferente. E mal eu tinha estendido a mão para abrir a porta quando tudo sumiu.

Simplesmente sumiu.

Quando dei por mim, eu estava dormindo de lado. Virei-me então para ficar deitado de costas e pensei que aquela cama era muito dura, e os cheiros que eu estava sentindo eram do quê? Aqueles cheiros desagradáveis de produtos químicos. Ouvi os ruídos do trânsito e, em algum lugar muito próximo, os sons de pessoas andando como que numa rua movimentada.

Meus olhos se abriram de repente. Fiquei mais uma vez olhando para o forro acústico.

Estou vivo.

Luz elétrica fraca iluminava suavemente o teto e o lugar onde eu estava deitado.

Sentei-me e olhei em volta da sala.

A maior parte do equipamento tinha desaparecido. O outro corpo na outra mesa também. Eu estava sozinho, sentado numa maca sobre rodas, e totalmente vestido.

A camisa de linho, o paletó do terno e a calça eram novos, mas as botas pretas primorosamente engraxadas eram as minhas. E os anéis em meus dedos, é claro, eram os meus. Meus amados óculos de lentes violeta estavam no bolso do paletó.

Apalpei meu cabelo; ele estava como sempre quando eu acordava, cheio e comprido. No entanto, eu sentia costuras delicadas, mas rígidas, na carne da minha cabeça. Olhei para minhas mãos e então para o restante de mim.

Desci da maca, fui passando pela quantidade de mesas, mesinhas de apoio, armários de metal e outros escombros aparentes espalhados por ali e abri a porta.

Corredor vazio de um edifício moderno, e lá na outra ponta um portal que dava para uma rua movimentada. Pus meus óculos violeta e saí.

Era o Marais – um dos bairros mais antigos de Paris. Acabara de anoitecer e todas as luzes estavam sendo acesas. Logo me descobri caminhando por uma daquelas calçadas muito estreitas tão comuns na velha Paris, passando por uma livraria lotada, um café com as vidraças embaçadas, por lojas, restaurantes e, depois de um tempo, perambulando sob o teto abobadado de uma velha arcada de pedra. Em toda a minha volta havia mortais, que iam e vinham, sem prestar atenção à minha pele de um branco chocante ou a meu estranho cambalear, enquanto eu me esforçava para pôr um pé à frente do outro, seguindo por uma rua de calçamento de pedras para entrar em outra rua de calçamento idêntico. A multidão foi se adensando e a impressão era a de que essa era a cidade mais cheia de vida do mundo inteiro.

O céu estava com aquele branco de inverno, e não fazia um frio assim tão terrível.

Por fim, cheguei a uma grande praça com um enorme chafariz de três níveis no centro. Mas ele estava desligado. E a neve, leve, fresca e pura cobrindo tudo. As árvores desfolhadas rebrilhavam com uma fina camada de gelo, que poderia se quebrar em um milhão de estilhaços se alguém tocasse nele. E os telhados altos e muito inclinados das mansões em torno da praça reluziam com a neve.

Eu estava só.

Simplesmente só. Respirei fundo aquele ar revigorante e olhei para o alto através da brancura até aos poucos penetrar as camadas das nuvens baixas e discernir as estrelas.

Sozinho. Sem nenhuma mão quentinha na nuca, sem nada vivo e respirando dentro de mim que não fosse eu mesmo. Nenhuma voz que pudesse falar comigo ou me ouvir se eu falasse. Simplesmente sozinho.

Da mesma forma que estivera havia duzentos anos, quando a estátua equestre de Luís XIII, de Richelieu, ficava no centro dessa vasta praça, e essas mansões estavam meio decadentes, já tendo saído de moda, e eu caminhava por ali, a passos vigorosos, depois da chegada do Sangue vampiresco, feroz, forte e capaz de percorrer Paris inteira, ao que me parecia, impelido por minha sede.

O sangue inocente. Era nisso que eu pensava. E não tinha vindo de outra pessoa.

Ainda vivo.

Uma mulher mortal parou a apenas alguns passos de mim. Seu casaco descia até o alto das botas e um cachecol estava totalmente enrolado em torno de seu rosto e de seu pescoço. Ela falou rápido comigo em francês, dizendo que eu ia morrer de frio se não entrasse em algum lugar, se não arrumasse um casaco para usar. Fiz que sim e agradeci, e ela seguiu apressada pelos gramados de neve opaca.

Bem, essa era uma ótima hora, pensei, para descobrir o que tinha sido perdido, se é que alguma coisa. Levantei voo, veloz o suficiente para nenhum olhar mortal captar o movimento, e logo estava cruzando o céu acima de Paris, me dirigindo infalivelmente, como sempre, para casa.

Eram oito horas quando entrei no salão de baile. Eu tinha ouvido os vivas e os gritos antes mesmo de chegar às portas. E os sons das pessoas percorrendo apressadas os muitos corredores e salões.

– Onde está a orquestra? – perguntei. Fui abrindo caminho para um espaço livre ao lado do cravo. Marius me recebeu num abraço. Os músicos vieram ocupar o pequeno aglomerado de cadeiras douradas e Antoine subiu no pequeno estrado preto. Alguma música triunfal, robusta, cresceu por trás de mim.

Eu continuava abraçado a Marius.

– Essas foram as piores horas de toda a minha existência – sussurrou ele em meu ouvido. – Então disseram que você estava vivo, que tinha sido visto em Paris. E eu não acreditei.

Em torno de nós a multidão ia se adensando cada vez mais, com bebedores de sangue se esforçando de todos os lados para reduzir o espaço em que estávamos.

Logo todos os rostos estavam ali, com exceção de Louis, Rose e Viktor. Mas como isso era possível? Virei-me para trás. Eles estavam só a meio metro de mim, aconchegados uns aos outros, e pela brancura do rosto de Louis escorriam dois filetes de lágrimas de sangue.

Deve ter se passado uma hora de abraços individuais, de eu garantir a mim mesmo e a cada um deles que estava em perfeito estado. Sentia sede, mas não me importava.

Eu não podia mencionar *o nome dele*. Não podia. Não podia dizer seu nome, e pareceu que eles perceberam isto e também não o pronunciaram. Não me perguntaram se ele estava ali, se tinha desaparecido.

Só quando por fim tudo terminou – todas as demonstrações de alegria, e as perguntas, e minhas respostas repetidas –, só quando desci para a cripta foi que me sentei sozinho no escuro e disse:

– Amel. Amel, onde você está? Você já é de carne e osso? Você está em segurança?

As lágrimas de sangue escorreram por meu rosto como pelo de Louis até deixarem a camisa e o casaco destruídos, e então chorei como uma criancinha.

32

Lestat

NA NOITE SEGUINTE, fiz o que talvez tenha sido o melhor discurso que jamais proferi para meus irmãos no Sangue. Não o redigi, não o planejei nem o elaborei em pensamento. Postei-me no pequeno estrado do regente da orquestra e me dirigi às centenas aglomeradas no salão de baile e às que escutavam de outras salas.

Para começar, eu lhes disse que Amel de fato tinha partido.

Foi só isso o que disse sobre ele ou sobre o que tinha acontecido.

Eu então lhes disse que precisávamos tornar nosso estilo de vida sagrado, que necessitávamos nos ver como entes sagrados e também nossa jornada pelo mundo como algo sagrado, não importando se qualquer outra pessoa nos visse assim ou não.

Disse explicitamente que nenhuma confraria, nenhuma irmandade jamais tinha se tornado sagrada, senão pela fé daqueles que a formavam, já que não existia nenhum poder conhecido neste mundo ou fora dele que poderia tornar qualquer coisa sagrada, a não ser o poder que reivindicássemos para nós mesmos. Disse a todos eles que éramos filhos do universo, mesmo que houvesse quem não pensasse assim, que vivíamos, respirávamos, pensávamos e sonhávamos como todos os seres sencientes, e ninguém tinha autoridade para nos condenar ou para nos negar o direito de amar e de viver.

Sim, as regras estavam sendo escritas, e sim, a história da tribo também, e sim, procuraríamos chegar a um consenso antes de avançar. Mas o ponto a ser lembrado era o seguinte: a Estrada do Diabo nunca tinha sido fácil ou simples, e os que viajavam por ela por mais de um século conseguiam esse feito porque haviam se importado com alguma coisa maior do que eles mesmos e maior do que a sua sede insaciável pelo sangue humano. Tinham querido fazer parte de algo imensamente maior do que eles mesmos, e se rebelaram a seu modo contra o isolamento inevitável que se fecha em torno de nós. E tinham sobrevivido porque a beleza da vida não permitia que eles a deixassem, e porque uma ânsia de conhecimento havia surgido neles – uma ânsia por novas eras, novas formas e novas expressões de arte e de amor –, mesmo quando viam tudo o que amavam se desfazendo e desaparecendo.

Se quiséssemos sobreviver e herdar os milênios, como Thorne e Cyril, Teskhamen e Chrysanthe, Avicus e Zenóbia, Marius, Pandora e Flavius, Rhoshamandes e Sevraine – Seth e Gregory agora os mais antigos entre nós –, precisávamos encarar o futuro com respeito e coragem, sem dar importância ao medo e ao egoísmo.

– Esse é nosso universo – disse eu. – Também somos feitos da poeira de estrelas, como todas as outras coisas neste planeta. Este aqui também é nosso lugar.

Parece que continuei a falar sobre esse tema por um tempo, e então, quando me dei conta de que de fato tinha terminado, encerrei o discurso.

Na realidade, não forneci respostas novas ou melhores do que as que lhes tinha dado com relutância na noite anterior. E, quando me elogiaram por minha coragem ao me entregar ao que iria acontecer, fiz um gesto rejeitando os elogios.

– Não foi coragem minha. Foi simplesmente o que aconteceu.

Saí levando Thorne e Cyril comigo, e fui procurar Rhoshamandes, que estava, como sempre, em seu castelo, em seu mundo elevado, gélido e implacavelmente cinzento.

Ele teve um forte sobressalto quando entrei em sua espaçosa sala de visitas ou salão principal, ou seja lá como for que ele chame o lugar. Levantou-se de supetão, deixando cair o livro que estava lendo.

– Nenhuma inimizade entre nós – disse eu, estendendo a mão. Thorne e Cyril estavam de cada lado de mim, e eu podia sentir a hostilidade deles para com Rhoshamandes. Eu sabia o quanto queriam que Rhoshamandes provocasse uma briga, mas mesmo nós três juntos não teríamos como enfrentar o que alguém tão antigo quanto ele poderia fazer.

Ele olhou para mim, com frieza, por um bom tempo, como se não conseguisse acreditar no que eu estava dizendo.

– Tudo precisa se renovar – disse eu. – Não pode haver rancores remanescentes.

Ele não respondeu. Eu prossegui:

– Você disse que seu ato compensaria o que eu lhe tinha feito. Pois bem, cumpra sua palavra.

Com isso ele de algum modo se abrandou e então deu de ombros, exatamente como eu costumava fazer. E estendeu a mão.

— Sei que você tinha esperança de que eu não sobrevivesse — disse eu. — Mas vamos simplesmente manter a paz agora. Você será bem-vindo em minha casa a qualquer hora, desde que mantenha a paz.

Não esperei por nenhuma resposta fria, incompleta, inadequada ou decepcionante. Eu queria voltar para casa. Mas ele me fez parar quando me virei para ir embora.

— Paz entre nós! Sou-lhe grato — disse ele, parecendo mais do que apenas sincero. — Não desejei que você morresse, mas espero que aquele demônio que estava dentro de você tenha perecido. Espero que tenha se desfeito em fumaça, subindo pelos ares, para pairar em agonia acima deste mundo para sempre.

Isso me atingiu fundo, no coração. Mas não o culpei pelo que disse. O sentimento geral no mundo dos mortos-vivos era o de que tínhamos nascido a partir de uma força diabólica, que nos dava a vida para as Trevas, por meio de sua cegueira e sede. Em lugar algum ninguém havia derramado uma lágrima por Amel.

Tive vontade de dizer que Amel era carne de nossa carne, sangue de nosso sangue, mas não disse nada. Se você realmente quer a paz em qualquer mundo, precisa aprender a não dizer nada. Apertei sua mão mais uma vez e disse que esperava que ele fosse à corte em breve.

Quando chegamos ao château, foi Cyril que me perguntou como consegui fazer uma coisa daquelas, simplesmente apertar a mão daquele monstro, depois de ele ter me entregado àquela criatura, Kapetria, e suas maquinações.

— Apertei a mão dele porque não lhe dou a menor importância — respondi. — Eu me importo com a paz entre nós. Afinal, algum espírito novo e medonho ainda pode se abater sobre nós para devastar todos os sonhos que ainda prezo, ou algum bando rebelde de espectros invejosos pode surgir do nada para derrubar a corte antes que se perceba.

33

Lestat

A PRIMAVERA CHEGOU A NOSSAS MONTANHAS com uma rapidez e calor incomuns.
    Logo todas as janelas do castelo ficavam abertas para as brisas noturnas e a floresta estava verde mais uma vez. Os gramados pareciam um veludo verde e macio, e os capins silvestres nas montanhas estavam verdes, com flores do campo irrompendo em trechos de prado à luz da lua. A corte aproveitava o inevitável rejuvenescimento de inúmeras formas.

Ninguém tinha ouvido notícia dos replimoides. E também ninguém procurava por eles. Estávamos de acordo quanto a esse ponto, de que não os procuraríamos, mas eu ficava aflito, sem saber se Amel tinha sobrevivido ou não.

Considerando sua natureza de sangue quente e sua necessidade de um clima ameno, calculei ser provável que eles tivessem ido se estabelecer em algum país sul-americano onde houvesse montanhas e florestas nas quais pudessem se ocultar. Mas, dada sua natureza pacífica e seu desejo de continuarem a ser as Pessoas do Propósito, dedicadas a servir a vida em todas as formas... bem, pensei que pudessem estar em lugares mais seguros, como os Estados Unidos.

A verdade era que ninguém sabia.

Ora, é óbvio que outros estavam curiosos acerca do destino de Amel, mas creio que ninguém sentia a dor que eu sentia. Louis sabia o que eu não podia confidenciar a ninguém e era respeitoso, paciente e tranquilizador. Louis nunca me decepcionou. Mas outros falavam descuidadamente de Amel, do Fator Amel, do Cerne Amel, das Queimas instigadas por Amel, de como Amel poderia ter provocado a destruição de tudo o que ele tinha criado quando mergulhou em Akasha milênios atrás. Os novatos queriam ouvir repetidamente a história de nossas origens, mas os heróis e heroínas dos relatos tão recontados não incluíam o espírito sem rosto e sem voz, que somente tinha voltado a si em fins do século XX. E, antes que maio terminasse, não era raro ouvir jovens bebedores de sangue no salão de baile fazendo comentários despreocupados no sentido de que achavam difícil acreditar em "toda aquela mitologia antiga" sobre Amel.

Agora éramos o que tínhamos sido sempre – uma tribo das sombras, que caçava humanos marginalizados, que seguia à deriva pelas multidões de mortais do mundo, envolta num esplendor gótico e em fantasias autossustentadas. Mas estávamos unidos e éramos fortes. Podíamos contar uns com os outros. Tínhamos o conselho, o castelo e a corte.

Quando o verão chegou, eu já estava inebriado pela corte. Passava parte de todas as noites trabalhando com Marius numa Constituição que ele estava redigindo em latim, que refletia em excesso seus princípios romanos e seu estranho desdém helenístico pelo aspecto material e biológico. Eu também passava tempo conversando com os novatos sobre como deviam e podiam se proteger para não serem descobertos, enquanto conviviam com toda a implacável vigilância digital do mundo mortal. Os desafios espirituais, práticos, atemporais, os desafios do momento.

As obras de renovação estavam terminadas no château e no povoado, bem como em três solares que tinham sido reconstruídos a partir de velhas pinturas, desenhos de cornijas e mapas históricos.

Eu tinha dispensado a maior parte dos arquitetos, projetistas e operários de construção mortais. Permanecia ali somente uma pequena comunidade de pessoas retraídas. E agora eu enfrentava a questão de saber se queria trazer meu amado arquiteto-chefe, Alain Abelard, para o nosso mundo. Antes de fazer isso, eu precisava admitir para mim mesmo de uma vez por todas que o Dom das Trevas era simplesmente isso, algo que se doava. E eu ainda não tinha feito isso.

Nesse meio-tempo, Abelard não desejava sair do povoado. Não queria me deixar. Ele me disse que tinha novos projetos a me sugerir e que em breve me apresentaria várias plantas. Abelard no fundo não tinha uma vida que não me incluísse.

Quando tudo isso se tornava demasiado para mim, eu me afastava e ia a Paris, só para perambular por lugares antigos e novos, e respirar a vitalidade ilimitada da cidade.

Em meados de junho eu já estava passeando por Paris o tempo todo, e Louis invariavelmente me acompanhava. Logo tínhamos nossas ruas, livrarias e cafés preferidos. Assistíamos a filmes juntos, e de vez em quando a peças. Éramos assíduos no Louvre e no Centro Georges Pompidou. Mas a maior parte do tempo só passeávamos.

Foi assim que, numa agradável noite de sábado, de uma beleza especial, nós nos encontrávamos em Paris, conversando baixinho sobre como nosso mundo estava mudado, como que por milagre, em comparação com a época em que os vampiros acreditavam ser sinistros entes sobrenaturais, dotados de uma infinidade de características misteriosas pelos desígnios deliberados de alguém.

Louis falou de ter recuperado Paris da dor da perda de Claudia e de amar a cidade moderna mais do que jamais tinha pensado ser possível.

Bem antes da meia-noite, chegamos ao Quartier Latin e nos acomodamos num espaçoso café ao ar livre, um dos nossos favoritos, agora uma atração turística, mas um lugar tão autêntico e cheio de vida quanto se poderia desejar.

Escolhemos uma mesa bem na parte externa da calçada de lajes de pedra para sentar e conversar um pouco mais, enquanto apreciávamos os transeuntes. Eu estava com sede. E, mais uma vez, não parava de pensar em sangue inocente.

Mas há muitos aspectos positivos em se passar a maior parte da noite sentindo sede, quando os sentidos são aguçados pela sede, as cores são mais vivas e os sons mais agradáveis e penetrantes. Por isso, deixei a sede de lado e, sem dúvida, descartei a tentação de procurar sangue inocente.

Pedimos quantidades suficientes de tudo – vinho, sanduíches, café, doces de confeitaria – para que o garçom, a quem passamos uma nota de alto valor, nos deixasse em paz por um bom tempo.

A certa altura Louis saiu para ir comprar um jornal, e fiquei ali sentado, sozinho, torcendo para que nenhum membro desgarrado dos mortos-vivos me reconhecesse ou resolvesse aproveitar a oportunidade para "conversar".

O mundo parecia esplêndido, e eu estava mais apaixonado do que nunca por Paris.

Mas logo me dei conta de que alguém me observava. Um vulto imóvel a uma mesa contígua, praticamente de frente para mim, estava com o olhar fixo, com um pouco de concentração demais para ser aceitável. Não olhei para o vulto. Varri a multidão em busca de imagens dele nos olhos de outros e, quando percebi o que estava vendo, me voltei e o encarei de uma vez.

Era um rapaz jovem, talvez com seus vinte e poucos anos. Tinha a pele com um perfeito bronzeado de sol, cabelo de um vermelho forte, comprido até os ombros, e olhos verdes e luminosos. Quando ele sorriu para mim, meu coração parou.

Ele se levantou da mesa de imediato e se aproximou de mim. Estava elegante de jeans e paletó leve de anarruga branca e azul sobre uma camisa branca engomada, aberta no colarinho. Ele se sentou diante de mim e se debruçou, com os antebraços sobre a mesa, dedos esguios e longos se estendendo para cobrir minha mão direita.

– Lestat – sussurrou ele.

Não me atrevi a dizer seu nome. Eu estava classificando aquilo ali como uma alucinação, porque como era possível que alguém pudesse ter recriado o rapaz com quem eu estivera em Atalantaya durante o período em que meu coração tinha ficado parado? As covinhas nas bochechas, a do queixo, mas, acima de tudo, os olhos grandes e vibrantes, e a sensação forte que parecia aquecê-lo por inteiro, de dentro para fora.

– Sou eu – disse ele, com os dedos calorosos apertando minha mão com força suficiente para machucar a mão de um mortal. – Amel.

– Estou ficando louco – disse eu, baixinho. Eu mal conseguia falar. Por trás dele, vi Louis se aproximando com seu jornal, mas, quando Louis viu o que estava acontecendo à mesa, ele fez que sim, dobrou o jornal e sumiu de minha frente.

Não havia como pôr em palavras como eu estava me sentindo. Aquele era Amel. Vivo; Amel plenamente concretizado e presente naquele corpo, que era uma réplica viva, que respirava, do corpo que ele tinha perdido quando Atalantaya afundou no mar.

Parecia que ele não podia ler esses pensamentos em mim. Finalmente, eu disse a única coisa que poderia dizer:

– Graças aos céus! – Ergui minha mão para encobrir meus olhos e chorei. Fiquei ali sentado chorando por muito tempo e acabei encontrando meu lenço, enxuguei as lágrimas e dobrei o tecido para esconder o sangue.

– Quantas vezes você esteve aqui? – perguntou ele. Prendeu de novo minha mão direita, e eu vi que ele também tinha chorado. A cadência de sua voz, o tom, o timbre, tudo era igual à voz que ele havia formado em minha cabeça.

Como não respondi, ele começou a falar, como se não conseguisse se conter:

– Esta é a primeira semana que tive permissão para sair sozinho, a primeira semana em que me deixaram andar pelas ruas desacompanhado, a primeira semana em que tive liberdade para quase ser atropelado no trânsito, para me perder, para sofrer um assalto e ter meus documentos roubados, ou para passar mal de tanto comer e acabar vomitando sozinho em algum beco. – Ele parou só para dar uma risada, e então continuou direto, com os dentes brancos cintilando e os olhos refletindo cores lindas com as luzes: – Eu lhes disse que, se não me deixassem sair, eu ia fugir. Jurei que, se não me deixassem meter os pés pelas mãos por mim mesmo, eu ia começar uma greve de fome. É claro que eles me lembraram que não precisamos de comida e que nada grave aconteceria, a não ser que eu me sentiria péssimo. Mas, por fim, Kapetria me levou de carro até o Bulevar Saint-Michel, e eu saltei do carro e saí andando.

Quer dizer que eles permaneceram na França aquele tempo todo – mais do que provável que estivessem em Paris o tempo todo. Não me importei. Eu não me importava com nada, a não ser com ele.

– E nada daquilo aconteceu com você, não é mesmo? – perguntei.

– Não, absolutamente nada de ruim – anunciou ele, orgulhoso, com o sorriso mais radiante. Seus olhos estavam marejados. – Estou andando sem destino desde hoje de manhã. E eu sabia que você vinha passeando por essas mesmas ruas. Sabia que você frequentava este café. Eu os ouvi falando sobre isso. Eu sabia. Sonhava que via você! Eu queria ver você. Teria continuado a vir aqui até um dia topar com você. – Ele parou e olhou para a mesa cheia de sanduíches e doces. Pude ver que estava com fome.

– Coma, por favor – disse eu, passando um copo de vinho para perto dele e abrindo a garrafa. – Será que eles estão tentando manter você longe de mim?

Ele tomou um bom gole, e eu reabasteci o copo.

– Eles sabem que no fundo não têm como impedir – disse Amel. – Sabem que quero vê-lo e conversar com você, e que é inevitável que eles tenham que permitir. Mas não param de dizer que não estou pronto. Ora, eu estou pronto. Preciso estar com você desse jeito.

Ele começou a comer devagar, saboreando cada bocado do pão com carne, mas seus olhos sempre voltavam para mim.

– Ah, que prazer – disse ele, baixinho. – Cada célula do meu corpo está aprendendo a gostar mais disso cada dia que passa.

– Posso pedir mais alguma coisa para você? – perguntei, fazendo um sinal para o garçom. – O que acha de uma cerveja bem gelada? Seria do seu agrado?

Ele fez que sim.

– Quente, frio, doce – murmurou. Deu uma mordida no doce que estava bem diante dele, fechando os olhos e estremecendo, enquanto o mantinha na boca. Então olhou para mim, ficou me observando como se estivesse se banqueteando com a minha visão. Seus olhos estavam cobertos de lágrimas.

Cheiro de sangue, de um sangue delicioso dentro dele.

Havia tanta coisa que eu queria dizer que não falei nada.

– Estou faminto pelo mundo inteiro – disse ele. – Faminto por vinho, cerveja, comida, pela vida, por você! Tire os óculos, por favor. Preciso ver seus olhos. Ah, obrigado, obrigado. Esses são seus olhos.

– Pare de chorar – disse eu. – Se você parar de chorar, eu também paro.

– Combinado – disse ele. O garçom pôs a cerveja diante de Amel. Ele bebeu metade do copo, suspirou e disse que ela estava ótima. – Você não vai acreditar como demorei para aprender a comer, a me sentar, a ficar em pé, a andar, a ver. Sabia que quando os mortais são cegos de nascença e conseguem enxergar no meio da vida eles precisam aprender a ver? Eu precisei aprender a ver! Meu cérebro não veio equipado com nenhum conhecimento. Não sabemos de que modo os bravennenses equipavam as mentes com conhecimentos. Meu cérebro era simplesmente uma coisa inventada, feito com células tiradas das mãos de Kapetria. Ela imaginou que, se nunca decepasse a mão, mas tirasse amostras dela, enquanto a mão ainda estivesse ligada ao seu corpo, nenhuma vida nova seria criada que precisasse ser liquidada. E ela construiu meu cérebro a partir das células das mãos dela e de algumas das mãos de Derek também.

– Ele deu de ombros. – Eu poderia explicar tudo isso para você, mas levaria anos. Seja como for, tive que aprender a ver, a andar, a falar!

– Foram só quatro meses – disse eu. Mas eu estava chocado com as implicações do que ele estava me dizendo, com a genialidade de Kapetria e com a prova viva dessa genialidade nele.

– Parece uma eternidade. – Ele se recostou na pequena cadeira trançada em formato de concha e fixou o olhar no toldo. O cabelo ruivo ondulado caiu sobre seus olhos, mas pareceu que ele não se importou. Sobrancelhas escuras, bem delineadas, cílios. Kapetria tinha criado tudo aquilo.

Possibilidades medonhas me ocorreram num estalo – criaturas cultivadas ou fabricadas, ganhando ascendência num planeta confiante, se Kapetria e sua tribo podiam fazer uma coisa dessa. E o que dizer dos mortos, apegados à Terra, que poderiam voltar através de um corpo maravilhoso desse tipo? O que eles poderiam fazer por Magnus e por Memnoch?

– O que você vai fazer? – perguntei. – Você tem algum plano geral?

– Não sei. – Ele deu de ombros. Pegou mais um docinho com cobertura de geleia e o engoliu. Depois, partiu um pedaço da torta de limão. – Não faço ideia. É tanta coisa que preciso aprender. Eu achava que sabia tudo, que, dentro de você, eu tinha captado o sentido total dessa era! – Ele riu de si mesmo e fez que não. – Como eu era estúpido, como estava cego! Agora, todos os dias, sou surpreendido por alguma nova descoberta. Leio sobre as coisas que os seres humanos fizeram uns contra os outros em guerras. Leio sobre a carnificina no planeta neste momento. Fico petrificado com muito do que leio, do que vejo nos noticiários na televisão, em filmes. Mesmo assim, devo continuar a estudar, isso antes de qualquer outra coisa, estudar e viajar. E quero descobrir onde ficava Atalantaya, onde ela afundou. Preciso saber isso. Preciso saber onde minha cidade morreu. Preciso saber onde morreu tudo o que eu tinha criado, visualizado e planejado para este mundo poderoso!

– Eu não o culpo. Seu conhecimento deve ser infinitamente maior do que o que está nas lendas.

– Não, não é – disse ele. – Naqueles tempos remotíssimos, eu vivia absorto demais nos projetos que estavam bem diante de mim para prestar muita atenção a todo o esquema do planeta. Eu achava que conhecia sua geografia, mas o que sabia era algo deformado, limitado, primitivo. Seja como for, agora devo ir a todos os lugares. Preciso percorrer selvas, desertos, cadeias de montanhas. Preciso ver o gelo derretendo rapidamente nos polos, ver isso por mim mesmo, o gelo derretendo, se partindo e caindo para mergulhar nos mares que estão subindo. E tenho um sonho de que talvez uma das minhas pequenas cidades-satélites tenha afundado em algum lugar com o domo intacto. – Ele fez uma pausa, olhando ao redor e depois para mim. – E depois ainda temos o trabalho em nossos laboratórios.

– Vocês já conseguem reproduzir totalmente a luracástria dos tempos antigos? – perguntei.

– Ah, é claro. Kapetria teve que completar essa etapa antes de poder me pôr num corpo que funcionasse – disse ele. – Mas a luracástria gera outros materiais. Esse sempre foi o ponto forte da luracástria. Ela é como um vírus que promove mutações em outros produtos químicos sob aspectos totalmente imprevisíveis. Trabalho nisso o tempo todo, aqui dentro. – Ele deu uma batidinha na têmpora direita. – Esse cérebro espectral está organizando esse cérebro biológico, e eu estou recuperando antigos conhecimentos e adquirindo novos o tempo todo! Mas, diga aí, o que Fareed anda fazendo? O que ele descobriu? E Seth está se dedicando a quê? Quero conhecê-los. Preciso conhecê-los. E Louis, quero conhecer Louis. Ele está logo ali nos observando. Louis está fazendo você feliz? Antes de nos separarmos, eu conhecia Louis através de você e...

Ele não completou a frase.

Queria dizer alguma coisa, mas não conseguia.

– Perdi todos vocês – sussurrou – e choro por essa perda. – Os olhos marejaram de novo.

– Sim, eu sei. E eu perdi você – disse eu, lutando para controlar minhas próprias lágrimas. – Você me reaproximou de Louis, você fez isso. E me deu Louis de volta. Estou agora com ele por causa de você.

Ah, isso era um tormento, e ainda assim eu estava aproveitando cada segundo.

Ele tateou no bolso interno do paletó de anarruga e tirou um cartão branco e uma caneta. A caneta era de tinta gel, de ponta finíssima, e com traços compridos e finos garatujou números para mim. Eram de seu telefone. Ele me entregou o cartão, e eu o guardei no bolso.

– Agora me dê seu celular, e eu digito meu número para você, depois que eu registrar o seu no meu.

– Ah, certo, é claro – disse ele, enrubescendo. Ele devia ter sabido que seria simples assim, e de repente ficou envergonhado. Mas eu entendo perfeitamente esse tipo de branco, essas incapacidades súbitas e aleatórias para captar o simples ou o sublime no meio do caudal de tantos conhecimentos poderosos. Ele ficou olhando enquanto eu realizava essas pequenas tarefas.

– Você é tão lindo para mim agora quanto era no espelho – acrescentou ele. – Você continua tão lindo para mim quanto naquela primeira noite no Portão da Trindade, quando o vi no espelho através de seus olhos.

Ele teve um sobressalto. Olhou ao redor, ansioso. Eu não tinha ouvido nem visto nada.

– Só alerta para a chegada deles – disse ele. – Vão vir me buscar porque eu me recuso a ligar pedindo que venham. Ah, eu sabia. Eu sempre sinto esse *frisson*... essa é uma das suas palavras... esse *frisson* quando estou sendo observado. Lá estão elas agora. Amo você. Vamos nos ver outra vez. Jure para mim que vamos nos encontrar aqui de novo assim que possível.

Segurei sua mão. Não queria deixá-lo ir.

Eu não fazia a menor ideia do nome das quatro mulheres que vieram em nossa direção. Só sabia que eram clones de Kapetria, ou dos clones dela. Eram magníficas, com o mesmo tom de bronze-escuro na pele e os mesmos olhos negros, grandes, com salpicos dourados, e muito dourado nos cabelos compridos. Estavam usando ruge nos lábios e vestidos de verão de algodão leve, só com alças sobre os ombros primorosamente esculpidos, assim como pulseiras de ouro nos braços nus.

– Boa-noite, Príncipe.

– Boa-noite, senhoritas. – Empurrei a cadeira para trás e me pus de pé. – Será que vocês não podem nos dar só mais alguns minutos?

— Amel fica excessivamente agitado, príncipe – disse a que tinha falado, enquanto as outras faziam que sim. – Olhe só... estamos estacionadas em fila dupla. Vamos dar a volta em dois quarteirões e voltamos. Com esse trânsito, vamos demorar um pouco. Mas só se vocês prometerem que estarão aqui mesmo quando voltarmos.

— Prometo, juro, que um raio caia na minha cabeça! – disse Amel. Ele estava com o rosto molhado de lágrimas. – Se vocês me levarem agora, nunca vou perdoá-las.

E lá se foram elas, se amontoando no seu grande Land Rover preto e manobrando o carro para entrar no fluxo preguiçoso que passava pelo bulevar.

Amel estremeceu e tentou engolir as lágrimas.

— Amo todos eles – disse ele. – São meu povo agora, e eu sou um deles. Mas eu... eu não consigo tolerar seu controle implacável.

— Há tantas coisas que eu queria lhe perguntar – disse eu. – Tanto que quero saber. Eles não vão nos impedir de nos conhecermos e nos amarmos.

Ele pareceu ter suas dúvidas, uma tristeza. Um medo atroz me dominou.

— Saiba o seguinte – disse ele, pegando minhas mãos. – Vou amar você para sempre! Se não fosse por você, eu nunca teria sobrevivido.

— Bobagem, você teria entrado num dos outros mais cedo ou mais tarde.

— Não – disse ele. – Não estava funcionando. Foi sua coragem na primeira e na última vez. Sempre foi sua coragem, bem como sua paciência e sua insistência em que fossem descobertas soluções, que grandes forças conflitantes de algum modo pudessem ser conciliadas.

— Você está me dando crédito demais – disse eu. – Mas nós temos um destino, você e eu! – Comecei a chorar de novo. Enxuguei os olhos com raiva e voltei a pôr meus óculos escuros violeta. – Não consigo pensar em mais nada neste momento a não ser em você e no que está vivendo, no que o futuro lhe reserva.

Ele ficou ali sentado, em silêncio, olhando para mim.

— Mande lembranças minhas para eles, até mesmo para os que me odeiam – disse ele. – O que você fez com Rhoshamandes pela ajuda que ele deu a Kapetria?

— O que você acha? – perguntei. – É claro que não fiz nada.

Ele riu baixinho, fazendo um gesto negativo.

— Lestat, você sabe que esse Rhoshamandes é um perigo para você.

— É o que todos dizem – respondi –, mas venho convivendo com o perigo há tanto tempo. Não quero falar sobre ele agora. Não quero desperdiçar um instante aqui nem mesmo pensando nele.

Caiu um silêncio entre nós, e então voltei a falar:
– Você conhece o tipo de poder que tem. – Eu estava hesitante. – Sabe o que você e os outros replimoides poderiam fazer a este mundo. – Com a mão direita, fiz um gesto mostrando a rua, os prédios, as pessoas. – Você sabe o que vocês poderiam fazer pelos mortos apegados à Terra e pelos espíritos...
– Nós somos as Pessoas do Propósito! – disse ele. – Você deve se lembrar sempre disso. E o propósito é nunca fazer mal à vida de forma alguma. Agora, não existe uma criatura neste planeta que jamais consiga cumprir um propósito desses não, isso nós sabemos. Mas vamos tentar! Vamos tentar com tanta firmeza quanto qualquer colônia de pessoas dedicadas ao apoio à vida já tenha tentado um dia.
Devemos ter ficado conversando uma hora inteira.
Ele me falou dos livros que vinha lendo e me fez perguntas sobre coisas que dizia não compreender. Mas como se explica para uma pessoa por que a Antiguidade Tardia adotou com entusiasmo a rejeição cristã ao mundo biológico e material? Como se explicam personalidades tais como Santo Agostinho e Pelágio? Ou Giordano Bruno? Como se explica o fato de os romanos antigos poderem cunhar moedas, mas nunca terem inventado uma prensa tipográfica? Por que se demorou tanto para inventar o estribo ou o barril? Ou a bicicleta? Como explicar por que o francês e o inglês são tão diferentes quando as duas línguas evoluíram tão perto uma da outra? Nós admitimos que nós dois não tínhamos como entender o cinismo sinistro de tantos seres humanos que viviam num mundo moderno tão dominado pelo progresso assombroso.
– Não é possível que eles conheçam a história como a conhecemos – disse eu.
Falamos sobre os bravennenses e nos perguntamos se eles ainda monitoravam ativamente este nosso mundo, se suas filmagens ainda eram transmitidas. Falamos do mistério de outros alienígenas virem a este planeta.
Ele e as Pessoas do Propósito faziam exatamente as mesmas especulações que os seres humanos quanto a visitantes alienígenas de fato estarem entre nós, muito mais bem disfarçados do que poderíamos imaginar.
Ele falou de suas descobertas pequenas e importantes, um novo derivado da luracástria, um hormônio sintético que na opinião dele poderia levar a um aumento na duração da vida humana, para alguns indivíduos, da ordem de dez anos, além do determinado pelo seu relógio genético.
– Não tenha medo de mim – disse ele, finalmente. – Nunca tenha medo de mim. O que eu fizer, farei com todo o respeito pelo que todas essas cria-

turas conseguiram realizar sozinhas. Afinal de contas, elas construíram esse paraíso sem um Amel, não foi? Os seres humanos construíram tudo isso, esse mundo da Europa Ocidental, dos Estados Unidos, da Inglaterra e de todos os países do Ocidente.

– Você ainda não esteve no Oriente – disse eu. – Ainda não viu a China, o Japão ou o Levante. Há tanta coisa a aprender por lá também.

Por fim, as replimoides chegaram ali no meio-fio novamente, com a porta do carro aberta.

Ele se levantou de um salto, deu a volta em torno da mesa e me abraçou.

– Ah, que essa carne sólida demais nunca se derreta! – disse ele.

Segurei seu rosto e lhe dei um beijo.

– Amel – sussurrei no seu ouvido –, meu amor.

Ele se virou de modo abrupto, como se somente desse jeito fosse possível se afastar de mim. E foi se encaminhando para o carro à espera. Ao chegar ao meio-fio, parou. Nós nos olhamos, esquecidos do trânsito, do barulho, da multidão.

Ele voltou para mim, e nos abraçamos por inteiro. Estávamos envoltos um nos braços do outro. E o cheiro do seu sangue me dominou.

Mordi minha língua e deixei a boca se encher de sangue. Então beijei-o direto na boca, abri seus lábios e deixei que o sangue passasse para ele. Senti que ele se enrijecia, estremecia, e ouvi um gemido de êxtase vir das profundezas de seu peito.

– Beba – sussurrou ele.

Foi o que fiz. Abraçando-o grudado a mim, finquei meus dentes em seu pescoço. Tudo o que o mundo mortal veria era um homem beijando outro homem, mas eu estava sugando seu sangue, aquele sangue saboroso e substancial de replimoides, e o mundo se dissolveu.

As imagens chegaram numa enxurrada, como a música de uma orquestra sinfônica completa, imagens dele numa infinidade de momentos dessa sua nova existência, numerosos demais para eu conseguir absorver, imagens turbulentas, cheias do riso dele, de uma confusão de vozes, música, roncos de motores, explosões, vento e chuva. E eu vi torres, de uma beleza primorosa, estruturas de uma complexidade inimaginável e vastas e densas paisagens urbanas de dimensões fantásticas. E não era Atalantaya que eu estava vendo, eram cidades deste mundo, de hoje, neste nosso tempo, cidades que já existiam e outras ainda desconhecidas, mas já visualizadas. E era *sangue inocente*.

Sangue inocente me enchendo, bombeado pelo coração dele para dentro do meu.

Era sangue inocente, com toda a sua doçura, frescor e poder imensurável. Era sangue inocente, e ele não estava morrendo enquanto eu o sugava. Sangue inocente.

As outras nos cercaram. Estavam tentando se intrometer entre nós. Achei que ia morrer em agonia quando me afastei, mas não morri. Segurei-o pelos ombros e olhei em seus olhos. O barulho do café e do bulevar me agredia, e eu estava odiando aquilo, mas o segurava com firmeza.

As mulheres tentavam puxá-lo e tirá-lo dali. Supunham que eu o estivesse ferindo, mas eu não o tinha ferido. Sem se deixar abater, ele olhava para mim através de um véu de lágrimas tremeluzentes.

– *Au revoir*, Lestat – disse ele, com mais um dos seus irresistíveis sorrisos radiantes, e foi embora, saindo às pressas do café com as mulheres, acenando para mim quando entrou no carro. O carro partiu a uma velocidade imprudente, mudando de faixa perigosamente no trânsito, e acabou desaparecendo.

O sangue dele ainda avançava devastador por dentro de mim.

Senti a tentação de subir pelos ares para acompanhar o carro, rastreá-lo para onde quer que ele pudesse me levar e descobrir exatamente onde eles estavam se escondendo à vista de todos.

Quem sabe eu não fazia isso em uma outra vez? Quem sabe em uma outra vez? Porque eu sabia que o veria de novo em breve e que não havia nada que eles pudessem fazer para impedir.

Fiquei imóvel, sentindo o calor de seu sangue começar a sumir dentro de mim.

Louis acabou se aproximando, pegou meu braço e nós saímos andando juntos.

– Você ouviu tudo? – perguntei.

– Ouvi – disse ele. – Se você me quisesse fora do alcance da audição, é claro que eu teria me afastado.

– De modo algum – disse eu. – Você é a única pessoa que realmente conhece a total dimensão disso tudo, do quanto eu amo Amel.

– Sim – disse ele. – Eu sei.

Seguimos para um beco escuro e deserto, longe dos olhos humanos. E de lá partimos para casa.

Era meia-noite quando entrei no salão de baile para dirigir a palavra à corte.

Quando disse que Amel tinha sobrevivido, que ele estava encarnado e vivo, que estava bem, que era magnífico e era a pessoa que tinha sido muitos séculos antes de um dia se fundir com Akasha, todos vibraram.

Deram vivas sem parar. Alguns derramaram lágrimas.

Teria sido de pensar que realmente o amavam. Mas eles não me enganavam. Nunca o conheceram como eu o conheci. Nunca o amaram de modo algum. Eles o temiam demais para amá-lo e, com o tempo, voltariam a fazê-lo. Temeriam a própria ideia de sua existência, da existência dos replimoides e do que eles poderiam fazer.

Eles viriam a temer os replimoides exatamente como outros neste mundo nos temiam.

E assim prosseguimos sem ele.

Prosseguimos sem o mistério de Amel. O mistério já está se afundando no passado e se tornando lenda – a história do acidente Divino e do rei e da rainha que imperaram em silêncio por milênios, e a história daqueles que aceitaram o Cerne dentro de si mesmos e acabaram por libertá-lo. E, à medida que a lenda cresça, alguns rapidamente a esquecerão, e, em tempos futuros, outros nem mesmo acreditarão nela.

Ele caminha pela Terra com o poder de destruí-la. Mas a verdade é que a espécie humana também tem esse poder. Assim como nós.

No entanto, o que perdura é o que sempre importou: o amor – o fato de que nos amamos com tanta certeza quanto a de que estamos vivos. E se existe alguma esperança de que um dia nós realmente sejamos bons – essa esperança se realizará através do amor.

Se eles querem acreditar que o amam, tudo bem. Pode ser que o amem agora. Pode ser que venham a amá-lo em retrospectiva. Pode ser que venham a amá-lo na história de Atalantaya, de como ele morreu, como sobreviveu e como persiste agora.

Eu o amo indubitavelmente, e ele me ama. Ele sabe amar, mais do que qualquer pessoa que eu tenha conhecido, e Atalantaya com suas torres tremeluzentes foi a maior prova desse seu amor insondável.

Amar de verdade qualquer pessoa ou coisa é o início da sabedoria de amar todas as coisas. É preciso que seja assim. Tem que ser assim. Creio nisso e, no fundo, não acredito em nada além disso.

1:50 da tarde
1º de julho de 2016
La Quinta, Califórnia

Apêndice 1

Personagens e lugares nas Crônicas Vampirescas

Akasha – Rainha do Egito antigo, seis mil anos atrás. De todos os vampiros, a primeira a ser criada, por meio de uma fusão com o espírito Amel. A história está relatada em *O vampiro Lestat* e em *A rainha dos condenados*.

Allesandra – Princesa merovíngia, filha do Rei Dagoberto I, trazida para o Sangue no século VII por Rhoshamandes. Apresentada inicialmente em *O vampiro Lestat* como uma vampira louca e sem nome, que morava com os Filhos de Satã nos subterrâneos do cemitério Les Innocents, em Paris. Ela também aparece, já com nome, em *O vampiro Armand*, no Renascimento, e mais tarde em *Príncipe Lestat*.

Amel – Espírito que criou o primeiro vampiro seis mil anos atrás, ao se fundir com o corpo da rainha egípcia Akasha. A história está relatada em *O vampiro Lestat* e em *A Rainha dos Condenados*. *Príncipe Lestat* prossegue com a história de Amel.

Antoine – Um músico francês exilado de Paris para a Louisiana e trazido para o Sangue por Lestat em meados do século XIX. Designado como "o músico" em *Entrevista com o vampiro*. Mais tarde aparece em *Príncipe Lestat*. Talentoso violinista, pianista e compositor.

Arion – Vampiro negro de tempos antiquíssimos, apresentado em *A fazenda Blackwood*. No mínimo com dois mil anos de idade, talvez mais. Possivelmente da Índia.

Arjun – Príncipe da dinastia Chola da Índia, trazido para o Sangue por Pandora por volta de 1300. Aparece em *Sangue e ouro* e também em *Pandora*. Mais tarde aparece em *Príncipe Lestat*.

Armand – Uma das peças fundamentais das Crônicas Vampirescas. Armand é um russo de Kiev, vendido como escravo quando menino e tornado vampiro na Veneza do Renascimento pelo vampiro Marius. Ele é apresentado em *Entrevista com o vampiro* e aparece em muitos livros das Crônicas Vampirescas, contando a própria história em *O vampiro Armand*. Fundador da casa comunal do Portão da Trindade em Nova York. Armand mantém uma casa em Paris, em Saint-Germain-des-Prés, que funciona como a corte parisiense para o Príncipe Lestat.

Avicus – Vampiro egípcio que aparece pela primeira vez nas memórias de Marius, *Sangue e ouro*. Aparece novamente em *Príncipe Lestat*.

Benedict – Monge cristão da França do século VII, trazido para o Sangue por Rhoshamandes. Benedict é o vampiro cujo Sangue o alquimista Magnus roubou, roubo descrito em *O vampiro Lestat*. Aparece em *Príncipe Lestat* como amante e companheiro de Rhoshamandes.

Benji Mahmoud – Garoto beduíno de doze anos, da Palestina, trazido para o Sangue por Marius em 1997. Benji cria a estação de rádio para vampiros ouvida nos quatro cantos do mundo em *Príncipe Lestat*. Reside no Portão da Trindade, em Nova York, e às vezes na corte do Príncipe Lestat na França. Aparece pela primeira vez em *O vampiro Armand*, quando está morando em Nova York, com sua companheira, Sybelle.

Bianca Solderini – Cortesã veneziana, trazida para o Sangue por Marius em *Sangue e ouro*, por volta de 1498. Aparece em *Príncipe Lestat*.

Château de Lioncourt – Castelo dos antepassados de Lestat, no maciço central da França, esplendidamente restaurado e sede da nova corte dos vampiros, deslumbrante e charmosa, com sua orquestra, teatro e frequentes bailes formais. O povoado adjacente, que inclui uma estalagem, uma igreja e algumas lojas, também foi restaurado para alojar trabalhadores mortais e visitantes do château.

Filhos de Satã – Uma rede medieval de seitas de vampiros constituída por vampiros que acreditavam sinceramente que eram filhos do Diabo, condenados a perambular pelo mundo em farrapos, amaldiçoados, se alimentando do sangue de humanos inocentes, para fazer a vontade do Diabo. Suas sedes mais famosas ficavam em Roma e em Paris. A seita sequestrou muitas das crias de Rhoshamandes até ele, por fim, deixar a França para se livrar deles. E os Filhos de Satã de Roma foram desastrosos para Marius e sua majestosa residência em Veneza no Renascimento. Armand falou de suas experiências com os Filhos de Satã em *O vampiro Armand*.

Chrysanthe – Mulher de um mercador da cidade cristã de Hira, trazida para o Sangue no século IV, por Nebamun, recém-despertado, tendo adotado o nome de Gregory. Apresentada, assim como Gregory, em *Príncipe Lestat*.

Cimetière des Innocents – Antigo cemitério na cidade de Paris, até ser destruído perto do fim do século XVIII. Nos subterrâneos deste cemitério vivia a seita dos Filhos de Satã, presidida por Armand, que é descrita por Lestat em *O Vampiro Lestat*. Designado nas Crônicas como "Les Innocents".

Claudia – Órfã de cinco ou seis anos de idade, trazida para o Sangue por volta de 1794 por Lestat e Louis em Nova Orleans. Morta há muito tempo. Sua história está contada em *Entrevista com o vampiro*. Mais tarde aparece como um espírito em *Merrick*, embora esse aparecimento seja suspeito.

Cyril – Antigo vampiro egípcio, criador de Eudoxia em *Sangue e ouro*, que mais tarde aparece em *Príncipe Lestat*. Idade desconhecida.

Daniel Molloy – O anônimo "rapaz" que realiza a entrevista em *Entrevista com o vampiro*. Trazido para o Sangue por Armand em *A rainha dos condenados*. Também aparece em *Sangue e ouro*, morando com Marius. Também em *Príncipe Lestat*.

David Talbot – Apresentado como um membro idoso da Talamasca, uma ordem de investigadores da paranormalidade, em *A rainha dos condenados*. Torna-se personagem importante em *A história do ladrão de corpos* e também é quem ouve a história de Pandora relatada por ela mesma em *Pandora*. Peça fundamental das Crônicas Vampirescas.

Davis – Dançarino negro do Harlem, membro da Gangue das Garras, trazido para o Sangue por Matador em algum ponto de 1985. Apresentado em *A rainha dos condenados*. Maiores descrições em *Príncipe Lestat*.

Eleni – Sobrevivente dos Filhos de Satã que ajuda a fundar o Théâtre des Vampires em Paris no século XVIII; corresponde-se com o vampiro Lestat depois que ele deixa Paris para viajar pelo mundo. Cria de Rhoshamandes, transformada em vampira na Alta Idade Média.

Enkil – Antigo rei do Egito, cônjuge da célebre Rainha Akasha, o segundo vampiro a ser transformado. Sua história está relatada em *O vampiro Lestat* e em *A rainha dos condenados*.

Everard de Landen – Cria de Rhoshamandes na Alta Idade Média, que aparece pela primeira vez em *Sangue e ouro* e posteriormente em *Príncipe Lestat*.

Fareed – Anglo-indiano de nascimento, médico e pesquisador, trazido para o Sangue por Seth, para pesquisar os vampiros e tratá-los. Personagem importante apresentado em *Príncipe Lestat*.

Flannery Gilman – Médica americana, mãe biológica de Viktor, trazida para o Sangue por Fareed e Seth. Faz parte de sua equipe de médicos e pesquisadores, que trabalha com os mortos-vivos.

Flavius – Vampiro grego, escravo adquirido por Pandora na cidade de Antioquia e trazido para o Sangue por ela nos primeiros séculos da Era Comum.

Gabrielle – Mãe de Lestat, fidalga culta e refinada, trazida para o Sangue pelo próprio filho em 1780, em Paris. Andarilha que usa trajes masculinos. Figura conhecida no segundo plano em todas as Crônicas Vampirescas.

Gregory Duff Collingsworth – Conhecido como Nebamun em tempos antigos, amante da Rainha Akasha e transformado em bebedor de sangue por ela para chefiar as tropas do Sangue da Rainha contra as da Primeira Geração. Conhecido agora como Gregory, dono de um poderoso império farmacêutico no mundo moderno. Cônjuge de Chrysanthe.

Gremt Stryker Knollys – Espírito poderoso e misterioso que criou para si ao longo do tempo um corpo físico que é uma réplica de um corpo humano. Associado à fundação da ordem secreta da Talamasca.

Hesketh – Curandeira de origem germânica, trazida para o Sangue por Teskhamen no século I. Agora é um espírito que conseguiu produzir um corpo físico para si. Também ligada às origens da ordem secreta da Talamasca. Apresentada em *Príncipe Lestat*.

Jesse Reeves – Mulher americana do século XX, descendente de sangue da antiga Maharet e trazida para o Sangue pela própria Maharet em 1985 em *A rainha dos condenados*. Jesse foi também um membro mortal da Talamasca e trabalhou com David Talbot na Ordem.

Khayman – Antigo vampiro egípcio, criado pela Rainha Akasha, que se rebelou contra ela com a Primeira Geração. Sua história está relatada em *A rainha dos condenados*.

Matador – Vampiro americano, fundador da Gangue das Garras em *A rainha dos condenados*. De história e origem desconhecidas.

Lestat de Lioncourt – O herói das Crônicas Vampirescas, transformado em vampiro por Magnus, mais para o fim do século XVIII, criador de uma série de vampiros, aí incluídos Gabrielle, sua mãe; Nicolas de Lenfent, seu amigo e amante; Louis, o narrador de *Entrevista com o vampiro*; e Claudia, a criança-vampira. Atualmente conhecido por todos como Príncipe Lestat.

Louis de Pointe du Lac – O vampiro que deu início às Crônicas Vampirescas ao contar sua história a Daniel Molloy em *Entrevista com o vampiro*, um relato de suas origens, que diverge sob alguns aspectos do relato do próprio Lestat em *O vampiro Lestat*. Dono de uma fazenda colonial francesa, transformado em vampiro por Lestat em 1791. Aparece com maior proeminência na primeira crônica, em *Merrick*, em *Príncipe Lestat* e em *Príncipe Lestat e os reinos de Atlântida*.

Magnus – Alquimista medieval idoso que roubou o Sangue de um jovem vampiro, Benedict, na França. Foi quem sequestrou Lestat e o trouxe para o Sangue em 1780. Agora um espectro, às vezes aparece sólido e, em outras ocasiões, como uma ilusão.

Maharet – Um dos vampiros mais antigos do mundo, gêmea de Mekare. As gêmeas são conhecidas pelo cabelo ruivo e por seu poder como bruxas mortais. Criadas nos primórdios da História Vampírica, elas são rebeldes que chefiam a Primeira Geração contra a Rainha Akasha e seus vampiros do Sangue da Rainha. Maharet é amada por sua sabedoria e por acompanhar pelas eras afora, no mundo inteiro, todos os seus descendentes mortais, a quem chamava de a Grande Família. Maharet conta sua história – a história das gêmeas – em *A rainha dos condenados*. Ela também figura em *Sangue e ouro* e em *Príncipe Lestat*.

Marius – Peça fundamental das Crônicas Vampirescas. Um patrício romano que é sequestrado pelos druidas e trazido para o Sangue por Teskhamen, no século I. Marius aparece em *O vampiro Lestat* e em muitos outros livros, entre eles suas memórias, *Sangue e ouro*. Vampiro conhecido pela razão e pela seriedade. Muito amado e admirado por Lestat e outros.

Mekare – Irmã gêmea de Maharet, a poderosa bruxa ruiva que se comunicava com o espírito invisível e potencialmente destrutivo chamado Amel, que mais tarde entrou no corpo da Rainha Akasha, criando o primeiro vampiro. A história de Mekare e Maharet é relatada pela primeira vez em *A rainha dos condenados*. Mekare também aparece em *Sangue e ouro* e em *Príncipe Lestat*.

Memnoch – Poderoso espírito que alega ser o Satã judaico-cristão. Ele conta sua história a Lestat em *Memnoch*.

Nova Orleans – Ocupa lugar proeminente nas Crônicas Vampirescas como a morada de Louis, Lestat e Claudia por muitos anos durante o século XIX, período em que eles moraram numa casa no centro de cidade, na Rue Royale, no Quarteirão Francês. Essa casa ainda existe e pertence a Lestat, como sempre pertenceu. Foi em Nova Orleans que Lestat conheceu Louis e Claudia, e os transformou em vampiros.

Notker, o sábio – Monge, músico e compositor trazido para o Sangue por Benedict em torno do ano 880 d.C., criador de muitos vampiros garotos com voz de soprano, bem como de outros vampiros músicos ainda não identificados. Mora nos Alpes.

Raymond Gallant – Estudioso mortal, membro fiel da Talamasca, amigo do vampiro Marius, dado como morto no século XVI. Volta a aparecer em *Príncipe Lestat*.

Rhoshamandes – Homem da Creta antiga, trazido para o Sangue ao mesmo tempo que a mulher, Sevraine, há uns cinco mil anos. Vampiro poderoso e recluso, com uma obsessão por música e apresentações de óperas, e amante de Benedict. Mora em seu castelo na ilha fictícia de Saint Rayne, nas Hébridas Exteriores, viajando pelo mundo de tempos em tempos para assistir a diferentes óperas nos grandes teatros líricos.

Rose – Menina americana, salva por Lestat, quando ainda pequena, de um terremoto no Mediterrâneo por volta de 1995. Pupila de Lestat. Amante de Viktor.

Saint Rayne – Ilha na qual Rhoshamandes reside.

Santino – Vampiro italiano transformado durante a época da Peste Negra. Por muito tempo foi mestre da seita romana dos Filhos de Satã. Dado como morto.

Seth – O filho biológico da Rainha Akasha, trazido para o Sangue por ela, depois de passar a juventude percorrendo o mundo antigo em busca de conhecimentos sobre as artes da cura. Ele é apresentado em *Príncipe Lestat* e é o criador de Fareed e de Flannery Gilman.

Sevraine – Vampira nórdica de beleza extraordinária, criada por Nebamun (Gregory) contra as ordens de Akasha. Sevraine mantém sua corte subterrânea nas montanhas da Capadócia. Amiga de vampiras.

Sybelle – Jovem pianista americana, grande amiga de Benji Mahmoud e de Armand, trazida para o Sangue por Marius em 1997.

A Talamasca – Antiga ordem de investigadores ou pesquisadores do sobrenatural, que remonta à Idade Média – uma organização de estudiosos mortais que observam e registram fenômenos paranormais. Suas origens estão encobertas pelo mistério até serem reveladas em *Príncipe Lestat*. Eles têm casas-matrizes em Amsterdã e na periferia de Londres, bem como casas de retiro em muitos lugares, entre eles Oak Haven, na Louisiana. Apresentada pela primeira vez em *A rainha dos condenados* e incluída em muitas Crônicas desde então. Os vampiros David Talbot e Jesse Reeves foram membros mortais da Talamasca.

Teskhamen – Antigo vampiro egípcio, criador de Marius, segundo relato deste em *O vampiro Lestat*. Dado como morto até os tempos modernos. Associado às origens da Talamasca.

Théâtre des Vampires – Teatro de bulevar dedicado ao macabro, criado pelos refugiados provenientes dos Filhos de Satã, fundado por Lestat e administrado, por décadas, por Armand, que no passado tinha sido o mestre dessa seita.

Thorne – Vampiro viking, ruivo, criado séculos atrás na Europa, por Maharet. Apresentado em *Sangue e ouro*.

Portão da Trindade – Casa comunal constituída de três casas geminadas urbanas idênticas, bem perto da Quinta Avenida, no Upper East Side de Nova York. Armand é o fundador do Portão da Trindade. E o local agora funciona como a corte do Príncipe Lestat nos Estados Unidos.

Viktor – Rapaz americano, filho biológico da dra. Flannery Gilman. Sua história está revelada em *Príncipe Lestat*. Amante de Rose, pupila de Lestat.

Apêndice 2

Guia informal das Crônicas Vampirescas

1. *Entrevista com o vampiro* (1976) – Nas que foram as primeiras memórias publicadas de um vampiro de dentro da tribo, Louis de Pointe du Lac conta a história de sua vida a um repórter com quem se encontra em São Francisco, Daniel Molloy. Nascido no século XVIII, na Louisiana, Louis, um rico fazendeiro, conhece o misterioso Lestat de Lioncourt, que lhe oferece a imortalidade através do Sangue, e Louis aceita, dando início a uma longa busca espiritual pelo significado de quem e do que ele se tornou. A criança-vampiro Claudia e o misterioso Armand do Théâtre des Vampires têm importância crucial na história.

2. *O vampiro Lestat* (1985) – Aqui, Lestat de Lioncourt oferece sua autobiografia completa – relatando sua vida na França do século XVIII como um aristocrata provinciano sem um tostão, como ator nos palcos parisienses e, por fim, como vampiro em conflito com outros integrantes da tribo dos mortos-vivos, aí incluídos os da seita dos Filhos de Satã. Após uma longa viagem física e espiritual, Lestat revela antigos segredos da tribo dos vampiros que ele guardou por mais de um século, ressurgindo como um astro do rock e criador de vídeos de rock, decidido a começar uma guerra com a humanidade que poderia reunir os mortos--vivos e terminar com uma aniquilação dos vampiros. Lestat sobrevive a essa sua ambição autodestrutiva e arrogante e é o herói incontestado das Crônicas Vampirescas.

3. *A rainha dos condenados* (1988) – Embora escrita por Lestat, esta história inclui muitos pontos de vista de mortais e imortais, por todo o planeta, em resposta aos reveladores vídeos e músicas de rock criados por Lestat, que despertam Akasha, a Rainha dos Vampiros, de seis mil anos de idade, de seu longo sono. Este é o primeiro livro a tratar de toda a tribo dos mortos-vivos no mundo inteiro. Ele contém a primeira inclusão da misteriosa ordem secreta de estudiosos mortais conhecida como a Talamasca, que estuda a paranormalidade. Tanto *Príncipe Lestat* quanto *Príncipe Lestat e os reinos de Atlântida* abordam Lestat e a tribo inteira no estilo de *A rainha dos condenados*.

4. *A história do ladrão de corpos* (1992) – Memórias de Lestat em que ele relata seu confronto desastroso com um mortal inteligente e sinistro chamado Raglan James, um feiticeiro com experiência na troca de corpos – uma batalha que força Lestat a um envolvimento mais íntimo com seu amigo, David Talbot, Superior Geral da Talamasca, cujos membros estudiosos se dedicam a investigar a paranormalidade.

5. *Memnoch* (1995) – Lestat narra uma aventura pessoal, desta vez repleta de mistérios e choques devastadores, à medida que ele enfrenta um espírito poderoso, Memnoch, que afirma ser nada menos do que o Demônio da tradição cristã, o anjo caído em pessoa, que convida Lestat a viajar com ele ao Paraíso e ao Inferno, e procura aliciar Lestat como um auxiliar no universo cristão. Muitas questões permanecem sem solução acerca de quem ou do que Memnoch é, bem como se ele diz a verdade ou é um mentiroso.

6. *Pandora* (1998) – Publicada como parte da série Novos Contos Vampirescos, esta história é a confissão autobiográfica de Pandora, que trata de sua vida no antigo Império Romano, nos tempos de Augusto e Tibério, incluindo seu importante e trágico caso de amor com o vampiro Marius. Apesar de também relatar acontecimentos posteriores, o livro tem seu foco principal no primeiro século de Pandora como vampira.

7. *O vampiro Armand* (1998) – Aqui, Armand, presença profunda e enigmática em livros anteriores, apresenta ao leitor sua autobiografia, explicando sua longa vida, desde a época do Renascimento, em que foi sequestrado quando menino, de Kiev, e levado para Veneza como escravo de um bordel, só para ser resgatado pelo poderoso e antiquíssimo vampiro Marius. No entanto, outro sequestro deixa Armand nas mãos da seita cruel e infame dos Filhos de Satã, vampiros supersticiosos que veneram o Diabo. Embora Armand conclua sua história nos tempos atuais e insira novos personagens nas Crônicas, a maior parte do relato se concentra em seus primeiros anos.

8. *Vittorio, o vampiro* (1999) – Um dos Novos Contos Vampirescos, esta é a autobiografia de Vittorio da Toscana, que passa a ser um dos mortos-vivos durante o Renascimento. Esse personagem não aparece em nenhum outro livro das Crônicas Vampirescas, mas ele pertence à mesma tribo e compartilha da mesma cosmologia.

9. *Merrick* (2000) – Relatada por David Talbot, esta história gira em torno de Merrick, mulher de cor de uma antiga família de Nova Orleans e membro da Talamasca, que procura ser transformada em vampiro durante os últimos anos do século XX. Este é um livro híbrido, pois envolve relances de alguns personagens de outra série de livros dedicada à história das Bruxas Mayfair, de Nova Orleans, com quem Merrick é aparentada, mas seu foco principal é no envolvimento de Merrick com os mortos-vivos, aí incluído Louis de Pointe du Lac.

10. *Sangue e ouro* (2001) – Mais uma da série de memórias de vampiros, desta vez escrita por Marius, o antigo romano, com muitas explanações sobre seus dois mil anos entre os mortos-vivos e os desafios que enfrentou ao proteger o mistério Daqueles que Devem Ser Preservados, os pais ancestrais da tribo, Akasha e Enkil. Marius apresenta seu lado da história de seu caso de amor com Armand e de seus conflitos com outros vampiros. Este livro tem sua conclusão no presente, mas seu foco principal é voltado para o passado.

11. *A fazenda Blackwood* (2002) – Romance híbrido, narrado por Quinn Blackwood, que relata sua história pessoal e envolvimento com a Talamasca, com os mortos-vivos e com as Bruxas Mayfair, de Nova Orleans, que participam de outra série. Ambientado num breve período no início do século XXI.

12. *Cântico de sangue* (2003) – Romance híbrido, narrado por Lestat, que relata suas aventuras com Quinn Blackwood e com as Bruxas Mayfair, de outra série de livros. Esta história enfoca um breve período no século XXI.

13. *Príncipe Lestat* (2014) – Mais de uma década se passou desde que Lestat, o infame Príncipe Moleque, se recolheu para um isolamento autoimposto. O mundo dos vampiros está praticamente sem liderança e mergulhado no caos, com vampiros lutando por território nas grandes cidades. O jovem bebedor de sangue Benji Mahmoud cria uma estação de rádio clandestina para vampiros, para pedir aos mortos-vivos do mundo inteiro que mantenham a paz, ao mesmo tempo que implora aos anciãos da tribo que se manifestem e ajudem seus filhos. Quando alguns vampiros começam a ouvir uma misteriosa voz telepática – que lhes pede que incendeiem casas comunais e destruam sua gente –, Lestat não tem escolha, a não ser sair do isolamento e ajudar a tribo a enfrentar os desafios que ameaçam destruí-la.

14. *Príncipe Lestat e os reinos de Atlântida* (2016) – Lestat, o novo Príncipe dos Vampiros – tendo estabelecido sua belíssima e charmosa corte no Château de Lioncourt, nas montanhas da França –, tem esperanças de governar os mortos-vivos em paz, quando um inimigo diferente e misterioso se apresenta. Seres desconhecidos aparecem oferecendo uma dimensão inesperada à história de Amel, o espírito que anima toda a tribo vampírica. E Lestat precisa enfrentar a possibilidade muito real de uma extinção imediata e total dos vampiros.

Impressão e Acabamento:
LIS GRÁFICA E EDITORA LTDA.